Sandra Brown

Kalter Kuss
Thriller

Deutsch von Christoph Göhler

blanvalet

Die Originalausgabe erschien 2012 unter dem Titel
»Low Pressure« bei Grand Central Publishing, New York.

Der Verlag weist ausdrücklich darauf hin, dass im Text
enthaltene externe Links vom Verlag nur bis zum Zeitpunkt
der Buchveröffentlichung eingesehen werden konnten.
Auf spätere Veränderungen hat der Verlag keinerlei Einfluss.
Eine Haftung des Verlags ist daher ausgeschlossen.

Verlagsgruppe Random House FSC® N001967

1. Auflage
Taschenbuchausgabe April 2016 bei Blanvalet Verlag,
einem Unternehmen der Verlagsgruppe Random House GmbH,
Neumarkter Straße 28, 81673 München
Copyright © der Originalausgabe 2012
by Sandra Brown Management, Ltd.
Copyright © der deutschsprachigen Ausgabe 2014 by Blanvalet Verlag
in der Verlagsgruppe Random House GmbH, München
Umschlaggestaltung: www.buerosued.de
Umschlagmotiv: plainpicture/Anja Weber-Decker
Redaktion: Miriam Vollrath
LH · Herstellung: wag
Druck und Einband: GGP Media GmbH, Pößneck
Printed in Germany
ISBN: 978-3-7341-0083-3

www.blanvalet.de

*Für Mary Lynn und Len Baxter
in immerwährender Dankbarkeit für euer Vertrauen in mich,
eure fortwährende Freundschaft und eure bedingungslose
Liebe.*

A.K.A.

Prolog

Die Ratte war tot, aber deshalb nicht weniger gruselig, als wenn sie lebendig gewesen wäre.

Bellamy Price presste beide Hände auf den Mund, um ihren Aufschrei zu ersticken, und wich ängstlich von dem Geschenkkarton zurück, der in Hochglanzpapier mit Satinschleife verpackt gewesen war. Das Tier lag, den langen rosa Schwanz um den fetten Leib geschmiegt, auf einem Bett aus silbern glänzendem Seidenpapier.

Schließlich stieß Bellamy mit dem Rücken gegen die Wand und rutschte daran nach unten, bis ihr Hintern auf dem Boden aufkam. Sie sackte vornüber, löste die Hände von ihrem Mund und schlug sie vor die Augen. Doch sie war so gelähmt vor Angst, dass sie nicht einmal weinen konnte. Das Schluchzen klang trocken und heiser.

Wer würde ihr einen so gemeinen Streich spielen? *Wer?* Und *warum?*

Wie im Schnelldurchlauf spulte ihr Gehirn die Ereignisse des vergangenen Tages ab.

»Sie waren der Wahnsinn!«

»Danke.« Bellamy bemühte sich, sich nicht von der im Stechschritt marschierenden PR-Agentin des Verlages abhängen zu lassen, die ein Tempo vorlegte, als hätte sie ihre Frühstücksflocken mit Speed gezuckert.

»Die Sendung ist um diese Uhrzeit die Nummer eins.« Ihr maschinengewehrschnelles Mundwerk hielt mühelos mit dem

Stakkato ihrer High Heels mit. »Sie liegen meilenweit vor allen anderen Kanälen. Wir reden hier von über fünf Millionen Zuschauern. Und einer Superquote landesweit.«

Dabei hatte Bellamy genau das vermeiden wollen. Trotzdem sparte sie sich die Mühe, das klarzustellen. Schon wieder. Zum x-ten Mal. Weder die Presseagentin noch ihr Agent Dexter Gray konnten verstehen, warum sie die Publicity ausschließlich auf ihren Bestsellerroman und nicht auf sich selbst richten wollte.

Die rechte Hand fest um ihren Ellbogen geschlossen, führte Dexter sie durch die Marmorlobby des New Yorker Wolkenkratzers. »Du warst fantastisch. Makellos, aber warmherzig. Menschlich. Wahrscheinlich hast du mit diesem einen Interview tausend Exemplare von *Kalter Kuss* verkauft, und allein darum geht es.« Er führte sie in Richtung Ausgang, wo sich der uniformierte Portier an den Mützenschirm tippte, als Bellamy an ihm vorbeiging.

»Ihr Buch hat mich nächtelang wachgehalten, Miss Price.«

Sie hatte kaum Zeit, ihm zu danken, bevor sie durch die Drehtür geschoben wurde und sich draußen auf der Plaza wiederfand. Jubel brandete unter den Zuschauern auf, die sich versammelt hatten, um einen Blick auf die morgendlichen Studiogäste zu erhaschen, wenn sie das Fernsehstudio betraten oder verließen.

Die PR-Agentin war ganz aus dem Häuschen. »Dexter, Sie helfen ihr bei den Leuten hier. Ich hole einen Fotografen. Daraus lässt sich fernsehmäßig noch mehr machen.«

Dexter, der den Unwillen seiner Klientin spürte, stellte sich auf die Zehenspitzen und sprach direkt in Bellamys Ohr, um gegen den Krach der vormittäglichen Rushhour in Midtown Manhattan durchzudringen. »Du solltest die Gunst der Stunde nutzen und ein paar Bücher signieren. Die meisten Autoren arbeiten ihr ganzes Leben für so was...«

»Und werden doch nie so von der Presse umworben«, beendete sie den Satz für ihn. »Tausende von Autoren würden ihren rechten Arm für so einen Augenblick geben. Das hast du mir schon erklärt. Wiederholt.«

»Und ich kann es nur immer wiederholen.« Er tätschelte ihren Arm, während er sie auf die Wartenden zuführte, die gegen die Barrikaden drängten. »Lächeln. Dein bewunderndes Publikum erwartet dich.«

Leser, die im Handumdrehen zu Fans geworden waren, bettelten lärmend darum, ihr die Hand schütteln zu dürfen und ihre Ausgaben von *Kalter Kuss* signiert zu bekommen. So liebenswürdig wie nur möglich dankte sie ihnen und lächelte in die Handykameras.

Während ihre Hand noch von einem enthusiastischen Fan auf und ab gepumpt wurde, bemerkte sie aus dem Augenwinkel Rocky Van Durbin. Der Reporter für das Boulevardblatt *EyeSpy* stand leicht abseits der Menge und erteilte dem Fotografen an seiner Seite mit einem selbstgefälligen Lächeln Anweisungen.

Van Durbin war es gewesen, der sie enttarnt und mit hämischer Freude enthüllt hatte, dass sich hinter der Autorin T. J. David, die mit ihrem ersten Buch in der literarischen Welt wie auch in Hollywood Aufsehen erregt hatte, in Wahrheit Bellamy Price verbarg, eine attraktive dreißigjährige Frau:

»Warum die gebürtige Texanerin – blauäugig, langbeinig und kurvenreich, und möchten wir sie nicht genau so haben? – sich hinter einem unverfänglichen Pseudonym verbergen wollte, bleibt unerfindlich. Aber trotz dieser koketten Geheimniskrämerei ist *Kalter Kuss* an die Spitze der Bestsellerlisten geschossen, und seither hat Miss Price offenkundig beschlossen, das Versteckspiel aufzugeben und ihre Prominenz zu genießen. Sie hat Sporen und Hut abgelegt, Texas den Rücken gekehrt und residiert inzwischen in einem Penthouse an der Upper West Side mit Blick auf den Central Park, wo sie in ihrem unerwarteten Ruhm badet.«

Das meiste davon war frei erfunden und gerade so dicht mit Halbwahrheiten durchwebt, dass es nicht als üble Nachrede bezeichnet werden konnte. Bellamy hatte tatsächlich blaue Augen, aber sie war nicht besonders langbeinig, wie die Beschreibung vermuten ließ, sondern durchschnittlich groß. Und als kurvenreich konnte man ihren Körper ganz bestimmt nicht bezeichnen.

Einen Cowboyhut hatte sie wirklich, aber sie hatte ihn seit Jahren nicht mehr aufgesetzt. Und nicht genug, dass sie keine Sporen besaß, sie kannte auch niemanden, der welche gehabt hätte. Außerdem war sie nicht aus ihrem Heimatstaat geflüchtet, wie Van Durbin andeutete, sondern schon vor mehreren Jahren und damit lange vor der Veröffentlichung ihres Buches nach New York gezogen. Sie lebte tatsächlich an der Upper West Side gegenüber dem Park, aber nicht in einem Penthouse.

Aber die ungeheuerlichste Falschinformation war Van Durbins Behauptung, sie würde ihren Ruhm genießen, der sie, wie sie empfand, eher ins grelle Scheinwerferlicht rückte, als mit mildem Glanz umgab. Und dieses Scheinwerferlicht war noch gleißender geworden, seit Van Durbin einen zweiten, auf der Titelseite abgedruckten Artikel verfasst hatte, in dem er eine weitere verblüffende Tatsache enthüllt hatte.

Kalter Kuss war zwar als Roman veröffentlicht worden, doch es handelte sich dabei um eine wahre Geschichte. *Ihre* wahre Geschichte. Ihre wahre, *tragische* Familiengeschichte.

Diese Enthüllung hatte sie in Lichtgeschwindigkeit in eine völlig neue Dimension des Ruhmes befördert. Wovor es ihr graute. Sie hatte *Kalter Kuss* nicht geschrieben, weil sie reich und berühmt werden wollte. Das Schreiben war ein therapeutischer Akt gewesen.

Natürlich hatte sie gehofft, dass der Roman verlegt, gelesen und von Kritikern und Lesern wohlwollend aufgenommen würde, aber sie hatte ihn extra unter einem geschlechtsneutralen Pseudonym veröffentlicht, um genau dieses Rampenlicht zu meiden, in dem sie sich jetzt wiederfand.

Kalter Kuss war schon vor dem Erstverkaufstag mit Spannung erwartet worden. Weil der Verlag von Anfang an an den Titel geglaubt hatte, hatte man viel Geld in die Werbung gesteckt und in allen größeren Städten Plakatwerbung geschaltet, begleitet von Anzeigen in Zeitschriften, Zeitungen und im Internet. Schon Monate vor der Veröffentlichung wurde in allen sozialen Netzwerken über den Roman diskutiert. Die Kritiken waren hymnisch. T. J. David wurde mit den besten Autoren im Belletristik- wie im Sachbuchbereich verglichen. Geschützt durch ihr Pseudonym, hatte Bellamy den Erfolg des Buches miterlebt.

Doch seit Rocky Van Durbin den Geist aus der Flasche gelassen hatte, war er nicht wieder einzufangen. Wahrscheinlich waren ihr Verleger und Dexter und jeder andere, der vom Verkaufserlös profitierte, insgeheim überglücklich, dass ihre Identität und der biografische Hintergrund des Romans gelüftet worden waren.

Damit hatten sie nicht nur ein Buch, das sie promoten konnten, sondern auch ein Gesicht, das sie »den Traum jedes PR-Agenten« getauft hatten.

Ihrer Beschreibung nach war sie attraktiv, gebildet, höflich und gewandt, nicht so jung, als dass man sie für oberflächlich gehalten hätte, aber auch nicht so alt, dass sie langweilig gewesen wäre, eine zur Bestsellerautorin gewordene Erbin aus gutem Hause. Es gab bei ihr unzählige »Anker«, an denen sich eine Story festmachen ließ, und der wichtigste davon war wohl ihr ursprünglicher Wunsch, anonym zu bleiben. Ihr Versuch, sich hinter einem falschen Namen zu verstecken, hatte sie letzten Endes noch interessanter gemacht. Rocky Van Durbin genoss den Medienrummel um sie, den er selbst angeheizt hatte, und fütterte, als könnte er nicht genug von ihr bekommen, täglich die unersättliche Neugier des Publikums mit winzigen Informationshäppchen, die entweder schlicht unwahr, rein spekulativ oder grotesk übertrieben waren.

Sie gab weiter Autogramme und ließ sich mit ihren Fans fotografieren, als hätte sie ihn nicht gesehen, aber das half ihr nicht. Rücksichtslos schob er sich durch die Menge auf sie zu. Dexter hatte ihn bemerkt und warnte sie flüsternd: »Lass dich nicht von ihm aus dem Konzept bringen. Die Leute sehen dir zu. Nichts würde ihm besser gefallen, als dich zu einer Bemerkung zu verleiten, die er dann aus dem Zusammenhang reißen und irgendwo zitieren kann.«

Als ihr der sogenannte Journalist Auge in Auge gegenüberstand und sie ihn unmöglich noch länger ignorieren konnte, lächelte er sie mit schiefen gelben Zähnen an, die er in ihrer Fantasie jeden Morgen frisch anspitzte, um sein Wolfslächeln zu schärfen.

Nach einer ausgiebigen Inspektion fragte er: »Haben Sie abgenommen, Miss Price? Mir ist aufgefallen, dass Sie dünner aussehen.«

Vor ein paar Wochen hatte er sich noch über ihre kurvenreiche Figur ausgelassen. Morgen würde sie an einer Essstörung leiden.

Ohne seine hinterhältige Frage auch nur zur Kenntnis zu nehmen, unterhielt sich Bellamy weiter mit einer Frau in einem Ohio-State-Sweatshirt, die sich einen Freiheitsstatuen-Reif aus grünem Schaumgummi in die Haare gesteckt hatte. »Wir lesen Ihr Buch gerade in unserem Buchclub«, erklärte ihr die Frau, während sie gemeinsam für einen Schnappschuss posierten, den ihr nicht minder begeisterter Ehemann schoss.

»Das freut mich außerordentlich.«

»Die anderen werden mir nicht glauben, dass ich Ihnen wirklich begegnet bin!«

Bellamy dankte ihr noch einmal und ging langsam weiter. Van Durbin hielt unbeirrt mit ihr Schritt und kritzelte dabei wie wild in sein kleines Notizbuch. Dann schob er sich zwischen sie und den nächsten wartenden Fan und fragte: »Wen sehen Sie bei der Verfilmung in den Hauptrollen, Miss Price?«

»Da sehe ich niemanden. Ich bin nicht im Filmgeschäft.«

»Sie werden es aber bald sein. Es weiß doch jeder, dass die Filmproduzenten Schlange stehen, um Sie für eine Option auf *Kalter Kuss* mit Geld zu überschütten. Wie man hört, haben schon einige prominente Schauspieler und Schauspielerinnen ihren Namen in den Ring geworfen. Noch nie waren die Besetzungscouches so durchgelegen.«

Sie warf ihm einen angewiderten Blick zu.

»Keine Meinung zu diesem Thema?«

»*Gar keine*«, sagte sie mit Nachdruck, um alle Nachfragen zu unterbinden. Genau in diesem Moment zwängte sich ein weiterer Mann zwischen zwei jungen Frauen durch und streckte ihr ein Exemplar ihres Buches entgegen. Bellamy erkannte ihn auf den ersten Blick. »Aber hallo, ähm…«

»Jerry«, ergänzte er mit breitem Lächeln.

»Jerry, genau.« Er hatte ein offenes, freundliches Gesicht und dünnes Haar. Er war schon zu mehreren Autogrammstunden gekommen, und bei einer Lesung in einer Buchhandlung auf dem Campus der NYU hatte sie ihn ebenfalls bemerkt. »Danke, dass Sie heute Morgen hergekommen sind.«

»Ich lasse mir keine Gelegenheit entgehen, Sie zu sehen.«

Sie signierte mit ihrem Namen auf dem aufgeschlagenen Titelblatt. »Und wie viele Exemplare haben Sie inzwischen gekauft, Jerry?«

Er lachte. »Ich lege mir einen Vorrat an Geburtstags- und Weihnachtsgeschenken zu.«

Vermutlich sonnte er sich außerdem gern im Abglanz irgendwelcher Stars. »Also, vielen Dank, auch im Namen meines Verlegers.«

Sie ging weiter, doch während Jerry wieder im Gedränge verschwand, schubste Van Durbin rücksichtslos die Wartenden beiseite, um mit ihr auf einer Höhe zu bleiben. Seiner Frage nach einer möglichen Buchverfilmung konnte sie genauso wenig entkommen.

»Kommen Sie, Miss Price. Geben Sie meinen Lesern wenigstens einen winzigen Hinweis darauf, wen Sie sich in den Hauptrollen vorstellen könnten. Wen sehen Sie in den Rollen der Familienmitglieder?« Er beugte sich zwinkernd vor und setzte leise nach: »Und wer könnte den Killer spielen?«

Sie strafte ihn mit einem scharfen Blick.

Grinsend drehte er sich zu seinem Fotografen um. »Ich hoffe, du hast das drauf.«

Der restliche Tag verlief nicht weniger hektisch.

Sie hatte mit Dexter an einer Verlagskonferenz teilgenommen, bei der über den Veröffentlichungstermin der Paperback-Ausgabe von *Kalter Kuss* entschieden werden sollte. Nach langem Meinungsaustausch wurde beschlossen, dass weitere Ausgaben frühestens in sechs Monaten erscheinen sollten, nachdem sich der Titel im Hardcover und als E-Book so gut verkaufte.

Von der Konferenz aus waren sie direkt zu einem Mittagessen mit einem Filmproduzenten gefahren. Nachdem sie in dessen Hotelsuite ungestört Hummersalat und geeisten Spargel gespeist hatten, hatte er ernsthaftes Interesse an der Verfilmung ihres Romans geäußert und ihr garantiert, dass er das Buch möglichst werkgetreu verfilmen lassen würde, falls sie ihm die Rechte verkaufte.

Nachdem sie das Hotel verlassen hatten, meinte Dexter im

Scherz: »Dein Freund Van Durbin wäre bestimmt hellauf begeistert, wenn er von diesem Treffen wüsste.«

»Er ist nicht mein Freund. Eigentlich hätte die wahre Identität von T. J. David ein Geheimnis bleiben sollen. Wen hat Van Durbin eigentlich bestochen, um an meinen Namen zu kommen?«

»Vielleicht einen Verlagspraktikanten oder eine Assistentin irgendwo in der Vertragsabteilung. Es hätte jeder sein können.«

»Auch jemand in deiner Agentur?«

Er tätschelte ihre Hand. »Das werden wir wohl nie erfahren. Was tut es auch noch zur Sache, wer es war?«

Sie seufzte resigniert. »Nichts. Der Schaden ist schon angerichtet.«

Er lachte. »Wobei es Auffassungssache ist, ob das wirklich ein ›Schaden‹ war.«

Als Dexter sie vor ihrem Wohnhaus abgesetzt hatte, hatte er sie noch gewarnt: »Morgen steht uns wieder ein turbulenter Tag bevor. Ruh dich heute Abend aus. Morgen früh um sieben hole ich dich ab.«

Sie hatte ihm versprochen, bald ins Bett zu gehen, und ihm dann kurz nachgewunken, bevor sie in die Lobby ihres Apartmenthauses getreten war. Der Portier hatte ihr vom Empfang aus zugerufen: »Da hat jemand ein Paket für Sie abgegeben.«

Es hatte so unschuldig ausgesehen, als sie es zusammen mit einem Stapel Briefen auf ihrem Esstisch abgestellt hatte. Der Karton war mit durchsichtigem Klebeband versiegelt gewesen. Ihr war aufgefallen, dass auf dem Adressaufkleber ihr Name und ihre Adresse, aber keine Angaben über den Absender standen. Das war zwar eigenartig, dennoch hatte sie sich nichts weiter gedacht, als sie das Klebeband aufgetrennt, die Laschen zurückgeklappt und die kleine, als Geschenk verpackte Schachtel herausgehoben hatte.

Nichts hätte sie auf die grässliche Überraschung vorbereiten können, die sie darin erwartete.

Jetzt saß sie auf dem Boden, den Rücken an die Wand gepresst, und senkte langsam die Hände von den Augen, um auf die Schachtel zu starren, aus der oben das Seidenpapier quoll. Dass die festliche Verpackung so gar nicht zu dem Inhalt passte, war bestimmt als Witz gemeint.

Ein Witz? Nein. Das hier war ganz und gar nicht komisch. Sondern bösartig.

Trotzdem wollte ihr niemand einfallen, den sie beleidigt hätte oder der sie derart hassen könnte. Würde Rocky Van Durbin, der mit zweitem Namen bestimmt *Schmierfink* hieß, sich zu einem so gemeinen, niederträchtigen Akt hinreißen lassen, ihr eine tote Ratte zu schicken?

Langsam schob sie sich mit dem Rücken an der Wand hoch, um beim Aufstehen nicht ins Straucheln zu kommen. Im Stehen konnte sie die Ratte in ihrem Nest aus Glanzpapier liegen sehen. Sie bemühte sich, alle Gefühle auszuschalten, damit sie das Tier überhaupt ansehen konnte. Aber sosehr sie den Kadaver auch objektiv zu betrachten versuchte, der Anblick war so grotesk, dass jedes einzelne Detail umso deutlicher herausstach.

Sie schluckte die Magensäure hinunter, die in ihrer Kehle aufstieg, strich die Gänsehaut auf ihren Armen glatt und sammelte ihre ganze Willenskraft. Schließlich war das nur ein totes Nagetier. In den U-Bahnhöfen wimmelte es nur so von Ratten. Sie hätte nie so schockiert reagiert, hätte sie so ein Tier über die Gleise laufen sehen.

Sie würde einfach den Deckel wieder auf die Schachtel setzen und sie dann zum Müllschlucker am anderen Ende des Hausgangs tragen. Dann wäre sie das Tier los; statt sich von dem geistlosen Witzbold kopfscheu machen zu lassen, würde sie die ganze Episode vergessen und einfach weiter ihren Geschäften nachgehen.

Innerlich gestählt, setzte sie entschlossen einen Fuß vor den anderen, bis sie wieder am Tisch stand.

Und in diesem Moment zuckte die Ratte mit dem Schwanz.

1

Knurrend griff Dent nach dem Telefon: »Was ist?«
»Du liegst noch in der Falle?«
»Wie spät ist es?«
»Du hörst dich betrunken an.«
»Muss ich denn nüchtern sein?«
»Wenn du den Job willst, schon.«
»Heute?«
»Sobald du hier sein kannst.«
»Ich hab befürchtet, dass du das sagen würdest. Lohnt sich der Aufwand überhaupt?«
»Seit wann kannst du es dir leisten, eine Tour abzulehnen?«
»Okay, okay. Wie viel?«
»Zweitausend hin und zurück.«
»Wohin?«
»Houston Hobby.«
»Über Nacht?«
»Nein.«
Dent setzte sich auf, schwang die Füße auf den Boden und versuchte festzustellen, wie nüchtern er war. Er fuhr sich mit den Fingern durchs Haar und ließ dann die Hand flach auf dem umnebelten Schädel liegen. »Zweifünf plus Treibstoffkosten.«
»Der Typ ist krank. Er muss zur Chemo ins Krankenhaus von Anderson.«
»Zweitausendfünfhundert plus Treibstoffkosten.«
Ein unverständliches Brummeln, in dem nur das Wort »gie-

rig« zu verstehen war, dann: »Ich glaube, das lässt sich machen.«

»Tu das, und die Sache ist geritzt. Wie ist das Wetter so?«

»Heiß, schwül, Texas im Mai.«

»Niederschlag?«

»Möglicherweise vereinzelte Gewitter am späten Abend. Nichts, was sich nicht umgehen ließe, nichts wirklich Wildes.« Nach kurzem Zögern: »Und du kannst wirklich fliegen?«

»Tank die Maschine auf.«

Auf dem Weg zum Bad verhakte er sich mit dem nackten Fuß im Kabel der Schwanenhalslampe und riss sie vom Nachttisch. Sie landete klappernd auf dem Boden, aber wenigstens blieb die Birne heil. Er kickte die Lampe und einen Haufen schmutziger Kleidungsstücke beiseite und taumelte weiter ins Bad, wo er das kalte grelle Licht verfluchte, kaum dass er es eingeschaltet hatte.

Er rasierte sich nach Gefühl unter der Dusche, beugte sich beim Zähneputzen tief über das Waschbecken und beschloss, die Haare in der Luft trocknen zu lassen, statt sie zu föhnen. Diese Art der Körperpflege brachte einige Unannehmlichkeiten mit sich, aber alles war besser, als in den Spiegel zu schauen.

Ins Schlafzimmer zurückgekehrt, legte er seine Pilotenuniform an: Jeans, weißes Leinenhemd, schwarze Krawatte, locker unter dem offenen obersten Hemdknopf geknotet. Er rammte die Füße in die Stiefel und nahm Brieftasche, Schlüssel und Pilotenbrille vom Nachttisch. In der Tür blieb er noch einmal stehen und drehte sich zu der nackten Frau in seinem Bett um. Sie – ihr Name wollte ihm beim besten Willen nicht einfallen – war immer noch mehr oder weniger bewusstlos. Er spielte mit dem Gedanken, ihr einen Zettel zu schreiben und sie zu bitten, die Tür abzuschließen, wenn sie die Wohnung verließ.

Dann tasteten seine blutunterlaufenen Augen die Räumlichkeiten ab, und er dachte sich: *Wozu?* Hier gab es nichts, was ein Dieb stehlen wollte.

Die morgendliche Stoßzeit war vorbei und der Verkehr halbwegs flüssig. Das einzige Überbleibsel aus Dents früherem Leben war rot und mit einem getunten 530-PS-Motor mit Sechsganggetriebe, langen Fächerkrümmern sowie einem Corsa-Titanauspuff ausgestattet. Auf jedem freien Straßenabschnitt jagte er die Corvette auf über 130 Stundenkilometer hoch und die Stadtgrenzen von Austin hinaus, bis er den kleinen Privatflugplatz erreicht hatte.

Er hätte seine Maschine auf einem schickeren Flugplatz mit einem richtigen Tower unterbringen können, aber er hatte moralische Verpflichtungen. Außerdem passte ihm der Platz ganz gut.

Die Maschine stand bereits auf dem Vorfeld, vor einem einsamen Wellblech-Hangar. Der Platz hatte schon bessere Tage gesehen. Vor gut zwanzig Jahren zum Beispiel, als Dent zum ersten Mal hier aufgetaucht war.

Rund um die Fundamente der rostigen Wände des Hangars wucherte ein fransiger Saum aus wilder Mohrenhirse. Der ausgebleichte orangerote Windsack war der einzige, den Dent je hier gesehen hatte, und wahrscheinlich noch derselbe, der kurz nach dem Zweiten Weltkrieg auf den Mast gezogen worden war.

Im Hintergrund stand, wie ein Fremdkörper inmitten des heruntergekommenen Ambientes, das von Galls verbeultem Pick-up vervollständigt wurde, ein glänzend schwarzer Cadillac Escalade mit dunkel getönten Fenstern.

Dent fuhr die Corvette in den Hangar, brachte sie mit quietschenden Reifen zum Stehen, stellte den Motor ab und stieg aus. Gall saß hinter dem mit Papieren überhäuften Schreibtisch in seinem Büro, das aus einer trüben Glaswand mit Blick auf den Rest des Hangars und drei weiteren Wänden aus unlackierten, untapezierten Gipskartonplatten bestand. Das Geviert war keine zehn Quadratmeter groß und platzte aus allen Nähten.

Landkarten, Diagramme, topografische Karten und vergilbte Zeitungsartikel aus dem Bereich der Luftfahrt hingen an den mit Reißzweckenlöchern perforierten Wänden. Uralte Flugzeugzeitschriften mit welligen Titelblättern stapelten sich auf jeder freien Fläche. Auf einem rostigen, verbeulten Aktenschrank hockte ein ausgestopfter Waschbär mit Spinnweben über den Glasaugen und räudigem Fell. Der darüberhängende Kalender stammte aus dem Jahr 1978 und zeigte Miss März, die nichts als ein einladendes Lächeln und einen geschickt platzierten Schmetterling trug.

Sobald Dent eintrat, stand Gall auf. Die Fäuste in die Hüften gestemmt, nahm er Dent ausgiebig in Augenschein, grunzte dann in unverhohlenem Missfallen und rollte die nicht angezündete Zigarre vom einen tabakfleckigen Mundwinkel in den anderen. »Du siehst aus wie frisch aus dem Gully.«

»Hast du mein Geld?«

»Klar.«

»Dann spar dir die Beleidigungen und lass uns zur Sache kommen.«

»Nicht so schnell, Meister. Ich habe diesen Flug ausgehandelt und bin daher für die Sicherheit der drei Passagiere verantwortlich.«

»Ich kann die verfluchte Kiste fliegen.«

Die barsche Erwiderung machte keinen Eindruck auf Gall Hathaway. Gall war der einzige Mensch, vor dem sich Dent überhaupt rechtfertigte, weil Galls Meinung die einzige war, die für ihn zählte. Der alte Mann nagelte ihn mit einem finsteren Blick fest, und er gab klein bei.

»Komm schon, Gall. Würde ich fliegen, wenn ich nicht flugtauglich wäre?«

Gall zögerte ein paar Sekunden, dann zupfte er einen zusammengefalteten Scheck aus der Tasche seines ölfleckigen Overalls und reichte ihn Dent.

»Ein Scheck?«

»Er ist gedeckt. Ich hab schon bei der Bank in Georgetown angerufen.«

Dent faltete den Scheck auf und kontrollierte, dass er unterschrieben, über einen Betrag von zweitausendfünfhundert Dollar und auf ihn ausgestellt war. Alles schien seine Ordnung zu haben. Er steckte den Scheck in seine Brieftasche.

»Ich hab sie mit dreihundertfünfzig Litern aufgetankt«, erklärte Gall ihm. »Den Treibstoff zahlt sie, wenn ihr wieder hier seid.«

Dent sah Gall scharf an.

»Ich traue ihr. Außerdem hat sie mir zur Sicherheit ihre Kreditkarte dagelassen.« Gall zog die mittlere Schublade des Metallschreibtisches auf. Darin lagen Bleistiftstummel, verbogene Briefklammern, verwaiste Schlüssel, ein Filzstift mit aufgespreizter Spitze und eine Platincard von American Express. »Sie hat mir versichert, dass sie gültig ist. Ich hab's trotzdem überprüft. Sie ist gültig. Noch zwei Jahre. Auf welchem Flugplatz willst du landen? Das überlässt sie dir.«

Dent nannte den, der ihm am liebsten war.

»Weil da das Kerosin am billigsten ist?«, fragte Gall.

»Weil sie da das beste Popcorn haben. Wie kommen sie von dort weiter?«

»Sie hat mich gebeten, eine Limousine zu bestellen, die sie abholt. Ist so gut wie erledigt.«

»Sie warten in dem Escalade?«

»Sie hat gemeint, im Hangar sei es zu heiß und stickig.«

»*Sie* scheint eindeutig das Sagen zu haben.«

»Könnte man wohl so sagen.« Plötzlich konnte ihm Gall kaum in die Augen sehen. »Der alte Herr ist grässlich krank. Sei nett zu ihnen.«

»Ich bin immer nett.«

Gall schnaubte. »Vergiss nur nicht, dass man einem geschenkten Gaul nicht ins Maul schaut.«

»Sonst noch was, Mama?« Gall knurrte und wollte etwas sagen, aber Dent kam ihm mit seiner Frage nach dem Kaffee zuvor: »Ist der noch heiß?«

»Ist er das nicht immer?«

»Sag ihnen, ich brauche noch zwanzig Minuten, dann können wir los. Wenn sie noch irgendwas erledigen müssen, aufs Klo gehen, was weiß ich...«

»Ich weiß selbst, wie's läuft.« Gall murmelte etwas, das Dent nicht verstand, was höchstwahrscheinlich kein Schaden war, dann ermahnte er ihn: »Du solltest dir noch was von diesem Zauberzeugs in die Augen spritzen, bevor du sie begrüßt. Deine Augäpfel sehen aus wie Straßenkarten.«

Dent kehrte in den eigentlichen Hangar zurück und setzte sich an den Tisch mit dem Computer, der mit seiner Lieblings-Wetter-Website verbunden war. Im Moment war der Himmel klar, trotzdem notierte er die Gewitterwarnungen für den Abend.

Er war schon unzählige Male von hier nach Houston Hobby geflogen. Dennoch überprüfte er noch einmal alle Informationen, die er für den eigentlichen Flug sowie für den Zielflugplatz benötigte. Natürlich hatte er ein Navigationsgerät im Cockpit. Das Airport Facilities Directory – ein Flugplatzverzeichnis für jeden Bundesstaat – war zusammen mit den Daten des Zielflugplatzes auf seinem iPad gespeichert, damit er vom Cockpit aus darauf zugreifen konnte. Trotzdem druckte er grundsätzlich sicherheitshalber alle Informationen über die Startbedingungen, den Zielflugplatz und einen Ausweichflugplatz aus. Zuletzt telefonierte er noch mit dem Kontrollzentrum und meldete seinen Flugplan an.

Draußen absolvierte er den Vorflugcheck an seinem Flugzeug, auch wenn er genau wusste, dass Gall ihn bereits vorgenommen hatte. Unter den Tragflächen ließ er aus fünf verschiedenen Auslässen Kerosin ab, und er prüfte die Glasröhre, um sich zu überzeugen, dass sich in den Tanks kein Wasser angesammelt hatte. Es war eine zeitaufwendige Prozedur, aber er hatte einen Kollegen gekannt, der sie für überflüssig gehalten hatte. Er hatte diese Nachlässigkeit mit dem Leben bezahlen müssen, war abgestürzt und gestorben.

Zufrieden, dass die Maschine flugbereit war, zeigte er Gall den erhobenen Daumen. »Ich bin so weit, wenn sie es sind.« Er verschwand auf die Toilette, spritzte sich kaltes Wasser ins Gesicht und spülte drei Aspirin mit den letzten Schlucken seines Kaffees hinunter, der keineswegs so heiß gewesen war, wie Gall behauptet hatte, dafür aber doppelt so stark wie gewöhnlicher Kaffee. Und er setzte, wie von Gall empfohlen, die Augentropfen ein, die das Rot aus den Augäpfeln vertrieben. Die Sonnenbrille setzte er dennoch auf.

Als er aus dem Gebäude trat, warteten seine drei Passagiere bereits Schulter an Schulter auf dem Rollfeld.

Wer der Patient war, war auf den ersten Blick zu erkennen. Der Mann war groß und sah vornehm aus, hatte aber den gelblich grauen Teint eines Krebskranken während der Chemotherapie. Er trug eine lockere Baumwollhose und ein Sportsakko, beides ein paar Nummern zu groß. Eine Baseballkappe bedeckte seinen kahlen Schädel.

In der Mitte des Trios stand eine attraktive Frau, die etwas jünger als der Mann, aber immer noch über sechzig zu sein schien. Etwas an ihr...

Dent kam ins Straucheln und blieb wie erstarrt stehen. Er blickte erneut auf den Mann und versuchte, ihn gesund und kräftig vor sich zu sehen. *Heilige Scheiße.* Das war Howard Lyston.

Ein Irrtum war ausgeschlossen, denn neben ihm stand seine Frau Olivia, die noch genauso adrett aussah wie in Dents Erinnerung. Sie war eine hübsche Frau, die viel Zeit und Mühe darauf verwandte, es zu bleiben. Sie war immer noch schlank, auch wenn sich ihr Gewicht inzwischen anders verteilte und sich etwas mehr um die Körpermitte konzentrierte. Ihr Haar war ein bisschen dünner. Die Haut um ihren Mund und unter ihrem Kinn war schlaffer als vor fast zwei Jahrzehnten. Aber der überhebliche Blick war geblieben.

Dent starrte die drei ein paar Sekunden an und drehte sich dann zum Hangar um. Gall stand in der offenen Tür zu seinem Büro und beobachtete neugierig, was sich hier draußen abspielte. Unter Dents finsterem Blick schlurfte er in sein Büro zurück und schloss die Tür. Dent hatte ihm noch einiges zu sagen, aber das konnte warten.

Er sah wieder nach vorn und musterte die Lystons voller Verachtung. »Soll das ein Witz sein? Wenn ja, dann kapiere ich ihn nicht.«

Olivia drehte den Kopf und sprach die jüngere Frau auf ihrer anderen Seite an. »Ich habe dir doch gesagt, dass das ein schrecklicher Fehler ist.«

Die jüngere Frau machte zwei Schritte auf ihn zu. »Das ist ganz bestimmt kein Witz. Wir müssen nach Houston.«

»Es führt ein Superhighway von hier nach Houston.«

»So weit kann Daddy nicht fahren.«

»Daddy?«

Sie setzte die große dunkle Sonnenbrille ab, die gut ein Drittel ihres Gesichts verdeckt hatte. »Ich bin Bellamy. Erinnerst du dich nicht?«

Klar, natürlich erinnerte er sich an sie, aber konnte das wirklich *Bellamy* sein? Susans kleine Schwester? Die jedes

Mal abgezischt war wie ein verschrecktes Kätzchen, sobald er in Sichtweite gekommen war. Hager, schlaksig, mit Zahnspange und Pickelgesicht. Das sollte sie sein?

Ihr knochiges Gestell hatte seither an genau den richtigen Stellen weiche Rundungen bekommen. Ihr Gesicht war ebenso makellos wie ihre Zähne. Sie war lässig, aber teuer gekleidet, und er konnte keine gespaltenen Spitzen in dem dunklen, seidigen Pferdeschwanz erkennen, der ihr locker über die Schulter hing. Alles in allem ein wirklich nettes Paket.

Aber so kalt, dass auf ihrem Hintern kein Eiswürfel schmelzen würde.

Sie hatte dieselbe hochnäsige Ausstrahlung wie ihre Eltern. Vor allem Denton Carter gegenüber. Olivia schaute ihn an, als hätte er heute Morgen nicht geduscht. Der alte Mann war entweder zu krank oder zu desinteressiert, um auch nur einen Ton von sich zu geben. Und obwohl sie nur ein paar Worte gewechselt hatten, ging ihm Bellamys herrischer Tonfall schon jetzt gegen den Strich.

Er würde sich von diesen Leuten nicht verarschen lassen. Nicht noch mal.

»Es gibt einen richtigen Passagierflughafen im Südosten«, sagte er zu Bellamy. »Vielleicht hast du schon mal davon gehört? Mit großen, glänzenden Linienmaschinen? Die lassen sie von da aus mehrmals täglich nach Houston fliegen.«

Sie erwiderte seine sarkastische Empfehlung mit einem nicht minder ätzenden Lächeln. »Vielen Dank für den produktiven Vorschlag. Leider wäre der Sicherheitscheck für Daddy eine Zumutung, von den langen Wegen ganz zu schweigen. Wie ich gehört habe«, dabei sah sie an ihm vorbei zum Hangar, in dem Gall immer noch Verstecken spielte, »hast du ein Flugzeug, das man chartern kann. Ich bin auf deine Konditionen eingegangen und habe im Voraus für deine Dienste bezahlt.«

Es gab keinen Ausweg, er brauchte das Geld.

Für die Lystons waren zweieinhalb Riesen nicht mehr als ein Taschengeld. Für ihn bedeuteten sie Strom, Lebensmittel und eine weitere Rate für sein Flugzeug. Er hätte sich einen Tritt in den Hintern verpassen können, dass er nicht mehr verlangt hatte. Und er würde Gall einen noch schmerzhafteren Tritt verpassen, weil er ihm verschwiegen hatte, wer sein Flugzeug chartern wollte. Was dachte sich der alte Knacker eigentlich dabei, ihn derart ins Messer laufen zu lassen?

Und was dachten sich eigentlich die Lystons dabei? Warum hatten sie ausgerechnet ihn gebucht, obwohl sie sich garantiert jede Charterfirma und jeden Privatjet-Service leisten konnten? Dass sie ihn in ihren Freundeskreis aufnehmen wollten, war eher unwahrscheinlich.

Er wollte ganz sicher nichts mit ihnen zu tun haben.

Aber leider hatte Gall mit seiner Bemerkung über geschenkte Gäule nur zu recht. Wenn sie es in seiner Nähe aushielten, hielt er es auch in ihrer aus. Zum Glück war es nicht weit nach Houston.

Dent wandte sich an Howard Lyston und zwang ihn damit, ihn zur Kenntnis zu nehmen. »Wann haben Sie Ihren Termin?«

»Um zwei.«

»Bis dahin schaffen wir es problemlos.«

»Gut«, sagte Bellamy. »Wenn damit alles geklärt wäre, könnten wir dann endlich aufbrechen?«

Um ein Haar hätte ihre bekannt herablassende Art Dent mit den Zähnen knirschen lassen. Stattdessen deutete er lächelnd auf die Stufen, die in die Flugzeugkabine führten. »Nach Ihnen.«

Der Flug verlief problemlos. Das einzige Problem bestand darin, Howard Lyston ins Flugzeug und wieder hinaus zu bugsieren. Zum einen war er so schwach, dass er sich kaum noch rühren konnte, zum anderen sah Dent ihm an, dass er starke Schmerzen hatte. Als er auf den Rücksitz der bei ihrer Landung bereits auf sie wartenden Limousine sank, wirkte er geradezu mitleiderregend erleichtert, dass er überhaupt so weit gekommen war. Olivia, beflissen und fürsorglich wie eh und je, rutschte sofort an seine Seite.

Bellamy blieb neben Dent stehen und schrie gegen die Flugzeugturbinen und den steifen Wind vom Golf her an: »Im Krankenhaus wird es bestimmt wieder länger dauern, ich weiß also nicht, wann wir zurück sind.«

Die undurchsichtige Sonnenbrille saß wieder an Ort und Stelle, aber die untere Hälfte ihres Gesichts wirkte angespannt und straff, was der Sorge um ihren Vater geschuldet sein konnte. Vielleicht hielt sie aber auch genauso wenig von Dent wie ihre Eltern. Weiß der Himmel, was die beiden ihr in den letzten achtzehn Jahren über ihn erzählt hatten.

»Ihr habt mich gebucht, also werde ich hier sein, ganz gleich, wann ihr wieder auftaucht.« Er reichte ihr eine Visitenkarte. »Da steht meine Handynummer drauf. Ruf mich an, sobald ihr das Krankenhaus verlasst, dann ist das Flugzeug startbereit, bis ihr hier ankommt, und wir können gleich losfliegen.«

»Danke.« Sie zögerte kurz, öffnete dann die tiefe Tasche, die über ihrer Schulter hing, zog ein Buch heraus und reichte es ihm. »Hast du das gelesen?«

Er nahm ihr das Buch ab. »*Kalter Kuss.* Von T. J. David.«

»Auch bekannt als Bellamy Lyston Price. Wusstest du, dass ich ein Buch geschrieben habe?«

»Nein.« *Und es ist mir auch völlig egal,* hätte er am liebsten angefügt.

Aber da sie mit neugierig schief gelegtem Kopf zu ihm aufsah, verkniff er sich die Bemerkung. Ihre Augen waren hinter den Sonnenbrillengläsern nicht zu erkennen, aber er hatte das Gefühl, dass sie seine Antwort bis ins Detail ausloten würde.

»Nein«, wiederholte er. »Ich wusste nicht, dass du jetzt Bücher schreibst. Price, hast du gesagt?«

»Der Name meines Mannes.«

»Und warum T. J. Wasweißich?«

»Den Namen habe ich aus dem Telefonbuch.«

»Und wozu?«

»Bellamy? Kommst du?«, hörte er Olivia aus der offenen Tür der Limousine rufen.

Bellamy sah Dent an. »Vielleicht verkürzt dir das Buch die Zeit bis zu unserer Rückkehr.«

Damit drehte sie ihm den Rücken zu und stieg zu ihren Eltern ins Auto.

Mit finsterer Miene schaute Dent dem wegfahrenden Wagen nach. Noch auf dem Weg ins Flugplatzgebäude zog er sein Handy aus der Tasche und drückte die Kurzwahltaste für Galls Nummer, der sich mit: »Mach's kurz, ich hab zu tun« meldete.

»Was *soll* das, Gall?«

»Kannst du es dir etwa leisten, Kunden abzulehnen? In diesen Zeiten?«

»Du solltest es mir überlassen, wen ich fliege. Wenn ich gewusst hätte, wer mich da erwartet, wäre ich im Bett geblieben.«

»Du hast Angst vor ihnen.«

»Warum willst du mich noch wütender machen, als ich ohnehin schon bin?«

»Du hast den Auftrag gebraucht. Es ist gutes Geld. Sag's mir, wenn ich da falschliege.« Er wartete kurz ab, bevor er nach einem bekräftigenden Grunzen erklärte: »Ich hab zu arbeiten«, und auflegte.

Früher hatte es Dent geliebt, auf Flugplätzen jeder Art herumzuhängen, von internationalen Drehkreuzen bis hin zu Landflugplätzen mit Graspisten, auf denen hauptsächlich landwirtschaftliche Sprühflugzeuge starteten und landeten. Nichts hatte er lieber getan, als mit anderen Piloten zu fachsimpeln.

Jetzt mied er diese Gespräche. Außerdem wollte sowieso niemand mehr mit ihm reden, sobald er verraten hatte, wie er hieß. Er ging nur kurz in die Pilotenlounge, um sich zwei Zeitungen zu holen, und machte es sich dann auf einem Sitz in einer abgelegenen Ecke der Haupthalle gemütlich. Er las die beiden Sportteile. Versuchte, das Kreuzworträtsel zu lösen, ohne dass er dabei weit gekommen wäre. Gelangweilt schaute er ein Fußballspiel auf ESPN, das vor fünf Jahren ausgetragen worden war.

Als es Mittag wurde, holte er sich im Grillrestaurant einen Cheeseburger und ging damit auf die Restaurantterrasse. Während er den Burger aß, schaute er den startenden Flugzeugen zu. Jedes Mal, wenn eines von der Landebahn abhob, spürte er das vertraute kribbelnde Ziehen in der Magengrube. Der Adrenalinstoß eines düsengetriebenen Starts, dieser fast erotische Schub, fehlte ihm genauso wie alles andere, wenn nicht sogar *mehr* als alles andere. Das war seine Droge gewesen, bis er auf kalten Entzug gegangen war.

Schließlich trieb ihn die schwüle Hitze über Houston zurück in das klimatisierte Gebäude. Er kehrte auf seinen Sitz zurück, schlug aus schierer Langeweile Bellamy Prices Roman auf und begann zu lesen.

Schon nach dem Prolog war er fassungslos. Nach fünf Kapiteln stinkwütend. Und noch bevor er das letzte Kapitel erreicht hatte, sah er rot.

2

Es war die Ruhe vor dem allabendlichen Sturm, auch bekannt als Dinner im Maxey's.

Der Ruf der Schwesterlokale in New York und Boston war dem Restaurant vorausgeeilt, und so war das Maxey's Atlanta, kaum dass es vor fünfzehn Monaten im schicken Ausgehviertel Buckhead eröffnet hatte, zum Lieblingstreffpunkt der Betuchten und Schönen – und Möchtegernprominenten – geworden, ein Ort zum Sehen und Gesehenwerden.

Mitbesitzer Steven Maxey saß an der matt polierten Edelstahl-Bar, ging noch einmal das vom Chefkoch zusammengestellte Abendmenü durch und wappnete sich im Geist für den Ansturm, der mit der Öffnung der Türen um 17 Uhr 30 einsetzen würde. Als sein Handy vibrierte, warf er kurz einen Blick aufs Display und meldete sich mit einem beklommenen: »Hallo, Mutter?«

»Ich weiß, du bist beschäftigt.«

»Vergiss es. Geht es um Howard?«

»Wir sind gerade in Houston. Wir sind hergeflogen, um festzustellen, was für Behandlungsmöglichkeiten uns noch offenstehen.«

Die Möglichkeiten waren äußerst beschränkt, aber keiner von beiden hatte die Courage, diese Wahrheit auszusprechen. »Richte ihm meine besten Wünsche aus«, sagte Steven.

»Das mache ich. Im Moment schläft er. Bellamy ist bei ihm. Ich bin nur kurz aus dem Zimmer gegangen, um dich anzurufen.«

Er hörte ihr an, dass ihr noch etwas auf der Seele lag, doch sekundenlang drang nichts als ein körperloses Schweigen aus dem Handy. Dann: »Wir sind in einer Privatmaschine geflogen.«

In dieser scheinbar belanglosen Feststellung schwang ein unheilvoller Unterton. Steven wartete schweigend ab.

»Bellamy hat es gechartert. Rate mal, wer der Pilot war.«

Stevens Magen krampfte sich zusammen. »Bitte sag nicht, dass ihr mit...«

»Denton Carter.«

Er stützte den Ellbogen auf die Theke, ließ den Kopf in die offene Hand sinken und massierte sich mit den Fingerkuppen die Stirn, um die Migräne abzuwenden, die diese Information unweigerlich nach sich ziehen würde.

»Ich habe versucht, sie umzustimmen«, fuhr Olivia fort. »Aber sie war nicht davon abzubringen.«

»Aber warum, um Gottes willen?«

»Sie hat etwas von Abschluss, von Frieden schließen mit der Vergangenheit gesagt. Du kennst deine Stiefschwester.«

»Die unerschütterliche Friedensstifterin.«

»Für sie müssen immer alle... nett zueinander sein.«

»War *er* es?«

»Nett? Nein. Er war ebenso wenig erfreut über das Wiedersehen wie wir.«

»Warum hat er sich nicht einfach geweigert, euch zu fliegen?«

»Der alte Mann, dem der Flugplatz gehört...«

»Der lebt noch?«

»Er hat offenbar den Flug arrangiert, ohne Dent zu verraten, wer ihn gebucht hat. Als Dent uns sah, reagierte er so unhöflich und arrogant wie eh und je. Die Abneigung beruht auf Gegenseitigkeit.«

»Wusste er von Bellamys Buch?«

»Laut deiner Schwester nicht. Aber möglicherweise hat er das nur nicht zugeben wollen, oder er stellt sich dumm. Wer weiß? Wenn wir hier fertig sind, müssen wir mit ihm zurückfliegen.« Steven hörte ein Schniefen und begriff erst jetzt, wie sehr seine Mutter litt. »Ich wollte diesen Burschen nie wiedersehen.«

Immer länger beklagte sie sich über die unerträgliche Situation. Steven konnte ihr das nachfühlen. Wieder einmal irrlichterten seine Emotionen zwischen Angst und Erschrecken und tiefem Zorn hin und her, so wie schon seit dem Tag der Veröffentlichung von *Kalter Kuss*. Seit Bellamys Identität und der biografische Hintergrund des Romans publik geworden waren, hatten sich seine Ängste noch verstärkt.

Sein Geschäftspartner William Stroud tippte ihm auf die Schulter und gab ihm ein Zeichen, dass sie gleich öffnen würden. Der Maître d'Hotel wartete schon hinter seinem Pult am Eingang. Die Kellner hatten sich strategisch im Restaurant verteilt und legten letzte Hand an die Gedecke. Der Sommelier stand bereit, um die Gäste bei der Wahl der Weine zu beraten.

»Mutter«, fiel Steven ihr ins Wort, »es tut mir leid, aber ich muss Schluss machen. Wir öffnen jetzt.«

»Bitte entschuldige, ich hätte daran denken sollen…«

»Kein Grund, dich zu entschuldigen. Natürlich bist du außer dir. Nach der ganzen Geschichte hätte Bellamy dir nicht auch noch zumuten dürfen, Denton Carter zu begegnen.«

»Sie hat sich schon tausendfach dafür entschuldigt, Steven. Wenn es nach ihr gegangen wäre, hätte nie jemand erfahren, dass ihr Buch… auf Tatsachen beruht.«

»Bestimmt meint sie ihre Entschuldigungen aufrichtig, aber wem helfen die jetzt noch? Sie hat sich entschieden, dieses Buch zu schreiben. Sie hat riskiert, dass ihre Identität bekannt wird. Und sie hat damit riskiert, dass auch wir bloßgestellt werden. Das war nicht fair uns gegenüber.«

»Inzwischen ist ihr das auch bewusst«, seufzte Olivia schwer. »Aber wie man es auch dreht und wendet, es ist nun mal passiert.«

»Ja, es ist nun mal passiert. Dennoch war es absolut unnötig, dir durch die Begegnung mit Dent Carter alles noch mal vor Augen zu rufen. Versuch, das Ganze zu vergessen, und konzentrier dich auf Howard. Vergiss nicht, ihm meine Genesungswünsche auszurichten.«

Er legte auf, bevor sie etwas darauf erwidern konnte, und zog sich dann ans Ende der Theke zurück, um den ersten ungeduldigen Gästen Platz zu machen. Unauffällig bat er einen der Barkeeper, ihm einen Wodka on the Rocks zu mixen. Er sah zu, wie sich das Restaurant füllte, bis sich die Menschen in Dreierreihen an der Bar drängten. Nach dem ersten hektischen Ansturm stellte sich William zu ihm und schloss wohl aus dem Drink und seiner düsteren Miene, dass ihn der Anruf von eben tief erschüttert hatte.

»Geht es deinem Stiefvater schlechter?«

Steven brachte ihn auf den neuesten Stand, was Howards Gesundheit anging. »Das allein ist schon schlimm genug, aber das ist nicht alles. Jetzt ist auch noch Denton Carter auf der Bildfläche erschienen.« William kannte die ganze Geschichte, darum brauchte es keine Erklärungen oder Ausführungen, warum das so verstörend war. »Und zwar auf Bellamys Veranlassung hin.«

Steven erzählte ihm, wie es zu dem Zusammentreffen gekommen war. William schüttelte fassungslos den Kopf. »Was um Himmels willen will sie damit erreichen? Seit sie New York verlassen hat und nach Texas zurückgezogen ist, macht sie keine Publicity mehr für ihr Buch. Sie hat sich praktisch unsichtbar gemacht. Wieso rührt sie jetzt alles wieder auf?«

»Glaub mir, das wüsste ich auch zu gern.«

Betroffen fragte William: »Und was wirst du jetzt tun?«

»Was ich praktisch mein ganzes Leben getan habe.« Steven kippte den Rest seines Drinks hinunter. »Schadensbegrenzung betreiben.«

Bellamy vermutete, dass Dent vom Flughafengebäude aus nach der Limousine Ausschau gehalten hatte. Noch bevor der Wagen zum Stehen gekommen war, war er zur Stelle und zog die hintere Tür auf. Sobald sie ausstieg, streckte er ihr das Exemplar von *Kalter Kuss* ins Gesicht.

»Ich würde zu gern wissen, warum um Gottes willen du dieses Ding geschrieben hast.«

Sie fragte sich, ob sein ungezügelter Zorn ein gutes oder ein schlechtes Zeichen war. Vermutlich ein gutes, denn er ließ darauf schließen, dass Dent die Wahrheit gesagt hatte, als er behauptet hatte, nichts von ihrem Roman zu wissen, womit es wiederum unwahrscheinlich war, dass er der Absender der Ratte im Silberpapier war.

Aber er drohte vor Wut zu explodieren, und sie musste die Situation entschärfen, bevor man auf sie aufmerksam wurde und jemand sie erkannte. Immerhin war sie nach Texas zurückgekehrt, um aus dem Scheinwerferlicht zu verschwinden. Bisher mit Erfolg.

Sie ging um ihn herum und betrat den Terminal. »Bitte entschuldige, dass ich dich nicht vom Krankenhaus aus angerufen habe. Ich habe einfach nicht daran gedacht.« Sie sah zu den Tischen an der Snackbar und meinte: »Ich warte da drüben, bis du das Flugzeug startbereit gemacht hast. Sag mir Bescheid, wenn wir fliegen können.«

Sie wandte sich zur Snackbar, aber diesmal kam er ihr zuvor und verstellte ihr den Weg. »So leicht wirst du mich nicht los. Ich will wissen, warum du das Buch geschrieben hast.«

Sie blickte sich verunsichert um. »Könntest du bitte leiser sein?«

»Wolltest du damit Geld machen? Reicht dir Daddys Vermögen nicht? Oder hat dein Exmann dein Erbe durchgebracht?«

»Ich werde jetzt nicht mit dir darüber sprechen, nicht in der Öffentlichkeit und schon gar nicht, solange du mir ins Gesicht schreist.«

»Ich will wissen ...«

»Das ist nicht der geeignete Zeitpunkt, Dent.«

Vielleicht war es die entschlossene, scharfe Entgegnung, vielleicht die Tatsache, dass sie ihn mit Namen angesprochen hatte, oder er hatte die Tränen in ihren Augen glänzen sehen und sich daraufhin bewusst gemacht, dass sie erschüttert und allein zurückgekehrt war.

Er ließ von ihr ab und sah kurz durch die Panoramascheiben auf die abfahrende Limousine, bevor er sich ihr wieder zuwandte und überflüssigerweise feststellte: »Deine Eltern sind nicht mitgekommen.«

»Sie haben Daddy im Krankenhaus behalten. Olivia ist bei ihm geblieben.« Als ihm darauf nichts zu sagen einfiel, nutzte sie den Moment und wiederholte: »Ich warte da drüben.«

Sie ging davon, ohne auch nur einmal den Kopf zu drehen, ob er ihr vielleicht folgte. So wütend, wie er war, würde er möglicherweise ohne sie starten und sie hier sitzen lassen, sodass sie mit einem Linienflug nach Austin zurückfliegen müsste. Was auch kein Problem wäre. Im Gegenteil, wahrscheinlich wäre es sogar besser so.

Wie Olivia den ganzen Tag über mehrmals angemerkt hatte, war es wohl ein Fehler gewesen, nach all den Jahren wieder Kontakt mit ihm aufzunehmen. Bellamy hatte geglaubt, nur dadurch Seelenfrieden finden zu können, aber inzwischen bereute sie, dass sie Olivias Rat, die Dinge ruhen zu lassen, nicht beherzigt hatte. Jetzt hatte sie sich nur einen weiteren Feind gemacht.

Erleichtert, dass sie vorübergehend allein in der Snackbar war, füllte sie am Automaten einen Pappbecher mit Eis und Cola light und setzte sich dann an einen Tisch. Bisher war der ganze Tag ein emotionaler Albtraum gewesen. Ihre Nerven lagen blank. Sie brauchte ein paar Minuten für sich, um sich für den unvermeidlichen Zusammenstoß mit Dent zu stählen.

Durch die riesigen Scheiben konnte sie beobachten, wie er, das Buch unter den Arm geklemmt, den Vorflugcheck absolvierte. Sie kannte sich nicht mit Flugzeugen aus, aber seines war weiß mit einer blauen Zierleiste und hatte an beiden Flügeln je einen Propeller. Er beaufsichtigte das Betanken und prüfte dann irgendwas am linken Flügel. Danach ging er in die Hocke, um die Reifen und das Fahrwerk zu inspizieren. Er stand wieder auf, klopfte sich die Hände ab und ging dann um den Flügel herum zum Heck. Seine Bewegungen wirkten routiniert und effizient.

Wie alt war er inzwischen? Sechsunddreißig? Siebenunddreißig?

Jedenfalls zwei Jahre älter, als Susan heute wäre.

Bellamy war neugierig gewesen, ob ihn die Jahre verändert hatten, ob er einen Bauch oder eine Glatze bekommen hatte, ob er gesetzter und bequemer geworden war. Aber bislang konnte sie keine auffälligen Alterserscheinungen feststellen.

Sein mittelblondes Haar war immer noch dicht und kaum zu bändigen. Nachdem er den Großteil seines Lebens durch das Cockpitfenster in die Sonne gestarrt hatte, hatten sich in den Augenwinkeln Falten eingekerbt. Das Erwachsenenalter – und die zweifellos zehrenden und anstrengenden Jahre – hatten sein Gesicht dünner und kantiger werden lassen. Aber er war heute noch genauso attraktiv wie mit achtzehn, als sie regelmäßig vor Nervosität und aus lauter Scham über ihre Akne und Zahnspange verstummt war, wenn er in ihre Nähe gekommen war.

Nachdem der Check absolviert war, gab er der Bodencrew das Okay und marschierte mit langen, zielstrebigen Schritten auf das Flughafengebäude zu. Ein Windstoß zwängte sich mit ihm durch die Tür, was den jungen Frauen an den Schaltern Anlass gab, in ihrer Arbeit innezuhalten und ihm wohlgefällig zuzusehen, wie er ungeduldig die Krawatte zurechtrückte und sie über dem immer noch flachen, straffen Bauch glatt strich. Er setzte die Sonnenbrille ab, fuhr sich gedankenverloren mit den Fingern durch die windzerzausten Haare und hielt dann auf die Snackbar zu, wo Bellamy auf ihn wartete.

Er holte sich einen Becher Kaffee und kam damit an ihren Tisch. Noch im Hinsetzen ließ er das Buch auf den Tisch fallen. Wuchtig wie ein Amboss knallte es auf die Tischplatte.

Einen bedeutungsschweren Moment starrte er sie zornglühend an. Seine graugrünen Augen waren ihr noch gut in Erinnerung. Braun gefleckt waren sie und ansonsten graugrün wie Louisianamoos. Die Färbung war ihr vertraut. Die Wut darin war neu.

Endlich fragte er: »Es geht ihm nicht gut?«

»Daddy? Gar nicht gut. Sein Onkologe wollte ihm noch eine Chemotherapie verordnen, aber die hätte so schwere Nebenwirkungen, dass er und Olivia noch unentschlossen sind, ob sie das wirklich wollen. So oder so war Daddy nach Meinung des Arztes zu schwach, um heute Abend noch heimzufliegen.«

»Eine weitere Chemo könnte ihm helfen.«

»Nein«, widersprach sie leise. »Er wird bald sterben, ob mit oder ohne Chemotherapie.«

Er wandte den Blick ab und rutschte verlegen auf seinem Stuhl herum. »Das tut mir leid.«

Sie nahm einen Schluck Cola und wartete ab, bis er sie wieder ansah, bevor sie erwiderte: »Sag nichts, was du nicht meinst.«

Er strich sich mit der Hand über Mund und Kinn. »Wir kämpfen also mit harten Bandagen? Okay. Es ist eine Schande, so sterben zu müssen, aber dein Daddy hat mich nie ausstehen können.«

»Das galt auch umgekehrt.«

»Was habe ich ihm je getan? Ach, richtig. Wenn ich das wissen will, brauche ich nur deinen Roman zu lesen. Danach weiß ich alles.« Wütend stupste er mit dem Finger gegen das Buch.

»Wenn du es ganz durchliest ...«

»Ich habe genug gelesen.«

»... wirst du merken, dass die Figur, die ich dir nachgestaltet habe ...«

»›Nachgestaltet‹? Du hast mich bis auf meinen Namen kopiert.«

»... ebenfalls ein Opfer ist.«

»Quatsch.«

In seinem Eifer hatte er sich halb über den Tisch gebeugt, doch nach dieser knappen Feststellung ließ er sich gegen die Stuhllehne fallen und streckte gleichzeitig die Beine aus, ohne sich auch nur zu entschuldigen, dass sein Fuß dabei unter dem Tisch gegen ihren stieß.

»Warum hast du das alles wieder ausgegraben?«

»Warum interessiert dich das?«, schoss sie zurück.

»Das fragst du noch?«

»Es ist eine Ewigkeit her, Dent. Und wie lange hat es damals dein Leben beeinträchtigt, ein paar Wochen? Ein paar Monate? Dann hattest du damit abgeschlossen und konntest dein Leben weiterleben.«

Er schnaubte wütend.

»Hast du eine Familie?«

»Nein.«

»Du hast nie geheiratet?«

»Nein.«

»Aber du besitzt dein eigenes Flugzeug.«

»Ich arbeite darauf hin.«

»Und offensichtlich verstehst du dich immer noch gut mit Mr Hathaway.«

»Stimmt. Bis heute. Im Moment steht Gall ganz oben auf meiner schwarzen Liste.«

»Er hat dir nicht gesagt, dass wir dich chartern wollten?«

»Nein. Nicht mal, als er mir deinen Scheck ausgehändigt hat.«

»Der Name Bellamy Price hat dir nichts gesagt?«

»Mich hat nur interessiert, ob die Summe stimmt.«

»Ich dachte, du hättest mich vielleicht im Fernsehen gesehen.«

»Du warst im Fernsehen?«

Sie nickte knapp.

»Und hast über das da geredet?« Er nickte zu dem Buch auf dem Tisch hin.

Wieder antwortete sie mit einem knappen Nicken.

»Super. Einfach super.« Er hob den Kaffeebecher an, um zu trinken, doch dann setzte er ihn wieder ab und knallte den Becher dabei so fest auf den Tisch, dass der Kaffee überschwappte.

»Die Geschichte war wochenlang in allen Medien.« Halblaut ergänzte sie: »Ich weiß nicht, wie dir das entgehen konnte.«

»Wahrscheinlich hatte ich einfach Glück.«

Eine volle Minute sagte keiner ein Wort. Die Menschen in der Lobby schienen allesamt einen Bogen um die Snackbar zu machen, so als würden sie die feindseligen Schwingungen spüren und nicht stören wollen. Jedes Mal, wenn Bellamy zu den Schaltern hinsah, ertappte sie die Frauen dabei, wie sie mit kaum verhohlener Neugier zu ihr und Dent herübersahen.

Schließlich übernahm er es, das bedrückende Schweigen zu brechen. »Also, warum habt ihr ausgerechnet mich gechartert? Ihr hättet deinen Daddy auch anders nach Houston bringen können. In einem Privatjet. Es gab keinen Grund, mich und meine bescheidene kleine Cessna zu nehmen.«

»Ich wollte sehen, was aus dir geworden ist. Ich hatte nichts mehr von dir gehört seit dieser Fluglinien… Geschichte.«

»Aha! Du weißt also davon?«

»Es hat Schlagzeilen gemacht.«

»Ich weiß«, kommentierte er trocken. »Wirst du auch darüber ein Buch schreiben?«

Sie sah ihn scharf an.

»Ich kann dir jede Menge Material liefern, T. J. David. Mal sehen.« Er strich sich nachdenklich übers Kinn. »Wie wäre es mit einer Anekdote über den Flug von Texas nach Nantucket, für den mich eine junge Witwe gechartert hatte. Eine ziemliche Strecke von hier aus. Als wir an die Küste von Massachusetts kamen, war es dunkle Nacht, und es stürmte heftig. Ermordet wurde zwar niemand, aber immerhin versuchte Lady ihr Bestes, um mich zu Tode zu ficken.«

Bellamy zuckte unwillkürlich zusammen, unterdrückte aber ihren Ärger, weil er genau den provozieren wollte. Mit bemüht neutraler Miene und wohlbedachter Geduld erklärte sie ihm: »Ich wollte mit dir fliegen, weil ich wissen wollte, ob du mein Buch gelesen hast und wie du es aufgenommen hast.«

»Schön, jetzt hast du die Antwort. Für zweieinhalb Riesen plus Treibstoffkosten. Hat sich der Aufwand gelohnt?«

»O ja.«

»Gut. Ich lege großen Wert darauf, dass meine Passagiere das Gefühl haben, etwas für ihr Geld zu bekommen. Die Witwe hat sich jedenfalls nicht beklagt.« Er schenkte ihr ein süffisantes Lächeln, auf das sie nicht reagierte. Im nächsten Moment fiel sein Lächeln in sich zusammen, und er polterte:

»Wenn Gall glaubt, dass er für diesen Flug eine Charterprovision kassieren kann, hat er sich geschnitten.«

»Vielleicht hat er dir nichts gesagt, weil...«

»Weil ihm klar war, dass ich ablehnen würde.«

»Weil er dachte, dass es ganz gut wäre, wenn wir uns sehen.«

»Inwiefern sollte das für mich gut sein?«

»Weil es uns Gelegenheit gibt, Brücken zu bauen.«

»Brücken zu bauen.«

»Genau. Mit allem abzuschließen. Zu vergessen...«

»*Vergessen?*« Er beugte sich wieder vor, und diesmal so wütend und energisch, dass der Tisch ins Wanken geriet. »Genau das habe ich die letzten achtzehn Jahre getan. Wenigstens habe ich es *versucht*. Du hast gesagt, es sei eine Ewigkeit her. Tja, das ist nicht lange genug. Nicht lange genug, um damit abzuschließen, soweit es mich betrifft. Um zu vergessen. Um es alle anderen vergessen zu lassen. Und jetzt kommst du, ausgerechnet *du*, daher und schreibst dieses Buch...«

»Das als Roman veröffentlicht wurde. Ich hatte nie vor...«

»...und zerrst damit die ganze hässliche Geschichte wieder ans Licht, damit die ganze Welt darüber herfallen kann. Wenn du einen Roman schreiben wolltest, schön. Warum hast du dir nicht einfach was ausgedacht?« Er schlug mit der Faust auf das Buch. »Warum musstest du ausgerechnet über diesen gottverdammten Memorial Day schreiben?«

Sie ärgerte sich, dass sie sich vor ihm rechtfertigen sollte, und antwortete darum genauso wütend: »Weil ich ihn ebenfalls vergessen wollte.«

Er bellte ein freudloses Lachen. »Komische Art, was zu vergessen, indem du es aufschreibst.«

»Ich war damals zwölf Jahre alt. Die Geschichte hatte dramatische Auswirkungen auf mich. Größtenteils habe ich sie überwunden, aber ich wollte sie endlich völlig ausmerzen.«

»Ausmerzen?« Er zog eine Braue hoch. »Welch exquisite Ausdrucksweise. Hast du das Wort auch in deinem Buch verwendet?«

»Ich musste alles niederschreiben und es dadurch greifbar machen, damit ich es endlich nehmen und wegwerfen konnte.«

»Jetzt kommen wir der Sache schon näher. Bitte sehr.« Er schubste das Buch ein Stück weiter auf ihre Seite. »Fang einfach mit dem hier an. Wirf es in den nächsten Mülleimer.« Er stand auf, marschierte los in Richtung Ausgang und forderte sie über die Schulter hinweg auf: »Gehen wir.«

»Hast du gesehen...? Dent? Ist alles in Ordnung?«

Es waren die ersten Worte, die seine Passagierin von sich gab, seit sie an Bord gekommen war. Er hatte ihr gezeigt, wie sie das Headset einschalten konnte, falls sie während des Fluges mit ihm sprechen wollte. »Du musst nur das da hier einstöpseln und das da dort«, hatte er mit den Kopfhörerkabeln demonstriert. »Und dann biegst du das Mikro vor den Mund, und zwar so.« Er hatte es nach innen gezogen, bis es beinahe ihre Unterlippe berührt hatte. »Schon kannst du sprechen. Alles klar?«

Sie hatte genickt, aber er schätzte, dass es nicht weiter wichtig war, ob sie ihn verstanden hatte oder nicht; sie würde bestimmt nicht mit ihm sprechen wollen. Was ihm nur recht war.

Aber jetzt, nach etwa zwanzig Minuten auf ihrem vierzigminütigen Flug, waren sie in leichte Turbulenzen geraten, und so hatte sie sich mit zittriger Stimme bei ihm gemeldet. Er drehte sich um und warf einen Blick nach hinten in die Kabine. Sie krallte sich mit beiden Händen an den Armlehnen ihres Sitzes fest und starrte beklommen aus dem Fenster. Im Westen flackerte am Horizont ein Wetterleuchten, das eine

Gewitterwand erhellte. Sie flogen parallel dazu, trotzdem war sie sichtlich nervös.

Er hatte sich genau über die Gewitterfront informiert und wusste vom Radar her, wo sie lag und wie schnell sie sich in welche Richtung bewegte. Entsprechend hatte er den Flugplan eingereicht. »Kein Grund zur Sorge«, sagte er ins Mikro. »Das Gewitter ist noch meilenweit entfernt und auch nicht besonders heftig.«

»Ich dachte nur ... vielleicht könnten wir eine andere Route nehmen?«

»Ich habe einen Flugplan eingereicht.«

»Ich weiß, aber ... könnten wir das Gewitter nicht weiter umfliegen?«

»Das könnten wir. Aber ich fliege lieber knapp an einem Gewitter vorbei, als dass ich von einer MD-80 gerammt werde, die keine Ahnung hat, dass ich hier meine Kreise ziehe.« Er drehte sich kurz um, damit sie sein Gesicht und nicht nur seinen Hinterkopf sehen konnte. »Aber das ist nur meine bescheidene Meinung.«

Sie warf ihm einen hasserfüllten Blick zu, riss die Stöpsel des Headsets aus den Buchsen in der Kabinenverkleidung neben ihrem Sitz und setzte den Kopfhörer ab. Er konzentrierte sich wieder auf seine Arbeit, doch als die Turbulenzen heftiger wurden, drehte er sich noch einmal um und sah nach ihr. Sie hatte die Augen geschlossen und bewegte leise die Lippen. Entweder betete sie, oder sie sang. Oder vielleicht verfluchte sie ihn auch.

Er hatte Gall seinen Anflug gemeldet, und der hatte daraufhin die Landebahnbeleuchtung eingeschaltet. Mit der Ruhe und Geschicklichkeit langjähriger Erfahrung setzte er den Flieger auf und steuerte auf den Hangar zu, in dessen dunklem klaffendem Maul er Gall stehen sah.

Er brachte die Maschine zum Stehen und schaltete die Propeller aus. Gall kam aus dem Hangar und setzte die Bremsklötze vor die Räder. Dent zwängte sich aus dem Cockpit in die Kabine, öffnete die Tür und kletterte als Erster ins Freie, um Bellamy die Stufen hinunterzuhelfen. Sie ignorierte seine ausgestreckte Hand.

Was ihn verstimmte. Also griff er nach ihrer Hand und drückte einen Kassenzettel hinein. »Du schuldest mir noch das Geld für die Betankung in Houston.«

»Mr Hathaway hat meine Kreditkarte. Entschuldige mich. Ich muss auf die Toilette.«

Sie eilte in den Hangar.

Gall kam hinter der Tragfläche hervor und warf einen Blick in die leere Kabine. »Wo sind ihre Leute abgeblieben?«

»In Houston.«

»Überrascht mich nicht. Der alte Herr sah aus, als würde er aus dem letzten Loch pfeifen. Und wie ist es sonst gelaufen?«

»Versuch nicht, mich einzuseifen, Gall. Ich bin stinksauer.«

»Du bist heute Abend reicher als ...«

»Ich will eine ehrliche Antwort. Wusstest du von ihrem Buch?«

»Buch?«

»Von einem Buch. Du weißt schon, so ein Ding zum Lesen.«

»Hat es Bilder?«

»Nein.«

»Dann wusste ich nichts davon.«

Dent blickte tief in Galls rheumatische, aber arglose Augen. »Dafür bringe ich dich später um. Im Moment will ich nur noch die Maschine klarmachen und dann abhauen.«

Während er sich an seiner Maschine zu schaffen machte, regelten Bellamy und Gall im Büro das Geschäftliche. Trotzdem behielt er die beiden im Auge und stellte sich Bellamy, als sie aus dem Hangar trat, noch einmal in den Weg.

Steif erklärte sie ihm: »Danke nochmals.«

So leicht würde er sie nicht davonkommen lassen. »Ich verwende vielleicht keine Worte wie ›ausmerzen‹, aber ich kann ein Flugzeug steuern. Ich bin ein guter Pilot. Du hattest keinen Grund, dich zu fürchten.«

Sie vermied es, sich seinem Blick zu stellen. »Vor dem Fliegen hatte ich auch keine Angst.«

3

Mit vereinten Kräften schoben Dent und Gall die Maschine in den Hangar. Dent kletterte noch einmal ins Cockpit, um seine Sonnenbrille und das iPad zu holen, und sah dabei auf Bellamys Sitz das Exemplar von *Kalter Kuss* liegen. Er griff nach dem Buch und marschierte, kaum dass er aus dem Flugzeug gestiegen war, geradewegs auf seine Corvette zu.

Gall drehte sich von dem brummenden Kühlschrank weg und hob das Sixpack Bier in seiner Hand an. »Ich dachte, wir genehmigen uns noch ein paar – wo willst du hin?«

»Ihr nach.«

»Wie meinst du das, ihr nach?«

Dent ließ sich auf den Fahrersitz fallen und startete den Motor, doch gerade als er die Fahrertür zuziehen wollte, stand Gall darin, das Sixpack in der einen Hand, die andere am Türrahmen. »Handel dir bloß keinen Ärger ein, Meister.«

»Sehr komisch. Vergiss nicht, dass du sie mir ins Flugzeug gesetzt hast.«

»Das war ein Fehler.«

»Ach ja?« Er zog an der Tür. »Lass los.«

»Warum willst du ihr hinterherfahren?«

»Weil sie ihr Buch im Flugzeug vergessen hat. Ich werde es ihr zurückgeben.«

Er riss so fest an der Tür, dass Gall losließ. »Du solltest die Sache gut sein lassen.«

Dent überhörte die Warnung. Er legte den ersten Gang

ein und röhrte aus dem Hangar. Praktischerweise kannte er die Strecke genau, denn so konnte er, während er mit der einen Hand lenkte, mit der anderen die Brieftasche aus seiner Hosentasche nesteln, den Scheck herausziehen und, nachdem er die Adresse abgelesen hatte, die GPS-App auf seinem iPad aufrufen. Sekunden später war die Route zu ihrer Adresse berechnet.

Georgetown, keine dreißig Meilen nördlich von Austin gelegen, war bekannt für sein viktorianisches Ortsbild. Überall im Ortszentrum und in den von Alleen durchzogenen Wohnvierteln konnte man Häuser mit Zuckerbäckerverzierungen an den Fassaden finden.

In so einem Haus lebte auch Bellamy. Es stand unter mehreren Pekannussbäumen und hatte eine breite Veranda, die sich über die gesamte Hausfront zog. Dent stellte den Wagen am Straßenrand ab, nahm das Buch und folgte dem blumengesäumten Pfad zu den Stufen vor der Veranda. Mit langen Schritten eilte er sie hinauf und hatte schon die Hand an einem eingetopften Farn vorbeigestreckt, um zu läuten.

Dann sah er, dass die Haustür nur angelehnt war. Er klopfte. »Hallo?« Er hörte ein Geräusch, das allerdings nicht nach einer Begrüßung klang. »Hallo? Bellamy?« So rasant, wie er gefahren war, konnte sie noch nicht lange hier sein. »Hallo?« Als sie gleich darauf in dem schmalen Türspalt auftauchte, sah es fast so aus, als müsste sie sich am Rahmen festhalten. Ihre Augen waren groß und wässrig und ihr Gesicht so blass, dass die auf Nase und Wangen verstreuten Sommersprossen, die ihm bis dahin gar nicht aufgefallen waren, auf einmal deutlich hervortraten.

Sie fuhr sich mit der Zunge über die Lippen. »Was willst du hier?«

»Ist alles okay?«

Sie nickte, aber er glaubte ihr nicht.

»Du siehst aus, als müsstest du gleich ...« Er deutete auf ihr Gesicht. »War es der Flug? Hat er dir so zugesetzt?«

»Nein.«

»Was ist dann los?«

»Nichts.«

Er zögerte und rätselte gleichzeitig, warum er ihr nicht, wie eigentlich geplant, das Buch in die Hand drückte, damit sie es sich dorthin schob, wohin nie ein Sonnenstrahl drang, um dann auf dem Absatz umzudrehen und zu verschwinden. Endgültig. Ein für alle Mal, amen.

Ihn beschlich die starke Vorahnung, dass er es zutiefst bereuen würde, wenn er auch nur eine Sekunde länger stehen blieb. Trotzdem unterdrückte er den Impuls, Reißaus vor ihr sowie vor jedem mit dem Namen Lyston zu nehmen, und drückte sanft gegen das Türblatt und den Widerstand ihres Arms an. Immer fester drückte er, bis sie schließlich losließ und die Tür aufschwang.

»Verdammt!«, entfuhr es ihm.

Der Hausflur hinter ihr sah aus, als wäre eine Konfettiparade durchgezogen. Die glänzenden Holzdielen waren mit Papierschnipseln übersät. Er drängte sich an ihr vorbei ins Haus, ging in die Hocke und pickte einen der größeren Schnipsel vom Boden. Es war die Ecke einer Buchseite; bedruckt mit dem Namen T.J. David und einer Seitenzahl.

»Und das war so, als du heimgekommen bist?«

»Ich bin vor einer Minute angekommen«, erwiderte sie. »Weiter habe ich es noch gar nicht geschafft.«

Dents erster Gedanke war, dass sich der Eindringling möglicherweise noch im Haus aufhielt. »Gibt es eine Alarmanlage?«

»Das Haus hat keine. Ich bin erst vor ein paar Wochen eingezogen.« Sie deutete auf den Stapel verschlossener Kartons an der Wand. »Ich habe noch nicht mal fertig ausgepackt.«

»Und dein Mann ist nicht da?«

Die Frage schien sie kurz aus dem Konzept zu bringen, dann stammelte sie: »Nein. Ich meine... ich bin nicht... ich bin geschieden.«

Hm. Er speicherte die Information für später ab. »Ruf die Polizei. Ich sehe mich hier um.«

»Dent...«

»Mir passiert nichts.«

Er legte ihr Buch auf dem Konsolentisch ab und setzte dann seinen Weg fort, vorbei an einem Esszimmer und einem Wohnzimmer, die links und rechts vom Flur abgingen. Der Flur führte bis zu einer Küche mit angeschlossener Waschkammer auf der Rückseite des Hauses. Die Tür zwischen der Waschkammer und dem Garten stand offen. Das Schloss baumelte an einem kreisrunden Loch in der Tür.

Eine gestreifte Katze spähte neugierig hinter dem Türstock hervor. Sobald sie Dent sah, schoss sie davon. Darauf bedacht, nichts zu berühren, trat er auf den betonierten Treppenabsatz hinter der Küchentür, wo ein Sack Blumenerde und ein Stapel Terrakottatöpfe an der Hauswand lehnten. Ein Topf war zerbrochen. Ein Teil der Scherben lag auf den Stufen zum Garten. Im eingezäunten Garten war niemand zu sehen.

Höchstwahrscheinlich war der Einbrecher längst verschwunden, trotzdem wollte Dent sicherheitshalber auch im Obergeschoss nachsehen. Er kehrte durch die Küche in den Flur zurück. Bellamy stand immer noch dort, wo er sie hatte stehen lassen, die Hand fest um ihr Handy geschlossen.

»Ich glaube, er ist durch die Hintertür ins Haus gekommen. Ich sehe mich noch mal kurz oben um.«

Leise sprintete er die Treppe hoch. Die erste Tür links führte in eine Art Gästezimmer, das sie offensichtlich als Arbeitszimmer nutzen wollte. Der auf einer aufgebockten Tischplatte stehende Computer war anscheinend unberührt geblieben, aber genau wie im Erdgeschoss waren auch hier Seiten aus ihrem Buch zu Konfetti verarbeitet und überall verstreut worden. Er warf einen kurzen Blick in den Schrank, in dem sich Kartons mit Büroartikeln stapelten.

Auf halber Höhe des Flurs stand eine romantische Doppelflügeltür mit Glaseinsätzen offen. Er trat hindurch und fand sich in Bellamys Schlafzimmer wieder. Wo er noch auf der Schwelle stockte. Auch dieser Raum war verwüstet worden, aber nicht mit Konfetti.

Hastig kontrollierte er die Schränke, die nichts enthielten als Kleidung und Schuhe, mehrere noch nicht ausgepackte Kartons und einen dezent blumigen Duft. Auch das angeschlossene Bad war leer bis auf die cremefarbenen Sanitärobjekte, flauschigen Handtücher und femininen Schminksachen auf der Ablage.

Er stellte sich in die offene Doppeltür und rief nach unten: »Hier ist niemand, aber du solltest trotzdem mal hochkommen.«

Gleich darauf stand sie neben ihm und reagierte genau wie er, als er das Zimmer betreten hatte. Sie erstarrte noch auf der Schwelle, und ihre Augen wurden groß.

»Ich gehe davon aus, dass das nicht zur Einrichtung gehört.«
»Nein«, hauchte sie.

Auf der Wand stand in knallroter Farbe: *Das wirst du büßen.*

Die Farbe war verlaufen und bildete unten an den Buchstaben Rinnsale, die wie Blutstropfen aussahen. Statt eines Pinsels war ihre Unterwäsche zum Schreiben verwendet worden.

Beiden war klar, was das bedeutete.

Dent deutete auf das farbgetränkte Seidenknäuel, der auf dem Teppichboden lag. »Das ist deins?« Als sie nickte, sagte er: »Krankes Schwein. Die Polizei ist unterwegs?«

Sie richtete sich auf, riss den Blick von der beschmierten

Schlafzimmerwand los und sah zu ihm auf. »Ich habe sie nicht angerufen.«

»Warum nicht?«

»Weil ich keine große Sache daraus machen will.«

Er war überzeugt, dass er sie falsch verstanden hatte, und sah sie fragend an.

»Das ist nur ein dummer Streich«, sagte sie. »Als ich eingezogen bin, hat mich ein Nachbar gewarnt, dass hier so was passieren kann. In letzter Zeit gab es einige Vorfälle. Wahrscheinlich handelt es sich um gelangweilte Teenager. Vielleicht eine Art Initiationsritus. Sie verstreuen Müll auf den Wegen. Treten Briefkästen um. Wie ich gehört habe, haben sie sich letzten Monat einen ganzen Block vorgenommen.«

Er sah auf die besudelte Wand, die auf dem Boden liegende Unterwäsche und dann wieder sie an. »Da hat jemand mit deinem Slip eine Drohbotschaft an deine Schlafzimmerwand geschmiert, und du setzt das mit verstreutem Müll und ein paar verbeulten Briefkästen gleich?«

»Ich werde auf keinen Fall die Polizei rufen. Schließlich wurde nichts gestohlen. Jedenfalls nicht soweit ich feststellen kann. Das ist nur... ein Teenie-Streich.«

Sie drehte auf dem Absatz um und kehrte in den Flur zurück. Dent folgte ihr, während sie auf ihren Absätzen die Stufen hinunterklackerte. »Als ich hier ankam, hast du gezittert wie Espenlaub. Und jetzt soll alles nur ein dummer Streich gewesen sein?«

»Ich bin sicher, dass es das ist.«

Sie bog um den unteren Geländerpfosten und eilte in Richtung Küche, dicht gefolgt von Dent. »O nein. Das kaufe ich dir nicht ab. Wofür sollst du büßen?«

»Weiß ich doch nicht.«

»Ich glaube, du weißt es sehr wohl.«

»Das geht dich nichts an. Was hast du hier überhaupt zu

suchen?« Sie schleifte einen Stuhl aus der Essnische in die Waschkammer und klemmte ihn so gegen die Tür, dass sie von außen nicht geöffnet werden konnte. »Sonst kommt ständig die Nachbarskatze ins Haus.«

Als sie sich umdrehte, verstellte ihr Dent den Weg. »Ich hätte gute Lust, selbst die Polizei anzurufen.«

»Untersteh dich. Bestimmt würden die Medien davon Wind bekommen, und dann müsste ich mich auch noch mit denen herumschlagen.«

»*Auch noch?* Womit musst du dich denn außerdem herumschlagen?«

»Mit nichts. Es ist nur ... Bitte lass es gut sein. Ich warte auf den Anruf, dass mein Vater gestorben ist. Mehr ertrage ich im Moment nicht. Kannst du das nicht verstehen?«

Er verstand jedenfalls, dass die Frau kurz vor dem Nervenzusammenbruch stand. In ihren Augen glänzte etwas. Angst? Ihre Stimme zitterte, als würde sie jeden Moment brechen. Sie drohte jeden Moment in den Abgrund zu stürzen und krallte sich mit letzter Kraft an der Klippe fest, aber bis jetzt hielt sie sich eisern, das musste er ihr zugutehalten.

Er milderte den Druck ab. »Hör mal, dank deiner Familie bin ich ebenfalls kein großer Freund der Polizei. Trotzdem finde ich, du solltest das melden.«

»Dann kreuzen sie mit Blaulicht und Sirene hier auf.«

»Wahrscheinlich.«

»Nein danke. Auf diesen Zirkus kann ich gut verzichten. Ich werde die Polizei nicht anrufen.«

»Okay, dann ruf eine Nachbarin an.«

»Wozu?«

»Frag sie, ob du bei ihr auf dem Sofa schlafen kannst.«

»Mach dich nicht lächerlich.«

»Eine Freundin vielleicht? Jemanden, der vorbeikommt und...«

»Nein.«

»Dann ruf die Polizei an.«

»Wenn du sie unbedingt anrufen willst, dann nur zu. Dann darfst du aber auch mit den Polizisten reden. Ich werde nicht hier sein.« Sie schubste ihn beiseite und kehrte in den Flur zurück. »Ich bin bei meinen Eltern.«

»Das ist die erste gute Idee aus deinem Mund. Du wärst verrückt, allein hierzubleiben. Aber warte noch eine Stunde. Bis die Polizei hier war...«

»Nein. Ich will die Fahrt hinter mich bringen, bevor der Sturm aufzieht.«

»Der kommt nicht hierher.«

Sie sah kurz zum Fenster. »Vielleicht ja doch.« Sie bückte sich und hob ihre Tasche auf, die sie offenbar hatte fallen lassen, sobald sie ins Haus getreten war. Energisch schob sie den Riemen über ihre Schulter. »Du hast mir noch nicht verraten, warum du mir nach Hause gefolgt bist.«

»Um dir dein lausiges Buch zurückzugeben.« Er deutete auf den Tisch, auf dem er es abgelegt hatte. Dann stieß er mit der Stiefelspitze in einen Haufen zerrissener Seiten. »Sieht so aus, als gäbe es jemanden, der noch weniger davon hält als ich.«

Sie wollte schon etwas darauf erwidern, stockte dann und wandte den Blick ab. Gleich darauf drehte sie ihm den Rücken zu und zog die Haustür auf.

Dent streckte die Hand an ihr vorbei und stieß die Tür wieder zu. Sie drehte sich wütend um, doch er kam ihr zuvor: »Es *geht* um das Buch. Richtig?«

Sie sagte nichts, aber das war auch nicht nötig. Ihre Miene sagte mehr als genug.

»Du hast Angst, stimmt's?«

»Ich...«

»Weil du genauso gut weißt wie ich, dass das kein Teenagerstreich war.«

»Ich weiß gar nichts.«

»Was solltest du sonst büßen müssen? Offenbar war irgendwer ausgesprochen unglücklich, dass du dieses Buch geschrieben hast.«

»Ich habe nie behauptet ...«

»So unglücklich, dass er dich jetzt bedroht und du die Drohung ernst nimmst. Sonst hättest du nicht solche Angst. Du brauchst das gar nicht abzustreiten. Ich sehe es dir an. Was ist also los? Was ist passiert?«

»Was geht dich das an?«

»Ich bin einfach ein netter Mensch.«

»Bist du überhaupt nicht!«

Da konnte er ihr kaum widersprechen. Sekundenlang starrten sie sich wütend an, dann kippte ihr Kopf nach vorn, und sie blieb mit gesenktem Haupt vor ihm stehen. Als sie das Gesicht wieder hob, strich sie sich eine Strähne aus der Stirn, die sich aus ihrem Pferdeschwanz gelöst hatte.

»Dent, ich habe einen echt miesen Tag hinter mir. Erst die Begegnung mit dir, bei der du mir die kalte Schulter gezeigt und quasi meine ausgestreckte Hand weggeschlagen hast. Dann musste ich untätig zusehen, wie mein Dad, den ich mehr liebe als irgendwen auf dieser Welt, auf dieser Krebsstation unerträgliche und entwürdigende Schmerzen erleiden musste. Eigentlich wollte ich bei ihm bleiben, aber er hat sich eine geschäftliche Sache aus den Fingern gesogen, die angeblich unbedingt gleich morgen früh erledigt werden muss. Dabei hat er mich in Wahrheit nur weggeschickt, damit ich ihn nicht so zu sehen brauche. Als wäre das alles nicht genug, musste ich auf dem Rückflug eine ausgewachsene Panikattacke unterdrücken, was nicht nur schrecklich beängstigend, sondern auch demütigend war, weil du alles mit ansehen konntest. Und als ich endlich heimkam, hatte jemand mein Haus verwüstet, und dann bist auch noch du aufgetaucht und hast mir zugesetzt.

Du kannst meinetwegen hierbleiben oder verschwinden oder dich zum Teufel scheren. Mir ist das egal.«

Auf dem Weg nach draußen drückte sie einen Hauptschalter, der im ganzen Haus den Strom abschaltete, und ließ Dent allein im Dunkeln stehen.

Ray Strickland war ein Mann, dem man besser aus dem Weg ging, und er tat alles, damit man ihm das ansah. Das brutale Gesicht hatte ihm Mutter Natur gegeben, doch er hatte zusätzlich Eigenarten entwickelt, um diesen Eindruck zu verstärken. Die dicke, tiefe Braue hatte er in einem unerschütterlichen Grollen herabgezogen, sodass sie die tief liegenden Augen überschattete. Mit seinen breiten Schultern und muskulösen Armen hätte er beinahe kopflastig gewirkt, wären seine Beine nicht genauso stämmig gewesen.

Er rasierte sich den Kopf nicht kahl, sondern schor ihn alle paar Tage mit einem Elektrorasierer auf wenige Millimeter ab. In seinem Nacken saß ein tätowiertes Eisernes Kreuz. Arme und Brust wurden von weiteren Tattoos verziert. Doch sein ganzer Stolz war die Schlange mit den Gift tropfenden Fangzähnen, die sich von der Schulter bis zum Handgelenk um seinen linken Arm wand.

Die Schlange verdeckte die Narben.

An seinem Gürtel hing eine Lederscheide, in der griffbereit ein geschliffenes Messer steckte, falls jemand sich nicht von seinem Äußeren abschrecken ließ und sich mit ihm anlegen wollte.

Seine ganze Erscheinung sagte: Komm mir bloß nicht zu nahe. Fast jeder, der seinen Weg kreuzte, beherzigte diesen Rat nur zu gern. Und heute Abend war er ganz besonders schlecht gelaunt.

Die Bar, in der er zum Trinken eingekehrt war, war viel zu voll und zu stickig, die Band lausig und laut. Jeder Neuankömmling, der sich durch die Milchglastür am Eingang zwängte, steigerte Rays Zorn. Diese Leute nahmen ihm den Raum und die Luft zum Atmen. Obwohl er seine Lederweste offen gelassen hatte, fühlte er sich eingezwängt.

Er gab der Bedienung das Zeichen für den nächsten Tequila. Sie trug einen schwarzen Cowboyhut mit Federband, einen schwarzen Leder-BH und eine Low Rise Jeans. Ihr Nabel war mit einem silbernen Ring gepierct, an dem eine Kette hing, die genau *dahin* führte.

Ray ließ sie wissen, dass er das bemerkt hatte. »Nette Kette.«

»Danke«, sagte sie, doch das unausgesprochene *Fick dich* war deutlich herauszuhören. Nachdem sie ihm nachgeschenkt hatte, drehte sie ihm den Rücken zu und stolzierte hüftschwenkend ans andere Ende der Bar, wobei sie ihm den herzförmigen Hintern zuwandte.

Dass sie ihn so abblitzen ließ, machte ihn rasend. Nicht dass er nicht daran gewöhnt gewesen wäre. Frauen wollten nichts mit ihm zu tun haben, jedenfalls nicht, bis er sie mit billigem Schnaps abgefüllt hatte, damit sie sich ein bisschen entgegenkommend und freundlich zeigten. Lust weckte er nie bei ihnen. Diese Gabe hatte er einfach nicht. Im Gegensatz zu seinem großen Bruder Allen. Das war ein Aufreißer! Allen hatte nur mit dem Finger schnippen müssen, schon waren ihm die Frauen zugeflogen. Allen hatte sich im Handumdrehen in jeden BH und in jedes Höschen quatschen können. Er hatte die Frauen geliebt, und die Frauen hatten ihn geliebt.

Nur eine einzige hatte Allen je abgewiesen.

Susan Lyston.

Nach dieser Schlampe hatte es keine Frauen mehr für Allen gegeben. Danach hatte es *gar* nichts mehr für ihn gegeben.

Ray griff nach seinem Schnapsglas und kippte den kehlenverätzenden Tequila hinunter.

Wenn Susan Lyston nicht gewesen wäre, würde Allen heute neben ihm sitzen, Weiber aufreißen, sich mit ihm betrinken und wie früher mit ihm zusammen durch die Nacht ziehen. Denn damals waren sie zwei wilde, verrückte Typen gewesen, und Ray war ganz sicher, dass sie heute noch so gut drauf wären wie vor achtzehn Jahren. Aber das würde er nie erfahren, oder? Nein. Und daran war nur Susan Lyston schuld.

Und jetzt fing ihre kleine Schwester mit der gleichen miesen Scheiße an. Verflucht, sie hatte gleich ein ganzes Buch darüber geschrieben! Klar, sie hatte die Namen geändert, sogar ihren eigenen. Sie hatte die ganze Geschichte in eine erfundene Stadt verlegt. Aber diese durchsichtigen Verschleierungen nutzten einen feuchten Dreck, wenn jemand die wahre Geschichte kannte. Dann erkannte man auf den ersten Blick die Menschen hinter ihren Romanfiguren.

In Ray begann es jedes Mal zu brennen, wenn er daran dachte, wie sie Allens Figur beschrieben hatte. Sie hatte ihn »degoutant« genannt. Ray wusste nicht, was das bedeutete, aber es klang gemein. In ihrem gottverdammten Buch wurde ein weiteres Mal über seinen Bruder gelogen und hergezogen. Und damit wirklich jeder all die Gemeinheiten las, war Susans Schwester, die inzwischen erwachsen war und es besser wissen sollte, dauernd im Fernsehen zu sehen und quatschte über ihr Buch, um aus Rays Bruder und der Geschichte, die sein Leben ruiniert hatte, Geld zu schlagen.

Das war nicht richtig. Damit würde Ray sie nicht durchkommen lassen.

Sobald er gehört hatte, dass sie wieder in Austin war, hatte er seinen Feldzug gestartet, um ihr rosiges Leben ein bisschen weniger rosig zu machen. Er würde dafür sorgen, dass sie genauso verwirrt und nervös und verängstigt war wie Allen, als man ihn verhaftet hatte. Und wie Ray, als sie Allen verhaftet hatten.

Und wenn er genug Spaß mit ihr gehabt hätte, dann würde er sie für jedes einzelne Wort büßen lassen, das sie über seinen Bruder geschrieben hatte.

Heute hatte er ihr nur eine kleine Warnung zukommen lassen wollen. Erst hatte er ihr Buch gekauft, auch wenn es ihn ärgerte, dass sie dadurch noch mehr verdiente, und die Seiten genüsslich mit dem Messer zerschnitten. Dann hatte er im Baumarkt eine Dose rote Farbe und einen Pinsel besorgt. In ihr Haus war er genauso problemlos gekommen, wie er ihr Schlafzimmer gefunden hatte.

Und das war das Beste daran: Im letzten Augenblick war er auf die Idee gekommen, nicht den Pinsel, sondern eins von ihren Höschen zu nehmen. Ihre Unterwäsche hatte zusammengefaltet in einer Schublade gelegen. In aller Ruhe hatte er das schönste Höschen aus dem Stapel rausgesucht. Es hatte zwar kaum Farbe aufgenommen, aber für die paar Worte hatte es gereicht.

Hinterher war er in die Küche gegangen, um dort auf sie zu warten. Der Nachmittag hatte sich ewig hingezogen. Es war immer heißer und immer schwüler geworden, trotzdem hatte er die Klimaanlage nicht eingeschaltet. Irgendwie war es wichtig, dass es nicht zu angenehm für ihn war. Er wollte es sich nicht zu leicht machen. Schließlich tat er das alles für Allen.

Es wurde Nacht, aber nicht mal als die Sonne untergegangen war, wurde es kühler. Als er endlich ihren Wagen in die Auffahrt biegen hörte, hatte er seine Jeans längst durchgeschwitzt, und die Lederweste klebte ihm am Oberkörper. Er hörte, wie sie die Haustür aufschloss, und bekam genau mit, wann sie das Chaos im Flur bemerkte. Sie schnappte so erschrocken nach Luft, dass er am liebsten laut gelacht hätte.

Um ein Haar wäre er mit einem lauten Schrei aus der Küche gestürmt und hätte sie zu Tode erschreckt. Stattdessen blieb er still sitzen. Bevor er entschied, was er machte, wollte er noch abwarten, wohin sie ging oder was sie als Nächstes tat.

Dann hörte er noch einen Motor grollen. Eine Tür knallte. Schritte auf dem Weg zum Haus.

Scheiße! Ray hatte sich die Plastiktüte mit der Farbdose geschnappt und war aus dem Haus gestürmt. Er war nicht mal stehen geblieben, um die Tür hinter sich zuzuziehen. Er war einfach über den Blumentopf gesprungen, der zu Bruch gegangen war, als er die Tür geknackt hatte. Dann war er über den Zaun geflankt und durch den Nachbargarten verschwunden.

Schließlich war er bei seinem Pick-up angekommen, den er ein paar Blocks entfernt geparkt hatte. Keuchend und schweißnass hatte er den Wagen erreicht, aber er war eher wütend als verängstigt. Jemand hatte seinen Plan durchkreuzt.

Natürlich war es riskant, an ihrem Haus vorbeizufahren, aber Männer wie er suchten die Gefahr und das Risiko. Wie sich herausstellte, hatte sich der Einsatz gelohnt. Er hatte das Arschloch identifiziert, das ihm einen Strich durch die Rechnung gemacht hatte.

Denton Carter.

Im ersten Moment traute Ray seinen Augen nicht, als er ihn unter der Verandalampe vor Bellamy Prices Haustür stehen sah. Aber ein Irrtum war ausgeschlossen.

»Großkotziger Hobbyflieger«, knurrte Ray jetzt, halb über die Bar gebeugt, und rollte dabei das leere Schnapsglas zwischen den Händen. Zorn brodelte in ihm hoch. Dent Carter war einer dieser elenden Glückspilze, die man durch eine Jauchegrube schleifen konnte und die hinterher wie durch ein Wunder trotzdem nach Rosen dufteten. Ray wusste, dass Carter schon eine Reihe von Tiefschlägen eingesteckt hatte. Bei der Airline hatten sie ihn gefeuert. Irgendwas wegen eines Beinahezusammenstoßes.

Aber wie nicht anders zu erwarten, war Dent wieder auf die Beine gekommen. Vor Bellamys Haus stand eine sexy rote Corvette am Straßenrand, und Ray hatte mit eigenen Augen gesehen, wie Bellamy ihn ins Haus gelassen hatte. Warum auch nicht, wenn sie ihn in ihrem Buch als scharfen Zuchthengst beschrieben hatte? Der Gedanke trieb Ray in den Wahnsinn.

Er gab der Bedienung ein Zeichen und zog ein Bündel Scheine aus der vorderen Hosentasche. Von diesem Anblick angelockt, kehrte sie zu ihm zurück, die Flasche »Patron« in der Hand.

»Noch einen für dich, Hübscher?«

Ach, jetzt war er plötzlich ihr Hübscher? Was Geld nicht alles bewirkte. Ob sie wohl immer noch so freundlich wäre, wenn er sich vorbeugen und an ihrem Kettchen zupfen würde? Nur ganz kurz? Wahrscheinlich würde sie sich die Seele aus dem Leib schreien.

»Gib mir einen Doppelten.«

Sie nahm ein zweites Schnapsglas aus dem Regal und füllte es. »Was gibt's zu feiern?«

»Ich halte eine private Totenwache.«

»Oh, das tut mir leid. Wer ist denn gestorben?«

»Niemand.« Er hob prostend das Glas. »Bis jetzt.«

4

Dent tastete nach seinem läutenden Smartphone, sah blinzelnd aufs Display und fragte unwirsch: »Willst du mich verarschen? An zwei Tagen hintereinander?«

»Schwing deinen Hintern hier raus.«

Gall legte auf, ohne noch einen Ton zu sagen, was ihm gar nicht ähnlich sah. Eigentlich stritt er für sein Leben gern. Und am allerliebsten stritt er mit Dent. Irgendwas war faul.

Dent schlug die Decke zurück und wiederholte die Prozedur vom Vortag, nur dass er diesmal auf die Rasur verzichtete und das weiße Hemd mit Krawatte durch ein kariertes Cowboyhemd ersetzte. Keine fünf Minuten später zog er die Tür hinter sich zu.

In nicht einmal zwanzig Minuten war er auf dem Flugplatz, wo Gall im Hangar neben Dents Flugzeug stand. Er hatte die Hände in die Hüften gestemmt und rollte die zerkaute Zigarre gnadenlos zwischen den mahlenden Kiefern hin und her.

Noch während Dent auf ihn zuging, deutete Gall angewidert auf das Flugzeug, aber Dent hatte den Schaden schon bemerkt, sobald er aus dem Auto gestiegen war. Die Windschutzscheibe des Cockpits war zerschmettert. Der Rumpf war mit tennisballgroßen Beulen übersät. Die Reifen waren zerstochen. Ein Propellerflügel war verbogen. Das Schlimmste aber waren die tiefen Risse in den Oberseiten der Tragflächen, die aussahen wie mit einem riesigen Dosenöffner bearbeitet.

Langsam und mit wachsendem Zorn ging Dent um das Flugzeug herum und begutachtete den mutwillig angerichteten Schaden. Als er wieder bei Gall ankam, musste er seinen Kiefer erst auseinanderzwingen, bevor er fragen konnte: »Und die Mechanik?«

»Hab ich noch nicht überprüft. Ich dachte, ich lass erst mal alles, wie es ist, bis der Mann von der Versicherung da war. Das Büro des Sheriffs hab ich auch angerufen. Sie schicken wen her. Die Tragflächen allein oder nur der Propeller würden ausreichen, dass du eine ganze Weile nicht fliegen könntest. Aber beides zusammen...«

Dent sah ihn an.

Er zog die Schultern hoch und schloss bekümmert: »Mindestens einen Monat. Wahrscheinlich noch länger.«

Dent entfuhr ein herzhafter Fluch. Für ihn war das nicht nur ein Flugzeug. Es war auch nicht nur ein Mittel, seinen Lebensunterhalt zu verdienen. Es war sein *Leben*. Er hätte es nicht persönlicher nehmen können, wenn man ihn selbst mit einem Hammer und einer scharfen Klinge attackiert hätte.

»Wie ist er in den Hangar gekommen?«

»Hat die Vorhängeschlösser mit einem Bolzenschneider geknackt. Ich wollte sie schon eine ganze Weile durch was Neueres ersetzen, aber, du weißt ja... dann bin ich doch nicht dazu gekommen.«

»Mach dir keine Vorwürfe, Gall. Es ist nicht deine Schuld. Wenn ich den oder die Typen, die das getan haben, in die Finger kriege...«

»Dann versprich mir, dass du mir Bescheid sagst, denn da will ich dabei sein.« Er warf die Zigarre in die alte Öltonne, die als Mülleimer diente. »Da kommt der Mann des Gesetzes.«

Die nächsten anderthalb Stunden verbrachten sie mit dem ermittelnden Deputy, der zwar einen durchaus kompetenten Eindruck machte, aber, wie Dent ihm anmerkte, dem Vorfall keine Priorität einräumen würde. Die Fragen des Deputys ließen erkennen, dass er die Attacke für einen Vergeltungsakt hielt, den Dent sich irgendwie selbst zuzuschreiben hatte.

»Haben Sie bei irgendwem offene Schulden, Mr. Carter?«

»Nein.«

»Ich rede hier nicht von Bankschulden. Bei einem Buchmacher vielleicht? Einen Privatkredit...«

»Nein.«

»Irgendwelche Feinde? Hatten Sie in letzter Zeit Ärger? Hat sich jemand mit Ihnen angelegt? Wissen Sie, ob Ihnen jemand irgendwas verübelt?«

»Nein.«

Er sah Dent forschend an, als könnte er das kaum glauben, bohrte aber nicht nach, als er Dents finstere Miene sah. Stattdessen stellte er Gall ein paar Fragen, während sich Dent dem Sachverständigen der Versicherung zuwandte, der kurz nach dem Deputy eingetroffen war.

Der Sachverständige, ein steifer, humorloser und zugeknöpfter Mensch und genau die Art von Bürohengst, mit der Dent rein gar nichts anfangen konnte, stellte eine Menge unnötiger und dämlicher Fragen. Er machte sich eifrig Notizen, schoss Unmengen von Fotos und füllte einen Haufen Formulare aus, die er ärgerlich kühl und ohne ein Wort der Anteilnahme in seinen Aktenkoffer schob.

»Die werden mich bescheißen«, sagte Dent zu Gall, als der Sachverständige wieder gefahren war. »Du wirst schon sehen.«

»Dann setze ich einfach die Kosten für die Reparatur und die Ersatzteile höher an, und schon gleicht sich das wieder aus.«

Dent lächelte grimmig und froh, wenigstens einen Verbündeten zu haben, der nachvollziehen konnte, wie sehr ihm das hier zusetzte, und zwar nicht nur finanziell. Er hatte weder Frau noch Kinder, nicht einmal ein Haustier. Dieses Flugzeug war sein Baby, die Liebe seines Lebens.

»Ich will, dass du sie dir ganz genau ansiehst. Ich ruf dich später wegen einer ersten Prognose an.«

Er wollte zu seinem Wagen gehen, doch Gall hielt ihn auf. »Immer langsam mit den jungen Pferden. Komm erst noch eine Minute in mein Büro.«

»Wieso?«

»Du hast noch keinen Kaffee gehabt.«

»Woher willst du das wissen?«

Gall winkte Dent schnaubend, ihm zu folgen, und stapfte in seinen Verschlag. Dent wäre lieber sofort gefahren, aber ihm war klar, dass Gall ein schlechtes Gewissen wegen des klapprigen Vorhängeschlosses hatte. Ein paar Minuten musste er ihm opfern.

Er füllte eine angeschlagene, fleckige Tasse mit dem öligen Gebräu, nahm sie mit ins Büro und ließ sich vorsichtig auf dem Stuhl mit dem unzuverlässigen Bein vor dem Schreibtisch nieder.

»Ich hab mitbekommen, was du dem Deputy erzählt hast«, sagte Gall. »Trotzdem würde mich interessieren, ob du eine Ahnung hast, wer das gewesen sein könnte.« Er vermied jeden Augenkontakt und zupfte an seinem ausgeleierten Ohrläppchen, was ein sicheres Zeichen dafür war, dass ihm etwas auf der Seele lag.

»Was geht dir im Kopf rum?«

Gall wickelte eine frische Zigarre aus und verankerte sie in seinem Mundwinkel. »Ich hab sie im Fernsehen gesehen, bevor ich heute Morgen aus dem Haus bin. In der Morgenshow. Das Interview hatten sie aufgezeichnet, haben sie gesagt.«

Dent sagte gar nichts.

»Dieses Buch, das sie geschrieben hat… *Kalter Kuss*?«

»Yeah.«

Der ältere Mann seufzte schwer. »*Yeah.*«

Dent nahm einen Schluck Kaffee.

Gall ließ die Zigarre in den anderen Mundwinkel wandern und sagte dann: »Ich wusste wirklich nichts davon, sonst hätte ich den Charter auf gar keinen Fall ausgehandelt. Das weißt du doch, oder?«

»Mach dich deswegen nicht fertig, Gall. Früher oder später hätte ich sowieso von dem Buch erfahren. Sie hat mir selbst erklärt, dass es ihr unbegreiflich sei, wie ich nichts davon gehört haben konnte.«

»Nett, dass du mich vom Haken lassen willst«, sagte der alte Mann, »trotzdem könnte ich mich bis nächsten Sonntag in den Hintern treten, weil ich nicht sofort aufgelegt habe, als sie dich für einen Flug buchen wollte.« Er verstummte kurz und fragte dann: »Du hast das Ding gelesen?«

»Größtenteils. Den Schluss habe ich überflogen.«

»Erzählt sie darin die ganze Geschichte?«

»So ziemlich. Das Ende bleibt offen.« Dent atmete tief aus. »So wie in Wahrheit auch.«

»Für mich war das ganz und gar nicht offen«, knurrte Gall.

»Du weißt, wie ich es meine.«

Gall nickte grimmig. »Kein Wunder, dass du ihr am liebsten an die Kehle gegangen wärst, als du gestern hier abgezischt bist. Hast du sie noch eingeholt?«

»Schon, aber das lief nicht so wie geplant.« Dent beschrieb die Szene, die sich ihnen in Bellamys Haus geboten hatte. »Der Drecksack hat ihre Unterhose benutzt, um ihre Wände zu beschmieren.«

»Jesus.« Gall fuhr sich mit allen zehn Fingern durch das dünne Haar. »Glaubst du, es gibt da einen Zusammenhang?«

Dent runzelte die Stirn und bemerkte dann den Blick, den Gall auf sein demoliertes Flugzeug warf. »Allerdings. Ihr Haus. Meine Maschine. Dieselbe Nacht. Es wäre schon ein sehr großer Zufall.« Er stellte die leere Kaffeetasse auf den Schreibtisch und stand auf.

»Wo willst du jetzt hin?«
»Mit ihr darüber reden.«
»Dent...«
»Ich weiß, was du sagen willst. Spar dir die Puste.«
»Ich hab dir schon vor achtzehn Jahren gesagt, dass du die Finger von diesem Lyston-Mädchen lassen sollst. Du wolltest ja nicht hören.«
»Das ist ein anderes Lyston-Mädchen.«
»Aber offensichtlich ist sie genauso Gift für dich wie ihre große Schwester.«
»Genau darüber will ich mit ihr sprechen.«

Bellamys Herz setzte einen Schlag aus, als ihr Handy läutete. Sie hatte es die ganze Nacht und den ganzen Morgen in Reichweite gehabt, weil sie zwar Olivias Anruf fürchtete, aber gleichzeitig endlich erfahren wollte, wie es um ihren Vater stand. »Hallo?«
»Wo bist du?«
»Wer spricht da?«
Er schenkte sich die Antwort.
»Was willst du, Dent?«
»Jemand hat gestern Nacht meine Maschine demoliert.«
»Wie bitte?«
»Wo steckst du?«
»In Daddys Firma.«
»In einer knappen halben Stunde bin ich da. Ich komme rein, ich komme rauf, und lass dir bloß nicht einfallen, mich nicht in die Firma zu lassen.« Er legte auf.
Die Firmenzentrale von Lyston Electronics befand sich in einem glasverkleideten siebenstöckigen Gebäude, das zwischen weiteren Neubauten in einem Gewerbegebiet in der Nähe der Bahnstrecke stand. Die Firma produzierte begehrte Hightech-Komponenten im Kommunikationsbereich, darum

musste jeder, der hier arbeitete, einen Firmenausweis tragen und sich strengen Kontrollen unterziehen.

Bellamy meldete Dent umgehend beim Empfang an. »Bitte zeigen Sie ihm den Weg zum Büro meines Vaters.«

Zwanzig Minuten später führte ihn die Sekretärin ihres Vaters herein. Bellamy entließ sie mit einem dankenden Nicken und blieb hinter dem Schreibtisch sitzen, während Dent seinen Blick in aller Ruhe durch den Raum wandern und ihn dabei besonders lange auf dem Elchkopf an der Wand und auf der Glasvitrine mit den unschätzbar kostbaren Jadeschnitzereien ihres Vaters ruhen ließ. Vor allem jedoch faszinierte ihn das unübersehbare Familienporträt an einer der holzvertäfelten Wände. Er ging hinüber und studierte es ausgiebig.

Das Foto war während des letzten Weihnachtsfestes aufgenommen worden, an dem die Familie noch intakt gewesen war. Im Zentrum, vor einem gigantischen funkelnden Weihnachtsbaum, stand Howard, von Kopf bis Fuß der stolze Patriarch. Olivia, eine Augenweide in burgunderrotem Samt und gelben Diamanten, hatte sich bei ihm eingehakt. Steven, der bockige Vierzehnjährige, hatte die Hände in den Taschen seiner grauen Flanellhose vergraben. Susan lagerte im Vordergrund auf dem Orientteppich, den langen Rock um sich ausgebreitet. Sich ihrer Schönheit und ihrer Reize bewusst, ließ sie ein selbstbewusstes Lächeln erstrahlen. Neben ihr saß Bellamy, die Lippen fest über der Zahnspange geschlossen, und versteckte sich so gut wie möglich hinter dem schwarzen Scottish Terrier, den sie auf dem Schoß hielt.

Dent drehte sich zu ihr um. »Was wurde eigentlich aus dem Hund? Scooter?«

»Der wurde noch dreizehn Jahre alt.«

»Und dein Bruder? Was treibt der inzwischen?«

»Genau genommen ist Steven mein Stiefbruder. Ich war zehn, er zwölf und Susan vierzehn, als Daddy und Olivia heirateten. Jedenfalls ging Steven nach der Highschool von Austin weg. Er besuchte ein College an der Ostküste und blieb danach dort.«

Seine Reaktion beschränkte sich auf ein wenig aussagekräftiges *Huh.*

»Was meintest du mit: ›Jemand hat meine Maschine demoliert?‹«

Er ging zum Schreibtisch und setzte – nein, fläzte – sich in einen der Sessel davor, ohne zu merken oder wahrhaben zu wollen, wie deplatziert er in seiner Jeans und seinem heraushängenden Westernhemd in diesem Chefbüro wirkte, das eigentlich nach Anzug und Krawatte verlangte.

Aber er hatte schon immer erstaunlich wenig auf irgendwelche Regeln gegeben.

Er verschränkte die Finger und ließ die Hände auf den Bauch sinken. »Was hast du daran nicht verstanden?«

»Spar dir den Sarkasmus, Dent. Erzähl mir, was mit deinem Flugzeug los ist.«

»Jemand ist gestern Nacht in den Hangar eingebrochen und hat mit irgendwas darauf eingeschlagen.« Er beschrieb die Schäden. »Und das sind nur die, die von außen zu sehen sind. Die Technik konnte Gall noch nicht durchchecken.«

»Das tut mir so leid.«

»Dir tut das vielleicht leid, aber ich kann nicht mehr fliegen. Und solange ich nicht fliegen kann, kann ich keine Aufträge annehmen. Was heißt, dass ich kein Einkommen habe. Für dich... ach, wahrscheinlich ist dir das ganze Konzept ein Rätsel.«

Seine Verachtung traf sie, denn sie hatte tatsächlich noch nie eine finanzielle Durststrecke durchstehen müssen. In ihrer Familie war Geld nie ein Problem gewesen.

»Die Bank wird nicht die Raten aussetzen, nur weil meine Maschine repariert werden muss. Also muss ich jetzt Raten für ein Flugzeug zahlen, das ich nicht fliegen kann. Jedenfalls bis ich endgültig pleite bin und gar keine Raten mehr zahlen kann, und dann werden sie mir die Maschine wegnehmen. Wenn sie das Flugzeug einkassieren, sitze ich endgültig am Boden fest. Also bringt mir dein Mitleid nicht wirklich viel, oder?«

»Ich bedauere zutiefst, dass es so gekommen ist. Ehrlich. Ich weiß, dass du die Arbeit brauchst.«

Er sah sie scharf an, stieß ein freudloses Lachen aus und wandte das Gesicht ab. Als er sie wieder ansah, war sein Blick zornverhangen. »Sieh an. Du hast dich also schlau über mich gemacht. Und herausgefunden, dass ich gerade so über die Runden komme. Du hattest Mitleid. Ging es gestern darum? Wolltest du dem armen alten Dent einen Knochen zuwerfen?«

»Ich habe dir erklärt, warum ich dich wiedersehen wollte.«

Er nagelte sie weiter mit seinem Blick fest, bis sie nachgab. »Na schön, ja. Ich habe gelesen, dass dich die Fluglinie nach dem Vorfall gefeuert hat.«

»Falsch. Ich habe nach dem Vorfall gekündigt.«

»Was ist mit deiner Rente? Und den Zulagen?«

»Die war ich los, als ich ihnen erklärt habe, wohin sie sich ihren Job schieben können.« Er zog die langen Beine an und setzte sich auf. »Aber ich bin nicht hier, um mit dir über meine Finanzlage zu reden. Ich will darüber reden, warum jemand mein Flugzeug kaputt geschlagen hat, nachdem er in dein Haus eingebrochen ist und eine Drohung an deine Schlafzimmerwand geschmiert hat.«

»Wie kommst du darauf, dass das eine was mit dem anderen zu tun hat?«

Er sah sie streng an.

»Es ist eigenartig, zugegeben.«

»Nein, T. J. David. Ich werde dir sagen, was eigenartig ist. Eigenartig ist, dass du total verängstigt warst, als ich gestern bei dir zu Hause aufgetaucht bin. Du warst vor Angst wie versteinert. Trotzdem wolltest du auf keinen Fall die Polizei rufen. *Das* ist eigenartig. Und spar dir den Kram von wegen unangenehmer Publicity, wenn du dauernd im Fernsehen zu sehen bist, um dein Buch anzupreisen. Gall hat erst heute Morgen ein aufgezeichnetes Interview mit dir gesehen.«

»Die Publicity wollte ich doch gar nicht«, fuhr sie auf. Sie erzählte ihm von Rocky Van Durbin und *EyeSpy*. »Seit er in diesem Schmierblatt meinen Namen und mein Gesicht abgedruckt hat, habe ich keine ruhige Minute mehr. Ich wollte überhaupt nicht berühmt werden.«

»Komm mir nicht so«, schnaubte er. »Dadurch verkauft sich das Buch doch umso besser, oder?«

»Ich streite gar nicht ab, dass die Verkaufszahlen explodiert sind, seit ich an die Öffentlichkeit gegangen bin und Werbung für meinen Roman mache. Ich habe viele Fans dazugewonnen.«

»Und dir mindestens einen Feind gemacht.«

Sie stand von ihrem Stuhl auf, umrundete den Schreibtisch und trat ans Fenster. Eine Weile schaute sie auf den Verkehr, der unten auf dem Freeway vorbeizog, dann drehte sie sich wieder dem Raum zu. Unter Dents aufmerksamem Blick ging sie zu dem Ledersofa unter dem weihnachtlichen Familienporträt und setzte sich.

Seine Augen wurden schmal, und er stellte leise fest: »Du weißt, wer das war.«

»Nein. Ehrenwort, ich weiß es nicht. Glaubst du nicht, ich hätte längst versucht, das abzustellen, wenn ich das wüsste?«

»Das *abzustellen*? *Was* abzustellen? Es ist schon mal was passiert? Vor gestern Nacht? Was denn? Und wann?«

»Das geht dich nichts an, Dent.«

»Von wegen.« Er stand aus dem Sessel auf, schob ihn zum Sofa, direkt vor ihre Füße, und ließ sich dann wieder hineinfallen. Die Unterarme auf die gespreizten Knie gestemmt, beugte er sich eindringlich vor. »Jemand hat seine Wut an meinem Flugzeug ausgelassen. Das geht mich sehr wohl etwas an.«

»Es tut mir schrecklich leid, dass du da hineingezogen wurdest.«

»Klar. Mir auch.«

Sie seufzte. »Ehrlich. Es tut mir leid. Ich verstehe, dass du wütend bist. Du hast jedes Recht dazu. Wenn ich das ungeschehen machen könnte...«

»Kannst du aber nicht. Ich hänge in der Sache mit drin, und ich werde bei Gott herausfinden, wer mir das angetan hat, und dann werde ich es keinem Richter überlassen, dieses Schwein seiner gerechten Strafe zuzuführen. Das werde ich persönlich übernehmen. Und jetzt erzähl mir, was da läuft.«

Sie fühlte sich von ihm in die Enge getrieben, begriff aber, dass er nicht nachgeben würde, bis sie ihm mehr erzählt hatte. Außerdem erkannte sie, wie erleichternd es wäre, endlich mit jemandem teilen zu können, was sie während der letzten Wochen durchgemacht hatte.

»Angefangen hat es in New York.« Sie rieb mit den verschwitzten Handflächen über ihre Schenkel, um sie am Stoff ihrer Hose zu trocknen. Dann wurde ihr bewusst, dass Dent ihr zusah und die Bewegung mit Interesse verfolgte, und sie verschränkte die Arme mit geballten Fäusten.

Natürlich reagierte er auf ihre Körpersprache. »Fürchtest du dich vor mir?«

»Nein.«

Er sah sie kurz nachdenklich an und fragte dann, was in New York vorgefallen war.

Abgehackt und stockend erzählte sie ihm von dem Geschenkkarton, der dort für sie abgegeben worden war. »Eine tote Ratte wäre schon schrecklich genug gewesen. Aber als ich sah, wie sich der Schwanz bewegte, und begriff, dass sie noch am Leben war...« Selbst jetzt ließ der bloße Gedanken daran sie schaudern. Dent stand auf. Die Hände in die Hüften gestemmt, ging er einmal im Kreis und fuhr sich dann mit der Hand über den Nacken. »Was für ein krankes...« Er ließ den Satz in der Luft hängen.

»Ich habe nicht mal mehr einen Koffer gepackt«, sagte sie. »Ich bin einfach geflohen. Anders kann man es nicht ausdrücken. Ich habe mir die Handtasche geschnappt und bin aus dem Apartment gerannt. In der Lobby bin ich kurz stehen geblieben, um den Portier zu fragen, wer das Päckchen abgegeben hatte. Er hatte keinen Lieferantennamen notiert und keinen Lieferwagen gesehen. Nur einen ›uniformierten Boten mit einer Yankees-Kappe‹. Genauer konnte er ihn nicht beschreiben. Ich sagte ihm, dass er einen Kammerjäger in mein Apartment schicken sollte und dass ich bis auf Weiteres verreisen würde. Dann nahm ich mir ein Taxi zum Flughafen und verschwand mit dem ersten Flug, auf dem ich einen Platz bekam.« Sie sah ihn an. »Noch vom Taxi aus rief ich meinen Agenten an und bat ihn, all meine Termine und vereinbarten Interviews abzusagen. Irgendwann habe ich einfach aufgelegt, weil Dexter gar nicht aufhörte, mir vorzuhalten, wie verrückt es sei, nicht auf dieser Flutwelle von Publicity zu reiten. Seither habe ich kein einziges Interview mehr gegeben. Und mich hier praktisch unsichtbar gemacht. Irgendwann haben die Reporter aufgehört, mich zu kontaktieren.« Sie zuckte mit den Achseln. »Sie haben aufgegeben. Es gab andere Storys. Mir ist das egal. Ich bin nur froh, dass ich nicht mehr im Scheinwerferlicht stehe.«

Dent ließ sich das durch den Kopf gehen. »Okay, du bist also mit fliegenden Fahnen nach Austin zurückgekehrt. Bestimmt fanden es dein Dad und deine Stiefmom ziemlich merkwürdig, dass du plötzlich wieder aufgetaucht bist. Hast du ihnen von der Ratte erzählt?«

»Nein. Natürlich waren sie überrascht, dass ich New York verlassen habe. Und noch überraschter, als ich gleich am zweiten Tag das Haus in Georgetown angemietet habe. Das hat selbst mich überrascht«, ergänzte sie nachdenklich. »Ich habe ihnen erklärt, dass mir New York über den Kopf gewachsen sei und ich eine Erholungspause bräuchte. Sie haben das nicht hinterfragt, denn sie kennen den wahren Grund. Dass ich in Daddys Nähe bleiben will, bis er stirbt. Allerdings ist es für alle Beteiligten besser, wenn ich in meinem eigenen Haus wohne.«

Sie stand auf und ging an die Bar, die in die Wand gegenüber eingelassen war. »Wasser?«

»Gern.«

Sie brachte ihm eine Flasche, öffnete sich ebenfalls eine und setzte sich dann wieder auf das Sofa. Dent lehnte sich in seinem Sessel zurück. »Wie lange ist das alles her?«

»Ungefähr drei Wochen. Als ich New York verließ, dachte ich, ich würde damit einen Stalker abschütteln. Besser kann ich es nicht ausdrücken. Irgendwen, der was gegen mich hatte oder den ich unwissentlich beleidigt hatte.«

Als sie verstummte, beugte er sich wieder vor. »Aber?«

Sie massierte ihre Oberarme. »Aber ich habe immer noch das Gefühl, dass ich beobachtet werde. Verfolgt. Anfangs wollte ich es nicht wahrhaben. Nach der Sache mit der Ratte spielten sich in meinem Kopf die melodramatischsten Szenen ab, ich war hypernervös und paranoid. Dann wurde vor etwa einer Woche mein Auto aufgebrochen, während ich im Supermarkt war. Es wurde nichts gestohlen, aber inzwischen wünschte ich fast, dass irgendwas mitgenommen worden wäre.«

»Vielleicht wurde er gestört. Er hat das Schloss geknackt, dann Angst bekommen und ist getürmt.«

Sie schüttelte den Kopf. »Er war im Auto. Das habe ich sofort gespürt. Es roch nach Schweiß. Körpergeruch.« Immer noch wurde ihr schon bei dem Gedanken daran schlecht.

Dent zog die Stirn in Falten. »Er wollte nur in deine Privatsphäre eindringen. Dich einschüchtern.«

»Was ich viel schlimmer finde als einen Diebstahl.«

Er lehnte sich wieder zurück und trank mehrere Schlucke Wasser. Während er die Kappe wieder auf die Flasche drückte, fragte er: »Und du hast keine Ahnung, wer dieser perverse Stinker sein könnte?«

»Nein. Aber wie du gestern ganz richtig bemerkt hast, muss es jemand sein, der sich an meinem Buch stört. Und zwar extrem.« Sie wandte den Blick ab, trotzdem bemerkte er ihre schuldbewusste Miene.

»Ach, jetzt geht mir ein Licht auf«, sagte er gedehnt. »Du dachtest, *ich* wäre das? Darum hast du den Flug bei mir gebucht. Dieses ganze Gerede, dass du mal sehen wolltest, wie es mir inzwischen geht, war genau das. Leeres Gerede. Du wolltest feststellen, ob ich dir vielleicht diese bösen Streiche spiele.«

»Dent, ich...«

»Geschenkt«, fiel er ihr wütend ins Wort und stand auf. »Kein Wunder, dass du eingehst wie eine Mimose, sobald ich nur in deine Nähe komme. Du hast Angst, dass ich dich anspringen könnte.« Er sah sie mit schneidender Verachtung an. »Nur damit das klar ist, ich war schon lange nicht mehr in New York. Und eine Ratte, lebendig oder tot, würde ich nicht mal mit den Fingerspitzen anfassen. Außerdem dusche ich fast täglich und nehme ein Deodorant, und gestern hätte ich unmöglich an zwei Orten gleichzeitig sein können. Da war ich nämlich mit dir in Houston, nicht hier in deinem Schlafzimmer. Und falls ich meine Hände jemals an dein Höschen legen sollte, dann nicht, weil ich damit was an deine Wand schreiben will, das kannst du mir glauben.«

Sie spürte, wie ihre Wangen heiß wurden, und ärgerte sich darüber, dass sie so leicht rot wurde.

Lange blieb es still, und sie spürte nur die Wut, die er ausstrahlte. Schließlich fragte sie ruhig: »Bist du fertig?«

»Viel wichtiger ist doch die Frage, ob du es bist.«

»Wie meinst du das?«

»Hier.« Er schwenkte den Arm über den Raum. »Bist du fertig mit dem, was du hier erledigen wolltest?«

»Ja«, antwortete sie leicht argwöhnisch. »Warum?«

Er beugte sich vor, schloss die Finger um ihren Oberarm und zog sie vom Sofa hoch. »Es gibt nicht viele Menschen, die Grund haben, sich so über dein Buch zu ärgern. Ich will noch mal in dein Haus und mich bei Tageslicht umsehen. Vielleicht finden wir einen Hinweis darauf, wer sich dort ausgetobt hat.«

Bellamy sträubte sich kurz, aber nachdem sie eigentlich dasselbe vorgehabt hatte, ließ sie sich schließlich von ihm aus dem Büro begleiten. Im Aufzug fragte er sie, ob sie schon etwas Neues aus Houston gehört habe, und meinte, als sie verneinte, dass das wahrscheinlich eine gute Nachricht sei.

Der banale Wortwechsel half ihnen, die peinliche Nähe in der engen Kabine zu überspielen.

Draußen strahlte die Sonne so hell, dass sie im ersten Moment wie geblendet war und Rocky Van Durbin erst bemerkte, als er direkt vor ihr stand.

»Hallo, Miss Price. Lange nicht gesehen.« Er schmunzelte kurz und musterte dann Dent ausgiebig. Mit einem kurzen Nicken in seine Richtung fragte er: »Wer ist der Cowboy?«

»Wer ist das Arschloch?«

5

Nicht mal ein Herzschlag hätte zwischen Van Durbins Frage und Dents Erwiderung gepasst.

Bellamy ließ beide Fragen unbeantwortet und wollte stattdessen von Van Durbin wissen: »Was wollen Sie hier?«

»Das ist ein freies Land.« Er sah an ihr vorbei auf die Glasfassade der Firmenzentrale. »Hier hat das Familienunternehmen also seinen Sitz.«

»Ist das eine Frage? Falls ja, kennen Sie die Antwort ja schon.«

Er ließ sein eingebildetes Lächeln aufblitzen. »Was hat mich verraten?«

Mit unverhohlenem Ekel schob sie sich an ihm vorbei. »Entschuldigen Sie uns.«

Doch so leicht ließ er sich nicht abwimmeln. »Sie haben doch bestimmt einen Augenblick für mich übrig. Bitte, bitte? Immerhin haben wir uns wochenlang nicht gesehen. Da gibt es viel nachzuholen.«

In genau der Nacht, in der sie aus New York geflohen war, hatte man einen internationalen Rockstar tot in seiner Hotelsuite in Manhattan aufgefunden. Offenbar war er an einer Überdosis gestorben. Die Spekulationen darüber, ob es sich um einen Suizid oder um einen tragischen Unfall handelte, hatten tagelang die Titelseiten aller Skandalblätter wie dem *EyeSpy* beherrscht.

Gleich nach dieser Story hatte ein Supermodel behauptet, ein »ungenanntes« Mitglied des britischen Königshauses sei der Vater ihrer Zwillinge. Die Anschuldigung wurde rasch als Publicity-Schwindel enttarnt, mit dem die Schönheit frischen Wind in ihre dahindümpelnde Karriere bringen wollte, aber bis dahin hatte sie die Van Durbins dieser Welt auf der Jagd nach ihrer Beute von einem Kontinent zum anderen hetzen lassen.

Bellamy hatte gehofft, dass sein Interesse an ihr erlahmen oder gar absterben könnte, während er diese Storys verfolgte. Dass er hier aufgetaucht war, zeigte deutlich, dass er noch nicht mit ihr fertig war.

Bemüht, sich nicht anmerken zu lassen, wie nervös sie sein Erscheinen machte, erwiderte sie unterkühlt: »Ich wüsste nicht, was wir zu besprechen hätten«, und stolzierte an ihm vorbei.

Dent folgte ihr mit etwas Abstand. Er musterte Van Durbin misstrauisch und missbilligend, und Bellamy betete insgeheim, dass er nichts tun oder sagen würde, was der Neugier des Reporters zusätzliche Nahrung gab. Erst als Dent ohne weiteren Zwischenfall auf einer Höhe mit ihr angelangt war, atmete sie heimlich auf.

Allerdings ließ sich Van Durbin nicht so leicht abschütteln, schon gar nicht, nachdem er ihrer Fährte bis nach Texas gefolgt war.

»Morgen bringe ich ein Update über Sie und *Kalter Kuss*«, sagte er. »Obwohl Sie unerklärlicherweise plötzlich die Öffentlichkeit scheuen, steht Ihr Buch immer noch ganz oben auf der Bestsellerliste. Möchten Sie sich dazu äußern?«

Sie antwortete ihm über die Schulter hinweg: »Sie wissen, wie ich zu Ihrer Kolumne stehe. Kein Kommentar.«

»Sind Sie sicher?«

Sein provokativer Tonfall ließ sie herumfahren. Selbstgefällig klopfte er mit einem Stift auf sein Notizbuch.

»Stimmt es«, fragte er, »dass Sie nach Texas heimgekehrt sind, um Ihren Vater während seiner letzten Tage zu pflegen?«

Um ein Haar wäre sie ihm für seine unsensible Frage über den Mund gefahren. Aber sie bremste sich im letzten Moment, denn möglicherweise würde er das Thema ja fallen lassen, wenn sie ihm einen Brocken hinwarf.

»Mein Vater muss sich wegen eines bösartigen Tumors behandeln lassen. Mehr werde ich zu dem Thema nicht sagen, außer diesen einen Satz: Ich hoffe, Sie respektieren die Privatsphäre meiner Familie, solange er so krank ist.«

»Schön, schön«, bemerkte er und notierte etwas in seinem Buch.

»Und jetzt zieh ab.« Dent hakte die Hand unter Bellamys Ellbogen und lenkte sie in Richtung Parkplatz.

»Nur noch eine Frage?«

Sie gingen wortlos weiter.

»Wurde damals der Richtige für den Mord an Ihrer Schwester verurteilt?«

Bellamy fuhr so abrupt herum, dass sie halb auf Dent prallte.

Van Durbin feixte. »Diese Frage werde ich morgen in meinem Artikel stellen. Möchten Sie dazu etwas sagen?«

»Olivia?«

Sie trennte die Verbindung und drehte sich zu Howards Krankenbett um. »Bitte entschuldige. Ich wollte dich nicht mit meinem Telefonat aufwecken.«

»Ich habe nicht richtig geschlafen. Nur gedöst.«

Er kämpfte gegen den Schlaf an, weil er fürchtete, nie wieder aufzuwachen. Zu gern wäre er dem Schmerz entflohen und hätte den Körper verlassen, der sich von innen zerfraß, aber noch war er nicht bereit zu sterben. Bevor er losließ, wollte er noch einige beunruhigende Punkte klären und die Antwort auf ein paar verstörende Fragen erfahren.

»Mit wem hast du geredet?«

»Bellamy.«

»War sie im Büro?«

»Sie ist inzwischen dort fertig und lässt dir ausrichten, dass alles in bester Ordnung ist.« Sie nahm seine Hand und drückte sie. »Ich fürchte, sie hat deine List durchschaut.«

»Das war mir klar. Aber mir war auch klar, dass sie sich darauf einlassen würde, weil sie mich schonen will.«

»Ihr versucht, euch gegenseitig zu schonen, und ihr wisst das beide.«

»Ich will nicht, dass sie mich sterben sieht.« Er drückte ihre Hand so kräftig, wie er nur konnte. »Und dir will ich das genauso wenig zumuten.«

Sie setzte sich auf die Bettkante, beugte sich über ihn und küsste ihn auf die Stirn. »Ich werde dich nicht allein lassen. Keine Sekunde. Und wenn ich den Krebs mit bloßen Händen bekämpfen könnte, würde ich das, ohne zu zögern, tun.«

»Daran habe ich nicht den geringsten Zweifel.«

Einen Moment sahen sie sich beide schweigend in die Augen und taten so, als wären ihre Tränen keine Tränen der Verzweiflung.

Er zweifelte nicht an ihrer absoluten Liebe und Hingabe. Heute genauso wenig wie an dem Tag, als sie umgeben von ihren Kindern vor dem Altar gestanden und ihr Ehegelübde abgelegt hatten. Der Tag, an dem sie ihre Familien und ihre Leben vereint hatten, war einer der glücklichsten in seinem Leben gewesen.

Ein Jahr zuvor waren sie sich auf einer eleganten Spendengala begegnet. Er war ein bedeutender Geldgeber, dem an diesem Abend für seine großzügigen Spenden gedankt werden sollte. Sie stand am Eingang und empfing die ankommenden Gäste.

Während sie ihm die Karte für seinen Tisch überreichte, wies sie ihn darauf hin, dass seine Fliege schief saß.

Er zupfte ungeschickt daran herum. »Ich habe leider keine Frau, die auf so was achten würde, bevor ich aus dem Haus gehe.«

»Mein verstorbener Mann hielt mich für eine gute Krawattenausrichterin. Darf ich?« Sie hatte das weder flirtend noch irgendwie aufdringlich gesagt und war dabei schon hinter ihrem Tisch hervorgekommen, um seine Fliege kurz und effektiv zurechtzurücken. Dann war sie einen Schritt zurückgetreten und hatte ihn angelächelt. »Sie wollen sich doch nicht mit schiefer Fliege ehren lassen.«

Er hätte sich gern weiter mit ihr unterhalten, wurde aber im selben Moment in den Festsaal gerufen, wo in diesen Minuten die Veranstaltung begann. An diesem Abend sah er sie nicht wieder.

Erst nach einer Woche brachte er den Mut auf, im Büro der Wohltätigkeitsorganisation anzurufen und nach ihrem Namen zu fragen. Seit sieben Jahre zuvor seine Frau gestorben war, hatte er sich hin und wieder mit anderen Frauen getroffen. Mit einigen von ihnen hatte er auch geschlafen, allerdings nie zu Hause, weil Susan und Bellamy immer noch unter seinem Dach wohnten.

Dennoch hatte er sich nie verliebt bis zu dem Abend, an dem er Olivia Maxey begegnete und im selben Augenblick sein Herz an sie verlor.

Später hatte sie ihm gestanden, dass es ihr nicht anders ergangen war. Sie hatte sogar absichtlich von ihrem »verstorbenen« Mann gesprochen, um ihn wissen zu lassen, dass sie nicht gebunden war. »Der mutigste Schritt in meinem ganzen Leben war der hinter dem Tisch hervor, um deine Fliege geradezurücken. Aber ich musste dich um jeden Preis berühren, ich musste wissen, ob es dich wirklich gab.« Ein Jahr später hatten sie geheiratet.

Er hatte keine besondere Angst vor dem Tod. Aber er ertrug

die Vorstellung nicht, sie allein zu lassen. Er musste sich räuspern, bevor er etwas sagen konnte: »Worüber hast du sonst noch mit Bellamy geredet?«

»Ach, sie wollte wissen, ob ich gestern Nacht irgendwann schlafen konnte. Und ob ...«

»Olivia.« Er sagte das ganz ruhig, aber ernst genug, um sie dafür zu tadeln, dass sie ihm etwas zu verheimlichen versuchte. »Ich bin nicht *so* benebelt. Ich merke doch, dass dir das Gespräch zugesetzt hat. Was ist los?«

Sie seufzte resigniert und senkte den Blick auf ihre fest verschränkten Hände. »Dieser grässliche Reporter ...«

»Rocky Van Durbin? Die Bezeichnung ›Reporter‹ ist für diesen Schmierfinken entschieden zu hoch gegriffen.«

»Er hat Bellamy aufgelauert, als sie die Firma verließ.«

»Er ist in Austin? Ich dachte, sie hätte ihn endlich abgeschüttelt, und die Geschichte hätte sich erledigt.«

»Leider nein. Er hat sie immer noch auf dem Radar. Morgen wird er in seiner Kolumne seinen Lesern eine wichtige Frage stellen. Und damit irgendwie auch ihren Lesern.«

»Was für eine Frage?«

»Ob der Richtige für den Mord an Susan bestraft wurde. Haben sie damals tatsächlich den Täter erwischt? Etwas in der Richtung.«

Er versuchte, das zu verdauen, und seufzte. »Weiß der Himmel, was das wieder für Diskussionen nach sich zieht.«

»Es war schon schlimm genug, als Bellamys Identität gelüftet wurde.« Nach der Enthüllung waren sie wochenlang mit Anrufen terrorisiert worden, weil die Medien unbedingt einen Kommentar oder ein Interview mit ihnen haben wollten. Vor ihrem Privatgrundstück und vor der Firma hatten ihnen Lokalreporter aufgelauert. Sie hatten sämtliche Anfragen abgelehnt und es schließlich ihren Anwälten überlassen, alle weiteren Kontaktversuche abzuwehren.

»Am schlimmsten ist für mich«, sagte sie, »dass unser Leben schon wieder in diesem grässlichen Klatschblatt ausgebreitet werden soll.« Eindeutig zu aufgeregt, um sich setzen zu können, trat sie vom Bett zurück und ging in dem schmalen Zwischenraum vor dem Fenster auf und ab. »Lyston Electronics wurde vom Wirtschaftsminister als vorbildliches Unternehmen ausgezeichnet. Wo war Van Durbin damals? Oder als du das Gewinnbeteiligungsprogramm für alle Mitarbeiter eingeführt hast? Wieso hat das keine Schlagzeilen gemacht?«

»Weil das keine besonders illustren Themen sind.«

»Im Gegensatz zu Susans Tod.«

»Tragischerweise.«

»Für uns ist es eine Tragödie. Für alle anderen ist es reine Unterhaltung. Und von jetzt an wird man die Lystons nur noch wegen dieses schlüpfrigen Mordes kennen.« Tränen liefen über ihr Gesicht. »Es ist, als würden die Fundamente unseres Lebens zerbröckeln. Ich schaffe das einfach nicht.«

Er klopfte auf die Matratze, um sie wieder an seine Seite zu locken. Sie kehrte ans Bett zurück, beugte sich zu ihm herab und legte ihren Kopf auf seine Schulter. »Du wirst das schon schaffen«, versprach er ihr sanft. »Du kannst alles schaffen. Und man wird sich an dich als die liebevollste, wunderbarste, schönste Frau erinnern, die ein Mann nur haben kann. Dass ich dich zu meiner Frau und zur Mutter meiner Mädchen gemacht habe, war die klügste Entscheidung meines Lebens.« Er hob den Kopf an und küsste sie auf den Scheitel. »Alles andere geht vorüber. Glaub mir.«

Eine Weile hielten sie sich nur aneinander fest. Er sagte all die Dinge, die sie hören wollte. Er versicherte ihr, dass Van Durbin und seinesgleichen bald eine andere menschliche Tragödie ausschlachten würden und dass sie sich bis dahin wie immer aufeinander verlassen konnten.

Schließlich setzte sie sich auf und tupfte ihre Tränen ab.

»Da ist noch was. Am liebsten würde ich es dir gar nicht erzählen, weil es fast so beunruhigend ist wie diese Geschichte mit Van Durbin.«

»Was könnte sonst noch so schlimm sein?«

»Denton Carter ist bei Bellamy.«

Das hatte er nicht kommen sehen. Als Bellamy ihnen eröffnet hatte, dass sie mit Denton Carter fliegen würden, hatte er genauso entsetzt und empört reagiert wie Olivia. Manche Dinge ließ man besser auf sich beruhen. Doch dann hatten die beiden gestern so feindselig aufeinander reagiert, dass er angenommen hatte, sie würden Denton nach diesem Flug nie wiedersehen.

»Was genau meinst du mit ›bei‹?«

»Ich will es mir gar nicht ausmalen. Sie hat nur erzählt, Van Durbin hätte sich ihr und *Dent* in den Weg gestellt, als sie aus der Firma kamen. Ich glaube, es ist ihr versehentlich rausgerutscht, denn im selben Moment stockte sie kurz, und dann sprudelten die Worte nur so aus ihr heraus, ohne dass sie ihn noch einmal erwähnt hätte.«

Er drückte beschwichtigend ihre Hand. »Es könnte eine einfache Erklärung dafür geben, dass er dort war. Vielleicht mussten sie noch etwas wegen der Bezahlung für den Flug regeln. Mach dir keine unnötigen Sorgen.«

Sie warf ihm einen kurzen Seitenblick zu.

»Was ist?«, fragte er.

»Genau das hast du auch gesagt, als Susan das erste Mal mit ihm ausging und ich der Sache einen Riegel vorschieben wollte. Ich mache mir keine unnötigen Sorgen, Howard. *Er* macht mir Sorgen, denn ich gebe ihm immer noch die Schuld an dem, was unserer Tochter zugestoßen ist.«

»Das sollte halten.« Der Mann vom Schlüsseldienst testete das neu eingebaute Schloss in der Tür zur Waschkammer, trat dann beiseite und lud Dent ein, es ebenfalls auszuprobieren. Dent nickte zufrieden. »Danke, dass Sie so schnell gekommen sind. Was kostet das?« Er zahlte bar und gab zehn Dollar Trinkgeld, weil der Schlosser die Reparatur als Notfall vorgezogen hatte. Nachdem Dent den Handwerker verabschiedet hatte, kehrte er ins Wohnzimmer zurück, wo Bellamy mit den beiden Polizisten redete, die auf ihren Anruf hin gekommen waren.

Sie saß auf dem Sofa; die Polizisten standen zwischen den unausgepackten Kartons voller Kleinkram und Bücher. Dent hielt mit seiner tief verwurzelten Abneigung gegen alle Polizisten lieber Abstand und lehnte sich mit der Schulter in den Türrahmen, wo er alles im Blick hatte.

Ein Auge auf die Straße gerichtet, das andere auf den Rückspiegel, war er Bellamy von der Lyston-Electronics-Zentrale aus nach Hause nachgefahren. Er glaubte nicht, dass Van Durbin ihnen gefolgt war, aber das brauchte er wahrscheinlich auch nicht. Bestimmt verfügte *EyeSpy* über ein Bataillon an schlecht bezahlten Internet-Detektiven, die für die Recherchen und elektronischen Nachforschungen zuständig waren. Bellamys neue Adresse herauszufinden war garantiert ein Kinderspiel.

Als sie ihr Haus betreten und wieder gesehen hatten, was der Eindringling am Vorabend angerichtet hatte, hatte Dent gesagt: »Jetzt, wo Van Durbin in der Stadt ist, spielt es keine Rolle mehr, ob die Presse über das hier berichtet. Ruf die Polizei.« Offenbar hatte sie eingesehen, dass es nicht schaden konnte, wenn der Einbruch von der Polizei aufgenommen wurde, denn sie hatte ohne weitere Widerrede kapituliert. Wenige Minuten später waren zwei uniformierte Polizisten eingetroffen. Sie hatten ihnen Fragen gestellt, dann sämtliche Räume sowie den Garten inspiziert und überall herumgeschnüffelt. Für die Fingerabdrücke hatten sie einen weiteren Kollegen angefordert. Er war schon wieder gegangen.

Die Fragen, die sie Bellamy stellten, ähnelten jenen, die Dent draußen auf dem Flugplatz gestellt worden waren, auch diesmal wurde insgeheim unterstellt, dass der Verwüstungsakt eine Racheaktion war, die sie irgendwie selbst provoziert hatte.

»Hatten Sie Streit mit irgendwelchen Nachbarn? Der Putzfrau? Dem Gärtner?«

Sie schüttelte den Kopf.

»Einem Kollegen?«

»Ich habe keine Kollegen.«

Einer der Polizisten sah zu Dent herüber. »Sie haben gesagt, Sie seien ihr gestern Abend hierher hinterhergefahren?«

»Ich habe sie gestern nach Houston und zurück geflogen. Sie hatte etwas in meinem Flugzeug vergessen. Das wollte ich ihr bringen.«

Der Polizist nickte und wechselte, mit vielsagend hochgezogener Braue, einen Blick mit seinem Partner. Dann wandte er sich wieder an Bellamy. »Wir, ähm, haben die Unterhose als Beweismittel mitgenommen. Ein so persönliches Wäschestück zu verwenden, um damit die Wand zu beschmieren... Nun, Madam, das deutet darauf hin, dass der Eindringling, ähm, Sie sehr gut kennt.«

»Oder dass er mein Buch gelesen hat.«

Das Gesicht des einen Polizisten erhellte sich, und er schnippte mit den Fingern. »Sie sind mir gleich bekannt vorgekommen. Sie sind diese Schriftstellerin. Sie ist berühmt«, ergänzte er, an seinen Partner gewandt.

Sie reichte dem, der sie nicht kannte, ein Exemplar ihres Romans. »Es ist ein Krimi. Der auf Fakten beruht. Das Opfer war meine Schwester. Ihre Unterhose spielte bei den Ermittlungen eine entscheidende Rolle.«

»Haben Sie eine Ahnung, wie die Warnung zu verstehen sein könnte?«

»Ist das nicht offensichtlich?«, mischte sich Dent ungeduldig ein. »Sie ist in Gefahr.«

Ohne dass einer der Polizisten auf seine Bemerkung eingegangen wäre, fragte einer der beiden Bellamy, ob sie schon früher ähnliche Drohungen oder Warnungen erhalten hätte. Sie erzählte ihnen von der Ratte und von ihrem aufgebrochenen Auto.

»Haben Sie diese Vorfälle angezeigt?«

»Nein. Sie waren zu unterschiedlich. Außerdem passierten sie in verschiedenen Bundesstaaten. Anfangs glaubte ich an einen Zufall. Aber im Nachhinein denke ich, dass alles zusammenhängen könnte und dass der gemeinsame Nenner mein Buch ist.«

»Wie kommen Sie darauf?«

»Zum einen wegen des Timings. Bevor mein Buch veröffentlicht wurde, ist mir nichts in dieser Richtung passiert. Außerdem fällt mir beim besten Willen nicht ein, womit ich eine derartige Bösartigkeit provoziert haben könnte.«

Nach einer beträchtlichen Pause und einem weiteren Blick auf Dent meinte einer: »Vielleicht hat es gar nichts mit Ihrem Buch zu tun. Könnte jemand aus ihrem persönlichen Umfeld einen Groll gegen Sie hegen? Ein Exmann? Ein Liebhaber, von dem Sie sich vor Kurzem getrennt haben? Irgendjemand anders?«

Auch Dent war gespannt, was sie auf diese Fragen antworten würde.

»Mein Exmann wohnt in Dallas«, erklärte Bellamy ihnen. »Wir haben uns einvernehmlich getrennt. Er ist inzwischen wieder verheiratet. Und ich bin gerade erst aus New York hergezogen. Seither war ich mit keinem Mann zusammen.«

»Und da oben?«

»Da auch nicht. Meine Freundschaften waren bestenfalls platonisch.«

Die beiden wechselten wieder einen Blick und schienen beide der Meinung zu sein, dass sie damit alles abgedeckt hatten. »Wir setzen Ihre Wohnung auf die Liste der Häuser unter verstärkter Beobachtung. Die Kollegen behalten sie in nächster Zeit im Auge. Rufen Sie sofort an, falls noch etwas vorfallen sollte, so harmlos es auch wirken mag.«

»Danke, das mache ich.«

»Und Sie sollten vielleicht eine Alarmanlage installieren lassen.«

Bellamy versicherte ihnen, dass sie auch das tun würde, und stand dann auf, um die beiden zur Tür zu begleiten. Die Polizisten tippten sich kurz an die Mütze, als sie sich an Dent vorbeischoben, aber ihre Blicke lösten bei ihm kein flauschig warmes Gefühl aus. Sie versprachen, sich bei Bellamy zu melden, falls es zu einer Festnahme kommen sollte.

»Eher friert die Hölle zu«, sagte Dent, sobald die Tür hinter den beiden ins Schloss gefallen war. »Aber immerhin ist der Einbruch jetzt amtlich, und vielleicht haben sie seine Fingerabdrücke genommen. Hoffentlich hat es sich gelohnt, dass sie hier so viel Unordnung angerichtet haben.«

Er fuhr mit dem Finger über die schmutzige Stelle, die auf dem Geländerpfosten zurückgeblieben war, und wischte ihn dann an seinem Hosenbein ab. »Der Deputy hat auch an meinem Flugzeug Fingerabdrücke abgenommen. Falls dieser Mistkerl je verhaftet wird, können sie ihm womöglich mit beiden Vorfällen und sogar mit der Ratte in Verbindung bringen.«

»Vielleicht hätten wir ihnen das mit deinem Flugzeug erzählen sollen.«

»Und die ganze Geschichte vor ihnen ausbreiten?« Er schüttelte den Kopf.

»Das wollte ich auch nicht.«

»Warten wir ab, bis sie einen Verdächtigen haben. Dann können wir ihnen helfen, die einzelnen Punkte zu verbinden.«

Sie überkreuzte die Arme vor dem Bauch, hielt sich an den

Ellbogen und sah die Treppe hoch zu ihrem Schlafzimmer. »Ich hatte das Haus richtig lieb gewonnen. Jetzt ist es beschmutzt.«

»Das wird sich irgendwann wieder legen. Aber was ist mit deinem Vermieter? Solltest du ihn nicht benachrichtigen?«

»Er ist nicht hier.«

»Er ist verreist?«

»Er ist in Afghanistan. Als er den Marschbefehl bekam, zog seine Frau zu ihrer Familie nach Arizona. Ich habe die Wohnung für ein Jahr gemietet. Warum sollte ich die Leute unnötig beunruhigen? Ich werde die Renovierungskosten selbst übernehmen.«

Er zog eine Visitenkarte aus der Hemdtasche. »Der Schwager des Schlossers hat einen Reinigungsservice für Häuser und Wohnungen. Malerarbeiten eingeschlossen. Er würde das Haus für einen anständigen Preis und eine signierte Kopie deines Buches wieder auf Vordermann bringen. Und der Schlosser hat mir versichert, dass er praktisch umsonst eine Alarmanlage installieren würde.«

Sie zupfte die Karte aus seinen Fingern. »Ich werde ihn anrufen.«

»Komm erst mal in die Küche.«

»Wieso denn? Wurde da noch mehr verwüstet?«

»Nein. Ich bin hungrig.«

Fünf Minuten später hatten sie sich Sandwichs mit Erdnussbutter und Marmelade und dazu je ein Glas Eistee gemacht. Er riss ein Päckchen Chips auf, das er in der Speisekammer gefunden hatte, und versenkte, als sie ablehnte, seine Hand in der Tüte.

Irgendwann schluckte er und fragte: »Schon was aus Houston gehört?«

»Ich habe Olivia auf der Herfahrt angerufen. Daddy hat sich nun doch zu einer weiteren Chemotherapie durchgerungen. Sie klammern sich an die Hoffnung, dass sie noch etwas bewirkt.«

»Hast du ihr das von dem Haus erzählt?«

»Nein. Ich wollte nicht, dass sie sich noch mehr Sorgen macht. Aber von Van Durbin habe ich ihr erzählt. Zwar nur ungern, aber so sind sie wenigstens vorbereitet. Damit sein Artikel sie morgen nicht kalt erwischt.«

»Hast du ihnen das von meinem Flugzeug erzählt?«

»Nein.«

»Also geht sie davon aus, dass sich unsere Wege gestern Abend nach der Landung getrennt haben.«

»Nein, denn mir ist rausgerutscht, dass du dabei warst, als Van Durbin mich abgefangen hat.«

»Hm. Ich frage mich, was ihr mehr zusetzt – das Wissen, dass dir aufgelauert wurde, oder die Tatsache, dass ich bei dir war.«

»Sei nicht so provokant, Dent.«

»Bin ich nicht. Gestern habe ich mich absolut professionell verhalten, aber deine Stiefmutter hat mich seit jeher angeschaut, als sei ich der letzte Dreck, und das war gestern nicht anders. Wobei mir das ehrlich gesagt völlig egal ist.«

»Genau diese Haltung ist so provokant.«

Er hätte noch so manches zum Thema Olivia sagen können, behielt es aber lieber für sich. Schließlich lag Olivias Ehemann im Sterben. Außerdem hatte es ihm noch nie schlaflose Nächte bereitet, was Olivia Lyston von ihm hielt, und das würde sich jetzt nicht ändern. »Wie hat sie es aufgenommen, dass Van Durbin morgen über dich schreiben will?«

»Es hat ihr gar nicht gefallen.« Sie zupfte einen Krümel von der Brotkruste, rollte ihn zwischen Daumen und Zeigefinger und studierte die entstandene Teigkugel. »Ich kann ihr nachfühlen, dass es sie aufregt.«

»Wenn du keine Unruhe in deine Familie bringen wolltest,

dann hättest du vielleicht kein Buch schreiben und nicht in aller Öffentlichkeit eure schmutzige Wäsche waschen sollen.«

Sie warf ihm einen scharfen Blick zu. »Ich habe dir schon erklärt, warum ich es geschrieben habe.«

»Genau, damit du eine schlimme Phase deines Lebens greifbar machen, sie zusammenknüllen, wegwerfen und vergessen konntest. Vielleicht funktioniert diese Therapie ja bei dir. Aber allen anderen hast du damit ganz schön ans Knie getreten. Warum hast du dein Herz nicht in einem Tagebuch ausgeschüttet, es anschließend weggeschlossen und den Schlüssel weggeworfen oder im Garten vergraben oder im Meer versenkt? Warum musstest du die Geschichte in einem Bestseller breittreten?«

Er schob den leeren Teller beiseite, stemmte die Unterarme auf die Tischkante und beugte sich vor. »Wir anderen, die wir damals alles miterleben mussten, finden es eher ärgerlich, so unversehens im Rampenlicht zu stehen, T. J. David.«

Sie schoss aus ihrem Stuhl. »Das hast du mir schon erklärt. Ich muss mir das nicht noch mal anhören.«

Er stand ebenfalls auf, kam um den Tisch herum und baute sich vor ihr auf. »O doch. Weil durch dein Buch jemand mehr als nur verärgert wurde. Irgendwer ist stinksauer. Und falls sich morgen herausstellt, dass der Fall vielleicht doch nicht so wasserdicht war, wie damals immer behauptet wurde, wird derjenige wahrscheinlich noch wütender werden. Denn dann wird man Susans Tod noch mal genau unter die Lupe nehmen. Und ich habe so eine Ahnung, dass das unserem unbekannten Graffiti-Künstler nicht allzu gut gefallen wird.«

Sie starrte ihn trotzig an, als würde sie ihm kein Wort glauben.

»Oder meinst du, dass ich mich irre?«, fragte er.

Sie klappte den Mund auf, um etwas zu erwidern, aber auf einmal sackte sie in sich zusammen. Sie senkte den Kopf und massierte mit den Fingerspitzen ihre Schläfen. »Ich wünschte es, aber ich glaube es nicht.«

Er trat einen Schritt zurück. »Okay«, meinte er sanfter, »wer ist der mysteriöse Gast?«

»Ich weiß es nicht.«

»Du solltest es herausfinden, bevor diese kleinen Streiche richtig hässlich werden.«

Sie nahm die Hand vom Gesicht und sah ihn an. »Ein brillanter Vorschlag. Und wie soll ich das deiner Meinung nach anstellen?«

»Wir fangen mit den Menschen an, die direkt mit der Sache zu tun hatten. Wir beginnen mit denen, die damals eine Schlüsselrolle spielten, und arbeiten uns langsam nach außen vor, bis wir einen nach dem anderen ausgeschlossen haben und nur noch dieses Schwein übrig bleibt.«

»*Wir?* Was ist mit der Polizei?«

»Glaubst du allen Ernstes, unsere beiden Star-Detektive werden einen achtzehn Jahre alten Mordfall neu aufrollen?«

»Alte Fälle können durchaus neu aufgerollt werden.«

»Nicht wenn der Schuldige bereits gefasst und verurteilt wurde.«

»Und ständig werden Urteile revidiert.«

»Aber es gibt keinen zwingenden Grund, den Fall wieder zu öffnen. Oder kannst du ihnen einen liefern?«

Sie schüttelte den Kopf.

»Genau. Meine Meinung? Sie haben sich zusammengereimt, dass die Drohung etwas mit mir zu tun haben muss, und werden die Sache erst ernst nehmen, wenn dir wirklich was zustößt oder du gestorben bist. Und du siehst das genauso. Sonst hättest du den beiden bei ihrem Besuch die ganze Vorgeschichte erzählt. Du hast dir gar nicht erst die Mühe gemacht, weil du genauso wenig glaubst wie ich, dass sie der Sache nachgehen werden. Womit alles an uns hängen bleibt.«

»Was weißt du denn von Polizeiarbeit?«

»Nur dass ich mich nicht darauf verlassen möchte.«

»Und du würdest alles stehen und liegen lassen und ...«

»Ich kann nicht mehr fliegen, hast du das vergessen? Ich habe sonst nichts zu tun. Außerdem bin ich sehr daran interessiert, diesen Drecksack zu finden. Und wenn ich ihn gefunden habe, werde ich ihm für das, was er meiner Maschine angetan hat, den Schädel einschlagen.«

»Bezaubernd. Erwartest du, dass ich dir dabei Hilfestellung leiste?«

»Nur damit eines klar ist.« Er machte wieder einen Schritt auf sie zu. »Ich bin kein netter Junge, Bellamy. Das war ich nie.«

Nach einem kurzen, angespannten Moment wich sie seinem bohrenden Blick aus. »Na schön. Zumindest vorerst helfen wir uns gegenseitig. Aber wo fangen wir an? Mit wem fangen wir an?«

Er kehrte zu dem Stuhl zurück, von dem sie aufgestanden war, und zog ihn zu ihr her. »Mit dir.«

6

»Mit *mir?*«, fragte Bellamy erschrocken.
»Du kanntest Susan besser als jeder andere. Du warst damals den ganzen Tag mit ihr zusammen, bis kurz vor ihrem Tod. Ich will, dass du mir aus deinem Blickwinkel erzählst, was an dem Tag passiert ist.«

»Genau das habe ich doch schon mit der Hauptfigur in meinem Roman gemacht. Schließlich habe ich das Buch aus der Sicht einer Zwölfjährigen geschrieben.«

»Ich habe die langen Absätze übersprungen und nur die Dialoge gelesen.«

»Du weißt trotzdem, was passiert ist.«

»Aber mir fehlen die Hintergründe.«

»Die werden in den langen Absätzen beschrieben.«

»Gibt es irgendwas, das ich nicht wissen soll?«

»Nein, natürlich nicht.«

»Na dann. Vergiss nicht, dass ich nicht bei dem Barbecue war. Mir fehlen die Details.«

»Du könntest dir das Buch noch mal vornehmen und die Abschnitte lesen, die du übersprungen hast.«

»Oder du könntest es mir einfach erzählen.«

Sie nagte an ihrer Unterlippe. Er legte auffordernd den Kopf schief. Dann begann sie plötzlich zu reden, so als würde sie befürchten, dass sie andernfalls der Mut verlassen könnte.

»Daddy hatte zwei Jahre zuvor eingeführt, dass die Firma am Memorial Day zu Ehren der gefallenen Soldaten ein großes Barbecue veranstaltet, an dem alle Beschäftigten teilnehmen dürfen. Es war die erste Feier, die er und Olivia gemeinsam gaben. Daddy nutzte die Gelegenheit, um Olivia als die neue Mrs Howard Lyston einzuführen und um allen seinen Adoptivsohn Steven vorzustellen.«

Dent hob die Hand. »Eins würde mich interessieren. Warum hat Steven seinen Nachnamen nicht auf Lyston ändern lassen, nachdem dein Dad ihn adoptiert hatte?«

»Ich glaube, Olivia hätte das gern gesehen. Aber Steven wollte seinen Nachnamen behalten, um seinen verstorbenen Vater zu ehren.«

»Hm. Okay. Das Barbecue wurde seither alljährlich wiederholt. Mit Rindfleisch und Rippchen, Bier und Musik und Tanz. Unter roten, weißen und blauen Wimpeln.«

»Und mit Eiscreme von Blue Bell. Und einem Feuerwerk um halb zehn abends.«

»Ein richtiges Tamtam.«

»Trotzdem waren nicht alle begeistert.« Mit der Fingerspitze fuhr sie einen Kondensationstropfen nach, der an ihrem Teeglas herabrann. »Noch beim Frühstück gab es Streit. Steven wollte nicht zu dem Barbecue gehen. Er nannte die ganze Veranstaltung blöd. Olivia erklärte ihm, dass er hingehen würde, blöd oder nicht. Susan führte sich auf wie die Oberzicke, weil...« Sie hob den Blick und sah ihn an. »Weil sie sich mit dir gestritten hatte.«

»Ich war früh am Morgen mit dem Motorrad vorbeigekommen...«

»Und hast dabei alle aufgeweckt.«

»Jemand im Haus musste das elektrische Tor öffnen, damit ich durchfahren konnte.«

»Das war ich.«

»Siehst du? Ein Detail, das mir bis dahin unbekannt war. Jedenfalls musste ich so früh vorbeikommen, weil Susan nicht an ihr Handy ging. Ich wollte ihr keine Nachricht auf die Mailbox sprechen, aber ich musste ihr erklären, dass ich erst später zu dem Barbecue kommen würde.«

»Weil du mit Gall fliegen wolltest.«

»Er hatte ein paar Reparaturen an der Maschine von so einem Typen vorgenommen und wollte eine Proberunde damit drehen. Er fragte mich, ob ich mitkommen wollte. Die Gelegenheit wollte ich mir nicht entgehen lassen. Ich sagte Susan, dass ich gleich nach der Landung zu dem Barbecue nachkommen würde.«

»Das hat sie nicht allzu gut aufgenommen.«

»Vornehm ausgedrückt. Sie machte mir die Hölle heiß und setzte mir ein Ultimatum. Entweder würde ich sie von Anfang an zu dem Barbecue begleiten, oder ich bräuchte überhaupt nicht aufzutauchen. Ich erklärte ihr, ich würde trotzdem mit Gall fliegen. Sie meinte, na schön, sie würde sich auch ohne mich amüsieren.«

»Sie war richtig sauer. Mir erklärte sie damals ...« Sie zögerte und gestand dann: »Sie sagte, sie würde lieber sterben, als die zweite Geige hinter diesem alten Ekel zu spielen.«

Die unheilschwangeren Worte ließen sie beide kurz verstummen, dann erzählte Bellamy weiter: »Sie war fest entschlossen, dir eine Lektion zu erteilen. Obwohl Daddy es ihr eigentlich verboten hatte, fuhr sie mit ihrem eigenen Auto zum Park. Sie fuhr vor uns ab, und ich weiß noch, dass ich dachte, wie schön sie aussah, als sie so aus der Tür segelte. Sie trug ein neues Sommerkleid, das Olivia ihr eigens zu diesem Anlass gekauft hatte. Das Blau brachte ihre Augen zum Leuchten. Ihre Beine waren glatt und gebräunt. Das perfekte Haar glänzte golden. Eigentlich fand ich alles perfekt an ihr.« Sie lachte leise. »Wahrscheinlich, weil ich mich selbst so gar nicht perfekt fand.«

»Du hast aufgeholt. Mächtig.« Er unterstrich das versonnen vorgebrachte Kompliment mit einem wohlwollenden, abschätzenden Blick, der sie sichtlich aus der Fassung brachte.

»Ich hatte es nicht auf Komplimente abgesehen.«

»Trotzdem hast du eins bekommen.«

»Danke.«

»Gern geschehen.« Er grinste sie frech an und zeigte dann wieder den Ernst, der dem Thema angemessen war. »Susan fuhr also allein voraus.«

»Ja, obwohl Daddy und Olivia sich gewünscht hatten, dass wir gemeinsam dort eintreffen und uns als intakte Familie präsentieren würden. Sie bestand darauf, allein zu fahren. Ich bewunderte sie für ihren Mut, weil ich das genaue Gegenteil war. Ich habe immer gehorcht, habe immer alles getan, was meine Eltern von mir wollten und erwarteten. Ich war das Musterkind in unserer Familie.«

»Von Natur aus kooperativ?«

»Oder schlicht feige. Außerdem war ich glücklich, endlich eine Mutter zu haben, dass ich nichts tun wollte, was die neue Familie aus den Fugen bringen konnte.«

»Wie alt warst du, als deine leibliche Mutter starb?«

»Drei. Susan war damals sieben. Mutter ließ uns mit unserer Haushälterin allein und fuhr zum Supermarkt. Mitten im Laden brach sie zusammen. Eine Ader in ihrem Gehirn war geplatzt. Man hat uns erklärt, sie sei sofort tot gewesen.« Nach kurzem Zögern ergänzte sie: »Ich hoffe es. Es wäre bestimmt schrecklich für sie gewesen, wenn sie begriffen hätte, dass sie sterben und uns mutterlos zurücklassen würde.«

»Kannst du dich an sie erinnern?«

»Manchmal glaube ich es beinahe«, antwortete sie melancholisch. »Aber vielleicht sind das nur Fantasien, die ich mir anhand von alten Fotos und Daddys Geschichten zusammengereimt habe. Als ich in die Schule kam, war ich eine Außenseiterin, weil ich keine Mutter hatte. Das gefiel mir gar nicht. Ich war überglücklich, als Daddy und Olivia heirateten.«

»Wie reagierte Susan damals?«

»Sie war misstrauischer, denn sie war schon älter und konnte sich an unsere Mutter erinnern. Aber man muss Olivia hoch anrechnen, dass sie sehr taktvoll und geduldig mit uns war. Auch mit Steven, der auf einmal kein Einzelkind mehr war, sondern ein Sandwichkind, das seine Mutter mit zwei Stiefschwestern teilen muss. Als Erwachsene kann ich ermessen, wie brisant diese Familienzusammenführung gewesen sein muss. Trotzdem gab es keine größeren Reibereien.«

Verglichen damit ließen Dents Familienverhältnisse sehr zu wünschen übrig. Er wollte sich lieber nicht ausmalen, was aus ihm geworden wäre, wenn Gall ihn nicht unter die Fittiche genommen hätte. Sozusagen.

Er machte es sich auf seinem Stuhl bequem und verschränkte die Arme. »Das brave Musterkind geht also mit zum Barbecue.«

Sie verzog das Gesicht. »Und nicht in einem neuen Sommerkleid, wohlgemerkt, sondern in einer weißen Stoffhose mit einem viel zu weit geschnittenen Hintern und einem roten Oberteil, dessen Träger mir ständig von den knochigen Schultern rutschten.« Sie lachte selbstironisch. »Ich hatte keine besonders elegante Pubertät.«

Er lächelte bei der Erinnerung daran, wie verschämt sie immer gewesen war. »Ich weiß noch, wie Susan und ich einmal in die Küche kamen, als du dort gerade über deinen Hausaufgaben gesessen hast. Susan nannte dich eine Dumpfbacke, weil du eine so gewissenhafte Schülerin warst. Du hast sie angefahren, dass sie den Mund halten soll. Aber sie ließ nicht locker. Bis du deinen Beutel genommen hast ...«

»Mit Buntstiften. Wir mussten eine Europakarte zeichnen.«

»Und damit ausgeholt hast, um ihn nach ihr zu werfen. Dummerweise hast du dabei dein Glas Milch umgestoßen. Du bist in Tränen ausgebrochen und aus der Küche gerannt.«

»Ich kann nicht glauben, dass du dich daran erinnerst.« Sie schlug die Hände vors Gesicht. »Das war mir so unendlich peinlich.«

»Warum? Susan hätte es verdient gehabt, eine gescheuert zu bekommen, weil sie sich so über dich lustig gemacht hatte. Ich fand es ganz schön mutig von dir, ihr zu trotzen.«

»Nur dass ich dabei mein Glas umgestoßen und damit meinen großen Auftritt verpatzt habe. Vor dir. Das war das Schlimmste daran.«

»Weil du heimlich in mich verschossen warst.«

Sie lief knallrot an. »Du wusstest das?«

Er zog eine Schulter hoch. »Ich habe es gespürt.«

»O Gott. Ist mir das peinlich! Ich dachte immer, du wüsstest gar nicht, dass es mich gibt.«

Er hatte es sehr wohl gewusst. Doch interessiert hatte ihn ihre pubertäre Schwärmerei erstmals an diesem Memorial Day, und da hatte sie noch heute verstörend eine Bedeutung bekommen.

Aber das würde er bestimmt nicht ansprechen. Solange sie es nicht tat.

Stattdessen lächelte er. »Und was mochtest du so an mir?«

»Du warst so viel älter. *Achtzehn.* Du konntest Motorrad fahren, Flugzeuge fliegen, fluchen. Du hast gegen alle Regeln verstoßen, und meine Eltern hielten dich für einen undisziplinierten Draufgänger ohne jede Manieren.«

»Mit Recht.«

Sie lachte leicht. »Du warst der gefährliche böse Bube. Der Traum jedes braven Mädchens.«

»Ach ja?« Er beugte sich wieder vor und senkte die Stimme. »Und wie denkst du heute über mich?«

Augenblicklich ernüchtert, hielt sie seinem Blick sekundenlang stand, dann erwiderte sie leise: »Ich halte dich immer noch für gefährlich.«

Hastig schob sie den Stuhl zurück und begann den Tisch abzuräumen. Er sah zu, wie sie in der Küche hin und her ging, und stellte unwillkürlich fest, wie hübsch sie inzwischen ihre Hose ausfüllte. Genau wie ihr weiches Stretchtop. Nicht allzu sehr. Gerade richtig.

Heute hatte sie ihr Haar offen getragen. Es war dunkel, dicht und seidig und strich bei jeder Bewegung mit den Spitzen über diese nicht allzu großen, sondern gerade richtigen Brüste, und jedes Mal, wenn das passierte, spürte er ein warmes, angenehmes Kribbeln unterhalb des Gürtels.

Als sie gestern die Sonnenbrille abgesetzt hatte, war ihm aufgefallen, dass unter den schwarzen Wimpern hellblaue Augen leuchteten. Ihre Haut war hell, und allmählich entwickelte er eine echte Schwäche für die verstreuten Sommersprossen, die ihre Nase und Wangen überzuckerten und einen frechen Kontrast zu ihrem sonst so ernsten Gesicht bildeten. Wenn erst der richtige Zeitpunkt gekommen war, würde er sie mit dem größten Vergnügen mit diesen Sommersprossen und vor allem ihrem mädchenhaften Erröten aufziehen.

Er fragte sich, was zwischen ihr und ihrem Ex falschgelaufen war und ob sie sich wirklich so freundschaftlich getrennt hatten, wie sie behauptete.

Sie kehrte auf ihren Stuhl hinter dem Tisch zurück und begann, so als hätte sie seinen bohrenden Blick und seine Gedanken gespürt, sofort wieder zu erzählen: »Das Barbecue war genau so, wie du es beschrieben hast. Susan stand die ganze Zeit im Mittelpunkt, was nicht ungewöhnlich war. Aber an dem Tag schien sie geradezu um Aufmerksamkeit zu buhlen.«

»Sie wollte sichergehen, dass ich davon erfahre.«

Bellamy nickte knapp. »Sie lachte besonders laut und wirbelte mit jedem, der sie aufforderte, über die Tanzfläche, ganz egal, ob er alt oder jung war.«

»So wie mit Allen Strickland.«

»Genau. Aber die beiden fanden sich erst später, nachdem Susan schon eine ganze Menge intus hatte. Sie war zusammen mit ein paar älteren Jugendlichen aus dem großen Holzpavillon verschwunden und ins Bootshaus umgezogen. Die Älteren hatten ein paar Flaschen Bier abgezweigt, und Susan trank fleißig mit.

Ich war neugierig und, muss ich zugeben, auch ein bisschen neidisch und ging ihnen darum heimlich hinterher, um ihnen ein bisschen nachzuspionieren. Susan sah mich ums Bootshaus herumschleichen und drohte mir, dass sie mich umbringen würde, wenn ich sie bei Olivia und Daddy verpetzte. Ich sagte ihr, ich bräuchte gar nicht zu petzen, denn wenn sie weiter so trinken würde, würden sie ihr sofort ansehen, dass sie getrunken hatte. Sie sagte mir, ich sollte verschwinden. Und das habe ich auch getan.«

»Hast du sie verraten?«

»Nein.« Diesmal folgte ihre Fingerspitze dem Rand ihres Glases, während sie ihren Gedanken nachhing. »Später wünschte ich mir, ich hätte etwas gesagt. Wenn sie nicht so beschwipst gewesen wäre, hätte sie einen Typen wie Allen Strickland wie Luft behandelt.«

»Wieso?«

»Weil er ein Arbeiter war.«

»Und ich nicht?«

»Du ... na ja, du warst einfach anders.«

»Ich fuhr Motorrad und konnte Flugzeuge fliegen. Er fuhr einen Firmenlieferwagen. So wie ich es sehe, haben uns nur unsere Fahrzeuge unterschieden.«

»Bei einem festen Freund macht das einen Riesenunterschied.«

»Okay. Erzähl weiter.«

»Wo war ich stehen geblieben?«

»Du wolltest dir gerade die Schuld für Susans Taten geben.

Das solltest du nicht. Sie hat an jenem Tag für sich selbst entschieden.«

»Aber sie war meine Schwester. Ich hätte auf sie aufpassen sollen.«

»Hat sie auf dich aufgepasst?«

Sie senkte den Blick und beschloss offenbar, diesem Gedanken lieber nicht allzu weit zu folgen, denn gleich darauf erzählte sie weiter: »Ich ging zum Pavillon zurück und versuchte, mich möglichst unauffällig zu verhalten. Irgendwann kehrte Susans Clique in kleinen Grüppchen vom Bootshaus zurück. Als sie nicht bei den anderen war, begann ich mir Sorgen zu machen. Ich hatte Angst, ihr könnte schlecht geworden sein, weil sie so viel getrunken hatte. Also ging ich noch mal zum Bootshaus, um nach ihr zu sehen. Oder...« Sie schloss die Augen und massierte ihre Schläfe. »Oder verwechsle ich das mit später?« Sie schüttelte knapp den Kopf. »Es ist alles so lange her, dass es mir manchmal schwerfällt, die Ereignisse zeitlich richtig einzuordnen.«

Er sah sie scharf an und bemerkte: »Als du das Buch geschrieben hast, hattest du keine Probleme, die Ereignisse zeitlich einzuordnen. Im Buch kehrte das Mädchen erst ins Bootshaus zurück, als der Tornado praktisch über ihm war.«

»Stimmt«, antwortete sie zögerlich. Und dann entschiedener: »Stimmt.« Trotzdem runzelte sie die Stirn, bevor sie weitersprach. »Susan kehrte mit den letzten Nachzüglern in den Pavillon zurück. Sie sah blühender und lebendiger aus als je zuvor. Die meisten Frauen welken dahin, wenn sie zu viel trinken, aber Susan brachte der Alkohol zum... Strahlen. Allen Strickland forderte sie zum Tanzen auf. Er war ein exzellenter Tänzer. Einer der Männer, die sich wirklich bewegen können, bei denen alle Schritte flüssig und mühelos aussehen. Die sich und ihre Partnerin absolut unter Kontrolle haben. Weißt du, wovon ich spreche?«

»Ehrlich gesagt nicht«, antwortete er trocken. »Ich schaue anderen Männern gewöhnlich nicht beim Tanzen zu.«

»Dann glaub es mir einfach. Er konnte wirklich gut tanzen. Genau wie Susan. Ein Lied ging ins nächste über, und Allen Strickland blieb die ganze Zeit mit ihr auf der Tanzfläche. Ihr Tanz war auf offensive Weise erotisch und fiel jedem auf. Er hatte seine Hände überall und sie tat nicht mal so, als würde sie ihn auf Distanz halten wollen. Ganz im Gegenteil.«

Verloren in ihrer Erinnerung, verstummte sie.

Dann fuhr sie leise fort: »Nach dem Schauspiel, das die beiden auf der Tanzfläche geboten hatten, war es nicht weiter überraschend, dass Allen Strickland als Erster von der Polizei verhört wurde.«

»Da täuschst du dich, T. J. David«, widersprach er ätzend. »*Ich* war der Erste.«

Mehrere hundert Meilen entfernt erinnerte sich Dale Moody, ehemals Ermittler der Mordkommission beim Austin Police Department, ebenfalls an seine erste Unterhaltung mit Denton Carter. Selbst nach all den Jahren erinnerte er sich daran, als wäre es gestern gewesen. Wie eine Schallplatte lief das Gespräch immer wieder in seinem Kopf ab.

»*Junge, sag uns lieber gleich die Wahrheit, denn früher oder später finden wir sie sowieso raus. Wenn du reinen Tisch machst, würde dir das eine Menge Ärger ersparen und sich bestimmt für dich auszahlen. Wie sieht's aus?*«

»*Ich hatte nichts damit zu tun.*«

»*Du hast dich zusammen mit Susan in den Wald geschlichen, weil ihr allein sein wolltet, stimmt's? Du hast dich an sie rangemacht. Und plötzlich hat sie sich geziert, wie's die Mädchen manchmal so machen. Ich weiß genau, wie wütend dich das gemacht haben muss, Dent. Ich kann's nicht ausstehen, wenn so was passiert.*«

»*Das kann ich mir vorstellen. Und ich kann mir gut vorstellen, dass Ihnen das ständig passiert. Aber mir nicht. Und bei dem Barbecue ist es ganz bestimmt nicht passiert, weil ich nicht mal dort war.*«

»*Doch, das warst du, Dent, das warst du.*«

»*Ich kam erst an, nachdem der Tornado durchgefegt war! Davor war ich mit Gall in der Luft. Fragen Sie ihn.*«

»*Ich habe einen Officer hingeschickt, der genau in diesem Moment mit ihm redet.*«

»*Dann sollte das damit geklärt sein. Ich war nicht bei dem Barbecue, und ich habe Susan nicht getötet. Sie war meine Freundin.*«

»*Mit der du dich an diesem Morgen gestritten hattest.*«

Stille.

»*Ihre Familie hat mir von eurem Streit erzählt, Dent. Die Lystons meinten, ihr wärt euch praktisch an die Kehle gegangen. Sie ist ins Haus zurückmarschiert. Du bist wütend mit deinem Motorrad abgebraust. Richtig oder falsch?*«

»*Richtig. Und?*«

»*Worüber hast du mit Susan gestritten?*«

»*Darüber, dass ich nicht mit ihr zu dem Barbecue gehen wollte. Genau das versuche ich Ihnen doch die ganze Zeit zu erklären. Ich war nicht dort, verdammte Scheiße.*«

»*Nicht frech werden, Junge. Ist dir klar, mit wem du redest?*«

»*Oh, Verzeihung. Dann will ich es anders ausdrücken. Ich war nicht dort… Arschloch.*«

Dale schnalzte mit der Zunge, als würde er ein Tonband abschalten. Er kannte den Dialog auswendig. Wie alles, was mit dem Fall Susan Lyston zu tun hatte, hatte er sich in seine Erinnerung eingebrannt. Sein untrügliches Gedächtnis war ein Fluch. Aber selbst wenn er in einem Punkt unsicher werden sollte, brauchte er nur seine zerlesene Ausgabe von *Kalter Kuss* zur Hand zu nehmen.

Was er jetzt tat. Er blätterte in den Seiten, bis er die Szene gefunden hatte, in der die ihm nachgestaltete Romanfigur ein Geständnis aus dem Freund der Getöteten herauszupressen versuchte. Bellamy Lyston war damals nicht dabei gewesen, aber sie hatte die Situation ziemlich gut getroffen.

Tatsächlich war jede Szene in ihrem Buch geradezu gespenstisch akkurat beschrieben. Die Lady hatte das Talent, eine Story so zu erzählen, dass der Leser an den Seiten klebte. Dale wünschte nur, ihre fesselnde Geschichte wäre nicht ausgerechnet *diese* Geschichte gewesen. *Seine* Geschichte. Nur durch Zufall hatte er überhaupt von ihrem Buch erfahren. Im Fernsehen war eine Morgenshow gelaufen. Er hatte gewartet, dass der Kaffee durch die Maschine lief, und nicht weiter darauf geachtet, worüber die Moderatorin mit ihrer Besucherin plauderte. Aber als er begriff, dass die hübsche Romanautorin Bellamy Lyston Price war, erwachsen und in wirklich scharfen Klamotten, war er vor dem Fernseher stehen geblieben und hatte ihr zugehört.

Sie erzählte gerade, dass ihr Roman von dem Mord an einem sechzehnjährigen Mädchen bei einem Barbecue zum Memorial Day handelte. In diesem Moment hatte sich Dales Magen spürbar gehoben, und als das Interview schließlich zu Ende ging, musste er schwer schlucken, um den Whiskey vom Vorabend bei sich zu behalten. Trotzdem war er ihm ätzend und sauer in die Kehle geschossen und hatte sich durch seinen Schlund gebrannt.

Er hatte seinen ganzen Mut zusammengenommen und war zum nächsten Walmart gefahren, hatte sich das Buch gekauft und sofort nach seiner Heimkehr zu lesen begonnen. Allerdings war es nicht so schlimm, wie er befürchtet hatte.

Es war viel schlimmer.

Er fühlte sich, als hätte man ihm mit einem dieser mittelalterlichen Folterinstrumente den Bauch aufgerissen, und als lägen seine Eingeweide jetzt offen zutage, sodass jeder nach Lust und Laune darin herumwühlen konnte.

Mit zitternden Händen zündete er sich eine Zigarette an, schenkte sich ein Glas Jack Daniel's voll, griff nach seiner Pistole und ging mit seinem Drink und seiner Waffe auf die Veranda, eine Bezeichnung, die dieser traurigen abschüssigen Bretterplattform entschieden zu viel Ehre machte. Die Veranda passte zum Rest der Behausung: alt, vernachlässigt und von Tag zu Tag maroder.

Was wiederum auch auf Dale Moody selbst zutraf. Es wäre interessant zu beobachten, was zuerst den Geist aufgeben würde: die Veranda, seine Lunge oder seine Leber.

Falls er Glück hatte und die Veranda unter ihm zusammenbrach, würde er sich dabei vielleicht den Hals brechen und auf der Stelle sterben. Falls er Lungenkrebs bekam, würde er sich kampflos ergeben. Genauso wie bei einer Leberzirrhose. Und wenn nichts davon in näherer Zukunft eintraf ... Für diesen Fall hatte er immer seine S&W .357 in Reichweite.

Eines Tages würde er vielleicht endlich den Mut aufbringen, den Lauf in seinen Mund zu schieben und abzudrücken. Ein paarmal hatte er volltrunken schon russisches Roulette gespielt, aber bisher hatte er noch jedes Mal gewonnen. Oder verloren. Je nachdem.

Es war ein heißer, stickiger Nachmittag, und nur das Kreischen der Zikaden durchbrach die schwüle Stille. Der Schatten unter dem Blechdach der Veranda bot kaum Erholung von der glühenden Hitze. Zwischen den Zypressen schimmerte wie eine Messingplatte der reglose Wasserspiegel des Caddo Lake.

Die Hütte, in der er die letzten fünfzehn Jahre allein gelebt hatte, lag auf einer dicht bewaldeten Halbinsel. Die kleine Bucht daneben machte mit ihren hinterhältigen Sumpfgewässern und ihrem tiefhängenden Dach aus moosbehangenen

Bäumen einen düsteren, abweisenden Eindruck. In den wenig einladenden Wasserarm verirrte sich kaum ein Angler. Dale Moody war das nur recht. Schließlich hatte er vor allem Einsamkeit gesucht, als er das Grundstück bar gekauft und unter einem Namen hatte eintragen lassen, den er von einem hundert Jahre alten Grabstein abgelesen hatte.

Er ließ sich in den knarrenden Korbschaukelstuhl mit der durchhängenden Sitzfläche fallen, nahm einen Schluck Whiskey, zog an seiner Zigarette und spürte dabei das beruhigende Gewicht des geladenen Revolvers auf seinem Oberschenkel.

Während er so dasaß und nur hin und wieder mühsam vor und zurück schaukelte, fragte er sich wie fast jeden Tag, wie sein Leben wohl verlaufen wäre, wenn Susan Lyston nicht an jenem Tag gestorben wäre. Hätte er dann Karriere als Ermittler der Mordkommission gemacht, hätte Auszeichnungen und Belobigungen des Bürgermeisters gesammelt und weiter für das Austin PD gearbeitet, bis er hoch angesehen in Pension gehen konnte? Wäre er dann immer noch verheiratet und hätte Kontakt zu seinen Kindern? Würde er wissen, wie seine Enkel aussahen?

Doch Susan Lyston war an jenem grässlichen Memorial Day vor achtzehn Jahren gestorben. Das Datum stand nicht nur für ihren Todestag, es war auch meteorologisch von Bedeutung. Damals war der erste Tornado seit fast fünfzig Jahren durch Austin gezogen, hatte die Stadt in Trümmer gelegt und auf seinem gnadenlosen Weg Tod und Zerstörung hinterlassen. Mit am schlimmsten hatte es den Naturpark getroffen, in dem die Lystons ihre jährliche Firmenfeier abgehalten hatten.

Die Feiernden hatten sich so gut amüsiert, dass sie den düsteren Wolken keine große Bedeutung zugemessen und höchstens befürchtet hatten, das für den Abend angesetzte Feuerwerk könnte dem Regen zum Opfer fallen. Irgendwann hatten die Anwesenden allerdings beunruhigt die viel zu früh einsetzende Dämmerung registriert, den spürbaren Abfall des Luftdrucks, die unnatürliche Stille und das grünliche Leuchten am Himmel.

Eltern sammelten ihre Kinder ein, die an den verschiedensten Plätzen im Park an den von der Firma organisierten Spielen und Aktivitäten teilnahmen. Die Lady am Kinderschminkstand packte ihre Tiegel und Pinsel zusammen. Die Band unterbrach ihr Stück und lud die Instrumente und Lautsprecher in den Lieferwagen, um sie vor dem Gewitter zu schützen. Die Caterer deckten die Behälter mit Kartoffelsalat und gebackenen Bohnen ab.

Aber diese dürftigen Maßnahmen waren wie der Versuch, den Angriff einer Elefantenherde mit Nadelstichen abzuwehren. Selbst wenn die Zeit gereicht hätte, um weitere Sicherheitsvorkehrungen zu ergreifen, urteilten die Experten später übereinstimmend, hätte niemand etwas gegen einen Wirbelsturm mit einem Durchmesser von über einer Meile und Windgeschwindigkeiten bis zu zweihundert Meilen pro Stunde ausrichten können.

Austin lag südlich des geografischen Bandes, das als »Tornado Alley« bekannt war, darum waren die hier lebenden Menschen weniger vertraut mit den Gefahren eines Wirbelsturms als ihre Nachbarn weiter nördlich. Natürlich kannten sie die Bilder der Verwüstung. Sie hatten sie im Fernsehen gesehen und staunend verfolgt, wie heimtückisch und unvorhersehbar Mutter Natur wirken konnte.

Aber nichts konnte einen wirklich auf die Kraft und die infernalische Wut einer Trichterwolke vorbereiten. Man musste diese Wucht am eigenen Leib erlebt haben, um zu wissen, wie sie sich anfühlte, und viele von jenen, die sie erlebt hatten, hatten danach keine Gelegenheit mehr, davon zu erzählen. Einige Einwohner hielten sich für besonders tapfer, ignorierten die Sirenenwarnung und gingen nach draußen, um den Tornado zu beobachten. Zwei von ihnen wurden danach nie mehr gesehen. Sie blieben spurlos verschwunden.

In der gesamten Stadt forderte der Tornado siebenundsechzig Todesopfer. Neun davon wurden an der Firmenfeier im Park geborgen.

Zwölf Stunden nach dem Sturm herrschte in der Stadt immer noch das blanke Chaos. Das gesamte Travis County war zum Katastrophengebiet erklärt worden. Die Polizei, die Feuerwehr, das Sheriffbüro, die Nationalgarde, das Rote Kreuz und zahllose Freiwillige waren in Such- und Bergungsmannschaften unterwegs.

Sie hatten alle Hände voll zu tun, um Familien zusammenzuführen, Vermisste zu suchen und Tote zu bergen, Verletzte in die Krankenhäuser zu bringen, Gesetz und Ordnung wiederherzustellen, wo Plünderer die günstige Gelegenheit nutzten, Notunterkünfte für die Überlebenden zu errichten, deren Häuser dem Erdboden gleichgemacht worden waren, und die blockierten Straßen frei zu räumen, damit Einsatzfahrzeuge und Reparaturwagen durchkamen.

Am nächsten Tag in aller Frühe war Dale, nachdem er die Nacht in einem Höllenchaos zugebracht hatte, ins Leichenschauhaus gerufen worden, was er, in Anbetracht der allgemeinen Lage, ausgesprochen lästig fand.

Trotzdem war er hingefahren. Gleich bei der Ankunft hatte ihn der Chefpathologe empfangen, der selbst völlig überarbeitet aussah und vor Erschöpfung zusammenzubrechen drohte. Seine Mannschaft versuchte immer noch, der vielen Toten Herr zu werden, die weiterhin angeliefert wurden, zum Teil in einzelnen Körperteilen, was die Identifikation zu einer Herausforderung machte, die selbst abgehärteten Profis das Äußerste an Objektivität abverlangte. Deswegen wunderte es

Dale umso mehr, dass der Doc einen Detective von seiner Arbeit abgezogen und unverzüglich herbeordert hatte.

»Wir haben beide alle Hände voll zu tun, Detective, darum werde ich es kurz machen. Wir haben hier ein junges Mädchen, dessen Leiche im Park gefunden wurde.«

»Sie war auf der Firmenfeier von Lyston Electronics?«

»Sie war eine Lyston. Ihre Tochter Susan.«

»Mein Gott.«

»Man hat mir erklärt, man hätte ihre Leiche unter der Krone eines umgestürzten Baumes gefunden. Aber das, und darum habe ich einen Detective angefordert, hat sie nicht umgebracht. Die Verletzungen, die sie während des Tornados erlitten hat, erfolgten alle post mortem.«

»Was soll das heißen?«

»Die Todesursache lautet auf Ersticken. Sie wurde erwürgt.«

»Sind Sie sicher?«

Er hatte Dale die Leiche gezeigt. »Die Hämatome hier am Hals sind eindeutig Würgemale. Als der umstürzende Baum ihre Haut aufriss und zerschnitt, blutete sie nicht. Mehrere Organe weisen stumpfe Traumata auf, die womöglich tödlich gewesen wären, wäre sie nicht schon tot gewesen.«

Dale war die unangenehme Pflicht zugefallen, diese Nachricht den Eltern zu überbringen, die ohnehin unter Schock standen und um ihre Tochter trauerten, die, wie sie bis dahin glaubten, dem schrecklichen Sturm zum Opfer gefallen war. Er hatte mit ansehen müssen, wie Howard und Olivia Lyston unter dieser Nachricht zerbrachen. Die Erkenntnis, dass ihre Tochter ermordet worden war, verschlimmerte ihren Schmerz tausendfach. Für Dale Moody war es ein Mordfall, für sie eine unaussprechliche Tragödie.

Am Tatort Spuren sichern zu wollen war eine Sisyphusarbeit, ein schlechter Witz. Der Tornado hatte die gesamte

Gegend verwüstet. Die wenigen Bäume, deren Wurzeln dem Wind standgehalten hatten, hatten dafür ihr gesamtes Laub opfern müssen, und ihre nackten Äste waren abgerissen und wie Zahnstocher über den Boden geschleudert worden. Die Spurensicherung hatte sich durch das Bruchholz schlagen müssen, um auch nur an den Fundort der Leiche zu gelangen. Zusätzlich war der gesamte Bereich von Rettungskräften und panischen Überlebenden auf der Suche nach ihren Angehörigen platt getrampelt worden.

Falls der Täter sein Verbrechen vorab geplant hatte, hätte er es nicht geschickter anstellen können, als einen Tornado der Stärke F5 über die Stelle fegen zu lassen, an der er Susan Lyston getötet hatte.

Dale und die übrigen Detectives hatten versucht, alle zu befragen, die an dem Barbecue teilgenommen und sich zur Tatzeit in der Nähe aufgehalten hatten. Sie hatten jeden vernommen, den sie ausfindig machen konnten. Aber sowohl der Pavillon als auch das Bootshaus waren dem Erdboden gleichgemacht worden. Der geschotterte Parkplatz, auf dem über zweihundert Fahrzeuge gestanden hatten, hatte sich in eine apokalyptische Landschaft aus verbogenem Blech und zersplittertem Glas verwandelt.

Dementsprechend hatten Dutzende, die um Haaresbreite dem Tod entgangen waren, dafür schwere Verletzungen davongetragen. Viele lagen mit inneren Verletzungen, Kopfverletzungen, Splitterbrüchen, Schnitten, Gehirnerschütterungen oder unter Schock im Krankenhaus. Die Detectives hatten Wochen gebraucht, um alle aufzuspüren und zu befragen.

Und bis dahin hatte Dale Denton Carter in die Zange genommen.

Als Susans fester Freund war er, vor allem nach ihrem Streit am Morgen, direkt an die Spitze der Liste der Verdächtigen gewandert. Von Anfang an waren Dale und seine Detectives der Ansicht gewesen, dass sie ihren Mann gefunden hatten. Der Achtzehnjährige war ein launischer Klugscheißer, der offensichtliche Autoritätsprobleme hatte. Das hatte Dale von Lehrern der Highschool erfahren, an der Dent in der Woche zuvor seinen Abschluss gemacht hatte.

»Eigentlich ist er ein kluger Bursche«, hatte der Schulberater ihm erklärt. »Er hat mit einem Durchschnitt von 3,2 abgeschlossen und hätte noch besser abschneiden können, wenn er nur gewollt hätte. Aber genau da liegt das Problem. Er wollte nicht. Eine verheerende Einstellung. Der Junge glaubt, dass die ganze Welt gegen ihn ist.«

Dale hatte das zu spüren bekommen, als er Dent Carter zur ersten Befragung abholen ließ. Carter hatte ihn so übel beschimpft, dass Dale ihn in die Arrestzelle stecken ließ, weil er hoffte, eine Nacht im Gefängnis würde dem Jungen Manieren beibringen. Aber als Carter am nächsten Tag entlassen wurde, hatte er Dale nur angegrinst und ihm den Finger gezeigt.

Dale hatte ihn nur widerwillig ziehen lassen, aber er hatte nichts in der Hand gehabt, um ihn noch länger in Haft zu behalten. Damals genauso wenig wie Tage später, nach ausgiebigen Ermittlungen und wiederholten Vernehmungen. Die Geschichte des Jungen wich nie von dem ab, was er Dale bei ihrem ersten Gespräch erzählt hatte. Niemand hatte ihn bei dem Barbecue gesehen, und der alte Mann vom Flugplatz hatte ihm ein solides Alibi gegeben. Dale war nichts anderes übrig geblieben, als Denton Carter laufen zu lassen.

Daraufhin hatte er sich auf Allen Strickland konzentriert.

Jetzt wog Dale die Pistole in der Hand, während er im Geist die Fakten durchging, die für Stricklands Schuld sprachen. Sie hatten ausgereicht, um ihn vor Gericht zu bringen. Aber es gab keinen einzigen unwiderlegbaren Beweis dafür, dass er das Mädchen tatsächlich umgebracht hatte.

Der Staatsanwalt, dem der Fall zugeteilt worden war, Rupert

Collier, ein ehrgeiziger Blutsauger, wie man ihn sich schlimmer nicht vorstellen konnte, hatte die Anklage ausschließlich auf Indizien aufgebaut. Sein Schlussplädoyer hatte er mit der Inbrunst eines frisch bekehrten Zeltpredigers vorgetragen. Und die Geschworenen hatten in nicht einmal zwei Stunden einen Schuldspruch gefällt, fast als hätten sie Angst, andernfalls in der Hölle zu landen.

Und so war Allen Strickland ins Gefängnis gewandert.

Und Dale Moody hatte zu trinken begonnen.

Achtzehn Jahre später hatte Bellamy Lyston Price ein Buch geschrieben, das all die Zweifel verstärkte, die Dale stets zugesetzt hatten, wenn er zu rekonstruieren versuchte, was sich an jenem Tag kurz vor dem Tornado im Park abgespielt hatte.

Was ihn ganz besonders in den Wahnsinn trieb, war die Befürchtung, dass dieses unselige Buch genau die gleichen Zweifel in anderen Lesern wecken könnte. Das Ende ließ reichlich Raum für Spekulationen. Die Leser könnten sich fragen, ob die Ermittlungen möglicherweise schlampig geführt worden waren, ob der Staatsanwalt vielleicht deutlich ehrgeiziger gewesen war als der Pflichtverteidiger des Angeklagten, ob Allen Strickland womöglich doch nicht der Letzte gewesen war, der Susan lebendig gesehen hatte.

Es war eine Sache, dass Dale den Fall Susan Lyston tagtäglich in Gedanken neu aufrollte. Trotzdem sollte das außer ihm keiner tun.

Es hatte ihn kaum getröstet, dass Bellamy Prices Buch auch Rupe nervös gemacht hatte. Rupe Collier war inzwischen ein großes Tier in Austin. Bestimmt fand er es nicht besonders prickelnd, dass er in dem Buch als gewissenloser junger Staatsanwalt dargestellt wurde, der über Leichen ging, um sich eine Kerbe für eine weitere Verurteilung in den Colt schnitzen zu können, obwohl er damals genau diesen Eindruck erweckt und genau das getan hatte.

Und jetzt suchte er nach Dale.

Donald Haymaker, ein Kumpel aus Dales Zeiten bei der Polizei, der immer noch Verbindungen zum Austin PD hatte und als einer von wenigen Auserlesenen wusste, wie man Dale erreichen konnte, hatte ihn vor ein paar Wochen angerufen, nur ein paar Tage nachdem bekannt geworden war, wer sich hinter dem Pseudonym T. J. David versteckte.

Nachdem sie ein paar Belanglosigkeiten ausgetauscht hatten, hatte er gesagt: »Ähm, Dale, hast du schon von diesem Buch gehört?«

Er brauchte nicht zu erklären, welches Buch er meinte. Dale antwortete, dass er Bellamy Prices *Kalter Kuss* gelesen hätte.

»Ich auch«, gestand Haymaker hörbar verlegen. »Wie so ziemlich jeder im County, wenn du mich fragst. Rupe Collier eingeschlossen. Er, ähm, hat mich angerufen, Dale. Zehn Minuten hat er rumgestottert und dann ganz beiläufig – viel zu beiläufig – gefragt, ob ich wüsste, wo du steckst und wie man dich erreichen kann.«

»Du hast ihm doch nicht meine Nummer gegeben, oder?«

»Natürlich nicht! Aber ich frage mich, was dieser aalglatte Schleimer nach all den Jahren wohl von dir will. Es muss irgendwas mit diesem Buch zu tun haben, meinst du nicht auch?«

Genau das meinte Dale auch. Bestimmt ging Rupe die Muffe, während er es gelesen hatte. Garantiert hasste er das Buch und den ganzen Rummel darum noch mehr als Dale, und Dale hasste ihn aus tiefstem Herzen.

Bellamy Lyston Price, das verklemmte, linkische Mäuschen von damals, hatte den ganzen dreckigen Schlamm wieder aufgerührt. Und dafür gesorgt, dass Dale Moodys erbärmliches Leben möglicherweise endgültig darin versinken würde.

Er kippte seinen Whiskey in einem Zug hinunter, schnippte den Zigarettenstummel auf die Veranda, balancierte die Pistole in der flachen Hand und wünschte sich mit jeder verfaulenden Faser in seinem Körper, dass er vor seinem Tod wenigstens eine Sekunde lang absolut sicher sein könnte, damals den richtigen Mann vor Gericht gebracht zu haben.

7

»Ich war der Erste«, wiederholte Dent mit Nachdruck. Sekundenlang hielt er Bellamys Blick gefangen, dann stand er auf und ging rastlos in der Küche auf und ab. Er schlug mit der Faust auf einen Karton voller Kleingeräte, die sie noch nicht ausgepackt hatte, und blieb zuletzt an der Spüle stehen. Die Hände mit den Handflächen nach außen in den hinteren Hosentaschen seiner Jeans, starrte er aus dem Fenster in ihren Garten.

»Auf den Stufen liegt ein zerbrochener Blumentopf«, sagte er. »Der ist mir schon gestern Abend aufgefallen.«

»Das war bestimmt schrecklich für dich.«

»Ach was, es ist nur ein zerbrochener Blumentopf. Ich bin drüber weggekommen.«

»Ich meine, dass du verdächtigt wurdest.«

Er drehte den Kopf zur Seite und bemerkte über die Schulter hinweg: »Ich bin drüber weggekommen.«

»Wirklich?«

Der hörbare Zweifel in ihrer Frage bewog ihn dazu, sich umzudrehen, die Hände aus den Hosentaschen zu ziehen, sich damit an der Spüle abzustützen und sich dagegenzulehnen. »Wurdest du schon mal von der Polizei vernommen?«

»Ich wurde mal von der Polizei angehalten, weil ich zu schnell gefahren war.«

»Du fühlst dich unwillkürlich schuldig, selbst wenn du gar nichts getan hast. Du kannst dir gar nicht vorstellen, wie einsam und allein gelassen du dich fühlst.«

»Dein Vater...«

»Hielt es nicht für nötig, mich zur Polizeistation zu begleiten.«

»Du hattest Gall Hathaway auf deiner Seite.«

»Wir wurden getrennt voneinander vernommen. Von den ersten Verhören erfuhr er erst hinterher.«

»Wenn ich mich recht erinnere, hat er dir damals einen Anwalt besorgt.«

»Aber nicht gleich. Anfangs dachten wir, wir bräuchten keinen Anwalt. Während der ersten Verhöre war ich ganz allein.«

»Und sie haben dich gleich richtig in die Zange genommen.«

»So könnte man es nennen, ja. Er war absolut überzeugt, dass ich deine Schwester getötet hatte.«

»Der Detective, meinst du?«

»Moody. In deinem Buch heißt er Monroe, aber in Wahrheit hieß er Dale Moody. Sobald deine Leute – die mich ebenfalls für den Täter hielten – ihm meinen Namen verraten hatten, erschien er bei mir zu Hause, riss mich und meinen alten Herrn aus dem Schlaf und wollte mit mir über Susan sprechen. Allerdings hat er es nicht als höfliche Bitte formuliert. Bis dahin wusste ich noch gar nicht, dass sie ermordet worden war. Das erfuhr ich erst von ihm, als er versuchte, mir ein Geständnis abzupressen.«

»Was war das für ein Gefühl, zu einem Geständnis gedrängt zu werden?«

Er trat vom Fenster weg und an den Kühlschrank, holte den Teekrug heraus und brachte ihn an den Tisch. Sie schüttelte den Kopf, als er ihn über ihr Glas hielt, und so schenkte er nur sich nach, bevor er sich wieder auf den Stuhl ihr gegenüber setzte. Doch statt zu trinken, legte er alle zehn Fingerspitzen an sein Glas und fuhr daran auf und ab.

»Dent?«

»Was ist?«

»Ich habe dir eine Frage gestellt.«

»Ich habe sie verstanden.«

»Und was war das für ein Gefühl?«

»Was glaubst du denn? Es war ein Scheißgefühl. Das reicht.«

»Ich glaube nicht.«

»Warum nicht?«

»Weil ich dir eine Möglichkeit biete, deinem Zorn Luft zu machen, und weil ich glaube, dass du genau das willst.«

»Nach all den Jahren? Dafür ist es ein bisschen spät.«

»Gestern hast du noch behauptet, es wäre nicht lange genug her.«

Er nahm die Hände vom Glas und wischte die feuchten Fingerkuppen an seiner Jeans ab. Dann warf er Bellamy einen verärgerten Blick zu, doch deren Miene blieb ruhig und eindringlich.

Nach einem lautlosen Fluch erklärte er: »Das Mädchen, mit dem ich zwei Tage zuvor noch rumgeknutscht hatte, lag auf einmal im Leichenschauhaus. So was kann einen ziemlich aus der Fassung bringen, meinst du nicht auch?«

»O ja.«

»Ich versuchte immer noch in den Schädel zu kriegen, dass Susan bei diesem Tornado ums Leben gekommen war, als dieser Möchtegernsheriff bei uns auftaucht und wissen will, worüber wir gestritten hatten, wann ich sie das letzte Mal gesehen hätte, wo ich war, während sie brutal erdrosselt wurde.« Er bemerkte Bellamys Miene und deutete auf ihr Gesicht. »Ganz recht. Genau so. So habe ich mich gefühlt.«

»Ich habe mich bemüht, diese widersprüchlichen Emotionen in meinem Buch zu erfassen.«

»Du hast die Szene ziemlich genau beschrieben; du hast dabei sogar meinen alten Herrn außen vor gelassen.«

»Ich habe nicht über ihn geschrieben, weil ich kein Gespür für ihn entwickeln konnte.«

Dent lachte bellend. »Willkommen im Club. Ich habe auch kein Gespür für ihn entwickeln können, und ich habe mit ihm zusammengelebt. Der Mann war praktisch ein beschissenes Gespenst.«

Die Wortwahl war eigentümlich. »Das musst du mir näher erklären.«

»Warum? Planst du schon das nächste Buch?«

Sie sprang so schnell auf, dass ihre Handflächen auf die Tischplatte klatschten. »Okay, dann erklär es mir eben nicht. Schließlich war diese unerquickliche Reise in die Vergangenheit deine Idee, nicht meine. Du findest selbst hinaus.«

Doch als sie an ihm vorbeiwollte, schoss sein Arm vor, schlang sich um ihre Taille und zog sie an seinen Körper.

Die Berührung brachte sie aus dem Konzept und ihren Atem zum Stocken. Sekundenlang verharrten sie so, ohne sich zu bewegen, dann lockerte er seinen Griff und löste die Hand langsam von ihrem Körper, aber nicht ohne dabei mit den Fingern über ihre Rippen zu streichen. Leise sagte er: »Setz dich wieder hin.«

Sie schluckte und atmete weiter. »Wirst du dich weiterhin wie ein Idiot aufführen?«

»Wahrscheinlich. Aber du wolltest das hören.« Er nickte zu ihrem Stuhl hin.

Sie kehrte auf ihren Platz zurück, faltete züchtig die Hände im Schoß und sah ihn erwartungsvoll an. Sekunden verstrichen, dann zuckte er mit den Achseln. »Und? Du musst mich schon was fragen.«

»Ich muss dir alles aus der Nase ziehen? Freiwillig erzählst du nichts?«

»Was willst du denn wissen?«

»Was ist mit deiner Mutter passiert?«

Die Frage traf ihn völlig unvorbereitet, und es freute sie zu sehen, dass diesmal er kurz aus dem Konzept gebracht wurde.

Er wandte den Blick ab, rutschte auf seinem Stuhl herum und schob abwehrend die Schultern vor. »Man hat mir erzählt, dass sie starb, als ich noch ein Baby war.«

Sie sah ihn weiter an, ohne die zahlreichen Fragen, die sich daraus ergaben, auszusprechen.

Schließlich fuhr er fort: »Ich habe nie eine Todesurkunde gesehen. Mein alter Herr hat mir nie ihr Grab gezeigt. Wir begingen weder ihren Geburtstag noch ihren Todestag. Ich hatte keine Großeltern mütterlicherseits. Überhaupt keine Verwandten in dieser Linie. Ich weiß nicht mal, wie sie aussah, weil er mir nie ein Bild von ihr gezeigt hat. Es war, als hätte sie nie existiert. Daraus schließe ich, dass sie ihn und mich verlassen hat. Dass sie abgehauen ist. Durchgebrannt. Und dass er nur nicht den Mumm hatte, mir das zu sagen.«

»Vielleicht konnte er sich selbst nie damit abfinden.«

»Keine Ahnung. Das Rätsel wird ungelöst bleiben. Immer wenn ich ihn anbettelte, mir mehr über sie zu erzählen, antwortete er nur: ›Sie ist gestorben.‹ Ende der Diskussion.«

»Ihr wart also nur zu zweit?«

»Genau, aber es war keine innige Zweisamkeit.«

»Du sagst ›war‹. Er ist nicht mehr am Leben?«

»Nein.« Und dann, bitter: »Nicht dass man das, was er davor hatte, als ›Leben‹ bezeichnen könnte.«

»Er war ein Gespenst«, wiederholte sie die Worte, mit denen er seinen Vater beschrieben hatte.

»Weißt du, wenn ich es recht überlege, ist das keine wirklich treffende Beschreibung. Denn Raum hat er *immer* eingenommen. Er war nicht unsichtbar. Er war nur nicht *da*. Er sorgte für mich. Ein Dach über dem Kopf, Essen auf dem Tisch, Kleider am Leib. Und er sorgte dafür, dass ich jeden Tag in die Schule ging.« Seine moosgrünen Augen wurden kalt. »Aber er hat sich nie auf irgendeiner Schulveranstaltung blicken lassen. Er hat nie einen meiner Freunde kennengelernt. Mir nie beim Sport zugeschaut, und ich habe wirklich viel Sport getrieben. Meine Zeugnisse habe ich selbst unterschrieben. Er hat funktioniert. Das ist alles. Er interessierte sich weder für Sport noch für Frauen, Religion, Gartenarbeit, Briefmarkensammeln oder Korbflechten. Er rauchte nicht, und er trank nicht. Seine Unterhaltungen beschränkten sich auf etwa drei Sätze, und damit meine ich auch die Gespräche, die er mit mir führte. Er ging jeden Tag zur Arbeit, kam wieder nach Hause, machte unser Abendessen, schaltete ein paar Stunden den Fernseher ein, verschwand dann in sein Schlafzimmer und machte die Tür hinter sich zu. Wir fuhren nie in Urlaub. Wir machten nicht mal Ausflüge. Weder ins Kino noch zu irgendwelchen Sportveranstaltungen, in Bars oder auch auf die Müllkippe.« Er bremste sich und holte tief Luft. »Wir haben nie irgendwas gemeinsam unternommen. Ab und zu benahm ich mich absichtlich daneben oder stellte sogar was *richtig* Übles an, nur um festzustellen, ob ich damit irgendeine Reaktion oder zumindest eine Veränderung in seinem Gesichtsausdruck auslösen konnte. Meine Missetaten schienen ihn überhaupt nicht zu berühren. Allerdings berührte es ihn genauso wenig, wenn ich etwas Gutes tat. Ihm war einfach alles egal. Jedenfalls war er ein konsequenter Mistkerl, das muss ich ihm lassen. Bis zu seinem Tod blieb er mir ein Rätsel, das ich nie lösen konnte und das mich da schon lange nicht mehr interessierte. Ich weiß nicht, was ihn damals so abstumpfen ließ, ich weiß nur, dass es ihn für alle Zeiten gegen seine gesamte Umwelt abgestumpft hatte.«

»Dich eingeschlossen.«

Er zog eine Schulter hoch. »Auch egal.«

Bellamy nahm ihm nicht ab, dass er die emotionale Vernachlässigung durch seinen Vater so gut verarbeitet hatte, wie er behauptete, aber vorerst ließ sie die Sache auf sich beruhen. »Und wann hast du Mr Hathaway kennengelernt?«

»Er hat es gar nicht gern, wenn man ihn so nennt.«

»Na schön, wann hast du Gall kennengelernt?«

»Mit zwölf oder dreizehn. So ungefähr. Eines Tages wollte ich nach der Schule nicht so schnell heim und bin mit dem Rad durch die Gegend gefahren. Vollkommen ziellos. Eigentlich wollte ich nur möglichst weit weg von zu Hause. Irgendwo weit draußen fiel mir dann dieses kleine Flugzeug auf, das aus dem Himmel zu stürzen schien, ein paar Sekunden verschwunden blieb und dann wieder über den Horizont aufstieg. Ich fuhr darauf zu und landete dabei auf Galls Flugplatz, wo er einen Flugschüler unterrichtete. Sie übten gerade das Durchstarten. Mann, wie ich die beiden beneidete. Ich hätte so gern in diesem Flugzeug gesessen.«

»Liebe auf den ersten Blick?«

Er feuerte eine Fingerpistole auf sie ab. »Volltreffer, T. J. David. Du bist nicht umsonst Schriftstellerin.«

»Damals hast du dich ins Fliegen verliebt.«

»Und zwar bis über beide Ohren. Ich schaute den beiden zu, bis sie schließlich landeten. Der Flugschüler fuhr ab. Gall hatte bemerkt, dass ich heimlich zugesehen hatte, und er winkte mich in den Hangar. Ich dachte, er würde mir eine Standpauke halten, dass ich mich hier nicht aufhalten dürfte und verschwinden sollte. Stattdessen schenkte er mir eine Dose Dr. Pepper. Er fragte mich, ob ich Flugzeuge mochte, und natürlich sagte ich Ja – obwohl ich das bis zu diesem Nachmittag nicht mal geahnt hatte. Er ging mit mir nach draußen zu dem Flugzeug, in dem sie geübt hatten, und fragte mich, ob ich schon mal in einer einmotorigen Maschine gesessen hätte. Ich hatte noch nie in irgendeinem Flugzeug gesessen, aber ich log ihn an und sagte Ja. Er zeigte mir die verschiedenen Hebel und Knöpfe und erklärte mir, wozu sie gut waren. Er setzte mich in den Pilotensitz und ging mit mir die ganzen Anzeigen durch. Ich fragte ihn, ob es schwer sei, ein Flugzeug zu lenken. Er sah mich an und lachte. ›Glaubst du, ich könnte fliegen, wenn es wirklich schwer wäre?‹ Dann fragte er mich, ob ich eine Runde mit ihm drehen wollte. Ich hätte mir fast in die Hose gemacht. Er wollte wissen, ob meine Leute wohl was dagegen hätten, und ich sagte nein, bestimmt nicht. Das war nicht gelogen. Also tauschten wir die Plätze, und er hob ab, direkt in den Sonnenuntergang hinein. Wir flogen eine weite Kurve und waren in nicht mal fünf Minuten wieder gelandet, aber trotzdem war das der schönste Augenblick meines Lebens bis dahin.«

Er hing lächelnd der Erinnerung nach und versank kurz in Gedanken, bevor er weitererzählte: »Ich durfte Gall dabei helfen, das Flugzeug zu sichern. Bis wir damit fertig waren, war es dunkel geworden. Doch als ich mich wieder aufs Rad schwingen wollte, fragte er mich, wo ich wohnte, und als ich ihm die Gegend nannte, meinte er: ›So weit? Junge, du hast nicht mal Licht an deinem Rad. Wie willst du da nach Hause kommen?‹ Ich erwiderte so was wie: ›Schließlich bin ich auch hergekommen, oder?‹ Er nannte mich einen Dickschädel und Klugscheißer, stieg in seinen Truck und fuhr die ganze Strecke hinter mir her, um mit seinen Scheinwerfern die Straße für mich zu beleuchten. Das war das erste Mal…« Er verstummte und ließ den Gedanken unausgesprochen.

»Was für ein erstes Mal?«

Er wandte den Blick ab und murmelte: »Das erste Mal, dass sich irgendjemand um mich Sorgen machte.«

So wie Bellamy es sah, hatte er sich an diesem Tag nicht nur ins Fliegen verliebt. Er hatte auch Gall lieben gelernt, der ihm Beachtung geschenkt, mit ihm geredet und ihn beschützt hatte. Aber ihr war klar, dass der Mann, zu dem der vernachlässigte Junge herangewachsen war, sich jedem Gespräch in dieser Richtung verweigern würde, darum kehrte sie zu ihrem ursprünglichen Thema zurück.

»Detective Moody hat dich also in die Mangel genommen.«

Sofort tauchte er aus seinen nostalgischen Erinnerungen auf und runzelte die Stirn. »Mehrmals sogar. Und jedes Mal erklärte ich ihm, dass Gall und ich einen Probeflug mit einer Maschine gemacht hätten, dass ich gar nicht bei dem Barbecue war und dass ich erst nach dem Tornado in den Park gekommen war.«

»Warum bist du überhaupt zum Park gefahren?«

»Wegen der schweren Gewitter mussten Gall und ich den Flug vorzeitig abbrechen, also dachte ich, ich könnte genauso gut versuchen, mich mit Susan auszusöhnen. Hätte ich die Wahl gehabt, wäre ich allerdings lieber in der Luft geblieben. Jede Minute im Flugzeug war besser, als am Boden zu sein.«

»Sogar besser, als mit Susan zusammen zu sein?«

Er grinste. »Da fällt mir die Entscheidung schwerer.«

»Fandest du es tatsächlich so schön? So aufregend wie das Fliegen?«

»Das Zusammensein mit Susan? Nein. Den Sex... hm. Das ist das Einzige, was dem Fliegen nahekommt.«

»Und wann kamst du im Park an?«

»Einen Moment noch.« Er verschränkte die Arme auf dem Tisch und beugte sich vor. »Lass uns das ein bisschen vertiefen.«

»Was denn?«

»Sex und Fliegen. Sex und irgendwas. Sex und, sagen wir... Schreiben.« Sein Blick lag fest auf ihrem Mund. »Was davon würdest du lieber tun, wenn du in diesem Moment die Wahl hättest?«

»Flirtest du etwa mit mir?«

»Was glaubst du denn?«

Sie glaubte, dass er bestimmt bemerkte, wie sehr ihre Wangen glühten. Unter seinem anzüglichen und völlig ungerührten Lächeln fühlte sie sich, als wäre sie wieder zwölf Jahre alt.

»Das kannst du dir sparen«, sagte sie. »Denn selbst wenn ich bereit wäre, mein Lebenswerk mit Sex zu vergleichen, möchte ich auf keinen Fall mit meiner verstorbenen Schwester verglichen werden.«

Sein Lächeln erlosch, und er sah ihr wieder in die Augen. »Das würde ich auf keinen Fall tun.«

»O doch.«

»Nein. Außerdem weiß ich gar nicht mehr, wie es mit ihr war.«

»Weil du danach so viele Frauen hattest?«

»Ich bin ein Junggeselle mit einem gesunden sexuellen Appetit. Wenn ich mit einer Frau schlafe, stelle ich vorab klar, dass es mir ausschließlich um eine Bettgeschichte geht. Wir stimmen unsere Hormonspiegel ab, und danach trennen sich unsere Wege, ohne dass jemand leiden muss.«

»Bist du sicher? Hast du je nachgefragt?«

Er ließ sich langsam zurücksinken. Nach kurzem Schweigen meinte er: »Weißt du was? Ich erzähle dir mehr über mein Liebesleben, wenn du mir erklärst, was in deiner Ehe schiefgelaufen ist.«

Sie weigerte sich, den Köder zu schlucken. »Wann bist du im Park angekommen?«

Er schnaubte ein leises Lachen. »Dachte ich mir.« Dann: »Wann ich im Park angekommen bin? Weiß ich nicht mehr. Ich konnte nicht mal Moody den genauen Zeitpunkt nennen, womit ich mich in seinen Augen belastete. Auf der Fahrt dorthin sah ich den Tornadotrichter. Mir war klar, dass der Park genau in seinem Weg lag. Ich traf wahrscheinlich nur ein paar Minuten danach ein, und als ich ankam, war überall die Hölle los. Es sah aus wie – ach, du weißt selbst, wie es aussah. Überall schreiende Leute. Viele davon blutüberströmt oder schwer verletzt. Hysterie. Panik. Schock. Abgesehen vom Krieg war es das Schlimmste, was ich je gesehen habe.«

»Du warst im Krieg?«

»Bei der Air Force. Im Irak. Unsere Basis geriet unter Raketenbeschuss, und die Schweine hatten gut gezielt. Die Überlebenden hatten... eine Menge aufzuräumen.« Seine Miene wurde nachdenklich. »Der Krieg bekommt ein anderes Gesicht, wenn man nicht mehr mit dem Flugzeug drüber wegfliegt, sondern die blutigen Gliedmaßen seines früheren Kameraden zusammensammeln muss.«

Er griff nach seinem Glas und nahm einen Schluck Tee. Eine Weile schwiegen beide, ohne sich anzusehen, dann fragte sie, woran er sich noch erinnerte, als er nach dem Tornado im Park eingetroffen war.

»Deinen Dad. Er rannte wie ein Besessener herum, hielt die Hände vor den Mund und rief nach seinen Kindern. Steven tauchte als Erster auf. Er sah aus wie ein Zombie und benahm sich auch so. Howard schüttelte ihn und versuchte, ihn wieder zur Besinnung zu bringen. Als Nächstes erschien Olivia. Sie war... also, es war das einzige Mal, dass ich bei dieser Frau echte Emotionen erlebt habe. Sie packte Steven und drückte ihn an sich, als würde sie ihn nie wieder loslassen wollen. Euer Dad umarmte alle beide. Er und Olivia weinten vor Erleichterung, dass sie beide unverletzt geblieben waren. Aber sie blieben nicht lange zusammen, weil du und Susan noch nicht wieder aufgetaucht wart. Als die drei mich bemerkten, kam Olivia auf mich zugelaufen. Ob ich mit Susan zusammen gewesen sei? Ob ich sie gesehen hätte? Wo sie sein könnte? Sie schrie mich an wie eine Irre, beschimpfte mich, weil ich Susan im Stich gelassen hätte, gab mir die Schuld daran, dass sie jetzt verschwunden war, und warf mir wie immer vor, dass ich nichts als Ärger machen würde.«

»Sie war bestimmt außer sich vor Angst.«

Dent verstummte und starrte sekundenlang ins Leere. Dann sagte er: »Schon, aber als Susans Leiche später gefunden wurde, ging mir nicht aus dem Kopf, was sie gesagt hatte. Und irgendwie hatte sie recht. Wenn ich an dem Tag wie geplant mit Susan zusammen gewesen wäre, wäre sie nicht mit Allen Strickland in den Wald verschwunden. Sie wäre vielleicht verletzt oder sogar von dem Wirbelsturm getötet worden, aber wenigstens wäre sie nicht erwürgt worden.«

»Ich schätze, wir leiden beide ein wenig am Überlebendensyndrom.«

»Gut möglich. Aber Moody gegenüber habe ich nie einen Ton davon gesagt. Er hätte mir das falsch ausgelegt. Es war schon schlimm genug, dass ich nur dreißig, vierzig Schritte von Susans Leiche entfernt war, als der Feuerwehrmann sie fand. Ich hatte mit den Suchtrupps zusammen den Wald durchkämmt. Genau wie Dutzende anderer, von denen aber keiner unter Verdacht geriet. Nur ich. Später behauptete Moody, ich wäre wohl zum Ort des Verbrechens zurückgekehrt, wie es Mörder oft tun. Was für ein Quark«, ergänzte er halblaut. »Jedenfalls musste ich mich übergeben, als ich begriff, dass Susan nicht nur bewusstlos, sondern tot war. Dann ging ich los, deine Eltern suchen, aber als ich sie endlich ausfindig gemacht hatte, verließ mich der Mut. Das konnte ich ihnen einfach nicht sagen. Ich deutete nur wortlos in die Richtung, wo man sie gefunden hatte.«

Er verstummte. Als deutlich wurde, dass er nicht weitererzählen würde, bohrte Bellamy nach: »Und was passierte dann?«

»Gar nichts. Ich war völlig fertig, weil meine Freundin gestorben war, aber mir war klar, dass deine Leute keinen großen Wert auf meine Beileidsbekundungen legten und bestimmt nicht begeistert wären, wenn ich mich ihnen anschließen würde, als würde ich zur Familie gehören. Also fuhr ich heim und legte mich ins Bett. Am nächsten Morgen stand Moody bei mir auf der Matte. Den Rest kennst du. Er hatte mit deinen Eltern gesprochen und war dabei zu dem Schluss gekommen, dass ich der Täter sein musste. Er hatte zwar keine Beweise gegen mich in der Hand, trotzdem wurde ich wie ein Schwerverbrecher behandelt. Wochenlang war mein Name in allen Zeitungen und allabendlich in den Nachrichten. Ich war der ›Verdächtige im Mordfall Susan Lyston‹. Ich konnte nicht mal zu ihrer Beerdigung gehen, weil ich Angst hatte, dass ein Lynchmob über mich herfallen würde.«

Er ballte eine Hand zur Faust und klopfte damit auf die Tischplatte. »Das Schlimmste daran war, dass es nicht aufhörte, nicht mal nachdem Allen Strickland verhaftet wurde, nicht mal nachdem er verurteilt wurde«, erklärte er mit immer noch ungestümer Verbitterung. »Begreifst du jetzt, wie so was läuft, T. J. David? Selbst wenn der Verdacht gegen dich offiziell ausgeräumt wurde, bleibt der Makel, dass du unter Verdacht gestanden hast, an dir hängen. Er haftet dir an wie ein übler Geruch. Die Menschen müssen sich damit abfinden, dass du unschuldig bist, aber insgeheim bezweifeln sie, dass du wirklich reingewaschen wurdest. Richtig klar wurde mir das während der Untersuchung der Flugaufsichtsbehörde. Jemand bei der NTSB hatte die alten Schlagzeilen ausgegraben und die Wände damit tapeziert. Daraufhin wollte die Airline nichts mehr mit mir zu tun haben. Es macht sich nicht besonders gut, einen mutmaßlichen Mörder auf der Gehaltsliste zu haben.«

Sie welkte spürbar unter seinem finsteren Blick dahin, bis sie sich schließlich gezwungen sah, ihm deprimiert recht zu geben. »Es tut mir leid, Dent.«

»Könntest du da ein bisschen mehr ins Detail gehen? Was genau tut dir leid? Dass ich mich damals durch einen riesigen Haufen Mist wühlen musste oder dass ich mich jetzt durch einen frischen Haufen wühlen darf? Willst du dich schon mal vorab dafür entschuldigen, was passiert, wenn morgen Van

Durbins Zeitung erscheint und die alten Verdächtigungen wieder aufgekocht werden?«

»Wieso sollten sie?«

»Das fragst du noch? Du kannst darauf wetten, dass Van Durbin sich schlaumacht, wer ›dieser Cowboy‹ ist, bevor er seine Story schreibt. Wahrscheinlich nässt er sich vor Freude ein, wenn er begreift, dass ich niemand anders als ›der erste Verdächtige‹ bin.«

»Der aber von jedem Verdacht freigesprochen wurde.«

»In deinem Buch vielleicht, aber nicht im wahren Leben.«

»Gall hat dir ein Alibi gegeben, das dich als Täter ausschloss.«

»Moody war überzeugt, dass Gall für mich log.«

»Aber er hatte nichts gegen dich in der Hand.«

»Stimmt. Und weißt du, was mich gerettet hat? Dass ich Susans Slip nicht bei mir hatte, als sie mich gefunden haben.«

8

Rupe Collier warf einen prüfenden Blick in den bodenlangen Spiegel auf der Rückseite seiner Bürotür. Er strich sein dünnes Haar glatt, damit es den wachsenden kahlen Fleck auf seinem Scheitel überdeckte, zupfte die Ärmel seines Hemdes nach unten, um sicherzustellen, dass man die Diamanten in den texasförmigen Manschettenknöpfen funkeln sah, grinste breit, um seine Jacketkronen auf etwaige Essensreste zu kontrollieren, und verließ, zufrieden mit dem Ergebnis, sein Büro.

Er marschierte in den Ausstellungsraum, wo strategisch verteilte Scheinwerfer die fabrikneuen Automodelle beleuchteten. Normalerweise führte er keine Verkaufsgespräche mehr, aber einer seiner Verkäufer hatte ihm erklärt, dass ein Kunde um jeden Preis »vom Chef persönlich« betreut werden wollte, und der war eindeutig Rupe.

Der Kunde, auf den der Verkäufer deutete, spähte vornübergebeugt durch die getönte Seitenscheibe – Sonderzubehör gegen Aufpreis – in das feudale Innere einer Luxuslimousine.

»Rupe Collier. Mit wem habe ich das Vergnügen?«

Der Kunde richtete sich auf, erwiderte Rupes Lächeln und schüttelte die dargebotene Hand. Rupe bemerkte erfreut, dass seine Manschettenknöpfe durchaus registriert wurden. Rupes Gegenüber war bei Weitem nicht so gut gekleidet oder frisiert, und genau so sollte es Rupes Meinung nach sein. Das verschaffte ihm beim Verhandeln einen entscheidenden Vorteil. Um als Gewinner vom Platz zu gehen, musste man auch wie einer aussehen.

Der Autokäufer ließ Rupes Hand los und deutete auf den Wagen. »Wie teuer würde mich dieses Baby alles in allem kommen?«

»Es ist jeden Penny des Listenpreises wert, und *trotzdem* kann ich ihnen den besten Preis im ganzen Land machen.«

»Dreißig Tage Garantie?«

»Auf jedes Modell in unserem Haus. Ich stehe zu unseren Produkten.«

»Ganz in der Tradition der Kundenfreundlichkeit, auf der Ihr Vater dieses Unternehmen vor vierzig Jahren aufgebaut hat.«

Rupes Lächeln wurde noch breiter. »Sie sind gut informiert.«

»Ihre Werbung läuft nonstop im Fernsehen.«

»Ich glaube an Werbung, schließlich muss man seinen Namen unter die Leute bringen.« Rupe schlug dem Mann kumpelhaft auf die Schulter.

»Ich auch, Mr Collier. Da denken wir beide gleich.«

»Nennen Sie mich doch Rupe.«

»Sehr erfreut, Rupe. Ich bin Rocky Van Durbin.«

Rupes Magen sackte ins Bodenlose.

Der Boulevardjournalist angelte eine Visitenkarte aus der Brusttasche seines Kaufhaus-Sportsakkos und streckte sie ihm entgegen. Rupe hatte den Namen sofort erkannt und begriff, dass er ausgetrickst worden war. Frechheit siegt, dachte er und tat so, als würde er die Karte studieren.

»New York City? Wir haben nicht viele Kunden von da oben. Ich fühle mich geehrt.« Er steckte die Karte mit so viel Lässigkeit ein, wie er nur aufbringen konnte. »Falls Sie wirklich auf der Suche nach einem neuen Fahrzeug sind, Mr Van Durbin, hätten Sie es nicht besser treffen können...«

»Nein danke, ich sehe mich nur ein bisschen um.«

»Natürlich, natürlich«, meinte Rupe generös. »Bleiben Sie, solange Sie möchten. Bob, den Sie draußen getroffen haben, wird Ihnen gern all Ihre Fragen beantworten und Ihnen auf jede erdenkliche Weise behilflich sein. Aber mich müssen Sie jetzt leider entschuldigen. Ich habe einen dringenden Termin.«

Van Durbin lachte. »Das bekomme ich oft zu hören.« Dann kniff er die Wieselaugen zusammen. »Von Leuten, die lieber nicht mit mir sprechen möchten.«

Er hatte Rupe Collier praktisch als Feigling bezeichnet, und Rupe nahm ihm das zutiefst übel. Am liebsten hätte er den schmierigen Journalisten an seinem dürren Kragen gepackt und ihm ordentlich das Hirn durchgeschüttelt. Aber er übte sein strahlendes Lächeln nicht umsonst jeden Morgen vor dem Spiegel. Nur darum gelang es ihm, es beizubehalten.

»Ich plaudere wirklich gern mit jedem aus dem Big Apple. Aber ich werde leider bereits erwartet. Wenn Sie einen Termin vereinbaren möchten...«

»Also, genau da liegt das Problem, Rupe«, fiel Van Durbin ihm ins Wort. »Denn ich muss auch bald wieder los. Außerdem...«, er boxte Rupe genauso gegen die Schulter, wie Rupe es bei ihm gemacht hatte, »ist Ihr Gespür für lohnende Geschäfte doch legendär. Solange ich hier bin? Nur ein paar Minuten Ihrer Zeit? Wie wär's?«

Rupes Lächeln fror allmählich fest. »Warum reden wir nicht in meinem Büro weiter?«

»Sehr schön! Danke.«

Rupe ging ihm voran, doch obwohl er seinen federnden Schritt beibehielt, um vor Van Durbin den Schein zu wahren, war er ganz und gar nicht entspannt.

Sein ungebetener Besucher pfiff leise, als er in Rupes Allerheiligstes trat. »*Neeett!* Das Autogeschäft scheint ja gut zu laufen.«

»Ich kann nicht klagen.«

»Meine Mutter, Gott sei ihrer Seele gnädig, hat mich immer gewarnt, dass ich mir den falschen Beruf ausgesucht hätte. ›Als Journalist wirst du nie reich.‹ Bestimmt tausendmal hat sie mir das gepredigt. Ich habe ihr jedes Mal entgegengehalten, dass Hearst gutes Geld verdient hat. Oder Murdoch. Aber«, er seufzte, »Mom hatte recht. Die beiden waren Ausnahmen.«

Bemüht, sich seine Nervosität nicht anmerken zu lassen, fragte Rupe: »Wie kann ich Ihnen helfen, Mr Van Durbin?«

Doch Van Durbins Blick hatte bereits die Ausgabe von *Kalter Kuss* auf Rupes Schreibtisch erfasst. Rupe biss frustriert die Zähne zusammen. Er hätte das verfluchte Ding gleich nach der Lektüre wegwerfen sollen. Zumindest hätte er es nicht offen liegen lassen sollen.

Van Durbin schlenderte hinüber, nahm das Buch in die Hand und begann mit großer Geste die mehr als vierhundert Seiten durchzublättern. »Also, dieses Mädchen weiß wirklich, wie man es als Schriftstellerin weit bringt, hab ich recht? Sie verdient sich dumm und dämlich an diesem Buch.«

Rupe war der geborene Selbstdarsteller, und er hatte sein schauspielerisches Talent zeitlebens zu seinem Vorteil genutzt. Er hoffte, dass es ihn nicht ausgerechnet jetzt verließ. Er schlenderte um seinen Schreibtisch herum und ließ sich in die Lederpolster seines Schreibtischsessels fallen, um dann auffordernd auf den Stuhl ihm gegenüber zu deuten.

»Ich habe so eine Ahnung, dass Sie nicht eigens aus New York angereist sind, um mit mir über Autos zu plaudern. Sie sind wegen dieses Buches hier. Ich würde sogar noch einen Schritt weiter gehen und mich zu der Behauptung versteigen, Sie wissen, dass ich im Mordfall Susan Lyston die Anklage vertrat, und möchten jetzt mit mir darüber sprechen.«

Van Durbin breitete die Arme aus. »Sie haben mich erwischt. Darf ich Ihnen ein paar Fragen über die Verhandlung gegen Allen Strickland stellen? Ich will diesen Aspekt der Geschichte morgen in meiner Kolumne aufgreifen.«

Magensäure schoss ätzend in Rupes Rachen, aber er gab sich alle Mühe, völlig ungerührt zu reagieren. »Die Sache ist schon so lange her. Ich werde meine Erinnerung so weit wie möglich bemühen.«

»Danke, Rupe.« Van Durbin zog ein kleines Notizbuch mit Spiralbindung heraus und dazu einen gelben Bleistift mit widerlich vielen Beißspuren. »Ich hoffe, das stört sie nicht. Ich muss alles aufschreiben, was ich nicht vergessen will.«

Rupe bezweifelte das. Er bezweifelte, dass der Drecksack jemals irgendwas vergaß. Er war gerissen, und er war gefährlich. Rupe spielte mit dem Gedanken, den Sicherheitsdienst zu rufen und Van Durbin rauswerfen zu lassen. Aber dann würde es so aussehen, als hätte er etwas zu verbergen. Und er hätte keinen Einfluss mehr darauf, was Van Durbin über ihn schreiben würde.

Nein, da war es schon besser, gute Miene zu machen, zu kooperieren und dem Schreiberling ein paar Brocken hinzuwerfen, damit er Rupert Collier in seiner Kolumne in ein möglichst gutes Licht rückte. Also erzählte er Van Durbin als Erstes, wie hoch er die Presse schätzte. »Ich glaube, ich bin so was wie ein Nachrichtenjunkie. Darum werde ich Ihre Fragen so gut wie möglich beantworten. Also, schießen Sie los.«

»Gut, gut. Zuerst einmal würde mich interessieren, warum Sie nicht mehr Staatsanwalt sind.«

»Das ist leicht zu beantworten. Im Autohandel verdient man besser. Deutlich besser. Bei Gericht wäre mein Büro garantiert nicht so *neeett!*«

Van Durbin lachte kurz. »Also haben Sie beschlossen zu ernten, was Ihr Vater damals gesät hat.«

Rupe war klar, dass der Kommentar vergiftet war, aber

er reagierte trotzdem mit einem gutmütigen Daumenhoch. »Daddy wusste schon, was er seinen Kindern beibringt.«

»Ganz recht. Man müsste schon ein ziemlicher Einfaltspinsel sein, um im öffentlichen Dienst zu bleiben.«

Es war eine jener Fangfragen, die sich hinter einer scheinbar unschuldigen Aussage versteckten. Rupe war gewitzt genug, das Manöver zu durchschauen. »Inzwischen diene ich der Allgemeinheit auf andere Weise.«

»Oh, das tun Sie ganz bestimmt.« Van Durbin ließ ein widerwärtiges Grinsen aufblitzen. »Aber damals haben Sie sich dazu bekannt, ›die Straßen in Travis County von kriminellen Elementen zu säubern.‹ Ich habe geschwindelt. Das Zitat habe ich irgendwo gelesen.«

»Ich habe mein Amt nach bestem Vermögen ausgeübt.«

Van Durbin blätterte in seinem Notizbuch zurück und studierte ein paar gekrakelte Zeilen. »Ähm, ich hatte noch ein paar Fragen notiert, die ich Ihnen gerne stellen würde. Ach ja, hier. Stimmt die Darstellung in Miss Prices Buch? Strickland wurde wegen Totschlags verurteilt? Nicht wegen Mordes?«

»Das stimmt.«

»Warum nicht wegen Mordes?«

»Weil ich zu dem Schluss gekommen war, dass er das Verbrechen nicht vorab geplant hatte.«

»Mit anderen Worten, er hatte nicht vor, sie zu töten. Sie hat irgendwas getan, das bei ihm sämtliche Sicherungen durchbrennen ließ, und musste daraufhin sterben.«

Die nächste sorgfältig platzierte Tretmine. »Mr. Van Durbin, Sie wollen doch hoffentlich nicht andeuten, dass sie den Tod irgendwie ›verdient‹ hätte.«

»Nein, nein, das wollte ich ganz und gar nicht.« Aber sein bösartiges Grinsen strafte seine Worte Lügen. »Strickland drehte also durch und tötete sie in einem Wutanfall, etwas in der Richtung?«

»Wenn Sie eine Klarstellung des Unterschiedes zwischen einem Mord und einem Totschlag haben möchten, sollten Sie das texanische Strafgesetzbuch konsultieren, das gibt es auch online.«

»Danke, vielleicht mache ich das noch. Nur damit ich das für mich geklärt habe.« Er klopfte mit dem Radiergummi am Ende seines Bleistiftes gegen seine Schläfe. »Sie und dieser Ermittler der Mordkommission... wie hieß er noch mal?«

»Gott... wer bearbeitete den Fall damals?« Rupe verzog das Gesicht, als müsste er in seiner Erinnerung wühlen. »Ich weiß es nicht mehr. Damals arbeitete ich siebzig, achtzig Stunden die Woche. Ständig wurden neue Fälle auf meinem Schreibtisch abgeladen. Haufenweise Schwerverbrechen. Ich habe mit einer ganzen Reihe von Polizisten und einem ganzen Geschwader von Detectives gearbeitet.«

Van Durbin schnippte mit den Fingern. »Moody. Dale Moody.«

Insgeheim dachte Rupe *Scheißescheißescheiße!*, laut sagte er: »Da könnten Sie recht haben. Ich glaube, es war Moody.«

»Er war es. Meine Assistentin hat das recherchiert, und jetzt versucht sie, ihn ausfindig zu machen. Sie hat beim Austin PD nachgefragt, aber er ist aus dem Dienst ausgeschieden, und niemand wollte ihr weitere Auskünfte geben. Jedenfalls hat er keine Adresse in Austin. Beim Finanzamt des Countys wird sein Name auch nicht geführt. Sie wissen nicht rein zufällig, wo ich ihn finden könnte, oder?«

»Bis vor ein paar Sekunden wusste ich nicht mal mehr, wie er hieß.«

»Das heißt also nein?«

»Das heißt: ›Tut mir leid, ich wünschte, ich könnte Ihnen helfen, aber ich kann es nicht.‹«

Van Durbin kritzelte etwas in sein Notizbuch. »Also werde ich ihn höchstwahrscheinlich nicht nach seinen Ermittlungen und nach der Verhandlung gegen Strickland befragen können.«

»Das sehe ich genauso.«

Van Durbin legte den Knöchel auf das andere Knie und wackelte mit dem Fuß. »Es sei denn, Sie würden mit mir darüber reden wollen. Mit mir die ganze Geschichte noch mal durchgehen.«

Rupe deutete auf das Buch. »Miss Price hat das ausgiebig getan.«

Van Durbin legte die Stirn in Falten. »Aber fanden Sie wirklich...? Zugegeben, vielleicht geht das nur mir so. Aber mir kam es so vor, als hätte sie das Ende absichtlich offengehalten. Hatten Sie nicht auch den Eindruck?«

Rupe setzte kurz eine nachdenkliche Miene auf und schüttelte dann den Kopf. »Nein, das kann ich nicht sagen.«

»Hm.« Van Durbin überflog seine Notizen und klappte das Notizbuch dann zu. Er schob es zusammen mit dem Stift wieder in die Hemdtasche und stand auf. »Also, dann wäre das wohl alles. Ich kann Ihnen gar nicht genug dafür danken, dass Sie mir ein paar Minuten Ihrer wertvollen Zeit geopfert haben.«

»Keine Ursache. Obwohl ich nicht das Gefühl habe, dass ich Ihnen wirklich helfen konnte.« Rupe ließ sein Lächeln wieder erstrahlen, ging zur Tür und zog sie auf.

Van Durbin hatte schon fast die Schwelle überschritten, als er unversehens stehen blieb, sich umdrehte und mit dem Zeigefinger gegen Rupes Seidenkrawatte stupste. »Wissen Sie, was mir an Ihrer Stelle keine Ruhe lassen würde, Rupe?«

Rupe musste seine ganze Selbstbeherrschung aufbringen, um nicht den Finger mit dem losen Häutchen und dem gnadenlos abgekauten Nagel wegzuschlagen. »Und was?«

»Dass die Mordwaffe nie wieder aufgetaucht ist. Sie und Moody waren zu dem Schluss gekommen, dass Susan Lyston mit ihrem eigenen Schlüpfer erwürgt wurde, richtig?«

Rupe nickte vage.

»Aber das Höschen ist nie wieder aufgetaucht, oder? Dabei haben Sie wirklich überall danach gesucht.«

»Offenbar waren die Geschworenen der Ansicht, dass die übrigen Beweise für eine Verurteilung ausreichten.«

»Offenbar«, wiederholte Van Durbin stirnrunzelnd. »Aber ich hasse solche losen Enden, Sie nicht auch, Rupe?«

Es war, als hätte das Gespräch über Susans Unterhose die Temperatur in Bellamys Küche spürbar ansteigen lassen. Natürlich hatte dieses entscheidende Element irgendwann zur Sprache kommen müssen, aber Dent wünschte, er hätte abgewartet, bis Bellamy es selbst aufbrachte.

Zu aufgewühlt, um noch länger in der angespannten Stille sitzen zu bleiben, stand er auf und begann wieder ziellos in ihrer Küche herumzuwandern, bis sein Blick auf einen Keramikkrug auf der Küchentheke fiel, in dem ein ganzes Sortiment an Edelstahl-Küchenutensilien steckte.

Er zog eines davon heraus, hob es hoch und zwirbelte es zwischen den Fingern. »Wozu ist das hier gut?«

»Zum Apfelentkernen.«

»Du isst nicht einfach um das Kerngehäuse herum?«

Doch sie ließ sich nicht ablenken. »Wurde dein Haus durchsucht?«

Er steckte den Apfel-Entkerner in den Krug zurück. »Wenn *durchsucht* bei dir ein anderes Wort für *auf den Kopf gestellt* ist, dann ja. Es wurde durchsucht. Moody tauchte mit einer ganzen Armee von Bullen und einem Durchsuchungsbeschluss bei uns auf, um nach einer von Susans Unterhosen zu suchen. Sie haben das ganze Haus durchwühlt. Sogar mein Motorrad konfisziert. Es wurde Stück für Stück auseinandergenommen. Ich musste es wieder zusammenbauen lassen, aber danach war es nicht mehr dasselbe, und schließlich musste ich es verkaufen.«

Er sah Bellamy an, die an seinen Lippen zu hängen schien, aber keinen Kommentar dazu abgab, weshalb er schließlich weitererzählte: »Dieses Höschen war der Heilige Gral in Moodys Ermittlungen. So wie er es sah, war der Mann, bei dem es gefunden wurde, mit Sicherheit der Drecksack, der sie damit erwürgt hatte.«

Sie starrte nachdenklich ins Leere. »Unter all den Entwürdigungen, den Grausamkeiten, denen Olivia und Daddy nach Susans Tod ausgesetzt waren, war dies wahrscheinlich das schlimmste Detail für die beiden. Jedenfalls war es das beschämendste. Schließlich waren damit eine ganze Reihe furchtbarer Vorstellungen verbunden. Entweder hatte der Täter sie belästigt, oder...«

»Oder«, betonte er, »sie hatte sich das Höschen ausziehen lassen. Oder sie hatte es selbst ausgezogen. Was ich am ehesten annehmen würde.«

»Warum?«

Er blieb mitten in der Küche stehen und sah sie vielsagend an. »Als wir das erste Mal zusammen ausgingen.« Sie senkte den Blick auf die Tischplatte.

»Außerdem deutete nichts auf einen sexuellen Übergriff hin«, fuhr er fort. »Es wurden keine Blutergüsse oder Verletzungen an ihrem Unterleib gefunden. Keine Bissspuren. Kein Samen. Alles, was vor dem Mord passierte, geschah offenbar in beiderseitigem Einvernehmen. Selbst Moody ging davon aus.«

»Trotzdem bekam das Verbrechen durch das fehlende Höschen etwas Schlüpfriges und wirkte umso niederträchtiger.«

»Und doch...« Er stemmte die Hände auf die Tischplatte, beugte sich vor und flüsterte ihr ins Gesicht: »...wurde das Mädchen in deinem Roman auf genau die gleiche Weise erwürgt.«

»Weil es sich so zugetragen hat.«

»Aber gibt das der Geschichte nicht auch zusätzliche Würze und hilft, mehr Bücher zu verkaufen?«

In ihren Augen blitzte Zorn auf. »Scher dich zur Hölle.«

»Da war ich schon«, schoss er zurück.

Sie sprang so abrupt auf, dass ihr Stuhl hintenüberkippte und mit einem lauten Knall auf dem Boden aufkam, der sie beide erschrocken verstummen ließ.

Sie drehte sich um, um den Stuhl wieder aufzuheben, aber ehe sie sich bücken konnte, war Dent um den Tisch herumgekommen und hatte ihn schon wieder hingestellt. Er hatte diesen Wutausbruch provoziert. Er wusste nicht, warum, aber er wusste sehr wohl, dass er sich dafür hasste. Ihm war aufgefallen, wie abgezehrt sie aussah. Höchstwahrscheinlich hatte sie gestern Nacht kaum ein Auge zugetan, nachdem sie ihren todkranken Vater ins Krankenhaus gebracht und nach ihrer Rückkehr das Haus verwüstet vorgefunden hatte. Die tiefdunklen Ringe unter ihren Augen ließen darauf schließen, dass sie schon länger nicht mehr gut geschlafen hatte.

Aus einem Impuls heraus fragte er: »Möchtest du ein bisschen rausgehen?«

Sie sah ihn befremdet an.

»Nach draußen. An die frische Luft. Spazieren.«

Sie trat ans Fenster, schob den Vorhang beiseite und sah in den Himmel. »Es ist bewölkt.«

»Vielleicht ein bisschen bedeckt.«

»Und schwül.«

»Hier drin ist die Luft noch dicker.«

Er nahm sie am Arm und schob sie, bevor sie noch etwas einwenden konnte, aus der Hintertür. Auf dem Bürgersteig gingen sie einträchtig nebeneinanderher. Sie atmete sogar hörbar zufrieden durch.

»Siehst du?«, meinte er. »Wir mussten nur mal ein paar Minuten raus. Es wurde einfach zu intensiv.«

»Wir reiben uns aneinander auf.«

Er warf ihr einen kurzen Seitenblick zu und bemerkte: »Wir könnten uns so lange aneinanderreiben, bis alles passt.« Er wartete ab, ob sie errötete, und wurde nicht enttäuscht. Sie hatte etwas Farbe in ihren Wangen gebraucht. Das leichte Rot stand ihr gut. »Du darfst anfangen«, bot er ihr anzüglich an.

»Es sei denn, du lässt mir den Vortritt. Den ich gern übernehmen würde.«

Sie verdrehte die Augen. »Ein paar Straßen weiter gibt es einen Park.«

Fünf Minuten später saßen sie nebeneinander auf zwei Schaukeln mit altmodischen Holzsitzen und schweren Ketten. Außer ihnen war niemand auf dem Spielplatz. In einiger Entfernung spielte ein älteres Paar mit seinem kleinen Enkel. »Wirf den Ball zu Paw-Paw«, hörte er die Frau rufen.

Noch weiter weg trainierte ein Quartett halbwüchsiger Mädchen in kurzen Shorts und Trägerhemden Cheerleading. Am nächsten war ihnen noch ein Liebespaar, das unter einem schattigen Baum auf einer Decke lag und nur Augen füreinander hatte.

Dent schaukelte seitwärts, bis er gegen ihren Sitz prallte. »Ich habe dir alles erzählt, was ich an dem Tag und an den Tagen danach erlebt habe. Aber du hast an dem Punkt aufgehört, als Susan vom Bootshaus zum Pavillon zurückkehrte und anfing, mit Allen Strickland zu tanzen.«

Sie schubste ihre Schaukel an. »Was willst du denn wissen?«

»Hast du tatsächlich gesehen, wie Susan mit ihm den Pavillon verließ?«

»Ja.«

»Und bist du den beiden gefolgt?«

»Nein.«

»Okay...« Er dehnte das Wort zu einem Übergang.

Sie schaukelte weiter und bei jedem Schwung ein bisschen höher. »Okay was?«

»Was hast du stattdessen gemacht?«

Sie musste mehrmals ansetzen, bevor sie die Worte tatsächlich aussprach. »Ich bin noch mal zum Bootshaus gegangen.«

»Warum zum Bootshaus?«

»Ich ... ich glaube, ich war auf der Suche nach Steven.«

»Du *glaubst*, du warst auf der Suche nach ihm?«

Die Schaukel schwang mehrmals hin und her, bevor sie erklärte: »Der Himmel wurde immer düsterer. Ich hatte beobachtet, dass Steven zum See gegangen war, und wollte sichergehen, dass er den Sturm bemerkt hatte. Ich fand, dass er lieber zum Pavillon zurückkommen sollte.«

»Aber ihr schafftet es beide nicht mehr rechtzeitig zum Pavillon. Plötzlich bildete sich der Wolkentrichter, ihr saßt beide beim Bootshaus fest und musstet darin Schutz suchen.«

Sie nickte.

»Was war mit Susan?«

Als die Schaukel an ihm vorbeiflog, drehte sie ihm den Kopf zu. »Was soll mit ihr gewesen sein?«

»Hast du dir um sie gar keine Sorgen gemacht?«

»Doch, natürlich.«

»Aber ihr bist du nicht nachgelaufen.«

»Sie war mit Allen zusammen.«

»Ein Grund mehr, nach ihr zu suchen.«

»Vielleicht habe ich das ja auch gemacht. Ich ...«

»Gerade hast du gesagt, du hättest Steven gesucht.«

»Ja, ja, genau wie in dem Buch.«

»Vergiss das verflixte Buch.«

Er sprang so schnell von seiner Schaukel, dass der leere Sitz wild durch die Luft tanzte. Im nächsten Moment stand er vor Bellamys Schaukel und hielt sie abrupt an, indem er beide Ketten packte und seinen Schenkel zwischen Bellamys stemmte, um den Sitz auf halber Höhe zu halten.

»Was tust du da?«

»Viel interessanter ist doch die Frage, was du da tust«, meinte er. »Damit weichst du heute schon zum zweiten Mal an genau demselben Punkt aus. Warum? Wieso kannst du dich so genau daran erinnern, was du getragen hast und dass deine Schulterträger immer abrutschten, und wirst auf einmal vage und zögerlich, wenn du erzählen sollst, was du getan und wo du gesteckt hast, nachdem du Susan beschwipst zum Pavillon zurückkommen sahst und bevor du unter dem eingebrochenen Dach des Bootshauses herausgezogen wurdest?«

Sie sah ihn verängstigt und mit großen Augen an. »Ich habe bei der Verhandlung gegen Allen Strickland ausgesagt, dass ich Steven suchen ging. Ich war im Bootshaus, als der Tornado über uns wegfegte. Ich wurde kaum verletzt, aber die Angst und der Schock hatten mich traumatisiert. Darum war ich auch unter den Letzten, die gefunden wurden, erst Stunden nach dem Sturm, sogar nachdem man Susan gefunden hatte. Ich hörte Menschen – meine eigenen Eltern – panisch meinen Namen rufen und konnte trotzdem nicht reagieren. Ich war im wahrsten Sinn des Wortes vor Angst erstarrt.«

»Das folgt aus dem, was du in deinem Buch geschrieben hast.«

Sie reagierte mit einem knappen Nicken.

»Warum glaube ich dir trotzdem nicht?«

Sofort reckte sie das Kinn vor. »Du kannst mir glauben oder nicht, das ist dein Problem.«

»Ganz recht, das ist mein Problem. Deinetwegen hat jemand meine Maschine demoliert, denn du hast diese Schlangengrube wieder geöffnet. Und zwar eine mit giftigen Schlangen. Jedes Mal, wenn ich dich frage, ob du Susan und Allen Strickland gefolgt bist oder nicht, kommst du ins Stocken.«

»Ich bin ihnen nicht gefolgt.«

»Ganz sicher?«

»Nein. Ich meine – ja, ganz sicher. Nein, ich bin ihnen nicht gefolgt. Du hast mich vorhin aus der Fassung gebracht und versuchst es jetzt wieder. Ich bin vom Pavillon aus zum Bootshaus gelaufen.«

»Okay, und warum hattest du dich entschieden, Steven vor dem Sturm zu warnen und nicht deine Schwester?«

»Ich habe gar nichts entschieden«, fuhr sie ihn an.

»O doch, das hast du, Bellamy. Du hast es eben selbst gesagt. Du bist zum Bootshaus gelaufen, weil du gesehen hast, dass Steven in diese Richtung ging.«

»Richtig.«

»Ist es das?«

Sie zappelte sich auf der Schaukel nach vorn und versuchte, mit den Zehen auf den Boden zu kommen. »Lass mich runter.«

Stattdessen schob er sich näher an sie heran und setzte seinen Oberkörper ein, um sie auf der Schaukel und die Schaukel vom Boden wegzuhalten. »Hast du Steven gefunden? Konntest du ihn noch warnen, Schutz zu suchen?«

»Nein.«

»Bist du ganz sicher?«

»Natürlich bin ich mir sicher. Darum war ich auch allein, als ich unter den Trümmern gefunden wurde.«

»Und Susan bist du nicht nachgelaufen? Du hast sie nicht mehr gesehen, nachdem sie den Pavillon verlassen hatte?«

»Nein und nein.«

»Hast du auch das unter Eid ausgesagt?«

»Das war nicht nötig.«

»Warum nicht?«

»Weil mich nie jemand danach gefragt hat. Bis *jetzt*«, ergänzte sie verdrossen.

»Wenn du es also nicht unter Eid bestritten hast, hättest du ihr und Allen auch in den Wald folgen können.«

»Aber das bin ich nicht.«

»Wirklich nicht?«

Sie reckte das Kinn vor und verweigerte die Antwort.

Er rüttelte an den Schaukelketten. »Was ist?«, fragte er im Singsang. »Hat es dir plötzlich die Sprache verschlagen?«

»Wieso setzt du mir so zu?«

»Weil ich auf der Suche nach der reinen Wahrheit bin.«

»Ich habe dir die reine Wahrheit gesagt.«

»Dass du Susan nicht nachgelaufen bist.«

»Genau.«

»Aber das überzeugt mich nicht.«

»Pech für dich.«

»Warum kommst du an diesem Punkt immer ins Schleudern?«

»Tue ich gar nicht.«

»O doch. Und wie. Aber warum? Dafür muss es doch einen Grund geben.«

»Lass mich runter, Dent.«

»Bist du Susan nachgelaufen?«

»Nein.«

»Wirklich nicht?«

»Nein!«

»Bellamy?«

»Ich weiß es nicht mehr!«

Fassungslos und entsetzt über ihr eigenes Geständnis, schnappte sie nach Luft, und sekundenlang verharrten beide wie versteinert, die Gesichter nur Zentimeter voneinander entfernt, sodass sie sich genau in die Augen sahen. Dann kippte Bellamys Kopf nach vorn, und sie wiederholte elend: »Ich weiß es nicht mehr. Und das ist die reine Wahrheit.«

Er hatte sie unter Druck gesetzt, weil er diesen Punkt unbedingt geklärt haben wollte, doch er hätte nie erwartet, dass das solche Konsequenzen nach sich ziehen würde. Hätte er noch einmal von vorn beginnen können, hätte er vielleicht früher nachgegeben. Jetzt jedoch musste er sich über die besorgniserregenden Schlussfolgerungen klar werden.

Er löste seine Finger mühsam von den Kettengliedern und hob mit einer Hand ihr Kinn an. Tränen rannen über die Sommersprossen auf ihren Wangenknochen. Ihre Augen waren nass, zutiefst verstört, verängstigt.

»Ich kann mich einfach nicht erinnern«, bekannte sie heiser. »Ich habe es weiß Gott versucht. Achtzehn Jahre lang habe ich versucht, diese Lücke zu schließen. Aber diese Minuten entziehen sich mir immer wieder.«

»Woran erinnerst du dich *genau*?«

»Genau? Daran, dass ich zum Bootshaus hinunterging und Susan beim Trinken mit ihren Freunden beobachtet habe. Ich erinnere mich auch noch daran, wie sie wieder in den Pavillon kam, mit Allen Strickland tanzte und sich zum Spektakel machte. Und ich erinnere mich, dass ich sah, wie die beiden den Pavillon verließen.«

Sie sah ihn an und fuhr bedrückt fort: »Aber es ist wie... bei einer Straße mit unterbrochenem Mittelstreifen. Immer wieder fehlen Abschnitte, während derer ich mich nicht entsinnen kann, was ich getan oder gesehen habe.«

Sie schluckte schluchzend. »Gestern habe ich dir erzählt, ich hätte das Buch geschrieben, damit ich alles zusammenpacken und vergessen könnte. Aber das war gelogen. Ich habe es in der Hoffnung geschrieben, mich *zu erinnern*. Und jetzt vermute ich... befürchte ich, dass jemand das Buch gelesen hat und genau weiß, was ich ausgelassen habe. Er weiß, was ich vergessen habe. Und er will verhindern, dass ich mich daran erinnere.«

9

Dent wünschte, er könnte ihr diese Angst nehmen, doch er war zu dem gleichen beklemmenden Schluss gelangt. Offenbar befürchtete jemand, das ständige Wiedererzählen der alten Geschichte könnte eine Erinnerung losrütteln, die knapp zwei Jahrzehnte in ihrem Unterbewusstsein eingeschlossen gewesen war.

Bellamy, das Kind mit der lückenhaften Erinnerung, hatte keine große Bedrohung für den Betreffenden dargestellt. Bei Bellamy, der Bestsellerautorin, lag der Fall anders. *Das wirst du büßen* klang plötzlich weniger nach einer Warnung als nach einem Gelübde.

Dent fürchtete zudem, dass die verschollene Erinnerung, die sie so verzweifelt wiederherzustellen versuchte, in den Tiefen ihres Unterbewussten möglicherweise besser aufgehoben war. Ihre Psyche hatte sie nicht grundlos blockiert. Vielleicht würde sie es später bereuen, erfahren zu haben, warum ihr Verstand sie davor beschützt hatte.

Aber aus durchaus egoistischen Gründen wollte er sehr wohl, dass sie diese Erinnerung wieder ausgrub, hauptsächlich weil er sich damit reinzuwaschen hoffte. Deshalb würde er seine Bedenken vorerst für sich behalten und ihr weiterhin helfen.

Mit dem Daumenballen wischte er die Tränen von ihren Wangen und schob dann, die Schenkel gegen die Holzplanke gestemmt, die Hände unter ihre Achseln, um sie von der Schaukel zu heben und auf den Boden zu stellen. Nur widerwillig zog er die Hände zurück.

Er sah sich vorsichtig um. Vor fünf Minuten waren die Liebenden das letzte Mal zum Luftholen aufgetaucht. Paw-Paw und seine Frau hatten das Ballspielen aufgegeben, ihren Enkel in den Kombi gepackt und die Heimfahrt angetreten. Ein gut vierzigjähriger Mann in Hemd und Stoffhose hatte seine verstaubte Limousine geparkt und war nach dem Aussteigen direkt an einen Picknicktisch marschiert, wo er sich jetzt hinsetzte und sofort Hemdkragen und Handy öffnete. Während er in sein Mobiltelefon sprach, beäugte er die Cheerleader beim Saltoschlagen. Dent vermutete, dass er den Parkbesuch genau auf die Trainingszeiten abgestimmt hatte.

Niemand hatte auch nur einen Blick für ihn und Bellamy übrig.

Er wandte sich ihr wieder zu und fragte: »Wer weiß alles von deiner Gedächtnisblockade?«

Die Miene, mit der sie ihn ansah, sprach Bände.

Als er begriff, was sie ihm da mitteilte, klappte ihm der Kiefer nach unten. »Das ist nicht dein Ernst.«

»Doch«, sagte sie leise. »Nur du. Ich habe nie jemandem davon erzählt. Meine Eltern waren so außer sich nach Susans Tod und all dem anderen, dass ich ihnen nicht noch mehr Sorgen machen wollte. Als Moody mit mir sprach, erzählte ich ihm die Version, die ich letztlich auch in meinem Buch geschildert habe, und soweit ich selbst sagen kann, ist die auch wahr. Ich versuchte mich zu erinnern. Ehrenwort. Aber dann wurde Strickland verhaftet. Moody und Rupe Collier waren sicher, dass sie das Rätsel gelöst hatten, und darum erschien es plötzlich nicht mehr so wichtig, ob ich mich an alles erinnern konnte. Während Stricklands Verhandlung musste ich nur dazu aussagen, wie eng er und Susan getanzt hatten, und diese Fragen konnte ich guten Gewissens beantworten. Ich konnte nicht mit dem Finger auf Strickland zeigen und ihn eindeutig als Susans Mörder identifizieren. Genauso wenig, wie ich ihn eindeutig ausschließen konnte. Aber das konnte auch sonst niemand im Gerichtssaal.«

»Er wurde allein aufgrund von Indizien verurteilt.«

»Einem Übermaß belastender Indizien.«

»Aber es gab keinen eindeutigen Beweis.«

»Sie haben seine DNA an ihr gefunden«, widersprach sie.

»Ein paar Haarsträhnen. An Susans Kleidung wurden auch Spuren von Mr Sowiesos Schuppen und Mr Wasweißichs Hautzellen gefunden. Sie hat mit vielen Männern getanzt. Sie war mit der DNA von einem Dutzend Menschen übersät.«

»Aber Stricklands Speichel...«

»Dass er sie geküsst und dass er mit dem Mund an ihren Brüsten gewesen war, hat er zugegeben.«

»Damit sagst du mehr oder weniger, dass du Allen Strickland für den Täter hältst.«

»Nein. Ich sage nur, dass Moody keinen besseren Verdächtigen hatte als ihn. Aber wenn Allen Strickland *tatsächlich* schuldig war und nach Huntsville geschickt wurde, um zwanzig lange Jahre für seine Sünden zu büßen, dann wurde der Gerechtigkeit doch Genüge getan, oder? Warum terrorisiert dich dann jemand so gnadenlos, nur weil du die Welt wieder darauf aufmerksam machst? Und wo wir gerade dabei sind...« Er legte den Arm um ihre Schulter, zog sie im Umdrehen an seine Seite und schlenderte mit ihr von der Schaukel weg, »ich frage mich auch, wer der Typ in dem Pick-up ist.«

»Was für ein Typ? Wo?«

»Dreh dich nicht um.« Er schloss den Arm fester um sie, sodass sie weiter nach vorn sehen musste. »Geh einfach weiter.«

»Jemand beobachtet uns?«

»Sicher bin ich mir nicht. Aber in den vergangenen Minuten ist der Wagen schon zweimal vorbeigefahren. Ich hätte mir nichts weiter dabei gedacht, wenn er nicht gerade eben zum dritten Mal aufgetaucht wäre. Der Park ist echt hübsch, aber ich kann mir trotzdem nicht vorstellen, dass er den Ententeich oder den Aussichtspavillon bewundern möchte. Danach sieht er mir nicht aus.«

»Wonach sieht er denn aus?«

»Sein Gesicht kann ich nicht erkennen, aber sein Wagen schreit nach bösem Buben. Jede Menge Aufkleber, Totenköpfe auf den Schmutzfängern, Monsterreifen. Ich würde darauf wetten, dass in der Kabine ein Gewehr hängt.«

»Und das ist dir alles aufgefallen?«

»Ich bin es gewohnt, den Horizont nach Flugzeugen abzusuchen, denen ich eventuell ausweichen muss und die gewöhnlich nicht größer als ein Fliegenschiss sind. Ein Pick-up von der Größe meines Wohnzimmers ist da schwer zu übersehen. Kennst du jemanden, der so was fährt?«

Sie warf ihm einen scharfen Blick zu.

»Dachte ich mir.« Er blieb stehen und bückte sich, als wollte er eine Löwenzahnblüte abpflücken, während er gleichzeitig zur Straße schaute und dabei gerade noch sah, wie der Pick-up ein paar Blocks weiter abbog. »Er ist weg.«

Bellamy drehte sich um, doch es war zu spät, der Pick-up war verschwunden. »Das könnte weiß Gott wer gewesen sein.«

»Das könnte es, aber inzwischen leide ich an schwerer Paranoia.«

»Ich glaube, wir sind beide paranoid.«

»Versuch nicht, jemandem was vorzumachen, der davon mindestens so viel versteht wie du, T. J. David. Vor ein paar Minuten hattest du fast einen Nervenzusammenbruch. Du hast Angst, und du hast Grund dazu. Unser Mann will nicht, dass du dich daran erinnerst, was damals wirklich passiert ist, das hast du selbst gesagt.«

»Das habe ich gesagt, stimmt, weil ich von meinen Erinnerungslücken weiß. Er nicht.«

»Weshalb er noch dringender wissen will, was du vorhast und warum du jahrelang geschwiegen hast.«

»Wenn ich zu dem Fall etwas Entscheidendes hätte beitragen können, hätte ich das schon während der Ermittlungen getan. Ich hätte alles erzählt, was ich gesehen habe.«

»Nicht wenn dir das, was du gesehen hast, Todesangst eingejagt hat.« Er sah ihr tief in die Augen und sprach aus, was sie wahrscheinlich längst wusste, aber niemandem, nicht einmal sich selbst, eingestehen wollte. »Zum Beispiel den Mord an deiner Schwester.«

Sie zuckte zurück. »Aber das habe ich nicht.«

»Jemand ist da anderer Ansicht. Selbst *ich* halte das für möglich.«

»Da täuschst du dich. Daran würde ich mich mit Sicherheit erinnern.«

»Okay.« Er wollte sie nicht noch mehr verunsichern. »Aber wir müssen alles überprüfen, woran du dich erinnerst oder zu erinnern glaubst. Wir brauchen jemanden, um die Lücken zu schließen, die weder du noch ich füllen können.« Er zögerte. »Wir müssen mit deinen Eltern sprechen.«

»Darüber? Kommt gar nicht infrage, Dent.«

»Sie müssen es wissen.«

»Ich werde auf keinen Fall noch einmal die schlimmste Phase ihres Lebens wachrufen.«

»Das hast du schon getan.«

»Vielen Dank, dass du mich daran erinnerst«, fuhr sie ihn an. »Als ich *Kalter Kuss* zu schreiben begann, konnte ich doch nicht wissen, dass Daddy um sein Leben kämpfen würde, wenn es veröffentlicht wird.«

»Vielleicht kämpfst du bald um *deines,* und das würden sie ganz bestimmt wissen wollen.«

»Du hast einen Redneck in einem auffrisierten Pick-up gesehen, was in Texas wahrhaftig nichts Besonderes ist. Und plötzlich ist mein Leben in Gefahr? Du machst ein ganzes Mammut aus einer Mücke.«

»Ach, jetzt probierst du es mit Verleugnung. Wie gesund.«

Sie hatte immerhin die Größe, betreten den Blick abzuwenden.

»Deine Eltern müssen wissen, dass du womöglich in Gefahr schwebst.«

Energisch schüttelte sie den Kopf.

»Howard hat genug Geld. Er könnte dir einen Leibwächter engagieren.«

»Hast du den Verstand verloren? Ich will auf keinen Fall einen Leibwächter.«

Er beharrte nicht darauf. »Du musst es ihnen erzählen, Bellamy.«

»Nein.«

»Vielleicht löst sich eine Erinnerung, wenn du mit ihnen darüber sprichst.«

»Ich habe Nein gesagt! Und damit Schluss. Hör auf.«

Er hatte nicht damit gerechnet, sie umstimmen zu können, aber ihr Starrsinn war ärgerlich. Die Hände in die Hüften gestemmt, atmete er tief aus. »Na schön, dann bleibt noch Steven. Und hör mich an, bevor du mir erklärst, warum auch das nicht geht. Ihr wart nicht weit voneinander entfernt, als der Tornado über den Park fegte, und damit zu dem Zeitpunkt, an dem deine Erinnerung koppheister ging. Daher ist er die nächste logische Wahl, wenn wir Erkundigungen einziehen wollen.«

Widerstrebend murmelte sie: »Wahrscheinlich.«

»Hat er dir mit fehlenden Fakten ausgeholfen, als du dein Buch geschrieben hast?«

»Wir haben uns einmal in New York zum Mittagessen getroffen.«

Er wartete gespannt auf mehr und sagte, als nichts mehr kam: »Mich interessiert nicht, was du damals gegessen hast.«

»Steven zeigte sich nicht besonders mitteilsam, was seine Eindrücke vom Memorial Day anging.«

»Warum nicht?«

»Auch in dieser Hinsicht zeigte er sich nicht sonderlich mitteilsam.«

Dent runzelte die Stirn.

»Interpretier nicht zu viel hinein«, sagte sie. »Es war auch für ihn eine traumatische Zeit. Für ihn ist sie Vergangenheit. Vorbei. Begraben. Ich kann ihm nicht wirklich verübeln, dass er nicht darüber reden wollte.«

»Du hast gesagt, er sei von Austin aus wieder in den Osten geflogen. Wohin?«

»Er lebt inzwischen in Atlanta.«

»Atlanta.« Er warf einen Blick auf die Uhr und ging dann zügig los. »Wenn wir uns beeilen, schaffen wir noch die Maschine um halb fünf.«

»Woher weißt du, dass es ...«

»Ich habe sie früher geflogen.«

Ray Strickland fuhr vom Park weg und aus Bellamy Prices Viertel heraus. Er glaubte nicht, dass sie oder Denton Carter ihn bemerkt hatten, und legte auch keinen Wert darauf. Er wollte abwarten, bis der richtige Zeitpunkt gekommen war. Dann würden sie ihn bemerken, und wie!

Um seinen knurrenden Magen zu besänftigen, hielt er an einem 7-Eleven auf dem Zubringer zur Interstate und kaufte sich einen Burrito und einen Big Gulp. Als er wieder hinter dem Steuer saß, den Riesenbecher zwischen den Schenkeln und den Burrito in der Hand, begann er darüber nachzudenken, was er eben beobachtet hatte und was er als Nächstes unternehmen sollte.

Inzwischen laberte die Schlampe nicht mehr auf allen Kanälen über ihr Buch, sobald er nur den Fernseher einschaltete.

Aber änderte das irgendwas? Kaum. In Rays Augen war der Schaden entstanden, als ihr Buch in die Buchhandlungen gekommen war. Und da war es immer noch und wurde täglich von Tausenden gekauft.

Wütend riss er mit den Zähnen ein Stück von seinem Burrito ab.

Bestenfalls hatte sie seinen großen Bruder in ihrem Buch als Vollidioten dargestellt, schlimmstenfalls als Mörder. Dafür musste sie sterben. Aber weil er ihr das nicht zu einfach machen wollte, würde er erst ein wenig mit ihr spielen, bevor er sie umbrachte.

Am meisten Spaß hatte es gemacht, ihren Wagen zu knacken und mit den Händen über den Ledersitz zu reiben, der noch warm von ihrem Hintern gewesen war. Das war fast so scharf gewesen, wie in den Höschen in der Kommodenschublade zu wühlen.

Aber so unterhaltsam diese kleinen Gemeinheiten auch gewesen waren, inzwischen war es Zeit für den nächsten Schritt. Er konnte Allen praktisch in sein Ohr flüstern hören: »Schmiede das Eisen, solange es heiß ist«, und Ray befolgte grundsätzlich Allens Ratschläge.

Dieser eingebildete Pilot war ein weiterer Grund, Gas zu geben. Ray hätte eines seiner Tattoos – jedes außer das mit der Schlange – dafür gegeben, Dent Carters Gesicht sehen zu dürfen, als er vor seinem demolierten Flugzeug gestanden hatte. Bestimmt hatte er getobt vor Wut. Ray hatte keine Angst vor ihm. Aber er war eine zusätzliche Komplikation, die Ray berücksichtigen musste.

Ray hatte ihr Haus den ganzen Vormittag im Auge behalten, und tatsächlich war Dent bei ihr gewesen, als sie heimgekommen war. Später war auch ein Streifenwagen gekommen und wieder abgefahren, aber deswegen machte Ray sich keine Sorgen. In ihrem Haus hatte er praktisch nichts angefasst. Außerdem war er nicht vorbestraft. Man hatte ihm nie die Fingerabdrücke abgenommen.

Tatsächlich wusste außerhalb seiner Arbeitsstelle kaum jemand, dass es ihn gab. Einen Freundeskreis hatte er nicht. Er ging zur Arbeit. Danach wieder heim. Dort trainierte er mit seinen Hanteln. Wenn er mal ausging, dann allein in einen Diner oder ins Kino. Wenn er mit jemandem reden wollte, dann malte er sich aus, Allen wäre an seiner Seite, würde ihm zuhören, mit ihm lachen und ihm Ratschläge geben.

Stunde um Stunde hatte er Bellamys Haus beobachtet. Ray hätte zu gern gewusst, was die beiden da drin trieben. Das Chaos beseitigen, das er angerichtet hatte, oder vielleicht was Spaßigeres? Bestimmt war Dent-der-Superhengst scharf auf die kleine Schwester, bestimmt wollte er wissen, ob sie genauso gut war wie die andere.

Aber nichts davon hatte Ray so zugesetzt wie ihr kleiner Spaziergang zum Park. Die zwei hatten so unbekümmert ausgesehen, dabei hätten sie eigentlich seine Bedrohung spüren, seine lauernde Anwesenheit erahnen müssen, selbst wenn sie ihn nicht gesehen hatten.

Schaukeln. Wie zwei sorglose kleine Kinder. Mit zusammengesteckten Köpfen. Was die zwei wohl zu flüstern hatten? Was für ein Versager Allen Strickland gewesen war? Bei der Vorstellung begann Rays Blut zu kochen.

Er wollte Allen rächen, am liebsten sofort. Er war lange genug herumgeschlichen. Er war ein Mann der Tat. Jean-Claude Van Damme würde auch nicht tatenlos abwarten. Vin Diesel würde bestimmt nicht auf morgen verschieben, was er heute schon erledigen konnte.

Er stopfte sich den Rest des Burritos in den Mund, knüllte das Papier zusammen und warf es auf den Boden, dann sog er die Hälfte des Inhalts seines Riesenbechers durch den Strohhalm.

Er wollte gerade den Motor anlassen, als sein Handy klingelte. Sein Boss, schon wieder. Damit hatte er ihn heute ungefähr zehn Mal zu erreichen versucht, doch Ray hatte keinen seiner Anrufe angenommen, denn er wusste genau, warum der Typ anrief. Er wollte wissen, warum Ray am dritten Tag hintereinander nicht zur Arbeit erschienen war.

Weil Ray Strickland was Wichtigeres zu tun hatte, darum. Er brauchte sich vor niemandem zu rechtfertigen. Er war sein eigener Herr.

Er griff nach dem Handy, sagte »Fick dich« zu der Nummer auf dem Display und stellte es dann lautlos, damit es ihn nicht länger nerven konnte.

Er ließ den Motor an, schoss vom Parkplatz des 7-Eleven und raste zurück in das Viertel, das er eben verlassen hatte. Zweimal umkreiste er den Park. Die beiden waren nicht mehr da. Getrieben von Blutdurst, fuhr er zu ihrem Haus, ohne einen konkreten Plan gefasst zu haben, außer dass er Bellamy Price endgültig zum Schweigen bringen wollte. Und dass er dabei auch dieses Arschloch von Denton Carter erwischen würde, war so was wie ein Bonus. Ein Zusatzgewinn. Allen wäre unglaublich stolz auf ihn.

Aber gerade als Ray in Bellamys Block bog, raste die Corvette in einem scharlachroten Blitz an ihm vorbei. Ray konnte gerade noch feststellen, dass zwei Menschen darin saßen.

Er drückte das Gaspedal durch und wendete bei der nächsten Gelegenheit. Aber sein Pick-up konnte weder an Tempo noch an Wendigkeit mit einer Corvette mithalten. Als Ray endlich in die richtige Richtung fuhr, war die Corvette längst verschwunden.

Sobald das Flugzeug abgehoben hatte, sagte Bellamy zu Dent: »Ich kann nicht glauben, dass ich mich dazu habe überreden lassen.«

»Erste Klasse zu fliegen?«

»Überhaupt zu fliegen.«

»Wir sind rechtzeitig dort, um noch was zu essen, die Nacht durchzuschlafen, morgen früh mit deinem Bruder zu sprechen und zurückzufliegen. Alles in nicht mal vierundzwanzig Stunden.«

»Während derer ich weit weg von Houston bin. Und wenn es Daddy plötzlich schlechter geht?«

»Falls du angerufen wirst, chartern wir ein Flugzeug zurück.«

»Du hast leicht reden.«

»Du kannst es dir leisten. Du wirst mit jedem Tag reicher.«

Sie ließ das unkommentiert. »Aber ich komme mir schäbig vor, weil ich ihnen nichts gesagt habe.«

Sie hatte auf der Fahrt zum Flughafen Olivia angerufen und bei der Gelegenheit auch mit ihrem Vater gesprochen. Beide hatten ihr versichert, dass es ihm den Umständen entsprechend gut ging, dass die Nebenwirkungen der jüngsten Chemotherapie mit Medikamenten gedämpft wurden und dass er einstweilen stabil sei. Trotzdem hatte ihm der Onkologe geraten, im Krankenhaus zu bleiben, wo er besser überwacht werden konnte.

»Das wird wohl das Beste sein«, hatte Bellamy ihrem Dad erklärt. »Aber du fehlst mir trotzdem.«

»Du mir auch, Herzchen. Ich habe mich so daran gewöhnt, dich fast jeden Tag zu sehen.«

So tapfer er sich auch gab, er hatte schwach geklungen, weshalb sie nach dem Gespräch ein umso schlechteres Gewissen hatte, aus Austin zu verschwinden, ohne den beiden von ihrer Reise nach Atlanta erzählt zu haben.

Dent hatte das Tempo vorgegeben und sie praktisch im Laufschritt vom Park zu ihrem Haus zurückgescheucht, wo er ihr exakt fünf Minuten Zeit gegeben hatte, um einen Satz

Wechselkleidung und einen Kulturbeutel in eine Reisetasche zu werfen, bevor er sie nach draußen zu seinem Auto geschleift hatte.

Im Affenzahn jagte er durch den dichten Stadtverkehr von Austin, was ihr normalerweise vor Angst den Atem verschlagen hätte, wenn sie nicht gleichzeitig versucht hätte, über die genauso nervenaufreibende Hotline der Fluglinie zwei Tickets zu reservieren.

Die Schlange vor der Sicherheitskontrolle war ihr noch nie so lang und langsam vorgekommen. Nur wenige Minuten vor der Schließung des Gates hatten sie den Boardingbereich erreicht. Bellamy bestand darauf, am Gang zu sitzen, und erklärte Dent, sie sitze nicht gern am Fenster. Er hatte erwidert, Gott bewahre, am Ende würde sie noch eine Wolke sehen.

Seitdem hatten sie sich ununterbrochen gestritten. Jetzt sagte sie: »Du hast mir nicht mal Zeit zum Überlegen gelassen.«

»Wenn ich dir Zeit zum Überlegen gelassen hätte, wärst du nicht mitgekommen.« Er sah sich in der ersten Klasse um. »Wo ist die Stewardess?«

»Das Anschnallzeichen leuchtet noch« antwortete sie zerstreut, weil sie mit den Gedanken woanders war. »Den Kerl in dem Pick-up...«

»Konnte ich nicht genau erkennen.«

»Ich auch nicht. Dafür bist du zu schnell gefahren. Ich habe nur einen Blick auf einen tätowierten Arm im offenen Fahrerfenster erhaschen können.« Sie verstummte kurz und meinte dann: »Vielleicht war es nur ein Zufall, dass er in Richtung meines Hauses gefahren ist.«

»Vielleicht.«

»Aber du glaubst das nicht.«

»In einigen Vierteln von Austin würde so ein Wagen nicht weiter auffallen. Aber in deiner Gegend, direkt am Stadtpark...« Er schüttelte den Kopf. »Nein. Was hat ein Typ wie er in den Straßen einer biederen Vorstadt zu suchen? Seinen entlaufenen Pitbull?«

Alles, was es dazu noch zu sagen gab, wäre reine Spekulation gewesen, darum würde sie das Thema nicht weiter vertiefen. Außerdem nervte Dent mit seinem Gezappel. »Was ist eigentlich mit dir los?«, fragte sie.

»Nichts.«

»Musst du mal?«

»Nein.«

»Dann... ach so.« Plötzlich begriff sie, warum er nicht zur Ruhe kam. »Du bist nicht gern Passagier. Du sitzt lieber selbst im Cockpit.«

»Ganz genau.«

»Könntest du das überhaupt noch?«

»Klar könnte ich. Aber ich habe keine Lizenz mehr für ein so großes Flugzeug. Die müsste ich erst wieder beantragen.«

»Aber du könntest es fliegen.«

»Auf der Stelle.«

»Du klingst, als wärst du sehr von dir überzeugt.«

»Du möchtest mit keinem Piloten fliegen, der nicht von sich überzeugt ist.«

»Aber ich möchte auch mit keinem fliegen, der allzu sehr von sich überzeugt ist.«

Er hielt ihren Blick gefangen. »Liegt dir was auf der Seele, T. J.?«

Sie hätte ihn zu gern nach dem Zwischenfall gefragt, der ihn seinen Job bei der Fluglinie gekostet hatte, aber seine eisige Miene ließ sie verstummen. »Da kommt die Stewardess.«

»Wurde auch Zeit.«

Als die Stewardess bei ihrer Reihe ankam, lächelte sie Bellamy an. »Es ist uns eine große Ehre, Sie an Bord zu haben, Miss Price. Ich fand Ihr Buch ganz großartig.«

»Danke.«

»Sind Sie auf Lesereise?«

»Nein, ich nehme gerade eine Auszeit.«

»Lassen Sie uns nicht zu lange auf das nächste Buch warten. Möchten Sie etwas trinken?«

»Eine Cola light, bitte.«

Die Stewardess beugte sich über sie, um zwei Cocktailservietten auf der Armlehne zwischen ihrem und Dents Sitz abzulegen. »Und für Sie, Sir? Vielleicht etwas Stärkeres?«

»Sie können wohl Gedanken lesen.«

»Manchmal schon.«

»Kann ich mir vorstellen«, sagte er und schenkte ihr ein genüssliches Lächeln. »Bourbon auf Eis.«

»Das wäre mein erster Tipp gewesen.«

»Am besten einen doppelten.«

»Das wäre mein zweiter Tipp gewesen«, erwiderte sie keck, bevor sie sich aufrichtete und sich auf den Weg zur Bordküche machte.

Bellamy sah ihn vielsagend an.

Er sagte: »Wenn ich die Kiste schon nicht fliegen darf, kann ich genauso gut trinken.«

»Das meine ich nicht. Es...« Sie sah der adretten Stewardess nach, die eben in der Bordküche verschwand. »Dir ist das immer leichtgefallen, oder?«

Er begriff, worauf sie anspielte: »Das Flirten? Für dich wäre es ein Kinderspiel, wenn du es zulassen würdest.«

»Niemals. Dazu fehlen mir die Voraussetzungen.«

Er begutachtete sie wohlwollend. »Dir fehlt gar nichts. Ganz im Gegenteil. Du strahlst nur dieses NFZ aus...«

»NFZ?«

»Dieses No-Fly-Zone-Signal, das jeden abschreckt, der in deinen persönlichen Luftraum eindringen will.« Er drehte sich in seinem Sitz zur Seite und sah sie eindringlich an. »Warum verschanzt du dich so?«

»Wahrscheinlich bin ich einfach so.«
»Glaub ich dir nicht.«
»Okay, dann schieb es auf den Genpool.«
»Was soll das heißen?«
»Susan hatte alle ›It-Girl-Gene‹ geerbt. Als ich kam, waren keine mehr übrig.«
»Was für ein Blödsinn. Willst du wissen, was ich glaube?«
»Ehrlich gesagt nicht.«
»Ich glaube, dein Ex ist schuld.«

Bevor Bellamy etwas darauf erwidern konnte, kehrte die Stewardess mit ihren Getränken zurück. Dent dankte ihr, doch seine Augen wichen nicht von Bellamy, der dieser bohrende Blick immer unangenehmer wurde. Sie goss die Cola über die Eiswürfel in ihrem Glas und nahm einen Schluck. Als sein Blick danach immer noch auf ihr lag, drehte sie sich zu ihm um. »Du willst es wohl um jeden Preis wissen?«

»Hm.«

»Er war ein aufstrebender Elektroingenieur in unserer Firma. Brillant. Innovativ. Ehrgeizig. Auf seine eigene Weise gut aussehend.«

»Anders gesagt, hässlich.«

»Durchschnittlich gut aussehend.«

»Wenn du meinst.«

»Irgendwann begannen wir nach den Konferenzen gemeinsam auszugehen, anfangs in einer größeren Gruppe, später zu zweit, und daraus entwickelten sich im Lauf der Zeit echte Dates. Olivia und Daddy waren hundertprozentig einverstanden mit ihm. Er war ein unterhaltsamer Begleiter, er war ein echter Gentleman, er machte nie Probleme. Wir kamen blendend miteinander aus. An Weihnachten feierten wir Verlobung, im Sommer Hochzeit. Eine wunderschöne Hochzeit mit allem Drum und Dran.« Sie senkte den Blick auf die Armlehne. »Dein Eis schmilzt.«

Er schien es gar nicht bemerkt zu haben, bis sie ihn darauf aufmerksam machte. Sie griff nach den beiden Fläschchen mit Bourbon und leerte sie in sein Glas.

»Danke.«

»Keine Ursache.« Sie nahm einen Schluck Cola. Er einen Schluck Whiskey.

Schließlich sagte er: »Wenn das das Ende der Geschichte war, dann bist du immer noch mit diesem angenehmen, fleißigen, brillanten Elektroingenieur verheiratet, der sich für mich stinklangweilig anhört. Genau wie die ganze Ehe.«

Sie atmete tief durch, bevor sie weitererzählte. »Ein paar Jahre blieb alles im Lot. Wir waren kompatibel. Wir haben uns praktisch nie gestritten.« Sie lächelte fahl. »Im Rückblick hätten wir vielleicht lieber streiten sollen. Wir waren nicht *un*glücklich.«

»Nur?«

»Nur schien die Zukunft nicht viel für uns bereitzuhalten außer vielen Jahren, in denen sich nichts ändern würde.«

»Monotonie.«

»Ich dachte, ein Kind würde vielleicht...«

»Die Langeweile beenden.«

»Ein frisches, stärkeres Band zwischen uns schaffen. Er war derselben Meinung. Tatsächlich war er ganz begeistert von der Idee, ein Kind zu bekommen. Wir fingen an zu probieren, und schon zwei Monate später wurden wir mit einem rosa Doppelstreifen auf dem Schwangerschaftstest belohnt.« Sie griff nach ihrem Glas und ließ die Eiswürfel kreisen, ohne noch einen Schluck zu nehmen. »Olivia und Daddy waren ganz aus dem Häuschen. Sie wünschten sich so sehr ein Enkelchen. Alle waren überglücklich. Wir planten schon die Einrichtung des Kinderzimmers, suchten nach einem Namen. Dann...« Sie schwieg bedrückt und sagte dann: »In der zehnten Woche hatte ich eine Fehlgeburt.«

Sie starrte in ihr Glas und spürte gleichzeitig Dents Blick auf ihrem Gesicht. Schließlich hob sie den Kopf und zuckte mit den Achseln. »Das war das Ende. Ich ließ mich ausschaben. Mein Mann ließ sich flachlegen.«

10

Dale Moody starrte misstrauisch auf sein läutendes Handy und rang mit sich, ob er das Gespräch annehmen sollte. Nach dem dritten Läuten warf er wenigstens einen Blick aufs Display. Haymaker. Der ihn kürzlich gewarnt hatte, dass ihm Rupe Collier auf der Fährte war.

Gewöhnlich vergingen Monate zwischen seinen Telefonaten mit Haymaker. Dass er schon wieder anrief, verhieß nichts Gutes.

Er drückte die Sprechtaste. »Was gibt's, Hay?«

»Rupe Collier war schon wieder hier und hat rumgeschnüffelt.«

»Wann?«

»Heute Nachmittag. Und diesmal hat er nicht vorher angerufen. Er ist einfach in meine Einfahrt eingebogen, während ich gerade beim Gießen im Garten war. Ich hatte keine Chance, mich zu verdrücken. Sein Haar ist dünner geworden. Im Fernsehen sieht man das nicht.«

»Was wollte er?«

»Dasselbe wie beim letzten Mal. Dich. Er sagt, es sei wirklich wichtig – *entscheidend* –, dass er noch vor morgen mit dir spricht.«

»Was ist morgen?«

»Schon mal was von *EyeSpy* gehört?«

»Dem Kinderspiel?«

»Der Zeitung.«

Zunehmend unglücklich hörte sich Dale an, was sein alter

Kumpel über Rupes Begegnung mit dem schmierigen Kolumnisten eines vielgelesenen Boulevardblattes zu berichten hatte. Anscheinend war Dale Moody der einzige Mensch in der englischsprachigen Welt, dem weder Van Durbins Kolumne noch der Name selbst etwas sagte.

»Rupe hat gesagt, in Van Durbins morgiger Kolumne soll es um *Kalter Kuss* und um die wahre Geschichte gehen, auf der das Buch beruht. Er wird die Frage aufwerfen, ob der Mann, der damals verurteilt wurde, tatsächlich das Verbrechen begangen hat. Rupe macht sich natürlich ins Hemd. Er hat den Schreiber als schleimigen Abschaum betitelt, was schon ziemlich komisch ist, wenn es von einem Schleimer wie Rupe kommt.«

Dale wusste nicht, was daran komisch sein sollte. Tatsächlich wäre ein weniger standfester Mann als er wahrscheinlich heulend zusammengebrochen.

»Jedenfalls«, fuhr Haymaker fort, »ist er absolut heiß darauf, mit dir zu reden, bevor dieser Reporter aus New York bei dir aufschlägt.«

»Bei *mir* aufschlägt?«

»Das habe ich dir noch gar nicht erzählt. Rupe sagt, Van Durbin hätte sich nach dir erkundigt. Er hätte ihn gefragt, ob er wüsste, wo du steckst und wie man Kontakt zu dir aufnehmen kann. Er hat ein paar Gehilfen darauf angesetzt, allen Spuren nachzugehen, die zu dir führen könnten.«

»Scheiße.«

»Du wirst noch richtig populär, Dale. Mir kam's so vor, als wäre Rupe weniger daran gelegen, mit dir zu sprechen, als dich vor allem von einem Gespräch mit diesem Van Durbin abzuhalten.«

Mit irgendwelchen Pressefritzen über den Fall Susan Lyston und über Allen Stricklands Verhandlung zu sprechen, war Rupes schlimmster Albtraum.

»Hay, du hast doch hoffentlich ...«

»Ich hab kein Sterbenswort gesagt. Natürlich nicht.« Aber nach kurzem Zögern fügte er hinzu: »Es ist nur so... du solltest wissen, Dale ...«

»Was denn?«

Der ehemalige Polizist grunzte angewidert. »Ich habe bei Rupe noch einen Kredit für einen Gebrauchtwagen laufen, den ich ihm letztes Jahr abgekauft habe. Das Weib wollte das verf... Drecksding um jeden Preis haben. Ich hasse die Karre, doch sie musste sie haben. Die Bank wollte uns das Geld nicht leihen, aber Rupe hat es uns leicht gemacht und uns die Kiste von seinem Platz fahren lassen, ohne dass wir auch nur eine Anzahlung leisten mussten. Die Zinsen sind natürlich horrend, aber das Weib... Du weißt, wie so was läuft. Zwei Monate nachdem wir stolze Besitzer der Kiste geworden waren, hat sie ihren Job draußen am Steinbruch verloren. Ich würde das Ding ja verkaufen, aber ...«

»Du hinkst mit den Zahlungen hinterher, und damit will Rupe dich erpressen, mich zu verpfeifen.«

Haymakers Schweigen war so gut wie ein Geständnis. Dale schraubte den Jack Daniel's auf seinem aufgebockten Fernsehtablett auf und nahm einen Schluck aus der Flasche. »Wie viel Zeit hat er dir gegeben?«

»Bis acht Uhr morgens.«

»Jesus. Rupe muss echt Muffe vor diesem Van Durbin haben.«

»Er hat Angst, dass dieser Typ dich noch vor ihm aufstöbert.«

»Wie viel schuldest du ihm?«

»Hör mal, Dale, mach dir deswegen keine Sorgen. Ich würde bestimmt keinen alten Kollegen verpfeifen. Ich wollte dir das nur erzählen, damit du weißt, wie eilig Rupe es hat, dich zu finden. Von mir erfährt er keinen feuchten Furz, aber glaub mir, ich bin bestimmt nicht seine einzige Quelle. Ich könnte mir vorstellen, dass er jeden im Austin PD oder im Rathaus anruft, der ihm noch einen Gefallen schuldet oder gegen den er irgendwas in der Hand hat. Ein paar von deinen Exkollegen waren damals nicht gut auf dich zu sprechen. Also betrachte das als freundschaftliche Vorwarnung. Und, Dale, vielleicht begnügt sich Rupe nicht damit, ein paar Daumenschrauben anzusetzen. Als er noch Staatsanwalt war, hat er haufenweise Deals mit ziemlich üblen Typen geschlossen. Ich weiß, dass einer davon inzwischen als Geldeintreiber für ihn arbeitet. Der Typ schleppt eine Kettensäge mit sich rum, um die Leute zum Zahlen zu motivieren, kein Witz.«

Dale nahm sich Haymakers unausgesprochene Warnung zu Herzen. Er traute dem ehemaligen Staatsanwalt das Schlimmste zu. »Danke, dass du mir Bescheid gesagt hast, Hay.«

»Du hast mir mehr als einmal den Rücken frei gehalten, so was vergesse ich einem alten Kumpel nicht.«

»Und du kommst zurecht?«

»Du meinst wegen des Wagens? Mach dir keinen Kopf. Mein Sohn wird mir das Geld leihen.«

»Bestimmt?«

»Der kleine Scheißer macht das nur zu gern. Gibt ihm Gelegenheit, mir vor Augen zu führen, was für ein Versager ich bin und immer sein werde.«

Bevor sie auflegten, versprach Haymaker noch, ihn anzurufen, sobald sich etwas Neues ergab. Dale warf das Handy auf das Blechtablett, das auf einem wackligen Alugestell ruhte, zündete sich eine Zigarette an und nahm einen tiefen Zug, während er nachdenklich in die halb leere Whiskeyflasche starrte.

Rupe Collier hatte Angst, dass sein Leben aus dem Gleis geraten könnte. Wie schön. Wurde auch Zeit, dass der Kerl die

Konsequenzen für den Deal spürte, den er damals mit dem Teufel geschlossen hatte. Dale musste schon seit achtzehn Jahren damit leben.

Nur mit Mühe konnte er der Verlockung widerstehen, die seine geladene Pistole darstellte.

Aber diese eine Nacht würde er es noch tun.

»Wie bitte?«

»Atlanta.«

»Texas oder GA?«

»Georgia.«

Dent hätte Gall ebenso gut erklären können, er sei nach Timbuktu geflogen. Er saß auf dem Rand seines Hotelbettes, die Ellbogen auf die Schenkel gestützt, und starrte auf seine Stiefelspitzen. Dann merkte er, dass er dasaß wie ein Kind, das sich auf eine väterliche Strafpredigt gefasst macht, und richtete sich auf. »Wir dachten ...«

»Wir? Wer ist noch dabei? Oder muss ich überhaupt fragen?«

»Könntest du aufhören, mich ständig zu unterbrechen? Denn sonst kann ich gleich wieder auflegen.«

Dent sah vor sich, wie sein Mentor finster auf seiner Zigarre kaute.

»Danke«, sagte Dent höflich und betonte dann: »*Bellamy und ich* versuchen zu rekonstruieren, was an jenem Memorial Day geschah. Wer was wann getan hat.«

»Wie kam's dazu?«

Dent erzählte ihm, wie Van Durbin ihnen aufgelauert hatte und was morgen in der Zeitung stehen würde. »Es tut nichts zur Sache, ob irgendwas an seiner Frage dran ist oder nicht. Schon wenn er sie stellt, deutet er damit an, dass was faul an der Sache war. Der Kerl ist ein Wiesel. Und ständig zeigt er dieses fiese kleine Grinsen, als hätte er deine Mutter nackig gesehen. Ich könnte ihn einhändig in zwei Hälften brechen. *Du* könntest ihn in zwei Hälften brechen. Aber seine Kolumne wird im ganzen Land gelesen, und je nachdem, wie er die Fakten darstellt, kann er viel Gutes oder viel Übles bewirken.«

»Das wird ja besser und besser.«

»Wem sagst du das«, seufzte Dent.

»Wieso reitest du dich immer tiefer in die Sache rein? Halt dich von ihr fern.«

»Ich habe dir doch erklärt, wir versuchen ...«

»Ja, ja, aber hat sie den Tag nicht in allen Einzelheiten in ihrem Buch beschrieben?«

»Es gibt dabei ein Problem.«

Gall schnaubte. »Ich kann's kaum erwarten. Schieß los.«

»Sie hat ein paar Erinnerungslücken an dem Tag. Ihr sind ein paar Zeitabschnitte abhandengekommen.« Er schilderte Gall verkürzt, was Bellamy ihm erzählt hatte.

Als er verstummte, fasste Gall zusammen: »Woran sie sich zu erinnern *meint* und was sie *glaubt,* entspricht also nicht unbedingt dem, was tatsächlich *passiert* ist.«

»Genau.«

»Und woran sie sich nicht mehr erinnert ...«

»Könnte offenbar jemandem gefährlich werden, der das seit achtzehn Jahren für sich behalten hat und es jetzt nicht ausgeplaudert haben möchte. Und deshalb ist Bellamy in Gefahr.«

Gall atmete lange und tief aus, aber der Luftstrom versiegte noch vor dem Strom an Flüchen. »Womit du wieder mal bis zum Hals in der Scheiße der Lystons steckst.«

»Das ist auch meine Scheiße.«

Das konnte der alte Mann nicht abstreiten. Wie auch? Selbst die Fluglinie hatte dem Fall Susan Lyston eine maßgebliche Rolle zugemessen, als nach dem Beinaheabsturz über Dent entschieden worden war.

»Na schön, und warum Atlanta?«

Dent erklärte, wozu sie hergeflogen waren. »Bellamy wollte anrufen und uns vorab bei Steven ankündigen, aber ich bin der Meinung, dass wir mit einem Überraschungsangriff eine ehrlichere Reaktion auslösen. Ich will ihm keine Zeit geben, sich die Antworten zurechtzulegen.«

»Damit sagst du zum ersten Mal was Kluges, seit ich den Hörer abgenommen habe. Und wann soll die Attacke starten?«

»Morgen.«

»M-hm. Und was treibt ihr beiden bis dahin?«

»Das geht dich einen feuchten Dreck an.«

Gall brummte missbilligend. »Hab ich mir doch gedacht.«

»Du hast falsch gedacht.«

»Getrennte Betten?«

»Getrennte Zimmer. Zufrieden?« Gall gab einen Laut von sich, der reichlich Raum für Interpretation ließ. Doch nachdem Dent das Thema nicht weiter vertiefen wollte, ging er darüber hinweg. »Was gibt's Neues von meiner Maschine?«

»Ich habe mich schon gefragt, wann dir wieder einfällt, dass du auch ein paar Probleme an der Backe hast.«

Nach einigen Minuten mit ähnlichem Geplänkel hatte Dent einen Überblick über die verschiedenen Schäden und eine erste Einschätzung bekommen, wie lange es dauern würde, sie zu reparieren.

»Bis dahin bin ich pleite.«

»Spring nicht gleich von der Brücke«, mahnte Gall. »Ich hab schon mit jemandem geredet.«

Augenblicklich wurde Dent misstrauisch. »Und mit wem?«

»Einem Kerl mit jeder Menge Geld in der Tasche. Er hatte mich vor einiger Zeit angerufen, weil er auf der Suche nach einem Privatpiloten ist.«

»Kommt nicht infrage.«

»Hör mich erst mal an, Meister.«

»Brauche ich nicht. Die Antwort lautet Nein.«

»Er hat eine Wahnsinnsmaschine. Eine funkelnagelneue King Air 350i. Mit allem Schnickschnack, der für Geld zu haben ist. Bildhübsch. Wenn du könntest, würdest du mit ihr ins Bett gehen.«

»Wieso hat er nicht längst einen Piloten?«

»Er hatte schon einen. Der hat ihm nicht gefallen.«

»Warum nicht?«

»Hat er nicht gesagt.«

»Schlechtes Zeichen.«

»Oder ein Glücksfall für dich.«

»Du kennst meine goldene Regel, Gall. Ich werde nie wieder für jemand anders fliegen als *mich*. Und auf gar keinen Fall spiele ich für einen reichen Sack den Luftchauffeur. Wahrscheinlich würde er mich in eine Kasper-Uniform mit Mütze stecken wollen.«

»Du brauchst dich ja nicht bis ans Ende deines erbärmlichen Lebens zu verpflichten. Nur bis deine Maschine repariert ist. Und das Beste habe ich dir noch gar nicht erzählt.«

»Was ist das Beste?«

»In den Zeiten, in denen er dich nicht braucht, würde er dir für einen angemessenen Anteil an den Chartergebühren seine King Air überlassen. Was sagst du dazu?«

Dent kaute innen auf seiner Wange. »Wie angemessen wäre der Anteil denn?«

»Ich hab's auf gut Glück mit zwölf probiert. Er hat okay gesagt. Wahrscheinlich hätt ich ihn auch auf zehn runterhandeln können. Das Geld interessiert ihn nicht. Er will, dass sein Flugzeug von einem guten Piloten ›eingeflogen‹ wird.«

Der Deal war besser als nur angemessen, vor allem angesichts der Gebühren, die Dent pro Stunde für den Charter einer so großen Maschine berechnen konnte. Trotzdem gab er der Versuchung nicht nach. »Ich müsste ihm rund um die Uhr zur Verfügung stehen. Genau wie seiner launischen Frau und den verzogenen Bälgern. Wahrscheinlich müsste ich sogar seinen kläffenden Schoßhund durch die Gegend fliegen.«

»Keiner hat gesagt, dass das Leben perfekt ist«, knurrte Gall. »Aber immerhin würdest du was zwischen die Kiemen bekommen.«

Die Aussicht, einen Boss zu bekommen, Befehle ausführen zu müssen, jemand anders über seine Zeit und sein Leben bestimmen zu lassen, behagte Dent gar nicht. Aber Bellamys zweieinhalb Riesen würden nicht lange vorhalten. Er konnte den Gürtel enger schnallen, im wahrsten Sinn des Wortes, und ein paar Mahlzeiten streichen, aber er würde trotzdem seine Raten bedienen müssen, wenn er seine Cessna nicht an die Bank verlieren wollte.

»Wir sprechen darüber, wenn ich zurück bin«, sagte er. »Sobald wir in Austin-Bergstrom aufsetzen, fahre ich zu dir raus.«

»Ich bin hier. Im Gegensatz zu anderen haue ich nicht einfach ab, ohne irgendwem Bescheid zu sagen.«

Dent ging nicht darauf ein und hätte bei jeder anderen Gelegenheit einfach aufgelegt. Aber er hatte noch etwas mit Gall zu bereden. »Dieser Kolumnist, dieser Rocky Van Durbin, ist eine echte Schlange. Heute Morgen wusste er noch nicht, wer ich bin, aber inzwischen weiß er es garantiert, und er wird sich an mir festbeißen. Falls er bei dir rumschnüffeln will…«

»Bekommt er einen Tritt in seinen Yankee-Arsch.«

Dent musste lächeln, denn er hatte keinen Zweifel, dass Gall genau das tun würde, und zwar mit Freuden. Aber sein Lächeln erlosch sofort wieder, denn seiner nächsten Warnung musste er so viel Nachdruck wie möglich verleihen. »Hör mir zu, Gall. Hörst du mir zu? Das ist kein Spaß.« Er beschrieb den Pick-up, den er vor ein paar Stunden gesehen hatte. »Ich habe kein gutes Gefühl bei der Sache. Vielleicht ist gar nichts dabei. Aber…«

»Aber du vertraust deinem Instinkt, und ich tue das auch.«

»Du hast nicht zufällig so einen Pick-up bei dir zu Hause oder am Flugplatz herumfahren sehen, oder?«

»Nein.«

»Ehrenwort?«

»Warum sollte ich dich anlügen?«

»Starrsinn. Fehlgeleiteter Stolz. Pure Bosheit. Willst du noch mehr hören?«

»So einen Pick-up hab ich nicht gesehen. Ehrenwort.«

»Okay, aber halte trotzdem die Augen offen. Versprochen?«

»Ich verspreche es, wenn du mir noch was verrätst.«

»Was denn?«

»Was treibst du mit ihr?«

»Gall, wie oft muss ich es noch wiederholen?«

»Ich weiß, was du *gesagt* hast. Aber wenn du mir die Wahrheit erzählt hast und dafür nicht mal flachgelegt wirst, was ist dann für dich drin?«

»Die Wiederherstellung meines Rufes.«

Nach langer Pause sagte Gall: »Fairer Deal, Meister.«

Bellamy hörte das leise Klopfen, trat an die Verbindungstür zwischen ihrem Zimmer und dem von Dent und presste die Handflächen und die Stirn gegen das kühle Holz. »Was ist, Dent?«

»Ich muss dich was fragen.«

»Du kannst mich durch die Tür fragen.«

Insgeheim hatte es sie überrascht, dass er sie nicht nach Einzelheiten über die Trennung von ihrem Ehemann ausgeforscht hatte, doch nachdem sie vom Ende ihrer Ehe erzählt hatte, waren sie beide in brütendes Schweigen verfallen und hatten bis zur Landung nur noch sporadisch ein paar Worte gewechselt.

Das volle, laute Restaurant, in dem sie zu Abend gegessen

hatten, war ebenfalls kein Ort für vertrauliche Gespräche gewesen, und so hatten sie die Unterhaltung so unpersönlich und heiter gehalten, wie unter den gegebenen Umständen nur möglich.

Beim Einchecken in das zu einer Kette gehörende Hotel hatte er kurz vorgebracht, dass es wirtschaftlich vernünftig sein könnte, ein Zimmer zu teilen, doch sie war gar nicht auf seine Bemerkung eingegangen, und so hatten sich ihre Wege getrennt, als sie ihre benachbarten Zimmer erreicht hatten.

Es war besser, es dabei zu belassen.

Aber jetzt klopfte er erneut und sagte: »Ich muss dir in die Augen sehen, wenn ich dir diese Frage stelle.«

Sie zählte still bis zehn.

»Komm schon, T. J. Wenn ich mich danebenbenehmen sollte, kannst du immer noch laut schreien und mir in die Eier treten. Aber dazu wird es nicht kommen.«

Sie zögerte kurz, drehte dann ärgerlich den Riegel zurück und zog die Tür auf. »Was ist?«

Sein Blick erfasste das zu einem schlampigen, zerzausten Schopf hochgebundene Haar und ihr sauber geschrubbtes Gesicht. Sie trug ein ausgebeultes T-Shirt und eine karierte Flanell-Pyjamahose, die ihr bis weit über die nackten, in einer Parodie von übertriebenem Anstand überkreuzten Füße reichte.

Er unterdrückte ein Lachen. »So schläfst du?«

»Und die Frage konntest du nicht durch die Tür stellen?«

Er grinste. »Nicht dass es nicht sexy wäre.«

»Es soll nicht sexy sein. Sondern bequem.«

Er hatte sich ebenfalls bequemere Sachen angezogen. Die Schuhe hatte er ausgezogen, sodass ihre Augen auf seiner Kinnhöhe und nicht mehr auf der Höhe seines Schlüsselbeins waren. Die obersten Perlmuttknöpfe seines Hemdes waren geöffnet. Sie musste sich anstrengen, nicht auf die nackte Brust zu starren, die darunter zu sehen war.

»Deine Frage?«

Er griff an seine hintere Hosentasche und zog eine Zahnbürste heraus. »Kannst du mir Zahnpasta leihen?«

»Warum hast du mit der Zahnbürste nicht auch gleich eine Tube Zahnpasta gekauft?«

»Hast du welche dabei oder nicht?«

Sie drehte ihm den Rücken zu, verschwand im Bad, um die Tube aus ihrem Waschbeutel zu holen, und kehrte damit zurück, wobei ihr auffiel, dass er in der Zwischenzeit in ihr Zimmer getreten war. Die Zahnpasta in der ausgestreckten Hand, blieb sie auf Armeslänge vor ihm stehen. Er nahm ihr die Tube ab, aber statt sie aufzuschrauben, etwas Zahnpasta auf seine Bürste zu drücken und in sein Zimmer zu gehen, steckte er beides ein und blieb stehen.

»Ich brauche zwar auch Zahnpasta, aber deshalb bin ich nicht hier.«

Sie verschränkte die Arme und wartete stumm ab.

»Wie stellst du dir das morgen vor?«

»Ach so.« Im ersten Moment brachte sie die schlichte Frage aus dem Konzept. Sie hatte nicht erwartet, dass es um etwas Praktisches gehen würde. »Von hier aus ist man mit dem Taxi in zehn Minuten beim Maxey's. Um halb zwölf öffnen sie zum Mittagessen. Ich dachte, dann sollten wir dort auftauchen.«

»Damit Steven keine Zeit hat, durch den Hintereingang abzuhauen oder sich mit anderen Dingen zu beschäftigen, damit er nicht mit uns sprechen muss.«

»So ungefähr.«

Er nickte mehrmals. »Guter Plan. Treffen wir uns vorher zum Frühstück?«

»Ich trinke nur einen Kaffee auf meinem Zimmer.«

»Du frühstückst nicht?«

»Manchmal schon.«

»Aber morgen nicht.«

»Dent.«

»Okay. Schön. Kein Frühstück für dich. Dann ... treffen wir uns wann? Viertel nach elf?«

»Perfekt.«

»Hier oben oder in der Lobby?«

»Bist du immer so genau?«

»Absolut. Als Pilot kannst du einen Fehler nur schwer ausbügeln. Ein Flugzeug kann auf Autopilot fliegen, aber du willst nicht, dass es der Pilot tut, oder?«

Sie wusste, dass er sie köderte, aber sie ging auf sein Spiel nicht ein. »In der Lobby.«

»Roger.«

»Ist das alles? Es ist nämlich schon spät.« Sie deutete auf die offene Tür in seinem Rücken, doch er ignorierte den Hinweis.

»Hast du mit Olivia telefoniert?«

»Es gibt keine Veränderungen.«

»Das ist gut, oder?«

»Wahrscheinlich schon. Hast du mit Gall über dein Flugzeug gesprochen?«

»Er schätzt, dass die Reparaturen mindestens zwei Wochen dauern werden.«

»Das tut mir leid.«

»Und mir erst.«

Ein paar Sekunden blieben sie stumm und reglos voreinander stehen. Sie schluckte, hörte das Geräusch selbst und begriff, dass er es höchstwahrscheinlich auch gehört hatte. »Ich wünsche dir eine gute Nacht, Dent.« Wieder deutete sie auf die offene Durchgangstür.

»Ich habe dir meine Frage noch nicht gestellt.«

»Du hast mehrere gestellt.«

»Aber nicht die, derentwegen ich gekommen bin.«

»Ich bin todmüde. Kann das nicht bis morgen warten?«

»Hat es dir das Herz gebrochen?«

Natürlich wusste sie genau, was er damit meinte, und ziemlich sicher würde er nicht aufgeben und in sein Zimmer zurückkehren, bevor sie ihm geantwortet hatte. »Dass ich mein Baby verloren habe, ja. Und wie. Dass ich ihn verloren habe, nein. Die Trennung war unvermeidlich. Wir hatten uns emotional längst getrennt, bevor wir die Scheidung einreichten. Und noch bevor die Scheidung rechtskräftig wurde, eröffnete er mir, dass er wieder heiraten würde. Er zog mit seiner Zukünftigen nach Dallas. Ich zog nach New York und begann mit den Vorarbeiten für mein Buch. Es gab keine Explosionen, keinen dramatischen Knall. Alles lief äußerst zivilisiert ab.« Im Nachhinein ergänzte sie: »So wie die gesamte Ehe.«

Während sie geantwortet hatte, hatte er unauffällig den Abstand zwischen ihnen verkürzt. Sie hatte sich seinem bohrenden Blick entzogen, indem sie den Kopf gesenkt hatte, und stellte jetzt überrascht fest, dass sie inzwischen zu diesem verlockenden Dreieck sprach, das mit weichen braunen Brusthaaren gefüllt war.

Leise antwortete er: »Das mit deinem Kind ist eine Tragödie.«

Sie nickte stumm.

Aus dem Augenwinkel sah sie, wie er den Arm hob, und im nächsten Moment löste sich eine Klammer aus ihrem Haar. Er fing die herabfallenden Strähnen in seiner Hand auf und kämmte sie mit den Fingern durch.

»Dent? Was tust du da?«

»Mich danebenbenehmen.«

Dann schlang sich sein Arm um ihre Taille, und er senkte den Kopf. Seine Lippen fingen den zittrigen Atemzug ein, der von ihren Lippen aufflog, und unter dem Schock dieser

Berührung kam ihr die Erinnerung an ihre erste Begegnung überhaupt in den Sinn.

Sie und Susan waren in einen Drive-in gefahren. Er hatte mit seinem Motorrad direkt neben ihrem Auto angehalten und über Bellamy auf dem Beifahrersitz hinweg Susan angesehen, die hinter dem Steuer gesessen hatte.

Das genüssliche Lächeln, das er ihrer Schwester geschenkt hatte, hatte ein merkwürdiges Kribbeln in Bellamys zwölfjährigem Körper ausgelöst. Es war ein Erwachen, das sie, so unerfahren sie auch war, als sexuell begriffen hatte. Die Regungen hatten sie neugierig gemacht und gleichzeitig erregt, aber die mitreißende Macht dieses Gefühls hatte ihr tiefe Angst gemacht.

Und das tat sie immer noch.

Sie stemmte die Hände gegen seine Brust und versuchte ihn wegzudrücken.

»Du hast nicht geschrien«, flüsterten seine Lippen dicht über ihren und strichen dabei so sanft hin und her, dass er sie kaum zu berühren schien. Anfangs. Aber als sie immer noch nicht schrie und nicht einmal murmelnd protestierte, legte er die Hand an ihren Hinterkopf, nahm ihren Mund in Besitz und begann sie leidenschaftlich zu küssen.

Als junges Mädchen und auch als erwachsene Frau, die schon mehrere Geliebte gehabt hatte, hatte sie heimlich davon geträumt, Denton Carter zu küssen. Während sie ihren Roman geschrieben hatte, vor allem die Sexszenen zwischen ihm und Susan, hatte er in ihrer Fantasie nicht ihre Schwester geküsst, gestreichelt und mit jugendlichem Feuer geliebt. Sondern sie. Die Fantasien hatten sie gleichzeitig erregt und verunsichert. Ihn zu lieben konnte unmöglich so schön sein, wie ihre Einbildung es ihr vorgaukelte.

Doch jetzt begriff sie, dass ihre Tagträume nur ein blasser Abklatsch der Wirklichkeit gewesen waren. Sein Kuss war köstlich und düster erotisch. Er übertraf alle Erwartungen. Er versprach mehr. Und was er versprach, machte sie feucht, fiebrig und hungrig.

Seine Hand wanderte an ihrer Hüfte entlang unter das lose Gummiband ihrer Pyjamahose, schmiegte sich um ihre Hinterbacke, drückte sie nach vorn und hob sie gleichzeitig leicht an, sodass sie gegen seinen Unterleib gepresst wurde.

»Verdammt«, knurrte er. »Ich wusste, dass du dich gut anfühlen würdest.«

Sein Mund wanderte an ihrem Hals abwärts und von dort aus tiefer, hinterließ bei jedem Kuss feuchte Flecken auf ihrem T-Shirt und näherte sich dabei unaufhaltsam ihren Brüsten, die sich so straff und gereizt anfühlten, dass sie ihn unbedingt aufhalten musste.

»Dent, nein.«

Sie versetzte ihm einen kräftigen Stoß gegen die Brust. Seine Hand rutschte aus ihrer Pyjamahose, er taumelte zurück und prallte mit dem Rücken gegen die Kante der offenen Tür. »Was sollte das denn?«

»Ich will nicht.«

»Ach nein?« Er sah vielsagend auf ihre Brustwarzen, die sich unübersehbar unter dem dünnen Stoff ihres T-Shirts abzeichneten. »Dann erklär mir doch mal ...«

»Ich muss dir gar nichts erklären.«

»Also, irgendwie doch. Erst küsst du mich, als gäbe es kein Morgen, und stößt dabei dieses leise Lass-mich-kommen-Wimmern aus. Und im nächsten Moment schubst du mich gegen die Türkante. Bitte entschuldige, dass mich das ein bisschen verwirrt.«

»Also, verwirren möchte ich dich auf gar keinen Fall. Ich will nicht mit dir schlafen. War das klar genug?«

Sein Körper wiegte leicht vor und zurück, als wäre er wütend und kurz davor, die Fassung zu verlieren. Sie zuckte tatsächlich erschrocken zurück, als er die Zahnpastatube aus seiner Tasche zog und auf ihr Bett warf. »Ich habe gelogen. Ich brauche nichts von dir.«

Dann verschwand er in seinem Zimmer und knallte die Verbindungstür zu.

11

Als Bellamy ein paar Minuten vor der vereinbarten Uhrzeit aus dem Lift in die Lobby trat, sah sie Dent schon in einem Sessel lagern und den Sportteil der Zeitung studieren. Sobald sie auf ihn zukam, stand er auf. »Die Braves haben gestern Abend verloren.«

»Beim Baseball interessieren mich höchstens die World Series.«

»Und dann hätten wir noch das hier.« Er reichte ihr die aktuelle Ausgabe des *EyeSpy*. »Die Schlagzeile spricht für sich. Laut seinem Artikel bin ich ein ›kerniger, gut aussehender Fremder, der sich später als Denton Carter herausstellen soll‹, der Freund deiner ermordeten Schwester.«

Zunehmend deprimiert überflog Bellamy die Titelseite, die zur Hälfte von Van Durbins Kolumne eingenommen wurde. Ein Schnappschuss von ihr und Dent illustrierte den Text. Sie begriff, dass das Foto gestern vor der Firmenzentrale aufgenommen worden war. »Sein Fotograf hatte sich irgendwo mit einem Teleobjektiv versteckt.«

»Nicht meine Schokoladenseite«, kommentierte Dent mit einem kritischen Blick auf das körnige Foto. »Dafür bist du ziemlich gut getroffen.«

Sie stopfte die Zeitung in ihre Umhängetasche. »Wenn ich das jetzt lese, muss ich kotzen.«

Wegen einer Baustelle auf der Peachtree Street kroch der Verkehr im Schneckentempo dahin. An einer Kreuzung saßen sie drei Ampelschaltungen lang fest. Dent trommelte mit den

Fingerspitzen ein ungeduldiges Stakkato auf das Lenkrad. Das Chambrayhemd von gestern hatte er durch eines aus Oxfordstoff ersetzt, das fast so moosgrün war wie seine Augen. Er hatte es in die Hose gesteckt. Und einen Gürtel durch die Jeans gezogen.

»Woher hast du das Hemd und den Gürtel?«, fragte sie.

»Aus dem Ralph-Lauren-Store in der Einkaufspassage gegenüber dem Hotel. Ich war in aller Frühe dort. Herrgott noch mal! Wenn dieser Kretin endlich ein Stück vorfahren und abbiegen würde...« Er schimpfte weiter vor sich hin, doch die Ampel schaltete noch einmal auf Rot, bevor sie die Kreuzung überqueren konnten.

»Du ärgerst dich nicht über den Stau oder die anderen Fahrer. Du ärgerst dich über mich.«

Er sah sie an.

»Der Besuch bei Steven könnte schwierig werden. Da hilft es nicht, wenn du wegen dem, was gestern Nacht passiert ist oder nicht passiert ist, schmollst. So. Jetzt ist es auf dem Tisch. Ich möchte nicht, dass es sich zu einer unappetitlichen Warze auswächst, die jeder sieht und über die keiner spricht.«

»Übertreib's nicht, T. J. Ich habe gefragt, und du...«

»Komisch, ich kann mich nicht erinnern, dass du gefragt hättest.«

»Vielleicht nicht ausdrücklich, aber nur zu deiner Information, wenn ein Mann dich umarmt, dabei seine Zunge in deinen Mund schiebt und seine Hand an deinen Hintern drückt, dann kannst du dir ziemlich genau ausrechnen, was er im Sinn hat. Ich habe *gefragt*, und du hast abgelehnt.« Er zog in überheblicher Gleichgültigkeit die Schultern hoch und richtete den Blick wieder auf den Verkehr. Er nahm den Fuß von der Bremse. Der Wagen rollte ein paar Meter, dann mussten sie erneut anhalten.

»Dir hätte klar sein müssen, dass du es gar nicht zu versuchen brauchst«, sagte sie. »Schließlich hast du selbst von meiner No-fly-Zone gesprochen. Die keineswegs nur vorübergehender Art ist. In dieser Beziehung kann ich nicht besonders gut mit Männern. Konnte ich noch nie.«

»Also, dann besteht wohl ein Kommunikationsproblem zwischen uns.«

»Wieso?«

»Weil diese Art von ›Beziehung‹ die *einzige* Beziehung ist, die ich mit Frauen eingehen kann.« Den nächsten Ampelzyklus standen sie in angespanntem Schweigen durch. Dann sagte er leise: »Nur eines noch. Das mit deinem Kind, deinem Baby... dass das eine Tragödie ist?«

Sie sah ihn an.

»Das ist mir ernst. Du darfst nicht glauben, dass ich das nur gesagt habe, um dich weichzuklopfen.« Eine Sekunde lang erwiderte er ihren Blick. »Ich kann manchmal ein Bastard sein, aber so ein Bastard bin ich nicht.«

Als sie im Maxey's eintrafen, herrschte bereits Hochbetrieb. Hinter dem Reservierungspult am Eingang stand eine zaundürre platinblonde Schönheit im kurzen schwarzen Rock und auf Zehn-Zentimeter-Absätzen. Bellamy hätte unsichtbar sein können, so unbeirrt klebten die babyblauen Augen der jungen Frau an Dent. Mit honigtriefender Stimme fragte sie ihn, ob sie reserviert hätten.

»Wir möchten nur etwas trinken«, erklärte er ihr.

Nachdem sie auf zwei Hockern Platz genommen hatten, die viel zu fragil wirkten, um einen Erwachsenen zu tragen, bestellten sie zwei Gläser Eistee mit Minzezweigen. Als sie serviert wurden, erklärte ihr Dent: »Trink mit Andacht. Das Glas kostet acht Dollar. Weiß der Geier, was sie hier für einen Cheeseburger verlangen.« Dann ließ er den Blick durch den Speisesaal mit den Stoffservietten und den cremefarbenen Orchideen auf jedem Tisch wandern und schränkte ein: »Wenn man hier überhaupt einen Cheeseburger kriegt.«

»Da ist er.«

Bellamy hatte ihren Stiefbruder an einem Tisch entdeckt, wo er mit einer leichten Verbeugung zwei Gästen die Hand schüttelte. Er war zu einem unglaublich attraktiven Mann herangewachsen. Das dunkle, aus der hohen Stirn gekämmte Haar fiel in einem unverkennbar europäischen Schnitt in weichen Wellen auf seine Schultern. Das weiße Seiden-T-Shirt, das er zu seinem schwarzen Anzug trug, schien farblich auf das Lächeln abgestimmt zu sein, das er jedes Mal aufblitzen ließ, wenn er an einen Tisch trat, um seine Gäste zu begrüßen.

»Verzeihung? Sind Sie nicht Bellamy, Stevens Stiefschwester?«

Sie drehte sich zu dem Mann um, der sie über den Tresen hinweg angesprochen hatte. Er hatte grau meliertes Haar und ein sympathisches Lächeln.

»Das dachte ich mir gleich«, sagte er. »Ich kenne Sie aus dem Fernsehen.« Er reichte ihr seine Hand. »Ich bin William Stroud, Stevens Partner hier im Restaurant.«

»Sehr erfreut.« Sie stellte ihm Dent vor. Die beiden Männer gaben sich die Hand.

»Weiß Steven, dass Sie hier sind?«, fragte er.

»Ich wollte ihn überraschen.«

Sein Lächeln geriet nicht ins Wanken, aber sie bemerkte ein besorgtes Flackern in seinem Blick. »Bestimmt würde er wollen, dass Sie den besten Tisch bekommen. Lassen Sie Ihre Drinks hier stehen. Ich bringe sie Ihnen rüber.«

Er kam hinter der Bar hervor und begleitete sie zu einem Ecktisch am anderen Ende des Saales. »Hier sitzt Steven am liebsten, weil man von hier aus den ganzen Raum überblickt. Ich hole ihn her.«

Sie beobachtete, wie sich William Stroud zwischen den Tischen durchschlängelte und neben Steven stehen blieb. Er sagte etwas, woraufhin sich Steven zu ihnen umdrehte. Stevens Blick kam kurz auf Dent zu liegen, dann sah er Bellamy an und hielt Augenkontakt mit ihr, während er etwas zu William sagte, der daraufhin nickte und an die Bar zurückkehrte. Steven begann auf ihren Tisch zuzugehen.

»Er scheint eigentlich nicht besonders überrascht, uns hier zu sehen«, murmelte Dent. »Und auch nicht besonders erfreut.«

Bellamy hingegen freute sich unglaublich, Steven zu sehen. Noch bevor er bei ihnen ankam, rutschte sie aus ihrer Sitzbank und wartete mit ausgebreiteten Armen auf ihn. Sie drückte ihn mit aller Kraft an sich und hielt ihn weiter fest, auch als sie spürte, wie er sich von ihr zu lösen versuchte.

Sie hatte ihn von dem Tag an geliebt, an dem Olivia ihn seinen zukünftigen Stiefschwestern vorgestellt hatte. Sie und Steven hatten sich vom ersten Augenblick an verbrüdert und waren enge Freunde geblieben, bis das Leben aller Familienmitglieder aus dem Gleis geschleudert wurde. Unter der Belastung der Tragödie war ihre Freundschaft, so stark sie vor Susans Tod auch gewesen war, zerbrochen. Das Leichentuch, das sich über die gesamte Familie und jeden einzelnen von ihnen gelegt hatte, hatte sich weder während der Verhandlung gegen Allen Strickland noch danach wieder gehoben.

Bis dahin hatte Steven schon Pläne geschmiedet, direkt nach seinem Schulabschluss wegzuziehen.

Bellamy war untröstlich gewesen, als er zur Universität ging, denn sie hatte geahnt, dass es ein Abschied für immer sein würde und dass die Trennung nicht nur geografischer Natur sein würde. Traurigerweise hatte sich ihre Vorahnung bestätigt.

Sie hielt ihn an beiden Händen fest. »Ich freue mich so, dich zu sehen. Ich habe dich schrecklich vermisst.«

»Howard...?«

»Nein, nein, deswegen sind wir nicht hier«, zerstreute sie hastig seine Befürchtungen. »Seine Prognose ist nicht allzu gut, aber er hat uns noch nicht verlassen.«

»Bisher hat er dem Schicksal ein Schnippchen schlagen können.«

»Er will Olivia nicht verlassen«, sagte sie, und Steven nickte ernst. Sie deutete auf Dent. »Du erinnerst dich an Denton Carter?«

»Natürlich.«

Mit spürbarem beiderseitigem Widerwillen reichten sich die Männer die Hand. »Schicker Laden«, sagte Dent.

»Danke.«

Bellamy zupfte Steven am Ärmel. »Kannst du dich kurz zu uns setzen?«

Er warf einen Blick über die Schulter, als suchte er nach einem triftigen Grund, sich zu entschuldigen, oder vielleicht nach einer Rettungsleine, aber dann sah er sie wieder an und sagte: »Ein paar Minuten kann ich bestimmt erübrigen.«

Er rutschte neben Bellamy auf die Bank, Dent gegenüber, faltete die Hände auf dem Tisch und sah vom einen zur anderen. »Lasst mich raten. Ihr seit wegen der Kolumne in diesem Klatschblatt hier. Ich hätte gedacht – gehofft –, wir wären keine Schlagzeile mehr wert.«

»Das hatte ich auch gehofft«, sagte sie. Steven war direkt auf den Punkt gekommen, ohne erst mit ihr zu plaudern und ohne sich nach ihr oder ihren Eltern zu erkundigen, was sie unsäglich traurig stimmte, doch sie konnte verstehen, dass er fassungslos war. »Ich habe versucht, mich hinter diesem Pseudonym zu verstecken, Steven. Ich wollte wirklich anonym bleiben, niemand sollte erfahren, dass das Buch auf dem Mord an Susan basiert.«

»Nachdem dein Pseudonym aufgeflogen war, musste ich

mich tagelang vor irgendwelchen Reportern verstecken. Van Durbin hatte einen seiner Kundschafter ausgeschickt, der mich interviewen sollte. Natürlich habe ich mich geweigert. Erst als du nach Texas zurückgekehrt warst, beruhigte sich die Lage halbwegs. Bis heute Morgen…«

»Ich weiß. Es tut mir leid.«

»Was soll's«, sagte er und bemühte sich, seine Stirnfalten zu glätten, »von alldem abgesehen gratuliere ich dir natürlich zu deinem Erfolg. Ich freue mich für dich. Ehrlich.«

»Du wünschst dir nur, ihr müsstet nicht für meinen Erfolg bezahlen.«

»Ich will das gar nicht abstreiten, Bellamy. Natürlich wäre es mir lieber gewesen, wenn ich keine Rolle in deiner Geschichte gespielt hätte und wenn nicht bekannt geworden wäre, dass wir Stiefgeschwister sind.«

Sie ließ den Blick durch das volle Restaurant schweifen. »Deinem Geschäft hat es offenbar nicht geschadet.«

»Nein, das hat Gott sei Dank nicht gelitten.«

»Du warst mindestens so erfolgreich wie ich. Drei Restaurants hast du inzwischen, und jedes wird von den Restaurantkritikern gelobt.«

»Wir ergänzen uns gut. William managt Küche und Bar. Ich bin für das Geschäftliche und den Service zuständig.«

»Eine gut funktionierende Arbeitsteilung.« Bellamy lächelte William an, der eben mit drei Gläsern auf einem Tablett an ihren Tisch trat.

Er stellte vor jedem ein Glas mit Tee ab. »Ich kann euch auch etwas anderes bringen, wenn ihr möchtet. Eine Bloody Mary vielleicht? Oder einen Wein? Vielleicht ein paar kleine Häppchen?«

»Danke, so ist es wunderbar«, erwiderte Bellamy. »Und danke, dass Sie uns Steven ein paar Minuten überlassen.«

»Keine Ursache.«

Er legte die Hand auf Stevens Schulter und wandte sich an ihn: »Ich bin an der Bar, falls du irgendwas brauchst.« Er drückte kurz zu und verschwand dann wieder.

Steven beobachtete, wie Bellamy William auf dessen Rückweg zur Bar nachsah. Als sie sich ihm mit leicht hochgezogenen Brauen zuwandte, sagte er: »Ja, lautet die Antwort auf die Frage, die du aus Höflichkeit oder Empörung nicht stellen willst. William und ich sind mehr als nur Geschäftspartner.«

»Wie lange seid ihr schon zusammen?«

»Letztes Silvester haben wir unser Zehnjähriges gefeiert.«

»*Zehn Jahre?*« Sie traute ihren Ohren nicht. »Wenn ich empört bin, dann darüber, dass mir niemand etwas gesagt hat. Wieso hast du mir das nie erzählt?«

»Hätte das denn irgendeine Bedeutung gehabt?«

Seine schroffe Antwort traf sie ins Mark. Wie oft hatten sie miteinander gelacht und sich Geheimnisse anvertraut, wie oft hatte er sie vor Susan in Schutz genommen und umgekehrt – bedeuteten ihm diese gemeinsamen Erfahrungen denn überhaupt nichts?

Als sie durch einen Mathematiktest zu fallen drohte, hatte Steven ihr erst deutlich gemacht, dass diese Prüfung nicht über ihr weiteres Leben bestimmen würde, und ihr danach Nachhilfe gegeben, sodass sie den Test doch noch bestanden hatte. Er hatte ihr damals versichert, dass ihre Spange kaum zu sehen war und dass die Pickel bald wieder verschwinden würden. Immer wenn ihr Selbstbewusstsein an einem Tiefpunkt angelangt war, hatte er ihr versichert, dass sie sich eines Tages in eine wunderschöne Frau verwandeln würde und dass ihr eine strahlende Zukunft bevorstand. Noch strahlender als die von Susan.

Er war für sie kein Stiefbruder, sondern ein echter Bruder gewesen, und sie hatte geglaubt, dass er genauso empfand. Dennoch hatte er sie effektiv und komplett aus seinem Leben ausgeschlossen. Sie war für ihn entbehrlich geworden, und diese Erkenntnis schmerzte unglaublich.

»*Du* hast mir etwas bedeutet, Steven.« Ihre Stimme war heiser vor Trauer. »Du, dein Leben, deine Liebesgeschichten haben mir etwas bedeutet.«

Er sah sie schuldbewusst an. »Versuch mich zu verstehen. Als ich damals aus Austin wegging, musste ich alle Brücken abbrechen. Nur so konnte ich überleben. Ich musste mir ein eigenes Leben aufbauen, das mit dem Leben davor nichts zu tun hatte. Wenn ich irgendwas davon behalten hätte, selbst dich, hätte ich mich damit auch an alles andere gekettet. Ich musste einen klaren Schnitt machen. Alle Verbindungen kappen. Außer zu Mutter, und selbst die muss ich auf Sicherheitsabstand halten, wenn ich mich nicht runterziehen lassen will.«

»Darum hast du also jedes Mal eine Ausrede vorgebracht, wenn ich mich in New York mit dir treffen wollte.«

»Du hast mich an die schlimmste Zeit meines Lebens erinnert. Und tust es immer noch.«

»Und du bist immer noch ein Arschloch.«

Steven warf einen scharfen Blick auf Dent, der seit ihrem lauwarmen Händedruck bis zu diesem Augenblick kein Wort gesprochen hatte.

»Du warst damals ein egoistischer, weinerlicher Angsthase, und bis jetzt kann ich nicht erkennen, dass sich irgendwas daran geändert hätte.«

»Dent!«, fauchte Bellamy ihn flüsternd an.

Aber er war noch nicht fertig. »Sie hat eine Menge auf sich genommen, um hierherzukommen. Du könntest wenigstens so *tun,* als würdest du dich freuen, sie zu sehen.«

Sie wollte ihn zurechtweisen, aber Steven hob abwehrend die Hand. »Schon okay, Bellamy. Er hat recht. Ich bin ein Angsthase. Es ist meine Überlebenstaktik. Und sie ist nicht gegen dich gerichtet.« Er lächelte beschämt, streckte die Hand aus, um ihre glatte Wange zu streicheln, und murmelte, als hätte er vorhin ihre Gedanken gelesen: »Genau wie ich es vorhergesagt habe. Das hässliche Entlein hat sich in einen stolzen Schwan verwandelt.«

Dann senkte er die Hand, und der Funke Mitgefühl, der ein paar Sekunden in seinen Augen geleuchtet hatte, erlosch. »Es hat viel Zeit, viele Therapien und großes Pflichtbewusstsein erfordert, doch schließlich habe ich mich neu erfunden. Ich war zufrieden mit meinem neuen Leben. Aber dann kamen dein Buch und der ganze Rummel drum herum, und damit hat mich all das wieder eingeholt, was ich hinter mir gelassen hatte. Plötzlich bin ich wieder der dürre, verängstigte Junge, der von der Polizei ins Kreuzverhör genommen wird.«

»Von Dale Moody?«, fragte sie.

»Ein Riese. Mit breiter Brust. Einer Stimme wie ein Grab. Er hat mich sogar mehrmals vernommen. Seine Befragungen haben nichts ergeben, trotzdem hat es mich für mein Leben geprägt, dass ich, wenn auch nur kurzfristig, unter Verdacht stand.«

»Dent hat das Gleiche erzählt.«

Steven sah ihn an und betrachtete ihn nachdenklich. »Bitte verzeih meine Neugier. Meine Familie war nicht gerade gut auf dich zu sprechen und umgekehrt, und trotzdem bist du mit Bellamy nach Atlanta gekommen. Wieso?«

Bellamy kam Dents Antwort zuvor. »Ich habe einen Flug bei Dent gebucht, weil ich auf eine Aussöhnung gehofft hatte.«

»Es hat nicht funktioniert. Im Gegenteil, es hat Mutter schrecklich aufgewühlt, ihn wiederzusehen.«

»Ich weiß.«

»Und warum ist er mit dir hergekommen?«

Nach langem Zögern sagte sie: »Ich werde seit ein paar Wochen bedroht. Ich muss wissen, von wem und warum.«

Sie schilderte Steven knapp, was alles passiert war, und

schloss: »Olivia und Daddy habe ich nichts davon erzählt. Bitte sag ihnen nichts davon, die beiden haben schon genug Sorgen. Aber wir – Dent und ich – glauben nicht, dass die Verwüstungen in meinem Haus und an seinem Flugzeug zufällig oder willkürlich passiert sind. Der Täter muss irgendwas mit den Ereignissen von damals zu tun haben.«

Er runzelte skeptisch die Stirn. »Das ist eine ziemlich gewagte Folgerung, meinst du nicht?«

»Es ist das Einzige, was Dent und mich verbindet.«

Steven sah sie eindringlich nacheinander an. »Ich bin auch mit den Ereignissen von damals verbunden. Seid ihr etwa hergekommen, weil ihr glaubt, ich hätte deine Schlafzimmerwand beschmiert?«

»Natürlich nicht.« Sie griff nach seiner Hand. »Sondern weil ich gehofft habe, dass du deine Erinnerungen und Eindrücke von jenem Tag mit uns teilen würdest.«

»Wozu denn? Du hast doch schon ein ganzes Buch darüber geschrieben.«

Dent unterdrückte ein Lachen, als er die spröde Erwiderung hörte. Sie tat so, als hätte sie es nicht gehört. Sie hatte beschlossen, vorerst niemandem außer Dent von ihren Erinnerungslücken zu erzählen. Umso wichtiger war es, dass Steven diese Lücken so weit wie möglich auffüllte. »Würdest du mir trotzdem ein paar Fragen beantworten?«

Er sah sie gequält an. »Was soll es denn bringen, immer wieder darüber zu reden?«

»Tu es für mich. Bitte.«

Er überlegte kurz und nickte dann knapp.

Sie verlor keine unnötige Zeit. »Kurz vor dem Tornado bist du aus dem Pavillon verschwunden und zum Bootshaus gegangen.«

Wieder ein knappes Nicken.

»Wozu? Was wolltest du im Bootshaus?«

»Bier trinken.«

»Bier? Du konntest Bier nicht ausstehen. Du hast mir damals erzählt, du hättest es auf einer Party probiert, und es hätte schauderhaft geschmeckt.«

Er zuckte mit den Achseln. »Ich wollte es trotzdem noch mal probieren. Es hatte sich rumgesprochen, dass ein paar Jungs Bier ins Bootshaus geschmuggelt hatten. Ich wollte auch hin, aber dort war niemand mehr. Nur ein paar leere Dosen. Gerade als ich auf dem Rückweg zum Pavillon war, sah jemand den Wolkenschlauch, und alle fingen zu schreien an. Weil das Bootshaus näher war, bin ich umgekehrt und habe dort Schutz gesucht.«

Sie nickte gedankenverloren. »Als ich dich suchen gegangen bin...«

»Du bist mich suchen gegangen?«

»Um dich vor dem Sturm zu warnen.«

»Wirklich?«

Seine Reaktion verunsicherte sie. »Wieso überrascht dich das so? Das stand auch in meinem Buch. Wenn du es gelesen hast...«

»Habe ich. Aber ich dachte, du hättest die Ereignisse gerafft, um sie besser erzählbar zu machen.«

»Du hast das nicht so in Erinnerung?«

»Nachdem ich den Pavillon verlassen hatte, habe ich dich erst wieder gesehen, als sie dich aus den Trümmern des Bootshauses gezogen haben.«

»Und vorher nicht?«

Er schüttelte den Kopf. »Ich habe keine Ahnung, wie du dorthin gekommen bist.«

Bellamy sah kurz Dent an. Er beobachtete sie eindringlich und hatte eine Braue vielsagend hochgezogen. Sie wandte sich wieder an Steven: »Nach dem Wirbelsturm konntest du dich selbst befreien.«

»Es war pures Glück, dass ich nicht von den einstürzenden Wänden erschlagen wurde. Aber genau diese Wand des Bootshauses kippte nach außen, nicht nach innen. Ich hatte ein paar Schürfwunden abbekommen und war benommen, aber sonst ist mir nichts passiert. Ich konnte mich aus den Trümmern befreien und bin zum Pavillon zurückgelaufen. Howard und Mom haben mich an die Brust gedrückt, als wollten sie mich zerquetschen. Aber natürlich waren sie außer sich vor Angst, weil sie dich und Susan noch nicht gefunden hatten.«

Weil Stevens Erinnerungen an die Nachwehen des Tornados mit denen von Dent übereinstimmten, ging Bellamy nicht näher darauf ein. »Und warum hat Detective Moody dich vernommen?«

»Weil alles auf ein sexuelles Motiv hindeutete. Er hat alle Männer befragt, die die Pubertät erreicht hatten, und zuerst jene aus Susans engstem Umkreis. Ihren Freund«, führte er mit einem knappen Nicken zu Dent hin an. »Ich war zwar ihr Stiefbruder, aber deshalb wurde ich nicht ausgenommen. Selbst Howard wurde vernommen.«

Bellamy war fassungslos. »Daddy wurde auch vernommen? Das ist nicht dein Ernst.«

»Bestimmt haben Mutter und Howard dir das nie erzählt, weil es zu verstörend ist, wenn man darüber nachdenkt.«

»Das ist nicht verstörend, das ist widerlich.«

Steven senkte den Blick und fuhr mit der Fingerspitze das Muster in der weißen Leinentischdecke nach. »Moody lag gar nicht so weit daneben.«

Seine leisen Worte stürzten wie Ziegelsteine auf Bellamy herab. Sie erstarrte entsetzt. Dent blieb stumm, stützte aber einen Ellbogen auf den Tisch und legte die Hand vor Mund und Kinn. Offenbar spürte Steven seinen bohrenden Blick, denn als er wieder von der Tischdecke aufsah, sprach er nicht Bellamy an, sondern Dent.

»Ich brauche dir nicht zu erzählen, wie sie wirklich war, oder? Du hast am eigenen Leib erlebt, wie sexuell aufgeladen Susan war. Was für dich bestimmt super war. Aber für ihren jüngeren Stiefbruder, der damals verzweifelt auf der Suche nach seiner sexuellen Identität war, war sie ein wandelnder Albtraum mit einem Hang zum Sadismus.«

Bellamy schluckte angestrengt und fragte schroff: »Willst du damit sagen, dass du und Susan...«

»Nein.« Er schüttelte vehement den Kopf. »Zum großen Finale kam es nie. Aber nicht, weil sie es nicht versucht hätte. Ehrlich gesagt machte es sie scharf, mich zu quälen.«

»Und wie?«

»Bist du sicher, dass du das hören willst, Bellamy? Das ist keine schöne Geschichte.«

»Ich glaube, ich muss es.«

»Wenn du meinst.« Er holte tief Luft. »Susan hatte es sich zur Gewohnheit gemacht, nachts in mein Zimmer zu schleichen. Zwei-, dreimal die Woche. Manchmal noch öfter.«

»Wann hat das angefangen?«

»An Mutters und Howards Hochzeitstag.«

Bellamy schnappte erschrocken nach Luft.

»Sie legte sich zu mir ins Bett, schmiegte sich an mich, flüsterte mir schmutzige Fantasien ins Ohr und beschrieb mir ausführlich, was wir alles anstellen könnten, wenn ich nicht so viel Angst hätte, erwischt zu werden. Manchmal zog sie sich auch aus und befahl mir, sie zu berühren.«

Er schnaubte selbstkritisch. »Manchmal hätte ich es weiß Gott gern getan, denn damals versuchte ich mich immer noch vor der Einsicht zu drücken, dass ich schwul bin. In diesen Jahren hätte ich fast alles getan, um mir selbst das Gegenteil zu beweisen. Aber tatsächlich ekelte ich mich umso mehr vor ihr, je angestrengter sie mich zu verführen versuchte.«

»Wusste sie, dass du schwul bist?«

»Vielleicht. Wahrscheinlich. Was den Reiz, mich zu quälen, bestimmt noch erhöht hätte. Irgendwann konnte ich weder ihren Anblick noch ihren Geruch ertragen und zeigte ihr das auch recht offen. Daraufhin wurde sie noch aggressiver und dreister. Einmal schlich sie sich zu mir unter die Dusche und erklärte mir, dass Mutter im Zimmer gegenüber wäre. Sie sagte, wenn ich auch nur einen Mucks von mir geben und Mutter uns erwischen würde, würde sie ihr und Howard erzählen, dass ich sie jede Nacht zwingen würde, mir einen zu blasen. Ich wusste, dass sie auf Kommando weinen und dass sie die beiden von jeder Lüge überzeugen konnte.«

Er sah Bellamy tief in die Augen. »Es tut mir leid, dass ausgerechnet ich dein Traumbild von unserer perfekten Familie zum Platzen bringe, aber vielleicht ist es an der Zeit, dass du die Wahrheit über unsere liebe dahingeschiedene Schwester erfährst.«

»Du hättest mir das schon viel früher erzählen sollen.«

»Damit du es in deinem Buch verwursten und die Geschichte damit aufpeppen kannst?«

Sie zuckte zurück, als hätte er sie geohrfeigt. »Das habe ich nicht verdient, Steven.«

Er schien das auch so zu sehen, denn er atmete tief aus. »Bitte entschuldige. Das war gemein.«

»Warum hast du es mir nicht schon damals erzählt? Ich hätte dir beigestanden, wenn es zum Showdown gekommen wäre.«

»Ich wollte nicht, dass es zum Showdown kommt. Niemand sollte von alldem erfahren, und du am allerwenigsten. Du warst ganz anders als sie. Unschuldig. Süß. Eine Friedensstifterin. Und du warst mein Kumpel. Ich hatte Angst, dass ich dich verlieren würde, wenn du das von mir und Susan wüsstest.«

»Das hättest du aber nicht.«

»Vielleicht«, meinte er zweifelnd. »Aber auf jeden Fall habe ich mich zu sehr geschämt.«

»Du hast nichts Falsches getan.«

»Hin und wieder reagierte mein Körper sehr wohl auf sie, manchmal bekam ich tatsächlich eine Erektion. Nicht weil ich scharf auf sie gewesen wäre, aber ich war ein pubertierender Junge, meine Hormone spielten verrückt, und ich hatte keine andere Möglichkeit, Druck abzulassen. Ab und zu explodierte ich, sobald sie mich auch nur berührte, und dann machte sie sich über mich lustig. Eigentlich«, ergänzte er nachdenklich, »wundert es mich, dass sie nie vor dir damit angegeben hat, was sie mit mir anstellte. Sie war eifersüchtig auf dich. Wusstest du das?«

»Garantiert nicht.«

»Doch. Sie war eifersüchtig auf die enge Beziehung zwischen dir und Howard. Du warst sein Lieblingskind, das spürte sie genau. Außerdem ärgerte es sie, dass du und ich ein geschwisterliches Band geknüpft hatten, nachdem ich in eure Familie gekommen war, das sie mit mir nie schließen konnte oder wollte. Nicht dass ihr etwas an meiner Freundschaft gelegen hätte, aber sie wollte bei jedem an erster Stelle stehen.«

Wieder sah er Dent an. »Du hattest sie nie für dich allein. Sie hat mir von den Jungs erzählt, denen sie es hinter deinem Rücken ›besorgt‹ hat. Sie kannte keine Hemmungen, sie hat es geliebt, Männer zu verführen. Es war durchaus passend, dass sie mit ihrem Höschen erwürgt wurde.«

»Steven, bitte«, flüsterte Bellamy.

»Du wolltest das hören; jetzt hör es dir auch bis zum Ende an«, bemerkte er wütend. »Einmal drückte mir Susan beim Sonntagsessen unter dem Tisch ihren Slip in die Hand. Ich saß ahnungslos zwischen ihr und Howard, und plötzlich nimmt sie meine Hand und drückt ihre Unterhose hinein. Ich glühte so vor Angst und Scham, dass ich dachte, ich müsste jeden

Moment in Ohnmacht fallen. Und das ganze Essen hindurch zeigte sie mir dieses gemeine, triumphierende Lächeln, das so typisch für sie war. Sie liebte solche erniedrigenden Streiche. Ich weiß nicht mehr, wie oft sie ähnliche Sachen anstellte. Ich könnte ewig weitererzählen, aber was würde das bringen? Sie kann mir das Leben nicht mehr zur Hölle machen. Sie ist tot. Worüber ich nicht unglücklich bin.«

Er verstummte und schreckte nach einigen Sekunden auf, als wäre er aus einem Albtraum erwacht. Nach einem Blick in den Speiseraum sagte er: »Ich muss wieder an die Arbeit. Außerdem habe ich alles gesagt, was ich zu sagen habe. Bis auf eines.« Bevor er weitersprach, sah er sie beide eindringlich an.

»Moody hat mich damals gründlich in die Mangel genommen, aber meine Antworten blieben immer dieselben. Nicht ein Wort änderte sich. Er hatte nichts in der Hand, um nachzuweisen, dass ich dort gewesen wäre, wo ihr Leichnam gefunden wurde. Genauso wenig konnte er erklären, wann ich eine Gelegenheit gehabt hätte, sie umzubringen. Aber eines hat er zu ermitteln vergessen, eines wusste er nicht: dass ich definitiv ein Motiv gehabt hätte.«

12

Die Faust kam aus dem Nichts und donnerte in Rupes Gesicht wie eine Abrissbirne.

Er landete ungebremst auf seinem Hintern. Schmerzblitze durchzuckten seinen Kopf und brachen sich an den Innenwänden seines Schädels. Seine Ohren schrillten, und ein paar Sekunden versagten ihm die Augen den Dienst.

Ehe er auch nur aufschreien konnte, wurde er am Hemdkragen gepackt und so brutal hochgerissen, dass seine Zähne aufeinanderschlugen und seine Knochen zu klappern begannen. Der Planet kam ins Trudeln, geriet aus der Umlaufbahn und brachte ihn damit so aus dem Gleichgewicht, dass ihm schlecht wurde. Er würgte die Übelkeit hinunter, die ihm in der Kehle saß. Sein Kopf schlackerte unkontrollierbar auf dem Hals hin und her. Blut floss ihm aus der gebrochenen Nase auf die erschlafften Lippen.

»Hey, Rupe, lange nicht gesehen.«

Obwohl er wie eine Lumpenpuppe durchgeschüttelt wurde, schaffte es Rupe, gegen Feuerwerksblitze des Schmerzes anzublinzeln, die in seinem Kopf explodierten. Die Erde kam allmählich wieder ins Lot, und endlich verschmolzen die vielen verschwommenen Schemen vor seinen Augen zum Gesicht eines gealterten, hässlicheren Dale Moody.

»Wie geht's denn so, Rupe?«

Dale wusste genau, welche Schmerzen sein Gegenüber erlitt, weil Dale sie schon ausführlich beschrieben bekommen hatte. Er hatte einen Schlag wie den, den er Rupe eben verabreicht hatte, einst bei einem Kollegen gelandet, der sich später geradezu poetisch über die verschiedenen Formen qualvoller Schmerzen ausgelassen hatte, die man am anderen Ende von Dales rechter Faust durchlebte.

Rupe beantwortete Dales Frage mit einem unverständlichen Murmeln.

»Verzeihung? Kannst du nicht deutlicher sprechen?«

Dale schleifte Rupe am Kragen seines teuren importierten Seiden-Baumwoll-Hemdes zu seinem klapprigen Dodge und drückte ihn gegen die rostige, verbeulte Heckklappe. »Würdest du diesen Schrotthaufen in Anzahlung nehmen?«

»Fnicknich.« Deutlicher konnte es Rupe mit seinen Gummischlauchlippen und der zugeschwollenen Nase nicht ausdrücken.

Dale grinste, aber es war kein netter Gesichtsausdruck. »Ich nehme das als Nein.« Ohne Rupe loszulassen, zog er mit der anderen Hand die hintere Wagentür auf, stieß den Deckel von einer weißen Styropor-Kühlbox und holte eine Tüte tiefgekühlter Erbsen heraus, die er eigens zu diesem Zweck mitgebracht hatte.

»Vielleicht helfen die.« Er presste den Beutel auf Rupes geschwollene Nase.

Rupe stieß einen neuerlichen Schmerzensschrei aus, hob aber die Hand und nahm Dale den Beutel ab. Dann drückte er die kühlenden Erbsen sanfter auf sein Gesicht und starrte den Exdetective über den lächelnden grünen Riesen auf der Verpackung hinweg an. »Ich zeige dich an.«

»Bevor oder nachdem deine Augen zugeschwollen sind? Ich hoffe für dich, dass du diese Woche keine Werbespots mehr drehen musst. Du wirst in nächster Zeit ziemlich übel aussehen. Vielleicht kaufst du dir ein paar Hemden, die farblich zu den Flecken in deinem Gesicht passen.«

»Du bist so ein...«

»Ich weiß selbst, was ich bin«, fuhr ihm Dale barsch und vollkommen humorlos über den Mund. »Und ich weiß noch besser, was du bist. Meinetwegen können wir die ganze Nacht hier stehen und uns beleidigen. Ich habe sonst nichts zu tun. Du hingegen bist ein vielbeschäftigter Mann. Außerdem bist du derjenige, der blutet und höllische Schmerzen hat. Darum wäre es wahrscheinlich klüger, wenn du mit mir redest, was du doch sowieso tun wolltest. Schließlich bin ich durch den halben Staat hierhergefahren. Also raus mit der Sprache.«

Rupe sah ihn weiter wütend an, aber Dale wusste besser als jeder andere, dass der ehemalige Staatsanwalt ein Meister der Improvisation war. Selbst in einer prekären Lage wie dieser würde er nach einem Ansatzpunkt suchen, um die Situation zu seinem Vorteil zu wenden. Und weil Dale seine Nemesis so gut kannte, war er nicht überrascht, dass Rupe sofort zum Punkt kam.

»Die kleine Tochter der Lystons. Erinnerst du dich an sie? Bellamy? Sie hat ein Buch geschrieben.«

»Kalter Kaffee, Rupe. Es heißt *Kalter Kuss*. Ich weiß Bescheid. Ich weiß auch, dass so ein Schmierfink das Thema ausschlachten will. Als ich auf dem Weg hierher zum Tanken angehalten habe, habe ich die heutige Ausgabe seines Käseblattes neben der Kasse im Zeitungsständer stehen sehen. Ich wette, der Kassiererin wäre einer abgegangen, wenn sie gewusst hätte, dass eine der Hauptpersonen in seinem Artikel die Zeitung gekauft hat.« Dales Tonfall wurde beinahe versöhnlich. »Ich bin darin übrigens besser weggekommen als du, Rupe. Ich wurde als der ›damals ermittelnde Detective, der nicht für einen Kommentar zur Verfügung stand‹ erwähnt. Über dich hat sich Van Durbin dagegen ganz schön ausgelassen. Man muss zwar ein bisschen zwischen den Zeilen lesen, aber dann sieht es so aus, als wäre er nicht besonders beeindruckt von dem, was du damals als Staatsanwalt für das

Travis County geleistet hast. Er hat geschrieben, du hättest die Frage nach einem Beweisstück, in diesem Fall ein Spitzenhöschen, nicht ›eindeutig‹ beantworten können. Das hat Van Durbin sehr gefallen.«

»Ich hab's gelesen.« Rupe nahm das provisorische Kühlpäckchen von der Nase, betrachtete angewidert die roten Blutflecken darauf und ließ es fallen. Es schlug klatschend auf dem Asphalt auf. Rupe senkte den Blick und nutzte die Gelegenheit, um den Blick unauffällig über den Parkplatz schweifen zu lassen.

»Hier ist niemand«, klärte Dale ihn auf. »Keiner wird dir zu Hilfe eilen. Selbst schuld, dass du so weit abseitsparkst. Wieso eigentlich? Hast du Angst, dass jemand mitkriegen könnte, wie du in oder aus dem Apartment der jungen Lady da oben verschwindest? Du solltest dir eine andere Liebeslaube für deine schmierigen Techtelmechtel suchen, Rupe, sonst wirst du ziemlich sicher irgendwann mit runtergelassenen Hosen erwischt. Wie alt ist die Kleine überhaupt? Achtzehn? Neunzehn, wenn man beide Augen zudrückt? Oder ist sie etwa noch minderjährig? Schäm dich, ein Mädchen zu vögeln, das noch nicht mal ein Bier kaufen darf. Du als Kirchenvorstand und so.«

Wenn Blicke töten könnten, wäre Dale in diesem Moment umgefallen. »Dein Kumpel Haymaker?«, fauchte Rupe ihn an. »Spitzelt der für dich?«

Dale ging gar nicht auf Rupes Frage ein, sondern machte sich stattdessen weiter über ihn lustig, einfach weil es ein so gutes Gefühl war. »Weiß deine Frau, dass du ein heißes junges Ding knallst? Aber wenn ich es recht überlege, stört sich die Missus vielleicht gar nicht daran. Vielleicht freut es sie, dass du ihn überhaupt noch hochkriegst.« Dale beugte sich vor und flüsterte: »Trotzdem solltest du lieber beten, dass Van Durbin nichts davon erfährt.«

Rupe schnaubte. »Der Typ schreibt für ein billiges Schmutzblatt, mit dem die Leute ihre Vogelkäfige auslegen. Na und? Wie könnte er mir schon schaden?«

»Dem ›Autokönig von Austin‹?«, meinte Dale spöttisch.

Rupe wischte ein paar Blutstropfen von seiner Nasenspitze und schüttelte sie sich von den Fingern. »Das war die Idee von diesem Werbefritzen.«

»Wie du meinst, Rupe. Wie du meinst. Du hast es jedenfalls richtig weit gebracht. Trotzdem könnte sich von einem Tag zum anderen alles in Luft auflösen.« Er schnippte vor Rupes geschundenem Gesicht mit dem Finger.

»Glaubst du etwa, ich fürchte mich vor Van Durbin?«

»Nein, aber du hast eine Scheißangst vor mir.« Dale rückte ihm auf den Leib. »Erst das Buch und jetzt Van Durbin haben eine Menge Staub aufgewirbelt, aber ich bin derjenige, der dafür sorgen könnte, dass du daran erstickst.«

»Du würdest genauso daran ersticken.«

»Nur habe ich nichts zu verlieren.«

Rupe stemmte beide Hände gegen Dales breite Brust und schubste ihn weg. Dale wich einen Schritt zurück, und Rupe musterte ihn und sein Auto verächtlich. »Das ist nicht zu übersehen.«

Dale überhörte die Provokation. »Du hingegen würdest ein erstklassiges Ziel abgeben. Du wärst das ideale Opfer für einen Medienkreuzzug.«

»Spar dir die Drohungen. Du würdest es nicht schaffen, mich zu Fall zu bringen.«

»Das sehe ich anders.«

»Du bist jetzt schon am Ende, du weißt es nur nicht«, sagte Rupe. »Schließlich wollte ich nur mit dir reden, weil ich dir erklären wollte, dass du dir dein eigenes Grab schaufelst und zwar deins allein, wenn du auf einmal sentimental wirst und Allen Strickland, dem Gesetz, dem Recht und dem amerikanischen System Gerechtigkeit widerfahren lassen willst.«

»Wenn der Fall Susan Lyston neu aufgerollt würde...«

»Siehst du, genau das meine ich. Du bist schon am Ende, bevor du überhaupt angefangen hast.« Er sah Dale an und schüttelte sorgenvoll den Kopf. »Glaubst du, ich hätte die Akte im Polizeiarchiv liegen lassen wie eine tickende Zeitbombe?« Er lachte bellend und zuckte sofort unter Schmerzen zusammen. »Nein, Dale. Diese Akte wurde ein paar Wochen nach Stricklands Verurteilung entsorgt.«

Dale ballte die Fäuste und knirschte mit den Zähnen. »In der Akte lagen auch meine Notizen zu dem Fall.«

»Und du hast dich so kooperativ gezeigt, sie mir komplett zu übergeben, als ich dich darum gebeten habe, Dale. Das weiß ich wirklich zu schätzen.«

Dale baute sich vor ihm auf. »Wo ist die Akte jetzt?«

»Ich habe sie nicht nur aus dem Police Department schmuggeln lassen. Ich habe persönlich das Streichholz daran gehalten, sie verbrennen sehen und dann die Asche in alle vier Winde verstreut. Wenn jemand sie aufspüren wollte, könnte er sich die beschissenen Augen aus dem Kopf suchen.«

Wieder ließ er den Blick an Dale auf und ab wandern und begann zu lachen. »Du hast dich vollkommen umsonst aus deinem Loch gewagt und so rausgeputzt. Tut mir leid, Dale.« Er hob die Hände, zuckte vielsagend mit den Achseln und nahm jene überhebliche Haltung ein, für die Dale ihn so hasste.

Aber Dale wusste, dass er nur abzuwarten brauchte. Er wartete ab. Und wartete ab.

Und als der Autokönig sein strahlendes Reklamelächeln aufleuchten ließ, rammte ihm Dale die Faust in die falschen Zähne und zerschmetterte sie mit eisernen Knöcheln und seit zwei Jahrzehnten aufgestauter Wut.

Rupe heulte auf, presste sich beide Hände vor den Mund und rutschte an der Autotür zu Boden.

Mit der Stiefelspitze schob Dale ihn vom Reifen weg, damit er ihn beim Wegfahren nicht überrollte. Dann baute er sich über Rupe auf und erklärte ihm: »Wenn du Haymaker noch mal unter Druck setzt, komme ich wieder und schneide dir mit einer stumpfen Nagelschere die Eier ab. Ich hatte mal einen Fall, wo ein Typ das mit einem Pokerfreund angestellt hat, der ihn bescheißen wollte. Der Typ hat drei Jahre bekommen. Aber sein Freund hat die Lektion nie vergessen.«

Während des Rückfluges nach Austin waren weder Bellamy noch Dent besonders gesprächig. Der Abschied von Steven hatte Bellamy zutiefst deprimiert, denn nun konnte sie nicht länger abstreiten, dass er sie absichtlich aus seinem Leben herausgetrennt hatte, während sie sich bis dahin eingeredet hatte, dass sie sich aufgrund der äußeren Umstände entfremdet hatten.

Aber ihre düstere Stimmung hing auch mit dem zusammen, was er ihr über Susan erzählt hatte. »Wie ist es möglich, dass ich mit beiden unter einem Dach gelebt und nichts davon mitbekommen habe?«

Dass sie die Frage laut ausgesprochen hatte, merkte sie erst, als Dent antwortete: »Du warst noch ein Kind. Vielleicht hast du gespürt, dass irgendwas zwischen den beiden schieflief, aber es nicht erkannt.«

»Ich dachte einfach, dass sie sich nicht besonders leiden könnten.«

Dent schwieg kurz und meinte dann: »Vielleicht hat er sich das nur ausgedacht.«

»Wieso sollte er bei so etwas lügen? Dazu ist das alles viel zu schmerzhaft und peinlich.«

»Würde er denn sonst lügen?«

Sie sah ihn an, ohne die Frage auszusprechen.

Er antwortete: »Steven hat dich direkt vor dem Sturm nicht

im Bootshaus gesehen. Aber du hast ihn dort auch nicht gesehen, oder?«

»Möglicherweise schon. Ich kann mich nicht erinnern.«

»Okay. Aber er hat uns erzählt, dass er zum Bootshaus gegangen sei, weil es dort Bier gab, dabei mochte er gar kein Bier. Kommt mir irgendwie komisch vor.«

»Du meinst, er sagt uns nicht ehrlich, wo er war, als Susan umgebracht wurde?«

Er zog die Schultern hoch. »Es wäre immerhin möglich. Schließlich hat er zugegeben, dass er ein Motiv hatte.«

»Du glaubst ihm also durchaus, dass Susan ihn sexuell unter Druck gesetzt hat?«

»O ja.«

Sie schwiegen beide. Schließlich sagte sie: »Sie war selbstsüchtig und eitel. Aber dass sie so grausam sein könnte, hätte ich nie gedacht.«

»Wirklich nicht?« Er klang ruhig und eindringlich. »Auf deiner Suche nach der Wahrheit könntest du noch mehr hässliche Überraschungen zutage fördern, Bellamy. Bist du sicher, dass du trotzdem weitersuchen willst?«

»Ich muss.«

»Nein, das musst du nicht.«

»Ich werde jetzt nicht aufhören, Dent.«

»Vielleicht solltest du es. Warum weitergehen, wenn da draußen noch mehr Minen liegen könnten?«

»Keine davon könnte so schlimm sein wie das Geheimnis, das wir heute aufgedeckt haben.«

Er sah sie lange an und drehte sich dann wortlos wieder nach vorn.

»Die anderen Jungs«, setzte sie stockend an. »Mit denen sie geprahlt hat...«

»Was soll mit denen sein?«

»Von denen wusstest du nichts?«

»O doch.« Er ließ den Kopf zurücksinken und schloss die Augen. »Aber die waren mir egal.«

Den Rest des Fluges legten sie in grüblerischem Schweigen zurück, und sie wechselten auch danach kein Wort, bis sie den Terminal in Austin-Bergstrom in Richtung Parkgarage verlassen hatten, wo er seine Corvette abgestellt hatte.

Bellamy bot ihm an, mit dem Taxi nach Hause zu fahren. »Wenn dir der Weg nach Georgetown zu weit ist.«

»Natürlich fahre ich dich nach Hause. Galls Flugplatz liegt praktisch auf dem Weg. Ich möchte nur kurz zwischendurch anhalten.«

Galls Pick-up war das einzige Fahrzeug auf dem Platz. Der Windsack hing schlaff in der spätabendlichen Hitze am Mast. Dent fuhr den Wagen in den Hangar, wo Gall, während er und Bellamy ausstiegen, auf sie zukam und sich dabei die ölverschmierten Finger an einem fadenscheinigen Lumpen abputzte.

»Wie geht es ihr?«, erkundigte sich Dent nach seinem Flugzeug.

»Es geht langsam vorwärts. Willst du sie dir ansehen?«

Dent ging ohne ein weiteres Wort los. Gall sah Bellamy an und nickte zu seinem Büro hin. »Da drin ist es kühler. Die Klimaanlage ist eingeschaltet. Passen Sie nur auf, dass das hintere Stuhlbein nicht abknickt, wenn Sie sich hinsetzen.«

»Danke.«

Sie ging ins Büro und ließ sich behutsam auf den Stuhl mit dem unzuverlässigen Bein sinken. Während sie Dent und Gall beobachtete, die sich draußen über seine Maschine unterhielten, zog sie ihr Handy aus der Umhängetasche.

Drei Anrufe von ihrem Agenten waren eingegangen, dazu zwei von der Presseleiterin des Verlages. Sie konnte sich gut vorstellen, was für einen Wirbel die neueste Ausgabe des

EyeSpy ausgelöst hatte. Wahrscheinlich war man im Verlag ganz begeistert über die zusätzliche Publicity.

Sie hatte die Ausgabe, die Dent ihr am Morgen überreicht hatte, noch nicht gelesen. Eine gewisse morbide Neugier, was Van Durbin wohl geschrieben hatte, spürte sie durchaus, und um sich gegen mögliche Unwahrheiten zur Wehr zu setzen, musste sie wissen, was er in seiner Kolumne behauptete, doch sie brachte es einfach nicht über sich, dieses Machwerk zu lesen. Nach dem Besuch bei Steven fühlte sie sich emotional ausgelaugt. Sie hatte nicht die geringste Lust, ihren Agenten oder den Verlag anzurufen, und tippte stattdessen Olivias Nummer ein. Eine Automatenstimme antwortete ihr. Sie hinterließ eine Nachricht auf der Mailbox. Es kam ihr immer noch wie ein Vertrauensmissbrauch vor, dass sie Steven besucht hatte, ohne seiner Mutter davon zu erzählen. Olivia machte keinen Hehl daraus, dass sie ihn schrecklich vermisste, und beklagte sich oft, ihn viel zu selten zu sehen.

Bellamy fragte sich – nun, sie fragte sich so manches. Aber manche Fragen konnte sie Olivia unmöglich stellen, ohne damit Stevens Vertrauen zu brechen. Sosehr es sie auch interessiert hätte, wie viel Olivia über sein Privatleben wusste, würde sie sich doch an den Pakt halten, den sie als Kind mit Steven geschlossen hatte und der sie zwang, alle einander anvertrauten Geheimnisse zu wahren.

Inzwischen hatten sich Gall und Dent einem anderen Flugzeug zugedreht, das ebenfalls im Hangar parkte. Gall winkte Dent hin. Dent schien kurz zu zögern, setzte sich dann aber in Bewegung.

Gall blieb kurz neben ihm stehen, ging dann weg und kam ohne Dent ins Büro. Leise lachend schob er sich hinter seinen Schreibtisch und setzte sich. »War mir klar, dass er da nicht widerstehen kann.«

»Ist das ein neues Flugzeug?«, fragte Bellamy.

»Hat noch keine fünfzig Stunden drauf.«

»Wem gehört es?«

Er sagte es ihr, und sie erkannte den Namen wieder. »Er sitzt im Senat von Texas, nicht wahr?«

»O ja. Und ihm gehört ein Drittel des Landes zwischen Fredericksburg und dem Rio Grande. Rinderzuchtgebiet.«

»Auf dem es auch Öl und Gas gibt, wenn ich mich nicht irre.«

Gall nickte. »Er hat Dent einen Job als Privatpilot angeboten, aber Dent ist zu stur und zu stolz, um ihn anzunehmen.«

Sie sah hinaus in den Hangar, wo Dent mit der Hand über die sanft geschwungene Tragfläche des Flugzeugs strich. Fast so, wie er gestern Abend über ihre geschwungene Hüfte gestrichen hatte, außen und innen an ihrer Pyjamahose. Seine Hand war dabei so wenig schüchtern gewesen wie sein Kuss, beide hatten sich nach Lust und Laune bedient.

Bei dem Gedanken daran begann ihr Gesicht zu glühen. Gefangen in einem Nebel erotischer Erinnerungen, bekam sie Galls Frage nur am Rande mit und musste ihn bitten, sie zu wiederholen.

»Ich wollte wissen, was Sie von ihm halten.«

Sie versuchte, Dent ganz objektiv zu sehen, und merkte, dass sie es nicht konnte. »Ich bin immer noch dabei, mir eine Meinung zu bilden.«

»Ihre Leute konnten ihn nicht besonders leiden.«

»Ich bin nicht meine Leute.«

Er hakte nicht weiter nach.

»Sie kennen ihn schon lange.«

»Allerdings.« Er warf die durchweichten Überreste seiner Zigarre in den Müll und wickelte eine frische aus.

»Zünden Sie die jemals an?«

Er zog zänkisch die Stirn in Falten. »Wo leben Sie denn? Rauchen schadet der Gesundheit. Der Junge hat mir damit so lange in den Ohren gelegen, dass ich schließlich tatsächlich aufhören musste, weil ich ihn sonst mit bloßen Händen erwürgt hätte.«

»Dent hat Ihnen Vorträge übers Rauchen gehalten, obwohl er selbst so unvorsichtig ist?«

Gall richtete den rheumatischen Blick auf sie. »Unvorsichtig? Na schön, in manchen Bereichen könnte er vielleicht mehr Vorsicht walten lassen.«

»Er fährt wie ein Irrer.«

»Er ist ein Geschwindigkeitsfanatiker. Und ab und zu trinkt er einen über den Durst und wacht im falschen Bett auf. Aber lassen Sie sich eines gesagt sein.« Er nahm die Zigarre zwischen Daumen und Zeigefinger und zielte damit auf sie. »Er ist der beste Pilot, der mir je über den Weg gelaufen ist.«

Sie sagte nichts dazu, was er als Einladung nahm, ausführlicher zu werden.

»Manche Leute nehmen Flugstunden und beherrschen irgendwann das Fliegen gut genug, dass das Flugzeug nicht abstürzt. Solange die Maschine okay ist und der Pilot keinen Mist baut, fliegt die Kiste. Man muss Hände und Füße einsetzen und was im Kopf haben oder wenigstens halbwegs bei Verstand sein, damit man keine dummen Fehler macht oder Risiken eingeht, die einen umbringen können. Aber selbst die klügsten Männer können lausige Piloten sein. Und wissen Sie, warum? Weil sie das Fliegen mit dem Kopf angehen. Ihnen fehlt der Instinkt.«

Er klatschte sich mit der flachen Hand auf den Overall. »Wirklich gute Piloten fliegen aus dem Gefühl raus. Sie haben es im Gespür. Sie können schon fliegen, bevor sie ihre erste Flugstunde nehmen. Klar, man muss eine Menge über das Wetter und die Instrumente pauken. Man kann vieles beigebracht bekommen, womit man seine natürlichen Fähigkeiten verbessern kann, aber für mich ist diese Gabe – und ich glaube, dass man damit geboren wird – das Entscheidende. Ich besitze sie nicht. Aber ich sehe es sofort, wenn jemand sie hat.«

Er nahm die Zigarre aus dem Mund, rollte sie zwischen den Fingern und studierte das abgekaute Ende. »Einmal durfte ich vor einer Air Base in New Mexico Chuck Yeager die Hand schütteln. Ich war noch ein Jungspund und ein Schmiermaxe, aber bei meinem Job liefen mir viele Flieger über den Weg, die später Astronauten oder was weiß ich wurden. Wirklich gute Piloten. Solche wie die, über die ich hier rede. Die mit ihrem Instinkt fliegen.«

Er senkte das Kinn und sah Bellamy unter den zottigen Brauen hervor an. »Aber ich würde nicht mal zehn von denen gegen einen Denton Carter tauschen.« Wie um seine Aussage zu unterstreichen, rammte er sich die Zigarre wieder in den Mundwinkel und verankerte sie zwischen seinen Zähnen.

Mit einem stillen Lächeln erklärte sie: »Ich werde Ihnen da nicht widersprechen.«

»Na ja«, grummelte er, »nur falls Sie es wollten.« Er sah an ihr vorbei. Sie drehte sich so weit um, dass sie ebenfalls in den Hangar blicken konnte, wo Dent das Flugzeug inspizierte. »Nur eine nackige Frau könnte ihn so in Bann schlagen«, bemerkte der Alte mit einem keckernden Lachen. »Als er die ersten Male hier rauskam, war er ein launischer kleiner Stänkerer, voller Zorn und Wut, der es allen beweisen wollte und sich mit jedem anlegte, der ihn nur schief ansah. Aber sobald er in der Nähe eines Flugzeugs war, verwandelte sich sein Gesicht. Es gibt ein Wort dafür. Äh... wie heißt das noch?«, fragte er und schnippte dabei mit den Fingern.

»Selig?«

»Genau. Er war einfach selig. Als würde er unter einem Kirchenfenster stehen, durch das die Sonne scheint. So sah Dent jedes Mal aus, wenn er ein Flugzeug am Himmel sah.«

»Er hat mir von dem ersten Flug mit Ihnen erzählt. Er meinte, er hätte sich Hals über Kopf ins Fliegen verliebt.«

Gall wandte den Blick von Dent ab und sah sie wieder an. »Das hat er erzählt?«

»Ziemlich genau so.«

»Was Sie nicht sagen. Hm.« Er legte den Kopf schief und sah sie neugierig an. »Soweit ich weiß, hat er das noch nie jemandem erzählt.«

Sie wog ab, ob es ratsam war, die nächste Frage zu stellen, kam aber zu dem Schluss, dass sie die Antwort nie erfahren würde, wenn sie sie nicht stellte. »Was passierte eigentlich bei diesem Beinaheabsturz? Ich glaube nicht, dass die Öffentlichkeit oder die Medien je die ganze Geschichte erfahren haben.«

»Was hat Dent Ihnen darüber erzählt?«

»Nichts. Er wechselt jedes Mal das Thema.«

»Also, dann werden Sie von mir auch nichts erfahren. Wenn er findet, dass Sie das was angeht, wird er es Ihnen schon erzählen.«

Ihr Handy läutete, sie las die Nummer vom Display ab und nahm das Gespräch an, ehe es zum zweiten Mal läuten konnte. »Olivia? Du hast meine Nachricht bekommen? Wie geht es Daddy?«

Um sie ungestört telefonieren zu lassen, verließ Gall das Büro und kehrte zu Dent in den Hangar zurück.

»Gib's zu, Meister, es ist ein süßes Kätzchen.«

»Eine ganz nette Maschine.«

Gall kommentierte die Untertreibung mit einem Schnauben. »Klar, und Marylin Monroe war irgendein blondes Mädchen.« Den Blick bewundernd auf das Flugzeug gerichtet, erklärte er: »Der Senator will dich um jeden Preis haben. Er findet, dass du von der Fluggesellschaft schäbig behandelt wurdest.«

»Was weiß er von...«

»Er will dir eine Chance geben, dich wieder...«

»Ich brauche niemandem was zu beweisen...«

»Jetzt halt mal den Mund und hör mir zu, in Ordnung? Er ist inzwischen bereit, sich mit zehn Prozent deiner Chartergebühren abzufinden, *und* er hat das angebotene Gehalt aufgestockt. Und zwar mächtig. Der Deal ist ein feuchter Traum. Der Mann lehnt sich mächtig weit aus dem Fenster, damit du zustimmst, und du wärst verrückt – hörst du mir überhaupt zu?«

Das hatte er, aber nur bis zu dem Moment, in dem Bellamy aus dem Büro getreten war. Er brauchte nur in ihr Gesicht zu sehen, um zu wissen, dass etwas Schlimmes passiert war.

Eilig kam sie auf sie zu. »Es geht um Daddy. Ich muss nach Houston. Kannst du mich sofort nach Hause fahren, damit ich meinen Wagen hole?«

Statt ihr zu antworten, nahm Dent sie am Arm und ging mit ihr auf seine Corvette zu. »Wir sind schneller da, wenn ich dich hinfahre.«

»Ich habe eine bessere Idee. Fliegt mit der hier runter.« Gall deutete auf das neue Flugzeug. »Er meint, ich sollte dich mal ins Cockpit lassen, um dir einen kleinen Vorgeschmack zu geben.«

»Ich bin nicht versichert.«

»Das hat er übernommen.«

»Ohne dass er je mit mir geflogen wäre? Oder mir auch nur begegnet wäre?«

»Zeigt nur, wie sehr er dir vertraut. Er hat sie hiergelassen, damit du sie fliegst. Sagt, sonst würde sie nur einrosten. Und die Lady hier hat einen Notfall.«

Dent drehte sich zu Bellamy um und legte die Hände auf ihre Schultern. »Das hängt allein von dir ab. Natürlich habe ich eine Lizenz, eine so große Maschine zu fliegen, aber ich habe noch nie in diesem Cockpit gesessen.«

Sie schüttelte sichtlich verwirrt den Kopf.

»Das ist so, als würde man zum ersten Mal hinter dem Steuer eines neuen Wagens sitzen«, erklärte er. »Man muss sich erst mit allem vertraut machen.«

»Wie lange dauert das?«

»Ein paar Stunden.«

»So lange kann ich nicht warten.«

»Oder ein paar Minuten.« Er drückte ihre Schultern und erklärte mit Nachdruck: »Ich kann das Ding fliegen, aber die Entscheidung liegt bei dir.«

Nicht einmal zwei Stunden später traten sie in das Wartezimmer der Intensivstation, wo Olivia mutterseelenallein auf einem Stuhl saß, ihre Ellbogen umklammert hielt und ins Leere starrte. Sobald sie Bellamy eintreten sah, sprang sie auf, blieb aber wie angewurzelt stehen, als Dent im Türrahmen erschien.

»Kommen wir zu spät?«, fragte Bellamy.

»Nein.« Olivia sackte auf ihren Stuhl zurück, als hätten ihr die Beine den Dienst versagt. »Aber er verliert immer wieder das Bewusstsein. Sie befürchten, dass er ins Koma fallen könnte. Darum habe ich dich angerufen. Vielleicht ist das deine letzte Gelegenheit, mit ihm zu sprechen.«

Bellamy eilte zu ihrer Stiefmutter und schloss sie in die Arme. Minutenlang hielten sie sich aneinander fest und weinten gemeinsam. Schließlich löste sich Bellamy von Olivia und tupfte sich mit einem Taschentuch das Gesicht ab. »Wann kann ich ihn sehen?«

»Der Arzt ist gerade bei ihm. Sie versuchen festzustellen, ob sie noch irgendwas für ihn tun können. Die Krankenschwester hat versprochen, mir Bescheid zu sagen, sobald wir wieder zu ihm können.«

Sie sah an Bellamy vorbei auf Dent, der in der Tür stehen geblieben war.

»Dent hat mich hergeflogen«, erklärte Bellamy. »Zum Glück konnten wir direkt nach unserem Gespräch losfliegen.«

Olivia dankte ihm höflich, aber kühl.

Er nahm ihren Dank mit einem Nicken entgegen und sagte dann: »Ich brauche einen Kaffee. Soll ich euch einen mitbringen?«

Beide schüttelten gleichzeitig den Kopf. Sobald er aus ihrem Blickfeld verschwunden war, sah Olivia Bellamy halb fassungslos und halb verärgert an.

Bellamy holte tief Luft und beschloss, dass sie nicht lange um den heißen Brei herumreden wollte. »Wir waren in den letzten Tagen viel zusammen und haben uns dabei besser kennengelernt. Ich erwarte nicht, dass du das verstehst.«

»Vielen Dank für dein Verständnis, denn ich verstehe das wirklich nicht. Absolut nicht.«

»Dann gesteh mir wenigstens zu, dass ich inzwischen erwachsen bin und mir selbst eine Meinung über meine Mitmenschen bilden kann.«

Sie war selbst überrascht, wie barsch ihre Entgegnung ausgefallen war. Zerknirscht griff sie nach Olivias Hand und nahm sie zwischen ihre Hände. »Ich kann verstehen, warum du und Daddy nicht begeistert wart, dass Susan ihn als Freund haben wollte. Er war anders als die Söhne der Menschen aus euren Kreisen. Er war ungeschliffen und respektlos.«

»Wir haben uns nicht nur an seinen schlechten Manieren gestört, Bellamy. Wir geben ihm auch teilweise die Schuld an dem, was Susan widerfahren ist.«

Ihn dafür verantwortlich zu machen war abwegig und unfair, aber statt einen Streit darüber anzuzetteln, entgegnete Bellamy diplomatischer: »Er hat die Sache auch nicht unbeschadet überstanden. Er ist nie darüber hinweggekommen, dass er damals unter Verdacht stand.« Sie verstummte kurz und ergänzte dann: »Genauso wenig wie Steven.«

13

Olivia zuckte zurück. »Steven?«

»Dent und ich haben ihn besucht.«

»In Atlanta?«

»Wir sind gestern Abend hingeflogen und haben heute mit ihm gesprochen.«

»Wie geht es ihm?«

»Er sieht fantastisch aus. Er ist ganz und gar in seinem Element. Das Restaurant ist ein einziger Traum, und selbst mittags waren alle Tische besetzt.«

Olivia sah ihr kurz suchend in die Augen und senkte den Blick dann auf die verschränkten Hände. »Habt ihr auch William kennengelernt?«

»Olivia.« Bellamy wartete ab, bis ihre Stiefmutter sie wieder ansah. »Warum erfahre ich als Letzte, dass Steven in einer festen und offenbar glücklichen Partnerschaft lebt?«

»Hast du ihn das gefragt?«

»Er hat mir geantwortet, er hätte alle Verbindungen zu seinem früheren Leben und damit auch zu mir gekappt.«

»Da hast du deine Antwort.«

»Aber das tut weh«, flüsterte Bellamy.

Olivia streichelte ihren Handrücken. »Ich weiß, es ist ein schwacher Trost, aber selbst mir hat er William erst vorgestellt, als die beiden schon über ein Jahr zusammen waren.«

»Und das hat dich nicht verletzt?«

»Natürlich, aber was blieb mir denn anderes übrig, als Stevens Wunsch zu respektieren und seine Privatsphäre zu wahren? Er hat mir schon vor Jahren erklärt, dass er Abstand zur Familie halten wollte.« Sie lächelte traurig. »Ich habe seinem Wunsch entsprochen, weil ich ihn liebe und weil ich nur zu gut weiß, was er durchgemacht hat.«

Ihre Miene wurde nachdenklich. »Er hatte keine glückliche Kindheit. Er musste zusehen, wie sein Vater allmählich an ALS zugrunde ging. Als er gerade mal in die Pubertät kam, heiratete ich Howard. Der kein besserer Stiefvater hätte sein können«, ergänzte sie eilig. »Trotzdem fiel es Steven schwer, sich in die neue Familie einzugewöhnen.«

Olivia hatte keine Ahnung, wie schwer.

»Mit dir kam er gut aus«, sagte sie. »Ihr beide habt euch vom ersten Moment an verstanden. Aber er und Susan passten vom Charakter her überhaupt nicht zueinander. Steven war introvertiert, Susan das genaue Gegenteil.« Wenn Olivia glaubte, dass die Probleme zwischen Steven und Susan nur auf Charakterunterschieden beruhten, dann hatte Steven ihr und Howard mit Sicherheit nichts von Susans sexuellen Übergriffen erzählt. Hätte er gewollt, dass die beiden Bescheid wussten, hätte er ihnen längst alles erzählt, darum würde Bellamy sein Geheimnis für sich behalten.

»Manchmal glaube ich...« Olivia verstummte, aber Bellamy forderte sie mit einem Nicken zum Weitersprechen auf. »Ich kann mir vorstellen, dass Steven sich ein bisschen verloren fühlte, als Howard und ich heirateten. Nachdem er mich jahrelang für sich allein gehabt hatte, musste er mich plötzlich mit einem anderen Mann teilen. Und meine Liebe zu Howard war so leidenschaftlich und so allumfassend, dass Steven sich damals womöglich ein bisschen zurückgesetzt fühlte.«

Sie tupfte ein paar Tränen von ihren Lidern und sprach mit rauer Stimme weiter: »Du weißt, dass Howard immer mein Traumprinz war. Mein strahlender Ritter. Ich habe meinen ersten Mann von ganzem Herzen geliebt, aber verglichen mit meinen Gefühlen für Howard war das, was ich für ihn empfand, nur ein schwacher Funke gegen ein loderndes Feuer. Schon bei unserer ersten Begegnung erschien mir dein Vater irgendwie überlebensgroß. Kannst du das verstehen?« Sie sah Bellamy an, als würde sie auf die Bestätigung einer anderen Frau hoffen.

Bellamy nickte. Als sie zwölf Jahre alt gewesen war, war ihr Dent ebenfalls überlebensgroß erschienen. Genau wie in ihren Tagträumen. »Ja. Ich weiß genau, was du meinst.«

»Die lange Krankheit meines ersten Mannes hatte uns finanziell ausgeblutet. Nach seinem Tod waren unsere Mittel fast aufgebraucht, aber zum Glück hatte ich noch meinen Job in der Buchhaltungsfirma. Ich war zwar kein Fall für die Wohlfahrt, aber wir mussten uns durchaus einschränken. Ich hielt mich mühsam als alleinerziehende arbeitende Mutter über Wasser. Und plötzlich kam Howard, dieser unglaublich wohlhabende, wichtige und einflussreiche Mann. Ich war bis über beide Ohren verliebt, aber ich fürchtete mich auch vor ihm.«

»Wieso das denn?«

»Ich wusste von Anfang an, dass er sich in mich verliebt hatte und dass er sein Leben mit mir teilen wollte. Das hat er mir schon bei unserem zweiten Date eröffnet. Und ich wollte ihn weiß Gott auch. Aber ich hatte Angst, dass ich womöglich seinen Erwartungen nicht gerecht würde. Und wenn er irgendwann glaubte, ich hätte ihn nur geheiratet, weil er mir Sicherheit und finanzielle Freiheit bot? Ich hätte ihn so oder so geliebt, ich wollte ihn um jeden Preis glücklich machen und wünschte mir nur, dass sein Leben mit mir so glücklich und ausgefüllt sein würde wie meines mit ihm.«

Bellamy drückte ihre Hand. »Das ist es. Daran gibt es nicht den geringsten Zweifel, Olivia. Du warst sein Leben. Und auch wenn es für mich als sein Kind fast schmerzlich ist, so wird er bei seinem letzten Atemzug bestimmt deinen Namen auf den Lippen haben.«

Schluchzend beugte Olivia sich vor und ließ die Stirn auf Bellamys Schulter sinken. Eine Weile streichelte Bellamy ihren Rücken und spendete ihr Trost, so gut es ging, nachdem Olivias Traumprinz sie verlassen würde.

Schließlich richtete Olivia sich wieder auf und wischte sich die Tränen aus den Augen. »Na schön, genug geweint. Wir sind vom Thema abgekommen. Warum habt ihr Steven ausgerechnet heute besucht?«

»Als ich meinen Roman schrieb, wollte er eigentlich nicht mit mir über damals reden. Wir haben als Erwachsene nie mehr darüber gesprochen. Ich wollte hören, wie er damals den Memorial Day erlebt hat.«

Die Wärme, die noch vor Sekunden zwischen ihr und Olivia geherrscht hatte, verflog. Olivia senkte den Kopf und strich mit den Fingerkuppen über ihre gefurchte Stirn. »Bellamy, Howard und ich haben nichts gesagt, als du dieses Buch geschrieben hast. Die Vorstellung war uns zwar unangenehm, aber wir hatten kein Recht, uns einzumischen. Aber diese... diese Besessenheit, die du inzwischen zeigst, verwirrt und verstört uns doch sehr. Verstört uns *zutiefst*, wenn ich ehrlich bin. Wir verstehen dich einfach nicht.« Sie hob den Kopf und sah Bellamy tief in die Augen. »Willst du die ganze Geschichte nicht endlich hinter dir lassen und alles vergessen?«

»Das kann ich nicht«, flüsterte Bellamy betroffen. Aber sie verschwieg ihrer Stiefmutter, dass sie unmöglich vergessen konnte, woran sie sich nicht erinnerte.

Mehr konnte sie auch gar nicht sagen, denn in diesem Augenblick trat eine Krankenschwester ins Wartezimmer. »Mrs Lyston, der Arzt wird gleich zu Ihnen kommen. Und Mr Lyston ist jetzt bei Bewusstsein, falls Sie zu ihm möchten.«

Olivia drückte aufmunternd Bellamys Arm. »Geh du, er

will bestimmt dich sehen.« Dann umklammerte sie noch einmal ihre Hand und ergänzte: »Aber versprich mir, ihn nicht aufzuregen, indem du mit ihm über Susans Tod sprichst.«

Bellamy war schockiert, wie ihr Vater in den vergangenen zwei Tagen abgemagert war. Seine Wangen und Augen waren eingesunken und verliehen seinem Gesicht etwas Totenkopfartiges. Obwohl ihm durch eine Kanüle Sauerstoff in die Nase zugeführt wurde, atmete er durch die fahlen, leicht geöffneten Lippen. Die Gestalt unter der dünnen Decke wirkte mitleiderregend schmächtig.

Sie trat an sein Bett und nahm seine zerbrechliche Hand. Auf ihre Berührung hin öffnete er flatternd die Lider. »Hi«, flüsterte sie.

»Na, meine Schöne. Was kochst du denn wieder aus?«

Es war ihre spezielle Begrüßung, die sie als kleines Mädchen jedes Mal zum Lachen gebracht hatte, vor allem wenn sie von einem sanften Pikser zwischen ihre Rippen begleitet wurde. Jetzt lächelte sie ihn unter Tränen an.

»Entschuldige, dass ich nicht aufstehe«, sagte er.

»Schon entschuldigt.« Sie beugte sich vor und küsste ihn auf die Wange.

»Setz dich.«

Darauf bedacht, keinen der Drähte und Schläuche abzuziehen, die unter der Bettdecke hervor zu den verschiedensten Geräten führten, ließ sie sich behutsam auf der Matratze nieder.

»Wo ist Olivia?«, fragte er.

»Sie will noch mit dem Arzt reden.«

»Er wird ihr nur sagen, dass sie sich endlich ins Unvermeidliche fügen und mich gehen lassen muss.« Seine Stimme klang brüchig vor Mitgefühl, und in seinen Augen glänzten Tränen. »Hilf ihr dabei, Bellamy.«

»Das weißt du doch.«

Er drückte ihre Hand fester. »Und du musst noch was für mich tun.«

»Mach dir keine Sorgen wegen der Firma. Die ist wie eine gut geölte Maschine, die praktisch von allein läuft. Trotzdem werde ich natürlich alles tun, was du von mir möchtest.«

»Es geht mir nicht um die Firma. Sondern um Susan.«

Bellamy warf einen Blick über die Schulter, als befürchtete sie, Olivia in der Tür stehen zu sehen, die sie an ihr Versprechen erinnern wollte. »Ich will nicht darüber sprechen, Daddy. Das nimmt dich zu sehr mit.«

»Dein Buch...«

»Hat euch sehr aufgeregt. Ich weiß. Das tut mir leid. Ich wollte bestimmt nicht...«

»Du hast Fragen aufgeworfen.«

Weil sie nicht wusste, worauf er hinauswollte, blieb sie stumm.

»War das beabsichtigt?«

»Nein«, erwiderte sie und atmete langsam aus. »Aber je länger ich schrieb, desto mehr Fragen taten sich auf. Wahrscheinlich lagen sie bis dahin in meinem Unterbewusstsein vergraben.«

»In meinem auch.«

»Wie bitte?«

»Auch ich habe mich mit Fragen gequält.«

Sie stutzte. »Was für welchen?«

»Hauptsächlich frage ich mich das Gleiche wie dieser Schreiberling. Allen Strickland wurde für den Mord an Susan verurteilt. Aber hat er ihn auch begangen? Ich will nicht mit dieser Ungewissheit sterben, Bellamy.«

»Wie kommst du darauf, dass er unschuldig gewesen sein könnte?«

»Vielleicht war er ja schuldig. Aber ich will die Ewigkeit nicht mit einem *Vielleicht* verbringen. Ich will *Gewissheit*.«

Seit ihrem Besuch bei Steven hatte sie das Gefühl, dass sie sich glücklich schätzen konnte, als Kind nicht alles mitbekommen zu haben, was sich um sie herum abspielte. Außerdem war ihr mittlerweile bewusst, dass sie *Kalter Kuss* aus einem sehr naiven Blickwinkel geschrieben hatte.

An jenem Memorial Day hatten starke unterschwellige Strömungen geherrscht, ein Sog, den sie als Zwölfjährige nicht gespürt hatte. Selbst wenn sie ihn erahnt hätte, wäre sie nicht reif genug gewesen, um ihn zu identifizieren und zu verstehen.

Dent hatte sie gewarnt, dass die Wahrheiten, die sie noch ans Licht zerren würde, hässliche Dinge oder unbekannte Sprengsätze bergen und noch schlimmer sein könnten als das, was sie über Steven und Susan erfahren hatte. Inzwischen glaubte sie beinahe, dass sie am ehesten inneren Frieden finden würde, wenn sie die Vergangenheit einfach ruhen ließ.

Und ausgerechnet jetzt bat ihr Vater sie weiterzubohren. Wie konnte sie sich weigern, ihm diesen letzten Wunsch zu erfüllen – oder es wenigstens zu versuchen? Seine Bitte verstärkte ihre Entschlossenheit, jeden Stein umzudrehen, auch wenn sie damit abscheuliche Dinge ans Tageslicht bringen würde.

»Ich will es auch endlich wissen. Nachdem ich das Buch geschrieben habe, genauer gesagt erst vor Kurzem, sind einige Dinge ans Licht gekommen, die ich bis dahin nicht wusste.«

»Zum Beispiel?«

»Dass sich Susan nicht nur mit Dent Carter, sondern auch mit anderen Jungen traf.«

»Hast du mit ihm gesprochen?«

»Unter anderem.«

»Und du vertraust ihm?«

»Er hat mir keinen Grund gegeben, ihm nicht zu vertrauen.«

»Natürlich nicht, oder? Hat er dich schon umworben?«

Sie senkte den Blick.

Er deutete das ganz richtig und verzog das Gesicht. »Du solltest dich fragen, warum er plötzlich so anhänglich ist, Bellamy.«

»Was glaubst du denn?«

»Dass er uns gegeneinander ausspielen will. Und gäbe es eine schönere Rache für ihn, als mit dir ins Bett zu gehen?« Als würde ihm schon die Vorstellung Kummer bereiten, schloss er seufzend die Augen. Erst nach einigen Sekunden schlug er sie wieder auf. »Sprich mit dem Detective.«

»Dale Moody?«

»Fang mit ihm an. Ich habe ihn während der Verhandlung gegen Strickland beobachtet. Er wirkte bedrückt. Finde heraus, warum.« Er drückte wieder ihre Hand. »Würdest du das für mich tun?«

Sie gab das einzige Versprechen, das sie guten Gewissens geben konnte. »Ich werde mein Bestes versuchen.«

»Wie seit jeher.« Er legte die Hand an ihre Wange. Seine Finger sahen aus wie mit Pergament überzogen und fühlten sich auch so an. »Du wolltest es immer allen recht machen. Du wolltest, dass alle glücklich sind. Ich glaube, du hast sogar einen Mann geheiratet, den du nicht liebtest, nur weil du wusstest, dass Olivia und ich ihn gern an deiner Seite gesehen hätten.«

»Schnee von gestern, Daddy.«

»Lass mich nicht so schnell vom Haken. Ich habe mir weit weniger Gedanken über dein Glück gemacht als über meines. Nach der Tragödie um Susan standest du oft im Schatten, weil Olivia und ich so mit der Verhandlung gegen Strickland beschäftigt waren. Und dann waren wir so damit beschäftigt, unser Leben wieder in den Griff zu bekommen, dass wir nur noch Augen für das große Ganze hatten und kaum mehr darauf achteten, was sich vor unseren Augen abspielte.«

»Daddy, ich habe mich *nie* überfahren oder vernachlässigt gefühlt. Ehrenwort. Ich war ein schüchternes Kind. Ich wollte auf keinen Fall im Mittelpunkt stehen.« Sie tätschelte seine Hand. »Du warst immer da, wenn ich dich brauchte, und ich wusste immer, dass du mich liebst.«

Am liebsten hätte sie sich über ihn geworfen, sich an ihm festgeklammert und ihn angefleht, sie nicht zu verlassen. Nach seinem Tod hätte sie keinen einzigen Blutsverwandten mehr, und das machte diesen Abschied noch trostloser und schrecklich unwiderruflich.

Aber sie würde sein Leid nicht noch verschlimmern, indem sie ihre kindischen Ängste und Sorgen zur Schau stellte. Schließlich hatte er es sich nicht ausgesucht zu sterben. Er wollte weder sie noch Olivia noch das Leben aufgeben. Am besten konnte sie ihre Liebe zu ihm beweisen, indem sie ihm den Abschied so friedlich wie nur möglich gestaltete.

»Wenn ich das mache«, erklärte sie ihm leise, »kann ich nicht bei dir bleiben.«

»Ich hätte dich gern an meiner Seite. Aber es ist mir noch wichtiger, dass du herausfindest, ob sie damals den Richtigen verurteilt haben, und viel Zeit bleibt dir nicht.«

Wie zur Bekräftigung küsste sie ihn noch mal auf die Stirn. »Ich verstehe dich, Daddy. Du willst deinen Frieden machen. Du musst das wissen.«

Er zog sie kurz zu sich her und flüsterte ihr zu: »Genau wie du.«

Dent nahm einen Bissen von seinem Chili-Käse-Omelette und spülte ihn mit einem Schluck Kaffee hinunter. »Verrätst du es mir irgendwann oder nicht?«

Bellamy saß ihm gegenüber, zupfte an der Papierserviette auf ihrem Schoß herum und schob mit der Gabel das Gericht auf ihrem Teller hin und her, ohne einen Bissen zu nehmen.

Das ganze Essen hindurch hatte sie ihm praktisch nicht in die Augen gesehen, und die Atmosphäre in der Sitznische des Restaurants wurde mit jeder Sekunde angespannter. Er wollte dem nicht länger stumm zusehen.

»Was denn?«

»Warum du mich mit Schweigen strafst. Auf dem Rückflug hast du kaum drei Worte mit mir gewechselt.«

»Das Headset hat gedrückt.«

»Auf dem Hinflug scheint dich das nicht gestört zu haben.«

»Jedenfalls hat es auf dem Rückflug auf meine Ohren gedrückt. Außerdem wollte ich dich nicht ablenken. Das Cockpit ist neu für dich, schon vergessen?«

»Danke. Ich weiß deine Hilfsbereitschaft zu schätzen. Aber auch nach der Landung, genau gesagt seit unserer Abfahrt aus dem Krankenhaus in Houston, warst du bemerkenswert wortkarg. Natürlich bin ich nur dein Mietpilot.« Mit der Bemerkung zwang er sie endlich, ihn anzusehen.

»Was soll das heißen?«

»Sag du es mir.«

»Du hast mir selbst angeboten, mich nach Houston zu fliegen, Dent.«

»O nein. Gall hat mich angeboten.«

»Du hättest ablehnen können.«

»Habe ich aber nicht. Weshalb sich die Frage aufdrängt, warum du mich seit deinem Krankenbesuch wie einen Aussätzigen behandelst.«

Ihr Gesicht lief knallrosa an, was ihm verriet, dass sie genau wusste, warum er eingeschnappt war. Sie hatte verletzt und elend ausgesehen, als sie aus der Intensivstation zurückgekehrt war, und war direkt auf ihn zugegangen, als er sich von der Wand im Gang abgestoßen hatte, wo er auf sie gewartet hatte.

Instinktiv hatte er sie in die Arme geschlossen, um sie tröstend an seine Brust zu ziehen, aber sobald er sie berührt hatte, hatte sie sich unter seinen Händen in einen Holzklotz verwandelt. Er hatte die Arme sinken lassen, und sie hatte sich von ihm abgewandt, um zu Olivia zu gehen, die ein paar Schritte entfernt lautlos in ihr Taschentuch weinte. Seit Bellamy die Intensivstation verlassen hatte, hielt sie Abstand zu ihm.

Nicht dass es ihm etwas ausmachte. Trotzdem ärgerte es ihn, vor allem weil sie sich gestern Abend so an ihn geschmiegt und ihn dann mit seinem Verlangen allein gelassen hatte. Und weil er es immer noch spürte. Dieses Verlangen.

»Wenn ich mich nicht an deine Brust geworfen habe«, bemerkte sie scharf, »dann vielleicht, weil mich andere Dinge beschäftigen. Zum Beispiel, dass dies vielleicht das letzte Mal war, dass ich meinen Dad lebend gesehen habe. So was nimmt einen ziemlich mit.«

Jetzt kam er sich vor wie der letzte Arsch, weil er sie absichtlich provoziert hatte. Nett zu sein war ganz schön anstrengend, und offenbar hatte er noch einen langen Weg vor sich, bis er es richtig hinbekam. »Angesichts der Situation war es kleinlich von mir, sich zu beschweren. Bitte entschuldige.«

Sie machte eine abwehrende Schulterbewegung.

»War es ein schwerer Abschied für euch beide?«

Sie nickte.

»Warum habt ihr euch dann verabschiedet?«

»Wie bitte?«

»Warum bist du wieder gefahren, während er mit dem Tod ringt? Ich dachte eigentlich, ich würde allein zurückfliegen, und du würdest in Houston bleiben, damit du bei ihm sein kannst, wenn er stirbt. Warum hattest du es so eilig, noch heute Abend nach Austin zurückzufliegen?«

Sie pickte ein Pommes frites auf und legte es ungegessen auf den Teller zurück. »Es war ein ziemlich ernüchterndes Gespräch.«

Er sah sie auffordernd an.

»Über private Dinge.«

»Hm.« Aber er fixierte sie weiter mit seinem Blick.

Schließlich bekannte sie: »Er hat mir geraten, dir nicht zu trauen.«

So viel zu seinen Anstrengungen, nett zu sein. Er ließ seinen Zorn an einem Würstchenstück aus und spießte es gnadenlos mit der Gabel auf. »Howard Lystons letzte Worte, und sie betreffen mich. Ich fühle mich geschmeichelt.«

»Sie betrafen nicht nur dich. Er hat mich um etwas gebeten.«

»Ihm einen Totenanzug auszusuchen?«

Sie sah ihn finster an.

»Es muss was Dringendes sein, sonst wärst du geblieben.«

Sie kochte ein paar Sekunden vor sich hin, dann drehte sie den Kopf zur Seite und schaute aus dem Fenster auf den Parkplatz vor dem Restaurant. Schließlich wandte sie sich Dent wieder zu und sagte: »Daddy will vor seinem Tod wissen, ob Allen Strickland tatsächlich Susan umgebracht hat.«

Sie sah seine ungläubige Miene und meinte: »Ja, du hast richtig gehört.« Dann schilderte sie ihm die Unterhaltung mit ihrem Vater.

Als sie fertig war, runzelte Dent die Stirn. »Er hat all die Jahre an Stricklands Schuld gezweifelt?«

»Sieht ganz danach aus.«

»Und er bringt das jetzt zur Sprache? *Jetzt.* Wo er auf dem Sterbebett liegt? O Mann.« Ehrlich gesagt fand er es niederträchtig von Bellamys Vater, ihr ausgerechnet jetzt diese Last aufzuladen, aber er formulierte seine Meinung um, bevor er sie äußerte. »Das ist ein anspruchsvoller letzter Wunsch. Das ist ihm doch klar, oder?«

»Er sagte, ich müsste ebenfalls die Wahrheit erfahren. Wenn man es recht bedenkt, hat er mich im Grunde nur um etwas gebeten, was ich ohnehin schon tue.«

Ja, trotzdem war es eine Sache, den eigenen Ansprüchen nicht gerecht zu werden. Den Ansprüchen ihres sterbenden Vaters nicht gerecht zu werden war etwas ganz anderes. Dent behielt diesen Gedanken allerdings für sich, denn er war überzeugt, dass er Bellamy längst gekommen war. Das würde auch erklären, warum sie aussah, als wäre sie mit der Kette ausgepeitscht worden, mit der sie jetzt die Last der Welt hinter sich her schleifte.

Er versuchte, seine Wut auf Howard Lyston mit einem Schluck Eiswasser hinunterzuspülen. »Okay, was willst du als Nächstes unternehmen?«

Müde strich sie eine Haarsträhne aus ihrem Gesicht. »Daddy meinte, ich sollte mit Dale Moody sprechen.«

»Ich kann kaum glauben, dass wir tatsächlich mal einer Meinung sind, aber Moody ist eine gute Wahl.«

»Erst muss ich ihn aufspüren. Ich wollte ihn schon für mein Buch interviewen. Damals war er nicht ausfindig zu machen.«

»Ich werde dir helfen.«

Sie sah ihn verlegen an. »Dent, ich kann dich nicht immerzu bitten...«

»Du hast mich um nichts gebeten.« Seine Augen wurden schmal. »Ach nein, warte. Ich bin ja nicht vertrauenswürdig.«

»Ich sehe das anders.«

»Ach ja? Warum siehst du mich dann immer an, als würdest du versuchen, hinter eine Maske zu blicken?«

»Ich weiß, dass du dich rehabilitieren willst.«

Er wartete ab und beugte sich, als sie nichts weiter sagte, vor. »Aber?«

»Aber ist das das einzige Motiv für dich, in meiner Nähe zu bleiben?«

»Was sagt denn Daddy dazu? Du hörst doch auf ihn und gibst so viel auf seine Meinung. Was meint er dazu, dass ich ständig mit dir abhänge?«

»Dazu hat er nichts gesagt.«

»Du lügst. Was hat er dir geraten?«

»Nichts.«

»Na sicher.« Er versuchte, sie weiter mit seinem Blick zu einer Antwort zu zwingen, aber ihre Lippen blieben verschlossen. »Wie du meinst«, sagte er. »Ganz im Ernst, es ist mir völlig egal, was dein Daddy von mir hält. Aber ich will ehrlich zu dir sein, was mein kleines Rendezvous mit Moody angeht: Ich habe noch eine Rechnung mit ihm offen.«

»Soll mich das beruhigen? Du kannst doch nicht ...«

»Entspann dich. Ich werde ihm nichts tun.« Nach einer kurzen Pause schränkte er ein: »Wahrscheinlich.« Dann deutete er auf ihren Teller. »Bist du fertig?« Als sie nickte, rutschte er aus seiner Bank.

Sie entschuldigte sich, weil sie noch einmal auf die Toilette wollte. Er sagte, dass er währenddessen zahlen und den Wagen holen würde.

Die schwüle, stickige Nachtluft draußen trug nicht dazu bei, seine Laune zu heben. Anders als er behauptet hatte, beschäftigte es ihn durchaus, was ihr alter Herr über ihn gesagt hatte. Nicht dass er einen feuchten Dreck auf die Meinung von Howard Lyston gegeben hätte, aber Bellamys war ihm inzwischen wichtig geworden. Seit dem Besuch bei ihrem Vater verhielt sie sich reserviert und abweisend ihm gegenüber, woraus er schloss, dass der alte Lyston etwas über ihn gesagt hatte, was bei ihr alle Alarmglocken zum Schrillen gebracht hatte.

Übellaunig marschierte er über den Parkplatz, der zu dieser späten Stunde nur zu einem Viertel gefüllt war. Er zog den Autoschlüssel aus der Hosentasche und war schon fast an seinem Wagen angekommen, als er eine Verlagerung in der dampfigen Luft, eine plötzliche Bewegung in seinem Rücken spürte.

Noch bevor er sich wirklich darüber klar geworden war, wurde seine Brust brutal gegen die Seite seiner Corvette geschleudert. Eine kräftige Hand umschloss seinen Hinterkopf und knallte sein Gesicht so fest auf das Autodach, dass die Haut aufplatzte.

Heißer Atem wehte ihm ins Ohr. »Da hast du dir ja eine richtige Luxusmuschi geangelt, stimmt's, du Bruchpilot? Zu schade, dass sie sterben muss.«

Dent versuchte, den Kopf zu heben und seinen Angreifer irgendwie aus der Balance zu bringen, aber der stand fest wie ein Fels hinter ihm. Und gerade als Dent die Situation erfasst und begriffen hatte, dass er ein ernstes Problem hatte, spürte er unten an seinem Rückgrat die Spitze einer scharfen Klinge. Sofort hörte er auf, sich zu wehren.

»Klug von dir. Das sind zwanzig Zentimeter doppelt geschliffener, rasierklingenscharfer Stahl. Vielleicht hörst du noch ein Knacken, wenn er dein Rückenmark durchdringt. Und das ist wahrscheinlich das Letzte, was du hörst.«

»Was wollen Sie?«, fragte Dent, um sich Zeit zu erkaufen, bis er überlegt hatte, wie er sich aus der Umklammerung des Mannes befreien könnte.

»Ist sie gut? Feucht und eng?« Der Unbekannte beugte sich vor und leckte Dent vom Kinn bis zur Braue über die Wange. »Bei diesen reichen Schlampen weiß man nie, hab ich recht? Ich weiß nur eines, ihr Tod wird verdammt blutig.«

Befeuert von heißer Wut und Ekel, keilte Dent nach hinten aus und knallte den Stiefelabsatz gegen die Kniescheibe des Angreifers. Der taumelte grunzend einen Schritt zurück. Dent nutzte seine Chance. Er wirbelte herum, rammte dem Mann den Ellbogen ins Gesicht und dann die Faust in seinen Unterleib. Allerdings hatte er das Gefühl, in eine tote Rinderhälfte zu schlagen und den Mann dadurch nur noch mehr in Rage zu bringen, der auch prompt zustach.

Im letzten Moment drehte sich Dent weg, um nicht aufgespießt zu werden. Dafür schnitt die Klinge in einem weiten Bogen unten durch seinen Rücken. Instinktiv griff er nach hinten. Das Messer bohrte sich in seinen Handrücken und schrammte an den Handknochen entlang.

»Dent!«

Er hörte Bellamy rufen und sah, wie sie auf ihn zugerannt kam. »Nein!« schrie er. »Bleib weg!«

Sie kam trotzdem angelaufen, und so stieß er sie brutal zu Boden, sobald sie ihn erreicht hatte. »Er hat ein Messer.«

»Er ist weg.« Sie rappelte sich wieder auf und sah ihn entsetzt an. »Du blutest!«

»Hey! Was ist da los?«

»Ich hab's gesehen. Dieses Arschloch hat die Frau umgeschubst.«

Immer mehr Gäste kamen, von dem Tumult angelockt, aus dem Restaurant gelaufen. Dent sah sich um, doch der Angreifer war wie vom Erdboden verschluckt. »Lass uns bloß von hier verschwinden«, presste er zwischen zusammengebissenen Zähnen hervor.

Gott sei Dank. Sie reagierte nicht typisch weiblich. Sie stellte keine Fragen, verlangte keine Erklärung, begann nicht zu weinen oder zu kreischen oder ihm Vorhaltungen zu machen, dass er sie in diese Lage gebracht hatte. Nein, Bellamy legte einfach den Arm um seine blutige Taille und führte ihn zur Beifahrerseite der Corvette. Dort zog sie die Tür auf und half ihm in den Sitz.

Sie nahm ihm den Zündschlüssel ab, knallte die Tür zu und lief um die Motorhaube herum. Den zu Hilfe eilenden Restaurantgästen rief sie zu: »Alles okay. Es war nur ein Missverständnis. Sonst nichts.« Dann setzte sie sich hinters Steuer und ließ den Motor an.

»Kannst du einen Sportwagen fahren?«

Statt einer Antwort raste sie vom Parkplatz und hatte, bis sie den Wagen heckschwänzelnd in den fließenden Verkehr einfädelte, bereits den dritten Gang eingelegt.

»Hast du ihn gesehen?«, fragte Dent.

»Nur als flüchtenden Schatten. Wollte er dich ausrauben?«

»Nein.« Er verdrehte den Hals, um aus dem Heckfenster zu schauen. »Kannst du sehen, ob uns ein Pick-up folgt?«

Sie warf einen Blick in den Rückspiegel. »Keine Ahnung. Ich sehe nur Scheinwerfer. Glaubst du denn, dass er uns verfolgt?«

»Keine Ahnung. Fahr ein paarmal im Kreis.«

»Erst bringe ich dich ins Krankenhaus.«

»Nein.«

Ihr Kopf fuhr herum. »Aber du blutest. Heftig.«

»Ja, und ich versaue damit meine Lederpolster. Was ist mit dir?«

»Mir ist nichts passiert.«

»Ich hab dich umgestoßen. Ich wollte...«

»Ich weiß. Du wolltest mich vor ihm beschützen. Ich habe mir die Hände aufgeschürft, aber sonst bin ich unverletzt. Im Gegensatz zu dir.«

Dent riss die Knöpfe seines Hemdes auf und wischte sich mit dem Zipfel über das immer noch speichelnasse Gesicht.

»Wohin sollen wir fahren?«, fragte Bellamy.

»Fahr erst mal einfach weiter.«

Was sie auch tat. Konzentriert und überraschend geschickt fädelte sie den Wagen durch den Verkehr, ohne dabei so dicht aufzufahren, dass ein Verkehrspolizist auf sie aufmerksam geworden wäre. Nach zehn Minuten und nachdem sie unterwegs von einem Freeway auf einen anderen gewechselt hatten, schoss sie über zwei Spuren hinweg in eine Ausfahrt, und als sie den Wagen am Ende der Rampe mit quietschenden Reifen zum Stehen brachte, war außer ihrem kein Auto zu sehen.

Die Hände fest um das Lenkrad gekrallt, sah sie ihn von der Seite an. Die unausgesprochene Frage in ihrem Blick war unmissverständlich.

»Ich glaube, ich habe eben Bekanntschaft mit unserem Hinterwäldler-Freund mit dem verrosteten Pick-up gemacht.«

Ray war außer sich vor Wut.

In seinen Ohren kreischte es wie eine Kreissäge. Vielleicht war es das Blut, das er durch seine Adern rasen hörte. Sein Herz pumpte wie rasend vor Zorn und Frust.

Um ein Haar hätte er Dent Carters Bauch aufgeschlitzt. *Um ein Haar.* Dass dieser glücksverwöhnte Mistkerl um Haaresbreite entkommen war, hatte er nur ihr und ihrem Aufschrei zu verdanken, mit dem sie die Gäste im Restaurant auf sich aufmerksam gemacht hatte.

Carter hatte zwar geblutet, aber nicht so stark, dass es ihn umgebracht hätte. Ray hätte ihn erledigen können. Aber er hatte mit der Rache für seinen Bruder nicht so lange gewartet, um im letzten Moment alles zu verpatzen.

Also war er lieber abgetaucht, bevor ihn noch jemand zu sehen bekam. Er war die zwei Blocks zu seinem Pick-up gerannt und dann so schnell wie möglich aus der Gegend verschwunden. Nicht aus Feigheit, wohlgemerkt, sondern als Vorsichtsmaßnahme.

»Du musst wissen, wann du angeln kannst und wann du Köder suchen musst«, hatte Allen ihm erklärt.

Aber die Nacht hatte trotzdem etwas gebracht. Er hatte einen ersten Treffer gelandet. Er hatte den beiden eine Menge zum Nachdenken gegeben, und das war ein gutes Gefühl. Jetzt hatten sie garantiert Schiss bekommen. Ihm gefiel die Vorstellung, wie sie sich den Kopf darüber zerbrachen, wer er wohl war, und wie sie ab jetzt in Angst lebten, wann er wieder zuschlagen würde.

Wochenlang hatte er sich an ihre Fährte geheftet wie ein menschlicher Bluthund. Schließlich hatte er es sattgehabt und beschlossen, bei nächster Gelegenheit zuzuschlagen. Doch dann hatte er sie aus den Augen verloren. Den ganzen Tag war er zwischen ihrem Haus und dem von Dent Carter hin und her gefahren, ohne dass die zwei wieder aufgetaucht wären.

Aber früher oder später kreuzte Carter immer an diesem beknackten Flugplatz auf, und so hatte Ray bei Anbruch der Dunkelheit seinen Pick-up an einer versteckten Stelle positioniert und die Straße zum Flugplatz im Auge behalten.

War er nicht schlau? Denn tatsächlich war gegen zehn Uhr abends die rote Corvette den Highway entlang gerast. In sicherem Abstand war er ihr zu dem Restaurant gefolgt. Durch die großen Scheiben hatte er den beiden beim Essen zugesehen. Und als Dent vierzig Minuten später allein auf dem Parkplatz aufgetaucht war, hatte Ray sein Glück kaum fassen können und die Gelegenheit beim Schopf gepackt.

Nein, tot war Carter noch nicht. Aber Ray hatte die Botschaft rübergebracht. Von heute Abend an galten nicht nur neue Spielregeln. Sie spielten ein ganz neues Spiel.

14

»Es ist eine Bruchbude.«
Dent trat vor Bellamy in sein Apartment, schaltete die Deckenbeleuchtung ein und ging sofort zum Bett, um die Tagesdecke über die verhedderten Laken und Kissen zu ziehen.

Zwei Kissen, hatte sie gesehen. Jedes mit dem Abdruck eines Hinterkopfes.

»Ich dusche mir erst mal das Blut ab, damit wir wissen, woran wir sind. Fühl dich wie zu Hause.« Er nahm eine Unterhose aus einer Kommodenschublade, verschwand ins Bad und zog die Tür hinter sich zu.

Auf der Fahrt hierher hatten sie bei einem Supermarkt haltgemacht. Es hatte nur eine bescheidene Auswahl an Verbandsmaterial gegeben, trotzdem hatte sie von allem eine Packung gekauft, schließlich wusste sie nicht, was sie brauchen würde, um seine Wunden zu versorgen.

Jetzt stellte sie die Einkaufstüte auf den Esstisch in der Kochnische, setzte sich auf einen der beiden Stühle und sah sich um. Er hatte nicht übertrieben.

Das Apartment war tatsächlich eine Bruchbude. Es bestand nur aus einem großen Raum, dessen einzelne Bereiche durch unterschiedliche Bodenbeläge abgesetzt waren. Im Schlafbereich lag ein andersfarbiger Teppichboden als im Wohnbereich. Die Kochnische war mit PVC-Fliesen ausgelegt. Nur das Bad war durch eine Tür abgetrennt.

Abgesehen von dem ungemachten Bett war es mehr oder weniger aufgeräumt. Aber die spärliche Einrichtung bestand aus billigen Möbeln mit Kratzern im Lack und fadenscheinigen Polsterbezügen. Der Hahn in der Küche tropfte mit einem lauten, regelmäßigen *Ploink,* und die Stoffbahnen, die als Vorhänge herhalten mussten, hingen schlaff an den verbogenen Stangen. Kein einziges Bild schmückte die Wände. Es gab keine Bücher und nicht einmal ein Regal, um Bücher oder Souvenirs aufzubewahren.

Es war ein trauriger Anblick, der von einem einsamen Leben kündete.

Noch trauriger war allerdings, dass sich seine Behausung allein in der Qualität der Möbel von ihrem Luxusapartment in New York unterschied. Ihre hatte sie von einem Innenarchitekten auswählen lassen und teuer bezahlt. Alles in ihrem Apartment wirkte gefällig und geschmackvoll.

Aber nichts davon war mit Erinnerungen oder persönlichen Gefühlen verbunden. In ihrer Wohnung hätte irgendwer leben können. Es war kein Heim. Die Einrichtung hatte nicht mehr Charakter als der Stuhl in Dents schäbiger Kochecke.

Der Vergleich stimmte sie noch deprimierter.

Nur in die Boxershorts gekleidet, die er vorhin mitgenommen hatte, trat er aus dem Bad. Mit einem Handtuch trocknete er sich die nassen Haare ab, ein zweites hatte er auf den Rücken gepresst. Die Haut in seinem Gesicht war an zwei Stellen aufgeplatzt. Er hatte die Schnitte einfach offen gelassen. Dagegen hatte er die verletzte Hand mit einem nassen Tuch umwickelt.

»Wie lange wohnst du schon hier?«, fragte sie.

»Ungefähr zwei Jahre. Seit ich mein Haus verkaufen musste. Als ich bei der Fluglinie aufgehört habe, konnte ich mir meinen früheren Lebensstandard nicht mehr leisten. Und die Immobilienpreise waren damals im Keller. Ich hab bei dem Verkauf draufgezahlt, aber ich hatte keine andere Wahl.«

»Ersparnisse?«

»Die gingen komplett für die Anzahlung meines Flugzeugs drauf.«

Er tupfte mit dem Handtuch, mit dem er sich die Haare getrocknet hatte, das Blut von der Platzwunde knapp unter seinem rechten Auge. »Ich hoffe, du kippst nicht um, wenn du Blut sehen musst. Der Kerl hat mich in ein Sieb verwandelt.«

»Wir hätten die Polizei rufen sollen.«

»Dann wären wir morgen auf dem Titelblatt des *Statesman* gelandet. Die Zeugen haben beobachtet, wie ich dich zu Boden gestoßen habe. Wahrscheinlich wäre ich verhaftet und verhört worden, und bis alles aufgeklärt worden wäre, hätten wir zwei garantiert schon Schlagzeilen gemacht.«

Natürlich hatte er recht, und darum hatte sie sich auch überreden lassen, ihn nicht in die Notaufnahme zu fahren. Ihr Vater lag im Sterben; Olivia hielt sich wacker, aber nur mit letzter Kraft. Die beiden sollten morgen nicht in der Zeitung lesen müssen, dass ihre Tochter auf dem Parkplatz eines Restaurants in eine Messerstecherei verwickelt worden war.

»Würdest du ihn wiedererkennen?«, fragte sie.

»Ein echtes Schwergewicht. Muskulös. Der ganze linke Arm ist tätowiert. Mit einer Schlange, aus deren Fangzähnen Gift tropft. Du hast gesagt, der Kerl im Pick-up hätte einen tätowierten linken Arm aus dem offenen Fenster gestreckt. Wenn ich eins und eins zusammenzähle...« Er überließ es ihr, die Rechnung zu machen.

Während der Herfahrt hatte er ihr den Angriff in allen Einzelheiten geschildert. »Bis auf die schmutzigen Details.«

»Schmutzigen Details?«

»Die Gemeinheiten, die er über dich gesagt hat.«

Am schlimmsten hatten ihr die Drohungen zugesetzt, die der Angreifer ihm gegenüber ausgestoßen hatte. Jetzt wiederholte sie: »Er will uns umbringen.«

»Das hat er gesagt.«

»Aber warum? Wer ist er überhaupt?«

»Darüber zerbreche ich mir die ganze Zeit den Kopf. Außerdem laufe ich langsam aus.«

»Bitte entschuldige.« Sie winkte ihn an den Tisch, an dem sie immer noch saß. »Dreh dich um.«

Er präsentierte ihr seinen Rücken. Die Boxershorts saßen knapp über den Hüften, und darüber zog sich wie ein makabres Lächeln eine geschwungene, sickernde rote Linie quer über seinen Rücken.

»Du gehörst in die Notaufnahme, Dent.«

Er drehte den Kopf so weit wie möglich in den Nacken und versuchte, die Verletzung selbst in Augenschein zu nehmen. »Die würden mir wohl nicht glauben, dass ich mich beim Rasieren geschnitten habe.«

»Du könntest behaupten, dass es ein Unfall war.«

»Und was für einer?«

»Was weiß ich«, erwiderte sie zittrig und warf frustriert die Hände hoch.

Er drehte sich zu ihr um und hob ihr Kinn an. »Hey, erst hast du reagiert, als hättest du Nerven wie Drahtseile, und dann bist du losgefahren wie ein Rallyepilot. Du wirst doch nicht ausgerechnet jetzt die Nerven verlieren, oder?«

Sie hob ihr Kinn von seinen Fingerspitzen, legte die Hände an seine Hüften und drehte ihn nicht allzu sanft in die Ausgangsposition zurück. Dann leerte sie die Tüte auf den Tisch und schraubte ein unheilvoll aussehendes braunes Fläschchen auf. »Ich hoffe, das Zeug brennt wie die Hölle.«

Offenbar wurde ihr Wunsch erfüllt, denn er sog zischend die Luft ein, als sie das Desinfektionsmittel auftrug. Um ihn abzulenken, reichte sie ihm einen damit getränkten Wattebausch. »Tupf dir damit das Gesicht und die Hand ab. Wie sieht die eigentlich aus?«

Er wickelte das Tuch ab und begutachtete die Verletzungen. »Die Schnitte sind nicht allzu tief. Wahrscheinlich sind morgen früh meine Finger steif, aber andererseits hätte er sie mir auch abschneiden können.«

Sie schauderte. »Mindestens. Aber wozu sollte diese Vorwarnung dienen? In der Zeit, in der er seine Drohungen ausgesprochen hat, hätte er dich auch umbringen können.«

»Bist du etwa enttäuscht?«

»Ich meine es ernst«, sagte sie und blickte auf in sein Gesicht, das über die Schulter auf sie herabsah.

»Vielleicht hatte er Angst, dass ihn jemand aus dem Restaurant beobachten könnte. Oder er bellt lieber, als zu beißen. Oder er ist ein Psychopath, der nicht mehr klar denken kann. Das kann niemand sagen, bis wir wissen, wer er ist und warum er es auf uns abgesehen hat.« Er prüfte nach, wie weit sie gekommen war. »Bist du bald fertig?«

»Es blutet nicht mehr besonders stark.«

»Du hast die Wunde mit dem Zeug praktisch ausgebrannt.«

Sie wickelte ein Stück Verbandsstoff ab und deckte damit vorsichtig die Wunde ab. »Dreh dich um«, befahl sie. Nach drei Umdrehungen hatte sie den Verband um seinen Bauch gewickelt und ihn mit mehreren in gleichmäßigen Abständen angebrachten Pflasterstreifen fixiert.

»Du wirst mir noch die Bauchhaare festpflastern.«

»Ich versuche es zu vermeiden, aber wenn du deine Hände nicht wegnimmst, kann ich das beim besten Willen nicht erkennen.« Er nahm die Hände zur Seite, und sie drückte ein letztes Pflaster ein paar Zentimeter neben den seidigen Haarstreifen, der seinen Bauch teilte und unter dem Bund seiner Shorts verschwand. Mit aufgesetzter Gleichgültigkeit erklärte sie knapp: »So. Fertig.«

Aber als sie den Kopf in den Nacken legte und zu ihm aufsah, stockte ihr der Atem unter seinem Blick. Auf einmal klang seine Stimme tief und rau und erotisch. »Falls dir noch was zu tun einfällt, wenn du schon mal da unten bist...«

Ganz langsam legte er die Hand an ihre Wange und fuhr mit dem Daumen ihre Unterlippe nach, strich dann ihr Haar zur Seite und begann ihr Ohrläppchen zwischen den Fingern zu massieren. Begierde erblühte in ihrem Unterleib und ließ ein Wimmern aus ihrer Kehle aufsteigen, das sie unmöglich unterdrücken konnte.

Während sie seinen Rücken verarztet hatte, hatte sie versucht, nicht auf die festen Muskeln zu starren, die sich unter dem dünnen Stoff der Shorts abzeichneten, aber jetzt wurde der Drang, die Arme um seine Taille zu legen und die festen Backen unter ihren Handflächen zu spüren, beinahe unwiderstehlich.

Am liebsten hätte sie sich vorgebeugt und die Lippen auf diesen verlockenden Haarstreifen gedrückt, um der Spur dann zu seinem Geschlecht zu folgen, das ihr so verführerisch nah war, dass sie vor Begierde ganz schwach wurde. Ihn in den Mund zu nehmen, ihn zu schmecken...

Wieder entkam ihr ein leises Wimmern, aber als sie aus ihrer Erstarrung erwachte, hob sie die Hand nicht, um ihn zu streicheln oder um die nach Seife und Mann, nach Dent riechende Haut zu küssen. Stattdessen schob sie seine streichelnden Finger weg, stand auf und drängte sich an ihm vorbei.

»Wirklich goldig, Dent. Aber das ist kaum der Augenblick...«

Was sie sonst noch sagen wollte – und später wusste sie beim besten Willen nicht mehr, was das war –, blieb unausgesprochen. Als sie schon fast an ihm vorbei war, hielt er sie fest, zog sie an seine Brust und schloss eine Hand um ihr Kinn, sodass sie ihm ins Gesicht sehen musste. »Du bist zu einer fantastischen Frau herangewachsen, Bellamy. Du hast ja keine Ahnung, wie scharf es mich gemacht hat, als du diese Gangschaltung bearbeitet hast.«

Falls der Kuss gestern Abend eine verspielte Einladung zu einem unanständigen Techtelmechtel gewesen war, so war dieser eine Lektion in Unterwerfung. Diesmal küsste er sie besitzergreifend, hemmungslos und so dominant, dass sie unwillkürlich erschrak. Nicht dass sie sich vor ihm gefürchtet hätte. Sie fürchtete viel mehr, zu empfänglich für seine Küsse zu sein, sie fürchtete ihren heimlichen Wunsch, er würde wenigstens etwas von dem wahr machen, was sie verhießen.

Doch sie wehrte sich dagegen, sich in seinen Bann ziehen zu lassen, woraufhin er, als hätte er das gespürt, den Kopf hob und ihr Kinn losließ, aber nur, um mit seiner Hand über ihre Brust zu streichen. Während er sanft zudrückte und leicht mit den Fingerspitzen an ihrer Brustwarze zog, presste er gleichzeitig seine Erektion gegen das V zwischen ihren Schenkeln.

»Kannst du nicht ein paar Minuten alles vergessen?«, lockte er sie, die Lippen dicht über ihren. »Entspann dich und amüsier dich doch einfach.«

Dann nahm er wieder Besitz von ihrem Mund. Entspannen? Unmöglich. Nicht wenn ihr Körper sie anflehte, ihn ganz aufzunehmen, auf das Spiel seiner Zunge einzugehen. Wie gern hätte sie ihre Finger in seine Haare gewühlt und seinen Kopf festgehalten, um sich in seinem betörenden Kuss zu verlieren.

Stattdessen zwang sie sich, gar nichts zu tun und weder auffordernd noch abweisend zu reagieren. Es kostete sie ihre ganze Willenskraft, aber sie blieb reglos stehen und reagierte überhaupt nicht.

Er merkte sofort, dass er als Einziger Initiative zeigte, nahm den Kopf zurück und sah sie eindringlich an.

»Daddy hat gemeint, dass du dich nicht besser an uns rächen könntest, als wenn du mit mir schläfst.«

Er ließ sie sofort los. »*Das* hat Daddy also gesagt. Das erklärt die Schockfrost-Behandlung.«

Die Schnitte auf seinem Gesicht waren wieder aufgegangen und bluteten, wodurch er noch gefährlicher und wütender wirkte, als er zum Schrank stakste und eine Jeans vom Bügel zerrte. Mit abgehackten, fahrigen Bewegungen streifte er sie über, hob aber hilflos die Hände, als er sie zuzuknöpfen versuchte. »Das könnte länger dauern.«

Bellamy lief knallrot an, aber nicht vor Scham. Sie zeigte auf das zerwühlte Bett. »Hast du ernsthaft erwartet, dass ich mich mit dir in dieses Bett lege, das du nach deiner letzten Frau nicht mal frisch überzogen hast?«

Er fuhr sich mit den Fingern durch die feuchten Haare. »Hör zu, sie hat an dem Morgen hier geschlafen, als ich euch drei nach Houston flog. Bis wir durch die Tür gekommen sind und ich das Bett gesehen habe, habe ich nicht ein einziges Mal an sie gedacht. Ich weiß nicht mal, wie sie heißt.«

»Das hat dich nicht interessiert?«

»Nein.«

»So wie es dich auch nicht interessiert hat, dass sich Susan mit anderen Jungs getroffen hat, während sie mit dir zusammen war?«

»Warum hätte mich das interessieren sollen?«

»Hast du sie denn nicht geliebt? Wenigstens ein kleines bisschen?«

»*Sie geliebt?*« Er lachte. »Nein. Ich war ein Teenager und scharf, und sie ließ mich ran.«

»Mehr hat dir meine Schwester nicht bedeutet?«

Er stemmte die Hände in die Hüften. »Was glaubst du denn, wie viel ich *ihr* bedeutet habe?«

»So viel, dass sie stinksauer wurde, als du zu spät bei dem Barbecue aufgekreuzt bist. Ich glaube, es wäre ihr lieber gewesen, wenn du überhaupt nicht gekommen wärst, statt ...«

Schlagartig schien ihr das Blut aus dem Kopf zu sacken. Sie taumelte benommen zurück, doch das Bild in ihrem Kopf blieb kristallklar: Dent, der, auf seinem Motorrad sitzend, wütend vor ihrer Schwester gestikulierte, während Susan in einem machtvollen Wutausbruch dagegenhielt.

Die Erinnerung hatte sich farbenprächtig und detailreich in ihrem Kopf entfaltet wie eine dreidimensionale Geburtstagskarte. Bellamys Atem passte sich ihrem rasenden, abgehackten Herzschlag an. »Du warst dort. Am Bootshaus. Mit Susan. Kurz vor dem Tornado.«

Er machte einen Schritt auf sie zu. »Bellamy...«

»Nein!« Erst wehrte sie ihn mit ausgestreckten Armen ab, dann presste sie die Hände an die Schläfen und versuchte, die Erinnerungen, die auf einmal über sie hereinbrachen, in Worte zu fassen. »Susan kam gar nicht mit den anderen Biertrinkern vom Bootshaus zurück. Ich bekam es mit der Angst, dass sie vielleicht zu viel getrunken hatte und ihr schlecht geworden war. Der Tag war so heiß und dampfig, und ich dachte...«

»Hör mich an. Lass es mich erklären.«

»Ich ging sie suchen, nicht wahr?«

Er blieb stumm.

»Du hast das gewusst. Weil... weil du gesehen hast, wie ich euch beide beobachtete, stimmt's? *Stimmt's?*«

»Bellamy...«

»Du hättest mir das längst erzählen können«, weinte sie. »Warum hast du mir nicht gesagt, dass mich meine Erinnerung täuscht? Warum hast du nicht...« Die Antwort kam ihr in einem strahlenden Geistesblitz. »Du warst gar nicht bei Gall auf dem Flugplatz. Du hattest gar kein Alibi. Du warst im Park, und du hattest dich mit Susan gestritten.«

Sekundenlang rührte sich keiner von beiden, dann stürzte sie zur Tür und riss sie auf.

»Bellamy!«

Sie stürmte so panisch aus der Wohnung, dass nur das Metallgeländer sie davor bewahrte, von der Galerie im ersten Stock zu fallen. Sie prallte ungebremst dagegen und schlug sich schmerzhaft das Becken an. Erst stieß sie einen Schmerzensschrei aus, dann einen Angstschrei, weil sich im selben Augenblick Dents Hände um ihre Oberarme schlossen.

Auf ihren Schrei hin sahen die zwei Männer auf dem Parkplatz vor dem Haus auf. Sie hatten an einem Auto gelehnt, aber Rocky Van Durbin wurde sofort aktiv. Er rief: »Da!«, woraufhin sein Fotograf die einsatzbereite Kamera hochriss. Der Blitz auf seiner Kamera explodierte in einer Folge von gleißenden Lichtern.

Dent riss Bellamys klammernde Hände vom Geländer los, zerrte sie zurück in sein Apartment und knallte mit dem Fuß die Tür zu.

Er ließ seinen Frust an der Tür aus, indem er jeden einzelnen bitteren Fluch mit einem Faustschlag gegen das Türblatt unterstrich. Am liebsten wäre er die Treppe hinuntergestürmt, hätte Van Durbin bereuen lassen, dass er je von Denton Carter gehört hatte, und sich dann an dem Fotografen und seiner Kamera ausgetobt.

Aber immer wenn ihm die Presse nach Susans Tod und auch während der Untersuchung der Flugbehörde nach dem Beinaheabsturz aufgelauert hatte, hatte er Galls Stimme gehört, die ihn vor einer unbedachten Reaktion warnte. »Reporter warten nur auf Wutausbrüche. Du willst sie auf ihrem Spielfeld schlagen? Dann musst du sie ignorieren.«

Die Wunde an seiner Wange pochte wie wild, und als er sich mit dem ebenfalls blutigen Handrücken übers Gesicht wischte, blieben darauf Schmierer von hellerem, frischerem Blut zurück. Wahrscheinlich war auch die Wunde an seinem Rücken wieder aufgegangen.

Als er sich von der Tür abwandte, wich Bellamy einen Schritt zurück, was ihn noch wütender machte. »Du weißt, wo's rausgeht, falls du vor mir mehr Angst hast als vor denen.«

Er machte ihr den Weg zur Tür frei und ging ins Bad, wo er seine blutdurchtränkte Jeans vom Boden aufhob und sein Handy aus der Hosentasche zerrte. Dann ging er in die Kochecke und tippte wütend die Telefonnummer des Hausverwalters ab, die der Vormieter mit Bleistift auf der ausgebleichten Tapete notiert hatte.

Der Anruf wurde nach dem ersten Läuten beantwortet. »Das Rundschreiben, das Sie letzte Woche in alle Briefkästen geworfen haben? Wegen des Kerls, der sich nackt vor der Frau im Nordtrakt gezeigt hat? Nein. Aber hier vor dem Südtrakt stehen zwei Typen auf dem Parkplatz rum. Sie fotografieren mit einem Teleobjektiv in die Wohnungen rein. Ich bin fast sicher, dass es dieselben beiden Männer sind, die heute Nachmittag auf dem Spielplatz mit ein paar kleinen Mädchen geredet haben. Vielleicht sollten Sie lieber die Polizei informieren. Okay. Wiederhören.«

Er beendete das Gespräch und sah Bellamy an, die sich nicht vom Fleck gerührt hatte und ihn immer noch mit riesigen Augen anstarrte. »Damit sollten Van Durbin und sein Kumpan eine Weile beschäftigt sein.« Er knöpfte die Jeans zu, riss ein Stück Verband ab, faltete es zusammen und tupfte damit die blutende Wunde auf seiner Wange ab. »Ich brauche jetzt ein Bier. Auch eins?«

Sie reagierte nicht.

Er holte eine Dose Bier aus dem Kühlschrank, riss sie auf und leckte den auf den Deckel quellenden Schaum ab, bevor er einen tiefen Schluck nahm. Dann ließ er sich in den einzigen Sessel im Apartment fallen und trank in aller Ruhe sein Bier, während Bellamy ihn sprachlos anstarrte wie ein exotisches und eventuell gefährliches Tier, das unbedingt in einen Käfig gehört.

Unter ihren Augen lagen so dunkle Ringe, als hätte man ihr zwei blaue Augen geschlagen. Das Gesicht war aschgrau, aber das war möglicherweise auf das grelle Licht seiner gnadenlosen Deckenleuchte zurückzuführen. Ihr war anzusehen, dass sie mit ihren Kräften am Ende war, aber er war zu wütend, als dass er Mitleid gehabt hätte.

»Und?«, fragte er.

»Was?« Ihre Stimme klang kratzig und wie eingerostet.

»Willst du mich nicht fragen?«

»Würdest du nicht einfach alles abstreiten?«

»Schon. Aber stell dir nur vor, was für eine tolle unerwartete Wendung das in *Kalter Kuss. Teil Zwei* gäbe. Du könntest deine Leser aus den Socken hauen. Der Geliebte war am Ende doch der Mörder. Trotzdem wurde er, ein Perverser, wie er im Buch steht, nie für den Mord belangt. Dann Szenenwechsel. Achtzehn Jahre später. Er macht sich an die kleine Schwester ran, die inzwischen erwachsen geworden ist. Und an den richtigen Stellen Kurven gekriegt hat. Ihm läuft schon das Wasser im Mund zusammen. Sie küsst ihn wie ein richtig böses Mädchen, bis er auf ihr Spiel eingeht, woraufhin sie die Schenkel zusammenkneift wie eine jungfräuliche Nonne. Als sie ihn zurückweist, klinkt er aus, vergreift sich an ihrem süßen Körper und...« Er schauderte übertrieben. »Gruselig. Super Lesestoff.«

Sie bedachte ihn mit einem vernichtenden Blick und trat dann ans Fenster, wo der Widerschein mehrerer Blaulichter über die schiefen Lamellen der Jalousie zuckte. »Die Polizei ist da. Mit drei Streifenwagen.«

»Warum flitzt du nicht runter und erklärst ihnen, dass du endlich den Mörder deiner Schwester festgenagelt hast?«

»Weil ich nicht glaube, dass du sie umgebracht hast. Ich glaube aber sehr wohl, dass du ein Arsch bist.«

Er schnaubte. »Du willst eine Autorin sein, und das ist die schlimmste Beleidigung, die dir einfällt? Die kleine Schwester hat auch das Vokabular einer jungfräulichen Nonne. Wenn du willst, kann ich dir mit ein paar Schimpfwörtern aushelfen.«

»Ich werde mich nicht auf diese idiotische Unterhaltung einlassen, Dent.«

Er trank sein Bier aus und stellte die leere Dose auf dem wackligen Tischchen neben seinem Sessel ab.

Nach einer Weile meinte sie: »Van Durbin wird ihnen erklären, dass es falscher Alarm war.«

»Natürlich wird er das. Aber er wird ihnen auch erklären müssen, was er hier mit seinem Fotografen zu suchen hat, und das heißt, er wird praktisch zugeben müssen, dass er dich verfolgt. So einfach wird er sich da nicht rausreden.«

»Sie werden den Anruf zu deinem Handy zurückverfolgen.«

»Wohl kaum. Es ist ein Prepaidhandy. Und die Nummer war unterdrückt. Irgendwann werden die Polizisten begreifen, dass es falscher Alarm war, und die beiden wieder laufen lassen, aber bis dahin sitzt dieser Blutsauger auf dem heißen Stuhl. Falls es einen Gott gibt, wird er dafür sorgen, dass Van Durbin in der Arrestzelle einen neuen Liebhaber findet.«

Sie wandte sich vom Fenster ab. »Du bist echt gerissen. Und schaltest schnell, wenn es kritisch wird.«

»Fähigkeiten, die mich zu einem guten Piloten machen.« Er kniff nachdenklich die Lippen zusammen. »Ich schätze, sie würden mich auch zu einem guten Mörder machen, wie?«

Sie nahm auf dem Sofa gegenüber seinem Sessel Platz, blieb aber auf der Kante sitzen, so als wollte sie fluchtbereit bleiben. »Warum hast du die Polizei angelogen?«

»Ich glaube, wenn ich ihnen damals erzählt hätte, dass ich Susan am Bootshaus abgefangen hatte und dass wir dort einen

Streit unter Liebenden hatten, wäre das nicht gut für mich ausgegangen. Und interpretier nicht zu viel in das Wort ›Liebenden‹ hinein. Ich meine das nicht wörtlich.«

»Woher wusstest du, dass sie beim Bootshaus war?«

»Ich fuhr den großen Weg entlang – du weißt schon, der zum Pavillon führt?« Sie nickte. »Und Susan hielt mich auf. Sie war allein.«

»Was machte sie dort?«

»Sich zurecht.«

»Sich zurecht?«

»Sie betrachtete sich in einem kleinen Schminkspiegel, legte Lippenstift auf und zupfte ihre Haare zurecht. Was Mädchen eben so machen.«

»Ich habe dir erzählt, wie hübsch sie aussah, als sie wieder in den Pavillon kam.«

»Ach, jetzt glaubst du, ich erfinde das bloß, damit es zu deiner Erinnerung passt?«

Müde sagte sie: »Erzähl weiter.«

»Ich sagte so was wie: ›Da bin ich, besser spät als nie.‹ Aber sie sah das anders. Sie erklärte mir, sie hätte inzwischen andere Pläne, in denen ich keinen Platz mehr hätte. Erst versuchte ich sie zu besänftigen. Ich entschuldigte mich, weil ich mich lieber mit einem Flugzeug als mit ihr beschäftigt hatte. Ich versprach, das wieder wettzumachen und dass es nicht wieder vorkommen würde. Diesen ganzen Quatsch, den Jungs ablassen, wenn...«

»Sie es nicht ernst meinen.«

Er zuckte mit den Achseln. »Sie ließ sich sowieso nicht darauf ein. Ich wurde sauer, weil mir klar war, dass ich den Memorial Day abhaken konnte. Ich sagte ihr...« Er brach ab und erklärte, als Bellamy ihn mit hochgezogenen Brauen ansah: »Ein paar Sachen, die Jungs von sich geben, wenn was Sicheres auf einmal nicht mehr sicher ist. Im Gegensatz zu dir habe ich da ein ziemlich ... bodenständiges Vokabular. Ich habe ihr ein paar ziemlich deutliche und hässliche Worte an den Kopf geworfen.«

Sie starrte kurz ins Leere und sagte, als sie ihn wieder ansah: »In meinem Kopf sehe ich euch noch streiten. Aber danach erinnere ich mich an nichts mehr.«

»Danach ritt ich auf meiner Maschine in den Sonnenuntergang.«

»Es gab keinen Sonnenuntergang. Der Himmel war wolkenverhangen.«

»Auch das war nur bildlich gemeint.«

Die Stirn in nachdenkliche Falten gezogen, ließ sie sich in die Polster des zweisitzigen Sofas sinken, und sofort schämte er sich für das hässliche Ding. Es hätte auf den Sperrmüll gehört, genau wie alles andere in seiner Wohnung. Nachdem er die auf einer Anhöhe gelegene Villa mit dem Swimmingpool und dem schattigen Garten mit Blick auf die Stadt verkauft hatte, waren ihm seine Lebensbedingungen notwendigerweise gleichgültig geworden.

Er hatte das Apartment gemietet, weil er sich nichts anderes leisten konnte. Er schlief hier. Manchmal hatte er eine Frau hier. Er duschte hier und bewahrte hier seine Sachen auf. Er aß hier seine mitgebrachten Mahlzeiten und hatte den Ofen höchstens ein-, zweimal eingeschaltet. Der Kühlschrank war praktisch leer.

Bis er seine schäbige Behausung durch Bellamys Augen betrachtet hatte, hatte er sich nicht für seine Lebensumstände interessiert. Und plötzlich ging ihm auf, dass man das, was er in diesen vier Wänden tat, kaum als leben bezeichnen konnte.

Genau das hatte er einst über seinen Vater gesagt.

Der Vergleich war so schockierend, dass Dent ihn ärgerlich beiseiteschob.

Er war froh, dass Bellamy ihn mit einer weiteren Frage auf

andere Gedanken brachte. »Wohin bist du vom Park aus gefahren?«

»Irgendwohin. Nirgendwohin. Gall hatte den Hangar abgeschlossen und war gleichzeitig mit mir vom Flugplatz weggefahren, deshalb zog mich nichts dorthin zurück. Andererseits wollte ich auch nicht nach Hause und meinem Vater beim Fernsehen zusehen. Also bin ich durch die Gegend gefahren, um Dampf abzulassen und um mich anderswo zu amüsieren.«

»Wer könnte das bezeugen?«

»Keine einzige Menschenseele. Aber genau so war es. Dann wurde das Wetter auf einen Schlag richtig schlecht. Überall blitzte es. Als es auch noch zu hageln anfing, suchte ich in einer Unterführung Schutz. Der Himmel verfärbte sich grünlich schwarz. Ich war ein paar Meilen vom Zentrum des Tornados entfernt, aber ich konnte sehen, wie sich der Rüssel aus den Wolken senkte, und mir war klar, dass er wahrscheinlich direkt durch den Park fegte. Darum stieg ich wieder auf mein Motorrad und fuhr zurück.« Er breitete die Hände aus. »Den Rest kennst du.«

Bellamy versank in nachdenkliches Schweigen.

Dent stand aus seinem Sessel auf, ging ans Fenster und spähte durch die Lamellen. Der Parkplatz vor dem Haus lag verlassen da; die wenigen Fahrzeuge darauf gehörten den Hausbewohnern. Er lächelte bei dem Gedanken, dass Van Durbin jetzt der Gnade einiger Polizisten ausgeliefert war, die überzeugt waren, einen Perversen gefasst zu haben.

Aber sein Lächeln erlosch, als ihn ein stechender Schmerz an den Mann erinnerte, der ihn angegriffen hatte. Ihm wurde fast übel, wenn er nur daran dachte, wie die Zunge des Mannes über seine Wange geleckt hatte und was er über Bellamy gesagt hatte. Bevor Dent auch nur merkte, dass er die Hände zu Fäusten geballt hatte, schlugen sie schon gegen seine Schenkel.

»Eine Sache verstehe ich nicht.«

Er drehte sich zu ihr um. »Nur eine?«

»Eine entscheidende. Ich hätte doch bezeugen können, dass du aus dem Park weggefahren bist. Ich habe gesehen, wie du aufgebrochen bist. Warum hast du Moody nicht erzählt, dass ich gesehen hätte, wie du aus dem Park gefahren bist, während Susan noch gesund und wohlauf war?«

»Das hätte mir nichts geholfen. Du hattest dein Gedächtnis verloren.«

»Aber das weißt du erst seit gestern, und da hat dich das völlig überrascht.«

Zu spät begriff Dent, dass er sich selbst eine Falle gestellt hatte.

Bellamy beugte sich vor. »Warum hast du Moody angelogen und zusammen mit Gall ein Alibi für dich konstruiert, statt ihm zu erklären, dass ich deine Aussage bezeugen könnte?« Als er immer noch stumm blieb, drängte sie ihn: »Dent? Warum?«

»Ich dachte, es wäre besser, wenn Moody überhaupt nicht wüsste, dass ich dort gewesen war.« Abrupt ging er zum Bett und begann es abzuziehen.

Sie folgte ihm. »Das ist nicht der einzige Grund. Ich weiß, dass es nicht der einzige Grund ist.«

»Wie kommst du darauf?«

»Weil du mir nicht in die Augen sehen kannst.«

Abrupt drehte er sich um. »Okay, jetzt sehe ich dir in die Augen.«

»Was verschweigst du mir?«

Er schüttelte den Kopf. »Wir haben heute Abend genug darüber geredet. Mein Hirn braucht eine Pause, genau wie deines.« Er drehte sich wieder um und zog das Laken von der Matratze.

»Ich muss es aber wissen.«

»Nicht heute Abend, nein.«

»Doch. Noch heute Abend.«

»Und warum?«

»Weil mein Vater noch heute Abend sterben könnte.«

»Und du ihm dann seinen letzten Wunsch nicht erfüllen könntest.«

»Genau.«

»Zu dumm. Ich werde heute Abend nicht mehr darüber sprechen.«

Er rollte die Bettwäsche zu einem großen Knäuel zusammen, stopfte sie in einen Weidenkorb im Bad und ging dann zum Schrank, wo er in den Sachen zu kramen begann, die dicht zusammengepresst in den Fächern über der Kleiderstange lagerten. »Irgendwo da oben muss noch sauberes Bettzeug liegen.«

»Warum willst du mir nicht helfen, diese Lücke zu füllen?«

Mit einem Satz Bettzeug in den Armen ging er um sie herum zum Bett.

»Woran soll ich mich nicht erinnern?«

»Du sollst dich an alles erinnern.«

»Ich glaube dir nicht.«

»Halt mal kurz die Ecke fest.«

Gedankenverloren zog sie den Gummi des Spannbettuchs über die Matratze, richtete sich dann wieder auf und sah aufs Bett. »Was machst du da?«

»Ich wechsle das Bettzeug, damit du dich nicht ekelst, wenn du dich ins Bett legst.«

Sie beobachtete, wie er das obere Laken zurechtzog. Dann klemmte er ein Kissen unters Kinn und zerrte den Überzug darüber. »Du glaubst, du brauchst nur die Laken zu wechseln, und schon lege ich mich mit dir ins Bett?«

»Ich weiß nicht, was dir so vorschwebt, T. J. David, aber ich will einfach nur schlafen. Ich bin am Ende und ganz ehrlich sowieso nicht mehr in Stimmung.« Er sah sie kritisch an.

»Außerdem siehst du aus wie frisch aus dem *Thriller*-Video. Nimm's mir nicht übel.«

Er schlug leicht gegen die Knopfleiste seiner Jeans. »Das hier bleibt zu bis morgen früh, du brauchst dir also gar keine Hoffnungen zu machen, dass du deine Finger auf Erkundungstour schicken könntest, während ich die Augen zuhabe. Außerdem muss ich wegen dieses Dreckskerls mit dem Schlangentattoo wahrscheinlich sowieso auf dem Bauch schlafen.« Er deutete auf die Wand gegenüber. »Du machst das Licht aus.«

Er legte sich bäuchlings aufs Bett, drückte sich das Kissen zurecht, ließ dann den Kopf darauf sinken und schloss die Augen.

Weil Bellamy nicht wusste, was sie sonst tun sollte, ging sie zur Wand und löschte das Deckenlicht, um sich dann zum Bett zurückzutasten. Sie streifte die Schuhe von den Füßen, legte sich aber ansonsten voll bekleidet und steif auf die Matratze, in dem beklemmenden Wissen, dass er direkt neben ihr lag. Sie traute seinen Beteuerungen nicht, dass er wirklich nur schlafen wollte.

Nach ein paar Minuten murmelte er: »Du kannst dich entspannen. Ich werde dich nicht im Schlaf mit deinem Höschen erwürgen. Ehrenwort.«

»Wenn du mich umbringen wolltest, hättest du das schon längst getan.«

»Wow, vielen Dank für das ausgesprochene Vertrauen.«

Sie hatte nur einen Zipfel ihrer verschütteten Erinnerungen erhascht, aber es war ein wichtiger Zipfel gewesen. Alles andere enthielt Dent ihr vor, und sie musste wissen, warum. Sie wollte unbedingt ihrem Unterbewusstsein den Rest entreißen, sie wollte sich endlich an die ganze Szene vor dem Bootshaus erinnern, wollte den Streit zwischen ihm und Susan bis zum Ende hören.

Sie hatte eine Ahnung, dass dieser Streit von entscheidender Bedeutung für die folgenden Ereignisse gewesen war und dass sich viele weitere Erinnerungen lösen würden, sobald sie sich wieder daran erinnerte.

»Wenn es nicht wichtig gewesen wäre, würdest du mir erzählen, was ich gesehen oder gehört habe«, sagte sie leise in die Dunkelheit.

Er blieb still neben ihr liegen.

»Und das heißt, dass mein Gedächtnis etwas Wichtiges blockiert.«

Er sagte immer noch nichts.

»Du hast Susan nicht geliebt.«

Stille.

»Hast du sie wenigstens gemocht?«

»Bellamy?«

»Ja?«

»Schlaf jetzt.«

15

Noch im Halbschlaf stieg Bellamy der Duft von frisch aufgebrühtem Kaffee in die Nase. Sie zwang die verquollenen Lider auf und sah Dent angezogen am Esstisch sitzen, an einem dampfenden Becher nippen und in einem Telefonbuch blättern. Sobald er merkte, dass sie wach war, sah er zum Bett.

»Überraschung! Du bist noch am Leben.«

Ohne darauf einzugehen, setzte sie sich auf und streckte den Rücken durch, um einen verspannten Muskel zu dehnen. »Wie spät ist es?«

»Kurz vor neun.«

»Ich wollte nicht so lange schlafen. Ich muss Olivia anrufen.«

»Tassen stehen im Küchenschrank rechts von der Spüle.«

Sie fand sie, rief, nachdem sie Kaffee in einen Becher geschenkt hatte, ihre Stiefmutter an und hinterließ eine Nachricht, als nach dem ersten Läuten die Mailbox ansprang. »Ich schätze, wenn es Neuigkeiten geben würde, hätte ich schon von ihr gehört.« Sie setzte sich zu Dent an den Tisch.

»Ich habe leider nichts zu frühstücken da. Tut mir leid.«

»Kaffee ist wunderbar.« Von wegen. Beim ersten Schluck verzog sie das Gesicht.

»Galls Mischung«, erklärte er. »Die haut sogar ein Muli um.«

»Milch?«

»Ich hab nachgesehen. Ist gestockt.«

»Auch egal«, sagte sie und nahm tapfer noch einen Schluck. »Heute Morgen kann ich einen Koffeinstoß brauchen.«

»Halbwegs gut geschlafen?«

»Wie ein Stein. Und du?«

»Ganz gut. Ich lag lange wach und hab mir gewünscht, du würdest doch mal nachfühlen.« Dann: »Aha, endlich kommt Farbe in die Wangen. Ich habe mir schon fast Sorgen gemacht. Gestern Abend bist du bei der Vorstellung, neben einem Killer zu schlafen, totenbleich geworden.«

»Dent.«

»Aber als du heute Morgen aufgewacht bist, warst du überzeugt, dass ich unschuldig bin?«

»Dass du nicht der Täter bist. Aber keineswegs unschuldig.«

»Gibt's da einen Unterschied?«

»Für mich sehr wohl. Wie geht es deinem Rücken?«

»Ich glaube, die Wunde hat sich über Nacht geschlossen. Jedenfalls ist kein frisches Blut auf dem Verband.«

Er sah immer noch aus wie ein Kriegsheimkehrer nach einer verlorenen Schlacht. Die Wunden in seinem Gesicht begannen langsam zu verschorfen, aber sie waren noch angeschwollen und von Blutergüssen umringt.

Sie deutete auf das Telefonbuch, das offensichtlich völlig veraltet war, und wollte wissen, nach wem er gesucht habe.

Statt ihre Frage zu beantworten, streckte er die langen Beine unter dem Tisch aus. »Lass mich mal einen Gedanken durchspielen.«

»Meinetwegen. Ich höre.«

»Angenommen, all das – von der Rattenlieferung angefangen bis zu dem Abenteuer auf dem Parkplatz gestern – wären Vergeltungsaktionen.«

»Für das Buch?«

»Dafür und/oder für die Ereignisse, auf denen das Buch

beruht. Gestern in deiner Küche hat einer von uns beiden bemerkt, dass es nur wenige Menschen gibt, die überhaupt Grund haben, so wütend auf dich zu sein, und die sich zu solchen Racheaktionen hinreißen lassen würden.«

»Du hast das gesagt oder wenigstens etwas in der Richtung. Du hast mich gefragt, wer meiner Meinung nach der mysteriöse Besucher war.«

»Okay, gehen wir mal alle Kandidaten durch.« Er hob einen Finger, als wollte er sie abzählen. »Ich.«

»Du hast dich bestimmt nicht selbst mit dem Messer aufgeschlitzt.«

»Damit bin ich von der Liste gestrichen? Danke«, meinte er spröde. Ein zweiter Finger ragte in die Luft. »Deine Eltern.«

»Die können wir ebenfalls streichen. Krebs ist ein unerschütterliches Alibi.«

Er hob einen dritten Finger. »Steven. Er trägt ein ziemliches Päckchen mit sich herum und hat noch lange nicht mit der Geschichte von damals abgeschlossen.«

»Aber er hat dich gestern Nacht bestimmt nicht angegriffen. Außerdem würde er mir bestimmt nichts antun, selbst wenn er sich noch so über das Buch ärgert.«

»Wahrscheinlich nicht«, bestätigte er, wenn auch zweifelnd. »Damit hätten wir die Hauptverdächtigen. Wenn es keiner von uns ist, dann muss es jemand aus dem weiteren Umkreis sein.«

»Eine Randfigur.«

»Würde die Autorin sagen. Aber ja.«

»Dale Moody?«

»Wäre möglich. Aber wofür sollte er sich rächen wollen? Außer dafür, dass er in deinem Buch als nicht besonders helle oder kompetent dargestellt wird.«

»Daddy meinte, während der Verhandlung hätte er irgendwie bedrückt gewirkt. Dabei hätte er sich eigentlich über die

Verurteilung freuen müssen. Was hat ihn damals so beschäftigt?«

Dent wusste das natürlich genauso wenig, doch er ergänzte nachdenklich: »Moody ist ein Kraftpaket oder war es wenigstens, genau wie der Vollidiot, der mich angesprungen hat. Setzen wir mal ein Häkchen neben seinen Namen. Wer noch?«

»Was ist mit Rupe Collier?«

»Den hätte ich erkannt.«

»Stimmt. Wer bleibt dann noch?«

»Strickland.«

Sie stutzte.

»Nicht Allen«, sagte er. »Aber vielleicht sein Bruder. Roy.«

»Ray«, korrigierte sie.

Er deutete auf das Telefonbuch. »Seine Adresse wollte ich nachschlagen.«

»Wie bist du auf ihn gekommen?«

»Im Ausschlussverfahren. Unter allen Beteiligten, selbst den Randfiguren – zufrieden? –, waren er und Allen eindeutig die größten Rednecks.« Er senkte den Blick auf die Wunden an seinen Knöcheln. »Bestimmt ist er stinksauer, wie sein großer Bruder in deinem Buch dargestellt wurde.«

»Es war ein faires Porträt.«

»Das Porträt eines Mörders. Aber wenn er gar keiner war? Wenn sein Bruder unschuldig ins Gefängnis gesteckt wurde, wäre das doch ein exzellenter Grund für eine Vendetta.«

»Vor allem wenn er dort starb.«

»Allen ist dort nicht *gestorben*, Bellamy. Er wurde *ermordet*.«

Das Wort ließ sie zusammenzucken und stand sekundenlang wuchtig wie eine unsichtbare Wand zwischen ihnen. Nicht einmal zwei Jahre nach seiner Verurteilung zu zwanzig Jahren Gefängnis wegen Totschlags war Allen Strickland auf dem Hof des Gefängnisses von Huntsville von einem Mitinsassen niedergestochen worden.

Nach längerem Schweigen zog Dent die Beine wieder an und stützte sich auf die Tischplatte. »Wir haben so ziemlich jeden Aspekt der ganzen Geschichte besprochen, aber über Stricklands Tod hast du kein einziges Wort verloren. Wieso eigentlich?«

»Gewohnheit, schätze ich«, gestand sie leise.

»Gewohnheit?«

»Ich kann mich noch an den Tag erinnern, an dem wir erfuhren, dass er umgebracht worden war. Ich war damals im ersten Jahr an der Highschool. Gerade als ich zur Schule fahren wollte, rief Rupe Collier bei meinen Eltern an.«

»Wie haben sie auf die Nachricht reagiert?«

»Sie haben sich nicht gefreut, was auch geschmack- und gefühllos gewesen wäre. Aber sie waren auch nicht so scheinheilig, dass sie Mitgefühl gezeigt hätten. Daddy sah einfach... sehr, sehr ernst aus. Ich weiß noch, dass er sagte: ›Damit hat das ein Ende.‹ Und so wie er es sagte, klang es wie... wie ein Gebot, nie wieder darüber zu sprechen. Gleich darauf stand er auf und ging aus dem Zimmer. Olivia folgte ihm. Soweit ich weiß, wurde in unserem Haus danach nie wieder über Allen Stricklands Tod gesprochen.«

Auch Steven hatte gestern nicht darüber gesprochen. Genauso wenig wie ihr Vater, der zwar über Stricklands Haft, aber nicht über seinen Tod geredet hatte. Vielleicht hatte die Frage, die Van Durbin gestern in seiner Kolumne aufgeworfen hatte, sie alle so verunsichert, dass niemand auch nur erwägen wollte, Allen Strickland könnte nicht nur unschuldig verurteilt, sondern auch umsonst gestorben sein.

»Ich bin damals bei den Recherchen zu meinem Buch auf Ray Stricklands Namen gestoßen«, berichtete sie Dent. »Während der Prozess lief, wurde er in mehreren Zeitungsartikeln zitiert und betonte dabei jedes Mal, dass sein Bruder unschuldig wäre. Allerdings hätte ich ihn nicht wiedererkannt, falls er tatsächlich der Angreifer vor dem Restaurant war. Der Mann, an den ich mich von den Fotos her erinnere, hatte buschiges Haar und einen Schnauzer mit Spitzen bis zum Kinn.«

»Beides lässt sich innerhalb von fünf Minuten mit einem Rasierer ändern.«

»Hast du ihn im Telefonbuch gefunden?«

»Nein. Aber ich glaube, wir brauchen ihn nicht zu suchen. Er wird uns finden.«

Es war ein beunruhigender Gedanke. »Vielleicht sollten wir doch zur Polizei gehen. Wir könnten den Angriff von gestern Abend anzeigen, ihnen seinen Namen geben und ...«

»Und falls sich herausstellt, dass Ray Strickland, der Bruder des verstorbenen Allen, als gesetzestreuer, steuerzahlender Kirchgänger in der Vorstadt wohnt, zusammen mit seiner Frau und seinen ihn vergötternden Kindern, hast du dir einen Feind mehr gemacht. Die Sache würde in die Nachrichten kommen, und Van Durbin würde, vorausgesetzt, er überlebt die Nacht in der Arrestzelle ...«

Sie schnitt ihm mit erhobener Hand das Wort ab. »Ich hab's kapiert.« Sie zog die Unterlippe zwischen die Zähne, während sie versuchte, ihre Gedanken zu ordnen. »Wir *wissen* nicht, ob Strickland unser Pick-up-Fahrer ist, aber meinem *Gefühl* nach müsste er es sein.«

»Meinem Gefühl nach auch. *Kalter Kuss* endet mit Allens Verurteilung. Den Tod im Gefängnis hast du nicht mehr beschrieben. Vielleicht empfindet Ray das als Beleidigung. Vielleicht hält er es für unfair. Aus seiner Sicht hast du seine persönliche Tragödie ausgebeutet und dabei gleichzeitig einen wesentlichen Teil der Geschichte unterschlagen.«

Sie stemmte die Ellbogen auf den Tisch und presste die Hände an den Kopf. »O Gott. Ich würde mich sofort entschuldigen.«

»Ich glaube nicht, dass das dem Typen genügen würde, dem

ich gestern Abend begegnet bin.« Er atmete tief aus. »Andererseits liege ich womöglich völlig falsch. Das Problem ist, dass wir nicht wissen, mit wem wir es zu tun haben.«

Sie ließ die Hände auf den Tisch sinken. »Da wäre immer noch Moody.«

Er klopfte auf die zerfledderten Seiten des Telefonbuchs. »Nach dem habe ich auch gesucht.«

»Viel Glück dabei.«

»Hast du eigentlich beim Austin PD nachgefragt, als du ihn für die Recherchen zu deinem Buch ausfindig machen wolltest?«

»Gleich zu Anfang. Man erklärte mir, dass er aus dem Dienst ausgeschieden sei, aber mehr erfuhr ich nicht. Die Personalabteilung behauptete, keine Adresse und keine anderen Kontaktinformationen zu haben.«

»Er muss doch eine Pension beziehen.«

»Die wird monatlich auf ein Konto überwiesen. Die Zentrale der Bank sitzt in North Carolina, aber dort hat man mich jedes Mal abgewimmelt, sobald ich mehr über ihren Kunden wissen wollte. Ich habe Moody gegoogelt, und ich habe seine Sozialversicherungsnummer herauszufinden versucht, aber das habe ich bleiben lassen, als ich verdächtigt wurde, seine Identität stehlen zu wollen.«

»Hat er Familie?«

»Eine Exfrau, die mir erklärte, sie wüsste nicht, wo er steckt, aber sie würde hoffen, dass er auf irgendeinem Friedhof liegt.«

»Möglich wär's. Hast du die Sterberegister überprüft?«

»Genauso wie die Steuerakten, Wählerverzeichnisse, Führerscheine.« Sie schüttelte den Kopf. »Glaub mir, ich habe überall nach ihm gesucht. Und nicht nur in Texas.«

»Er war Bulle. Natürlich weiß er da, wie man untertaucht.«

»Und er ist nicht das Einzige, was verschwunden ist«, sagte

sie so, dass Dent noch gespannter zuhörte. »Ich habe einen Detective mit ein paar Bier bestochen, damit er mich einen Blick in die Akte des Falles werfen lässt. Ich hätte mir das Geld sparen können. Bei unserem nächsten Treffen erklärte er mir, dass die Akte nicht mehr aufzufinden sei.«

»Hast du ihm geglaubt? Vielleicht hatte er es auf eine verlockendere Belohnung abgesehen. Ich könnte mir das durchaus vorstellen.«

Sie verdrehte die Augen, als sie sein anzügliches Lächeln sah. »Er kam mir aufrichtig fassungslos, verärgert und beschämt vor, weil er und das Police Department die Akte nicht mehr finden konnten. Ich glaube, er wollte mir wirklich helfen.«

»Oder er wollte wirklich flachgelegt und hinterher bei deinen Danksagungen erwähnt werden.«

»Nicht jeder Mann denkt wie du.«

»Und ob«, antwortete er gedankenversunken, denn er schien sich schon auf etwas anderes zu konzentrieren. Er hatte den Blick in die Ferne gerichtet und klopfte mit dem Daumennagel gegen seine Schneidezähne. »Ich habe so eine Idee, wer wissen könnte, wo Moody steckt.«

Er stand auf und griff nach dem Telefonbuch. Auf ihren halb vollen Kaffeebecher deutend, sagte er: »Nimm ihn mit. Du kannst unterwegs austrinken.«

»Bevor ich irgendwohin fahre, muss ich bei mir zu Hause anhalten. Ich bin total verstrubbelt.«

Er betrachtete sie kurz. »Stimmt. Okay. Gut sogar. Ich würde meine Corvette gern in deiner Garage unterstellen.«

»Warum?«

»Weil sie diesem messerschwingenden Idioten allzu sehr ins Auge sticht.«

Er bog hinter ihrem Wagen in die Einfahrt. »Ich parke die Wagen um, während du dich restaurierst.«

»Sehe ich so übel aus?«

»Fünfzehn Minuten solltest du mindestens einrechnen.« Er zog sie auf, aber plötzlich erlosch sein boshaftes Lächeln. »Was ist das?«

An ihrer Haustür lehnte ein großer brauner Umschlag.

»Ich habe gestern mit dem Maler gesprochen und ihn gebeten, einen Kostenvoranschlag in den Briefkasten zu werfen. Wahrscheinlich war der Umschlag zu groß.«

Doch als sie ihn aufhob und den fett gedruckten Aufkleber las, sackte ihr das Herz in die Hose. »Van Durbin.«

Sie öffnete den Klebeverschluss und zog mehrere großformatige Fotos aus dem Umschlag. Alle zeigten sie mit Dent. Sie ging sie eilig durch. »Die wurden aufgenommen...«

»...als wir gestern am Flughafen Austin waren.«

Im Hintergrund waren deutlich die Ticketschalter zu erkennen, vor denen sie kurz haltgemacht hatten, um an einem Automaten die Boardingpässe für den Flug nach Atlanta auszudrucken. Das nächste Foto zeigte sie, während sie zum Sicherheitscheck gingen, und ein weiteres, wie sie in der Schlange anstanden.

Das vierte Foto war offenbar mit einem Teleobjektiv aufgenommen worden, nachdem sie den Check passiert hatten und zu ihrem Gate geeilt waren. Beide hatten der Kamera den Rücken zugewandt.

Und unten auf ihrem Rücken lag deutlich sichtbar Dents Hand.

Sie ging die Fotos ein zweites Mal durch und stellte dabei fest, dass er sie auf jedem einzelnen davon berührte. Sie hätte nicht gedacht, dass sie so oft Hautkontakt gehabt hatten, aber die Bilder bewiesen das Gegenteil.

Am meisten verstörte sie das Bild, das sie in der Schlange

vor der Sicherheitsschleuse zeigte. Er zupfte dabei ein kleines Blatt – ein Souvenir von ihrem Ausflug in den Park – aus ihrem Haar. Die Geste war ihr vollkommen belanglos vorgekommen. Der Augenblick war nach ein, zwei Sekunden verflogen, aber die Kamera hatte sie einander zugewandt und mit seinen Fingern in ihrem Haar eingefangen. Das Lächeln, mit dem sie sich in die Augen sahen, sagte viel mehr aus als sein ironischer Kommentar, dass man sie erst sauber machen müsste, bevor man sie irgendwohin mitnehmen konnte.

Aus den Fotos sprach eine Vertrautheit, die sie verunsicherte und sie so rot werden ließ, dass sie froh war, mit dem Rücken zu ihm zu stehen. Sie räusperte sich. »Offenbar hat Van Durbin sie gestern hier deponiert, bevor er uns in deinem Apartment aufgespürt hat.«

»Fleißiger Bursche.« Er klang zerstreut, und sie fragte sich, ob er ebenfalls überrascht war, sich in so aufschlussreichen Posen wiederzufinden.

»Warum hat er sich die Mühe gemacht, sie persönlich abzuliefern?«, fragte sie.

»Um uns deutlich zu machen, dass wir ihm nicht entkommen können. Ich hoffe, der Drecksack hat im Knast kein Auge zugemacht.« Sie spürte, wie er sich über sie beugte, um die Fotos über ihre Schulter hinweg zu betrachten. Leise sagte er: »Also, wenn man das so sieht, könnte man meinen...«

»Oh!«, rief sie plötzlich aus. »Da ist Jerry.«

»Hä?«

»Jerry.« Sie deutete auf einen Kopf im Hintergrund. Der Mann sah nicht in die Kamera, sondern in ihre und Dents Richtung, aber sein Gesicht war dennoch klar zu erkennen.

»Wer ist *Jerry*?«

Sie lachte. »Er ist... niemand. Ein echter Fan.« Sie schüttelte ungläubig den Kopf. »Was für ein bizarrer Zufall.«

Die Fotos unter den Arm geklemmt, schloss sie die Haustür

auf, und sie traten ins Haus. »Lass mich vorangehen.« Dent schob sie zur Seite, griff unter sein loses Hemd und zog eine Pistole aus dem Hosenbund.

Bellamy stockte der Atem. »Wo hast du die denn her?«

»Aus Pepe's Pawn Shop, so hieß der Laden, glaube ich. Inzwischen ist dort ein Tortilla-Stand.«

»Dent! Ich will nichts mit Waffen zu tun haben.«

»*Einer Waffe.* Es ist meine einzige. Und du brauchst sie nicht mal zu berühren.«

»Was willst du damit?«

»Unseren tätowierten Freund von weiteren Dummheiten abschrecken. Und jetzt warte hier, bis ich mich umgesehen habe.«

Nach einem kurzen Rundgang kehrte er mit der Meldung zurück, dass das Haus noch genauso aussah wie bei ihrem Besuch am Vortag. Zu ihrer Erleichterung hatte er die Pistole wieder weggesteckt.

»Ich habe währenddessen in den Briefkasten gesehen und das da gefunden.« Sie streckte ihm den Umschlag mit dem Kostenvoranschlag des Malers hin. »Ich finde das Angebot fair. Und es gefällt mir, dass er der Schwager des Schlossers ist. Dann brauche ich nicht noch jemandem meinen Hausschlüssel anzuvertrauen.«

Sie griff nach ihrem Handy, aber Dent sagte: »Ruf ihn später an. Erst will ich mehr über Jerry, deinen großen Fan, erfahren.«

»Er bezeichnet sich sogar als meinen größten Fan.« Sie zog das Foto heraus, auf dem er abgebildet war. »Er ist zwar nur verschwommen zu sehen, aber ich bin sicher, dass er es ist.«

Dent studierte den Mann auf dem Foto.

Seine tiefen Sorgenfalten beunruhigten Bellamy: »Was ist denn?«

»Keine Ahnung. Irgendwas. Erzähl mir mehr über ihn.«

»Eigentlich gibt es nicht viel zu erzählen. Ich kenne ihn nicht persönlich, ich kenne nicht mal seinen Nachnamen. Er kam zu einer meiner ersten Signierstunden und tauchte danach immer wieder bei irgendwelchen Werbeterminen oder Lesungen in New York auf, jedes Mal mit einem ganzen Stapel Bücher, die ich signieren sollte.«

»In New York? Und was hatte er gestern auf dem Flughafen von Austin zu suchen?«

»Was weiß ich?«

»Du hast mir erzählt, dass es dir so vorkommt, als würdest du beobachtet, seit du in Austin bist. Hattest du dieses Gefühl auch schon in New York?«

»Ab und zu. Aber da dachte ich, ich hätte klaustrophobische Beklemmungen, wenn ich unter vielen Menschen bin.«

»In New York ist man immer unter vielen Menschen.«

»Ja, aber...«

»Aber das war was anderes? Und es begann, als du für dein Buch Werbung zu machen anfingst?«

Sie nickte. »Das erste Mal habe ich es gespürt, als ich in einer Krimi-Buchhandlung signierte. Ich dachte, die gruselige Atmosphäre und die lange Schlange vor meinem Tisch würden mich einschüchtern und mir Angst machen. Ich... ich hatte das Gefühl, keine Luft mehr zu bekommen.«

»War Jerry auch dort?«

»Ich glaube schon.«

»Wann hast du ihn das letzte Mal gesehen?«

»An dem Tag...« Sie verstummte abrupt.

Er legte die Hand hinters Ohr. »An welchem Tag?«

»An dem ich aus der Stadt geflüchtet bin.«

»Dem Tag, an dem die Ratte abgegeben wurde. Wo hattest du Jerry an diesem Tag gesehen?«

»Vor dem Fernsehstudio. Aber ich bin absolut sicher, dass das eine nichts mit dem anderen zu tun hat.«

»Ich bin es nicht. Sicher, meine ich. Vielleicht stalkt Jerry dich.«

»Um mir etwas anzutun? Das ist Unfug. Er ist harmlos.«

Dent zog eine Braue hoch, als würde er das bezweifeln.

»Ich schwöre dir, Dent, er ist so unheimlich wie ein Glas Milch. Ein Bücherwurm. Sanftmütig. Absolut durchschnittlich. Meist verschmilzt er mit dem Hintergrund.«

»Er macht mir jetzt schon Angst. Genau vor solchen Typen musst du dich in Acht nehmen. Vor Fieslingen.«

Sie sah ihn empört an. »Du bist ihm noch nie begegnet. Woher willst du das wissen?«

»Woher willst du wissen, dass er keiner ist? Woher willst du wissen, dass in seinem Keller nicht schon mehrere tote Autorinnen liegen?«

»Bitte.«

»Na schön, dann erklär mir, warum er dir nach Texas gefolgt ist.«

»Wer sagt denn, dass er mir gefolgt ist? Bestimmt war das gestern nur Zufall.«

»Er ist dein größter Fan. Er entdeckt dich *zufällig* auf einem Flughafen, fünfzehn, zwanzig Bundesstaaten von New York entfernt, wo ihr eigentlich sein solltet, und er kommt nicht angelaufen, um dich anzusprechen? Er sagt nicht: ›O Gott! Das ist doch nicht zu glauben! Meine Lieblingsautorin hier im Wilden Westen!‹«

»So gesehen...«

»Genau.« Er nahm ihr das Foto ab und ging damit ans Fenster, wo es heller war. Nachdem er es lange nachdenklich studiert hatte, zuckte sein Kinn plötzlich hoch, und er drehte sich zu ihr um.

»Gestern. Im Park. Die beiden Liebenden, die auf ihrer Decke rumgefummelt haben. Großeltern, die mit ihrem Enkel Ball spielten. Eine Gruppe von Cheerleadern beim Training. Und ein Nachzügler. Ein unauffälliger Typ. Der mit dem Rücken zu uns in sein Handy sprach.« Er tippte auf das Foto. »Das war dein Jerry.«

Rupe hatte den vergangenen Abend bis Mitternacht im Behandlungsstuhl verbracht. Er hatte seinen Zahnarzt angerufen, noch bevor er nach dem schmerzhaften Zusammentreffen mit Dale Moody ins Krankenhaus gefahren war.

Zum Glück spielte Rupe mit seinem Zahnarzt Golf und hatte darum dessen Handynummer. »Nein, es kann nicht bis morgen früh warten«, hatte er gesagt, als der Zahnarzt sich sträubte. »Es ist ein Notfall. Um acht bin ich da.«

In der Notaufnahme des Krankenhauses hatte ihn der Arzt trotz seines verbeulten Gesichts erkannt. »Sind Sie nicht der Autokönig? Was ist denn passiert? Haben Sie jemandem eine Schrottlaube verkauft?«

»Ich bin in eine Tür gelaufen.« Er musste beim Sprechen aufpassen, damit sich seine lockeren Kronen nicht lösten. Eine hatte er schon verloren und nun eine unübersehbare Lücke in der oberen weißen Perlenreihe.

»Das ist mir auch schon passiert«, hatte der Arzt geantwortet und spitz hinzugefügt: »Als ich einem Typen Geld schuldete.«

Haha. Hab's kapiert. Der Arzt stellte sich als Arzt im Praktikum heraus und bestätigte, nachdem er mit den von Rupe scheinbar gutmütig erduldeten Scherzen durch war, dass dessen Nase »total im Arsch« sei.

Trotz der losen Kronen hatte Rupe die Zähne zusammengebissen und geduldig ausgeharrt, während der Arzt die Nase so gut wie möglich wieder in Position gebracht, sie fixiert und ihm dann erklärt hatte, dass er sich wahrscheinlich einer Schönheitsoperation unterziehen müsse, um sie wieder halbwegs ansehnlich zu gestalten.

»Aber das wird mindestens warten müssen, bis die Schwellung zurückgegangen ist.«

»Und wie lange dauert so was?«

»Ein paar Wochen. Sechs oder vielleicht acht.« Dass seinem Patienten ein langer und langwieriger Heilungsprozess bevorstand, schien den Arzt zu erheitern. Er riss ein Rezept für ein Schmerzmittel von seinem Block und meinte, während er es Rupe überreichte, humorig: »Hier sind Sie jederzeit willkommen.«

Wie lustig. Es war der Satz, mit dem sich Rupe in jedem seiner Fernsehspots verabschiedete.

Er hatte kurz zu Hause haltgemacht, um zwei Schmerztabletten mit einem großen Glas Scotch hinunterzuspülen und seine Klamotten zu wechseln, auf denen immer noch Moodys Absatzabdrücke prangten. Zum Glück war seine Frau mit den Kindern für zwei Wochen zu seinen Schwiegereltern nach Galveston gefahren, sodass er nichts zu erklären brauchte. Bis sie wieder heimkamen, würde er hoffentlich nicht mehr ganz so übel aussehen und hätte sich eine plausible Ausrede für sein verschobenes Gesicht zurechtgelegt.

Um acht Uhr hatte ihn der Zahnarzt durch die Hintertür in seine Praxis gelassen, und anschließend hatte Rupe vier zermürbende Stunden unter einer grellen Zahnarztlampe und mit den verschiedensten Operationsinstrumenten im Mund verbracht.

Als er heute Morgen aufgewacht war, hatte seine Nase gepocht, seine Augen waren praktisch zugeschwollen, und das übersensible Zahnfleisch unter den bis in alle Ewigkeit festzementierten Kronen hatte selbst auf einen Schluck Kaffee schmerzhaft reagiert.

Er betrachtete sich ausgiebig im Spiegel über dem Waschbecken und gelobte, den Exbullen aufzuspüren und umzubringen.

Als Erstes rief er dazu Haymaker an.

»Hey, Rupe«, antwortete der gut gelaunt. »Wie steht's denn so?«

»Du dreckiger Mistkerl, du hast ihn mir auf den Leib gehetzt, hab ich recht?«

»Wen? Wen soll ich auf dich gehetzt haben? Was redest du da?« Haymaker klang so lächerlich unschuldig, dass es beleidigend war.

»Ich mach dich fertig.«

»Wenn du das könntest, hättest du es längst getan. Weißt du, was ich glaube, Rupe? Ich glaube, du hast es nicht mehr drauf. Früher warst du mal ein scharfer Hund, aber die Zeiten sind vorbei.«

»Ich gebe dir noch eine letzte Chance, Haymaker.«

»Wofür? Ich bin mit meinen Raten auf dem Laufenden. Hab sogar einen Monat im Voraus bezahlt. Falls du also einen deinen Schlägertypen losschickst, um die traurige Blechdose einzukassieren, die du meiner Frau angedreht hast, dann werde ich den Wagen als gestohlen melden.«

»Sag mir, wo Moody steckt.«

»Ach«, er dehnte das Wort genüsslich. »Darum geht es also. Moody. Seid ihr euch noch nicht begegnet?«

Rupe hätte schwören können, dass Haymaker ein Lachen unterdrückte. »Wenn du mir nicht sagst...«

»Eins kannst du mir glauben, Rupe. Dale hat mir seine aktuelle Adresse nicht verraten. Ich könnte sie dir nicht mal sagen, wenn du mich waterboarden würdest.«

»Dann finde raus, wo er steckt. Du hast genau bis morgen früh Zeit. Wenn du dann nicht mit seiner Adresse rüberkommst, hast du mich bis an dein Lebensende zum Feind. Und das, Haymaker, würdest du nicht wollen.«

»Ähm... Rupe. Ich glaube nicht, dass Moody deine größte Sorge ist.«

»Ich mache mir überhaupt keine Sorgen. Ich kann ihn ein

für alle Mal zum Schweigen bringen. Ich kann auch *dich* zum Schweigen bringen. Und dafür brauche ich mir nicht mal die Hände schmutzig zu machen. Ich muss dazu nicht mal mein Büro verlassen. Ich kann …«

»Das meine ich nicht«, fiel Haymaker ihm ins Wort. »Ich glaube nur nicht, dass du deine Probleme löst, indem du mich und Dale aus dem Weg räumen lässt. Denn gerade sehe ich aus meinem Fenster auf die Straße, und rate mal, wer mich besuchen kommt!«

16

Während Bellamy duschte und frische Sachen anzog, fuhr Dent ihren Wagen aus der Garage, um Platz für seinen zu schaffen, und machte dann Toast mit Rührei, den sie hungrig verschlang, als sie zu ihm in die Küche zurückgekehrt war. Lässiger gekleidet, als er sie je gesehen hatte, in einer engen Jeans und weißem Shirt. Sie sah toll aus und roch noch besser.

Erst als sie auf der Interstate 35 waren und in Bellamys Wagen wieder in Richtung Austin fuhren, fragte sie ihn, wohin er wollte. »Zu Haymaker. Er war bei den Ermittlungen Moodys Partner.«

»Ich kann mich vage an ihn erinnern.«

»Ich hatte damals mehr mit den beiden zu tun als du und den Eindruck, sie wären auch privat befreundet. Vielleicht kann er uns verraten, wo Moody steckt.« Dann kam er wieder auf Jerry zu sprechen. »Was hältst du davon, dass dein größter Fan gestern im Park von Georgetown war und uns von dort aus offensichtlich zum Flughafen gefolgt ist?«

»Ich muss zugeben, dass das verdächtig nach Stalking riecht. Falls ich ihm je wieder persönlich begegnen sollte, werde ich ihm erklären, dass mir sein Verhalten sehr unangenehm ist.«

»Oh, damit wirst du ihm eine Höllenangst einjagen.«

Sie warf ihm einen vernichtenden Blick zu, und das Gespräch erstarb.

Donald Haymaker lebte in einem älteren Viertel Austins,

wo es noch wenig jüngere Paare gab, die nach zu renovierenden und umzubauenden Häusern suchten. Während sie auf die kleine Veranda vor dem Haus zugingen, fragte Bellamy: »Was glaubst du, wie wir empfangen werden?«

Dent blieb keine Zeit, eine Vermutung abzugeben. Noch bevor sie die Klingel drücken konnten, öffnete ihnen der ehemalige Polizist die Tür. Er betrachtete sie genauso neugierig wie sie ihn.

Er hatte einen Bierbauch bekommen, der in komischem Kontrast zu seinen haarlosen, dürren Beinen und knubbeligen Knien stand. Die kleinen, halb zusammengekniffenen Augen saßen über einer spitzen Himmelfahrtsnase. Ihm fehlte nur noch ein albernes Hütchen, und er hätte wie eine der Elfenfiguren auf der Rice-Krispies-Packung ausgesehen.

Er begutachtete seelenruhig die Wunden und Blutergüsse in Dents Gesicht. »Immer noch auf Ärger aus, wie ich sehe.«

»Offenbar brauchen wir uns nicht vorzustellen.«

Haymaker schnaubte. »Sie hätte ich überall erkannt. Selbst mit poliertem Gesicht.« Dann kam sein Blick auf Bellamy zu liegen. »Sie? Sie hätte ich bestimmt nicht wiedererkannt, wenn ich Sie nicht dauernd im Fernsehen sehen würde.«

»Dürfen wir hereinkommen?«, fragte sie höflich.

Er zögerte nur kurz und trat dann zur Seite. Hinter dem winzigen Vorraum ging es in ein unaufgeräumtes Wohnzimmer, das von einem riesigen Flachbildfernseher beherrscht wurde. Auf dem Kaminsims standen Familienbilder. Ein Hund schlief auf dem Sofa. Der größte Teil des Raumes wurde allerdings von einem Fernsehsessel in Kunstleder-Optik eingenommen, an dessen Lehne ein Fettfleck in der Größe und Gestalt von Haymakers Hinterkopf prangte.

Er deutete einladend auf das Sofa, und so quetschte sich Bellamy zwischen Dent und den Hund, dem nicht befohlen wurde, seinen Schlafplatz freizugeben, um den Gästen Platz zu machen. Haymaker ließ sich in den Fernsehsessel fallen und kippte die Lehne zurück, wobei die Fußstütze hochklappte. Die Sohlen seiner weißen Socken waren angegraut.

Er grinste koboldhaft. »Was kann ich für euch beide tun?«

Dent kam sofort zum Punkt. »Uns zu Ihrem Kumpel Dale Moody führen.«

Der Expolizist lachte ein bisschen zu laut und gut gelaunt, als dass es ungezwungen geklungen hätte. »Der alte Dale«, sagte er kopfschüttelnd und mit einem gütigen Lächeln. »Ich wüsste zu gern, was aus ihm geworden ist.«

»Also, zum einen wurde er aus dem Austin PD geschmissen.«

Haymaker schoss in seinem Fernsehsessel nach vorn und zielte mit dem Zeigefinger auf Dent. »Das ist eine miese Lüge. Wo haben Sie das gehört? Dale hat das Department aus eigenem Entschluss verlassen. Er wurde nicht rausgeschmissen. Er wurde nicht mal vom Dienst suspendiert.«

»Es hat also nie jemand erfahren, was er mit mir angestellt hat?«

Bellamy zuckte überrascht zusammen, sagte aber nichts. Er hatte sie gebeten, Haymaker ihm zu überlassen. Und er hatte ihr nicht verraten, wie er ihn zum Sprechen bringen wollte.

Haymakers Zunge schoss vor und leckte über seine Lippen. »Okay, stimmt, Dale war ein harter Bursche. Er war nicht immer politisch korrekt. Manchmal hat er sich ein bisschen hinreißen lassen, vor allem bei kleinen Scheißern wie Ihnen, die sich für schlauer hielten als er.«

»Ich *war* schlauer als er. Ich habe begriffen, dass er blufft, und nichts gestanden, und er hat seine Drohung nicht wahr gemacht. Ich habe immer noch beide Augen, und beide sind voll funktionsfähig.«

Er drehte sich Bellamy zu. »Moody kreuzte bei mir zu Hause auf, während mein Vater in der Arbeit war. Er warf mich mit dem Rücken auf den Küchentisch und drückte einen Kreuzschlitzschraubenzieher an mein Augenlid. Er sagte, wenn ich nicht gestehen würde, dass ich Susan erwürgt hatte, würde er meinen Augapfel durchstoßen, und ich würde niemals ein Flugzeug lenken können. Ich war ganz allein. Ich hatte keinen Anwalt. Über eine Stunde versuchte Moody, ein Geständnis von mir zu erpressen, indem er mir drohte, mir das Auge auszustechen.« Er sah wieder Haymaker an. »Und dieser Mistkerl hat mich die ganze Zeit über festgehalten.«

Haymaker hob die schmalen Schultern. »Es hat Ihnen nicht geschadet, oder? Es ist trotzdem was aus Ihnen geworden.«

»Auf Allen Strickland trifft das nicht zu.«

Bellamys leiser Einwand zeigte unübersehbar Wirkung bei Haymaker, der auf einmal so zappelig wurde, dass das Kunstleder unter seinem Hintern zu quietschen anfing. »Sie können Dale doch nicht dafür verantwortlich machen, dass Strickland im Gefängnis umgebracht wurde. Der Bursche wurde rechtskräftig verurteilt. Eine Jury aus Geschworenen hatte ihn für schuldig befunden...«

»Obwohl nur Indizien gegen ihn sprachen.«

»Darüber weiß ich nichts«, wandte er schnell ein. »Ich war nur bei ein paar Vernehmungen dabei, dann wurde ich einem anderen Fall zugeteilt.«

»Sie haben Moody und Rupe Collier also nicht geholfen, die Beweise gegen Strickland zusammenzustricken?«

»Nein.« Im selben Moment merkte Haymaker, dass er in die Falle getappt war, und ruderte zurück. »Ich meine damit, die beiden haben gar nichts zusammengestrickt. Was sie in der Hand hatten, genügte für eine Verurteilung. Jedenfalls nach Meinung der Geschworenen.«

»Und was meinte Detective Moody?«

Auf Dents Frage hin begann Haymaker nervös zu blinzeln. »Wie meinen Sie das?«

»War es reiner Zufall, dass Moody aus dem Polizeidienst ausschied, direkt nachdem Allen Strickland in Huntsville ermordet worden war?«

Haymaker wurde noch zappeliger. »Dale hat mir nie verraten, warum er damals den Dienst quittiert hat. Er ... er trank gern einen über den Durst. Wie viele andere Cops auch«, nahm er ihn in Schutz.

»Und warum?«

»Ärger daheim. Er war mit einer echten Harpyie verheiratet. Man könnte schon mit meiner Frau keinen Preis gewinnen, aber Dales Drachen ...«

»Wir sind nicht hier, um über seine Eheprobleme oder seine Trinkgewohnheiten zu plaudern.« Dent setzte sich auf, legte die Unterarme auf die Schenkel und senkte im Vorbeugen die Stimme zu einem vertraulichen Raunen: »Bellamy und ich glauben, dass Dale Moody vielleicht kein Cop mehr sein und für seine Mitmenschen vom Antlitz der Erde verschwinden wollte, weil er nicht mit seinen Schuldgefühlen leben konnte.«

Es fiel Haymaker sichtlich schwer, ihnen in die Augen zu sehen. »Ich war weder sein Priester noch sein Psychiater.«

»Aber sein Freund. Und zwar sein einziger.« Dent ließ Haymaker ein paar Sekunden Zeit, darüber zu spekulieren, woher er das wusste, bevor er ihn aufklärte: »Nach der Geschichte mit dem Schraubenzieher wollte ich Moody dafür büßen lassen und begann ihn zu verfolgen. Sie waren der Einzige, mit dem er sich privat traf. Sie waren sein einziger Saufkumpan. Wochenlang habe ich Ihnen beiden nachgestellt, Nacht um Nacht, von einer Bar in die nächste. Dann fragte mich Gall, dem ich noch nie was vormachen konnte, was ich eigentlich im Sinn hatte. Als ich es ihm erzählte, beschimpfte er mich als Flachschädel und erklärte mir, dass ich seinetwegen gern einen Bullen angreifen und damit mein Leben verpfuschen könnte, dass er mir dabei aber keine Gesellschaft leisten wollte. Er schmiss mich von seinem Grundstück und verbot mir wiederzukommen.«

Er breitete die Hände aus. »Meine Liebe zum Fliegen war größer als mein Hass auf Moody. Ich begrub meine Rachepläne. Das Einzige, was mir meine amateurhaften Beschattungsversuche eingebracht hatten, war die Erkenntnis, dass Detective Moody einen einzigen Freund hatte.« Er nickte zu Haymaker hin. »Wenn überhaupt jemand weiß, wo er steckt, dann Sie.«

Der Mann wischte mit den Handflächen über die Beine seiner ausgebeulten karierten Shorts. »Was wollen Sie denn von ihm?« Er sah Bellamy an. »Sie haben ihn doch schon in Ihrem Buch ans Kreuz genagelt. Wollen Sie die Nägel jetzt noch tiefer treiben?«

»Ich wollte ihn damals für mein Buch interviewen, konnte ihn aber nicht ausfindig machen«, antwortete sie. »Also musste ich mich allein auf die Erinnerung eines jungen Mädchens verlassen, und dabei war ich so präzise wie nur möglich. Ich hatte nie vor, Detective Moody in ein schlechtes Licht zu rücken. Warum sollte ich das auch wollen? Schließlich hat er den Mann verhaftet, der meine Schwester umgebracht hatte, und ihn vor Gericht gebracht.«

»Da haben Sie es doch«, sagte Haymaker und klatschte mit den flachen Händen auf die gepolsterten Armlehnen. »Das Ende.«

»Nein, das ist nicht das Ende«, widersprach sie ihm. »Nicht wenn Sie glauben, dass ich ›ihn ans Kreuz genagelt‹ habe. Sieht er das genauso?«

»Ich weiß nicht, wie er was sieht.«

»Sie lügen«, sagte Dent.

Bellamy legte ihm beschwichtigend die Hand aufs Knie. Sanfter und deutlich weniger aggressiv fragte sie: »Sieht

Moody das genauso, Mr Haymaker? Und falls ja, würde er mir dann nicht gern schildern, wie er die Dinge sieht?«

»O nein. Ganz bestimmt nicht. Er will garantiert nicht mit Ihnen sprechen.« Haymaker schüttelte entschieden den Kopf.

»Woher wissen Sie das?«

»Weil er nicht mal mit mir darüber sprechen will, und ich bin sein bester... einziger... Freund. Wie der Schlauberger hier betont hat.« Er sah Dent sauertöpfisch an. Dent reagierte nicht. Nachdem Bellamy Fortschritte machte, wo er auf eine Mauer gestoßen war, überließ er ihr das Feld.

Sie fragte Haymaker: »Haben Sie denn versucht, mit ihm darüber zu reden?«

»Achtzehn verflixte Jahre lang. Ich weiß beim besten Willen nicht, was damals ablief. Aber dafür weiß ich genau, dass Dale nicht mehr derselbe war, nachdem der Junge im Knast umgebracht worden war. Damals war er erst einen ganzen Monat ununterbrochen betrunken, und dann verkündete er aus heiterem Himmel, dass er die Polizei und seine Familie und die Stadt verlassen würde, und damit basta.«

»Aber Sie stehen noch mit ihm in Verbindung?«

Er rutschte in seinem Sessel herum, kratzte sich am Kopf und schien abzuwägen, wie viel er preisgeben sollte. Für Dent hatte er nur einen feindseligen Blick übrig, aber Bellamys ruhiger Frage konnte er sich nicht entziehen.

Er seufzte tief und murmelte dann: »Wir telefonieren. Hin und wieder. Nicht regelmäßig. Manchmal geht er nicht ans Telefon und ruft auch nicht zurück, wenn ich ihm eine Nachricht hinterlasse. Ich mache mir Sorgen um ihn. Es geht ihm gar nicht gut. Seine Lunge pfeift wie ein ganzer Dudelsack.«

»Der Arme«, kommentierte Dent sarkastisch. »Und wo lebt er?«

»Das weiß ich nicht.«

Dent sah sich im Zimmer um. »Haben Sie zufällig einen Schraubenzieher da?«

»Ich sage Ihnen doch, ich weiß nicht, wo er lebt!«, rief Haymaker. »Ich schwöre es bei Gott. Selbst wenn Sie mir das Auge ausstechen, könnte ich es Ihnen nicht verraten.« Dann hob er trotzig das Kinn. »Und selbst wenn, selbst wenn er gleich nebenan wohnen würde, würde ich es Ihnen nicht verraten, weil Dale auf gar keinen Fall mit Ihnen sprechen will. Hierherzukommen war reine Zeitverschwendung.«

Mit einem kurzen Blickwechsel gestanden sich Dent und Bellamy ein, dass sie Haymaker glaubten, aber nicht wussten, was sie nun unternehmen sollten.

Dann streckte Dent blitzschnell die Hand nach dem kleinen Tisch am Ellbogen ihres Gastgebers aus und griff nach dem daraufliegenden Handy.

Sofort sprang die Rückenlehne von Haymakers Sessel hoch. »Hey!« Er versuchte, Dent das Handy wieder wegzunehmen.

Der hielt es so hoch, dass sein Gegenüber nicht hinkam. »Ich wette, dass Moodys Nummer darin gespeichert ist. Rufen Sie ihn an. Sagen Sie ihm, dass wir mit ihm reden wollen. Erklären Sie ihm, dass Sie das für eine gute Idee halten. Dass er damit Gelegenheit hätte, das Ergebnis unserer Nachforschungen zu bestätigen.«

»Er braucht weder was zu bestätigen noch was zu widerlegen.«

»Dann könnte er uns das selbst erklären.« Aus einer Eingebung heraus ergänzte Dent: »Wenigstens kann er uns erklären, wie er und Rupe Collier den Fall gegen Allen Strickland konstruiert haben.«

Haymakers Koboldaugen zuckten zwischen ihnen hin und her. »Sie haben nichts gegen die beiden in der Hand.«

»Der Fall wurde also manipuliert?«, fragte Bellamy.

»Das habe ich nicht gesagt«, stammelte er. »Legen Sie mir keine falschen Worte in den Mund, Miss.«

»Wir interessieren uns weniger dafür, was Sie zu sagen haben, Haymaker. Wir wollen vor allem mit Moody sprechen.« Dent grinste gemein. »Falls er sich damals die Regeln tatsächlich ein bisschen zurechtgebogen haben sollte, geben wir ihm jetzt Gelegenheit, seine Seele reinzuwaschen. Dann kommt er nach dem Tod in den Himmel und nicht in die Hölle. Und alle sind glücklich.«

»Rufen Sie ihn an, Mr Haymaker«, beschwor Bellamy ihn sanft.

Er haderte kurz mit sich und hob dann kapitulierend die Hände. »Okay. Schön. Ich werd's mir überlegen.«

»Sie haben fünf Sekunden«, sagte Dent.

»Hören Sie, wenn Sie morgen wiederkommen...«

Dent trötete wie ein Buzzer in einer Quizshow. »Wir haben nicht bis morgen Zeit.«

»Wieso denn nicht?« Haymaker sah Bellamy an. »Wieso haben Sie es auf einmal so eilig?«

»Ich habe gute Gründe, warum ich ihn so bald wie möglich sprechen muss. Rufen Sie ihn an.«

Der Expolizist wand sich weiter und kämpfte unübersehbar mit sich.

»Die Zeit ist um.« Dent wischte mit dem Daumen über den Bildschirm und schaltete damit das Telefon ein. »Wenn Sie ihn selbst anrufen, sind Sie ein besorgter Freund, der ihm einen guten Rat gibt. Wenn er mich am Telefon hat, sind Sie der Kumpel, der ihn verraten hat. Sie haben die Wahl.«

Als Steven den Namen im Display seines Handys las, gab er William ein Zeichen, seinen Posten am Reservierungspult zu übernehmen, und zog sich in die relative Ruhe des Büros hinter der hektischen Küche des Maxey's zurück. Weil das

Handy zu vibrieren aufgehört hatte, bis er die Tür hinter sich geschlossen hatte, drückte er die Rückruftaste. Gleich beim ersten Läuten war Olivia am Apparat.

»Ich konnte leider nicht rechtzeitig drangehen, Mutter. Geht es um Howard?«

»Sein Leben hängt am seidenen Faden.«

Steven hörte an ihrer rauen Stimme, dass sie geweint hatte.

»Meine Psyche auch«, ergänzte sie zittrig. »Und zwar an einem äußerst dünnen Faden. Manchmal ist er minutenlang ganz klar, aber dann gibt es wieder Zeiten, in denen er halb bewusstlos daliegt, und die machen mir schreckliche Angst. Ich fürchte mich so, dass er irgendwann nicht mehr daraus erwacht. Er sieht so alt und gebrechlich aus, dass ich in ihm kaum noch meinen Howard wiedererkenne.«

»Mein Gott. Ich kann mir vorstellen, wie schwer das für dich ist.« Falls William sterben sollte, wäre das bestimmt so, als würde die Welt um ihn herum zusammenbrechen, ohne dass er irgendwas dagegen unternehmen konnte. »Es tut mir so leid, dass du ganz allein damit fertigwerden musst.«

»Bellamy war gestern Abend hier.« Als er nicht darauf einging, ergänzte sie leise: »Ich weiß, dass sie dich besucht hat, Steven. Sie hat es mir erzählt. Ich hätte nicht gedacht, dass sie die weite Reise auf sich nimmt, wo es Howard so schlecht geht. Er wollte gestern Abend unbedingt mit ihr sprechen.«

»Bestimmt fürchtet er bei jedem ihrer Besuche, dass es der letzte sein könnte.«

»Ganz genau. Deshalb wundert es mich so, dass er sie wieder weggeschickt hat.«

»Hat er?«

»Sie war kaum eine Stunde hier. Erst war sie zehn, vielleicht fünfzehn Minuten allein bei Howard, dann ist sie mit Dent wieder weggefahren.«

»Dent ist immer noch bei ihr?«

»Er hat sie hergeflogen.«

»Die beiden scheinen sich ja gut zu verstehen.«

»Zu unserem großen Missfallen. Ich weiß beim besten Willen nicht, was sie in ihm sieht.«

»Wahrscheinlich sieht sie einen Superhengst in ihm. Genau wie Susan damals.«

Olivia ließ das unkommentiert, wahrscheinlich weil ihr die bloße Vorstellung zuwider war und weil sie keinesfalls darüber nachdenken wollte, was das bedeutete.

»Sie sind gestern noch spätabends nach Austin zurückgeflogen«, erzählte sie weiter. »Ich weiß nicht, wieso sie es so eilig hatte, wieso sie nicht wenigstens bis heute Morgen geblieben ist.«

»Hast du sie gefragt?«

»Sie hat behauptet, Howard hätte sie zurückgeschickt, um etwas für ihn zu erledigen, aber als ich mehr wissen wollte, hielt sie sich bedeckt. Und als ich Howard fragte, tat er es als belanglos ab.«

»Also, dann...«

»Aber ich habe das Gefühl, dass sie etwas vor mir geheim halten, und das macht mir Angst.« Sie brach in Tränen aus.

»Mutter, tu dir das nicht an. Bestimmt interpretierst du da zu viel hinein. Du bist erschöpft und am Ende deiner Kräfte, was unter den gegenwärtigen Umständen nur allzu verständlich ist.«

»Alle reden immer nur um den heißen Brei herum.«

»Um welchen heißen Brei denn?«

»Das weiß ich doch nicht!«, rief sie zittrig aus. »Genau darum geht es ja. Ich fühle mich, als wäre ich die Einzige, die nicht eingeweiht wurde. Ich fand es schrecklich, dass du dich so von Bellamy entfremdet hast. Ich freue mich furchtbar, dass ihr euch wieder annähert. Aber was kann so dringend sein, dass sie vom Sterbebett ihres Vaters weglaufen und dich ausgerechnet *jetzt* besuchen muss? Worüber habt ihr gesprochen?«

»Wir haben uns gegenseitig auf den neuesten Stand gebracht. Ich habe ihr William vorgestellt. Ihr von den Restaurants erzählt und ihr zum Erfolg ihres Buches gratuliert. Und so weiter.«

»Warum lügst du mich an, Steven? Bellamy hat mir selbst erklärt, dass sie dich sehen wollte, um mit dir – als Erwachsene – über den Memorial Day zu sprechen.«

Er senkte den Kopf, schloss die Augen und drückte mit zwei Fingern seine Nasenwurzel zusammen, bis es schmerzte. »Na schön, ja. Ich sollte ihr aus meiner Sicht erzählen, was damals passiert ist, weil es offenbar Dinge gibt, die Bellamy nicht weiß.«

»Mir will nicht in den Kopf, wieso sie sich derart an der Geschichte festbeißt. Wirklich nicht. Das ist doch längst vergangen.«

»Für sie nicht, nein. Für sie ist das alles noch sehr gegenwärtig.«

»Findest du das gesund? Für irgendeinen von uns?«

»Nein.«

»Und was hast du ihr erzählt? Hast du ihr erzählt...«

»Dass ich damals für Susan den Zuhälter gespielt habe?«

»So darfst du nicht reden! Weder über deine Stiefschwester noch über dich selbst.«

»Wie würdest du es denn ausdrücken?«

»Jedenfalls nicht so grob.«

»Also, ich habe Bellamy weder in diesen noch in anderen Worten davon erzählt.«

»Dafür hätte es auch gar keinen Anlass gegeben. Jungs und Mädchen nutzen Vermittler, seit es Jungs und Mädchen gibt. Susan wollte mit Allen Strickland tanzen, und sie hat dich gebeten, ihn in ihrem Namen anzusprechen. Das hatte tragische

Konsequenzen, trotzdem war es ein unschuldiger Akt, etwas, das jedes typische junge Mädchen getan hätte.«

Nur dass Susan kein typisches junges Mädchen und schon gar nicht unschuldig gewesen war.

Er hatte weder seiner Mutter noch Howard jemals verraten, was sich an ungezählten Abenden in seinem Zimmer abgespielt hatte, doch er hatte ihnen gegenüber zugegeben, was bei dem Barbecue vorgefallen war.

»Wenn es wirklich so harmlos war, Mutter, warum wolltet ihr dann nicht, dass ich es der Polizei erzähle?«

»Wir haben damals nur gesagt, dass du das nicht anzusprechen brauchst, wenn nicht einmal Allen Strickland bei seiner Vernehmung davon gesprochen hatte. Es war nicht relevant.«

»Detective Moody hätte das vielleicht anders gesehen.«

Bestimmt hätte es ihn interessiert, wie geschickt Susan ihre Mitmenschen manipulieren konnte und dass sie die Begegnung mit Strickland selbst initiiert hatte.

»Da drüben, in dem blauen Hemd, neben dem Höhlenmenschen mit dem langen Schnauzer. Ich glaube, die beiden sind Brüder. Aber sprich bloß den richtigen an. Wehe dir, wenn stattdessen dieser sabbernde Trottel antanzt.«

»Ich werde niemanden ansprechen.«

»Steven...«

»Fick dich. Wenn du so scharf darauf bist, mit ihm zu tanzen, dann frag ihn doch selbst und lass mich in Frieden.«

»Ste-ven hat ›Fick dich‹ gesagt. Ste-ven hat ›Fick dick‹ gesagt.«

Ihr provozierender Singsang hatte seine Wut noch gesteigert. Genau das hatte sie beabsichtigt und wusste es zu nutzen.

»Natürlich sagst du es nur und tust es nicht. Weil du dich fürchtest.« Sie hatte sich vorgebeugt und ihm ins Ohr geflüstert: »Dabei weiß ich genau, wie gern du es tun würdest. Ich

weiß, dass du mich ficken möchtest. Ich weiß, dass du es am liebsten gleich hier tun würdest.«

Als er zu flüchten versuchte, verstellte sie ihm den Weg. »Lauf und sag dem Typen, dass ich mit ihm tanzen will, sonst erzähle ich Olivia und Daddy, dass du auf Dent eifersüchtig bist und deshalb in mein Zimmer gekommen bist, als ich nackt war, weil du mich vergewaltigen wolltest.«

»Dich vergewaltigen? Da lachen ja die Hühner.«

»Wem werden sie wohl glauben?« Ihr Blick ließ keinen Zweifel daran, dass sie die Geschichte nach Gutdünken ausschmücken würde, und er wusste genau, dass sie es konnte.

Vor Hass brennend, hatte er Allen Strickland für sie angesprochen.

Als hätte sie seine Gedanken gelesen, meinte seine Mutter mitfühlend: »Dieser Junge hatte ihr schon den ganzen Tag hinterhergegafft, Steven. Er und sein Bruder auch. Auch ohne deine Hilfe hätte Allen früher oder später seinen Mut zusammengenommen und sie um einen Tanz gebeten.«

»Möglich. Trotzdem bleibt es dabei, dass ich ihm geholfen habe.«

»Bitte belaste dich nicht länger damit, das regt dich nur unnötig auf. Auch wenn mir klar ist, dass es nicht einfach ist, diesen Tag aus deinem Gedächtnis zu streichen, solange dir ständig Bellamys Buch in die Augen springt. Es ist wirklich überall. Selbst hier im Krankenhausshop.«

»Das Kind ist längst in den Brunnen gefallen, Mutter.«

»Mag sein, aber ich dachte, der Rummel würde sich legen, nachdem sie keine Werbung mehr dafür macht. Stattdessen stehen unsere Namen erneut auf der Titelseite dieses elenden Schmierblattes. Dent Carter hat sich wieder in unser Leben geschlichen, Bellamy führt sich auf wie eine Besessene, und ich habe das starke Gefühl, dass diese mysteriöse Mission, auf die Howard sie geschickt hat, etwas damit zu tun hat.«

Steven schritt ein, bevor sie sich in einen weiteren Weinkrampf steigern konnte. »Mutter, wenn Howard je irgendetwas hinter deinem Rücken getan hat, dann nur, wenn er dir ein besonders schönes Geschenk besorgen oder eine extravagante Reise planen wollte. Falls er Bellamy tatsächlich in geheimer Mission ausgeschickt hat, dann bestimmt nur, um dir großes Leid zu ersparen.«

»Ich leide aber, Steven.«

»Krebs ist grausam.«

»Genau wie die Ironie.«

»Was für eine Ironie?«

»Howard und mir war ein beinahe perfektes Leben vergönnt. Es wurde nur von einem einzigen tragischen Ereignis überschattet. Trotzdem denken jetzt, wo unsere gemeinsame Zeit zu Ende geht und wir uns eigentlich die schönen Zeiten ins Gedächtnis rufen sollten, alle immer nur an Susans Tod.« Ihre Stimme brach. »Und warum?«

Leise sagte Steven: »*Kalter Kuss.*«

17

Die Maschine des Senators stand schon auf dem Vorfeld, als Dent und Bellamy auf dem Flugplatz eintrafen.

Gall sah Dents zerschlagenes Gesicht und zog die Stirn in Falten. »Wer war das denn?«

»Es tut nicht weh.«

»Das habe ich nicht gefragt.«

»Ich muss Olivia anrufen. Entschuldigt mich.« Bellamy zog ihr Handy aus der Tasche und verschwand im Hangar.

Dent deutete auf das Flugzeug. »Äußerst anständig von ihm, es uns zu überlassen. Gestern Abend und heute.«

»Ich hab doch gesagt, er will, dass du dich einfliegst. Er hat heute ganz früh angerufen und sich erkundigt, wie sie dir gefällt. Er sagt, er hofft, du würdest dich so in die Kiste verlieben, dass du für ihn arbeiten willst.« Gall biss auf seine Zigarre. »Keine Ahnung, ob er das immer noch sagen würde, wenn er dich jetzt sehen könnte.«

»Nicht jetzt, Gall.«

Dent ging an ihm vorbei in den Hangar und zu seiner eigenen Maschine. »Wie geht die Reparatur voran?«

»Die Ersatzteile sind bestellt. Die ersten müssten Ende der Woche kommen, andere wahrscheinlich später.«

Dent tätschelte die Tragfläche seines Flugzeugs, bevor er zum Computertisch weiterging und sich setzte. »Hast du den Flugplatz in Marshall gecheckt?«

»Es gibt da zwei Landebahnen. Eine mit fast zweitausend Metern. Das ist mehr als genug.«

Sobald er und Bellamy Haymakers Haus verlassen hatten, hatte Dent bei Gall angerufen und ihn gefragt, ob das Flugzeug des Senators noch verfügbar war und ob er es flugbereit machen könnte. Außerdem hatte er ihn gebeten, Informationen über den Flugplatz von Marshall in Osttexas, dreihundert Meilen von Austin entfernt, einzuholen.

Während Dent methodisch die Vorflug-Checkliste abarbeitete, marschierte Bellamy, das Handy am Ohr, rastlos im Hangar auf und ab. Er hätte zu gern gewusst, mit wem sie telefonierte. Ihre Gespräche mit Olivia dauerten nie so lange.

Nachdem er den Flugplan eingereicht hatte, gab er Bellamy ein Zeichen, dass sie abflugbereit waren. Sie beendete ihr Telefonat und verschwand in der Toilette des Hangars, obwohl die Bordtoilette des zwei Millionen Dollar teuren Flugzeugs deutlich komfortabler war. Wahrscheinlich hätte sie es ungehörig gefunden, sie während des kurzen Fluges zu benutzen.

Um Gall nach dem brüsken Wortwechsel von vorhin wieder milde zu stimmen, ging Dent zu der Arbeitsbank, wo der ältere Mann an einem Werkstück herumhantierte. »Danke, dass du uns so kurzfristig aushilfst.«

Gall sah ihn nur an und wartete auf eine Erklärung für den überhasteten Abflug, eine Erklärung, die er Dents Gefühl nach verdient hatte.

»Von Marshall aus fahren wir zum Caddo Lake. Er liegt in der Nähe...«

»Ich weiß, wo er liegt.« Gall kaute energisch auf seiner Zigarre herum. »Wollt ihr beiden angeln gehen?«

»Sozusagen. An dem See wohnt Detective Moody, inzwischen pensioniert. Er hat sich bereit erklärt, mit uns zu reden. Und spar dir die Gardinenpredigt.«

Gall hörte auf, seine Zigarre zu zerbeißen, zog sie aus dem Mund und schleuderte sie in Richtung Mülleimer, den er allerdings um gute dreißig Zentimeter verfehlte. »Gardinenpredigt«, wiederholte er angewidert. »Wie wär's, wenn du stattdessen wieder zur Vernunft kommen würdest? Etwas, das dir in letzter Zeit abzugehen scheint. Im Ernst, du zeigst nicht einen Funken Vernunft, seit du dich an diese Lady gekettet hast, deren Familie um ein Haar dein Leben ruiniert hätte. Du tauchst hier auf mit einem Gesicht wie Rocky nach einem verlorenen Kampf. Du bist auf dem Weg zu einem Kerl, den du mal umbringen wolltest. Du hast eine Waffe dabei. Und ich soll mir die Gardinenpredigt sparen?«

»Woher weißt du, dass ich bewaffnet bin?«

»Das wusste ich nicht. Bis jetzt. *Jesus!* Du fliegst mit einer Pistole im Gepäck zu Moody?«

»Würdest du dich bitte beruhigen? Ich werde ihn nicht erschießen. Wir wollen nur mit ihm reden. Er kann mir nicht mehr gefährlich werden. Er ist alt, es geht ihm schlecht, und wie man hört, macht er's nicht mehr lange.«

»Woher weißt du das?«

»Ich habe meine Quellen.«

»Er hat seine Quellen«, knurrte er. Dann nickte er zu Dents geschundenem Gesicht hin. »Wer hat dich so zugerichtet?«

»Der Redneck, vor dem ich dich gewarnt habe.« Er schilderte Gall knapp, wie der Angriff abgelaufen war.

»Sind die Schnitte tief?«

»Es geht.«

»Warst du beim Arzt?«

»Bellamy hat sie verbunden.«

»Ach so, und sie hat die nötige Ausbildung.«

»Die Verletzungen sind nicht so schlimm, Gall. Ehrenwort.«

»Hast du den Angriff der Polizei gemeldet?«

Dent schüttelte den Kopf. »Wir wollten nicht, dass es in die Zeitung kommt. Es reicht schon, dass Van Durbin uns gestern Abend vor meinem Apartment aufgelauert hat, und dabei wusste er nicht mal von der Attacke.«

»Hat Van Durbin dich mit ihr zusammen gesehen?«

»Er hat sogar Fotos von uns.«

Galls finstere Miene ließ darauf schließen, dass nichts von dem, was Dent ihm erzählte, Gnade vor seinen Augen fand. »Noch mal zu dem Redneck – hat er einen Namen?«

»Ich könnte mir vorstellen, dass es Ray Strickland war, Allens Bruder. Aber das ist nur eine Vermutung.«

»Warum sollte er es auf dich abgesehen haben?«

»Vielleicht will er sich rächen?« Dent hob eine Schulter zu einem halben Achselzucken. »Was Besseres ist Bellamy und mir nicht eingefallen.«

»Bellamy und dir.« Er schnaubte unwillig. »Dent, warum tust du das?«

»Das habe ich dir doch erklärt.«

»Um dich reinzuwaschen. Ein für alle Mal. Okay, kapiert. Aber wovon? Hast du etwa das Gefühl, dass du noch nicht tief genug in der Scheiße sitzt? Willst du noch ein bisschen tiefer rutschen?« Er ließ Dent keine Zeit, sich zu rechtfertigen. »Du könntest umgebracht werden. Und was nutzt dir dein reingewaschener Name, wenn du tot bist? Und was sie angeht, glaubst du, sie würde mit dir zusammenarbeiten wollen, wenn sie wüsste...«

»Sie weiß es.«

Durch Bellamys Bemerkung abrupt zum Verstummen gebracht, drehte Gall sich um und begriff, dass sie genau hinter ihm stand.

»Ich weiß, dass er im Park war und dass er sich mit Susan gestritten hat, kurz bevor sie umgebracht wurde. Ich habe die beiden gesehen. Meine Erinnerung ist gestern Abend bei einem hitzigen Streit zurückgekehrt.«

Gall schluckte schwer und schien ausnahmsweise um eine Antwort verlegen. »Also...«

Lächelnd legte sie die Hand auf den Ärmel seines Overalls.

»Ich weiß, dass Sie gelogen haben, um Dent zu schützen. Und ich werde Ihr Geheimnis wahren.«

»Sie werden es Moody nicht erzählen?«

»Mich interessiert viel mehr, was er uns zu erzählen hat.«

»Und wo wir gerade davon sprechen«, mischte sich Dent ein, »wir sollten uns auf den Weg machen, sonst ändert er noch seine Meinung und weigert sich, uns zu sehen.«

Sie gingen nach draußen, aber vor der Gangway nahm Dent Gall noch einmal beiseite. »Dieser Redneck, wer er auch sein mag, meint es ernst, Gall. Halt die Augen offen.«

»Mach dir um mich keine Sorgen, Meister.«

»Tue ich auch nicht. Eher mache ich mir welche um mich.«

»Wieso das?«

»Weil ich ihn für das büßen lassen werde, was er Bellamy und mir angetan hat. Aber falls er dir was antut, muss ich ihn umbringen.«

»Mit wem hast du so lange geredet?«

Bellamy hatte Dents Einladung, auf dem Platz des Kopiloten zu sitzen, angenommen und die angeblich so unbequemen Kopfhörer aufgesetzt und eingestöpselt, damit sie sich unterhalten konnten.

Sie hatte den Blick auf den Horizont gerichtet und stieß einen erschöpften Seufzer aus. »Mit Dexter. Meinem Agenten. Er hat mir mindestens zwanzig Nachrichten hinterlassen und in der letzten angedroht, von der Brooklyn Bridge zu springen, falls ich nicht zurückrufe. Also habe ich ihn angerufen.«

»Und?«

»Und er hat Van Durbins gestrige Kolumne gelesen. Sie hat den Hype neu angeheizt. Er findet, dass ich wieder in den Ring steigen und für das Buch Werbung machen sollte. Ich habe abgelehnt. Auch ohne dass ich irgendwas dazu getan hätte, ist das Buch auf der Bestsellerliste zwei Plätze nach oben geklettert. Dexter meint, dass es noch höher klettern und länger dortbleiben könnte, wenn wir ein bisschen Pressearbeit betreiben. Dass wir einen besseren Filmverwertungsvertrag aushandeln könnten. Und so weiter. Ich habe abgelehnt. Wieder mal. Mit Nachdruck.«

»Und jetzt müssen sie seine Leiche aus dem East River angeln?«

Sie lachte. »Als ich aus New York abgeflogen bin, hat er gedroht, vom Empire State Building zu springen. Das ist auch nicht passiert.«

Er wechselte mehrere Funksprüche mit verschiedenen Fluglotsen, weil sie vom einen Luftraum in den anderen wechselten. Die Instrumente im Cockpit waren ihr so fremd wie die Oberfläche des Neptuns.

Als er wieder Zeit für sie hatte, fragte sie: »Wie hast du dir je merken können, wozu die alle gut sind?«

»Ich habe sie mir eingeprägt, weil ich einen sehr gesunden Respekt vor der Schwerkraft habe. Der Boden ist immer da, und er will dich nach unten holen. Das darfst du keine Sekunde vergessen.«

»Warum werden Flugzeugunglücke fast immer auf einen Fehler des Piloten zurückgeführt?«

»Weil der Pilot fast immer den allerletzten, entscheidenden Fehler macht und sich schlecht rechtfertigen oder erklären kann, wenn er tot ist.«

»Das ist doch unfair, oder?«

»Manchmal schon, ja. Piloten sind nicht unfehlbar. Sie können auch Mist bauen. Aber meistens gibt es vor einem Flugzeugabsturz eine ganze Serie von Fehlentscheidungen oder unglücklichen Fügungen. Sie stauen sich auf, und dann muss die Crew im Cockpit damit fertigwerden. Hast du je vom Schweizer-Käse-Modell gehört?«

»Ich glaube schon, aber erklär es mir lieber noch mal.«

»Bevor es zu einer Katastrophe wie zum Beispiel einem Flugzeugabsturz kommt, muss eine ganze Kette von Ereignissen vorausgehen. Stell dir die einzelnen Faktoren als mehrere Scheiben Schweizer Käse vor, die hintereinander aufgestellt werden. Falls auch nur in einer Käsescheibe die Löcher anders liegen als in den übrigen Scheiben, wird die Ereignisfolge abgeändert oder abgeschnitten, und die Katastrophe wird abgewendet.«

»Aber wenn alle Löcher in einer Reihe liegen...«

»Stehen einer Katastrophe alle Türen offen.«

»Der Pilotenfehler ist das Loch in der letzten Käsescheibe.«

Er nickte. »Nehmen wir mal an, ein Flugzeugmechaniker streitet sich mit seiner nörgelnden Frau, geht sich daraufhin betrinken und erscheint am nächsten Morgen verkatert zur Arbeit. Bei dem Check vor dem Start schüttet der Erste Offizier – der Kopilot – versehentlich etwas Kaffee über eines der Instrumente und löst damit einen Kurzschluss aus.

Er meldet den Zwischenfall, und der Mechaniker wird gerufen, um das Instrument auszuwechseln. Er fühlt sich schon den ganzen Morgen hundeelend, doch nun steht er zusätzlich unter Druck, weil er weiß, dass die Uhr tickt und dass alle an Bord verstimmt über die Verspätung sind. Obendrein hat das Wetter umgeschlagen, und alle wollen den Vogel in die Luft bringen, bevor die Wetterlage zu schlecht für einen Start wird und Passagiere mitsamt der Crew stundenlang festsitzen.

Das Instrument wird ausgetauscht. Der Mechaniker verabschiedet sich wieder. Der Flugkapitän und sein Kopilot wissen um die Gewitterfront, aber zu zweit haben sie schon viele solche Nadelöhre durchflogen. Sie rollen auf die Runway, der Tower gibt das Okay für den Take-off, sie werfen einen letzten Blick aufs Radar und starten.

Auf etwa tausend Fuß geraten sie in schwere Turbulenzen. Um sie rauszuholen, befiehlt der Tower eine Linkskehre. Der

Kapitän führt sie aus. Doch gerade als sich das Flugzeug zur Seite neigt, schlägt ein Blitz ein, was für sich genommen keinen Absturz verursachen, aber die Dinge sehr wohl verkomplizieren kann.

Das Flugzeug befindet sich also in einer steilen Linkskurve, inmitten schwerer Turbulenzen, und versucht, den schweren Regen- und Hagelschauern zu entkommen, in tiefster Dunkelheit, weil der Flug wegen des Instrumententauschs mit Verspätung gestartet ist. Und genau in diesem Moment...« Er legte eine dramatische Pause ein und warf ihr einen kurzen Blick zu.

»In genau diesem Moment heult der Warnton für das linke Triebwerk auf, und die rote Lampe beginnt zu leuchten. Der Kapitän reagiert augenblicklich und tut genau das, was ihm in seiner Ausbildung und in zahllosen Übungen an der 727 für so einen Fall beigebracht wurde. Er zieht den Hebel für die Brandwarnung und schaltet damit die Turbine aus.

Was er *nicht* weiß, ist, dass er damit auf einen Fehlalarm reagiert. Der Warnton wurde ausgelöst, weil das Kabel durch den verschütteten Kaffee geerdet wurde, was weder die Piloten noch der Mechaniker gemerkt hatten. Irgendwie haben die Turbulenzen oder der Blitzschlag den Alarm in diesem kritischen Augenblick ausgelöst. Mit seiner schnellen Reaktion auf einen vermeintlichen Notfall hat der Kapitän im Gegenteil einen ausgelöst.

Vergiss nicht, das Flugzeug befindet sich mitten in einer Linkskurve. Also, man schwenkt *niemals* in die Richtung eines abgeschalteten Triebwerks, weil das Triebwerk an der anderen Tragfläche das Flugzeug dann in eine noch steilere Kurve treibt. Ehe man sichs versieht, stehen die Tragflächen vertikal. Die Nase kippt nach unten. Das Flugzeug kracht zu Boden. Alle an Bord sterben.

Aber wem gibt man die Schuld an dem Absturz? Den letzten Fehler machte tatsächlich der Kapitän. Aber man könnte auch den tollpatschigen Ersten Offizier dafür verantwortlich machen, denn der hatte den Kaffee vergossen, oder den Mechaniker, dem nicht aufgefallen war, dass nicht nur das ausgetauschte Instrument, sondern auch die Warnanzeige beschädigt war. Man könnte auch seiner Frau die Schuld geben, die ihn mit ihrer Nörgelei aus dem Haus und in eine Bar getrieben hatte, weshalb er sich am nächsten Morgen wie ausgekotzt fühlte und nicht halb so aufmerksam war wie sonst. Und am Ende könnte man Gott selbst die Schuld an dem beschissenen Wetter und an diesem einen Blitzschlag geben.

Die Verkettung all dieser Ereignisse führte letztendlich zur Katastrophe, aber wenn auch nur einer der beitragenden Faktoren aus der Gleichung gestrichen worden wäre, wäre es vielleicht nie dazu gekommen.« Er verstummte und zuckte die Achseln. »Natürlich ist das eine vereinfachte, laienhafte Erklärung, aber du weißt, worauf ich hinauswill.«

Bellamy zögerte und fragte dann: »Was geschah damals auf dem Flug 343?«

Er drehte den Kopf und sah sie lange an. »Das habe ich dir gerade erzählt.«

Die Schotterstraße schlängelte sich durch dichte Zypressenwälder und endete unvermittelt vor Dales Hütte. Er hörte den Wagen, lange bevor er ihn sah.

Im Nachhinein verstand er selbst nicht, warum er Haymakers eindringlichen Mahnungen, mit den beiden zu reden, nachgegeben hatte. Er hätte einfach auflegen sollen, er hätte den Anruf gar nicht erst erwidern sollen. Aber wider Erwarten hatte er seinem Freund zugehört, und letztendlich hatte das, was der zu sagen hatte, durchaus Hand und Fuß.

Als Haymaker seinen Vortrag nach einer letzten Beteuerung, ein Gespräch könnte Dale körperlich und seelisch guttun, beendet hatte, hatte Dale ihn zu seiner eigenen Überraschung gebeten, das Handy an Bellamy weiterzureichen.

Sie hatten keine Zeit darauf verschwendet, unaufrichtige Höflichkeiten auszutauschen. Sie hatte sich nach dem nächsten Regionalflughafen erkundigt und ihn gefragt, ob sie sich dort treffen könnten, als er ihn ihr genannt hatte.

»Nein. Nehmen Sie einen Mietwagen. Haben Sie was zu schreiben?« Nachdem er ihr die Route vom Flughafen zu seiner Hütte beschrieben hatte, hatte er noch erklärt: »Kommen Sie allein.«

»Dent Carter wird mich begleiten.«

»Ich rede nur mit Ihnen.«

»Dent Carter wird mitkommen.«

Sie war nicht umzustimmen, und genau das hätte er ausnützen können, um die ganze Sache abzublasen. Aber falls Dent ihn tatsächlich umbringen wollte, wie er ihm einst angedroht hatte, würde er das schätzungsweise nicht vor ihr als Zeugin tun.

Von jetzt an waren sie die beiden einzigen Menschen auf dem Planeten, die wussten, wo er sich versteckte, und schon das bereitete ihm Unbehagen. Aber jetzt war es zu spät, um daran noch was zu ändern. Der Wagen rollte auf dem knirschenden Kies aus.

Von seiner windschiefen Veranda aus beobachtete Moody, wie beide ausstiegen, sie deutlich munterer und neugieriger als Dent, der hinter dem Steuer gesessen hatte. Dale vermutete, dass die Augen des Burschen – des Mannes – ihn hinter der Ray-Ban wie mit Dolchen durchbohrten. Von Dent dampfte Feindseligkeit aus wie Dunst aus einem Sumpfloch.

Bellamy wirkte wesentlich offener. Sie eilte die Stufen herauf, als würde sie gar nicht merken, wie morsch sie waren, und reichte ihm ohne Scheu die Hand. Er schüttelte sie.

»Danke, dass Sie bereit waren, mit uns zu sprechen.«

Er nickte knapp, ohne Dent aus den Augen zu lassen, der währenddessen gemessen die Stufen hochstieg. Beide musterten sich argwöhnisch wie die alten Gegner, die sie waren.

Bellamy wischte einen Moskito von ihrem Arm. »Vielleicht sollten wir ins Haus gehen«, sagte sie. Dale drehte sich um und zog die Fliegentür auf, die auf einmal ungewöhnlich laut zu quietschen schien. Tatsächlich waren Dales Sinne ungewohnt geschärft, seit die beiden eingetroffen waren. Er merkte, wie träge er geworden war, seit er nicht mehr gezwungen war, ständig seine Umgebung im Auge zu behalten, was ihm während seiner Zeit bei der Polizei zur zweiten Natur geworden war.

Dale tippte, dass die Wunden und Blutergüsse in Dents Gesicht höchstens einen Tag alt waren, wenn überhaupt. Dass Dent sie kaum zu spüren schien, verriet viel über seinen Charakter. Er war schon mit achtzehn ein zäher Bursche gewesen. Die Jahre hatten ihn nicht weich werden lassen. Weshalb Dale umso wachsamer war. Wo Dent hart und durchtrainiert wirkte, fühlte er sich weich und schwabbelig, deshalb würde er einen Kampf mit Sicherheit verlieren. Jedenfalls einen sauberen Kampf.

Bellamy war in Natur noch hübscher als im Fernsehen. Ihr Blick hatte eine Tiefe und ihre Haut etwas Samtiges, das sich den Fernsehkameras entzog. Außerdem roch sie gut, fast blumig. Auf einmal spürte Dale das schmerzliche Bedürfnis, eine Frau zu berühren, ein Vergnügen, das er seit Monaten nicht mehr genossen hatte. Und seit Jahren nicht mehr, ohne dafür bezahlt zu haben.

Einsamkeit, auch wenn sie selbst auferlegt war, schmeckte nach Metall. Wie nach dem blaustählernen Lauf einer Pistole.

Drinnen setzte Dent die Pilotenbrille ab und steckte sie in die Hemdtasche. »Ihre Pistole können Sie auch weglegen. Legen Sie sie einfach auf den Tisch«, sagte Dale.

Dent fragte nicht, woher er wusste, dass er eine Waffe dabeihatte. Wahrscheinlich war ihm bewusst, wie überflüssig die Frage war. Ein ehemaliger Polizist spürte so etwas. Dent griff in seinen Rücken und zog sie aus dem Gürtelholster.

»Nach Ihnen, Moody.« Er nickte zu Dales linker Hand hin, die er mit der .357 gegen seinen Schenkel presste.

Er zögerte, bis Bellamy: »Bitte«, sagte.

Er sah in ihre großen, ausdrucksvollen Augen, vielleicht dem einzigen Merkmal, das an das Mädchen von damals erinnerte, und stellte sich dann wieder Dents gleichmütigem Blick. Keiner von beiden gab wirklich nach, doch beide legten praktisch synchron ihre Waffe auf das Fernsehtablett, auf dem bereits Dales Whiskeyflasche, die Zigarettenschachtel, das Feuerzeug und der Aschenbecher standen.

Nachdem Dale keine weiteren Stühle hatte, sagte er: »Vielleicht setzen Sie sich einfach aufs Bett.«

Er hätte sich die Mühe sparen können, es vor ihrer Ankunft zu machen. Die Tagesdecke hatte er irgendwann auf einem Flohmarkt erstanden. Sie war zu kurz, um das fleckige Laken zu verdecken. Unter dem ausgefransten Saum quietschten die Bettfedern empört auf, als sich die Gäste auf dem Fußende niederließen.

Dale hob den Jack Daniel's am Flaschenhals an. »Was zu trinken?« Beide schüttelten den Kopf. »Ich darf doch?« Ohne ihre Einwilligung abzuwarten, schenkte er sich das Glas halb voll. Er nahm einen Schluck, stellte es dann ab, damit er sich eine Zigarette anzünden konnte, und ließ sich nach einem tiefen Zug in seinen Lehnsessel – ein weiteres Flohmarkt-Fundstück – sinken, um ihnen seine ungeteilte Aufmerksamkeit zu widmen.

Bellamy warf Dent einen kurzen Blick zu, und als er schwieg, nickte sie zu ihrem Roman hin, den Dale oben auf dem Fernseher abgelegt hatte. »Haben Sie ihn gelesen?«

»Schon.«

»Wie fanden Sie ihn?«

»Sie wollen meine Meinung dazu hören? Sie können wirklich schreiben.«

»Habe ich die Ereignisse so wiedergegeben, wie Sie sie in Erinnerung haben?«

»Mehr oder weniger.«

Dent rutschte ein Stück zur Seite und brachte damit das Bett zum Schaukeln. »Das ist keine Antwort. Wir sind nicht von so weit her gekommen, um uns verarschen zu lassen.«

Dale nahm einen Schluck Whiskey. »Weshalb sind Sie dann hergekommen?«

Bellamy beugte sich vor. »Ich möchte von Ihnen hören, dass Sie aus tiefstem Herzen von Allen Stricklands Schuld überzeugt sind.«

Er hielt ihrem flehenden Blick stand, solange er es ertrug, dann senkte er den Kopf und studierte versonnen die glühende Spitze seiner Zigarette.

»Vielleicht glaubt er immer noch, dass ich sie damals umgebracht habe.«

Obwohl Dale wusste, dass Dent das nur gesagt hatte, um ihn zu provozieren, feuerte er sofort zurück: »Ich dachte und denke immer noch, dass Sie durchaus dazu fähig gewesen wären.«

»Sie können mir ja noch mal einen Schraubenzieher ins Auge drücken und ausprobieren, ob ich diesmal gestehe.«

Die junge Frau bändigte ihn, einfach indem sie ihn leise mit seinem Namen ansprach.

Aber allein bei dem Gedanken an die brutalen, illegalen Methoden, die er bei Dents Vernehmung angewandt hatte, zog sich Dales Magen schmerzhaft zusammen. »Das Alibi, das Sie zusammen mit Ihrem Kumpel ausgekocht hatten, habe ich keine Sekunde lang geglaubt.«

»Wir waren an dem Tag fliegen.«

»Das glaube ich Ihnen gern. Ich konnte nur nicht beweisen, wann der Flieger wieder gelandet war.«

»Es stand in Galls Flugbuch.«

»Flugbuch. Da kann er weiß Gott was reinschreiben. Halten Sie mich wirklich für so blöd?«

»Nein, ich halte Sie für ziemlich schlau. Schlau genug, um Rupe Collier klarzumachen, dass er mit mir als Angeklagtem vor Gericht keine Chance hatte. Woraufhin Sie beide zu dem Schluss kamen, dass sich gegen Allen Strickland viel eher eine Verurteilung erreichen ließ.«

Dale schoss so hastig aus seinem Sessel, dass er um ein Haar das Fernsehtablett umgeworfen hätte. Zuerst rettete er die umkippende Whiskeyflasche mit einem schnellen Griff an den Flaschenhals. Dann zerdrückte er die Zigarette in dem überquellenden Aschenbecher. Er spürte ihre Blicke wie rot glühende Schüreisen im Rücken, während er an die Fliegentür trat und blind auf das Panorama starrte, das er schon viel zu lange als Ausblick ertragen musste.

Und plötzlich merkte er, wie unsäglich müde ihn das alles machte, und zwar nicht nur dieser Ausblick. Er war so unsäglich erschöpft, körperlich wie seelisch. Er hatte das alles so satt. Er war einfach – wie es die Jungen heute ausdrückten – *damit durch*. Für einen Wiedergutmachungsversuch war es Jahre zu spät. Doch er hatte noch einen letzten Versuch frei, sich reinzuwaschen, und beschloss spontan, ihn zu nutzen.

»Ich saß gerade beim Mittagessen bei einem dieser leckeren Mexikaner im Osten von Austin. Da rief mich Haymaker an und erzählte mir, dass sie Allen Strickland am Morgen auf dem Gefängnishof erstochen hatten. Drei Stiche in den Rücken, bevor er auch nur auf dem Boden aufkam. Bei jedem Stich ein Organ durchbohrt. Nicht einmal eine Minute später war er tot. Es sah so aus, als hätte er sich mit der falschen Gang angelegt...«

Er verstummte und sah sie über die Schulter an. »Sie müssen zugeben, dass er ein schmieriger Typ und ein Aufwiegler war. Im Knast hatte er sich einer Gang von Gleichgesinnten angeschlossen.« Er sah wieder nach draußen. »Anscheinend fiel er einem Bandenkrieg innerhalb des Gefängnisses zum Opfer, aber angeklagt wurde nie jemand. Jedenfalls ließ ich damals mein Essen stehen, lief nach draußen und begann mich zu übergeben. Zu kotzen. Bis ich völlig leer war, und selbst dann konnte ich nicht aufhören zu würgen. Weil ich Allen Strickland zum letzten Mal gesehen hatte, als er nach dem Urteilsspruch aus dem Gerichtssaal geführt wurde. Und damals hatte er sich zu mir im Zuschauerraum umgedreht, mir ins Gesicht gesehen und beteuert: ›Ich habe sie nicht umgebracht. Gott ist mein Zeuge.‹ Also, ich weiß nicht, wie oft ich gehört habe, dass schuldige Männer und Frauen bei Gott und sämtlichen Engeln geschworen haben, dass sie unschuldig wären. Aber Allen Strickland glaubte ich. Also nein, Miss Price, ich glaube nicht aus tiefstem Herzen, dass er Ihre Schwester umgebracht hat. Das habe ich nie geglaubt.«

Er blieb reglos stehen, holte tief Luft und atmete sie langsam wieder aus. Zu seiner Überraschung fühlte er sich keineswegs so gereinigt, so geläutert, wie er es nach diesem Geständnis insgeheim erhofft hatte, und er begriff, dass es naiv gewesen war zu glauben, es könnte so einfach sein.

Er kehrte zu seinen Besuchern zurück, ließ sich wieder in seinen Sessel fallen und leerte das Whiskeyglas. Die beiden saßen immer noch Schulter an Schulter auf seinem Bett und beobachteten ihn aufmerksam.

Sie sprach als Erste: »Wenn Sie ihn nicht für schuldig hielten, wie... warum...«

»Wie und warum ich erst die Untersuchungsjury dazu gekriegt habe, ihn anzuklagen, und später die Geschworenen im Gerichtssaal, ihn zu verurteilen? Ich könnte ein Dutzend gute Gründe abspulen, aber der wichtigste? Wir wollten uns nicht länger mit Dreck bewerfen lassen.«

»Wir?«, fragte Dent.

»Rupe und ich.«

»Er hatte den Dreck also nicht nur im Gesicht, sondern auch am Stecken?«

Bellamys Anspielung auf Colliers korrupten Charakter entlockte Dale ein freudloses Lachen. »Könnte man so sagen. Jedenfalls hatten wir der Presse schon einmal einen Hauptverdächtigen präsentiert.« Er sah Dent an. »Aber Sie hatten ein Alibi. Wir glaubten es nicht, aber wir konnten es auch nicht knacken. Und in dieser Situation sah Allen Strickland auf einmal gar nicht so übel aus. Wir hatten den Lystons, dem PD und der Öffentlichkeit versprochen, den Täter zu finden und vor Gericht zu bringen, und dieses Versprechen wollten wir um jeden Preis einlösen. Einen so großen, fetten Fall lässt man sich nicht durch die Lappen gehen. Immerhin hatten wir es mit einer Tochter aus prominentem Hause zu tun, die während einer Firmenfeier ermordet worden war, genau während des schlimmsten Sturms seit einem halben Jahrhundert. Das Mädchen war hübsch, es war reich, es war ohne Höschen aufgefunden worden. Und eines muss man Rupe lassen, er ist ein echter Showman. Immer wenn er mit einem Reporter sprach, legte er den Sexköder aus. Ganz ehrlich«, meinte er nachdenklich, »ich glaube, er war insgeheim ganz froh, dass der Slip nie gefunden wurde, denn dadurch blieb die Öffentlichkeit am Ball. War sie mit ihrem Höschen erwürgt worden? Wo war es abgeblieben? Würde man es irgendwann finden? Es war die reinste Seifenoper. Schalten Sie morgen zur nächsten Folge wieder ein.« Er fuhr sich mit beiden Händen übers Gesicht. »Irgendwann schlug Rupe sogar vor, wir könnten ein

Höschen besorgen, das dann von einem jungen Polizisten ›gefunden‹ werden sollte, jemandem, der bis dahin nichts mit dem Fall zu tun gehabt hatte, damit es überzeugender wirkte. Wir hätten es den Eltern zur Identifikation zeigen müssen. Natürlich hätten sie erkannt, dass es nicht Susan gehört hatte, aber für den Jungen, bei dem man es gefunden hätte, wäre es trotzdem eng geworden. Es hätte so ausgesehen, als würde er so was sammeln.«

»Sie hatten tatsächlich vor, ein falsches Beweisstück in Allen Stricklands Wohnung zu schmuggeln?«, fragte Bellamy.

Dales Blick zuckte unwillkürlich zu Dent hinüber. »Damals standen wir mit den Ermittlungen noch ganz am Anfang.«

Dent starrte ihn sekundenlang an und schüttelte, als er begriff, was das bedeutete, ungläubig den Kopf. »Jesus.«

Er stand auf und begann im Raum auf und ab zu tigern, als würde er am liebsten auf etwas oder jemanden einprügeln. Dale befürchtete schon, dass er das sein könnte, aber stattdessen ging Dent ans Fenster, lehnte sich mit der Schulter gegen den Rahmen und starrte auf das trübe Wasser des Sees. Dale fiel ein getrockneter Blutfleck an seinem Hemd auf, etwa auf Hüfthöhe.

Ehe er danach fragen konnte, meinte Bellamy: »Ich konnte ihn nicht leiden.«

»Wen?«

»Rupe Collier. Ich fand ihn unsympathisch, als er während der Verhandlung mit meinen Eltern redete und ihnen versicherte, dass er Susans Mörder für viele Jahre ins Gefängnis schicken würde. Als ich später für meinen Roman recherchierte, rief ich ihn an und bat ihn um ein Interview. Ich machte mehrere Termine mit ihm aus, die er regelmäßig in letzter Minute absagte. Irgendwann gingen ihm wahrscheinlich die Ausreden aus, denn schließlich gewährte er mir tatsächlich zehn Minuten. Er war…«

»Sie brauchen mir nicht zu erklären, wie er war«, sagte Dale. »Das weiß ich nur zu gut.« Er bog die Finger seiner rechten Hand. Die Knöchel waren nach dem Zusammenstoß mit Rupes Zähnen immer noch geschwollen und wund, aber er genoss den Schmerz und wünschte sich nur, er hätte dem Fiesling noch fester in die feixende Fresse geschlagen. »Er hat Ihnen rein gar nichts erzählt, stimmt's?«

»Nur allgemeines Wischiwaschi«, sagte sie. »Zuletzt wollte er mir weismachen, er hätte den Fall halb vergessen, und ich sollte lieber jemanden aus dem Police Department beschwatzen, mir die Akte zu kopieren, statt meine Zeit mit ihm zu verschwenden.«

Dale tippte sich in einer unausgesprochenen Frage ans Kinn.

»Ich habe es versucht«, antwortete sie. »Leider war die Akte nicht mehr aufzufinden.«

»Ganz recht.«

»Sie haben das gewusst?«

»Rupe ist zu ehrgeizig und zu sehr darauf bedacht, sich abzusichern, als dass diese Akte überleben durfte«, sagte er. Dann hievte er sich aus seinem Sessel. »Und ich bin zu sehr darauf bedacht, mich abzusichern, als dass ich keine Kopie gemacht hätte.«

18

Verblüfft sahen Bellamy und Dent sich an und dann zu, wie Moody in die Kochnische seiner Hütte ging, die nur aus einer kurzen Küchentheke mit abgeblätterter Kunststoffoberfläche bestand. Er öffnete die Klappe des Backofens unter dem fettverklebten Herd und zog einen prall gefüllten Hängeordner mit Zickzackfaltung heraus. Das ursprüngliche Elastikband war durch einen Einweckgummi ersetzt worden.

»Ich hatte immer Angst, ich könnte irgendwann im Suff vergessen, dass das Ding da drinliegt, und den Ofen anschalten.« Er trug die Akte zu Bellamy und reichte sie ihr, bevor er in seinen Sessel zurückkehrte, sich die nächste Zigarette anzündete und sein Glas wieder voll schenkte.

Während sie das Gummiband löste und die Decklasche zurückschlug, setzte sich Dent wieder neben sie. Die Akte enthielt beinahe beängstigend viel Material. Schon beim ersten Durchblättern der abgegriffenen Seiten entdeckte sie die verschiedensten Unterlagen: offizielle Formulare und Dokumente, handbeschriebene Notizzettel, Vernehmungsprotokolle und zahllose Zettelchen mit nur ein oder zwei Wörtern darauf. Es würde Wochen dauern, alles durchzugehen.

»Ich hab mir damals ständig Notizen gemacht«, erläuterte Moody. »Und obendrein die Unterlagen aller anderen Detectives einkassiert. Ich hab Tage gebraucht, um alles heimlich zu kopieren, während Rupe mir schon im Nacken saß, ihm endlich die Akte zu übergeben. Da drin sind auch Haymakers Unterlagen, seine Notizen, bevor er sich von dem Fall abziehen und einem anderen zuteilen ließ.«

Dent hob den Kopf und sah ihn an.

»Seit der Sache mit dem Schraubenzieher hatte er Schiss«, sagte Moody.

»Was hielten Sie von seinem Rückzug?«

»Ich wär vielleicht sauer gewesen, wenn ich Zeit zum Nachdenken gehabt hätte.« Er deutete auf die Akte. »Aber ich war zu beschäftigt.«

»Zu beschäftigt damit, mir was anzuhängen«, verdeutlichte Dent.

Moody hob die kräftigen Schultern. »Es ist fast immer der Freund. Oder jemand anders aus dem Umkreis des Opfers.«

»Wie mein Vater und mein Stiefbruder?«, fragte sie.

»Jeder, der in die Kategorie ›nahestehende männliche Person‹ fällt.«

»Aber mein *Vater*?«

»Ich werde mich ganz bestimmt nicht dafür entschuldigen, dass ich meinen Job getan habe.«

Weil sie ihn nicht so verärgern wollte, dass er gar nichts mehr sagte, ließ sie das Thema auf sich beruhen. »Ich verstehe nicht, warum Allen Strickland nicht von Anfang an unter Verdacht stand. Selbst Ihren eigenen Notizen zufolge... Ich nehme doch an, dass das Ihre Handschrift ist.« Sie hielt das oberste Blatt in die Höhe.

Er nickte.

Es war die Kopie eines Zettels, der aus einem Spiralblock gerissen sein konnte und mit wüstem Gekrakel bedeckt war. Das meiste davon war in einer kryptischen Kurzschrift verfasst, die wahrscheinlich nur Moody selbst entziffern konnte, aber manches war auch lesbar. Eine Notiz war rot unterstrichen: ein Name mit einem Stern daneben.

Sie überflog die Seite. »Sie haben alle Zeugen aufgelistet,

die Allen Strickland erwähnt haben, während sie mit Ihnen gesprochen haben?«

Moody nickte.

»Manche davon haben sich doch bestimmt daran erinnert, wie er und Susan miteinander getanzt haben?«, fragte sie. »Warum war er nicht von Anfang an Ihr Hauptverdächtiger?«

Offenbar machte die Frage Moody nervös. Die Augen unter den schweren, faltigen Lidern zuckten hin und her und auch zu Dent hin, bevor sie sich wieder auf Bellamy richteten.

»Das wäre er vielleicht gewesen, wenn ich nicht zuerst mit Ihren Leuten geredet hätte. Ihre Eltern haben Dents Namen ins Spiel gebracht und mir erzählt, dass er sich am Morgen mit Susan gestritten habe.«

»Und das hat mich direkt an die Spitze der Liste katapultiert.«

»Genau. Mit Allen Strickland hab ich mich erst wieder beschäftigt, nachdem wir Sie von der Liste streichen mussten.«

»Dass Ihre Wahl danach auf Allen fiel, ist nachvollziehbar. Aber nicht einmal damals glaubten Sie wirklich, dass er der Täter war, oder?«, fragte Bellamy. »Warum nicht?«

Er nahm wieder einen Schluck.

»Warum nicht?«, wiederholte sie.

»Gleich bei der ersten Vernehmung erzählte er mir, dass Susan ihm einen Korb gegeben und sich über seine Annäherungsversuche lustig gemacht hätte.«

»Und das haben Sie ihm geglaubt?«, fragte sie.

»Normalerweise gibt ein Junge, noch dazu ein Weiberheld wie Allen, nicht zu, dass er einen Korb bekommen hat, darum bin ich davon ausgegangen, dass er die Wahrheit sagte. Wenigstens zum Teil. Und dann war da noch sein Bruder.«

Sie wechselte einen Blick mit Dent.

»Was?«, fragte Moody.

»Wir würden das gern erst hören«, sagte sie. »Bitte erzählen Sie weiter.«

Er zog an seiner Zigarette und blies den Rauch zur Decke. »Ich habe die beiden getrennt voneinander vernommen. Allens Bruder – er hieß Ray – erklärte mir, er hätte gewusst, was Allen im Sinn hatte, als er zusammen mit Susan im Wald verschwand. Zwinker, zwinker. Ray blieb im Pavillon, trank weiter Bier, flirtete und versuchte ebenfalls, bei irgendeinem Mädchen zu landen. Aber als das Wetter umschlug, begann er sich Sorgen zu machen. Er wollte Allen nur ungern dazwischenfunken, aber ...«

»Er war dennoch der Hüter seines Bruders«, ergänzte Dent.

Moody hob das Glas, als wollte er ihm Lob zollen. »Ray erzählte uns, dass er in den Wald gegangen, aber dass ihm Allen dort schon entgegengekommen sei.« Er deutete auf die Akte. »Da drin sind Niederschriften von mehreren Vernehmungen, denen wir ihn unterzogen haben. Und bei einer sagte er aus, dass Allen ›scheißwütend‹ gewesen wäre.«

»Das hat er zugegeben?«

»Allerdings. Aber er sagte auch, er hätte seinem Bruder nachfühlen können, dass er so wütend war, denn er hätte Ihre Schwester lachen hören. Sie rief ihm hinterher: ›Sei nicht traurig, Allen.‹ Und dann meinte sie, er sollte heimgehen und beim Onanieren an sie denken. Nur dass sie es anders ausgedrückt hat.«

Bellamy spürte Dents Blick, spürte, dass er abwartete, wie sie darauf reagierte. Sie gab sich alle Mühe, ihre Miene zu wahren.

»Jedenfalls erzählten mir beide Brüder das Gleiche, obwohl ich sie getrennt voneinander befragte. Dass Susan allein im Wald geblieben wäre und Allen ausgelacht hätte.«

»Warum wurde diese Aussage bei der Verhandlung nicht vorgetragen?«, fragte sie. »Schließlich war es ein reiner Indizienprozess, und das hätte begründete Zweifel wecken können.«

»Hätte es, richtig. Allens Pflichtverteidiger baute ganz auf Rays Aussage«, bestätigte Dale. »Darum kochte er auch vor Wut, als Ray an dem Morgen, an dem er im Zeugenstand stehen sollte, nicht auftauchte. Der Anwalt wusste nicht, wo sein Zeuge abgeblieben war, und konnte auch keine plausible Erklärung für sein Fernbleiben vorbringen. Also lieferte er sich der Gnade des Gerichts aus und bat um eine Vertagung, wenigstens bis nach dem Mittagessen, um bis dahin seinen Zeugen aufzutreiben. Rupe ging an die Decke. Er veranstaltete einen richtigen Zirkus und behauptete, der Anwalt würde die Geschworenen mit seinen nervtötenden Ablenkungsmanövern zu einer Einstellung des Verfahrens treiben wollen.« Moody schnaubte spöttisch. »Es war eine seiner besten Vorstellungen.«

»Offenbar war ich an dem Tag nicht im Gericht«, sagte Bellamy. »An die Szene kann ich mich gar nicht erinnern.«

»Lassen Sie mich raten«, mischte sich Dent ein. »Der Richter hat den Antrag abgelehnt.«

Moody nickte. »Und so durfte Ray nicht vor Gericht aussagen.«

»Und warum war er nicht da?«

»Weil er im Krankenhaus lag. Auf dem Weg zum Gericht hatte er einen Autounfall und wurde schwer verletzt. Erst nach einigen Tagen war er stabil genug, um eine eidesstattliche Aussage abzugeben, die dann auch vor Gericht verlesen wurde, aber natürlich wirkte die längst nicht so überzeugend wie ein Auftritt im Zeugenstand. Bis Ray das Krankenhaus verlassen konnte, war alles gelaufen. Da hatten sie Allen schon verurteilt und nach Huntsville gebracht.«

»Jesus«, flüsterte Dent. »Kein Wunder, dass er durchdreht.«

Moody beugte sich vor. »Wieso?«

»Ray Strickland hat weder vergeben noch vergessen.«

Moody begriff sofort, worauf er hinauswollte. Er deutete auf Dents Gesicht. »Das war er?«

»Zeig ihm deinen Rücken«, sagte Bellamy.

Dent stand auf und hob sein Hemd an. Sie schilderten Moody die Ereignisse der vergangenen Tage, die in dem Angriff am Vorabend gegipfelt hatten. »Den Schnauzer hat er inzwischen abrasiert«, sagte Dent. »Jetzt sieht er aus wie ein Skinhead.«

»Woher wissen Sie dann, dass es Ray war?«

»Das wissen wir nicht. Aber wer es auch ist, er will Bellamy und mir an den Kragen, und unser einziger Verbindungspunkt ist dieser Memorial Day.«

»Und Ihr Buch«, bemerkte Moody grimmig.

»Wenn es Ray war, schürt er seinen Groll womöglich, seit er damals nicht in Allens Verhandlung aussagen konnte«, meinte sie. »Damals hat er seinen Bruder im Stich gelassen. Bestimmt verfolgt ihn dieser Unfall bis heute.«

»Es war kein Unfall.«

Moody brummte das so leise, dass sie im ersten Moment nicht sicher war, ob sie ihn richtig verstanden hatte. Sie sah Dent an, aber der konzentrierte sich ganz auf den Exdetective und dessen Bemerkung.

Moody richtete die blutunterlaufenen Augen auf ihn und räusperte sich. »Das war kein Unfall. Rupe hat einen Typen dafür bezahlt, Ray an einer Straßeneinmündung auf die Hörner zu nehmen. Der Typ nahm den Auftrag ernst und rammte ungebremst seitlich in Rays Wagen. Ich weiß noch, wie Rupe gesagt hat, es sei ein Wunder, dass sie bei dem Zusammenstoß nicht beide draufgegangen waren... und eine verfluchte Schande.«

Ray spuckte die pulverisierte, halb verdaute Schale eines Sonnenblumenkerns aus dem offenen Fahrerfenster. Auf dem

Beifahrersitz des Pick-ups lag ein Feldstecher, durch den er beobachtet hatte, wie Dent und Bellamy in das glänzend weißblaue Flugzeug mit der lackierten flatternden Texasflagge auf der Schnauze geklettert und in den blauen Himmel aufgestiegen waren.

Er verfluchte sich dafür, dass er Dent nicht kaltgemacht hatte, als er gestern Nacht die Gelegenheit dazu gehabt hatte. Der Mann verhinderte nicht nur, dass er sich an Bellamy rächte; ohne ihren Privatpiloten hätte sie auch nicht weiß Gott wohin fliegen können, und Ray hätte nicht zu rätseln brauchen, wann sie zurückkehren und wann sich ihm die nächste Gelegenheit bieten würde.

Aber wenn er sich gestern Abend mehr Zeit gelassen und Dent endgültig erledigt hätte, hätte man ihn vielleicht erwischt, und dann hätte er Allen nicht mehr rächen können. Er musste sich das wieder in Erinnerung rufen und endlich aufhören, seine Flucht infrage zu stellen.

Er war heimgefahren, hatte sich aufs Ohr gehauen und heute Morgen über seinen Frühstücksflocken beschlossen, den Flugplatz im Auge zu behalten, auf dem Dent regelmäßig auftauchte. Er hatte noch nicht einmal eine Stunde auf der Lauer gelegen, als die zwei tatsächlich erschienen waren. In ihrem Wagen, wohlgemerkt.

Selbst durch den Feldstecher stach ihm sein Werk an Dent grell und blutig ins Auge. Ihm war das Herz aufgegangen, als er gesehen hatte, welche Wunden er dem adretten Bruchpiloten zugefügt hatte. Bei dem Gedanken, wie weh der Schnitt über den Rücken tun musste, musste er leise lachen.

Aber er hatte Dent Carter weder schwer genug verletzt, noch hatte er ihn genug eingeschüchtert. Die beiden mussten sterben, genau wie Allen.

Er warf den Beutel mit Sonnenblumenkernen aufs Armaturenbrett und stieg aus, um sich die Beine zu vertreten und seinen Hintern wieder zu durchbluten, der schon seit Stunden taub war. Trotzdem würde er durchhalten und hier warten, bis die beiden zurückkamen, ganz gleich, wie langweilig es auch werden mochte.

Seit sie abgeflogen waren, waren mehrere kleine Maschinen auf dem Platz gelandet und gestartet. Durch den Feldstecher hatte Ray beobachtet, wie der Alte seiner Arbeit nachging, die Flugzeuge betankte oder Bremsklötze unter die Räder schob, wenn eine Maschine zum Stehen gekommen war, und wie er mit den Piloten fachsimpelte, bevor er sie verabschiedete. Danach verschwand er jedes Mal im Hangar. Ray tippte, dass er die Schäden an Dents Flugzeug reparieren ging, und dieser Gedanke brachte ihn immer wieder zum Lächeln.

Sein Boss rief weiterhin in regelmäßigen Abständen an. Die Nachrichten auf der Mailbox klangen zunehmend ärgerlicher. *Leck mich*, dachte Ray. Er brauchte sich weder vor seinem Chef noch vor sonst jemandem zu rechtfertigen. Er war ein Mann mit einer Mission, ein Mann, mit dem man rechnen musste, genau wie die Helden in seinen Lieblingsfilmen.

Gedankenverloren wanderte seine rechte Hand an den linken Bizeps und knetete das Gewebe, das immer noch ab und zu schmerzte. Unter den tropfenden Fangzähnen der tätowierten Schlange war die Haut von Narben zerfurcht. Bei dem Unfall war seine linke Seite von der Schulter abwärts bis zum Knöchel zertrümmert worden.

Am schlimmsten hatte es dabei den Arm getroffen. Er war erst bei dem Unfall pulverisiert worden, danach waren zahllose Operationen gefolgt, mit denen der Arm wieder beweglich gemacht, aber auch noch weiter entstellt worden war. Hätte ihn nicht ein Gefäßchirurg als Versuchskaninchen haben wollen, hätte man den Arm wohl einfach amputiert.

Sobald die letzte Hautschicht weit genug verheilt war, um mit einer Tätowiernadel traktiert zu werden, hatte Ray die

Narben mit dem Schlangentattoo abgedeckt. Er hatte mehrere Sitzungen über sich ergehen lassen müssen, weil das Narbengewebe so großflächig war und weil die Schlange ein kunstvoll verschlungenes Bildnis werden sollte, bei dem jede einzelne Schuppe ein Kunstwerk für sich darstellte.

Aber die Schmerzen, die er im Krankenhaus und während der Monate der Krankengymnastik durchlitten hatte, waren genau wie die Schmerzen beim Tätowieren ein Klacks gegen die psychische Folter, die er durchmachte, weil er die Verhandlung gegen seinen Bruder verpasst hatte. Er war für Allen nicht da gewesen, als Allen ihn am dringendsten gebraucht hatte.

Sein älterer Bruder war der einzige Mensch gewesen, den Ray je geliebt hatte, denn Allen hatte ihn bemerkenswerterweise ebenfalls geliebt. Ray war hässlich und hatte kein besonders charmantes Wesen, aber Allen hatte ihm ins Herz geblickt.

Beide hatten ihren Vater nie kennengelernt. Ihre Mutter war ein gemeines Biest gewesen, und als sie gestorben war, hatten sich die Brüder eine volle Woche betrunken, nicht aus Trauer, sondern um ihren Tod zu feiern. Nachdem sie die Alte unter die Erde gebracht hatten, waren nur noch sie beide übrig geblieben, aber es hatte Allen nie gestört, die Elternrolle zu übernehmen.

Ständig hatte er seinen Bruder ermutigt, immer wieder hatte er Ray erklärt, dass er absolut okay war, dass es viele Menschen gab, die viel hässlicher waren als er, dass er vielleicht nicht besonders gebildet, aber dafür schlau war, und dass das nach Allens Einschätzung wesentlich wichtiger war.

Allen hatte ihm beigebracht, sich zu mögen.

Auch wenn Ray die zwölfte Klasse wiederholen musste, hatte er danach sein Highschool-Diplom bekommen, und Allen hatte ihm geholfen, einen Job zu finden, bei dem er das Gleiche tat wie Allen: einen Lieferwagen von Lyston Electronics fahren.

Alles war prächtig für sie gelaufen. Sie hatten sich wirklich auf das Picknick am Memorial Day gefreut.

Anfangs war es genau die Superparty gewesen, die sie sich erhofft hatten; erst als Allen mit dieser Lyston-Schnalle rumgemacht hatte, war es zur Tragödie gekommen. Susans Stiefbruder, dieser Schlaffi, hatte Allen erklärt, dass sie gern mit ihm tanzen würde, und blöderweise hatte Allen die Aufforderung angenommen. Bis zu diesem Punkt hatte Bellamy Price in ihrem Buch den Tag absolut zutreffend geschildert.

Aber sie hatte es so hingestellt, als wäre Allen auf Susan zugegangen, nicht umgekehrt. Sie hatte Tausenden von Lesern vorgegaukelt, er hätte Susan in den Wald gelockt, sie dort zu vergewaltigen versucht und sie umgebracht, als sie sich wehrte.

Doch Allen hatte ihm versichert, dass sie noch quicklebendig gewesen war und über ihn gelacht hatte, als er sie zurückgelassen hatte, und wenn Allen das sagte, dann war es mit Sicherheit genau so gewesen.

Wäre Ray nicht der Unfall dazwischengekommen, hätte er vor Gericht ausgesagt, dass er Allen begegnet war, als der durch den Wald zum Pavillon zurückgekommen war. Er hätte es auf die Bibel geschworen. Auch wenn es eine Lüge gewesen wäre.

Erst nachdem der Tornado durch den Park gefegt war, hatten sich die beiden wieder gefunden. Ray war zu ihrem Auto zurückgetaumelt und erleichtert in die Knie gesunken, als er begriffen hatte, dass auch Allen überlebt hatte, indem er sich unter dem Mustang verkrochen hatte, den sie beide gemeinsam restauriert hatten. Andere Autos waren in den Tornadotrichter gesogen und irgendwo anders am Boden zerschmettert worden. Wieder andere waren so verbeult und verkratzt worden, dass sie aussahen wie zusammengeknüllte Alufolie. Aber ihr Auto hatte überlebt, und Allen mit ihm.

Mit Tränen in den Augen hatte Allen ihn an seine Brust gedrückt, bis er kaum noch Luft bekommen hatte. Allen hatte sich so gefreut, ihn lebendig und wohlauf zu sehen, dass er ihn auf den Rücken geschlagen hatte, bis es wehtat. Ray war das egal gewesen.

»Wo zum Teufel hast du gesteckt, kleiner Bruder?«

»I-ich hab nach dir gesucht.«

So war es in Wahrheit abgelaufen, doch als Moody aufgekreuzt war und angedeutet hatte, dass Allen das Mädchen umgebracht hätte, hatte Ray ihm ganz ruhig erklärt, dass ihnen noch Susans Lachen in den Ohren geklungen hätte, als sie *gemeinsam* zum Pavillon zurückgegangen waren.

Allerdings hatten die Geschworenen das nie aus seinem Mund zu hören bekommen. Und so hatten sie Allen verurteilt.

Kein Schwein hatte es interessiert, dass Allen umgebracht worden war, niemanden außer Ray, der geheult hatte wie ein Baby, als er es erfahren hatte. Am Grab seines Bruders hatte er Rache geschworen. Doch nicht dem unbekannten Gefängnisinsassen, der Allen eine Klinge in den Rücken gejagt hatte – sondern den Menschen, die Allen ins Gefängnis gebracht hatten.

Allerdings hatte Ray erfahren müssen, dass es gar nicht so leicht war, Rache zu nehmen.

Die Lystons waren anscheinend unantastbar. Sie waren reich und wurden bewacht, und Ray hatte nach ein paar unbeholfenen Versuchen, in ihre Nähe zu gelangen, Angst bekommen.

Bei Rupe Collier lag der Fall ähnlich. Der Mann war ein Medienmagnet und stand fast ununterbrochen im Scheinwerferlicht.

Dale Moody war einfach verschwunden.

Im Lauf der Jahre war Rays Entschlossenheit geschwunden, musste er zu seiner Scham gestehen.

Dann hatte Susans Schwester dieses Buch geschrieben, und Rays Hass war wieder zu reiner, diamantener Härte kristallisiert. Inzwischen richtete er seinen Zorn ausschließlich auf sie. Sie war die Schlimmste von allen. Sie hatte nicht einmal den Anstand besessen, in ihrem Buch zu beschreiben, wie grausam und gemein Allen gestorben war.

Das würde Ray nicht hinnehmen. Auge um Auge. Sie musste sterben.

Er würde bestimmt nicht davor zurückschrecken, ihr das Leben zu nehmen. Immerhin hatte er sich darauf vorbereitet, seit er von Allens Tod erfahren hatte. Er hatte es den Ärzten mit ihren Prognosen gezeigt und alles Menschenmögliche unternommen, um seinen Arm wieder voll belastbar zu machen. Er hatte den Schmerzen getrotzt, stundenlang mit Gewichten und Stretchbändern trainiert und alles nur Erdenkliche getan, um die Muskeln und Sehnen zu kräftigen. Und seine Geduld und das jahrelange Training hatten sich bei Gott ausgezahlt. Er war jetzt reifer, klüger und fitter als vor dem Autounfall.

Er schaute nach Westen. Bald würde die Sonne untergehen. Und die Nacht anbrechen. Der Flugplatz war ein abgelegener Fleck, wo einem nach Sonnenuntergang die schrecklichsten Dinge widerfahren konnten.

Bellamy und Dent rauschten ab, wann immer es ihnen einfiel, und durchkreuzten damit ständig Rays Pläne.

Kein Problem. Inzwischen war ihm eine Idee gekommen, wie er sie zwingen konnte, ein paar Tage hierzubleiben. Das war mehr als genug Zeit.

Bellamy war fassungslos, wie skrupellos Rupert Collier den Fall manipuliert hatte. »Er hat einen Unfall arrangiert, bei dem um ein Haar zwei Menschen gestorben wären? Ich dachte immer, er sei nur ein egozentrischer Clown, die lächerliche Karikatur eines Autohändlers.«

»Das sollen auch alle glauben«, sagte Moody. »Er ist so unausstehlich, dass es schon wieder liebenswert ist.«

»Bei mir hat er damit keinen Erfolg«, sagte Dent. »Ich kann es kaum erwarten, mit dem Typen zu reden, der eine Mädchenunterhose in meine Wohnung schmuggeln wollte.«

»Damit werden Sie rein gar nichts erreichen«, sagte Moody. »Er steht auf sicherem Boden. Wobei die Bezeichnung Untergrund treffender wäre. Für jeden einzelnen seiner Pläne hat er ein stählernes Sicherheitsnetz gespannt. Er hat sich so abgesichert, dass ihm nicht mal die CIA was anhaben könnte.«

Widerwillig musste Bellamy zugestehen, dass Collier ein durchaus mächtiger Mann war. »Wie schafft er es, die Leute so für sich einzuspannen?«

»Er findet ihre verwundbare Stelle und drückt dann den entsprechenden Knopf.«

Dent nickte zu der Whiskeyflasche hin. »War das Ihre verwundbare Stelle?«

»Nein, mein Ehrgeiz«, murmelte Moody in sein Glas, nachdem er es an die Lippen gesetzt hatte.

Bellamy glaubte ihm nicht, und sie sah Dent an, dass er es genauso wenig tat. Ein wirklich ehrgeiziger Detective hätte einen korrupten Staatsanwalt nicht gedeckt, sondern ihn entlarvt und dadurch Karriere gemacht.

Moody senkte das Glas, sah sie nacheinander an und stieß dann einen gurgelnden Seufzer aus. »Ich hatte was mit einer Frau, die im Department arbeitete. Ich war verheiratet. Sie war ein junges Ding. Sie wurde schwanger. Rupe versprach, dass er mir aus der Patsche helfen würde. Sie kündigte, und ich sah sie nie wieder.«

»Was hat er mit ihr angestellt?«, fragte Dent.

»Das weiß ich nicht. Ich wollte es auch nicht wissen.«

Dent murmelte ein paar deftige Flüche.

Bellamy senkte den Blick wieder auf die Akte und fragte

Moody: »Wenn ich jede einzelne Zeile darin lese, weiß ich dann, wer Susan umgebracht hat? Wissen *Sie* es?«

»Nein. Und ich *habe* oft genug jede einzelne Zeile darin gelesen. Das meiste davon habe ich mir eingeprägt, aber wer sie umgebracht hat, weiß ich heute genauso wenig wie damals, als ich aus dem Leichenschauhaus kam und zum ersten Mal zum Tatort fuhr.«

»Sie wissen also bis heute nicht«, sagte Dent, »ob Allen sie nicht vielleicht doch umgebracht hat. Vielleicht wollte Ray seinen Bruder beschützen und hat Sie angelogen, als er Ihnen von Susans Lachen erzählte.«

»Wäre wohl möglich. Jeder lügt«, sagte er und sah Dent dabei scharf an. Dann wandte er sich wieder Bellamy zu. »Außer vielleicht Ihnen. Sie hatten damals kaum was zu erzählen.«

»Weil ich mich an kaum etwas erinnerte.«

Moody sah sie misstrauisch an. »Wie meinen Sie das?«

Dent murmelte kaum hörbar: »Bellamy!«

Aber sie ignorierte die leise Warnung. »Mir fehlt ein Stück in meiner Erinnerung«, sagte sie zu Moody.

Während sie ihm von ihrem Gedächtnisverlust erzählte, trank er keinen einzigen Schluck Whiskey und zog kein einziges Mal an seiner Zigarette. Als Bellamy fertig war, drückte er den zum Filter heruntergebrannten Stummel aus und zündete sich die nächste Zigarette an.

»Sie haben während der Verhandlung ausgesagt.«

»Und alle Fragen, die mir gestellt wurden, wahrheitsgemäß beantwortet. Ich habe ausgesagt, dass ich gesehen hatte, wie Susan und Allen gemeinsam den Pavillon verließen. Rupe Collier fragte mich, ob ich da meine Schwester das letzte Mal lebend gesehen hätte, und ich bestätigte das, denn genauso war es. Der Verteidiger nahm mich nicht ins Kreuzverhör. Wahrscheinlich dachte er, dass ich sonst nichts beizutragen hätte, und das hatte ich auch nicht.«

Moody schickte eine weitere Rauchwolke zur Decke, die so dicht mit Spinnweben überzogen war, dass sie einen gespenstischen Betthimmel bildeten. »Wie praktisch, dass ausgerechnet dieser Zeitabschnitt ausradiert wurde.«
»Für mich nicht. Ich will mich um jeden Preis erinnern.«
»Vielleicht aber auch nicht«, sagte er.
»Doch.« Sie stand vom Bett auf und trat an die vergilbte Landkarte von Texas, die an die dünne Sperrholzwand getackert war. Erst legte sie den Zeigefinger auf den eingekreisten Stern, der für Austin stand, dann strich sie über den dunkelgrünen Fleck, der den State Park darstellen sollte. »Achtzehn Jahre lang war dies das Epizentrum meines Lebens. Ich möchte es endlich verlassen können.« Sie drehte sich um. »Vielleicht hätte ich das alles hinter mir lassen können, wenn Daddy und Olivia mir erlaubt hätten, an die Stelle zurückzukehren, wo man Susan gefunden hatte. Ich bettelte die beiden an, mit mir hinzufahren. Sie wollten das auf keinen Fall. Sie meinten, das würde mich zu sehr aufregen. Und so habe ich nie gesehen, wo meine Schwester starb.« Sie richtete den Blick wieder auf Moody. »Es war nicht so, als hätte ich den Fleck für einen geweihten Ort gehalten oder so. Sie war kein besonders liebenswürdiger Mensch. Das haben Sie bestimmt schon aus dem geschlossen, was die Leute über sie erzählten. Ich bewunderte sie, weil sie so hübsch und beliebt und selbstsicher war. All das, was ich nicht war. Aber ich kann Ihnen aufrichtig versichern, dass ich sie liebte.«

Sie sah kurz zu Dent, der innen auf seiner Wange herumkaute und aussah, als wollte er jeden Moment aufspringen. Offensichtlich passte es ihm gar nicht, dass sie Moody von ihrem Gedächtnisverlust erzählt hatte. Sein stechender Blick warnte sie eindringlich davor weiterzusprechen.

Aber sie war noch nicht fertig. »Ich will wissen, wer sie umgebracht hat, Mr Moody. Weil sie es, ungeachtet ihres Charakters oder ihres Lebenswandels, nicht verdient hatte, so zu sterben, den Rock bis zur Taille hochgeschoben, mit nacktem Hintern, das Gesicht auf dem Boden und in der Hand das kleine Täschchen, das sie den ganzen Tag mit sich herumgetragen hatte.« Sie senkte den Kopf und atmete tief und schaudernd durch. »Ihrer Würde und ihrer Anmut beraubt.«

Sie starrte auf einen Fleck auf dem klebrigen Vinylbelag und sah erst wieder auf, als Moody sagte: »Also, in einer Hinsicht liegen Sie falsch.« Er kippte den Rest aus der Whiskeyflasche in sein Glas und ließ die Flüssigkeit kreisen. »Dieses kleine Täschchen wurde erst am nächsten Tag in einem Baumwipfel gefunden, fünfzig Meter von der Fundstelle der Leiche entfernt. Weil in der Tasche ihr Name eingestickt war, brachte man sie mir. Ich habe sie auf Fingerabdrücke untersuchen lassen, aber man fand nur die Ihrer Schwester. Also habe ich die Tasche Ihren Eltern zurückgegeben, und die waren darüber so glücklich, dass sie weinten.«

Er hielt inne, um seinen Worten Nachdruck zu verleihen. »Falls Sie gesehen haben, wie Ihre Schwester bäuchlings auf dem Boden lag und sich an der Tasche festklammerte, dann müssen Sie am Tatort gewesen sein. Und zwar noch vor dem Tornado.«

19

In der Hütte war es so lange totenstill, dass Dent fast zu hören glaubte, wie die Staubfäden in der stickigen Luft tanzten.

Bellamy stand wie erstarrt da, den Blick auf Moody geheftet, der sich schließlich wortlos aus seinem Sessel wuchtete, zur Fliegentür schwankte, sie aufstieß und auf die marode Veranda trat.

Das Gesicht zum Himmel gerichtet, bemerkte er: »Sieht aus, als würden wir endlich Regen bekommen.«

Dent sah aus dem nächsten Fenster und erkannte, dass sich im Westen Wolken gesammelt und vor die untergehende Sonne geschoben hatten. In der Hütte war es düster geworden, aber das war weniger auf das Wetter als auf Moodys verstörende Schlussfolgerung zurückzuführen.

Schließlich kam er wieder herein und ließ dabei die Fliegentür mit einem Knall zufallen, der Bellamy aufschreckte. Als hätte es keine Unterbrechung gegeben, fragte sie schroff: »Glauben Sie etwa, dass ich sie umgebracht habe?«

Moody blieb leicht schwankend stehen und fasste sie von Kopf bis Fuß ins Auge. »Sie? Nein.«

»Aber Sie haben doch gesagt... Sie haben gesagt...«

»Ich habe gesagt, dass Sie Ihre Schwester gesehen haben müssen, bevor der Tornado durch den Park fegte, wenn Sie gesehen haben, wie sie mit der Handtasche in ihrer Hand dalag.«

»Vielleicht haben Sie das falsch im Gedächtnis behalten«, sagte Dent. »Vielleicht lag die Handtasche doch bei der Leiche, und Sie sind inzwischen zu betrunken, um sich zu erinnern, wo und wann sie gefunden wurde.«

Moody reagierte mit einem finsteren Blick. »Der Tatort war zwar verwüstet, aber ich weiß noch genau, wie ich zu der Handtasche kam. Es steht in meinen Unterlagen.« Er deutete auf die Akte, die auf dem Bett lag. »Mit Datum.«

Bellamy kehrte zum Bett zurück und setzte sich wieder neben Dent. Gequält hauchte sie: »Aber ich muss gesehen haben, wie sie ihre Handtasche in der Hand hielt. Wieso hätte ich das sonst gesagt?«

»Oder du hast dir das nur eingebildet, weil du sie zuvor mit der Tasche in der Hand gesehen hattest«, sagte Dent. »Schon nach wenigen Tagen wusste alle Welt, in welcher Position ihre Leiche gefunden worden war. Es kam in allen Nachrichten.«

Sie sah ihm tief in die Augen, als würde sie sich nur zu gern von seiner Erklärung überzeugen lassen. Aber offenbar funktionierte es nicht.

Moody ließ sich wieder in seinem Sessel nieder. »Vorn am Hals hatte sie einen strangförmigen Bluterguss.« Er fuhr sich mit dem Finger quer über die Kehle. »Nach Meinung des Gerichtsmediziners – die ich teile – wurde sie mit einer Art Garrotte erdrosselt. So was geschieht typischerweise von hinten. Sie wurde überrascht und hat sich nicht gewehrt.«

Dent spürte, wie Bellamy von einem Schauer durchlaufen wurde. »Sind Sie sicher?«, fragte sie.

»Wir haben unter ihren Fingernägeln weder Hautfetzen noch Blut gefunden.« An Dent gewandt, ergänzte er: »Als ich Sie damals vernommen habe, habe ich zuerst nach Kratzspuren an Ihren Armen oder Händen gesucht.«

»Ich hatte keine. Und Strickland?«

»Keine, die sich nicht damit erklären ließen, dass er unter den Mustang gekrabbelt war, um vor dem Tornado Schutz zu suchen.«

»Damit hätte man uns von der Liste der Verdächtigen streichen müssen.«

»Nicht unbedingt. Susan hatte außerdem am Hinterkopf eine Beule, die ihr noch vor ihrem Tod zugefügt worden war. Deswegen gingen wir davon aus, dass sie von hinten niedergeschlagen wurde. Womit, konnten wir nie herausfinden. Sie kippte vornüber und verlor das Bewusstsein oder war zumindest so weit betäubt, dass sie sich nicht wehren konnte, als der Täter sie erwürgte.«

»Mit ihrem Höschen«, ergänzte Bellamy leise.

»Sie, Ihre Stiefmutter und die Haushälterin, die bei Ihnen zu Hause die Wäsche machte, haben damals übereinstimmend ausgesagt, dass sie nur eine Art trug. Aus dehnbarer Spitze. Stark genug, um jemanden damit zu erwürgen. Rupe demonstrierte im Gerichtssaal, wie es hätte ablaufen können. Es war ein weiterer Glanzpunkt in seiner Laufbahn.«

»Hat er Stricklands Anwalt mit diesen Mätzchen vor der Richterbank nicht völlig verrückt gemacht?«, fragte Dent. »Legte der Pflichtverteidiger denn keine Berufung ein?«

»Umgehend, aber bis das Berufungsgericht sich des Falles annehmen und eine Entscheidung fällen konnte, war Strickland schon umgebracht worden.«

»Wie hat der Anwalt darauf reagiert, dass sein Mandant ermordet worden war?«, wollte Dent wissen.

Moody schnaubte. »Auf Rupes Drängen wechselte er zur Staatsanwaltschaft. Und dort ist er wohl immer noch.«

»Allen ist also umsonst gestorben«, stellte Bellamy fest.

»Soweit ich weiß.«

Als Dent sich später die Ereignisse in Erinnerung rief, kam er zu dem Schluss, dass Moodys Schmunzeln letztendlich den Schalter umgelegt hatte. Dent sah ihn lächeln, und ehe er sichs versah, stand er vor Moodys Sessel und beugte sich bedrohlich über den ehemaligen Detective.

»Sie und Rupe haben wirklich ein tolles Team abgegeben. Er war das Gehirn, und Sie waren sein kleiner Stricher. Warum haben Sie eigentlich gekündigt, wo alles doch so glänzend lief?«

»Setzen Sie sich wieder hin.«

»Erst nachdem ich von Ihnen gehört habe, was ich hören will. Sie haben vom ersten Moment an gewusst, dass Strickland unschuldig ist, das haben Sie selbst zugegeben. Woher wussten Sie das?«

»Das habe ich Ihnen doch erklärt. Er hat ausgesagt, dass Susan ihn ausgelacht hatte. Ein Junge würde nie...«

»Ersparen Sie mir das Gewäsch, Moody. Ein Junge würde so was nie zugeben und erst recht nicht hinterher zu winseln anfangen. Falls sie ihm einen Korb gegeben hätte, hätte er vor Wut gekocht. Er hätte sie beschimpft und sich über sie ausgelassen. Und sich damit selbst beschuldigt, statt sich zu entlasten. Also versuchen Sie mir nicht diesen Mist zu verkaufen, denn der stinkt zum Himmel.«

»Sein Bruder...«

»Der ebenfalls gelogen haben könnte, wie Sie selbst erklärt haben. Es muss noch etwas gegeben haben, das Allen entlastete. Was war das, Moody?«

Der ehemalige Detective sah Bellamy an, die immer noch am Fußende des Bettes saß. Schließlich richtete er die trüben Augen wieder auf Dent und sagte: »Wenn ich dazu bereit bin.«

»Wenn Sie dazu bereit sind? Was soll das heißen?«

»Es heißt, dass ich nicht mehr sagen werde.«

»Sie lausiger Saufbold. Sie muss wissen, was Sie wissen«, schnauzte Dent ihn an. »Und zwar jetzt!«

»Immer langsam, Junge.« Moody arbeitete sich aus dem Sessel hoch, doch Dent wich keinen Zentimeter zurück, als Moody endlich Nase an Nase mit ihm stand, nicht einmal, als Moody die Pistole von dem Fernsehtablett nahm.

»Was?«, schnaubte Dent. »Wollen Sie mich jetzt erschießen?«

»Machen Sie nur weiter so, dann werden Sie schon sehen.«

»Nie im Leben. Dazu haben Sie nicht den Mumm.« Dent beugte sich vor, bis der Pistolenlauf gegen sein Hemd drückte.

Bellamy stieß einen erstickten Schrei aus.

»Keine Angst«, sagte Dent. Ohne Moodys hasserfülltem Blick auszuweichen, sagte er: »Er wird nicht abdrücken.«

»Seien Sie da nicht so sicher.«

»Ich bin nur in einem sicher – dass Sie ein erbärmlicher Feigling sind. Sie hatten nicht den Mumm, sich Rupe Collier in den Weg zu stellen, und jetzt haben Sie nicht den Mumm, sich das Hirn rauszublasen.«

»Dent!«

Bellamy klang verängstigt und panisch, aber weder er noch Moody beachteten sie.

Moodys Gesicht war wutverzerrt. Er schnaufte schwer. Dent spürte, dass der Pistolenlauf leicht bebte, so als würde die Hand an der Waffe zittern.

»Wenigstens ist durch meine Schuld nur ein Mensch gestorben«, knurrte er. »Damit muss ich leben. Sie müssen damit leben, dass Sie um ein Haar die gesamte Besatzung und alle Passagiere an Bord eines Flugzeugs getötet hätten.«

Dent schlug zu. Gnadenlos. Seine Knöchel landeten genau auf Moodys Kinn und schleuderten ihn in Richtung Kochnische, wo er mit wirbelnden Armen rückwärts gegen die Küchentheke prallte. Er rutschte zu Boden und sackte in sich zusammen.

Dent ging hinterher, packte Moody am Schopf und riss seinen Kopf hoch. Moody sah ihn aus glasigen und blutunterlaufenen Augen an. »Vergleich mich nicht mit dir, du dreckiger Mistkerl.« Er beugte sich vor. »Wenn du gekonnt hättest, hättest du mich wegen Mordes eingebuchtet. Du hattest fast zwanzig Jahre Zeit, um deine dreckigen Geschäfte mit Rupe Collier in Ordnung zu bringen. Nichts hast du unternommen. Stattdessen hast du dich schmollend in diesem Rattenloch verkrochen und versucht, dein schlechtes Gewissen in Whiskey zu ertränken. Bellamy und ich haben dir eine Chance zur Wiedergutmachung gegeben, aber du kannst immer noch nicht zu dem stehen, was du angerichtet hast. Du verdammter Feigling.«

Sichtlich angewidert ließ er Moodys Haare los, kehrte zum Bett zurück, nahm Bellamy an der Hand und zog sie hoch. Auf dem Weg zur Tür blieb er noch einmal stehen. »Weißt du, Moody, Rupe Collier ist so von sich geblendet, dass er längst nicht mehr weiß, was richtig und was falsch ist. Du hingegen weißt das ganz genau, und darum bist du noch schlimmer als er.«

»Ich kann bei dem Wetter nicht fliegen.«

Weder Dent noch Bellamy hatten ein Wort gesprochen, seit Dent seine Pistole von dem wackligen Fernsehtablett genommen, die Fliegentür aufgestoßen hatte und beiseitegetreten war, um sie wortlos nach draußen zu winken.

Sie hatte die Akte auf dem Bett liegen lassen. Als Dent sie an Moody vorbeigezerrt hatte, war sie kurz stehen geblieben, weil sie das Gefühl hatte, noch etwas sagen zu müssen. Aber ehrlich gesagt war sie genauso angewidert wie Dent. Ihr Blick traf kurz auf den des Detectives, dann sackte sein Kopf wieder nach unten. Wortlos hatten sie und Dent die trostlose Hütte verlassen.

Zwanzig Minuten war er über die schmale Straße in Richtung Marshall gerast, hatte dabei den gemieteten Kleinwagen getreten, als würde er erwarten, dass er reagierte wie seine Corvette, und hatte sein Missfallen jedes Mal lautstark zum Ausdruck gebracht, wenn der Motor den Dienst verweigert hatte.

Der Himmel hatte sich immer weiter verdunkelt. Die ersten dicken Regentropfen landeten auf der Windschutzscheibe. Ohne Musik aus dem Radio oder ein ablenkendes Gespräch schlug jeder Tropfen mit einem lauten, unheilvollen Klatschen auf.

Ein gezackter Blitz und der folgende Donnerschlag gaben ihr schließlich den Mut zu reden. »Bei dem Wetter kann ich nicht fliegen«, wiederholte sie, nachdem Dent beim ersten Mal nicht reagiert hatte.

Jetzt sah er sie kurz von der Seite an. »Glaubst du, ich würde bei so einem Wetter fliegen?«

»Aber ...« Sie deutete auf das Flughafenschild, an dem sie in diesem Moment vorbeischossen.

»Ich muss das Flugzeug sichern. Falls ihm irgendwas passiert, bin ich am Ende.« Gehässig ergänzte er: »Es sei denn, du stehst dafür gerade. Du hast einen Haufen Geld. Vielleicht würde es dir dein Daddy kaufen.«

»Hör auf, Dent. Du bist nur auf dich selbst wütend.«

»Auf mich?«

»Weil du Moody so zugesetzt hast.«

»Falsch. Wenn ich ihm so hart zugesetzt hätte, wie ich wollte, hätte ich ihn umgebracht.«

Als sie den Flughafen erreicht hatten, brachte er den Wagen mit quietschenden Bremsen auf einem Parkplatz zum Stehen, stellte mit abgehackten Bewegungen, die seine Wut verrieten, den Motor ab, stieg aus und knallte die Tür zu. Ohne sich von der Wucht der Elemente aufhalten zu lassen, rannte er zum Eingang des Flughafengebäudes.

Bellamy zuckte schreckhaft zusammen, als der nächste Donnerschlag durch den Wagen hallte. Sie wollte nicht hier festsitzen, wo nicht mehr als eine Fensterscheibe und etwas dünnes Blech sie vor dem Sturm abschirmten. Aber auszusteigen und sich den Blitzen und dem Donner auszusetzen kam erst recht nicht infrage, nicht einmal während der wenigen Sekunden, die sie brauchen würde, um ins Flughafengebäude zu flüchten.

Um die aufsteigende Panik niederzukämpfen, griff sie nach ihrem Handy und rief Olivia an, die das Gespräch beim ersten Läuten annahm. »Wo bist du? Was ist das für ein Krach?«

»Donner.« Aber wo sie war, behielt sie für sich. »Wie geht es Daddy?«

»Unerwartet gut, ehrlich gesagt.« Aus Olivias unnatürlich fröhlicher Stimme schloss Bellamy, dass sie an seinem Bett saß und gute Miene machte. »Er will mit dir sprechen.«

»Gern. Aber erst erzähl mir, wie du dich so hältst.«

»Ich halte schon durch. Heute früh habe ich mit Steven telefoniert. Das hat geholfen.«

»Das freut mich zu hören.«

»Trotz allem hat er sich über deinen Besuch gestern gefreut.«

»Das freut mich auch.«

»Ich gebe dich jetzt an Howard weiter.«

Über das Handy konnte Bellamy hören, wie ihr Vater Olivia drängte, die Gelegenheit zu nutzen und sich etwas zu essen zu holen. Sekunden später flüsterte er mit schwacher Stimme: »Na, meine Schöne?«

»Was kochst du schon wieder aus?«

»Olivia kommt gleich zurück. Sie weiß, dass was im Busch ist, und das macht ihr eine Höllenangst.«

»Vielleicht solltest du sie einweihen.«

»Dann würde sie sich nur noch mehr Sorgen machen, und sie hat schon mehr als genug am Hals. Heute habe ich versucht, mit ihr über meine Trauerfeier zu reden. Sie musste so weinen, dass ich es nicht übers Herz gebracht habe weiterzureden.«

Bellamy murmelte mitfühlend. »Kann ich irgendwas für dich tun?«

»Ich habe dir gesagt, was du für mich tun kannst. Hast du schon Fortschritte gemacht?«

Dass Dent mit einem Messer attackiert worden war, konnte man schwerlich als Fortschritt bezeichnen. Genauso wenig wie die Tatsache, dass Van Durbins Fotograf am Flughafen und vor Dents Apartment kompromittierende Bilder von ihr und Dent geschossen hatte. Aber dass ihr Privatleben in einem Boulevardblatt ausgebreitet wurde, erschien ihr inzwischen kaum noch oder gar nicht mehr wichtig verglichen mit den Gefahren, denen sie sich ausgesetzt sah.

»Erinnerst du dich noch an Allen Stricklands Bruder Ray?«

»Ja«, antwortete ihr Vater. »Bei der Verhandlung hat er uns gegenüber ziemlich die Klappe aufgerissen, und nach Allens Tod wollte er an den Wachleuten vorbei in die Fimenzentrale eindringen. Er wurde überwältigt und vom Gelände geführt. Seither habe ich nichts mehr von ihm gehört. Wieso?«

»Sein Name fiel, als ich heute mit Moody gesprochen habe.«

»Du hast ihn gefunden? So schnell?«

Sie vergeudete keine Zeit damit, ihrem Vater zu erklären, wie es zu der Begegnung mit dem ehemaligen Detective gekommen war. »Er ist inzwischen ein kettenrauchender Säufer, der allein in einer Bruchbude haust. Er hat zugegeben, dass er Allen Strickland nie für schuldig gehalten hat, aber er hat uns nicht erklärt, wie er und Rupe dafür gesorgt haben, dass er verurteilt wurde.«

»Es überrascht mich, dass er überhaupt was zugegeben hat.«

»Er ist am Ende. Der Fall hat ihn beruflich und persönlich gebrochen. Er behauptet, dass er bis heute nicht weiß, wer Susan umgebracht hat.« Sie zögerte kurz, doch dann machte sie sich bewusst, wie wichtig ihm diese Sache war. »Da ist noch etwas, Daddy.« Sie erzählte ihm, wie sie den Tatort beschrieben hatte.

»Dabei warst du nie dort«, sagte er.

»Anscheinend doch. Ich kann mich nur nicht erinnern, dass ich dort war.«

Es gab so vieles zu erklären, und sie hatten so wenig Zeit, um alles zu besprechen. Sie kauerte in ihrem Sitz, um sich vor den Blitzen zu schützen, und erzählte ihrem Vater knapp, was passiert war.

»Als ich Susans Handtasche erwähnte, hakte Moody sofort ein. Stimmt es, dass er sie euch erst ein paar Tage später gebracht hat?«

»Ja«, antwortete er heiser. »Man hat uns erzählt, man hätte sie in einem Baum gefunden.«

Sie seufzte. »Dann scheint festzustehen, dass ich entweder das Verbrechen beobachtet habe oder direkt nach Susans Tod auf ihren Leichnam gestoßen bin. Jedenfalls muss ich sie noch gesehen haben, bevor der Tornado alles verwüstete.«

»Jesus, Bellamy. O Gott.«

Eigentlich hatte sie erwartet, er würde sofort und entschieden bestreiten, dass sie auch nur in der Nähe des Tatorts gewesen war. Stattdessen klang er, als hätte sie eben seine schlimmsten Befürchtungen bestätigt.

»Was ist denn, Daddy?« Als er schwieg, bohrte sie nach: »Glaubst du etwa, ich hätte absichtlich etwas verschwiegen?«

»Nein, natürlich nicht.«

»Ist dir je der Gedanke gekommen, dass ich Gedächtnislücken haben könnte?«

»Nein. Dann hätte ich dir Hilfe besorgt.«

»Wirklich?«

Statt zu antworten, sagte er: »Ach, Olivia ist zurück und hat was zu essen mitgebracht ... Was ist das? Rindsbouillon mit Gemüse. Ich muss Schluss machen, Herzchen, und aufpassen, dass sie ihre Suppe aufisst. Danke für deinen Anruf.«

Dann war er weg, und sie lauschte fassungslos in das stumme Handy.

Die ganze Unterhaltung kam ihr irgendwie surreal vor. Sie musste sie noch einmal von Anfang an durchgehen und überlegen, was sie zu bedeuten hatte. Aber in diesem Augenblick kehrte Dent zurück. Er stieg ein und zog eilig die Tür gegen den böigen Wind zu.

»Das weht ganz schön.«

»Was ist mit dem Flugzeug?«

»Der Manager des Hangars hatte sich schon gedacht, dass es jemand Wichtigem gehört, und hat es darum in den Hangar gerollt. Ich hab ihm einen Zwanziger zugesteckt.« Er sah sie nachdenklich an. »Alles okay?«

Sie nickte, obwohl das gelogen war.

»Außerdem habe ich das Wetterradar gecheckt«, fuhr er fort. »Das sind nur die ersten Ausläufer einer breiten Gewitterfront, die laut den Vorhersagen erst nach Mitternacht über uns hinwegziehen wird, darum war ich noch kurz bei der Autovermietung und habe ihnen erklärt, dass wir den Wagen bis morgen behalten.« Er drehte den Schlüssel in der Zündung. »Wir sind vor ein paar Meilen an einem Hotel vorbeigekommen.«

Die Fahrt dauerte nicht lange, aber bis er den Wagen unter das Vordach des Hotels fuhr, konnte er Bellamy ansehen, dass sie nur mit äußerster Mühe die Fassung wahrte. Sie hatte die Augen geschlossen und schon länger keinen Ton mehr von sich gegeben. Inzwischen war sie angespannt wie eine Bogensehne und hatte die Lippen so fest zusammengepresst, dass sich ein weißer Ring darum gebildet hatte.

Er parkte den Wagen so, dass er die Durchfahrt nicht blockierte, stieg aus und ging auf die Beifahrerseite, um Bellamy die Tür zu öffnen. Eine Hand unter ihrem Ellbogen, zog er sie sanft aus dem Wagen und führte sie dann, den Arm um ihre Schulter gelegt, ins Hotel.

Es war ein nicht allzu teures Hotel, das einer Kette angehörte, mit der typischen Hotellobby, hier in Dunkelblau und Tiefrot gehalten, glänzenden Messinglampen und Seidenblumen. Nachdem Bellamy allem Anschein nach vor Angst erstarrt war, mietete er mit seiner Karte ein Zimmer an in der stillen Hoffnung, dass sein Kreditrahmen noch so weit reichte.

Wenige Minuten nachdem sie die Lobby betreten hatten, schloss er die Tür zu einem Zimmer im zweiten Stock auf und schob Bellamy hinein. Als Erstes trat er an die Panoramafenster und zog die Vorhänge zu, dann schaltete er mit der auf dem Nachttisch liegenden Fernbedienung den Fernseher an, um den Gewitterlärm auszublenden. Zuletzt knipste er alle Lichter an.

Bellamy stand immer noch wie angewurzelt auf dem Fleck, auf dem er sie hatte stehen lassen. Er kehrte zu ihr zurück und massierte ihre Oberarme. »Geht dir das jedes Mal so, wenn es ein Gewitter gibt?«

»Seit dem Tornado.«

»Hast du deswegen Hilfe gesucht?«

Sie lachte zähneklappernd, aber nicht weil sie seine Frage komisch fand. »Für Tausende von Dollars. Ich habe jede nur vorstellbare Therapie ausprobiert. Geholfen hat keine.«

»Hast du Medikamente, die du dagegen nehmen kannst?«

»Ich lasse sie mir längst nicht mehr verschreiben.«

»Wieso nicht?«

»Weil sie auch nicht geholfen haben. Nur dass ich danach nicht nur vor Angst wie versteinert war, sondern mir auch noch schwindlig war.«

»Vielleicht solltest du es mit der Dr.-Denton-Carter-Methode probieren.« Er nahm sie in die Arme und zog sie an seine Brust.

Doch als er den Kopf senkte, um die Lippen auf ihre Halsbeuge zu drücken, schob sie ihn wieder weg. »Das ist wohl dein Allheilmittel.«

»Es wirkt immer.«

Sie hatte sich zwar aus seiner Umarmung gewunden, doch die Geste zeigte Wirkung. Ein Lächeln zupfte an den Lippen, in die ein Hauch von Farbe zurückgekehrt war.

»Ich muss noch den Wagen parken«, sagte er. »Kann ich dich so lange allein lassen?«

»Ich bin fast immer allein, wenn das passiert. Ich kann inzwischen ganz gut für mich allein in Panik geraten.«

Er ging ein bisschen in die Knie, bis sie auf Augenhöhe waren, und legte dann den Kopf schief. »Kommst du zurecht?«

»Ja. Hinter zugezogenen Vorhängen und bei eingeschaltetem Licht ist es längst nicht so schlimm. Ich werde eine heiße Dusche nehmen. Das beruhigt.«

»Okay.« Er ging zur Tür, aber sie hielt ihn noch einmal auf. Als er sich zu ihr umdrehte, sagte sie: »Du hast dir kein Zimmer genommen.«

Er hob die Keycard in die Höhe. »O doch. Lass mir was von dem heißen Wasser übrig.«

Nicht weit vom Hotelgebäude fand er einen Parkplatz. Auf dem Rückweg musste er gegen den böigen Wind anrennen. Hagelkörner prasselten auf ihn ein und sprangen über den Asphalt. Wütende Blitze zuckten über den Himmel. Doch der Regen war verhältnismäßig schwach, darum kehrte er halbwegs trocken in die Lobby zurück. Und mit einem Bärenhunger.

Vom Haustelefon aus rief er in ihrem Zimmer an. Als er Bellamy am Apparat hatte, fragte er, ob sie zu ihm ins Restaurant herunterkommen wollte. »Oder soll ich was zusammenstellen lassen, und wir essen oben?«

»Das wäre mir lieber.«

»Soll ich hochkommen und dir den Rücken einseifen?«

Schon hatte sie aufgelegt.

Als sie ihm zwanzig Minuten später die Tür öffnete, hatte er beide Hände voll und sie sich wieder angezogen, nur ihr Haar war noch feucht und roch nach Shampoo. »Was ist das alles?«

»Zahnbürsten aus dem Automaten. Mit Zahnpasta«, ergänzte er mit Nachdruck. »Dazu zwei Cheeseburger, zweimal Pommes frites, zwei Flaschen Bier für mich und ein kleiner Weißwein für dich. Um den Pfirsichauflauf müssen wir knobeln. Das war der letzte.«

Während sie das Essen auf dem runden Tisch aufbaute, verschwand er kurz unter der Dusche, um wenig später angezogen, aber ohne die nassen Stiefel wieder aufzutauchen.

Bellamy schien genauso hungrig zu sein wie er, darum aßen sie sofort und beschlossen, den Nachtisch für später aufzuheben. Er nahm das zweite Bier mit zum Bett, knüllte dort das Kissen zusammen und schob es, ausgestreckt auf dem Rücken liegend, unter seinen Kopf.

»Das ist echt bequem.« Er tätschelte die freie Betthälfte. »Mach's dir doch auch gemütlich.«

»Vergiss es, Dent. Ich werde nicht mit dir schlafen.«

»Schlafen stand gestern auf dem Plan. Heute hatte ich was anderes im Sinn.«

Mit einem entschiedenen Druck brachte sie den Fernseher zum Verstummen. Dann rollte sie sich im Sessel zusammen und schob die Hände flach zwischen die Knie, wie um sie zu wärmen. Es war eine eher abweisend wirkende Geste, und das hätte ihn warnen sollen.

»Was Moody da gesagt hat …«

Er unterbrach sie mit einem langen, müden Aufstöhnen. »Das nenne ich einen Stimmungskiller.«

»Was er da gesagt hat, dass du damit leben müsstest, um ein Haar so viele Menschen getötet zu haben.«

»Habe ich aber nicht.«

»Trotzdem ist es bestimmt belastend, um Haaresbreite...«

»Hundertsiebenunddreißig Menschen umgebracht zu haben?« Den Blick an der Bierflasche entlang auf sie gerichtet, nahm er einen tiefen Schluck, stellte die Flasche dann auf den Nachttisch und stand wieder auf, alles in einer einzigen flüssigen Bewegung. »Vielen Dank auch. Damit bin ich offiziell wieder nüchtern.« Er ging zur Kommode und beugte sich zum Spiegel, um die Schnitte in seinem Gesicht zu inspizieren.

»Warum hast du nach dem Vorfall gekündigt?«

»Blöd, dass nicht Halloween ist. Ich könnte von Haus zu Haus ziehen und Süßigkeiten einkassieren.«

»Warum sprichst du nie darüber?«

»Ich bräuchte mich gar nicht zu maskieren.«

»Es würde vielleicht helfen, wenn du ein Gespräch darüber zulassen würdest.«

»So übel, wie die Blutergüsse aussehen, habe ich sie vielleicht noch bis Halloween.«

»Dent?«

»*Was?*« Er drehte sich so schnell um, dass sie tatsächlich zurückzuckte.

Aber sie gab nicht auf. »Warum redest du nicht darüber?«

»Warum bist du so neugierig? Ist das morbide Sensationslust? Gehörst du zu den Leuten, die das Internet nach Videos von Flugzeugabstürzen, sensationellen Selbstmorden oder Massenkarambolagen durchsuchen?«

»Tu das nicht.«

»Was denn?«

»Die Tür zuschlagen. Dich verschließen. Hast du auch so reagiert, als der Vorfall untersucht wurde?«

»Nein, wir haben uns alle super verstanden. Wir schicken uns heute noch Weihnachtskarten. Geburtstagsgrüße. Sie benennen ihre Babys nach mir.«

Sie sah ihn streng an. »Du hast mir erklärt, dass du mit Frauen ausschließlich sexuelle Beziehungen eingehen kannst.«

»Auch wenn alle Indizien dagegen zu sprechen scheinen.«

»Dies ist deine Chance, mit einer Frau, nämlich mir, eine andere Art von Beziehung einzugehen.«

»Das macht aber keinen Spaß. *Fuck.* Überhaupt keinen.«

Er kehrte zum Nachttisch zurück, griff nach der Bierflasche und nahm einen Schluck. Für ihn war das Gespräch damit beendet. Aber Bellamy sah ihn weiter mit diesem tiefen Blick an, in dem er zu versinken und ertrinken schien, und ehe er sichs versah, fragte er: »Was willst du wissen?«

»Du warst damals der Kopilot?«

»Genau.«

»Und du hattest den Kaffee verschüttet?«

»Habe ich dir das nicht erzählt?«

»Der Mechaniker, der das Ersatzteil einbaute...«

»Den gab es wirklich.«

»Und das Wetter?«

»War wirklich mies, allerdings nicht so schlecht, dass wir nicht starten konnten.«

»Aber dann, beim Start...«

»Dem kritischsten Moment bei jedem Flug.«

»...bekamt ihr die Anweisung, links abzudrehen, um dem Gewitter auszuweichen.«

»Was nur richtig war.«

»Ein Blitz schlug ins Flugzeug ein.«

»Und legte mehrere Schaltkreise lahm, darunter den für den Stimmenrecorder im Flugschreiber. Was aber erst später wichtig werden sollte.«

»Das linke Triebwerk meldete ein Feuer, obwohl gar nichts brannte.«

»Genau wie ich dir erzählt habe. Es war ein Fehlalarm.«

»Aber der Pilot schaltete das linke Triebwerk ab.«

»Korrekt.«

»Aber *er* hat es ausgeschaltet.«

»Genau.«

»Was hast *du* getan?«

»Ich habe die Kiste geflogen!«

Sein Ausbruch endete abrupt in aufgeladenem Schweigen. Bellamy setzte sich auf. Er kehrte zum Bett zurück, wo er sich am Fußende niederließ und die Daumen in die Augenhöhlen bohrte. So blieb er mindestens eine Minute sitzen, dann senkte er langsam die Hände und sah sie wieder an.

»Der Captain konnte mich nicht leiden, und das beruhte auf Gegenseitigkeit. Er war ein absoluter Vorschriftenfanatiker und flog auch so. Er hielt mich für einen Proleten, der nicht seinem Bild eines Piloten entsprach und nicht in eine Uniform gehörte. Im Idealfall wären wir nie gemeinsam geflogen. Aber wir flogen gemeinsam. Das war das Loch in der ersten Käsescheibe.«

Er verstummte, um seine Gedanken zu sammeln, um sich noch einmal jenen Augenblick vor Augen zu rufen, in dem er begriffen hatte, dass der Kapitän einen katastrophalen Fehler gemacht hatte. »Ich habe dir schon erzählt, dass er so reagierte, wie man es ihm während seiner Ausbildung auf einer 727 beigebracht hatte. Nur flogen wir keine 727. Wir flogen eine MD-80. Natürlich hatte er auch ein Training auf der 80 bekommen, aber er war erst kurz zuvor umgestiegen. Als der Fehlalarm ausgelöst wurde, setzten seine alten Reflexe ein. Er reagierte auf den Feueralarm, ohne erst die Instrumente abzuchecken, ob noch etwas auf einen Brand hindeutete. Öltemperatur. Öldruck. EGT – die Abgastemperatur. Ich prüfte automatisch alle Anzeigen. Nichts sprach für ein Feuer oder einen anderen Schaden. Mir wird klar, dass es falscher Alarm ist. Aber inzwischen befinden wir uns schon in einer steilen Linkskurve und verlieren dramatisch an Geschwindigkeit.

Das rechte Triebwerk treibt die Maschine in eine immer engere Kurve. Die Nase kippt ab, die rechte Tragfläche kippt nach oben. Das Flugzeug droht ins Trudeln zu kommen.«

»Also hast du reagiert.«

»Genau. Ich habe das rechte Querruder festgestellt, um uns aus der Kurve zu ziehen. Und ich zog den Steuerhebel zurück, um die Nase nach Möglichkeit wieder hochzubringen und die Maschine in die Horizontale zu zwingen, während ich gleichzeitig nach rechts steuerte, um die Flügel waagerecht zu stellen. Und all das musste sofort und gleichzeitig geschehen. Uns blieb keine Zeit zum Nachdenken oder Diskutieren. Wir hatten keine Wahl. Die ganze Geschichte spielte sich in wenigen Sekunden ab. *Sekunden.* Währenddessen schreien er und ich uns an. Er regt sich auf, dass das sein Flugzeug sei, und ich schnauze ihn an, dass ich nur tun würde, was getan werden musste. Wir brüllen uns gegenseitig ins Gesicht. Nur gut, dass der Stimmenrecorder ausgefallen war. Sonst wäre die Sache später ziemlich peinlich für uns beide geworden.

Jedenfalls gelang es mir, den Absturz abzufangen. Er hörte auf zu zetern. Nach acht, allerhöchstens zehn Sekunden hatte er die Situation erfasst, seinen Irrtum erkannt und begriffen, wie knapp wir an einer Katastrophe vorbeigeschrammt waren. Er dankte mir sogar, glaube ich. In dem Augenblick hatten wir beide alle Hände voll zu tun.

Die Passagiere schrien. Die Stewardessen versuchten, sie zu beruhigen. Wir wussten nicht, ob jemand verletzt oder ob die Kabine beschädigt war. Wir flogen immer noch mit nur einem Triebwerk durch mittlere bis schwere Turbulenzen. Ich schlug vor, das linke Triebwerk wieder zu starten, nachdem es offenbar keinen Schaden genommen hatte. Er ließ es lieber abgeschaltet. Er übernahm wieder die Kontrolle, und wir kehrten zum Flughafen zurück. Katastrophe abgewendet.«

Er starrte auf das Muster des Teppichbodens zwischen seinen Füßen. »Gestorben ist damals niemand, aber eine ganze Reihe von Passagieren wurde verletzt, als wir seitlich abkippten. Darunter auch ein Baby, das nicht angeschnallt auf dem Schoß seiner Mutter saß. Die Fluglinie wurde verklagt und musste Millionen zahlen, um die Klagen beizulegen.« Er sah Bellamy an und ergänzte mit tiefer Verbitterung: »Den Rest kennst du. Es war in allen Zeitungen zu lesen.«

Er stand auf und ging ans Fenster. Dort zog er die Vorhänge beiseite und schaute hinaus. »Es hat aufgehört zu blitzen.«

»Du hast sie mit deiner Geistesgegenwart gerettet.«

»Ich hatte bloß Glück.«

»Du weißt genau, dass das nicht stimmt. Warum wurdest du nicht als Held gefeiert?«

Er seufzte. »Weil es nicht angeht, dass sich ein Kopilot dem Flugkapitän widersetzt. Er hatte zwanzig Jahre mehr Erfahrung als ich. Er war das Aushängeschild der Fluglinie. Nach ein paar Sekunden hätte er selbst begriffen, was passiert war und was getan werden musste, um das Flugzeug wieder unter Kontrolle zu bekommen. Dann hätte er genauso reagiert wie ich.«

»Aber diese Sekunden hattet ihr nicht.«

Er schüttelte den Kopf. »Wir wären um ein Haar abgestürzt, und trotz meiner Reaktion ist es ein Wunder, dass wir es nicht sind.«

»Hat der Kapitän seinen Fehler zugegeben?«

»Hat er, aber er hat sich auch anrechnen lassen, dass er ihn korrigiert und damit alle gerettet hatte.«

»Du hast ihnen nicht erzählt, wie es wirklich war?«

»Nein, wir haben uns gegenseitig gedeckt. Es gab keine Stimmaufzeichnung, die uns verraten konnte.«

»Und warum hast du dann gekündigt?«

»Noch während die Flugsicherungsbehörde den Vorfall untersuchte, begann der Reporter eines großen Fernsehsenders in meiner Vergangenheit zu wühlen und fand dabei heraus, dass ich in meiner Jugendzeit kurzzeitig unter Mordverdacht gestanden hatte, nachdem meine Freundin umgebracht worden war. ›Er wurde später von diesem Verdacht entlastet‹«, zitierte er giftig. »Von wegen. Damit deutete er unterschwellig an, dass ich trotz meiner schicken Uniform immer noch eine zwielichtige Figur war. Die Story kam bei der Fluglinie gar nicht gut an. Auch nachdem der Abschlussbericht über den Beinaheabsturz vorlag, wurde meine Beurlaubung nicht aufgehoben. Es war ihre Art, mir mitzuteilen, dass ich mich verziehen sollte. Also habe ich mich verzogen.«

»Und damit zugelassen, dass sie und jeder andere glauben ...«

»Was sie wollen, ganz genau«, fuhr er dazwischen.

»Das war dir egal?«

»Und wie.« Er marschierte zum Nachttisch, griff nach der Bierflasche und trank sie aus.

»Es hat dir nichts ausgemacht, deinen Job aufzugeben?«

»Nein.«

»Ich glaube dir weder das eine noch das andere.«

Er fuhr herum, streitlustig und mit einer bissigen Erwiderung auf den Lippen, aber als er ihr bekümmertes, mitfühlendes Gesicht sah, verpuffte sein Zorn. Er setzte sich auf die Bettkante, ließ den Kopf hängen und blieb einen Moment stumm.

Dann: »Fluglinien haben nicht umsonst so viele Regeln und Vorschriften. Von den Socken der Crew bis zum Betrieb eines Flugzeugs gibt es Richtlinien, an die sich alle halten müssen. Schließlich sind die Fluglinien täglich für Tausende von Menschenleben verantwortlich. Um all diese Menschen effizient und gefahrlos zu befördern, muss absolut alles streng nach Vorschrift durchgeführt werden. Nur dass ich bei diesem Wort unwillkürlich eine Gänsehaut bekomme. In der Air Force konnte ich das noch hinnehmen. Da waren wir im Krieg. Da gibt es kein Vertun. Befehle müssen befolgt werden. Aber im Zivilleben? Vorschriftsmäßige *Socken*?« Er schüttelte den Kopf. »Der Kapitän hatte ganz recht: Ich passte dort nicht hin. Also machte es mir nichts aus, diesen Betrieb wieder zu verlassen.« Er wandte sich ihr zu: »Aber das Fliegen aufzugeben war schwer. Das war richtig schlimm.«

»Du fliegst immer noch.«

»Und ich liebe meine Maschine. Aber mir fehlen die großen Linienflugzeuge. Mir fehlen die Düsentriebwerke.«

»Du könntest wieder zurückkehren.«

»Nein. Selbst wenn eine Fluglinie in Betracht ziehen sollte, mich noch einmal einzustellen, was höchst unwahrscheinlich ist, habe ich damals Stellung bezogen. Und dazu stehe ich.«

»Du könntest Firmenjets fliegen.«

Er wartete kurz ab und streckte dann aus einem Impuls heraus die Hand aus. Im nächsten Moment waren seine Finger unter ihrem Hemd verschwunden, und seine Finger schoben sich unter den Bund ihrer Jeans. Er zog sie aus dem Sessel und zwischen seine Knie: »Kauf dir einen. Dann fliege ich dich.«

Während er sie zwischen seinen Schenkeln festklemmte, schob er den Saum ihres Hemdes nach oben, öffnete den obersten Knopf ihrer Jeans und zog mit beiden Daumen den Bund auseinander.

»Dent...«

»Jetzt haben wir auf deine Art eine Beziehung aufgebaut, Bellamy. Es wird Zeit, dass wir es auch auf meine tun.«

Dann drückte er den offenen Mund auf den hellen Streifen glatter Haut.

20

Sobald Dents Mund sie berührte, schienen sich die Knochen in Bellamys Körper zu verflüssigen. Instinktiv krallte sie sich Halt suchend an seinen Haaren fest.

»Tut das weh?«

Weh? Seine Lippen strichen sanft über den dunklen Bluterguss auf ihrem Hüftknochen, den sie sich zugezogen hatte, als sie gestern Abend gegen das Eisengeländer vor seinem Apartment geprallt war. »Nein.«

»Gut.«

Er küsste den Fleck noch mal, zog dann den Reißverschluss ihrer Hose nach unten, ließ den Mund in den Spalt wandern und stellte dort wunderbare Dinge an, bei denen ihr Innerstes in Aufruhr geriet.

»Dent«, murmelte sie. »Das dürfen wir nicht.«

»O doch.« Er vergrub sein Gesicht in ihrem Unterleib und ließ den Atem warm über ihre Haut streichen. »Du schmeckst gut.« Er zog die Lippen leicht an und damit ihre Haut gegen seine Zähne; dann begann er vorsichtig zu knabbern, bis ihr der Atem stockte.

Er legte den Kopf in den Nacken und sah ihr in die Augen, dann konzentrierte er sich ganz darauf, Knopf für Knopf an ihrem Hemd zu öffnen und dabei jeden einzelnen gefühlvoll durch das Knopfloch zu drücken. Er arbeitete sich von unten nach oben vor, schlug, als er alle gelöst hatte, ihr Hemd zurück, und drückte knapp unterhalb ihres BHs seinen Mund auf die leichte Vertiefung zwischen ihren Rippen.

Mit beiden Händen liebkoste er die losen Haarsträhnen, die über ihre Brustwarzen strichen. »Die treiben mich schon die ganze Zeit zum Wahnsinn.« Er schob die Haarsträhnen beiseite, beugte sich vor und ersetzte die Fingerspitzen durch seinen Mund, erst auf der einen Brust, dann auf der anderen, um sie zärtlich durch die Spitzenkörbchen ihres BHs hindurch zu beißen.

Er umklammerte mit seinen kräftigen Händen ihre Hüften, drehte sie um und zog sie zu sich aufs Bett, wo er sich über sie beugte und ihren Mund mit einem so tiefen, leidenschaftlichen und so unglaublich nach Dent schmeckenden Kuss eroberte, dass sie ihren Entschluss, es nie, nie dazu kommen zu lassen, sofort vergessen hatte.

Sie küssten sich lange und wie ausgehungert. Während seine Hände über ihren Körper wanderten, erforschte er kühn, süß und flirtend ihren Mund und hörte nicht zu küssen auf, bis sie beide völlig außer Atem waren. Als sie sich voneinander lösten, vergrub er sein Gesicht in ihrer Halsbeuge und flüsterte: »Du bist definitiv ein Naturtalent.«

Seine Hand verschwand in ihrer offenen Jeans und unter ihrem Slip, um kurz mit der offenen Handfläche ihren Venushügel zu umschließen, bevor er ihre Schenkel teilte, sie liebkosend öffnete und erkundete, wie bereit sie war. Instinktiv zog sie die Knie an und schob die Hüfte vor. Mit einem gefälligen Knurren ließ er die Finger tiefer gleiten.

O Gott! Das war Dent. Der Dent aus ihren so unschuldigen, pubertären Tagträumen und aus ihren so erotischen Erwachsenenfantasien, der sie jetzt mit jeder leisen Fingerbewegung, jedem atemberaubenden Daumenstreicheln zum Wimmern brachte.

Sein Haar strich weich über ihre Brüste, die er inzwischen aus den Spitzenkörbchen des BHs befreit hatte. Zärtlich und gierig zugleich liebte er sie mit seinem Mund, umspielte er sie mit seiner Zunge, während aus seinem Brustkorb ein unerhört männliches, sinnliches Brummen stieg.

Er begehrte sie, und in diesem Moment gehörte er ihr. Ihr ganz allein.

Sie schloss die Arme um seinen Kopf und streckte den Rücken durch, um sich seinen Fingern und dem verführerischen Druck seines Daumens entgegenzustemmen. Als sie die erste leise Welle der Ekstase durchlief, stöhnte sie seinen Namen.

Und dann kam die Flut.

Ray hatte abgewartet, bis die Sonne untergegangen war, und seinen Augen dann mehrere Stunden Zeit gelassen, damit sie sich an die Dunkelheit gewöhnten. Jetzt war er überzeugt, dass seine Nachtsicht so scharf war wie die des Kojoten, den er in den Hügeln westlich des Flugplatzes heulen hörte.

In der Abenddämmerung war eine letzte einmotorige Maschine gelandet, die aber nur aufgetankt hatte und dann wieder gestartet war. Kurz danach war die Beleuchtung der Landebahn ausgeschaltet worden und der Flugplatz bis auf einen bleichen Widerschein aus dem Hangar im Dunkel versunken.

Ray stieg aus seinem Pick-up und schüttelte die Beine aus, um das Blut wieder zum Fließen zu bringen. Erst ging er ein paar Mal tief in die Knie, dann ließ er den linken Arm kreisen. Er strich liebevoll über die Messerscheide an seinem Gürtel und legte die Hand auf den Knauf, bevor er den Weg zum Hangar einschlug.

Überall auf dem unebenen steinigen Boden wuchsen Grasbüschel und gelegentlich auch ein Kaktus. Weil er nicht ins Stolpern kommen wollte, lief er nicht, aber gleichzeitig bewegte er sich so schnell und leise, wie es ihm nur möglich war.

Etwa fünfzig Schritte vor dem Hangar wurde er langsamer und ging halb in die Hocke, um ein möglichst schlechtes Ziel abzugeben. Er glaubte nicht, dass ihn der Alte bemerken würde, aber er wollte kein Risiko eingehen. Hierauf hatte er sich den ganzen Nachmittag gefreut. Er war absolut aufgekratzt. Nichts sollte ihn daran hindern, das zu tun, weswegen er hier war.

Ab heute Abend würden Denton Carter und Bellamy Price begreifen, dass mit Ray Strickland nicht zu spaßen war. Der Angriff auf dem Parkplatz war Kinderkram gewesen gegen den Schlag, den er ihnen diesmal versetzen würde. Diesmal würde er sie wirklich treffen, sie in die Knie zwingen, ihnen klarmachen, wie gefährlich er war, und ihnen noch mehr Angst einjagen.

Zwanzig Schritte vor dem Hangar ließ er sich fallen und blieb auf dem Boden liegen; er stellte sich vor, er wäre so unsichtbar wie die Jungs aus den Spezialeinheiten beim Militär. Er liebte Filme über Scharfschützen in Tarnanzügen, die stunden- oder sogar tagelang in einer Position ausharren und nur auf die Gelegenheit für den perfekten Schuss warten konnten.

Genauso sah er sich in diesem Moment: tödlich, unsichtbar, unbesiegbar. Seine Waffe der Wahl war kein Gewehr mit Zielfernrohr, sondern ein spitzer Dolch. Über die langen Nachmittags- und Abendstunden hinweg hatte er die beiden Seiten der Klinge rasiermesserscharf geschliffen. Jetzt zog er den Dolch aus der Scheide und lauschte dabei begeistert dem leisen Zischen, mit dem das Metall aus dem Leder glitt und das gleichzeitig so erotisch und düster klang.

Das Heft aus poliertem Knochen fest in der Hand, robbte er auf dem Bauch zur Außenwand des Hangars. Als er das Ohr gegen das Wellblech presste, hörte er die Melodie eines Songs von Hank Williams, gezupft auf einer Gitarre.

Ray hasste diese Hinterwäldlermusik, aber es war von Vorteil, dass der alte Kerl sie liebte. Die Musik würde alle anderen Geräusche übertönen. Mutiger geworden, schob er sich an der Wellblechverkleidung hoch, bis er wieder aufrecht stand, und tastete sich an der Wand entlang zur Front des Gebäudes und zu dem betonierten Halbmond vor dem Hangar.

Bis er an der Ecke des Gebäudes angekommen war, klopfte sein Herz wie wild, und sein Atem ging flach und schnell. Er wartete ein paar Sekunden ab, bis er sich wieder beruhigt hatte, zählte bis drei und schob dann den Kopf um die Ecke, damit er einen heimlichen Blick ins Innere des Hangars werfen konnte.

Er brauchte höchstens ein, zwei Sekunden, um die Lage zu erfassen. Der Alte lag auf dem Rücken unter Dents Flugzeug, und nur seine Beine und Füße waren zu sehen. Über den Betonboden schlängelte sich ein Verlängerungskabel, das den Strom für das Radio auf der Tragfläche des Flugzeugs und für die Arbeitsleuchte neben dem Alten unter dem Flugzeugrumpf lieferte. Neben der Lampe lagen eine offene Werkzeugkiste und ein öliger Lumpen.

Das würde das reinste Kinderspiel werden.

»Das ist für dich, Allen«, flüsterte er lautlos. Dann stürmte Ray triumphierend in den Hangar. Ehe der Alte auch nur begriffen hatte, was ihm passierte, hatte Ray ihm die Klinge seines Dolches bis zum Heft in den Bauch gestoßen.

Noch während Bellamy unter den abflauenden Wellen ihres Orgasmus nach Luft schnappte, schob Dent sich über sie, knöpfte hastig seine Hose auf und ließ sich dann in einen jener Küsse sinken, die sich jedes Mal anfühlten, als würde er sie nehmen. Mit jeder Sekunde, in der seine Zunge ihren Mund eroberte, verstärkte sich seine Begierde.

Er zwängte sich zwischen ihre Schenkel, rieb mit seiner erigierten Spitze über ihre feuchte Mitte und verfluchte im Stillen die Kleiderbarriere, die er vorher überwinden musste. Irgendwann würden sie eine Pause einlegen und Luft holen müssen. Dann würden sie sich beide ausziehen. Er wollte sie unbedingt nackt spüren, wollte ihren ganzen Körper erforschen, wollte diesmal alles richtig machen. Aber nicht jetzt. Er musste sie sofort besitzen, er musste spüren, wie seidig, wie heiß, wie feucht sie war. Überraschenderweise.

Eigentlich wirkte sie nicht wie eine Frau, die so schnell entflammte und so heiß brannte. Wer hätte gedacht, dass Bellamy, die immer so reserviert wirkte und so ernst aussah, so unglaublich empfindsam sein konnte, wenn es wirklich darauf ankam?

Und ja, das war sie. Nur eine flüchtige Berührung dieser einen sensiblen Stelle, und schon stand ihr Körper unter Strom. Was ihm wiederum das Gefühl gab, der größte Liebhaber der Geschichte zu sein, ihn fast zum Wahnsinn trieb und in ihm den verzweifelten Wunsch weckte, dieses süße Zusammenziehen noch einmal zu spüren. Nur diesmal an seinem Geschlecht und in ihrem Inneren. Und zwar sofort.

Er griff mit der Hand nach unten, um ihr Höschen zur Seite zu schieben.

»Nein!«

Auf einmal warf sie den Kopf hin und her und begann mit allen vier Gliedmaßen wie wild um sich zu schlagen. Im nächsten Moment hatte sie ihn brutal zurückgestoßen und war vom Bett aufgesprungen. Ehe er begriffen hatte, was gerade passiert war, hatte sie ihm schon den Rücken zugedreht und zerrte die Jeans über die Hüften nach oben.

»Was ist denn los?«

»Ich kann nicht. Ich kann nicht. Das habe ich dir doch erklärt.«

Er war so fassungslos, dass er sekundenlang reglos sitzen blieb, dann sprang er ebenfalls vom Bett auf und streckte die Hand nach ihr aus. Sobald er sie berührte, schreckte sie zusammen, als hätte er auf sie geschossen. Sie fuhr herum. »Lass mich. Sag jetzt nichts. Es ist...« Panisch scheuchte sie ihn weg.

Irgendwie – wundersamerweise, sollte er später denken – schaffte er es, seinen Zorn zu dämpfen. Der sofort in ihm hochgekocht war. Doch gleich darauf hatte er begriffen, dass sie sich nicht zierte. Oder ihn noch weiter reizen wollte. Oder schlicht grausam war.

Stattdessen war sie total ausgerastet, und wenn er nicht wollte, dass sie schreiend den Hotelflur hinunterrannte und ihm den Hoteldetektiv auf den Hals hetzte, würde er sich ihrem Wunsch fügen müssen.

Unbeholfen schob sie die Brüste in die BH-Körbchen zurück und knöpfte ihre Bluse zu. Vielleicht klang ihr noch seine Bemerkung in den Ohren, wohin ihre Haarspitzen fielen und dass ihn das ganz verrückt machte, denn sie strich die Strähnen mit zittrigen Fingern aus ihrem Gesicht und hinter ihre Ohren. Tief durchatmend schüttelte sie die Hände aus, als müsste sie sich im wahrsten Sinn des Wortes wieder in den Griff bekommen. Schließlich hatte sie sich notdürftig gefangen und sah ihn an.

»Ich weiß, dass das unfair ist.« Sie senkte den Blick auf seine offene Hose, blinzelte hektisch und schnappte wieder nach Luft. »Schrecklich unfair. Es tut mir so leid.«

Er sagte das Einzige, was ihm in diesem Moment in den Sinn kam. »Du hast dich verknöpft.«

Sie starrte ihn sekundenlang an, als müsste sie sich bemühen, ihn zu verstehen. Dann sah sie an ihrer Bluse herab und erkannte, wie chaotisch sie die Knöpfe in die Knopflöcher gestopft hatte. Statt sie neu zu knöpfen, fuhr sie nur mit der Hand über die Falten, um den aufgebauschten Stoff glatt zu streichen.

»Ich wollte wirklich nicht ... Ich hätte nicht zulassen dürfen, dass du ...« Sie sah an ihm vorbei aufs Bett und hob dann die Hände an die glühenden Wangen »Bestimmt hältst du mich jetzt für eine schreckliche Zicke. Es tut mir so leid, dass ich dich nicht früher aufgehalten habe. Bevor... ich hätte dich aufhalten müssen, bevor... Aber das konnte ich nicht, und das tut mir schrecklich leid. Ich... ich kann einfach nicht.«

Er fuhr sich mit den Fingern durch die Haare, die sie ihm wenige Minuten zuvor fast vom Kopf gezerrt hätte. Er blies die Wangen auf und stieß pustend die Luft aus. »Ja, das hab ich gemerkt.«

»Das war eine blöde Idee. Ich ziehe in ein anderes Zimmer.« Sie wollte zu der Kommode gehen, auf der sie ihre Umhängetasche abgestellt hatte.

»Lass das«, sagte er. »Du bleibst hier.«

»Hast du nicht gehört...«

»Ja, habe ich. Ungefähr ein Dutzend Mal. Du kannst nicht. Wofür hältst du mich eigentlich? Wir schlafen nicht miteinander. Ich hab's kapiert. Okay? *Okay?*«

Immer noch misstrauisch hielt sie inne und antwortete nach kurzem Zögern mit einem Nicken.

»Okay. Aber ich lasse dich bestimmt nicht allein, wenn du nur noch einen Fingerbreit von einem Nervenzusammenbruch entfernt bist.«

»Es geht schon wieder. Ich werde bestimmt nicht...«

»Bellamy, wir teilen uns dieses Zimmer und dieses Bett bis morgen früh, und dabei bleibt es.«

»Als könntest du darüber bestimmen, wo ich schlafe.«

»Heute Abend schon«, erwiderte er hitzig. »Und falls du dich fragst, was mir das Recht dazu gibt, dann kann ich dir das in ein paar Worten beantworten, bei denen du so rot anlaufen wirst wie noch nie in deinem Leben. Also frag nur, wenn du die Antwort hören willst.«

Sie blieb stumm.

»Dann wäre das geklärt.« Er deutete auf das Bett hinter ihm. »Welche Seite willst du haben?«

Er brauchte eine Ewigkeit, um einzuschlafen. Eigentlich hätte ihr hysterischer Ausbruch alle amourösen Neigungen effektiver abtöten sollen als eine kalte Dusche, doch er erholte sich nur mühsam von seiner pochenden Lust. Denn auch nachdem er ihr sein Wort gegeben hatte, sie nicht zu berühren, spürte er nur zu deutlich, dass sie direkt neben ihm lag – spürte er *sie* nur zu deutlich.

Er merkte genau, wann sie einschlief. Irgendwann entspannte sich ihr Körper, der bis zu diesem Augenblick steif wie ein Brett auf der Matratze gelegen hatte. Gleichzeitig ging ihr Atem gleichmäßiger und klang tiefer und – *was stimmte eigentlich nicht mit ihm?* – unerhört sexy.

Um überhaupt die Augen schließen zu können, musste er seine Hose wieder öffnen.

Was keine besonders gute Idee war, denn er merkte, dass er onanierte, als er Stunden später aus dem Tiefschlaf erwachte. Doch dann begriff er, dass nicht seine Hand, sondern die von Bellamy an seiner Hose herumtastete.

Er stöhnte genüsslich, wälzte sich auf die Seite und zog sie, ein Bein über ihrer Hüfte, an seinen Körper.

»Dent.«

»Guten Morgen«, murmelte er unter einem seligen Lächeln und ohne die Augen zu öffnen.

Sie stemmte die andere Hand gegen seine Brust. Die Frau konnte plötzlich die Finger nicht von ihm lassen. War das nicht genial?

»Dent.«

Er nahm ihre tastende Hand, zog sie an seine pochende Erektion, schloss ihre Finger um den Schaft und seufzte lange und selig. »Fester. Ja. Genau so.«

»Dent.« Sie zog ihre Hand zurück. »Dein Handy.«

»Hm?«

»Dein *Handy*.«

Er riss den Kopf hoch und die Augen auf. »Was ist?«

»Ich wollte an dein Handy gehen. Es könnte wichtig sein.«

Das Läuten durchschnitt den Nebel der Leidenschaft, der sich über seinen Geist und offenbar auch sein Gehör gelegt hatte. Er rollte sich wieder auf den Rücken und blieb nach Luft schnappend liegen. Mit einer Hand tastete er nach seinem Handy, riss es aus der Halterung am Bund seiner Jeans und blinzelte ein paar Mal, bis er die Nummer im Display ablesen konnte.

Er kannte sie nicht, aber er wusste schon jetzt, was er von dem unbekannten Anrufer hielt. »Wer ist da?«, blaffte er.

»Was glaubst du denn?«

»Verdammt, Gall! Dafür bring ich dich um!«

»Du kannst dich hinten anstellen.«

Dent bemühte sich, seine Erregung unter Kontrolle zu bekommen, und deckte den Unterarm über die Augen. »Was soll das heißen?«

»Dein Redneck aus dem Pick-up?«

»Ja?«

»Der hat mir einen Besuch abgestattet. Und ja, er will Blut sehen.«

Dent setzte sich auf, schwang die Füße auf den Boden und zog das Hemd über den Schoß. Bellamy setzte sich ebenfalls auf, beobachtete ihn aufmerksam und schätzte seine ernste Miene offenbar richtig ein.

»Erzähl«, sagte Dent in sein Handy.

»Er hatte den halben Tag ein paar hundert Meter vom Flugplatz entfernt geparkt.«

»Wie hast du ihn bemerkt?«

»Gar nicht. Ein Typ aus Tulsa auf dem Weg nach South Padre ist zum Auftanken zwischengelandet. Er hat den Pick-up beim Anflug bemerkt. Und nachdem die Kiste mitten im Nichts stand, dachte er, dass sich vielleicht jemand verirrt oder der Wagen eine Panne hätte und jetzt Hilfe braucht. Ich habe ihm versichert, dass ich der Sache nachgehen würde. Und genau das hab ich gemacht. Sobald er wieder abgeflogen war, hab ich mir einen Feldstecher geschnappt. Der Vollidiot hat geglaubt, dass er im Gebüsch nicht zu sehen wäre, aber sein Truck stand mit der Schnauze nach Süden. Die Sonne spiegelte sich den ganzen Nachmittag in der Windschutzscheibe wie ein Scheinwerfer.«

»Hätte auch jemand sein können, der Kaninchen jagen oder die Landschaft genießen will. Wieso bist du so sicher, dass es mein Typ war?«

»Weil ich ihn mehr als einmal vor den Feldstecher bekommen habe. Ein richtiger Schrank. Fest gebaut. Schwarze Lederweste. Tätowierung am linken Arm. Hässlicher Kerl.«

»Hat er dich gesehen?«

»Ich bin immer im Hangar geblieben, wenn ich Ausschau nach ihm gehalten hab. Und er hatte selbst einen Feldstecher. Er hat mich beobachtet. Also hab ich unauffällig weitergearbeitet und so getan, als wüsste ich nicht, dass er da draußen hockt. Dann wurde es dunkel. Er war immer noch da, und da hab ich mir ausgerechnet, dass er nur die Dunkelheit abwartet, um mir einen Besuch abzustatten. Ich war bereit.«

»Was hast du gemacht?«

Gall beschrieb, welches Szenarium er für den Mann, der wahrscheinlich Ray Strickland war, aufgebaut hatte. »Er ist drauf reingefallen. Er ist in den Hangar gestürmt mit einem Gekreische wie ein Irrwisch und hat sein Messer in das gerammt, was er für meinen Bauch hielt. Was aber in Wahrheit ein alter Reifen war. So in meinen Overall gepackt, sah das Ding ziemlich echt aus. Genauso dick wie mein Bauch.« Er lachte kurz.

»Gall, das ist nicht zum Lachen.«

»Nein, wohl kaum.«

»Was hat er getan, als er gemerkt hat, dass du ihn reingelegt hast?«

»Weiß ich nicht so genau. Vielleicht sich in die Hose gepinkelt. Weil ich im selben Moment den Hauptschalter umgelegt hab und alle Lichter ausgingen, genau wie das Radio, und er in absoluter Stille und Dunkelheit stand, ohne zu wissen, wie ihm geschieht. Ich hab gehört, wie er laut fluchend das Messer aus dem Reifen ziehen wollte, aber zuletzt musste er das ganze Ding mitnehmen, und zwar mitsamt meinem Overall. Hat sich einfach alles unter den Arm geklemmt und die Beine in die Hand genommen. Nur die Schuhe hat er mir dagelassen, zum Glück. Ich hatte sie endlich eingelaufen.«

»Ist er zu seinem Pick-up zurückgerannt?«

»Genau. Und auch dort angekommen, schätze ich, weil die Scheinwerfer aufblendeten, als er losfuhr. Gut, dass ich sein Nummernschild ablesen konnte, bevor es dunkel wurde.«

»Hast du den Vorfall gemeldet?«

»Demselben Deputy, den das Sheriffbüro losgeschickt hat, als er sich an deiner Maschine zu schaffen gemacht hatte. Ich hab ihm erklärt, dass es wahrscheinlich derselbe Typ war. Hab ihm zusätzlich eine Beschreibung von Strickland gegeben. Er sagte, sie hätten einen Haufen Fingerabdrücke von deiner Maschine abgenommen, die sie noch ›abgleichen‹ müssten.«

»Gleichzeitig müssen sie auch nach vermissten Kindern suchen und Meth-Labore ausheben. Ich glaube nicht, dass ein demoliertes Flugzeug da Vorrang hat.«

»Stimmt, und selbst wenn sie Strickland in diesem Moment schnappen würden, könnten sie ihm nicht mehr als den Diebstahl eines Overalls nachweisen. Den er wahrscheinlich längst weggeworfen hat. Bastard. Das war mein Lieblingsoverall.«

Obwohl Gall die Sache herunterzuspielen versuchte, hörte Dent dem alten Mann an, wie aufgewühlt er war. Dent war es auf jeden Fall. Ihn anzugreifen war eine Sache. Dass dieser Typ Gall angegriffen hatte, ließ zweifelsfrei erkennen, wie rachsüchtig er war.

Da er um Galls Sicherheit besorgt war, erkundigte sich Dent, ob er immer noch im Hangar sei.

»Nein, ich hab alles auf dem Platz abgesperrt und bin abgehauen. Kurze Nacht, aber du weißt ja.«

»Der Typ ist bestimmt sauer, dass er verarscht wurde. Zu Hause bist du wahrscheinlich auch nicht sicher.«

»Ich bin auch nicht zu Hause.«

»Sondern bei mir?«

»Da ist es nicht sicherer als bei mir.«

Dent fiel die unbekannte Telefonnummer ein. »Wessen Nummer ist das?«

»Ich kenne da so eine Lady.«

»*Lady?*«

»Die nimmt mich für ein, zwei Tage auf.«

»Du kennst eine Lady?«

»Was hast du denn? Glaubst du, du hast ein Monopol darauf?«

»In letzter Zeit bestimmt nicht«, knurrte Dent und sah kurz auf Bellamy. Sie hatte sich wieder in dem Sessel niedergelassen, in dem sie auch am Vorabend gesessen hatte. Angespannt lauschte sie seiner Hälfte des Gesprächs, und wahrscheinlich konnte sie auch hören, was Gall sagte.

»Entschuldige, dass ich dich so früh am Morgen anrufe«, sagte Gall gerade. »Aber ich bin eben hier angekommen. Ich dachte, ich sollte dir lieber gleich Bescheid sagen.«

Dent war ganz seiner Meinung, auch wenn er nicht wusste, was er mit dieser Information anfangen sollte. Ganz geschwächt bei dem Gedanken, was Gall hätte passieren können, wenn der Wagen mit der Windschutzscheibe nach Norden geparkt hätte, ließ er die Stirn in die Hand sinken.

»Entschuldige, dass ich dich vorhin so angeschnauzt habe.«

»Ich bin es gewohnt.«

»Es tut mir trotzdem leid.«

Ein paar Sekunden herrschte Stille, angefüllt mit gegenseitigem Verständnis, aber ohne unnötiges Geplapper. Schließlich erkundigte sich Gall nach ihrem Treffen mit Moody, und Dent schilderte ihm knapp ihr Gespräch. »Wir haben nicht gerade Freundlichkeiten ausgetauscht.«

»Aber du hast ihn nicht erschossen?«

»Ich hab ihm nur eine reingehauen.«

»Das war überfällig. Trotzdem muss man ihm eines zugutehalten.«

»Was denn? Dass er versucht hat, mir einen Mord anzuhängen?«

»Dass er es zugegeben hat.«

Dent blieb stumm.

»Was willst du jetzt machen, Meister?«

»Warte kurz.« Er deckte das Handy ab und sagte zu Bellamy: »Sprichst du heute mit mir?«

»Du hast dein Wort gehalten.«

»Ja, ich bin ein richtiger kleiner Engel. Der dringend einen Kaffee braucht. Die Selbstbedienungstheke in der Lobby öffnet um sechs. Mir ist gestern das Schild aufgefallen. Würdest du mir einen holen?«

»Was soll ich nicht hören?«

»Nichts.«

»Du bist kein Engel. Du könntest nicht mal wie ein Engel schauen, wenn du dich auf den Kopf stellen würdest, und schon zweimal nicht, wenn du mich anlügst. Aber«, sie stand auf und griff nach ihrer Handtasche, »ich brauche auch einen Kaffee. Außerdem sollte ich mich wieder mal bei Olivia melden.«

Dent starrte sekundenlang auf die Tür, nachdem sie hinter ihr ins Schloss gefallen war, bevor er das Handy wieder ans Ohr hob. »Gall?«

Der schnaubte. »Keine getrennten Zimmer mehr?«

»Halt den Mund und hör zu. Ich hab sie rausgeschickt, aber sie kommt gleich wieder. Sie soll das nicht hören. Ich will nicht ins Detail gehen, aber Moody hat uns gestern klargemacht, dass Bellamy höchstwahrscheinlich den Mord an ihrer Schwester beobachtet hat.«

»Jesus Christus.«

»Das hat sie völlig fertiggemacht. Ich habe keine Ahnung von dem psychologischen Gedöns und dem ganzen Drum und Dran, aber so was wäre doch bestimmt traumatisch genug, um einen Gedächtnisverlust auszulösen, meinst du nicht auch?«

»Allerdings.«

»Dieser Typ, Ray Strickland, hat einen Grund – und zwar einen guten Grund –, seinen Bruder rächen zu wollen. Aber ich fürchte, er ist nicht der Einzige, der Bellamy nachspioniert.« Er erzählte Gall von Bellamys Fan. »Sie hat diesen Jerry als harmlosen Bücherwurm abgetan, als jemanden, der sich von seiner Bewunderung mitreißen lässt.«

»Wahrscheinlich hat sie recht.«

»Wahrscheinlich. Vielleicht. Aber im Park hat er so getan, als würde er uns nicht bemerken. Im Flughafen von Austin war er ihr so nah, dass er sie hätte berühren können. Jedenfalls nah genug, um sie wenigstens anzusprechen. Aber wenn er sich nicht zurückhalten kann, sobald es um seine Lieblingsautorin geht, warum hat er sich dann zurückgehalten?«

»Vielleicht war er eingeschüchtert. Schließlich hat sie jetzt einen großen bösen Buben an ihrer Seite.«

»Ja, okay, vielleicht. Aber wenn du Jerry in alles andere einrechnest, dann wirkt es weder unverfänglich noch wie ein Zufall, dass er urplötzlich in Texas auftaucht.«

»Du hast doch gesagt, dass dieser Jerry ein Fan von ihr ist.«

»Ein Fan zu sein *scheint*. Aber nehmen wir mal an, er

spielt das nur und hat tatsächlich noch eine Rechnung mit ihr offen?«

»Gut, nehmen wir das mal an. Er war schon mehrmals in ihrer Nähe, oder? Sogar in New York. Warum hat er bis jetzt nicht zugeschlagen?«

Darauf wusste Dent keine Antwort. Und als Gall ihn fragte, was dieser sogenannte Jerry mit Susans Tod zu tun haben könnte, wusste Dent auch darauf keine Antwort.

Er sah kurz zur Tür. »Sie ist wieder da. Ich werde so tun, als hätten wir über was anderes geredet.« Er griff nach dem Stift und dem kleinen Block auf dem Nachttisch. »Gib mir das Kennzeichen von dem Pick-up durch.«

Er notierte es noch, als sie mit einem Papphalter für zwei große Kaffeebecher durch die Tür kam. Als er die Donuts sah, die sie ebenfalls mitgebracht hatte, hauchte er ihr einen Luftkuss zu.

»Halt dich von deinem Hangar fern, Gall. Bleib einfach bei deiner Lady im Bett, bis wir zurück sind. Da ist es sicherer.«

Gall lachte. »Du kennst meine Lady nicht.«

»Sobald das Wetter aufklart und wir starten können, ruf ich dich an und geb dir unsere Ankunftszeit durch.«

»Du wirst mich unter dieser Nummer anrufen müssen.«

»Wo ist dein Handy?«

Der alte Mann stieß ein Pfeifen aus, als würde er sich über sich selbst ärgern. »In der Tasche von meinem Overall. Dem Overall, den Strickland sich unter den Arm geklemmt hatte, als er abgezischt ist.«

21

Bellamy schaute zu, wie Dent bekümmert und nachdenklich in den glasierten Donut biss und anschließend einen Schluck Kaffee nahm.

»Das meiste habe ich mitbekommen«, sagte sie. »Er wollte ihn umbringen.«

»Ein Messerstich in den Bauch? Das würde ich auch sagen.«

»Und das ist meine Schuld.«

»Nein, ist es nicht. Es ist die Schuld dieses kranken Bastards. Er kann nur hoffen, dass ihn die Polizei vor mir erwischt.«

Sie ging zum Fenster und zog die Vorhänge zurück. Es stürmte nicht mehr, aber der Himmel war bedeckt, und der Tag wirkte trübe. Was nur passend war, weil sie nicht nur die Last der Verantwortung für die Attacke auf Gall auf ihren Schultern spürte, sondern auch der letzte Bericht aus Houston nichts Gutes verhieß.

Als Bellamy aus der Hotellobby Olivia angerufen hatte, hatte ihre Stiefmutter ihr erklärt, dass sich Howards Zustand über Nacht dramatisch verschlechtert hatte. Er fiel immer öfter und immer länger ins Koma. Seine Lunge füllte sich langsam mit Flüssigkeit, und er konnte nicht mehr schlucken.

Und je hinfälliger ihr Ehemann wurde, desto dünnhäutiger wurde Olivia.

»Soll ich kommen?« Bellamys Angebot war aufrichtig gemeint, obwohl es der Bitte ihres Vaters zuwiderlief.

Und Olivia unterstrich diesen Punkt noch: »Wenn Howard

dich an seinem Bett haben wollte, hätte er dich nicht weggeschickt. So gern ich dich auch als Stütze an meiner Seite hätte, ich muss mich seinen Wünschen beugen. Trotzdem bedeutet es mir viel, dass du das für mich tun würdest. Danke.«

Bellamy rätselte, ob ihre Stiefmutter ihr wohl noch so dankbar wäre, wenn sie wüsste, dass der rapide Verfall ihres Ehemanns möglicherweise auf das verstörende Gespräch mit Bellamy gestern Nachmittag zurückzuführen war.

Statt die Zweifel und Ängste zu lindern, die ihren Vater wegen Susans Tod plagten, hatte Bellamy sie noch verstärkt, indem sie weitergegeben hatte, was Moody ihr erzählt hatte. Sie wusste immer noch nicht, wie sie die verängstigte Reaktion ihres Vaters auf ihre Andeutung, dass sie das Verbrechen beobachtet haben könnte, interpretieren sollte, und es sah nicht so aus, als würde sie ihn noch danach fragen können.

Und ganz abgesehen von ihren vielen Sorgen war sie untröstlich, dass sie ihn verlieren würde. Seit Monaten hatte sie sich auf diesen unvermeidlichen Moment vorzubereiten versucht. Aber jetzt, wo ihr Daddy tatsächlich im Sterben lag, erkannte sie, dass alle Bemühungen vergeblich gewesen waren. Auf so etwas konnte man sich nicht vorbereiten. *Sie* konnte es nicht. Der Tod war nichts, womit man sich abfinden konnte. Selbst jetzt, wo sie ihren Vater wahrscheinlich nie wiedersehen würde, wollte sie nicht wahrhaben, dass es ein endgültiger, unwiderruflicher Abschied war.

Trotzdem musste sie sich dieser Einsicht stellen. Leise stellte sie fest: »Daddy wird bald sterben.«

Dent trat hinter sie und legte die Hände auf ihre Schultern. »Soll ich dich nach Houston fliegen?«

»Ich habe Olivia angeboten, nach Houston zu kommen. Sie hat abgelehnt. Und sie hat recht. So gern ich auch bei ihm wäre und ihn noch einmal sehen würde, kann ich unmöglich das Versprechen brechen, das ich ihm gegeben habe.«

»Wobei es ein gnadenloses Versprechen ist, das er dir da abgenommen hat.«

Insgeheim stimmte sie ihm zu. Je mehr sie über diesen grauenvollen Tag erfuhr, desto verwirrender wurden die Fakten. Und durch ihre Wahrheitssuche hatte sie sich und die Menschen in ihrer Nähe in Gefahr gebracht. Natürlich wollte sie das Versprechen halten, das sie ihrem Vater gegeben hatte, aber gleichzeitig hatte sie Angst, dass es sie teuer zu stehen kommen könnte.

Sie sagte: »Wir können nicht tatenlos zusehen, wie Ray Strickland seinen Rachefeldzug fortsetzt.«

»Die Polizei hat sein Kennzeichen. Mit etwas Glück werden sie ihn bald festnehmen.«

»Aber bis dahin...«

»Müssen wir die Augen offen halten.«

»Und nicht nur wir.«

Er drehte sie zu sich her. »Du schaust so besorgt. Was geht in deinem Kopf vor?«

»Das wird dir nicht gefallen.«

»Probier's aus.«

»Wir müssen Moody warnen.«

»Du hast recht, das gefällt mir gar nicht.«

»Er hat Rays unschuldigen Bruder...«

»*Wahrscheinlich* unschuldigen Bruder. Da ist nicht mal Moody sicher.«

»Okay, aber falls Allen Strickland unschuldig war, wird sich Ray an Moody rächen wollen.«

»Er hatte jahrelang Zeit, sich an Moody zu rächen. Und hat es nicht getan.«

»Weil ich erst mit meinem Buch alles wieder ins Rollen gebracht habe.« Er wollte widersprechen, doch sie legte die Fingerspitzen auf seine Lippen. »Lass es. Du weißt es. Ich weiß es. Erst wärst du beinahe deswegen gestorben, und jetzt Gall.

Ich will nicht, dass noch jemand verletzt wird, Dent. Ich fühle mich schon schuldig genug.«

Er ließ sie los und wandte sich ab.

»Glaubst du, ich sehe das falsch?«

»Nein, ich glaube, dass du das ganz *richtig* siehst. Ich finde es bloß unerträglich, dass ich diesem Schwein einen Gefallen tun muss.«

»Ich kann verstehen, dass du so empfindest.«

»Vielen Dank. Wo bleibt das ›Aber‹?«

»*Aber* er hat zugegeben, dass er dir unrecht getan hat.«

»Teilweise. Er hat nicht alle Karten auf den Tisch gelegt.«

»Das hätte er vielleicht, wenn…«

»Was?«

»Wenn du ihn nicht angegriffen hättest. Ich glaube, danach hat er einfach abgeblockt. Er wollte nicht…«

»Er wollte nicht im Weitpinkeln gegen mich verlieren.«

Sie sah ihn wortlos an.

Er gab sich seufzend geschlagen. »Okay, vielleicht hätte ich ihn nicht schlagen sollen, aber wir hatten ihm reichlich Gelegenheit gegeben, seine Sünden zu beichten, bevor Nikotin und Alkohol ihn ins Jenseits befördern.«

»Nikotin und Alkohol oder die Pistole.«

»Er scheint wirklich richtig verliebt in das Ding zu sein. Konnte die Finger nicht davon lassen.« Er überlegte kurz und sagte dann mürrisch: »Du solltest lieber Haymaker anrufen. Sag ihm, er soll sich mit Moody in Verbindung setzen und – warum nicht?«, fragte er, als sie den Kopf schüttelte.

»Wir könnten uns Rays Angriff auf Gall zunutze machen. Wir erzählen ihm aus purer Menschenfreundlichkeit…«

Sie überging sein Schnauben.

»…was gestern Abend passiert ist, und warnen ihn vor Strickland. Dafür verrät er uns, was er uns gestern nicht erzählen wollte.«

»Und du glaubst, dass er sich darauf einlässt.« Dent glaubte es hörbar nicht.

»Einen Versuch ist es wert. Wir müssen wissen, was er noch weiß, Dent.«

»Okay, okay. Ruf den Kerl an. Nenn ihm deine Bedingungen.«

»Ich kann ihn nicht anrufen. Ich habe seine Nummer nicht. Haymaker hat ihn von seinem Handy aus angerufen und es wieder eingesteckt, sobald das Gespräch beendet war.«

»Dann lass dir von Haymaker die Nummer geben.«

»Es wirkt bestimmt überzeugender, wenn wir persönlich mit Moody sprechen, statt nur mit ihm zu telefonieren. Wir müssen noch mal zu ihm.«

»Nein.«

»Doch. Das weißt du.«

»Bellamy, es ist mir völlig egal, ob er sich selbst die Lichter auspustet oder ob er damit wartet, bis Strickland das für ihn übernimmt.«

»Das glaube ich dir nicht.«

»Glaub's nur.«

»Selbst wenn dir Moody egal ist, kannst du deinen Namen nur reinwaschen, wenn du alle Fakten kennst, und die bekommst du nur, wenn wir Moody überzeugen können, sie uns zu liefern.«

Er hielt ihrem Blick sekundenlang stand, dann stieß er einen ganzen Schwall von Flüchen aus, und sie begriff, dass sie gewonnen hatte. »Also gut, wir fahren noch mal hin«, schloss er. »Aber eins steht fest.«

»Was denn?«

»Dafür kriege ich den Pfirsichauflauf allein.«

Unter dem grauen Himmel sah Dale Moodys Schlupfwinkel noch trostloser aus. Die Nässe lastete so schwer auf den

Zypressen, dass die hängenden Äste über das Autodach strichen. Das trübe Sumpfwasser lag still und verdrießlich da.

Die Hütte selbst war leer.

Noch während der Wagen ausrollte, bekam Dent ein so ungutes Gefühl, dass er Bellamy im Wagen warten ließ, während er die windschiefen Stufen der baufälligen Veranda hochlief und durch die Fliegentür trat, halb in der Erwartung, dahinter nur noch die Leiche des ehemaligen Detectives vorzufinden.

Aber von Moody, tot oder lebendig, war nichts zu sehen.

»Er ist nicht da«, rief er Bellamy zu, die ihm in die traurige, nach kaltem Zigarettenrauch, Moder und Mäusen stinkende Behausung nachfolgte.

»Ehrlich gesagt bin ich ein bisschen erleichtert, dass er nicht zusammengesackt und mit der Pistole in der Hand im Sessel sitzt«, sagte sie.

»Ich auch.«

Sie drehte sich um und blickte durch die Fliegentür. »Der See?«

»Falls er sich ertränkt hat, muss er mit dem Auto ins Wasser gefahren sein. Das ist auch nicht mehr da.«

»Stimmt, das war mir gar nicht aufgefallen.«

Auf dem Fernsehtablett, allem Anschein nach das Zentrum des Raumes und von Moodys Leben, waren der überquellende Aschenbecher und die leere Whiskeyflasche zurückgeblieben.

»Dafür fällt auf, dass die .357 auch nicht mehr da ist«, bemerkte Dent.

Bellamy ging in die Küche und schaute in den Ofen. »Und es fällt auf, dass die Akte verschwunden ist. Was sagst du dazu?«

»Dass er alle Beweise mitgenommen hat und nicht mehr zurückkommt.«

Die Idee kam Rupe, während er eine Schüssel Haferschleim zu essen versuchte, was so ziemlich die einzige feste Nahrung war, die er zu sich nehmen konnte.

Auch am zweiten Morgen nach Moodys Prügelattacke war sein Zahnfleisch noch gereizt und gerötet und schmerzte höllisch nach der ausgedehnten Sitzung beim Zahnarzt. Seine Nase war so grotesk angeschwollen, dass sie praktisch von einem Ohr zum anderen reichte und seine Augen zu Schlitzen zusammenquetschte. Seine eigenen Kinder wären schreiend davongelaufen, wenn sie ihn so gesehen hätten.

Er hatte den Haferschleim selbst gekocht, weil er das Hausmädchen praktisch gleich nach dem Angriff angerufen und ihm erklärt hatte, es solle ein paar Tage freinehmen. So sollte ihn niemand sehen, nicht mal die Frau, die seine Kommode sauber machte.

Unter einer nicht besonders glaubwürdigen Ausrede hatte er von seiner Assistentin alle Termine absagen lassen, darunter auch die Aufnahmen für neue TV-Werbespots, für die er einen ganzen Tag eingeplant hatte, sowie ein Mittagessen im Haus des Gouverneurs, an dem führende Köpfe aus der Wirtschaft teilnahmen. Anschließend hatte er seine Frau ermuntert, noch ein, zwei Wochen am Strand zu bleiben.

Rupe Collier war abgetaucht.

Aber während er zaghaft seinen warmen Haferschleim löffelte, schätzte er seine Situation neu ein. Entweder er war ein Opfer, das sich in seinen Bau zurückzog und dort versteckte, bis es wieder präsentabel war, was laut dem vorlauten Arzt aus der Notaufnahme bis zu zwei Monaten dauern konnte.

Oder er schlachtete seine Verletzung aus, so gut es nur ging.

Was ihm nach nur einem Tag in selbst auferlegter Einsamkeit wesentlich verlockender erschien.

Er sah vielleicht aus wie ein Monster, aber gerade deshalb wäre die drastische Veränderung in seinem Aussehen umso wirkungsvoller. Gerade weil die Kunden und Fernsehzuschauer ihn sonst nur makellos gekleidet und frisiert kannten, wären sie umso empörter über das, was man ihm zugefügt hatte. Opfer eines grausamen Verbrechens ernteten eigentlich immer Mitleid, oder? Sie hatten ein öffentliches Podium verdient und bekamen es meistens auch, und wenn sie sprachen, hörte man ihnen zu. Statt sein entstelltes Gesicht noch länger zu verstecken, würde er es aller Welt präsentieren. Er würde sein geschundenes Antlitz zur *Cause célèbre* machen.

Ganz begeistert über diese Aussichten kippte er den Rest des Frühstücks in den Mülleimer und machte sich auf die Suche nach einer Visitenkarte, die er um ein Haar weggeworfen oder am liebsten in den Reißwolf geschoben hätte. Zum Glück hatte er nichts davon getan. Sie lag immer noch in der satingefütterten Tasche seines Anzugjacketts. Er wählte die Handynummer darauf, und beim zweiten Läuten antwortete eine Stimme: »Schießen Sie los.«

»Mr Van Durbin? Rupe Collier.«

Die mürrische Stimme des Journalisten schlug um und klang sofort fröhlicher. »Ich brauche immer noch keinen neuen Wagen.«

»Deswegen rufe ich auch nicht an, obwohl ich Ihnen wirklich einen exzellenten Preis machen könnte.«

»Weswegen dann?«

»Ich habe über unser Gespräch nachgedacht.«

»Ach so?«

»Unser Plausch hat mir einige *Ungereimtheiten* im Fall Susan Lyston ins Gedächtnis gerufen. Einige Einzelheiten, an die ich mich lieber nicht erinnert hätte, wurden dabei wieder an die Oberfläche gespült, und nun gehen sie mir nicht mehr aus dem Kopf. Vor allem angesichts...« Rupe ließ den Satz in der Luft hängen wie die Karotte, als die er gedacht war.

»Angesichts was?«

»Das werden Sie schon sehen, wenn wir uns treffen. Hätten Sie Zeit?«

Zwanzig Minuten später läutete der Kolumnist des *EyeSpy* an seiner Tür und rief, als Rupe ihm öffnete: »Jesus Maria!«

Es war genau die fassungslose Reaktion, auf die Rupe gehofft hatte. Wenn schon der abgebrühte Schreiberling eines schmierigen Boulevardblattes so über sein Aussehen erschrak, dann konnte Rupe sich gut ausmalen, wie ein anständiger Durchschnittsmensch – und potenzieller Kunde von Collier Motors – reagieren würde.

Er bat Van Durbin und seinen Fotografen ins Haus und versprach Letzterem, dass er nach dem Gespräch mit Van Durbin sein Gesicht fotografieren dürfe. Nachdem er den ungepflegten jungen Mann mit einer kalten Cola im Fernsehzimmer abgesetzt und einen Sportsender eingestellt hatte, führte er Van Durbin in sein Arbeitszimmer, das noch verschwenderischer in texanischem Barock eingerichtet war als das Büro in seinem Autohaus.

Der Journalist griff nach einem silbergerahmten Porträt, das auf einem Ehrenplatz an der Ecke des Schreibtisches stand. »Ihre Frau?«

»Eine ehemalige Miss Texas.«

Van Durbin pfiff anerkennend durch die Zähne, stellte das Foto wieder ab und ließ sich in den Stuhl vor dem Schreibtisch fallen. Dann zog er einen Stift und ein Notizbuch aus der Jackentasche und meinte ironisch: »Und wie sieht Ihr Gegner aus?«

Rupe setzte ein falsches Lächeln auf, fragte sich, ob es wohl so verzerrt aussah, wie es sich anfühlte, und kam zu dem Schluss, dass das jedenfalls nicht schaden würde. »Ich habe keinen einzigen Treffer gelandet.«

»Haben Sie dem Kerl eine Schrottlaube verkauft?«

Offenbar hatte er denselben Comedy-Workshop wie der

Arzt aus der Notaufnahme besucht. Rupe zeigte das erwartete Lächeln und wurde gleich wieder ernst. »Ich wünschte, es wäre so einfach.« Er lehnte sich in seinem Sessel zurück, stemmte die Fingerspitzen gegeneinander und studierte die manikürten Nägel. »Ich war Ihnen gegenüber nicht ganz aufrichtig, Mr Van Durbin.«

»Ihre Frau wurde nur Vizeschönheitskönigin?«

Falls Rupes Zahnfleisch nicht schon höllisch geschmerzt hätte, hätte er wohl mit den Zähnen geknirscht. Am liebsten hätte er Van Durbin unter seinem Stiefelabsatz zerquetscht wie eine Kakerlake. Nur mit äußerster Selbstbeherrschung gelang es ihm, bußfertig zu erscheinen.

»Als wir uns vor einigen Tagen unterhielten, versuchte ich, das Ansehen der Polizei von Austin und das aller ehrlichen Männer im Dienst unserer Gemeinschaft zu schützen.«

»Womit Sie andeuten wollen, dass auch ein paar *unehrliche* Männer darin dienen?« Van Durbin zwinkerte. »Lassen Sie mich raten. Dale Moody.«

»Wie Sie bereits wissen, haben er und ich eng zusammengearbeitet, um Allen Strickland zu überführen und vor Gericht zu bringen. Allerdings...«

»Allerdings ist mein Lieblingswort.«

»...wandte er bei seinen Ermittlungen einige... Praktiken... an, die ich eher beunruhigend fand. Damals stellte ich mich blind. Ich bin nicht stolz darauf, aber ich war jung und ehrgeizig, und mir wurde versichert, dass diese... ähm...«

»Praktiken?«

»Genau. Man versicherte mir, dass sie weit verbreitet seien und bei der Polizei allgemein akzeptiert wären. Ein unerfreulicher Aspekt des Jobs vielleicht, aber entschuldbar, da es Polizisten immerhin mit gesetzlosen Individuen zu tun haben. Oft ist Gewalt die einzige Sprache, die ein gewalttätiger Verbrecher versteht. Mir wurde erklärt...«

»Von Moody? Hat er Ihnen all das erzählt?«

»Ganz recht. Jedes Mal, wenn ich Dale fragte, wie er etwas im Verhör erfahren oder woher er ein bestimmtes Beweisstück habe, wiegelte er meine Bedenken ab. Je offener ich seine Methoden in Zweifel zog, desto störrischer wurde er.« Rupe hob kapitulierend die Hände. »Also schwieg ich um des lieben Friedens willen. Ich zog mich zurück. Ich ließ ihn die Ermittlungen so führen, wie er es für richtig hielt. Ich beschränkte mich auf meine eigentliche Aufgabe – den Prozess vorzubereiten und den Staat vor Gericht zu repräsentieren.«

Van Durbin kniff die Augen zusammen. »Haben Sie Gewissensbisse wegen Stricklands Verurteilung?«

»Ganz und gar nicht. Ich habe nur meinen Job getan. Über sein Schicksal mussten die zwölf Geschworenen befinden, nicht ich.«

»Was soll dann dieser kleine *Mea-culpa*-Vortrag, Rupe?«

»Ich glaube, Bellamy Price hat die gleichen Bedenken wie ich, was Dale Moodys Ermittlungen angeht. In ihrem Buch zweifelt sie die Kompetenz und Integrität des Detectives offen an.«

»Wie auch die des Staatsanwaltes.«

»Damit wollte sie nur einen dramatischen Effekt und mehr Spannung und Konfliktpotenzial zwischen diesen beiden Figuren schaffen. Ich habe das nie persönlich genommen. Aber offenbar hat sich Dale Moody massiv daran gestört, wie seine Figur dargestellt wurde, denn nachdem wir beide uns neulich unterhalten hatten, kam er aus seinem Versteck gekrochen.«

Van Durbin zählte blitzschnell zwei und zwei zusammen. »Sie meinen, Dale Moody hat Sie so zugerichtet?«

»Vorgestern Abend. Er hat mich überrascht und so brutal attackiert, dass ich gar nicht dazu kam, mich zu verteidigen.«

»Sie haben *Kalter Kuss* doch gar nicht geschrieben. Warum hat er ausgerechnet Sie angegriffen?«

»Wegen Ihrer Kolumne. Schließlich wurde ich darin zitiert.«

»Sie haben doch nichts Abfälliges über ihn gesagt.«

»Nein, aber...«

»Er weiß, dass Sie das durchaus tun könnten.«

Rupe antwortete nicht, sondern verzog behutsam das Gesicht, als hätte der Journalist damit ins Schwarze getroffen. Er hob die Hand und betastete zaghaft seine bandagierte Nase.

»Das zeigt wohl deutlich, wie viel Angst Moody hat, dass Sie was ans Licht zerren könnten, das sich als peinlich herausstellen könnte. Oder als kriminell«, ergänzte er vielsagend.

Van Durbin kaute auf dem Radiergummi seines Bleistifts, als müsste er eine Entscheidung fällen, dann hob er eine Pobacke an und zog ein Blatt Papier aus der hinteren Hosentasche. Er faltete es auf und schob es über den Schreibtisch, bis es vor Rupe lag. »Erkennen Sie die wieder?«

Das körnige Schwarz-Weiß-Foto zeigte Bellamy, die über einem Balkongeländer lehnte und schrecklich aufgewühlt aussah. Hinter ihr stand Denton Carter mit nacktem Oberkörper.

»Wo wurde das aufgenommen? Und wann?«

»Vor Carters Apartment, vorgestern Abend.«

»Was hat sich zwischen den beiden abgespielt?«

»Das wüsste ich auch zu gern«, sagte Van Durbin und ließ die Augenbrauen tanzen. »Aber für mich sieht es so aus, als hätte er einen Verband um den Bauch. Und als hätte er eine verpasst bekommen. Nicht so schlimm wie Sie, aber auch er hat Prügel einstecken müssen.«

Rupe hob fragend die Brauen, doch Van Durbin zuckte mit den Achseln.

»Ich weiß nicht wer, was, wann, wo oder warum.« Er legte die Stirn in zynische Falten. »Und ich hatte auch keine Gelegenheit, ihn zu fragen. Er hat mir und meinem Reporter die Polizei auf den Hals gehetzt.«

Er erzählte, was ihm widerfahren war, und Rupe musste trotz der Schmerzen lachen.

Van Durbin sah ihn finster an. »Jetzt hört sich das vielleicht lustig an. In dem Augenblick war es das nicht. Erst nach mehreren Stunden habe ich meinen Verleger an den Apparat gekriegt, damit er den Polizisten erklärt, dass ich kein Pimmelschwenker bin. Aber eins steht fest – dass Denton Carter mit irgendwem aneinandergeraten ist.«

»Sie glauben, dass es Moody war?«

Van Durbin gab die Frage zurück. »Was glauben Sie denn?«

Rupe lehnte sich nachdenklich zurück. »Ich weiß nicht. Falls einer von beiden einen Grund hat, auf den anderen wütend zu sein, dann Dent. Moody hat ihn damals schwer in die Mangel genommen, und hätte Dent kein Alibi gehabt, hätte man ihn danach vor Gericht gestellt.«

»Moment.« Van Durbin setzte sich auf. »Wollen Sie damit sagen, es hätte so oder so laufen können? Dent Carter oder Strickland?«

Rupe antwortete nicht, sondern ließ den Journalisten seine eigenen Schlüsse ziehen in der innigen Hoffnung, dass Van Durbin die Andeutung zwar verstehen, aber nicht durchschauen würde, wie er manipuliert wurde.

Van Durbin senkte vertraulich die Stimme: »Widerspricht das nicht irgendwie dem, was Sie vorhin über mögliche Zweifel an Stricklands Verurteilung gesagt haben?«

»Ich habe gesagt, dass Stricklands Schicksal in der Hand der Geschworenen lag.«

»Aber deren Urteil basierte auf dem, was Sie ihnen erzählt hatten, und Sie haben ihnen erklärt, dass er schuldig sei.«

»Meine Argumentation beruhte auf dem, was Moodys Ermittlungen ergeben hatten. Ob all seine Ermittlungsergebnisse den Tatsachen entsprachen? Damals musste ich das annehmen.«

»Vielleicht war es ja auch so.«

»Vielleicht.«

»Aber hundertprozentig sicher sind Sie nicht?«

»Moodys Vorgesetzte hatten ihn mächtig unter Druck gesetzt, den Mörder des Mädchens zu fassen. Den ersten Verdächtigen hatte er schon laufen lassen müssen. Er hätte wie ein tollpatschiger Volltrottel dagestanden, wenn auch die Anklage gegen Strickland in sich zusammengefallen wäre. Der Mann hätte alles gegeben, damit Strickland verurteilt wurde.«

»Was auch immer notwendig war?«

Wieder vermied es Rupe, die Frage direkt zu beantworten. »Ich will damit nur sagen, dass Dale nicht nur vom Rathaus und dem Police Department, sondern auch von den allmächtigen Lystons und der allgemeinen Öffentlichkeit unter Druck gesetzt wurde.«

»Weshalb er die Regeln ein wenig zurechtgebogen hat, um einen Schuldigen präsentieren zu können.«

»Das habe ich nicht gesagt.«

»Aber warum hat er Sie angegriffen, wenn er nichts zu verbergen hat?«

Rupe sah ihn gequält an. »Genau das war auch mein Gedankengang. So reagiert wohl kaum ein Mann, der sich nichts hat zuschulden kommen lassen. Außerdem hat er mich davor gewarnt, über all das zu sprechen. Mit Ihnen. Oder sonst wem. Aber wenn ich schweigen würde, würde das nach Vertuschung schmecken, und damit will ich nichts zu tun haben.«

Van Durbins Frettchennase zuckte verdächtig. Als würde er den ersten Satz seiner nächsten Kolumne komponieren, sinnierte er: »Moody brachte den Falschen vor Gericht, und dieser unschuldige junge Mann fand im Gefängnis ein blutiges Ende.«

»Sie legen mir Worte in den Mund, die ich nicht gesagt habe, Mr Van Durbin. Falls Sie das so drucken, werde ich eine

Gegendarstellung verlangen und Ihre Zeitung verklagen. Ich hoffe bei Gott, dass der Gerechtigkeit Genüge getan wurde«, ergänzte er frömmlerisch. »Allerdings ...«

»Da ist schon wieder dieses Wort. Davon kriege ich jedes Mal einen Ständer.«

»Falls Sie ein Exklusivzitat möchten, können Sie das gern haben. Ich werde zu diesem Thema nicht mehr sagen als dies: Ich schwöre bei meiner wunderschönen Frau und meinen mich liebenden Kindern, dass ich meinen Job als Staatsanwalt nach bestem Vermögen, ohne Arglist und mit dem brennenden Wunsch, Susan Lyston die verdiente Gerechtigkeit widerfahren zu lassen, ausgeübt habe. Was Detective Dale Moody damals angetrieben und was er im Einzelnen getan hat, vermag ich nicht zu sagen.«

»Du wärst enttäuscht gewesen.«

Dent sah nach rechts, wo Bellamy auf dem Platz des Kopiloten saß. Fast den ganzen Flug über hatte sie geschwiegen, und er hatte sie ihren Gedanken überlassen. Er hatte angenommen, dass sie sich hauptsächlich über den Gesundheitszustand ihres Vaters Gedanken machte und zu begreifen versuchte, welche Konsequenzen sein Tod für sie hätte.

Aber offenbar spielte auch er eine gewisse Rolle in ihren Gedanken, und offenbar waren diese Gedanken so bewegend, dass sie den Kopfhörer aufgesetzt hatte, um sie mit ihm zu teilen.

»Enttäuscht?«

»Wenn wir gestern Nacht weitergemacht hätten, hättest du nur eine Enttäuschung erlebt.«

»Ich *habe* eine Enttäuschung erlebt.«

»Ja, aber wenn wir weitergemacht hätten, wäre sie noch schlimmer gewesen.« Sie sah wieder nach vorn, aber ihm war klar, dass sie in Gedanken nicht bei dem war, was sie durch das Cockpitfenster sah. »Als ich dir von meiner Ehe erzählte, hast du gemeint, das klänge ausgesprochen langweilig.«

»Das war nur dummes Gerede.«

»Stimmt. Aber du hattest trotzdem recht. Bis auf eines. Nicht mein Mann war daran schuld, sondern ich. Er begann sich mit mir zu langweilen, und ich kann ihm das nicht verdenken.«

»Okay, ich schlucke den Köder. Warum langweilte er sich mit dir?«

»Ich habe Probleme damit, intim zu werden.«

»Zu ficken.«

Sie verzog das Gesicht. »Das ist ein Aspekt dabei.«

»Neben welchen anderen?«

Aus ihrem Schweigen schloss er, dass es keine anderen Aspekte gab oder dass dies jedenfalls derjenige war, an dem ihre Ehe zerbrochen war und der sie am Abend zuvor so verschreckt hatte, weshalb ihn vor allem dieser Aspekt interessierte.

»Was für Probleme?«, fragte er. »Außer dass du dich an dem Wort selbst störst. Es gefällt dir nicht. Andererseits finden viele Menschen das Wort vulgär, ohne dass es sie davon abhalten würde, es zu tun. Was also hat dich gestern so ausflippen lassen? Hatte ich Mundgeruch? Fußschweiß?«

»Es hatte nichts damit zu tun, was du getan oder nicht getan hast. Es lag allein an mir. Können wir es dabei belassen?«

»Nein.«

»Ich möchte nicht darüber sprechen.«

»Warum hast du es dann angesprochen?«

»Um dir noch einmal zu erklären, dass es mir leidtut.«

»Ich nehme deine Entschuldigung an. Und jetzt erzähl mir, warum ich enttäuscht gewesen wäre. Was ich übrigens für kompletten Blödsinn halte. Aber wie kommst du darauf, dass ich es gewesen wäre?«

»Das ist nicht der Zeitpunkt, um darüber zu reden.«

»Es ist der perfekte Zeitpunkt. Ich muss das Flugzeug steuern. Also muss ich mich beherrschen, auch wenn ich lieber anders reagieren würde. Du kannst beruhigt aussprechen, was dir auf der Seele liegt.«

Sie rang fast eine halbe Minute mit sich und sagte dann: »Als Susan ...«

»O Jesus. Ich hatte schon so ein Gefühl, dass es was mit ihr zu tun hat.«

»Alles hat mit ihr zu tun.«

»Nur weil du es zulässt.«

»Du wolltest unbedingt darüber sprechen. Willst du, dass wir weiterreden, oder nicht?«

Er machte ihr ein Zeichen weiterzusprechen.

»Nachdem Susan gestorben war, hatten viele Menschen das Gefühl, dass sie es irgendwie verdient hätte, so zu sterben. Selbst wenn es nicht laut ausgesprochen wurde, so war es doch unterschwellig herauszuhören. In der Presse. Auch bei engen Freunden. Manchmal waren die Beileidsbekundungen mit einem unausgesprochenen ›Du erntest, was du gesät hast‹ gefärbt. Wir haben das alle gespürt. Daddy, Olivia, Steven und ich. Einmal ließ sich Allen Stricklands Verteidiger im Prozess zu der Bemerkung hinreißen, dass Susan noch am Leben sein könnte, wenn sie nicht so promiskuitiv gewesen wäre. Rupe Collier legte sofort Einspruch ein. Er und der Verteidiger schrien einander an. Der Richter verwarnte den Anwalt, ließ den Kommentar aus dem Protokoll streichen und sagte den Geschworenen, dass sie ihn nicht beachten dürften. Aber die Worte waren nicht ungeschehen zu machen. Bis dahin hatte es nur Andeutungen gegeben, die wir – die Familie – öffentlich nie kommentiert hatten. Aber nachdem es einmal ausgesprochen war, konnten wir nicht länger so tun, als hätten wir alle nicht etwas Ähnliches gedacht. Wir mussten uns alle schmerzlich eingestehen, dass wir Susan gegenüber illoyal gewesen waren. Olivia brach zusammen und heulte stundenlang. Daddy trank an diesem Abend deutlich mehr als sonst. Es war das einzige Mal, dass ich ihn wirklich betrunken erlebt habe. Steven verzog sich in sein Zimmer, ohne mit einem von uns ein Wort zu wechseln. Und ich...«

Sie verstummte und holte tief Luft. »Ich schloss mich ebenfalls in meinem Zimmer ein, wo ich über Stunden hinweg immer wieder in Tränen ausbrach, bis ich irgendwann zu dem Schluss kam, dass Susan mit ihrer starken Sexualität dieses Leid über uns gebracht hatte. Sie hatte es bestimmt nicht verdient, deswegen zu sterben, aber uns allen wäre viel Leid erspart geblieben, wenn sie ihre sexuellen Neigungen unterdrückt hätte. Also waren diese Neigungen schlecht. Schmutzig. Zerstörerisch. Zu diesem Fazit bin ich damals gelangt.«

Sie lächelte freudlos. »Und das zu einem Zeitpunkt, als ich gerade in die Pubertät kam und eben erst die mysteriösen und unkontrollierbaren Begierden kennenlernte, die Susan das Leben gekostet hatten. Ich hatte Angst, dass ich wie sie enden könnte, wenn ich ihnen nachgab. Also beschloss ich, meine Bedürfnisse zu verleugnen. Ich schwor mir, auf keinen Fall so wie meine Schwester zu werden.«

Ihm lagen zahllose Entgegnungen auf der Zunge, aber alle wären gefühllos, taktlos und beleidigend gegenüber Susan gewesen. Er entschied sich für die sicherste Möglichkeit und behielt alle für sich.

»Während der Highschool war ich ein paar Mal verknallt und habe auch eine Reihe von Jungs gedatet, aber ich habe – um mich von Susan und ihrem Ruf abzusetzen – nie den letzten Schritt getan. Im College und als junge Erwachsene schlief ich mit ein paar Männern, aber weil ich mir nie erlaubte, dabei Spaß zu empfinden, hatten meine Partner auch kaum welchen. Über die Jahre hinweg wurde ich besser darin, den Männern etwas vorzuspielen, trotzdem spüren sie es wohl, wenn eine Frau nicht wirklich bei der Sache ist.«

Sie sah ihn kurz an, aber auch diesmal war er so klug, die Antwort für sich zu behalten.

»Mein Mann hat mich nie auf meine reservierte Art angesprochen, weder vor noch nach unserer Hochzeit, aber er hat sie durchaus gespürt. Ich habe ihn zwar nie abgewiesen, aber ich war auch nicht, hm, besonders abenteuerlustig. Vielleicht hoffte er, ich würde irgendwann meine Verklemmtheit ablegen und den Sex mit ihm so genießen, wie er es gern gehabt hätte. Aber dazu kam es nie, und vermutlich war er es irgendwann leid, immer wieder darauf hinzuarbeiten. Als ich unser Baby verlor, war das nur die letzte in einer langen Reihe von Enttäuschungen.«

Ein paar Sekunden verstrichen, dann sah sie ihn wieder an. »So. Jetzt weißt du Bescheid, und damit sollten deine Selbstzweifel ausgeräumt sein. Das gestern Abend hatte nichts mit dir oder deiner Technik zu tun.«

Er wartete ab, bis er sicher war, dass sie fertig war, und sagte dann: »Lass mich das kurz klarstellen. Mit zwölf Jahren hast du das idiotische Gelübde abgelegt, deine Sexualität zu verleugnen, und die achtzehn Jahre seither hast du damit zugebracht, dieses Gelübde zu erfüllen?«

»Nein, Dent«, verbesserte sie traurig. »Ich habe achtzehn Jahre lang versucht, es endlich zu brechen.«

22

Mal zitterte Ray vor Zorn, mal vor Nervosität.
Der Kerl auf dem Flugplatz hatte ihn verarscht.

Für den alten Knacker musste er wie der letzte Vollidiot ausgesehen haben, dabei hatte er sich für so gerissen gehalten.

Er wusste, dass er nicht der Hellste war. In der Highschool hatten sie ihm erklärt, dass er wie ein Erstklässler lesen würde. Das war okay. Damit konnte er leben. Aber es schmerzte ihn zutiefst, wie ein kompletter Versager dazustehen.

Inzwischen hatten Dent und Bellamy bestimmt schon zu hören bekommen, wie er in die sorgfältig aufgestellte Falle getappt – gerannt – war. Ray konnte sich gut vorstellen, wie sich der Alte die Lachtränen aus den Augen wischte, auf seine Schenkel schlug und den beiden fröhlich erzählte: »Er ist hier reingestürmt und hat einen Gummireifen erstochen. Was für ein Trottel!«

Bestimmt amüsierten sie sich köstlich auf seine Kosten. Statt sich vor ihm zu fürchten, hielten sie ihn jetzt wahrscheinlich für einen tollpatschigen Clown. Der Gedanke machte ihn rasend. Vor allem aber war er auf sich selbst sauer. Er hatte Allen enttäuscht.

Das musste er wieder in Ordnung bringen.

Und genau das machte ihn so nervös, denn er hatte keine Ahnung, was er jetzt tun sollte.

Sobald er weit genug vom Flugplatz weg gewesen war, hatte er das Kennzeichen gegen das eines anderen Pick-ups ausgetauscht, der vor einem rund um die Uhr geöffneten Walmart geparkt hatte. Außerdem hatte er sich einen Cowboyhut aus Stroh aufgesetzt, damit sein kahl geschorener Kopf nicht so auffiel. Und er hatte die Lederweste gegen ein langärmliges Hemd getauscht, um das Schlangentattoo zu verdecken. Der Alte hatte das Tattoo bestimmt nicht gesehen, weil es im Hangar viel zu dunkel gewesen war, aber vielleicht war es ja Dent Carter aufgefallen, als Ray ihn vor dem Restaurant angesprungen hatte. Jedenfalls war er daran leicht wiederzuerkennen.

Es fiel ihm schwer, das Tattoo zu verdecken. So wie sich manche Menschen ein Kreuz um den Hals hängten oder eine glückbringende Hasenpfote in der Hosentasche trugen, so glaubte Ray, dass das Schlangentattoo ihm besondere Kräfte verlieh. Jedes Mal, wenn er es betrachtete oder berührte, fühlte er sich kräftiger und klüger.

In seine Wohnung wollte er auf gar keinen Fall zurückkehren, weil ihn da vielleicht die Polizei suchen würde, und so war er den ganzen Tag in Bewegung geblieben und ziellos durch die Gegend gefahren, ohne sich irgendwo länger aufzuhalten. Trotzdem fühlte er sich wie eingesperrt, so als säße er in der Falle.

Aber er durfte sich erst erwischen lassen, wenn Bellamy Price gestorben war. Also musste er mit allem, was er jetzt tat, punkten, und zwar richtig. Er durfte sich nicht einschüchtern lassen.

»Pack den Stier bei den Hörnern.« Das würde Allen ihm raten.

Die weisen Worte seines Bruders im Ohr, bog er bei der nächsten Ausfahrt von der Interstate ab, unterquerte die Schnellstraße und fuhr wieder auf den Freeway auf, diesmal jedoch in nördlicher Richtung.

Er wusste, was er zu tun hatte, und es brauchte nicht einmal besonders raffiniert zu sein.

Mit neu erwachtem Selbstbewusstsein krempelte er den Ärmel hoch und lehnte den nackten linken Arm in das offene Fenster, so als wollte er die anderen Autofahrer herausfordern, sich mit ihm anzulegen.

Gall spürte die Spannung zwischen Dent und Bellamy.

Kaum hatte ihr Fuß den Boden berührt, da entschuldigte sie sich schon und ging weg, um ihre Stiefmutter anzurufen. Gall sah ihr nach, bis sie im Hangar verschwunden war, und drehte sich dann zu Dent um, der eben die Gangway herunterkam.

»Wie war der Flug?«

»Gut.«

Gall tätschelte die Verkleidung des Flugzeugs. »Die Kleine fliegt sich praktisch von selbst, oder?«

»Kein Flugzeug fliegt sich von selbst.«

»Ich sag ja nur.«

»Du hast es oft genug gesagt. Ich wäre verrückt, mich nicht von diesem Typen anstellen zu lassen.«

»Wie gesagt, ich sag ja nur.« Gall deutete zum Hangar. »Was ist mit ihr?«

»Bellamy?«

»Nein, mit der Königin von Saba. Was glaubst du denn?«

Dent sah ihr nach. »Es gibt schlechte Nachrichten aus Houston.«

»Das erklärt das.« Gleich darauf fragte er: »Und was ist mit dir los?«

»Mit mir? Nichts.«

»Erzähl keinen Quatsch.«

Dent setzte die Sonnenbrille ab und rieb sich mit dem Handrücken über die Augen. »Ich bin einfach nur müde.«

»Das kannst du mir nicht weismachen.«

»Na schön.« Er klappte die Bügel der Brille ein und versenkte sie in der Hemdtasche. »Deine ewige Fragerei macht mich müde.« Er ging in Richtung Hangar. »Hast du Kaffee da?«

»Wann denn nicht?«

»Stimmt, und er hat noch nie geschmeckt.«

»Bisher hast du dich noch nie beschwert.«

»Weil ich so nett bin.«

Gall schnaubte. »Nett? Von wegen.«

»Hab ich erst kürzlich gehört«, murmelte Dent.

»Sie macht es nicht mit dir, hab ich recht?«

Dent blieb stehen, drehte sich auf dem Absatz um und spießte Gall mit seinem Blick auf.

Gall nahm die Zigarre aus dem Mund und schüttelte verdattert den Kopf. »Das sieht dir gar nicht ähnlich, Meister.«

»Glaub bloß nicht, ich hätte meine Gabe verloren. Sie sagt, sie hätte mit so was Probleme.«

»Das habe ich nicht gemeint.«

»Was hast du dann gemeint?«

»Normalerweise interessiert es dich kein Stück, wenn eine Frau Nein sagt.«

Dent klappte den Mund auf und sofort wieder zu, bevor er etwas sagen konnte. Dann ging er weiter in Richtung Hangar.

Gall versprach: »Ich setz dir frischen Kaffee auf.«

»Ich mach mir selbst welchen«, knurrte Dent.

Bis Gall das Flugzeug des Senators gesichert hatte und wieder zu ihnen gestoßen war, drückte Dent Bellamy bereits einen dampfenden Kaffee in die Hand. Sie umfasste den riesigen Becher mit beiden Händen und starrte hinein, ohne zu trinken.

»Wie geht's Ihrem Daddy?«, fragte Gall.

»Unverändert. Nicht besser.«

»Tut mir leid.«

Sie lächelte fahl. »Trotzdem danke, dass Sie gefragt haben.«

Dent nahm einen Schluck Kaffee und deutete auf sein Flugzeug. »Wo hast du den Dummy hingelegt?«

»Hinter das linke Rad. Aber der wahre Dummy war dieser Idiot.«

»Man muss nicht schlau sein, um gefährlich zu sein«, bemerkte Dent. »Der Kerl, der mich angegriffen hat, war geladen wie eine Bombe. Ich habe es gespürt. Hast du schon was von dem Deputy gehört?«

»Er hat mir eine Nachricht auf dem Anrufbeantworter im Hangar hinterlassen. Es war tatsächlich Ray Strickland. Sie haben die Kennzeichen des Pick-ups abgefragt. Aber inzwischen hat ein State Trooper einen kleinen Pick-up mit diesem Kennzeichen angehalten, und Strickland saß nicht am Steuer. Sondern eine junge Schwarze, eine Musterstudentin am College, die nebenbei bei Walmart jobbt. Keine Polizeiakte, keine Vorstrafen, und sie hat noch nie von Strickland gehört.«

»Ray hat die Kennzeichen ausgetauscht.«

»Sieht ganz so aus. Jetzt suchen sie nach einem Truck mit dem Kennzeichen der Collegestudentin.«

»Arbeitet Ray irgendwo?«

»In einer Autoglaserei draußen im Osten. Der Deputy hat mir versichert, sie hätten dort nachgefragt, aber Rays Vorarbeiter hätte ihnen erzählt, dass er seit Tagen nicht mehr zur Arbeit erschienen ist. An sein Handy geht er auch nicht. Und zu Hause ist er ebenfalls nicht.«

»Verbleib unbekannt«, fasste Dent zusammen.

»Du hast es erfasst.«

»Und kein Zeichen von... dem anderen?«

Gall begriff, dass Dent damit Bellamys Fan Jerry meinte, und sah verstohlen in ihre Richtung, doch sie war anscheinend in ihre eigenen Gedanken vertieft. Offenbar waren es verstörende Gedanken. Durch ihre Stirn zogen sich tiefe Falten, und ihre Augen starrten ins Leere.

»Nein«, sagte Gall zu Dent. »Nichtsdestoweniger solltet ihr die Augen offen halten.«

»Das hab ich vor.«

»Was hast du sonst noch vor?«

»Moody war ziemlich gesprächig bei unserem Besuch, aber ein Geständnis hat er nicht abgelegt. Er hat uns nicht verraten, was *wirklich* zu einem anderen Ausgang der Ermittlungen geführt hätte. Also müssen wir mit Rupe Collier reden.«

Gall spuckte ein Stück Zigarre auf den Boden. »Vielleicht hat es nur einen nassen Kuhfladen zu bedeuten, aber Rupe war heute im Fernsehen. Ich hab seine Show gesehen, als ich noch bei meiner Lady zu Hause war.«

»Seine Show?«

»Er hat keine Autos verhökert, sondern eine Pressekonferenz gegeben.«

»Wie bitte?«, entfuhr es Dent.

Bellamy erwachte sofort zum Leben. »Und was hat er da erzählt?«

»Wieso sein Gesicht so zermatscht wurde. Natürlich hat er es nicht so ausgedrückt. Aber unser Fliegerass hier kann mit seinem Gesicht nicht gegen Rupe anstinken.« Er beschrieb es ihnen. »Er behauptet, er hätte seinen Angreifer nicht richtig erkennen können, und er hat sich auch nicht darüber ausgelassen, wo es passiert ist, aber er spielte geschickt das unschuldige Opfer. Wenn ihr mich fragt, stinkt das Timing.«

»Und zwar zum Himmel.« Dent wandte sich an Bellamy. »Wir müssen uns unbedingt mit dem ehemaligen Staatsanwalt unterhalten. Weißt du, wo er sein Büro hat?«

»In seinem Autohaus. Dort habe ich damals mit ihm geredet.«

»Er hat die Presse regelrecht aufgepeitscht«, erzählte Gall weiter. »Seither wird sein Autohaus von Reportern belagert, die auf ein, zwei markante, knackige Sätze hoffen, und auf so was versteht sich Rupe bekanntlich. Ihr würdet nicht mal in seine Nähe kommen, ohne dass die Pressefritzen auf euch losgehen würden.«

»Dann bleibt uns nur noch sein Haus«, meinte Bellamy leise. Als er und Dent sich zu ihr umdrehten, erklärte sie: »Ich weiß, wo er wohnt.«

»Kein Wunder, dass du seine Privatadresse kennst«, sagte Dent, als er in die Straße bog. »Er kommt aus demselben Bonzenviertel wie du.«

Das Anwesen der Lystons, in dem sie aufgewachsen war, lag nur ein paar Straßen weiter. »Mach mir das nicht zum Vorwurf.«

»Warst du jemals in Rupes Haus?«

Sie schüttelte den Kopf. »Nach Stricklands Verurteilung lud er meine Eltern Jahr für Jahr zu seiner Adventsparty ein. Nachdem sie drei Jahre hintereinander abgelehnt hatten, hatten er und seine Frau die Botschaft wohl kapiert, denn danach blieben die Einladungen aus.«

Rupe Colliers Kalksteinvilla stand auf einer leichten Anhöhe, umgeben von einem akkurat gepflegten Rasen, jahrhundertealten Eichen und üppigen Blumenbeeten. Vor dem Anwesen stand ein Streifenwagen des Austin PD am Straßenrand.

Dent fragte: »Was hältst du davon?«

»Wahrscheinlich sollen sie die Presse daran hindern, seine Burg zu stürmen.« Sie überlegte kurz und sagte dann: »Ich habe eine Idee. Halt an und steig aus, so als würden wir erwartet.«

Er parkte direkt hinter dem Streifenwagen am Straßenrand. Sobald er den Motor abstellte, stiegen zwei Polizisten aus dem Streifenwagen und kamen links und rechts auf ihre Türen zu.

»Dein Plan beinhaltet aber nicht, dass wir erst mal ins Gefängnis wandern, oder?«, fragte er.

»Hoffentlich nicht.« Sie drückte die Autotür auf, stieg aus und lächelte die Polizisten strahlend an. »Hallo. Wir wollten Mr Collier besuchen.«

Der eine Polizist sagte: »Tut mir leid, Madam. Aber sein Haus ist momentan nicht zugänglich.«

»Aber wir sind verabredet.«

»Sind Sie Reporter?«

»Kaum.« Sie lachte kurz auf. »Wir sind aber Bekannte von Mr Collier.«

Der eine Polizist sah sie scharf und eingehend an. »Sind Sie nicht die Lady, die das Buch geschrieben hat?«

»Genau. Mr Collier hat mir bei der Recherche der juristischen Aspekte geholfen.«

Die beiden Polizisten sahen sich über die Motorhaube hinweg an. Der auf der Fahrerseite starrte in Dents Gesicht, als versuchte er, durch die dunklen Gläser der Sonnenbrille hindurch zu erkennen, woher die Blutergüsse kamen. Dent stellte sich gleichmütig seinem kritischen Blick.

Schließlich sah der Polizist wieder Bellamy an. »Mr Collier hat uns gegenüber nichts davon gesagt, dass er heute Abend jemanden erwartet.«

»Vielleicht ist ihm das entfallen, nachdem er so zugerichtet wurde. War das nicht grässlich?« Sie legte die Hand flach auf ihre Brust. »Hoffentlich erwischen Sie und Ihre Kollegen den Kerl, der ihm das angetan hat.«

»Da können Sie sicher sein, Madam.«

»Ach, ich zweifle nicht daran. Jedenfalls bin ich sicher, dass Rupe... ähm, Mr Collier... uns sehen möchte. Tatsächlich hat er selbst um das Treffen gebeten. Ich habe ein paar wichtige Informationen für ihn, die Dale Moody und Jim Postlewhite betreffen.«

Dent, der in der offenen Fahrertür stand, drehte ihr abrupt den Kopf zu, aber weil sich beide Polizisten auf sie konzentrierten, bemerkten sie seine überraschte Reaktion nicht.

Der eine sah seinen Kollegen fragend an, und als sein Partner meinte: »Wir sollten ihn lieber fragen«, sagte der erste: »Warten Sie hier«, und begann auf das Haus zuzugehen.

Bellamy lächelte den anderen an, der sie erkannt hatte. »Haben Sie *Kalter Kuss* gelesen?«

»Meine Frau hat es gekauft, nachdem sie gelesen hatte, dass es auf einem wahren Verbrechen beruht, das sich hier bei uns ereignet hat. Es muss gut sein. Sie hat das Buch seither nicht mehr aus der Hand gelegt.«

Bellamy lächelte. »Das freut mich.«

Während sie scheinbar ungerührt plauderte, verfolgte sie aus dem Augenwinkel, was sich an der Haustür von Rupes Villa abspielte. Nach einem kurzen Wortwechsel hob der Polizist die Hand, als würde er sich zum Abschied an den Mützenschirm tippen, dann drehte er sich von der Tür weg und winkte sie her. »Er sagt, es ist okay.«

Bellamy dankte dem Polizisten, mit dem sie geredet hatte, umrundete die Motorhaube und ging gemeinsam mit Dent den Weg zum Haus hoch. »Seit wann bist du denn eine wimpernschlagende, säuselnde Südstaaten-Grazie?«, murmelte er ihr kaum hörbar zu.

»Immer wenn es nötig ist.«

»Warum hast du das nie an mir ausprobiert?«

»Weil das nie nötig war.«

»Und wer ist Jim Postlewhite?«

»Vertrau mir.«

Mehr Zeit hatten sie nicht. Inzwischen waren sie in Hörweite der Haustür, wo Rupe Collier auf sie wartete. Sein Gesicht war so zugerichtet, dass sie ihn kaum erkannt hätten, wenn er die angeschwollenen Lippen nicht zu einem grimassenhaften Lächeln verzogen hätte. Die Zähne saßen unverkennbar ebenmäßig im roten, angeschwollenen Zahnfleisch.

»Na, na, na, was hat die Katze denn da angeschleppt?« Die aufgesetzte Leutseligkeit zeigte er dem Polizisten zuliebe, der einen Schritt beiseitegetreten war, damit Bellamy und Dent über die Schwelle in die zweistöckige Eingangshalle treten konnten. »Vielen Dank, Officer.«

Rupe verabschiedete ihn mit einem Winken, schloss die Haustür und wandte sich dann ihnen zu, ohne sein breites Lächeln abzusetzen. »Sie dachten, ich wäre wütend, nicht wahr? Ich würde vor Wut toben, dass Sie sich Zugang zu meinem Haus erschlichen haben?« Er schüttelte lachend den Kopf. »Im Gegenteil, ich finde es amüsant, dass Sie mich besuchen. Kommen Sie.«

Er ging an ihnen vorbei und winkte ihnen, ihm zu folgen. Der Gang war breit und lang und mit Teppichen in mäßiger Qualität ausgelegt. Von der Gewölbedecke hingen drei massive Kronleuchter, die eher in ein spanisches Schloss gepasst hätten. Auf ihrem Weg kamen sie an mehreren protzig eingerichteten Zimmern vorbei.

Schließlich traten sie in ein Fernsehzimmer, das deutlich geschmackvoller eingerichtet war und aussah, als würde es tatsächlich bewohnt und nicht nur zum Repräsentieren dienen. Die Panoramafenster blickten auf die Kalksteinterrasse und einen funkelnden Swimmingpool mit einer Fontäne in der Mitte.

Rupe deutete auf ein Sofa. »Setzen Sie sich.«

Sie nahmen nebeneinander Platz. Auf dem Couchtisch lag die aktuelle Ausgabe des *EyeSpy*. Das Bild, das sie und Dent auf der Galerie des Apartmenthauses zeigte, nahm ein Drittel des Titelblattes ein.

»Sagt mehr als tausend Worte. Mindestens«, kommentierte Rupe.

Bellamy bemühte sich, möglichst nicht auf das Foto und seine Bemerkung zu reagieren, was aber nicht so leicht war, nachdem er sie mit einem Hyänengrinsen fixierte und dabei vielsagend die Brauen hüpfen ließ.

»Meine Frau ist verreist, und die Haushälterin hat frei, darum kann ich Ihnen nur etwas Kaltes zu trinken anbieten.«

»Nein danke.«

Dent, dessen Kiefer wie aus Granit gemeißelt wirkte, schüttelte wortlos den Kopf.

Rupe ließ sich in einem Sessel nieder, der quer zum Sofa stand. Er sah wieder Bellamy an. »Herzlichen Glückwunsch zu Ihrem Bestseller.«

»Ich glaube nicht, dass Sie sich besonders darüber freuen.«

»Warum denn nicht?«

Sie erwiderte wortlos seinen Blick.

Schließlich weichte sein Lächeln auf, bis es halb verlegen wirkte. »Na schön, ich war ein bisschen verschnupft, dass Sie den Staatsanwalt nicht schneidiger dargestellt haben, vor allem nachdem ich Ihnen ein Interview gewährt hatte, während Sie an dem Buch saßen. Eigentlich hätte der Staatsanwalt der Held des Romans sein sollen. Schließlich hat er den Täter vor Gericht gebracht.«

Erstmals meldete sich Dent zu Wort. »Wirklich?«

Rupes Blick zuckte zu ihm hinüber. »Davon bin ich ausgegangen.« Er beugte sich leicht vor. »Oder wollen Sie etwa ein Geständnis ablegen? Sind Sie hergekommen, um mir Susans Höschen auszuhändigen?« Dent schoss vom Sofa hoch, aber Bellamy packte ihn hinten am Hemd und zog ihn wieder nach unten.

Der Autohändler lachte. »Immer noch der alte Hitzkopf, wie ich sehe. Nicht dass mich das überraschen würde. Leoparden verlieren ihre Flecken nicht. Was ist damals eigentlich passiert, haben Sie im Cockpit die Beherrschung verloren?

Haben Sie deshalb um ein Haar das Flugzeug vom Himmel geholt?«

Bellamy fiel Dent ins Wort, bevor er darauf antworten konnte. »Dass Sie Dent gefragt haben, ob er gestehen will, lässt darauf schließen, dass Sie nicht von Allen Stricklands Schuld überzeugt waren.«

Entspannt und selbstbewusst wie ein Potentat auf seinem Thron, lehnte sich Rupe zurück und bettete die Hände auf die gepolsterten Armlehnen. »Aber natürlich war ich das.«

»Detective Moody auch?«

Rupe schniefte abfällig. »Vielleicht wäre er es gewesen, wenn er einen klaren Kopf behalten hätte.« Er sah wieder Dent an. »Sie sollten am besten wissen, was für ein brutaler Trunkenbold er war. Der Schraubenzieher? Er hat mir davon erzählt. Und nicht etwa beschämt.« Er schüttelte traurig den Kopf. »Der Mann war eine Schande für die gesamte Polizei.«

»Weshalb es mich umso mehr wundert, dass er nach dem Mord an meiner Schwester zum Chefermittler ernannt wurde.«

»Das hat mich auch gewundert. Denn Moody hat die Ermittlungen von Anfang an verpatzt. Ich habe mich mehrmals dafür eingesetzt, dass er durch einen kompetenteren Detective ersetzt werden sollte. Oder wenigstens einen nüchternen. Meine Bitten blieben unerhört.«

»Hat man Ihnen gesagt, warum?«

»Das hatte interne Gründe. Hat man mir jedenfalls erklärt.«

Bellamy wusste genau, dass er log. Er war nicht so gut im Lügen, wie er selbst wahrscheinlich glaubte. Trotzdem widersprach sie keiner seiner Antworten, weil sie hoffte, dass er sich, wenn sie ihm nur genug Leine ließ, irgendwann darin verheddern würde. Andererseits konnten sie diesen Tanz womöglich die ganze Nacht aufführen. Und sein aalglattes Gehabe ging ihr schon jetzt auf den Geist.

»Dent und ich haben gestern mit Dale Moody gesprochen.«

Er blinzelte mehrmals, hatte sich aber gleich wieder gefangen. »Hier in Austin?«

Ohne auf seine Frage einzugehen, sagte sie: »Er kam uns zutiefst verstört vor.«

»Was für eine Überraschung.«

»Er hat einiges über Sie zu erzählen.«

»Es überrascht mich, dass er nüchtern genug war, um überhaupt etwas zu sagen.«

»Er war kaum misszuverstehen. Und er hat zugegeben, dass er mehrmals gegen die Vorschriften verstoßen hat.«

»Hat er das? Und hat er auch das hier zugegeben?« Er zeigte auf sein Gesicht.

Bellamy war schockiert, obwohl sie das eigentlich nicht hätte sein sollen, nachdem Moody so verbittert über seinen ehemaligen Verbündeten gesprochen hatte. Trotzdem überraschte es sie, dass Moody ihnen nicht selbst davon erzählt hatte.

»Ein Angriff aus dem Hinterhalt«, fuhr Rupe fort. »Er hat mich aus dem Nichts angesprungen. Wir hatten keinen Kontakt mehr, seit er die Polizei verlassen hatte und weggezogen war. Und dann, aus heiterem Himmel, *Bumms!*, versucht er, mir die Nase durch den ganzen Schädel zu rammen.«

»Was hat ihn dazu getrieben?«

»Ihr Buch. Hat er Ihnen das nicht erzählt? Es hat ihm gar nicht gefallen. Und am wenigsten hat ihm gefallen, wie Sie den ermittelnden Detective dargestellt hatten. Dass ich Rocky Van Durbin ein Interview gegeben habe, hat ihm auch nicht gefallen. Aber warum sollte ich das nicht tun? Ich habe nichts zu verbergen.« Er breitete die Arme aus. »Offenbar ist das bei Moody anders. Als er Van Durbins Interview mit mir gelesen hatte, brannten bei ihm die Sicherungen durch. Er kam unter seinem Stein hervorgekrochen, hat mich aufgespürt, mich zusammengeschlagen und mir eine eindringliche Warnung ausgesprochen.«

»Und welche?«

»Kein Wort über den Fall Susan Lyston und alles, was damit zusammenhängt, zu verlieren. Wahrscheinlich hat er Sie genauso davor gewarnt.«

»Ehrlich gesagt nicht«, sagte Bellamy.

»Hm. Dann war er wahrscheinlich überzeugt, dass Sie in Ihrem Buch schon alles gesagt haben, was Sie zu sagen hatten.« Er sah Dent an. »Waren Sie bei dem Gespräch dabei?«

»Ja, war ich.«

»Hm. Also, Ihrem Gesicht nach zu urteilen hat Moody Ihnen nicht gerade den roten Teppich ausgerollt.«

»Ach, Sie meinen das hier?« Dent strich mit dem Finger leicht über eine der Schnittwunden in seinem Gesicht. »Das war nicht Moody. Sondern Ray Strickland.«

Rupe zog den Kopf eine Handbreit zurück. »*Ray* Strickland? Allens Bruder? Kein Witz?« Dann wieder zu Dent: »Das Letzte, was ich von ihm gehört habe, war, dass er einen schrecklichen Unfall hatte. Bei dem er um ein Haar gestorben wäre.«

»Er ist quicklebendig.«

»Wo sind Sie auf ihn gestoßen?«

»Auf dem Parkplatz eines Restaurants.«

»Nein, ernsthaft.«

»Auf dem Parkplatz eines Restaurants«, wiederholte Dent ausdruckslos. »Und er ist stinksauer.«

»Auf Sie?«

»Auf die ganze Welt, würde ich vermuten. An Ihrer Stelle würde ich mich in Acht nehmen, Rupe.«

»Was habe ich ihm denn getan?«

»Sie haben seinen Bruder ins Gefängnis geschickt, wo er umgebracht wurde. Der Mann läuft Amok, und er kennt keine Gnade.«

»Er läuft Amok.« Rupe schmunzelte und sah Bellamy an. »Also, *das* überrascht mich nicht. Ihr Buch hat eine Menge Leute wütend gemacht, nicht wahr? Würden Sie noch mal über den Mord an Ihrer Schwester schreiben, wenn Sie die Wahl hätten?«

Sie würdigte das keiner Antwort. »Erzählen Sie mir von Jim Postlewhite.«

»Sie haben den Namen gegenüber dem Polizisten draußen erwähnt. Wer ist das?«

»Er *war* Vorarbeiter bei Lyston Electronics. Er leitete die Transportabteilung. Und war damit Allen Stricklands Boss.«

»Wieso ›war‹?«

»Weil er gestorben ist.«

Rupe zuckte mit den Achseln. »Bei dem Namen klingelt nichts bei mir, und eigentlich ist mein Namensgedächtnis exzellent.«

»Dann bohren Sie weiter nach.«

»Sie müssen entschuldigen, aber der Name sagt mir wirklich nichts.«

»Dale Moody hat er was gesagt.«

»Dann sollten Sie ihn fragen.«

»Das habe ich auch vor.« Sie legte den Kopf schief. »Was hat Moody letztendlich von Allen Stricklands Unschuld überzeugt?«

»Falls er von Stricklands Unschuld überzeugt ist, ist mir das neu.«

»Wirklich?«

»Wieso sollte Moody mir alles in die Hand gegeben haben, um eine Verurteilung zu erreichen, wenn er nicht von Stricklands Schuld überzeugt war?«

»Sie haben nicht zufällig Druck auf ihn ausgeübt?«, fragte Dent. »Ihn vielleicht erpresst?«

»Nicht jeder ist so ein Rüpel wie Sie.«

»Wie war das eigentlich mit Ray Stricklands Autounfall?«, fragte Bellamy.

»Was soll damit gewesen sein?«

»Moody behauptet, Sie hätten ihn inszeniert, damit Ray nicht für seinen Bruder aussagen konnte.«

Rupe lachte spuckend. Dann beugte er sich wieder vor und erklärte: »Moody trinkt zu viel. Er halluziniert.« Seine Augen wurden schmal. »Was soll das überhaupt? Wieso wollen Sie mich ins Kreuzverhör nehmen? Glauben Sie diesem ausgebrannten Bullen etwa mehr als mir? Machen Sie sich doch nicht lächerlich! Ich habe nichts zu verbergen. Ich habe damals nur meine Pflicht getan und die Gesetze unseres Landes vertreten.«

»Versuchen Sie, das Ray Strickland zu erklären, bevor er Ihnen den Bauch aufschlitzt.«

Rupe schoss einen eisigen Blick auf Dent ab, wandte sich aber sofort wieder Bellamy zu. »Ich würde gern mal den Spieß umdrehen und Ihnen eine Frage stellen.«

Sie nickte knapp.

»Sie haben sich bei jeder Figur in Ihrem Roman ziemliche Freiheiten genommen, Ihrer Schwester eingeschlossen. Ich will ja nicht beleidigend werden, aber Moody und ich erfuhren während der Ermittlungen Sachen über Susan, bei denen ein Matrose rot geworden wäre. Sie war ein bisschen... *erfahrener...*, als sie in Ihrem Roman erscheint.« Er sah Dent an und zwinkerte. »Habe ich recht?«

»Sie sind ein Schwein.«

Rupe lachte nur. Dann wandte er sich wieder Bellamy zu. »Ich habe mich nur gefragt, ob Sie den Ruf Ihrer toten Schwester schützen wollten, als Sie Susan als Unschuldsengel darstellten, oder ob Sie tatsächlich so naiv waren?«

»Ich habe sie so dargestellt, wie ich sie in Erinnerung hatte.«
»Wirklich?«

»Ja.«

»Ach, kommen Sie, mir können Sie es erzählen. Ich werde es bestimmt nicht weitersagen.« Er zwinkerte wieder. »Haben Sie Susan wirklich so geliebt? Oder sie auch nur gemocht? Waren Sie nicht ein kleines bisschen eifersüchtig?«

»Worauf möchten Sie hinaus?«, fragte sie kühl.

»Auf gar nichts. Ich denke nur laut nach.« Er trommelte versonnen mit den Fingern auf die Armlehne. »Wenn Sie damals nur ein paar Jahre älter gewesen wären, hätte ich ganz genau wissen wollen, wo Sie sich zur Tatzeit aufgehalten haben.«

Bellamy war klar, dass er sie zu ködern versuchte, aber sie konnte sich ihm nicht entziehen. Sie spürte die Feuchtigkeit an ihren Handflächen, als sie den Riemen der Handtasche über ihre Schulter schob und aufstand. Dent erhob sich mit ihr und legte die Hand an ihren Ellbogen, als würde er spüren, wie zittrig sie war.

Zu Rupe sagte sie: »Wir wollen Ihre Zeit nicht länger beanspruchen.«

»Kein Problem.« Augenscheinlich sehr zufrieden, dass er sie so aus der Fassung gebracht hatte, klatschte er mit beiden Händen auf die Armlehnen seines Sessels und zog sich dann hoch.

Er folgte ihnen aus dem Zimmer und durch den Hausflur. Am Eingang hielt er ihnen die Tür auf und winkte sie mit großer Geste durch. »Hier sind Sie jederzeit willkommen.«

Vor der Tür zögerte Bellamy kurz und drehte sich noch einmal um. »Moody hat schon immer gern getrunken, aber wenn er mal nüchtern war, hat er sich detaillierte Notizen gemacht, vor allem während der Ermittlungen nach dem Tod meiner Schwester.«

»Stimmt, das hat er«, sagte Rupe. »Dafür war er bekannt. Aber leider lagen Moodys Notizen zusammen mit allen anderen wichtigen Dokumenten und Unterlagen in der Akte, die...«

»Er kopiert hatte. Bevor Sie das Original vernichten ließen.«

23

»Was hat es eigentlich mit diesem Postlewhite auf sich?«
Die Frage lag ihm schon eine ganze Weile auf der Zunge, aber er hatte sie sich verkniffen, bis sie wieder in Bellamys Auto saßen. Wie üblich hatte er darauf bestanden zu fahren.

»Als ich gestern die Seite in Moodys Akte überflogen habe, ist mir der Name aufgefallen, weil er im Original mit einem Stern versehen und in der Kopie rot unterstrichen war. Eigentlich wollte ich Moody fragen, was das zu bedeuten hatte, aber dann habe ich es über all dem anderen, was er uns erzählt hat, versäumt und später komplett vergessen. Aber vorhin kam mir der Gedanke, dass der Name vielleicht auch für Rupe Bedeutung haben könnte, wenn er Moody so wichtig war.«

»Gut gemacht, T. J. Du brauchtest nur ›Postlewhite‹ zu sagen, und Rupe hätte sich um ein Haar übergeben.«

»Jedenfalls ist er selbst unter seinen Blutergüssen erbleicht.«

»Ich habe nur einen kurzen Blick in Moodys Unterlagen geworfen, aber er hatte doch alles Mögliche da reingekrakelt. Notizen. Namen. Wieso ist dir ausgerechnet Postlewhite im Gedächtnis geblieben?«

»Weil er nicht nur mit einem Sternchen versehen und unterstrichen war, sondern weil ich ihn gekannt habe. Einmal habe ich Daddy im Büro besucht, und da kam Postlewhite ins Büro, um ein paar Papiere abzugeben. Gleich nachdem mein Vater uns miteinander bekannt gemacht hatte, befahl er mir, ihn Mr P. zu nennen, und machte einen Riesenwirbel um meinen Besuch, behandelte mich wie einen Ehrengast, erkundigte sich nach meiner Schule und nach meinem Lieblingsfach. In der Art.«

»Er nahm dich wahr.«

»Zu einem Zeitpunkt, als es die wenigsten Menschen taten. Ich habe ihm das nie vergessen. Bei dem Barbecue habe ich ihn aus der Ferne wiedergesehen. Er hat mir zugewinkt. Er war ein netter Mann.«

»Ich glaube nicht, dass Moody ihn deshalb mit einem Sternchen ausgezeichnet hat. Hast du eine Idee?«

»Nein. Aber ich glaube, dass Rupe es weiß.«

»Darauf würde ich mein linkes Bein verwetten.« Er bremste an einem Stoppschild vor einer Kreuzung und fragte sie, ob sie an ihrem Elternhaus vorbeifahren wollte. »Wo wir schon mal in der Gegend sind.«

»Würde es dir etwas ausmachen? Als ich in meine eigene Wohnung gezogen bin, habe ich ein paar Sachen zum Anziehen dort gelassen, die ich später abholen wollte.« Sie sah ihn bedrückt an. »Ich werde sie bald brauchen.«

Als sie vor dem Tor anhielten, nannte sie ihm den Code, und er tippte ihn ein. Während er der Zufahrt zum Haus folgte, sagte er: »Hier hat sich praktisch nichts verändert. Ich fühle mich immer noch, als müsste ich eigentlich durch den Dienstboteneingang rein, also warte ich lieber im Auto, wenn es dir nichts ausmacht.«

»Ich brauche nicht lange.«

Sie läutete an der Haustür und wurde von einer uniformierten Haushälterin empfangen, die verstohlen an ihr vorbeispähte, um einen Blick auf Dent zu werfen. Sie fragte etwas, Bellamy antwortete, und die beiden verschwanden im Haus. Nach nicht einmal zehn Minuten kam Bellamy mit einem Koffer in der Hand wieder heraus. Er stieg aus und half ihr, ihn auf den Rücksitz zu packen.

»Nicht mehr die Haushälterin, an die ich mich erinnere«, sagte er.

»Helena arbeitet inzwischen seit zehn Jahren für meine Eltern. Sie macht sich große Sorgen um Daddy. Olivia hält sie auf dem Laufenden, aber ich habe ihr ebenfalls versprochen anzurufen, sobald ich etwas Neues erfahre.«

»Wohin jetzt?«

»Zu Haymaker.«

»Einverstanden. Wir brauchen Moodys Handynummer.«

»Er wird sie uns nicht geben wollen.«

»Vielleicht ist es in dem Fall ganz praktisch, dass ich ein Rüpel bin.«

Sie lächelte. »Ich verlasse mich darauf.«

»Von hier zu ihm ist es ziemlich weit. Vielleicht solltest du vorher anrufen, ob er zu Hause ist.«

»Dann wüsste er, dass wir unterwegs sind.«

»Nicht wenn du sofort auflegst, sobald er ans Telefon geht.« Er reichte ihr sein Handy. »Nimm meins. Ich habe die Nummer unterdrückt.«

Ehe sie am Vortag von Haymaker weggefahren waren, hatten sie sich seine Festnetz- und die Handynummer geben lassen. Bellamy probierte es bei jeder Nummer zweimal, landete aber jedes Mal auf der Mailbox. »Und was jetzt?«, fragte sie sichtlich frustriert.

»Jetzt ziehen wir uns erst mal zurück und formieren uns neu.«

Ray beglückwünschte sich zu seiner Ausdauer und seiner Selbstdisziplin.

Seit über fünf Stunden harrte er inzwischen in Bellamy Prices Wandschrank aus und wartete geduldig darauf, dass sie nach Hause kam. Er wusste nicht, wann, aber irgendwann musste sie heimkommen. Und dann wäre er bereit, in Körper und Geist.

In ihr Haus zu gelangen war kein Problem gewesen, er hatte dabei nur eine neugierige Katze aus seinem Weg treten müssen, bevor er durch das unverriegelte, halb hinter einem hohen Busch versteckte Fenster geklettert war. Drinnen war es still und leer gewesen und hatte nach Putzmittel und frischer Farbe gerochen.

Die Nachricht, die er an ihrer Wand hinterlassen hatte, war überstrichen worden, was ihn nicht weiter störte. Es war eine dumme Idee gewesen. Diesmal hatte er etwas Besseres vor. Vielleicht würden ihre Wände wieder mit roten Spritzern bekleckert, aber diesmal wäre es keine Farbe.

Ehe er seinen Posten in ihrem Wandschrank bezogen hatte, hatte er ihre Kommodenschublade aufgezogen und mit ihrer Unterwäsche gespielt. Nur so zum Spaß, nur weil er es konnte, nur weil es ihm einen gemeinen Kick gab, einer hochnäsigen reichen Zicke wie ihr einen Höllenschrecken einzujagen.

Er hatte nicht oft mit Frauen zu tun, und keine von denen, mit denen er zusammen gewesen war, hatte so nette Sachen getragen. Es gefiel ihm, ihre seidigen Spitzensachen an seinem Gesicht, an seinem Schlangentattoo oder auf seinem Bauch zu spüren. Aber nach einer Weile hatte er widerwillig alles, was er angefasst hatte, wieder zusammengelegt, in ihrer Schublade verstaut und sie dann zugeschoben.

Er hatte mit dem Gedanken gespielt, sich unter ihrem Bett zu verstecken, sich dann aber für den begehbaren Kleiderschrank entschieden. Dort war er beweglicher. Sie würde die Doppeltür aufziehen, und schon würde er vor ihr stehen.

»Überraschung!« Mehrmals hatte er seinen Auftritt im Bühnenflüsterton geprobt.

Ihr Schrank roch noch besser als die Säckchen, die er in der Kommode gefunden hatte. Der Schrank roch nach Parfüm. Er hob eine Bluse an sein Gesicht und atmete tief ein. Aber er hatte sich nur kurz dieser Schwäche hingegeben, denn ihm war klar, dass er sich mental auf seine Aufgabe vorbereiten musste.

Um sich einzustimmen, hatte er die Finger abwechselnd gedehnt und geballt. Dann hatte er seinen linken Arm immer wieder angewinkelt und ihn kreisen lassen, um die Rotatorenmanschette zu lockern. Er hatte den Hals knacken lassen, den Rücken durchgestreckt, die Schultern gerollt. Alle zwanzig Minuten war er sämtliche Übungen erneut durchgegangen, um geschmeidig und wachsam zu bleiben.

Nur einmal hatte er den Schrank verlassen, weil er pinkeln musste. Es hatte ihm einen echten Kick gegeben, in ihrem Bad die Hose runterzulassen und sein Ding rauszuholen. Er hatte sich im Badezimmerspiegel zugesehen, wie er sich gestreichelt und gedrückt hatte. »Wie gefällt dir das Monster, Missy?« Dann hatte er die Hüften dem Spiegel entgegengeschoben. Aber so lustig es auch gewesen war, sich auszumalen, wie sie auf die aggressive Geste reagieren würde, war er doch klug genug gewesen, seine Hose wieder zuzumachen und in sein Versteck zurückzukehren.

Irgendwann war es Abend geworden, doch seine Augen hatten sich der allmählich tiefer werdenden Dunkelheit angepasst, darum hatte es ihm nichts ausgemacht, hinter der verschlossenen Schranktür auszuharren. Geduldig hatte er abgewartet. Noch eine Stunde war verstrichen. Dann zwei. In regelmäßigen Abständen hatte er seine Übungen durchgeführt, damit sein Körper auf Draht und sein Geist scharf wie die Klinge seines Messers blieb.

Er hatte abgewartet.

Und jetzt endlich hörte er einen Schlüssel im Schloss.

»Offenbar war der Maler schon da«, sagte Bellamy, sobald sie die Haustür aufgedrückt hatte und in den Flur getreten war. »Ich rieche frische Farbe.«

Dent folgte ihr, ihren Koffer in der Hand, den er gleich hinter der Tür abstellte. »Stört dich der Geruch?«

»So müde, wie ich bin, könnte mich heute Nacht nichts wach halten. Aber gleich morgen früh will ich zu Haymaker.«

»Ich sehe mich kurz oben um.«

Er wollte die Treppe hochgehen, aber sie hielt ihn auf. »Der Maler war da. Und der Schlosser hat neue Schlösser eingesetzt. Bestimmt ist alles in Ordnung. Spar dir die Mühe. Danke, dass du mich zur Tür gebracht hast.«

»Ich wollte dich nicht nur zur Tür bringen. Solange dieser Messerfreak frei rumläuft, lasse ich dich auf gar keinen Fall allein.«

»Mir passiert schon nichts.«

Er sah sie nachdenklich an und kam dann langsam die Stufen herunter. »Setzt du mich etwa vor die Tür?«

»Erspar mir den Welpenblick.«

»Was für ein Blick wäre dir denn lieber?«

»Und erspar mir das.«

»Was denn?«

»Das Flirten. Das sexy Lächeln. Die schweren Lider. Den Tonfall.« Sie seufzte. »Hast du nicht verstanden, was ich dir heute erklärt habe?«

»Du musst dich schon genauer ausdrücken.«

»Was ich dir auf dem Rückflug erzählt habe.«

»Dass du nicht mit mir schlafen wirst.«

»Genau. Also solltest du dich jetzt verabschieden und gehen.«

»Du willst wirklich, dass ich gehe?«

»Ja.«

»Ich kann nicht.«

»Du kannst nicht?«

»Mein Wagen steht in deiner Garage, und die ist abgeschlossen.«

Ärgerlich ließ sie den Kopf sinken und ein paar Sekunden verstreichen. Dann: »Komm mit.«

Sie führte ihn in die Küche, wo sie die Verbindungstür zur Garage aufschloss. Sie tastete hinter dem Türrahmen nach dem Schalter, und im nächsten Moment sprang der automatische Toröffner an.

Als das Tor hochgefahren war, drehte sie sich wieder zu ihm um. »So. Jetzt kannst du fahren.« Aber er rührte sich nicht vom Fleck. Schweigend wartete er ab, bis sie aufhörte, an ihm vorbei auf alles Mögliche zu starren, und endlich den Mut aufbrachte, ihm in die Augen zu sehen. »Wir haben darüber gesprochen, Dent.«

»Wir haben unser Gespräch nicht zu Ende geführt.«

»Ich schon.«

»Ohne mir Gelegenheit zu einer Erwiderung zu geben.«

»Eine Erwiderung wäre auch unangebracht, denn wir haben uns nicht gestritten. Ich habe dir gleich zu Anfang gesagt, dass du und ich... dass es nicht dazu kommen würde. Jemals.«

»Und dabei Susan als Ausrede vorgeschoben.«

»Susan ist keine Ausrede, sie...«

»War kein besonders netter Mensch. Und weil du dich ihr im Nachhinein verpflichtet fühlst oder dein inneres Gleichgewicht wahren willst oder warum auch immer, verleugnest du seit ihrem Tod deine sexuellen Bedürfnisse.«

Sie stemmte die Hände in die Hüften. »Und du glaubst, dass mich meine *Bedürfnisse* sonst ganz natürlich zu dir geführt hätten.«

»Gestern Nacht war es so.«

Sie ließ die Arme wieder sinken. »Das war...«

»Ich weiß, was es war, und es war zu feucht, um gespielt zu sein.«

Sie wünschte, ihre knallroten Wangen würden nicht verraten, wie verlegen sie war. Allerdings hatte sie keine Hemmungen, ihren Zorn zu zeigen. »Erwartest du etwa Dank dafür? Oder Glückwünsche? Was? Ist dein Ego...«

»Versuch nicht, mich zum Thema zu machen«, entgegnete er genauso laut wie sie. »Mit meinem Ego ist alles in Ordnung.«

»Das weiß ich nur zu gut. Bestimmt werden deine anderen Frauen...«

»Um die geht es genauso wenig. Hier geht es um dich. Warum du dieses traurige und einsame Leben führst, wenn du...«

»*Ich*?«, fiel sie ihm ins Wort. »*Ich* bin traurig und einsam? Hast du dir in letzter Zeit mal Gedanken über *dein* Leben gemacht? Du hast einen einzigen Freund. *Einen*«, betonte sie mit erhobenem Zeigefinger. »Du schläfst mit Frauen, deren Namen du nicht kennst. Du wohnst in einem schäbigen Rattenloch. Und du wagst es, mein Leben als traurig und einsam zu bezeichnen?«

Sein Kopf flog zurück, als hätte sie ihn geohrfeigt. »Oh, das ist gut. Diese Karte auszuspielen.«

»Was für eine Karte?«

»Die Lyston-Karte. Die Reiche-Leute-Karte. Vielleicht hätte ich bei eurer Villa doch zum Dienstboteneingang fahren sollen.«

Sie schubste ihn beiseite und stürmte an ihm vorbei. »Ich mache das Garagentor später zu. Jetzt gehe ich nach oben. Und wenn ich wieder runterkomme, will ich dich hier nicht mehr sehen.«

Sie schaffte es fast bis zur Treppe, dann hatte er sie überholt und sich zwischen ihr und der untersten Stufe aufgebaut. »Netter Versuch, aber das wird nicht klappen«, sagte er.

»Ich weiß nicht, was du meinst.«

»O doch, tust du wohl. Du versuchst mich so vor den Kopf

zu stoßen, dass ich wütend abziehe und wir nie wieder über das reden, worüber wir reden müssen.«

»Wir *müssen* über gar nichts reden. Wir *werden* auch über gar nichts reden. Wirst du jetzt bitte *gehen*?«

»O nein. Vergiss es. Es geht hier immer noch um dich und deine Blockaden.«

»Meine Blockaden interessieren dich doch einen feuchten Dreck. Du willst nur einen warmen Körper, mit dem du heute Nacht schlafen kannst.«

»Okay. Zugegeben. Ich will mit *deinem* warmen Körper schlafen. Aber eine Sache muss ich noch ansprechen – ob du nun mit mir ins Bett gehst oder nicht.«

Sie verschränkte die Arme. »Meinetwegen, und was? Und mach es bitte kurz, damit du von hier verschwinden kannst.« Sie hoffte, ihre Haltung oder ihr Tonfall würde ihn so weit verunsichern oder verärgern, dass er einfach gehen würde.

Stattdessen blieb er stehen, er kam sogar einen Schritt auf sie zu, bevor er leise erklärte: »Lass dir eines von einem Mann sagen, der dich überall berührt hat: Mit dir ist alles in bester Ordnung, abgesehen davon, dass du das nicht glauben willst.«

Sie schluckte, sagte aber nichts darauf.

»Ich weiß nicht, was im Kopf der zwölfjährigen Bellamy Lyston vorging, aber inzwischen bist du erwachsen und musst endlich dieses Ding vergessen, dass du auf keinen Fall den gleichen selbstzerstörerischen Weg wie Susan beschreiten darfst. Falls eure Ehe in Langeweile erstarrt ist und der Sex scheintot niederlag, dann trägt dein einfallsloser Ehemann mindestens zur Hälfte die Schuld daran, denn wenn er dich dazu gebracht hätte, so zu reagieren, wie du gestern Abend reagiert hast, dann hätte er sich garantiert nicht gelangweilt. Weil mich schon das Zuschauen angeturnt hat. Und die Berührung. Und offen gesagt halte ich ihn für ein Arschloch, weil er zugelassen hat, dass du dir allein die Schuld am Scheitern eurer Ehe gibst.«

Endlich hatte sie die Sprache wiedergefunden. »Das wusste er doch gar nicht.«

»Mach dir doch nichts vor. Natürlich hat er es gewusst. Und mit Sicherheit gibt er dir auch die Schuld an seiner Affäre.«

»Wieso glaubst du das?«

»Ich *glaube* es nicht, ich *weiß* es. Und ich weiß es, weil ich ein Mann bin. Wenn wir losziehen und mit unserem Schwanz Dummheiten anstellen, rechtfertigen wir uns grundsätzlich damit, dass das ›allein ihre Schuld ist. Wenn sie nur dies gemacht hätte, wenn sie nur das gemacht hätte. Aber das wollte sie nicht, darum hatte ich keine Wahl, als zwischen fremden Schenkeln Spaß zu suchen.‹ Viele Frauen kaufen uns das ab. Tu es nicht. Weil das nichts als Quatsch ist. Aber lass uns auf den Punkt zurückkommen.«

»Es gibt keinen Punkt.«

»Natürlich gibt es einen. Und zwar diesen: Du hast dich mit zwölf verschlossen, und das ist eine Schande. Denn eines steht fest – du bist schön, talentiert und so schlau, dass es einem Angst machen kann. Und außerdem bist du unglaublich sexy.«

»Danke für den Strauß an Komplimenten, aber ich werde trotzdem nicht mit dir schlafen.« Sie drehte ihm den Rücken zu. Oder versuchte es wenigstens. Er hinderte sie daran, indem er ihr sanft die Hand auf die Schulter legte.

»Und dass du dir dessen überhaupt nicht bewusst bist, macht dich ganz besonders sexy. Diese Marotte, die Unterlippe zwischen die Zähne zu ziehen?«

»Ich ziehe nie...«

»Du tust es ständig. Du kaust darauf herum. Genau hier.« Er legte die Daumenkuppe auf ihre Unterlippe, exakt in der Mitte, und sofort begann es in ihrem Unterleib zu kribbeln.

»O ja, T. J. Höllisch sexy. Du siehst es nicht, aber alle Männer drehen sich nach deinem Hintern um. In dieser Jeans hast du mir praktisch ein Schleudertrauma beschert. Und ich will gar nicht erst von deinen Sommersprossen anfangen.«

»Die kannst du überhaupt nicht sehen. Ich nehme doch Concealer.«

»Und ich mag dich.«

Das Liebeswerben überraschte sie nicht. Schließlich hatte sie es mit Dent Carter zu tun. Aber dieses Bekenntnis ließ sie verstummen, was ihn, als er das bemerkte, wiederum zum Lachen brachte.

»Mich hat das auch total schockiert. Damit habe ich ganz und gar nicht gerechnet, schließlich bist du eine Lyston. Aber...« Er verstummte und ließ den Blick langsam über ihr Gesicht wandern, um jeden ihrer Züge einzeln zu studieren. »Du bist okay«, sagte er leise und rau.

Nur einen Sekundenbruchteil spürte sie, wie anfällig sie für seine Augen, für seine Worte und dieses Gesicht war, das ihr ständig im Kopf herumging, und zwar schon immer. Dann riss sie sich zusammen und rief sich in Erinnerung, warum sie dieses Gespräch führten.

»Du schmierst mir nur Honig ums Maul, weil du mich ins Bett bekommen willst.«

»Das will ich unbedingt.« Er ließ sein schmutzigstes Grinsen aufblitzen, wurde aber sofort wieder ernst. »Aber trotzdem meine ich alles genau so, wie ich es gesagt habe. Ich sage das eher zu deinem Besten als zu meinem, und Uneigennützigkeit ist nicht gerade meine Stärke.«

Vielleicht war es dieses Eingeständnis, das sie still und erwartungsvoll stehen bleiben ließ, obwohl sie unbedingt weggehen sollte. Aber das tat sie nicht. Und so schloss er sie in die Arme und zog sie an seine Brust, und, o Gott, es fühlte sich so gut an.

Noch besser fühlte es sich an, als er die Hände über ihren Hintern schob und gerade so fest zudrückte, dass sie sich an ihn schmiegen musste. Ihr wurden die Knie weich, als ihre Körper verschmolzen.

»Und das soll vollkommen selbstlos sein?«, murmelte sie.

Leise lachend schob er seine Lippen an ihr Ohr. »Das hier bestimmt nicht. Spürst du, wie gut wir zusammenpassen? Du könntest unmöglich eine Enttäuschung sein.«

Er spürte es sofort. Sie hatte sich an ihn gedrückt und so an seinen Körper geschmiegt, dass er sich nur mit äußerster Mühe beherrschen konnte.

Und im nächsten Augenblick wurde sie steif wie ein Brett. Sie stemmte die Hände gegen seine Brust, um seine Umarmung aufzubrechen, und gleich darauf trat sie einen Schritt zurück, um ihn mit riesigen Augen anzusehen.

»Was hast du gerade gesagt?«, fragte sie heiser.

Dent verstand nicht, wieso sie sich so urplötzlich zurückgezogen hatte und wieso sie ihn so ansah. Verdattert hob er die Arme. »Was ist denn?«

»Du hast gesagt… du hast gesagt… Ich könnte unmöglich eine Enttäuschung sein. Genau das hast du gesagt. Wortwörtlich. Eine Enttäuschung. Warum hast du ausgerechnet diesen Begriff verwendet?«

»Weil du ihn heute früh verwendet hast. Ich habe nur wiederholt…«

»Nein, warte!« Sie drückte die Handballen gegen die Schläfen, als versuchte sie, einen Gedanken aus ihrem Kopf zu pressen. Oder vielleicht einen unerwünschten Gedanken darin zu behalten, und bei dieser Erkenntnis wurde ihm leicht mulmig.

»Bellamy…« Er machte einen Schritt auf sie zu, aber sie streckte die Hand vor, um ihn aufzuhalten.

»Du hast das Wort verwendet, weil Susan es damals auch verwendet hat.« Ihre Augen blickten ihn an, aber sie sahen etwas anderes, jemand anders. »Sie hat es bei dem Barbecue gesagt. Am Bootshaus. Als ihr euch gestritten habt.«

Ihm war entfallen, was Susan damals genau gesagt hatte, aber die Erinnerung, die sich eben aus Bellamys Unterbewusstsein gelöst hatte, verhieß nichts Gutes, und er hatte gehofft, dass sie dort für alle Zeiten bleiben würde. Sein Herz begann hektisch zu schlagen, trotzdem blieb er äußerlich ruhig und cool und stellte sich dumm. »Ich weiß wirklich nicht mehr, was sie damals gesagt hat.«

»O doch!«, fuhr sie ihn schrill an. »Du weißt es sehr wohl. Nur deshalb wolltest du vorgestern Abend in deinem Apartment nicht darüber reden. Mir war von Anfang an klar, dass du mir was verschweigst.« Sie presste beide Hände auf den Mund und schloss die Augen. »Jetzt fällt es mir wieder ein. O Gott, jetzt wird mir klar, was du vor mir geheim halten wolltest.«

Ihr Atem ging schnell und abgehackt. »Ihr wart in einem erbitterten Streit gefangen. Du wolltest sie besänftigen, sie küssen und dich mit ihr versöhnen, aber Susan war außer sich. Sie sagte ... sie sagte, wenn du unbedingt ein Lyston-Mädchen ficken wolltest, könntest du ... mich ... ficken.« Sie holte so schneidend Luft, dass sie vor Schmerz das Gesicht verzog. »Dann sagte sie: ›Aber nachdem du mich schon gehabt hast, wird Bellamy eine riesige Enttäuschung sein.‹«

Sie hatte das Wort heute selbst verwendet, es musste also jahrelang in ihrem Hinterkopf gesteckt haben, wo es nur auf den richtigen Auslöser gewartet hatte. Er verfluchte sich dafür, dass ausgerechnet er es freigesetzt hatte. Er hoffte bei Gott, dass ihre Erinnerung danach wieder aussetzte. »Wen interessiert schon, was Susan damals gesagt hat?«

Aber Bellamy schien ihn gar nicht zu hören. Sie war wieder am Bootshaus und hörte, wie sich ihre Schwester über sie lustig machte. »Im nächsten Moment hat sie losgelacht. Und dann zeigte sie genau das Lächeln, das Steven im Gedächtnis geblieben ist und das er uns so treffend beschrieben hat. Dieses triumphierende Lächeln. Und da hast du sie einfach stehen lassen.«

Sie sah ihn an, auf seine Bestätigung wartend. Widerwillig nickte er. »Ich konnte ihren Anblick nicht mehr ertragen. Ich wendete mein Motorrad und wollte schon losfahren. In dem Moment sah ich dich im Gebüsch hocken. Mir war klar, dass du gehört haben musstest, was sie gesagt hatte, und mir wurde es schwer ums Herz. Sie hat dich immer wie den letzten Dreck behandelt. Und du warst ...«

»Mitleiderregend.«

»Das würde ich nicht sagen, aber du warst ein leichtes Ziel für ihren Spott. So oder so war es grausam von ihr, so etwas zu sagen. Und es war besonders gemein, weil sie genau wusste, dass du dich in den Büschen versteckt hattest und alles hören konntest.«

»Ja, und ich könnte wetten, es hat ihr doppeltes Vergnügen bereitet, dich auf die Palme zu bringen und mich gleichzeitig zu demütigen.«

Er sah ihr in die Augen und beobachtete die wechselnden Gefühle, die sich darin spiegelten. Gerade hatte sie noch so elend und verloren ausgesehen wie das linkische, präpubertäre Mädchen, das so grausam beleidigt worden war. Im nächsten Augenblick zeichnete sich in ihrem Blick absolute Fassungslosigkeit ab, wie grausam und herzlos ihre Schwester offenkundig gewesen war. Schließlich begannen in ihren blauen Augen Zornestränen zu schimmern.

Damals hatte er von seinem Motorrad aus beobachtet, wie sich in den Augen der zwölfjährigen Bellamy genau dieselbe Wandlung vollzogen hatte.

Leise versicherte er ihr: »Du hattest jedes Recht, sie zu hassen.«

»Oh, und wie ich sie gehasst habe.« Ihre Stimme bebte auch jetzt vor Hass. Ihre Hände schlossen sich zu festen Fäusten. »Sie wusste genau, dass ich bis über beide Ohren in dich verschossen war, und sagte absichtlich das Grausamste, was ihr einfiel. Sie konnte so unendlich gemein sein. Ich habe sie verachtet. Ich wollte ihr die Augen auskratzen. Ich wollte...«

Er sah genau, wann der Gedanke aufblitzte, denn sie erstarrte tatsächlich wie vom Blitz getroffen. »Ich wollte sie umbringen.« Mit weit aufgerissenen Augen sah sie ihn an. »Ich wollte sie umbringen, und du dachtest, ich hätte es getan. Oder etwa nicht? Darum hast du der Polizei nicht erzählt, dass ich gesehen habe, wie du aus dem Park weggefahren bist. Dann hättest du ihnen nämlich auch von dem Streit zwischen dir und Susan am Bootshaus erzählen müssen, und damit hätte ich in den Augen der Polizei ein Motiv gehabt, meine Schwester zu ermorden. Aber du hast es für dich behalten. Du hast mich beschützt.«

»Quatsch. Ich war kein Held, Bellamy. Wenn ich die Wahl gehabt hätte, dich ans Messer zu liefern, um meine eigene Haut zu retten, hätte ich es sofort erzählt. Aber als Moody am nächsten Morgen zu mir nach Hause kam und mich in die Mangel nahm, fragte er kein einziges Mal danach, was am Bootshaus passiert war, sondern nur, worüber Susan und ich am Morgen bei euch zu Hause gestritten hatten. Mir wurde klar, dass er nichts von unserem zweiten Streit und auch nichts von unserem Treffen am Bootshaus wusste, und das war mir nur recht. Deshalb habe ich ihm nichts davon erzählt.« Er machte einen Schritt auf sie zu, doch weil sie im selben Moment einen Schritt zurücktrat, blieb er wieder stehen. »Aber mir war unbegreiflich, warum du Moody nichts davon erzählt hattest.«

»Weil meine Erinnerung blockiert war.«

»Was ich aber nicht wusste. Ich dachte, du würdest das für dich behalten, weil...«

»Weil ich sie umgebracht hatte.«

Er zögerte und murmelte dann widerstrebend. »Der Gedanke kam mir tatsächlich.«

»Und jetzt?«

»Jetzt?«

»Glaubst du immer noch, dass ich es getan habe?«

»Mir ist klar, dass das unmöglich gewesen wäre. Du warst ein dürres kleines Kind. Susan war mindestens zehn, fünfzehn Kilo schwerer als du.«

Sie verschränkte die Arme vor dem Bauch und umfasste ihre Ellbogen. »Sie hatte einen Schlag auf den Hinterkopf bekommen, hast du das vergessen? Vielleicht habe ich sie in einem Wutanfall niedergeschlagen, und sie war einen Moment lang bewusstlos.«

»Das kann ich mir nicht wirklich vorstellen, und du? Ganz im Ernst?«

»Wenn Menschen extrem unter Adrenalin stehen, können sie Leistungen vollbringen, die ihnen ansonsten nicht möglich wären.«

»Nur im Kino und im Kuriositätenkabinett.«

Seine lapidare Antwort machte sie wütend: »Das ist nicht komisch!«

»Du hast recht, ist es nicht. Trotzdem ist die Vorstellung lächerlich, du könntest...«

»Beantworte meine Frage, Dent.«

»Welche Frage?«

»Das weißt du genau!«

»Ob ich glaube, dass du deine Schwester umgebracht hast? *Nein*!«

»Und woher willst du das wissen? Ich war am Tatort. Ich

habe sie gesehen, bevor ihre Handtasche in die Windhose gerissen wurde. Woher willst du wissen, dass ich sie nicht umgebracht habe?«

»Warum hättest du ihr die Unterhose ausziehen sollen?«

»Vielleicht war ich das gar nicht. Vielleicht hatte sie die Unterhose schon nicht mehr an, als ich sie im Wald eingeholt hatte. Vielleicht hat sie dir ihr Höschen gegeben.«

»Hat sie nicht.«

»Oder Steven. Oder Allen Strickland.« Sie kniff die Augen zu und flüsterte verängstigt: »Habe ich sie vielleicht dabei gesehen?«

»Hör auf damit, Bellamy. Das ist Wahnsinn. Du kannst dich nicht zwingen, dich an Dinge zu erinnern, die gar nicht passiert sind.«

Sie zog die Unterlippe zwischen die Zähne, aber diesmal wirkte es nicht sexy. Es war die Geste einer gequälten Seele. »Rupe Collier hält es für möglich.«

»Er wollte dich bloß provozieren. Das weißt du genau.«

»Ich glaube, Daddy hat so einen Verdacht.«

»*Was?*«

»Der Gedanke ist ihm gekommen. Das weiß ich genau.«

»Was redest du da, um Gottes willen?«

Während sie ihr Gespräch vom Vortag wiedergab, wurde Dent immer wütender. »Sei doch vernünftig. Wenn er tatsächlich glauben würde, dass du sie getötet hast, hätte er dich ganz sicher nicht gebeten, ihm seinen letzten Wunsch zu erfüllen und den Mord aufzuklären.«

Taub gegenüber allen Einwänden, fuhr sie sich mit beiden Händen durch die Haare und zog die Strähnen dann von ihrem Gesicht weg. Er konnte beinahe sehen, wie sich die Gedanken in ihrem Kopf überschlugen. »Als wir bei Moody waren und ich ihm den Tatort beschrieb, wurdest du spürbar unruhig. Du hast auf deiner Wange gekaut. Du hast angespannt ausgesehen und nervös, so als würdest du jeden Moment vom Bett aufspringen.« Er versuchte, sich seine Gefühle nicht ansehen zu lassen, aber ihr Blick war zu scharf.

»Du hattest Angst, dass ich mich belasten könnte, wenn ich zu viel erzähle. Deshalb wurdest du so nervös, nicht wahr?«

»Hör zu, Bellamy...«

»Du glaubst, ich hätte sie umgebracht und hätte meine Erinnerung blockiert, weil ich mit diesem Wissen nicht leben konnte. Das glaubst du doch!«

»Was ich glaube, ist nicht von Bedeutung.«

»Und ob!«

»Und für wen?«

»Für mich!«, schrie sie ihn an. »Für mich ist es durchaus von Bedeutung, dass du mich für eine Mörderin hältst!«

»Das habe ich *nie* gesagt.«

»O doch.«

»Ich habe gesagt, dass mir der Gedanke gekommen war.«

»Was praktisch dasselbe ist.«

»Kein bisschen.«

»Wieso wolltest du überhaupt mit mir ins Bett gehen, wenn du das von mir denkst?«

»Was hat das eine mit dem anderen zu tun?«

Sie sah ihn an, fassungslos, sprachlos und zutiefst schockiert.

Er holte tief Luft, atmete langsam wieder aus und erklärte dann: »Hör mal, nachdem Susan das über dich gesagt hatte, hätte ich ihr an deiner Stelle wahrscheinlich einen Pflock ins Herz gerammt. Ich glaube nicht, dass du sie erdrosselt hast, aber selbst wenn, würde das nichts ändern. Das ist mir egal.«

Sie bohrte die Finger noch tiefer in ihre Ellbogen. »Das sagst du immer wieder. Dir ist es egal, dass dein Vater sich nicht für dich interessiert hat. Dir ist es egal, was meine Eltern von dir halten. Dir war es egal, was die Leute von dir halten würden, als du deinen Job bei der Fluglinie hingeworfen hast. Dir ist es egal, ob Moody sich das Hirn wegschießt. Und es ist dir egal, ob ich meine Schwester umgebracht habe. Es. Ist. Dir. Egal. Und zwar alles. Oder?«

Er reagierte mit eisigem, zornigem Schweigen.

»Also, für mich ist es ein massives Problem, dass dir alles egal ist.« Sie hielt seinen Blick ein paar Herzschläge lang gefangen, dann ging sie zur Treppe und nahm die ersten Stufen. »Ich will, dass du jetzt gehst, und ich will dich nie mehr wiedersehen.«

Ray Strickland konnte sein Glück kaum fassen. In seinem Versteck im großen Schlafzimmer hatte er jedes Wort mitgehört.

Diese Schlampe Bellamy hatte Susan umgebracht und war ungeschoren davongekommen! Allen hatte mit seinem Leben für ihr Verbrechen bezahlt, während sie fröhlich wegspaziert war und ihr Leben in vollen Zügen genossen hatte.

»Aber jetzt ist Schluss«, flüsterte er.

Er hörte eine Tür knallen und kombinierte, dass Dent Carter aus dem Haus gestürmt war. Was kein Problem war. Mit ihm würde sich Ray später beschäftigen. Im Moment wollte er nur das Blut dieser kleinen Lügnerin an seinen Händen spüren. Er gierte danach, sein Gesicht in ihrem Blut zu waschen, darin zu baden.

Verzückt lauschte er dem leisen Zischen, mit dem sein Messer aus der Lederscheide glitt.

Er konnte hören, wie sie die Stufen hochstieg. Nur noch ein paar Sekunden, und er würde das Unrecht rächen, das Allen widerfahren war.

Er hörte sie auf dem Treppenabsatz. Wie sie den Flur entlangkam. Sie war nur noch ein paar Schritte von ihm entfernt, gleich würde sie das Schlafzimmer betreten. Nur noch ein paar Herzschläge trennten sie von ihrem Tod.

Das Licht im Schlafzimmer ging an.

Er fasste das Heft des Messers fester und hielt den Atem an.

24

Dent wollte sie nicht mehr küssen. Ihre Küsse waren viel zu schlabbrig.

Er beschloss, die Präliminarien abzukürzen und direkt zur Sache zu kommen. Er schob eine Hand hinten unter ihr Top und hakte ihren BH auf.

»Mann, Mann. Du kannst es wohl kaum erwarten«, flüsterte sie und wühlte ihre Zunge in sein Ohr.

»Stimmt.«

»Kein Problem. Warte nur einen Moment.« Sie eilte ins Bad, drehte sich kurz um, hauchte ihm einen Kuss zu und zog die Tür zu.

Er ging zum Bett und setzte sich auf die Kante, um festzustellen, wie weich es war. Nicht dass es ihn wirklich interessiert hätte. Er würde nicht lange bleiben. Nur lange genug.

Er hatte versucht, Bellamy die Treppe herunterzulocken, aber es war, als hätte jemand den Stecker zu ihren Gefühlen gezogen. Nur einmal hatte sie sich noch umgedreht und ihm mit monotoner Stimme und steinerner, kalter, verschlossener Miene auf den Weg mitgegeben: »Sieh es einfach so, Dent. Falls sich herausstellt, dass ich sie umgebracht habe, dann wird dein Name damit reingewaschen. Und das ist dir jedenfalls nicht egal.«

Er hatte sich eingeredet, dass dieser Abschied längst überfällig war, und war gegangen. Er hätte sich nie mit ihr einlassen sollen. Gall hatte ihm es von Anfang an zu sagen versucht, aber hatte er hören wollen? Nein. Er hatte sich kopfüber in die Geschichte gestürzt, und jetzt standen ihm die Lystons und alles, was mit ihnen zu tun hatte, bis zum Hals.

Dieses ganze Richtig oder Falsch – was ging ihn das an? Er gab einen feuchten Dreck darauf, wer was gesagt oder wer was getan hatte, und er hatte wirklich lange genug versucht, die Teile des Puzzles zusammenzuschieben. Wozu überhaupt? Okay, er konnte sich damit reinwaschen. Aber in der großen Ordnung der Dinge war das bedeutungslos. Er konnte auch weiterleben, ohne dass man ihn offiziell für unschuldig an Susans Tod erklärte.

Darum war es für ihn nur praktisch und überhaupt kein Problem, wenn Bellamy den Kontakt ab sofort und auf diese Weise kappen wollte.

In der kurzen Zeit mit ihr zusammen hatte er alles vergessen, was ihn das Leben gelehrt hatte. Zum Beispiel, dass man sich nicht in die Probleme anderer Menschen einmischte. Niemandem ungewollt Ratschläge erteilte. Nicht wie ein Weichei irgendwelche Gefühle bekundete, denn was sollte das bringen? Gar nichts brachte das. Am Ende wurde man nicht nur abserviert, sondern man stand auch noch da wie der letzte Trottel.

Wie hatte er vergessen können, was er in den vielen Nächten gelernt hatte, in denen er sich einsam in den Schlaf geweint hatte, weil er seiner Mutter so egal gewesen war, dass sie ihn einfach im Stich gelassen hatte. Oder während der vielen Gelegenheiten, bei denen er das Interesse seines Vaters zu wecken versucht hatte und immer wieder ignoriert worden war.

Wenn ihn sein Vater, der Großmeister der Gleichgültigkeit, eines gelehrt hatte, dann dies: Man kann dich nur verletzen, wenn du es zulässt.

Also hatte er sich ermahnt, dass ihn Bellamys Probleme nichts mehr angingen, dass er mit der ganzen Geschichte durch und fertig war, und war von ihrem Haus aus losgefahren, um möglichst schnell Ablenkung zu suchen. An der ersten erfolgversprechenden Bar hatte er angehalten. Schon bei seinem zweiten Drink hatte sie – er hatte nicht mitbekommen, wie sie hieß, und auch nicht nachgefragt – auf dem Barhocker neben seinem Platz genommen.

Sie war niedlich und knuddelig. Sie hatte kein auch nur halbwegs ernstes Thema angeschnitten. Stattdessen hatte sie Witze gerissen, geflirtet und ihm geschmeichelt und ihm das perfekte Gegengift gegen all das verabreicht, was ihn während der letzten Tage beschäftigt hatte.

Welche Farbe ihre Augen hatten, hatte er nicht mitbekommen, nur dass sie ihn nicht gequält ansahen. Oder anklagend oder wütend. Und sie waren nicht blau und gefühlvoll und so tief, dass man darin ertrinken konnte.

Ihre Wangen waren nicht mit blassen Sommersprossen gesprenkelt.

Ihre Unterlippe ließ ihn nicht gleichzeitig an Sünde und Erlösung denken.

Ihr Haar war weder dunkel noch glatt.

Ihr größter Vorzug war, dass sie freundlich und sympathisch war. Dass sie ihn nicht mit tiefschürfenden Betrachtungen oder mit Fragen nach dem Warum und Weshalb behelligte. Im Handumdrehen hatten ihre Finger seinen Schenkel erkundet, und ohne dass er noch hätte sagen können, wer eigentlich das Motel vorgeschlagen hatte, er oder sie, waren sie hier gelandet, und jetzt wartete er nur noch darauf, dass sie aus dem Badezimmer kam, damit sie miteinander vögeln und die ganze Sache hinter sich bringen konnten.

Die ganze Sache hinter sich bringen konnten?

Plötzlich ging ihm auf, dass er sich nicht darauf freute. Kein bisschen. Was zum Teufel tat er hier also?

Und wo war er hier überhaupt?

Sein suchender Blick verband sich mit dem Gesicht, das ihn aus dem Spiegel über der Kommode gegenüber dem Bett ansah. Im Geist blendete er die Wunden und blauen Flecken aus, dann betrachtete er prüfend den Mann dahinter. So objektiv wie möglich urteilte er, dass er sich für einen Mann von fast vierzig Jahren ziemlich gut gehalten hatte.

Aber würde er sich in zehn Jahren immer noch im Spiegel eines billigen Motelzimmers anstarren, während er auf eine Frau wartete, für die er nichts empfand und von der er nicht mal den Namen wusste? Oder gar mit sechzig Jahren?

Es waren deprimierende Aussichten.

Ohne recht zu wissen, was er eigentlich vorhatte, stand er vom Bett auf, ging zur Tür und zog sie auf. Auf dem Weg nach draußen blieb er kurz stehen und schaute noch einmal in Richtung Bad, unentschlossen, ob er sich nicht verabschieden oder eine Ausrede für seinen überstürzten Abgang vorbringen sollte. Aber was er ihr auch erzählen würde, wäre gelogen, und sie würde das genau wissen, und damit wäre es noch verletzender, als wenn er einfach verschwand.

Was wiederum nur eine Ausrede dafür war, dass er sich wie ein Feigling verzog. Aber immerhin hatte er diesmal den Anstand, sich das einzugestehen.

Er raste nach Hause, doch sobald er in sein Apartment trat, sah er sich um und fragte sich, warum er es eigentlich so eilig gehabt hatte hierherzukommen. Es war ein schäbiges Rattenloch, genau wie Bellamy gesagt hatte. Traurig und einsam hatte sie sein Leben genannt. Und auch damit hatte sie recht.

Er starrte in die leere Wohnung, aber vor seinen Augen stand die öde, leere Landschaft seines Lebens. Das Schlimmste daran war, dass er nichts in seiner Zukunft sah, was diese Ödnis füllen konnte.

Aus einem Impuls zog er das Handy aus der Hosentasche, schaltete es ein und ging die Liste der eingegangenen Anrufe durch, bis er die gesuchte Nummer gefunden hatte. Er wählte sie, und eine Frauenstimme meldete sich: »Bist du es, Dent?«

»Ja. Kann ich Gall sprechen?«

»Moment. Er versucht schon die ganze Zeit, dich zu erreichen.«

Dent hörte einen gedämpften Wortwechsel, dann war Gall am Apparat. »Wo hast du gesteckt?«

»War das deine Lady?«

»Wer denn sonst?«, erwiderte er grantig. »Ich versuche dich seit einer Ewigkeit zu erreichen. Warum bist du nicht ans Handy gegangen?«

»Ich hatte es ausgeschaltet.«

»Wieso?«

»Ich wollte mit niemandem reden.«

Gall grunzte. »Wie geht's Bellamy?«

»Ganz okay. Ähm, hör mal, Gall, ich möchte, dass du meine Maschine flugtauglich machst.«

»Und was glaubst du, was ich die ganze Zeit mache?«

»Ja, aber es dauert mir zu lange. Was ist mit den Teilen, auf die du noch wartest?«

»Ich mache denen schon ständig Druck, sie endlich loszuschicken.«

»Gut. Ich muss bald wieder fliegen. So bald wie möglich.«

»Weiß ich das nicht längst?«

»Schon. Aber ich habe mir auch Gedanken gemacht, ob...«

»Dent...«

»Nein, lass mich das aussprechen, bevor ich es mir anders überlege. Ich habe mir noch mal Gedanken über das Angebot des Senators gemacht.«

»Deshalb rufst du an?«

»Ich weiß, es ist spät, aber du hast mir schließlich ständig zugesetzt, also wollte ich dir noch heute Abend mitteilen, dass ich beschlossen habe, mit ihm zu reden. Vielleicht... ich weiß nicht – vielleicht wäre es gar nicht so schlecht, fest angestellt zu sein. Wenigstens kann ich mir den Mann mal anschauen und mir anhören, was er zu sagen hat.«

»Ich mach was für dich aus.«

»Ein zwangloses Treffen. Ich schmeiß mich auf keinen Fall für ihn in Schale.«

»Ich mach was aus.«

Plötzlich fühlte Dent sich viel besser. Vielleicht war er zum ersten Mal seit Langem sogar stolz auf sich. Er merkte, dass er über das ganze Gesicht strahlte. Aber Galls gedämpfte Reaktion verunsicherte ihn sofort wieder. »Ich dachte, ich würde dich damit überglücklich machen.«

»Ich bin glücklich. Endlich verhältst du dich wie ein Erwachsener und fällst vernünftige Entscheidungen.«

»Also, was ist dann los?«

»Mich überrascht bloß dein Timing.«

»Dann will ich mich noch mal entschuldigen, dass ich so spät anrufe. Ich hoffe, ich habe dir nicht irgendwo dazwischengefunkt. Aber ich habe mich erst vor ein paar Minuten entschlossen und wollte meinen Entschluss sofort in die Tat umsetzen. Ruf den Typen gleich morgen früh an, okay?«

»Ja, ja.« Eine Pause, dann: »Hast du das mit Bellamy besprochen?«

»Das hätte ich, aber ...« Dent atmete tief ein und wieder aus. »Sie spricht nicht mehr mit mir.«

»Ach, jetzt kapier ich. Du weißt es noch nicht.«

Galls Tonfall ließ Dent frösteln. Sein Glücksgefühl zerstob. »Was weiß ich nicht?«

»Ihr Daddy ist gestorben. Es kam gerade in den Abendnachrichten.«

Steven legte den dunklen Nadelstreifenanzug zusammengefaltet in den aufgeklappten Koffer auf dem Bett und drehte sich zu William um, der eben ins Zimmer kam. »Gibt es irgendwelche Probleme?«, fragte Steven.

»Keine. Alle Schichten sind besetzt. Der Koch managt die Küche. Der Bartender den Speisesaal. Man wird überhaupt nicht merken, dass wir nicht da sind.«

»Hoffst du.«

»Wir haben die besten Leute eingestellt. Bestimmt läuft alles glatt, während wir weg sind, und selbst wenn irgendwo was haken sollte, geht davon die Welt nicht unter. Nicht mal das Maxey's Atlanta.«

Steven zögerte und sagte dann, nicht zum ersten Mal: »Du musst nicht mitkommen.«

William warf ihm einen scharfen Blick zu und zog seinen eigenen Koffer aus der Abstellkammer. »Ich muss nicht, aber ich komme trotzdem mit.«

»Ein Jahrzehnt habe ich dich vor unseren Familiendramen abgeschirmt. Warum willst du dich ausgerechnet jetzt darauf einlassen?«

»Ich lasse mich nicht auf deine Familie ein. Ich habe mich damals auf dich eingelassen. Punkt. Ende der Diskussion. Wann fliegen wir morgen?«

Steven hatte ihnen zwei Plätze auf dem ersten Flug von Atlanta nach Houston gebucht. »Um zehn sind wir dort. Das Bestattungsinstitut schickt einen Leichenwagen nach Houston, der den Leichnam abholt. Wir begleiten den Wagen zusammen mit Mutter in einer Limousine nach Austin und fliegen nach der Beisetzung von dort aus wieder heim.«

»Und wann wäre die Beisetzung?«

»Übermorgen.«

»Also schon bald.«

»Mutter sah keinen Grund, sie länger hinauszuschieben. Es war seit Monaten klar, dass Howard sterben wird. Tatsächlich hat er ohne ihr Wissen schon fast alles geregelt, sogar die Aufbahrung, die morgen Abend stattfinden soll.« Er legte mehrere zusammengefaltete Hemden in den Koffer. »Als Zeichen der Ehrerbietung wird Lyston Electronics drei Tage schließen, für die den Angestellten der volle Lohn bezahlt wird.«

»Wer hat das veranlasst? Bellamy?«

»Mutter. Sie meinte, Howard hätte diese Geste gutgeheißen. Und was Bellamy angeht – der hatte Mutter noch nicht Bescheid gesagt, als ich mit ihr telefoniert habe.«

»Warum um Gottes willen nicht?«

»Ihr graut davor, es ihr zu sagen. Obwohl Bellamy reichlich Zeit hatte, sich auf diesen Tag einzustellen, wird sie die Nachricht umhauen.« Er setzte sich aufs Bett und ließ die Schultern hängen. Seit seine Mutter ihn angerufen hatte, hatte er sich abgelenkt, indem er geschäftliche Dinge geregelt, Arrangements für die Reise getroffen, Termine verlegt und seinen Koffer mit Trauerkleidung gepackt hatte.

Erst jetzt begann er die Situation in ihrer ganzen Tragweite zu erfassen, und eine tiefe Erschöpfung legte sich über ihn.

William kam zu ihm. »Was ist mit dir? Wie geht es dir dabei?«

»Ich mache mir vor allem Sorgen um Mutter. Sie klang so gefasst, wie man es von ihr nur erwarten kann, aber ich bin überzeugt, dass das nur Fassade ist und sie sich mit aller Kraft zusammenreißt, weil sie als starke, unerschütterliche Witwe eines bedeutenden Mannes dastehen will.« Er atmete tief aus. »Howard stand immer im Zentrum ihres Universums. Ihr Leben hat sich ausschließlich um ihn gedreht. Sie hat nicht nur die Liebe ihres Lebens, sondern auch ihren Lebensinhalt verloren.«

William gab zu, dass sie daran bestimmt schwer zu tragen hatte. »Aber aus egoistischen Gründen interessiert mich viel mehr, wie es dir damit geht.«

»Ich bin nicht in Trauer erstarrt, wenn du das meinst. Wie

meine Beziehung zu Howard auch war oder nicht war, es ist zu spät, um noch etwas daran zu ändern – was ich auch nicht wollte. Oder könnte.«

Er brauchte einen Moment, um seine widerstrebenden Gefühle zu sortieren. »Wahrscheinlich wäre er mir ein besserer Vater gewesen, wenn ich es nur zugelassen hätte. Als die beiden heirateten, nahm er mich als seinen Sohn an und adoptierte mich auch offiziell. Und das war weder eine leere Geste, noch tat er es nur Mutter zuliebe. Ich glaube, er wäre wirklich gern mein *Dad* geworden. Aber ich ließ diese Art von Beziehung nicht zu. Ich habe ihn immer auf Distanz gehalten.«

»Weil du ihm die Schuld an Susans Übergriffen gabst.«

»Irgendwie wahrscheinlich schon«, gab Steven zu. »Auch wenn das ungerecht war.«

»Vielleicht, vielleicht auch nicht.«

Steven sah ihn scharf an.

»Womöglich wusste Howard, was seine Tochter trieb«, wandte William leise ein.

Steven schüttelte vehement den Kopf. »Dann hätte er der Sache ein Ende gemacht.«

»Dazu hätte er es zuerst wahrhaben müssen. Für einen prinzipientreuen Familienmenschen wie Howard wäre es undenkbar gewesen, dass seine halbwüchsige Tochter eine hinterhältige, bösartige, gewissenlose Göre sein könnte. Es ist gut möglich, dass er diese Erkenntnis lieber verleugnete, auch vor sich selbst, und beide Augen fest zudrückte, während sie dich terrorisierte.«

Es war nur eine Theorie, doch sie war äußerst beunruhigend. Steven stemmte die Ellbogen auf die Knie und vergrub das Gesicht in den Händen. »Jesus. Ich mache mir immer wieder vor, ich hätte all das hinter mir gelassen, aber davon kann keine Rede sein.«

»Du hättest in Therapie gehen sollen.«

»Dazu hätte ich erst jemandem davon erzählen müssen. Und das konnte ich nicht.«

William setzte sich neben ihn und legte eine Hand auf Stevens gesenktes Haupt. »Susan kann dir nichts mehr anhaben.«

»Ich wünschte, es wäre so.« Seine Stimme war vor Kummer ganz rau. »Aber ich wache immer noch mitten in der Nacht auf und spüre ihren Atem auf meinem Gesicht.«

»Ich weiß. Und seit *Kalter Kuss* veröffentlicht wurde, ist es noch schlimmer geworden.« William schnalzte ärgerlich mit der Zunge. »Warum hat Bellamy nur mit diesem Wahnsinn angefangen? Und warum hört sie nicht endlich damit auf?«

»Weil auch ihr die Geschichte keine Ruhe lässt. Sie will der Sache ein Ende machen, genau wie ich, und dazu sucht sie Antworten auf Fragen, die mit Susan zusammen begraben wurden.« Er hob den Kopf und sah in Williams Augen eine Vorahnung, die genauso düster war wie seine. »Ich fürchte, sie wird nicht zu graben aufhören, bis sie alle Antworten gefunden hat.« Und dann ergänzte er flüsternd: »Und ich fürchte den Tag, an dem das passiert.«

Ray nahm an, dass er irgendwie verflucht war oder so.

Vielleicht hatte ein unbekannter Feind tausend Nadeln in eine Voodoo-Puppe gesteckt, die so aussah wie er. Vielleicht waren die Sterne, die über sein Schicksal bestimmten, aus ihrer Bahn gerutscht oder einfach explodiert.

Jedenfalls lief irgendwas falsch, so viel stand fest. Wieso wollte denn rein gar nichts klappen?

Es hatten nur noch ein paar Sekunden gefehlt, und Bellamy Price wäre in seine geschickt ausgelegte Falle getappt.

Doch dann hatte ein Handy geläutet.

Ray hatte es von seinem Versteck im Schrank aus gehört. Fassungslos über so viel Pech war ihm das Kinn nach unten geklappt, während sein Opfer kehrtgemacht hatte. Noch auf der Treppe hörte er sie rufen: »Leg nicht auf!«

Das Handy hatte zu läuten aufgehört. Atemlos hatte sie gesagt: »Ich bin da, Olivia.«

Dann hatte sie kurz geschwiegen, und Ray hatte sich im Stillen gedacht, dass sie ihn wahrscheinlich nicht hören würde, solange ihre Stiefmutter sie ablenkte. Noch war nicht alles verloren.

Er hatte vorsichtig die Schranktür aufgedrückt, sich durch den Spalt geschoben und war auf Zehenspitzen zu der Flügeltür des Schlafzimmers geschlichen, wo er stehen geblieben war, um zu lauschen. Sie hatte etwas in den Hörer gemurmelt. Dann hatte sie kurz geschluchzt und gleich darauf zu weinen begonnen.

Er war aus dem Schlafzimmer in den Flur weitergeschlichen, denn solange sie weinte, würde sie ihn garantiert nicht bemerken. Für ihn hatte es sich so angehört, als stünde sie unten an der Treppe. Ganz in seiner Nähe. Wenn er den oberen Absatz erreichen konnte, ohne dass sie ihn hörte, wäre es egal, wie viel Krach er auf der Treppe machte. Bis sie ihn bemerkt und reagiert hätte, wäre sie tot.

Ray hatte sie sagen hören: »Ich fahre sofort los und bin so schnell wie möglich bei dir.« Dann, leiser: »Nein, diesmal fahre ich mit dem Auto.«

Sie hatten sich verabschiedet, und gleich darauf hatte sie aufgelegt.

Er hatte über das Geländer geschielt und gesehen, wie sie eine große Schultertasche von dem Tisch im Flur genommen hatte, um dann direkt zur Haustür zu gehen, wo sie nach einem Koffer griff. Sie hatte gerade lange genug innegehalten, um den Lichtschalter zu drücken und die Räume im Erdgeschoss in Dunkelheit zu tauchen, dann war sie durch die Haustür gesegelt und hatte sie hinter sich abgeschlossen.

All das war so schnell passiert, dass Ray immer noch lauernd hinter dem Geländer stand und mit dem Messer in der schwitzigen Faust überlegte, was er jetzt tun sollte, als er ihren Wagen anspringen hörte. Die Scheinwerfer strichen über die Fenster zur Straße, als sie rückwärts aus der Einfahrt setzte und losfuhr. Und im nächsten Moment war sie weg.

Ray musste unverrichteter Dinge abziehen. Schon wieder.

Und darum war er überzeugt, dass er irgendwie verwünscht worden war. Er hatte sich aus ihrem Haus geschlichen und war zu seinem abgestellten Pick-up zurückgewandert. Soweit er feststellen konnte, war er niemandem aufgefallen. Trotzdem hatte er sicherheitshalber mehrmals die Kennzeichen ausgetauscht, bevor er nach Georgetown gefahren war.

Erschöpft und ratlos hatte er beschlossen, nach Hause zu fahren.

Vierzig Minuten nach dem letzten Fehlschlag hatte er endlich sein Haus erreicht. Er stellte den Pick-up in die Garage, ging zur Haustür und schloss auf. Im Dunkeln tastete er sich durch das Wohnzimmer und ließ die lichtdichten Jalousien vor den beiden Fenstern zur Straße runter. Erst dann ging er zum Tisch und schaltete die kleine Lampe an.

Er drehte sich zur Küche um und erstarrte. »Jesus«, knurrte er. »Hast du mir einen Schrecken eingejagt. Was willst du hier?«

Rupe Collier trat aus dem Schatten und in das matte Licht. »Ich bin hier, weil du nicht das tust, was dir aufgetragen wurde.«

25

»Du hast mir gar nichts zu sagen.« Ray schubste Rupe streitlustig beiseite und stampfte in seine Küche. Sein Körpergeruch schlug Rupe ungebremst in die Nase.

»Du stinkst, Ray. Warum gehst du nicht duschen?«

»Warum leckst du mich nicht am Arsch?« Ray holte eine Flasche Bier aus dem Kühlschrank, drehte den Schraubverschluss auf, ließ ihn auf den Boden fallen und leerte die Flasche zur Hälfte, bevor er sie absetzte und sich mit dem Handrücken über den Mund wischte. Dann rülpste er laut und feucht.

Charmant, dachte Rupe. Sobald Ray ihm nicht mehr nützlich war, musste er ihn loswerden.

Ihre Allianz war vom ersten Moment an heikel, anstrengend und von gegenseitigem Misstrauen geprägt gewesen. Aber seinem Seelenfrieden zuliebe hatte Rupe die Quasi-Freundschaft eingehen müssen.

Nach dem tödlichen Messerangriff auf Allen hatte Rupe erfahren, dass Ray mehrmals versucht hatte, die Mauern zu erstürmen, hinter denen sich die Lystons verschanzt hatten, und zwar im übertragenen wie im wörtlichen Sinne. Daraufhin hatte Rupe sich ausgerechnet, dass er ebenfalls ein mögliches Ziel für Rays Rachefeldzüge war, denn immerhin hatte er als Staatsanwalt dafür gesorgt, dass Allen verurteilt worden war. Ray hatte den IQ eines Idioten, aber in seiner Streitlust und Dummheit konnte er durchaus gefährlich werden. Er war wie die sprichwörtliche geladene Waffe.

Außerdem glaubte Rupe fest an die These, dass Glück wichtiger war als Intelligenz.

Er fürchtete, dass Ray eines Tages Glück haben und ihn auf die eine oder andere Weise töten, verstümmeln oder verletzen könnte. Rupe wollte sich nicht bis an sein Lebensende fürchten müssen, und sein Versuch, Ray bei einem inszenierten Autounfall aus dem Weg zu räumen, war fehlgeschlagen. Daraufhin hatte Rupe beschlossen, einen anderen Weg einzuschlagen und sich stattdessen mit dem Mann anzufreunden.

Weil er auch an den Spruch glaubte, dass man seine Freunde nah, aber seine Feinde noch näher bei sich haben sollte.

Er hatte Ray in demselben heruntergekommenen Haus aufgestöbert, in dem er früher mit seinem verstorbenen Bruder gelebt hatte. Nachdem Ray in seiner Beweglichkeit eingeschränkt war, vor allem mit seinem zertrümmerten linken Arm, hatte er keinen Job mehr gefunden und hielt sich mühsam mit etwas Sozialhilfe über Wasser.

Bis Rupe Collier auf seinem weißen Hengst – in Form eines strahlend weißen Cadillacs – angeritten kam und Ray eine mietfreie Wohnung anbot. Er überließ ihm einen Pick-up, dessen Besitzer mit den Ratenzahlungen nicht mehr nachgekommen war, und verschaffte ihm einen Job in einer Autoglaserei, die Rupe gekauft hatte, um dort billig Windschutzscheiben reparieren und austauschen zu können.

Anfangs hatte Ray den ausgestreckten Olivenzweig ausgeschlagen und stattdessen gedroht, Rupe den Schädel einzuschlagen. Rupe hatte sich demütig und duldsam gegeben und ihm versichert, er könne Rays Animosität verstehen. Natürlich musste daraufhin erst einmal geklärt werden, was »Animosität« bedeutet.

Seine Entschuldigung hatte Ray zwar besänftigt, aber sein Misstrauen nicht ausgeräumt. »Und wieso tun Sie das?«

»Wenn ich damals vor Gericht nicht mein Bestes gegeben

hätte, wäre Ihr Bruder noch am Leben. Das nagt immer noch an mir. Selbst wenn Allen schuldig war, hatte man ihn nicht zum Tode verurteilt. Er hätte nicht im Gefängnis sterben dürfen. Und falls er unschuldig war... also, daran will ich gar nicht denken.«

»Er war unschuldig. Sie haben ihm zusammen mit Moody die Sache angehängt.«

»Sie haben ganz recht, Ray«, hatte Rupe reuetriefend erklärt. »Moody setzte alles daran, Ihren Bruder nach Huntsville zu bringen.«

»Obwohl er in echt gar nichts gemacht hat?«

Rupe seufzte. »Moody konnte Denton Carter nichts nachweisen. Und sonst hatte er niemanden, den er als Täter präsentieren konnte, darum...«

Er breitete hilflos die Arme aus und ließ den Satz in der Luft hängen. Rays raupendicke Braue ließ erkennen, dass sein Erbsenhirn versuchte, diese Neuigkeit zu verarbeiten. Schließlich gelangte er zu dem Schluss, auf den Rupe gehofft hatte: »Moody ist daran schuld, dass Allen umgebracht worden ist.«

Rupe protestierte, allerdings nur halbherzig. »Auch ich muss dafür eine gewisse Verantwortung übernehmen. Deshalb bin ich hier. Ich kann Ihnen Ihren Bruder nicht zurückbringen, aber ich kann Ihnen das Leben erleichtern. Sonst werde ich nie wieder in den Spiegel sehen können.«

Ray war mit dem Arrangement einverstanden. Er würde für Rupe arbeiten, in einer Doppelhaushälfte wohnen, die Rupe für ihn angemietet hatte, alle zwei bis drei Jahre einen neuen Pick-up fahren und niemandem ein Sterbenswort von seinem Wohltäter verraten.

»Ich will anonym bleiben. Weißt du, was das bedeutet, Ray?« Nachdem Rupe ihm das Konzept der Anonymität erläutert hatte, sagte er: »Das heißt, ich werde so was wie ein unsichtbarer Freund sein. Niemand darf wissen, dass wir Freunde sind. Niemand außer uns beiden.«

»Warum soll das niemand wissen?«

»Weil Wohltätigkeit keine wahre Wohltätigkeit ist, wenn man damit angibt.«

Falls Ray den Gedanken zu Ende gedacht hätte, hätte er sich vielleicht gefragt, warum sich Rupe so gern fotografieren ließ, wenn er Schecks in beträchtlicher Höhe an örtliche Wohltätigkeitsorganisationen überreichte. Die Spenden stammten von seinen Angestellten, die ermutigt oder sogar gedrängt wurden, ihren Beitrag zu leisten. Aus Rupes privater Tasche kam kein einziger Penny, trotzdem ließ er sich gern für die Großzügigkeit von Collier Motors feiern.

Wie von Rupe gewünscht, besorgte sich Ray ein Postfach, damit er keine Post an seine Adresse geschickt bekam. Er telefonierte ausschließlich mit dem Handy. Rays Strom- und Wasserrechnungen wurden von Rupes Buchhalter beglichen, der die relativ unbedeutenden Summen so geschickt zwischen den Ausgaben für andere Geschäftsgebäude und Subunternehmen versteckte, dass kein Buchprüfer je eine Verbindung zwischen den beiden Männern finden würde.

Nur eines musste Ray auf seinen eigenen Namen anmelden, und das war der Pick-up.

»Ich will nicht, dass die Polizei mir im Genick sitzt, wenn du mit dem Truck irgendwas anstellst.« Dabei hatte Rupe lächelnd gezwinkert und Ray freundschaftlich auf den Rücken geschlagen, um ihn in dem Glauben zu lassen, sie seien Kumpel.

Das waren sie keineswegs. Das Arrangement war für Ray zwar unzweifelhaft ein Segen, aber es diente vor allem dazu, ihn an der kurzen Leine zu halten, die Rupe am anderen Ende fest in der Faust hielt. Und Rupe hatte damit einen Handlanger, der ebenso dumm wie stark war, zwei Eigenschaften, die sich schon oft als nützlich erwiesen hatten. Wenn Rupe mit jemandem Ärger hatte, konnte er sich stets auf Rays Gewaltlust verlassen, um seinen Gegner von seiner Ansicht zu überzeugen.

Ray war stumpfsinnig, gehorsam, nie neugierig und leicht zu gängeln. Seit sie dieses Arrangement getroffen hatten, hatte er noch kein einziges Mal an Rupes Anweisungen gezweifelt oder sich geweigert, einen Auftrag auszuführen.

Bis zu dieser Woche. Und darum stand Rupe jetzt in einer verdreckten Küche und sah angewidert zu, wie sich Ray eine kalte Wurstscheibe in den Mund stopfte. Mit vollem Mund fragte Ray: »Was ist mit deinem Gesicht passiert?«

»Dazu kommen wir später. Erst will ich wissen, wo du gesteckt hast und warum du meine Anrufe nicht beantwortet hast.«

»Ich war beschäftigt.«

»Nicht mit arbeiten. Dein Vorarbeiter hat mir erzählt, dass du seit Tagen nicht aufgetaucht bist.«

»Ich habe Bellamy Price verfolgt. Ich dachte, das sollte ich für dich machen.«

»Tu mir einen Gefallen, Ray. Überlass das Denken mir, in Ordnung?«

Der Werbefeldzug für ihr Buch hatte Rupe ebenso geärgert wie nervös gemacht. Ein glücklicher Zufall wollte es, dass einer seiner verlässlichsten Schuldeneintreiber einen Bekannten hatte, der einen Cousin in Brooklyn hatte, der wiederum einen Typen kannte, der für einen gewissen Betrag Botschaften versandte, die den Empfänger »zum Nachdenken« brachten. Rupe hatte mit ihm telefoniert und aus einer ganzen Liste von Möglichkeiten das Angebot mit der Ratte ausgewählt, das ihm schon beim Zuhören Schauer über den Rücken gejagt hatte.

Als er bald darauf erfuhr, dass Bellamy Price nach Austin

zurückgekehrt war, fürchtete er schon, sie könnte nicht vor Angst die Sprache verloren haben, sondern ihren Medienzirkus in Zukunft direkt vor seiner Nase veranstalten. Daraufhin hatte er Ray beauftragt, ihr ein paar Tage lang zu folgen, um festzustellen, was sie jetzt vorhatte.

Offenbar gar nichts. Anfangs war sie bei ihren Eltern in der Villa geblieben, dann hatte sie sich eine eigene Wohnung gemietet, aber in der Öffentlichkeit war sie nicht aufgetaucht. Sie gab keine Interviews, keine Lesungen, keine Signierstunden. Erleichtert hatte er Ray wieder abgezogen. Aber offenbar hatte Ray plötzlich Eigeninitiative entwickelt.

»Gut, dass ich ihr gefolgt bin. Willst du wissen, warum? Rate mal, mit wem sie abhängt!«

»Mit Denton Carter. Und das weiß ich, weil mir die beiden heute Abend einen Besuch abgestattet haben.«

»Hä?«

»Ganz recht.«

Damit hatte er Ray den Wind aus den Segeln genommen, aber der hatte quengelig und mit aufgesetzter Gleichgültigkeit reagiert. »Und was wollten sie?«

»O nein, erst bin ich dran mit Fragenstellen. Erzähl mir, was du die letzten Tage getrieben hast.«

»Das habe ich doch schon gesagt.«

»Was noch?«

»Nichts.«

»Mir kannst du nichts vormachen, Ray. Ich weiß zum Beispiel, dass du Dent Carter zusammengeschlagen hast.«

Er schob den massiven Unterkiefer vor. »Und selbst wenn?«

»Wo?«, fragte Rupe nur, um Rays Version mit der von Dent abzugleichen. Rays gebrummelte Schilderung stimmte mehr oder weniger mit Dents überein.

»Aber er hat mich nicht erkannt. Er hat weder meinen Namen gesagt noch sonst was.«

»Tja, da täuschst du dich. Er hat mir selbst erklärt, dass du ihn angegriffen hättest.«

Rupe konnte Ray ansehen, dass ihn diese Neuigkeit beunruhigte, aber stattdessen bekam Rupe zu hören: »Mein Wort gegen seins.«

»Das solltest du lieber hoffen. Was hast du gemacht, nachdem du mit ihm fertig warst?«

»Ich hab gemacht, dass ich wegkomme.« Er erzählte Rupe, wie er den beiden nachgefahren war, wie er sie verloren und sie erst bei Dent und dann bei Bellamys Haus wieder aufgespürt hatte, bis Rupe selbst nicht mehr mitkam. Ganz offensichtlich konnte Ray die Ereignisse nicht mehr chronologisch einordnen.

»Aber früher oder später taucht er immer auf diesem alten Flugplatz auf. Von da sind sie in den letzten Tagen schon ein paar Mal weggeflogen.«

»In seinem Flugzeug?«

»Nein. Einem größeren. Seins ist kaputt. Der Alte arbeitet...«

Schlagartig klappte Ray den Mund zu und wandte den Blick ab. Seine Pranke fuhr rastlos über das grässliche Tattoo auf seinem linken Arm, als wollte er die Schlange streicheln.

Rupe legte den Kopf schief. »›Der Alte‹? Gall Hathaway? Er arbeitet...?« Er beendete den Satz mit einem unterschwelligen Fragezeichen. »Ray? Woher weißt du, woran er arbeitet?«

Ray blieb stumm. Stattdessen sah er sich um, als suchte er nach einem Fluchtweg.

Rupe seufzte. Auch wenn er sich noch so sehr davor ekelte, etwas in diesem Schweinestall zu berühren, lehnte er sich gegen die Küchentheke, verschränkte die Arme und überkreuzte die Beine. »Was genau hast du getrieben? Und lüg mich bloß nicht an.«

Ray haderte kurz mit sich, aber dann blökte er heraus: »Sie ist damit reich und berühmt geworden. Das ist ungerecht.«

Die nächsten zehn Minuten sprudelte es aus Ray heraus, und bei jedem zweiten Wort sprühte wurstfleckiger Speichel durch die Luft. Rupe unterbrach ihn kein einziges Mal. Er filterte alle offensichtlichen Lügen oder Halbwahrheiten aus, ergänzte den Rest um das, was Ray seiner Meinung nach verschwieg, und begann zu überlegen, wie er Rays unbedachte Aktionen zu seinem Vorteil nutzen konnte.

Als er eine Möglichkeit gefunden hatte, musste er sich schwer zusammenreißen, um nicht über das ganze Gesicht zu grinsen. Stattdessen tat er so, als sei er enttäuscht von seinem Schützling, würde sich über die eigenmächtigen Aktionen ärgern und sei zutiefst besorgt über die möglichen Konsequenzen.

Ray für seinen Teil hatte sich über seinem Monolog in Rage geredet. Er war schweißgebadet. Selbst auf seinem Schädel glänzten Schweißperlen, die mit ihrem säuerlichen Gestank seinen Körpergeruch verstärkten. Unbewusst spannte er immer wieder den linken Bizeps an und dehnte und krümmte abwechselnd die Finger.

Die Zähne fest zusammengebissen, zischte er: »Sie hat nur ein paar Schritte vor meinem Schrank gestanden. Ich konnte sie schon riechen. Und dann hat ihr Handy geklingelt.« Er war im Raum auf und ab marschiert wie ein Bär im Käfig. Jetzt blieb er unvermittelt stehen und klatschte sich mehrmals hintereinander mit der flachen Hand gegen die Stirn. »Ich war so kurz davor.«

Rupe ließ ein bedauerndes Ts-ts-ts hören. »So kurz davor, endlich Gerechtigkeit für Allen zu schaffen.«

Ray wischte sich mit dem nackten Arm über die schweißige Stirn. »Ganz genau. Auge um Auge.« Er holte die nächste Flasche Bier aus dem Kühlschrank, drehte zornig den Verschluss auf, nahm einen tiefen Zug und rollte dann, den Blick wieder auf Rupe gerichtet, die Schultern, als würde er sich auf einen Kampf vorbereiten. »Und, feuerst du mich jetzt, wo du weißt, was ich getan hab? Schmeißt du mich hier raus? Mach nur, dann siehst du schon, ob mich das interessiert.«

»Eigentlich sollte ich das tun. Aber ehrlich gesagt weiß ich nicht recht, was ich mit dir machen soll, Ray. Ich bin hin- und hergerissen.«

»Hin- und hergerissen?«

»Zwischen Pflicht und innerer Verpflichtung. Zwischen Recht und Gerechtigkeit.«

»Kapier ich nicht.«

Rupe zupfte nachdenklich an seiner Unterlippe. »Würdest du mir ein paar Fragen beantworten?«

Geschmeichelt, dass er überhaupt gefragt wurde, hakte Ray den Fuß um ein Stuhlbein, zog den Stuhl unter dem Tisch heraus und ließ sich daraufallen. »Schieß los.« Er nahm wieder einen Schluck Bier.

»Hat Gall dich gesehen, bevor er das Licht im Hangar ausgeschaltet hat?«

»Könnte möglich sein. Aber bis auf das kleine Licht unter dem Flugzeug war es stockfinster da drin. Deshalb hab ich auch nicht gemerkt, dass da kein echter Mensch liegt.«

Begründeter Zweifel, überlegte Rupe. Selbst wenn Gall Hathaway vor Gericht beschwören würde, dass es sich bei dem Angreifer um Ray Strickland gehandelt hatte, konnte man einwenden, dass es im Hangar zu dunkel gewesen sei, um ihn eindeutig zu identifizieren.

»Und du hast nichts dagelassen? Oder mitgenommen?«

Ray schüttelte den Kopf, doch Rupe spürte, dass er log. Tatsächlich wäre es ganz praktisch, wenn sich irgendwie beweisen ließ, dass Ray an jenem Abend im Hangar gewesen war. Allerdings wollte Rupe nicht, dass er jetzt schon verhaftet wurde.

»Und du hast die Kennzeichen an deinem Truck getauscht?«

»Fünfmal«, bestätigte Ray. »Aber die hat der Alte bestimmt nicht lesen können, ich hab viel zu weit weg geparkt.«

Rupe gab vor, lange mit sich zu ringen, bevor er schließlich tief aufseufzte. »Du hättest dich mit mir absprechen sollen, bevor du so eine Aktion startest. Aber das hast du nicht, und darum wollen dir jetzt Dent Carter und möglicherweise auch Gall Hathaway an den Kragen.«

»Vor denen habe ich keine Angst.«

»Und wenn sie die Polizei eingeschaltet haben? Hast du vor der auch keine Angst? Willst du etwa in den Knast wandern und wie Allen enden?«

Das brachte ihn zum Schweigen.

»Du hast schwere Verbrechen begangen, Ray. Ich kann dich nicht mehr beschützen. Eigentlich sollte ich dich sogar anzeigen.«

»Nach allem, was ich für dich getan hab?«

Damit hatte er den Nagel auf den Kopf getroffen. Aber Rupe ließ ihm keine Zeit, das zu erkennen. »Entspann dich. Wir sind Freunde, und meine Freunde lasse ich nicht im Stich. Außerdem verstehe ich, dass du dich an Bellamy Price rächen willst, schließlich hat sie dieses Buch geschrieben und damit einmal mehr den Namen deines Bruders in den Dreck gezogen.« Nach einer Kunstpause erklärte er: »Trotzdem sollte sie nicht dein Hauptziel sein. Schließlich hat nicht sie Allens Leben zerstört. Und deins.«

Er löste sich von der Küchentheke, stellte sich neben Ray und legte eine Hand auf seine Schulter. »Du hast mich vorhin gefragt, wer mich so zugerichtet hat. Du darfst dreimal raten, und die ersten beiden Male zählen nicht. Es war derselbe Mensch, der deinen Bruder ins Gefängnis und in den Tod geschickt hat.«

»Moody«, knurrte Ray.

Rupe drückte das feste Fleisch unter seiner Hand. »Moody.«

Bellamy brauchte fast vier Stunden, bis sie in Houston angekommen war.

Nur Sekunden nach Olivias Anruf war sie aus dem Haus und auf dem Weg. Sie hatte sich nicht einmal die Zeit genommen, die Sachen zu wechseln, in denen sie auf ihrer Reise nach Marshall geschlafen hatte.

In denen sie in Marshall neben Dent geschlafen hatte.

Weil sie auf keinen Fall über ihn oder gar die schockierenden Erkenntnisse nachdenken wollte, die ihr letzter Streit ans Tageslicht gebracht hatte, versuchte sie, sich ausschließlich aufs Fahren zu konzentrieren. Zweimal hielt sie an und trank einen Kaffee, obwohl sie viel zu aufgewühlt war, als dass sie am Steuer hätte einnicken können. Viel gefährlicher waren die Tränen, die ihr immer wieder in die Augen stiegen und ihr die Sicht nahmen.

Ihr Vater war tot. Sie hatte ihm seine letzte Bitte nicht erfüllen können. Und es war möglich, wenn nicht sogar wahrscheinlich, dass sie seine erstgeborene Tochter getötet hatte. Womöglich war er in dem Glauben gestorben, dass sie es getan hatte.

Im Krankenhaus stürmte sie geradewegs in das Zimmer, in dem er gestorben war. Die Lichter waren gedämpft, aber es war nicht so dunkel, als dass sie die tiefe Trauer im Antlitz ihrer Stiefmutter nicht erkannt hätte. Tiefe Falten furchten sich durch Olivias Gesicht und ließen sie drastisch gealtert aussehen.

Minutenlang klammerten sich die beiden Frauen weinend aneinander, ohne dass ihr gemeinsames Leid irgendwelcher Worte bedurft hätte.

Schließlich richtete sich Olivia wieder auf und tupfte sich die Augen trocken. »Der Bestatter war schon da, aber ich habe nicht zugelassen, dass sie ihn schon wegbringen. Ich wusste, dass du gern noch einmal mit ihm allein wärst. Nimm dir so viel Zeit, wie du willst.« Sie legte vorsichtig die Hand auf Bellamys Arm und ging dann aus dem Zimmer.

Bellamy trat ans Bett und sah zum ersten Mal, seit sie das Zimmer betreten hatte, ihren toten Vater an. Die Menschen sagten so viel Tröstendes über die Verstorbenen. Dass sie friedlich aussahen, dass sie nur zu schlafen schienen.

Es waren Lügen. Vielleicht aus Mitgefühl, aber dennoch Lügen. Ihr Vater sah nicht aus, als ob er schliefe; er sah tot aus.

In den wenigen Stunden, seit er seinen letzten Atemzug getan hatte, hatte alles, was an ihm lebendig gewesen war, seinen Körper verlassen. Schon jetzt hatte seine Haut etwas Wächsernes. Er schien nicht mehr aus Fleisch und Blut oder irgendwas Organischem zu bestehen, er wirkte beinahe künstlich.

Statt daran zu verzweifeln, tröstete sie sich mit der Erkenntnis, dass das, was von ihm geblieben war, nicht mehr *er* war. Sie hatte kein Bedürfnis, den leblosen Körper in die Arme zu schließen oder die blutleere Wange zu küssen; stattdessen dachte sie lieber daran, wie oft sie ihn umarmt oder geküsst hatte, als er warm und voller Leben gewesen war und ihre Gefühle erwidern konnte.

Darum sprach sie nicht den Leichnam an, sondern seinen Geist, der mit Sicherheit irgendwo weiterlebte. »Es tut mir so leid, Daddy. Ich habe es nicht mehr geschafft. Und wenn... wenn ich Susan tatsächlich umgebracht habe, dann verzeih mir das bitte. Bitte. Verzeih mir.«

Immer und immer wieder flüsterte sie diese Bitte, bis sie sich in eine Art Klagegesang verwandelte, unterbrochen von tiefem Schluchzen, unter dem sich ihr ganzer Körper krümmte. Schließlich schluchzte sie so laut, dass Olivia ins Zimmer zurückkehrte.

»Nicht, Liebes.« Sie schloss Bellamy fest in die Arme. »Er

würde nicht wollen, dass du um ihn weinst. Das würde er auf gar keinen Fall wollen. Er hat jetzt endlich keine Schmerzen mehr und seinen Frieden gefunden.«

Bellamy wusste, dass das nicht stimmte, trotzdem ließ sie sich von Olivia aus dem Zimmer führen und trösten, bis beide sich schließlich dem praktischen Problem gegenübersahen, seine sterblichen Überreste nach Austin zu transportieren.

Bellamy regelte das Schriftliche und war insgeheim froh über die Ablenkung. Emotional erschöpft, wie sie war, wollte sie keinesfalls darüber nachdenken, dass der Mörder, den sie die ganze Zeit gesucht hatte, dass die Person, die ihre Familie in Leid und Unglück gestürzt hatte, dass der Mensch, den ihr Vater endlich hatte entlarven wollen, niemand anders war als sie selbst.

Olivia hatte in dem Hotel neben dem Krankenhaus ein Zimmer für sie reserviert. Erst um vier Uhr morgens kam sie ins Bett. Zu ihrer eigenen Überraschung fiel sie sofort in einen traumlosen Schlaf. Für alles andere war sie viel zu erschöpft.

Um zehn Uhr wurde sie von Olivia geweckt. »Steven und William kommen vom Flughafen direkt hierher, und sobald sie da sind, fahren wir zurück nach Austin. Ich habe dir Kaffee und ein Frühstück aufs Zimmer bestellt. Schaffst du es bis elf?«

Das Wasser in der Dusche war wunderbar heiß. Sie benutzte die vom Hotel bereitgestellten Toilettenartikel und hatte in ihrer Handtasche genug Make-up, um sich präsentabel herzurichten. Dass sie gestern kurz im Haus ihrer Eltern haltgemacht hatte, erwies sich im Nachhinein als Glücksfall. Sie zog einen Hosenanzug an, den sie dort in den Koffer gepackt hatte. Und so war sie passend angezogen, als sie ihren Stiefbruder und seinen Freund William in der Lobby im Erdgeschoss begrüßte.

»Hast du eine Sonnenbrille?«, fragte Steven, während er sie durch die automatische Glastür und an dem Leichenwagen vorbei zu der dahinter wartenden Limousine begleitete.

»Willst du mir damit schonend beibringen, dass unter meinen verweinten Augen Ringe liegen, die sich nicht mit Concealer kaschieren lassen?«

»Wozu hat man denn Brüder?«

Bei seiner liebevollen Ironie wurde ihr sofort warm ums Herz, und sie setzte lächelnd die Sonnenbrille auf. Allerdings erstarrte sie sofort wieder, und ihr Lächeln gefror, als sie den Mann sah, der lässig an einer Säule des Vordachs lehnte.

Steven folgte ihrem Blick und fragte: »Wer ist das?«

»Erkennst du ihn nicht? Darf ich dir Rocky Van Durbin vorstellen?«

»Gute Güte«, hauchte Olivia.

»Jesus«, zischte William. »Hat der Mann kein Feingefühl?«

»Nicht einen Funken«, sagte Bellamy.

»Das geht zu weit. Steven, ruf die Security.«

»Nein, Olivia«, wehrte Bellamy ab. »Damit liefern wir ihm genau den Zirkus, auf den er aus ist.« Sie richtete sich auf und erklärte: »Ich werde das regeln.«

Ehe sie einer aufhalten konnte, ging sie auf Van Durbin zu, der sich daraufhin von seiner Säule löste und ihr auf halbem Weg entgegenkam.

Sie blickte vielsagend auf den Fotografen, der schon fleißig Bilder schoss. »Würden Sie bitte damit aufhören?«

Der Fotograf wartete Van Durbins Zeichen ab, bevor er die Kamera senkte und davonschlenderte. Als er außer Hörweite war, sagte Van Durbin: »Ich möchte Ihnen mein aufrichtiges Beileid aussprechen, Miss Price.«

»Die Gefühlsduselei können Sie sich sparen. Der Tod meines Vaters ist für Sie doch nur ein Aufhänger für den nächsten provokativen Artikel, der wieder mal ausschließlich auf

Gerüchten, Spekulationen und Ihrer lebhaften Einbildung beruht.«

»Dass ich Sie und Ihren ehemaligen Feind aus seinem Apartment kommen sah, habe ich mir bestimmt nicht eingebildet. Und noch dazu halb entkleidet«, ergänzte er feixend.

»Denton Carter war nie mein Feind.«

»Ach, bitte«, schnaubte er. »Er hatte nie auch nur ein gutes Wort für Ihre Familie übrig. Schon bevor Ihre Schwester umgebracht wurde, konnten Ihre Eltern ihn nicht ausstehen. Sie müssen zugeben, es ist schon ein bisschen befremdlich, Sie miteinander turteln zu sehen.«

»Kaum.«

»Bilder lügen nicht. Am besten gefällt mir das eine vom Flughafen, auf dem er seine Hand in Ihrem Haar hat. Sehr süß. Sehr intim.«

Plötzlich ging ihr auf, dass ihr Van Durbin vielleicht sogar behilflich sein könnte. Sie wühlte in den Tiefen ihrer Umhängetasche nach dem Umschlag mit Fotos, den er auf ihrer Türschwelle abgelegt hatte. Sie zog das eine heraus, auf dem im Hintergrund Jerry zu sehen war, und deutete auf ihn. »Kennen Sie diesen Mann?«

Van Durbin sah genauer hin und zuckte mit den Achseln. »Keine Ahnung, wer das sein soll.«

»Sie erkennen ihn nicht wieder?«

»Nein, sollte ich denn? Wer ist das?«

»Ich hatte gehofft, dass Sie mir das sagen können.«

Sie hörte Steven rufen, drehte sich um und sah, dass Olivia schon in der Limousine saß. William stand in der offenen Tür, und Steven sah fassungslos zu ihr herüber. Er tippte auf das Zifferblatt seiner Armbanduhr.

»Ihr Stiefbruder war ja schnell hier«, meinte Van Durbin. »Wenn man bedenkt, dass er aus Atlanta herkommen musste. Wer ist sein Begleiter?«

»Sein Geschäftspartner.«

»*Geschäfts*partner?« Er grinste anzüglich. »Wenn Sie meinen.«

Sie steckte den Umschlag wieder in die Tasche, setzte die Sonnenbrille ab und sah den Journalisten missbilligend und abfällig an. »Wenn Sie auch nur einen Funken Anstand im Leib haben, dann halten Sie Abstand zu mir und meiner Familie. Wenigstens bis mein Vater die letzte Ruhe gefunden hat.«

Er schien darüber nachzudenken. »Das könnte ich. Wenn Sie im Gegenzug...«

»Bellamy. Olivia wird langsam nervös.«

Sie drehte sich zu Steven um und hob ihren Zeigefinger in der stummen Bitte, ihr noch einen Augenblick Zeit zu geben. Dann wandte sie sich wieder Van Durbin zu. »Wenn ich was?«

»Wenn Sie mir offen Rede und Antwort stehen.«

»Und worüber?«

»Dale Moody.«

Ihre Miene blieb unbewegt. »Was soll mit ihm sein?«

»Haben Sie ihn in letzter Zeit getroffen?«

»Ich wollte ihn interviewen, als ich Recherchen für mein Buch anstellte, aber ich habe ihn leider nicht aufspüren können.«

Das war zwar nicht gelogen, beantwortete aber seine Frage nicht, und sein Lächeln verriet ihr, dass er das wusste. »Ich frage nur, weil mir ein kleines Vögelchen zugezwitschert hat, dass Moody sich bei seinen Ermittlungen möglicherweise nicht immer an die Vorschriften gehalten hat.«

»Es gab in meinem Buch ein paar subtile Andeutungen in diese Richtung.«

»Stimmt, aber mein Vögelchen war ganz und gar nicht subtil. Mein Vögelchen hat Moody praktisch unterstellt, er hätte *gewusst,* dass er den Falschen in den Knast schickt.«

»Hat Ihr Vögelchen auch einen Namen?«

Er legte die Stirn in sarkastische Falten. »Sie sollten doch am besten wissen, dass man seine Quellen nicht preisgibt, Miss Price.«

Sie hätte auf Rupe Collier getippt, der das nötige Wissen hatte und dem sie so etwas sofort zutraute.

»Bellamy.« Diesmal klang Steven noch ärgerlicher.

Sie sah Van Durbin an. »Ich schwöre beim Andenken meines Vaters, dass ich nicht weiß, wo Moody steckt. Wenn ich es wüsste, würde ich selbst mit ihm sprechen. Ich habe Ihnen offen Rede und Antwort gestanden. Jetzt halten Sie sich von mir und meiner Familie fern und lassen Sie uns ungestört um meinen Vater trauern. Andernfalls werde ich Sie anzeigen, ein Kontaktverbot erwirken und Sie und Ihr Käseblatt verklagen.«

26

Howard hatte verfügt, dass nur die leitenden Angestellten der Firma sowie enge persönliche Freunde zur Aufbahrung des Leichnams im Beerdigungsinstitut eingeladen werden sollten.

Die eigentliche Beisetzung würde in größerem Rahmen stattfinden. Wie viel größer, begriff Bellamy erst, als die Limousine auf die Kirche zurollte, wo Motorradpolizisten die ankommenden Autos auf mehrere, zum Teil bereits überfüllte Parkplätze in der näheren Umgebung weiterleiteten. Der Andrang war zwar bewegend und zeigte, welches Ansehen ihr verstorbener Vater genossen hatte, aber Bellamy graute davor, die Zeremonie und den Empfang danach durchstehen zu müssen.

Sie, Olivia, Steven und William wurden durch einen Seiteneingang in einen Nebenraum der Kirche geführt, wo sie warteten, bis die Glocke zwei Uhr schlug, bevor sie in den Altarraum traten und ihre Plätze in der ersten Reihe einnahmen.

Während des Trauergottesdienstes versuchte sich Bellamy auf die Kirchenlieder, die vorgetragenen Bibelstellen und die Reden über ihren Vater und sein bemerkenswertes Leben zu konzentrieren, aber im Grunde bekam sie nichts von alledem mit. Alles wurde erdrückt von der Tatsache, dass ihr Vater gestorben war und sie seinen letzten Wunsch nicht erfüllt hatte.

Und dass sie möglicherweise eine Todsünde begangen hatte, indem sie Susan umgebracht hatte.

Zu viert schritten sie den anderen Trauergästen voran aus

der Kirche. Während sie in die wartende Limousine stiegen, meinte Steven nach einem Blick auf die Nachrichtenkameras und Reporter, die sich hinter der Absperrung auf der anderen Straßenseite drängten: »Wie ich sehe, ist Van Durbin wieder dabei.«

Bellamy entdeckte ihn und seinen getreuen Fotografen. »Solange er auf Abstand bleibt.«

»Ich nehme an, den brächten keine zehn Pferde von hier weg.«

Im ersten Moment dachte Bellamy, Olivia würde ebenfalls über Van Durbin sprechen, aber dann merkte sie, dass ihre Stiefmutter zum Haupteingang der Kirche sah, wo die anderen Trauergäste über die Kirchenstufen auf die Straße drängten.

Er hätte aus jeder Menschenmenge herausgestochen, aber in einem dunklen Anzug mit beigem Hemd sah er besser aus denn je. Natürlich würde er sich nie ganz den Konventionen anpassen, und das hatte er auch nicht. Der Schlips hing locker geknotet unter dem offenen Kragen, und er hatte dem Schopf auf seinem Haupt seinen eigenen Willen gelassen, der ebenso unbeugsam war wie sein eigener. Sein Gesicht wurde von einem leichten Bartschatten verdunkelt.

Schon bei dem Anblick begann Bellamys Herz zu flattern.

Die Lippen zu einem grimmigen Strich zusammengepresst, kam er die Kirchenstufen herunter. An der untersten Stufe blieb er stehen und starrte reglos auf die Heckscheibe der Limousine, obwohl ihr bewusst war, dass er sie durch die getönten Fenster unmöglich erkennen konnte.

Sie drehte sich weg und schaute in die andere Richtung. Aber als die Limousine mehrere Minuten später endlich anfuhr, konnte sie sich einen letzten Blick zurück nicht verkneifen. Dent stand immer noch am selben Fleck und sah ihnen nach.

Mehr als fünfhundert Menschen kamen nach der Beerdigung zu dem Empfang im Country Club. Howard hatte verfügt, dass jeder willkommen sein sollte, der kommen wollte, denn er hatte kein Risiko eingehen wollen, dass beim Erstellen einer Gästeliste jemand übersehen wurde.

Für seine Angehörigen war das zwar eine Belastung, trotzdem bildeten sie ein stoisches Empfangskomitee im Foyer des Clubs und hießen jeden Trauergast willkommen. Sobald der Anstand es zuließ, zogen Steven und William sich in die Bar zurück. Bellamy blieb noch etwas länger an Olivias Seite, doch als ihre Stiefmutter von ein paar Freundinnen aus ihrem Bridgeclub entführt wurde, verließ auch Bellamy ihren Posten.

Sie arbeitete sich in die Bar vor, wo sie sich zu Steven und William an deren Ecktisch setzte. William stand auf, als sie sich näherte, und zog ihr einen Stuhl heraus.

»Wir haben dieses banale Geschwätz einfach nicht mehr ertragen«, begrüßte Steven sie. »Wenn ich noch ein einziges ›Schätzchen, es tut mir so leid, ich fühle mit euch‹ hören muss, dann hänge ich mich auf.«

»Sie meinen es nur gut, Steven.«

»Was möchtest du trinken?«, fragte William.

»Weißwein.«

»Nicht annähernd stark genug bei so einem Anlass.« Steven hob sein Wodkaglas an.

»Wahrscheinlich hast du recht, aber ich bleibe trotzdem beim Weißwein.«

»Ich hole dir welchen«, sagte William und ging an die Bar, um ein Glas zu bestellen.

»Ich mag ihn«, sagte sie, den Blick auf William gerichtet. »Er ist so aufmerksam und nett. Und er achtet immer darauf, dass jeder sich wohlfühlt. Er war wundervoll Olivia gegenüber.«

»Ich wollte ihn davon abhalten mitzukommen. Er hat darauf bestanden.«

»Er gehört zur Familie, und ich freue mich für dich, dass er mitgekommen ist. Ich weiß, wie schwer es dir gefallen ist, wieder herzukommen.« Steven hatte nervös mit dem Plastikstäbchen in seinem Glas gespielt. Sie beugte sich über den Tisch und legte die Hand auf seine, um ihn zur Ruhe zu bringen. »Wenn du nur noch ein bisschen länger durchhältst, kannst du …« Unvermittelt veränderte sich seine Miene, und sie verstummte. Sie fuhr herum und erkannte, was ihn so erschreckt hatte.

Dale Moody war von der Terrasse in die Bar getreten. Ihre Blicke trafen sich. Er grüßte sie mit einem knappen Nicken.

Steven bemerkte das und sah sie entsetzt an. »Seid ihr zwei jetzt etwa befreundet?«

»Sind wir nicht. Aber ich habe mich mit ihm getroffen, nachdem ich dich in Atlanta besucht hatte.«

»Jesus, Bellamy«, hauchte er. »Wozu?«

»Um Antworten zu bekommen.« Sie hatte jetzt keine Zeit, sich ihrem Bruder zu erklären. Moody war schon wieder auf die Terrasse und aus ihrem Blickfeld verschwunden. »Entschuldige mich.«

Sie eilte nach draußen. Moody stand im Schatten einer von Glyzinien umrankten Säule und zündete, ohne sich um das Rauchverbot zu scheren, eine Zigarette an.

»Mein Beileid«, sagte er und schloss mit einem Klicken das Feuerzeug. Dann deutete er damit in Richtung Bar. »Sieht aus, als hätte sich Ihr Stiefbruder richtig gut gemacht. Er sieht reich aus.«

»Er kann Sie nicht ausstehen.«

»Das bricht mir aber das Herz.«

»Wussten Sie, dass er schwul ist, als Sie ihn damals vernommen haben?«

Er zuckte mit den Schultern. »Hab's mir gedacht.«

»Haben Sie ihn deswegen schikaniert?«

Er klopfte die Asche von der Zigarettenspitze. »Ich habe damals nur meinen Job gemacht.«

»Davon kann keine Rede sein. Sie haben einen minderjährigen Jungen gequält.«

Seine Augen wurden schmal. »Sie möchten doch nicht, dass ich meinen Besuch hier bereue, oder?«, meinte er ärgerlich. »Suchen Sie immer noch nach Antworten oder nicht?«

Sie kämpfte ihren Widerwillen nieder. »Auf jeden Fall.«

»Dann hören Sie mir gut zu. Ich habe Haymaker die Akte gegeben. Besuchen Sie ihn. Er wird Ihnen alle Antworten geben.«

Er versuchte sich abzuwenden, aber sie hielt ihn am Ärmel seine Jacke zurück. »Das ist alles?«

»Mehr brauchen Sie nicht. In der Akte finden Sie alle Antworten und dazu eine eidesstattliche Versicherung, in der ich erkläre, wie Rupe und ich den Fall manipuliert haben.«

»Ein unterschriebenes Geständnis?«

»Exakt. Und um allen Zweifeln oder Streitigkeiten vorzubeugen, dass es nicht echt sein könnte, habe ich zusätzlich meinen Daumenabdruck daraufgesetzt. Haymaker wird keine Schwierigkeiten machen. Ich habe ihm erzählt, dass Sie ihn besuchen kommen.« Er versuchte sich von ihr zu lösen, aber sie hielt ihn immer noch fest.

»Zwei Dinge«, sagte sie. »Bitte.«

»Machen Sie's kurz.«

»Dent und ich sind noch mal zu Ihrer Hütte zurückgefahren, um Sie vor Ray Strickland zu warnen.« Sie beschrieb, wie er Gall in dessen Hangar angegriffen hatte. »Strickland wollte ihn umbringen.«

»Sieht aus, als würde er aufs Ganze gehen.«

»Sieht ganz so aus.«

»Warnung erhalten«, sagte Moody. »Was ist das Zweite?«

Sie fuhr sich mit der Zunge über die Lippen. »Nach unserem Gespräch habe ich mich an etwas erinnert, was ich bis dahin vergessen hatte.«

Augenblicklich war er hellwach. »Und was?«

»Dass ich gehört hatte, wie Susan etwas über mich sagte. Eine Gemeinheit.« Sie schluckte mühsam, und ihr Herz hämmerte so laut, dass es in ihren Ohren dröhnte. »Hat bei Ihren Ermittlungen irgendetwas darauf hingedeutet, dass ich sie möglicherweise getötet haben könnte?«

»Nein.«

»Bestimmt hätten Sie mich sowieso als Täterin ausgeschlossen, weil ich zu jung und zu klein war. Aber ist Ihnen je der Gedanke gekommen, dass ich verdächtig sein könnte? Sie wissen jetzt, dass ich noch vor dem Sturm Susans Leichnam gesehen habe.«

Moody studierte sie kurz, dann warf er ihr sein Feuerzeug zu. Instinktiv fing sie es auf und drückte es gegen ihre Brust. »Was soll das?«

»Sie sind eine Linke.« Er deutete auf die Hand, die sein Feuerzeug hielt. »Nachdem Sie mir neulich den Tatort beschrieben hatten, habe ich sicherheitshalber noch mal nachgesehen. Vielleicht haben Sie gesehen, wie Ihre Schwester tot am Boden lag, aber Sie haben sie bestimmt nicht umgebracht. Den Schlag auf den Hinterkopf hat ihr eindeutig ein Rechtshänder verpasst.«

Die Spannung in ihrer Brust begann sich zu lösen. Sie war praktisch atemlos vor Erleichterung. »Sind Sie ganz sicher?«

Er ließ die Zigarette auf die Terrasse fallen und trat sie aus. »Ich weiß bis heute nicht, wer Ihre Schwester umgebracht hat, aber ich weiß, wer es *nicht* getan hat.«

Er nahm ihr das Feuerzeug wieder ab, drehte sich um und ging davon. Bellamy wollte ihm nach, aber sie war kaum ein paar Schritte weit gekommen, da trat ein alter Freund ihres Vaters aus der Bar und sprach sie an. Ihr blieb nichts anderes übrig, als mit ihm zu reden.

Während der Mann ihr sein Beileid aussprach, verschwand Dale Moody.

Dent stellte sich nicht in die Kondolenzschlange. Er betrat den Club durch einen Seiteneingang und mischte sich dann, so gut es ging, unter die Menge. Er aß nichts, er trank nichts, er unterhielt sich mit niemandem und hielt Abstand zur Familie, aber er behielt Bellamy so weit wie möglich im Auge. Falls sie ihn bemerkte, ließ sie es sich nicht anmerken.

Sie sah müde aus, angeschlagen und deprimiert. Und auf tragische Weise wunderbar. Schwarz stand ihr. Selbst die Schatten unter ihren Augen hatten einen unbestimmbaren Reiz.

Als sich die Kondolenzschlange auflöste, folgte er Bellamy bis zu der Doppeltür zur Bar. Von dort aus beobachtete er, wie sie sich an Stevens und Williams Tisch setzte. Er blieb im Gang, schlenderte auf und ab und sah, als er das nächste Mal vorbeikam, wie sie durch eine Terrassentür die Bar verließ.

Dent sah seine Chance gekommen, unter vier Augen mit ihr zu sprechen, nahm den nächsten Ausgang, umrundete draußen den Pool, bog um die Hausecke und gelangte auf eine überdachte Terrasse, wo er sie mit einem älteren Mann reden sah, der ihre Hand zwischen seine beiden gepresst hatte.

Sobald der ältere Mann sich von ihr abgewandt hatte und bevor sie in die Bar zurückkehren konnte, sprach Dent sie an. Er fürchtete, sie könnte Reißaus nehmen, sobald sie ihn sah. Aber er hatte sich getäuscht. Sie blieb stehen und wartete auf ihn.

Aus der Nähe sah er, wie verweint ihre Augen waren. Sie hätte ein, zwei kräftige Mahlzeiten vertragen. Sie war schon immer schlank gewesen, aber jetzt wirkte sie zerbrechlich. Nachdem er sie sekundenlang wortlos angestarrt hatte, stellte er endlich die Frage, die ihn seit Tagen quälte: »Warum hast du mich nicht angerufen?«

Ihr Vater, ihren eigenen Worten nach der Mensch, der ihr am nächsten gestanden hatte, war gestorben. Und sie hatte nicht einmal angerufen, um es ihm zu erzählen. Er war überrascht, wie weh das tat. Auch auf seine zahllosen Mailbox-Nachrichten hatte sie nicht reagiert. Er hätte gedacht... ach was, er hatte keine Ahnung, was er gedacht hatte. Oder was er jetzt denken sollte, denn sie hatte immer noch kein Wort gesagt.

»Ich musste es von Gall erfahren«, sagte er, »der es in den Nachrichten gehört hatte. Warum hast du mich nicht angerufen, sobald du es erfahren hast?«

»Wir waren bei unserem Abschied nicht gerade gut aufeinander zu sprechen.«

»Aber dein Vater ist gestorben.« Er sagte es, als wäre damit alles geklärt, als müsste nichts weiter gesagt werden.

»Warum sollte ich dich damit belästigen?«

»*Belästigen?*« Er sah sie sekundenlang völlig verständnislos an, dann wandte er sich ab und schaute hinaus auf den Golfplatz. »Wow. Das spricht Bände, nicht wahr? Das zeigt genau, was du von mir hältst. Du bist eine noch typischere Lyston als die Lystons selbst.«

Nach einer Weile drehte er sich wieder um und sah ihr in die Augen. Dann schniefte er verächtlich, schob sich an ihr vorbei und trat durch die Terrassentür in die Bar. Er warf einen kurzen Blick auf den Tisch, wo Steven mit William saß. Die beiden waren in ein Gespräch vertieft.

Olivia stand in einer Gruppe elegant gekleideter Männer und Frauen ihres Standes. Sie schien einem der silberhaarigen Gentlemen zuzuhören, aber ihr Blick strahlte etwas Abwesendes aus.

Dent spielte mit dem Gedanken, noch zu bleiben und sich einen Drink zu bestellen. Wenn er hierblieb, würde er ihnen damit die Feier vermiesen und sie in Verlegenheit bringen, und er war eingeschnappt genug, um es darauf anzulegen. Er sah sogar zur Bar, um festzustellen, ob ein Platz frei war. Und in diesem Augenblick entdeckte er ihn.

Jerry.

Er saß an der Bar, über ein Glas Bier gebeugt. Aber sein Blick war fest auf Bellamy gerichtet, die in diesem Moment sichtlich aufgewühlt durch die Terrassentür hereinkam und sich mit einem Taschentuch die Augen trocken tupfte.

Jerry griff verstohlen mit einer Hand unter die Bar.

All das registrierte Dent in einer Nanosekunde. Er erkannte die drohende Gefahr und reagierte augenblicklich und mit nur einem Gedanken im Kopf: Bellamy zu beschützen.

»Hey!«, rief er.

Jerry reagierte wie alle anderen in der Bar auch. Er sah überrascht auf Dent und erstarrte, als er begriff, dass er gemeint war. Aber nur einen Sekundenbruchteil. Dann stürmte er los.

Dent setzte ihm nach. Jerry rannte, als wäre ihm der Teufel auf den Fersen. In seiner Eile sah er nicht, dass die Doppeltür nicht ganz geöffnet war. Er prallte so fest gegen den einen Flügel, dass mehrere Scheiben zersprangen und der Holzrahmen zersplitterte.

Frauen kreischten. Männer flüchteten beiseite.

Taumelnd richtete Jerry sich wieder auf und wollte fliehen, aber Dent hatte ihn schon am Kragen gepackt, zerrte ihn zurück in die Bar und schleuderte ihn mit dem Gesicht voraus gegen die Wand. Der Mann schrie vor Schmerz und Angst auf, als Dent sich von hinten an ihn presste.

»Was treibst du da, *Jerry*?«

»Lass ihn los!«

Dent hörte zwar den Ruf, beachtete ihn aber nicht. Er

wollte eine Erklärung von dem Mann, der Bellamy von New York bis nach Texas verfolgt hatte. »Was hast du unter der Bar versteckt?«

»Ein B-b-b-buch«, stotterte Jerry.

»Dent.« Bellamy war an seiner Seite und versuchte ihn von dem Mann wegzuziehen. »Es war nichts. Er hatte wirklich ein Buch dabei. Siehst du, da ist es. Es lag unter seinem Barhocker.«

Dent blickte blinzelnd auf eine Ausgabe von *Kalter Kuss*. Widerstrebend ließ er den Mann los. Jerry drehte sich vorsichtig um. Er blutete aus mehreren Schnitten, die er sich an den zersprungenen Glasscheiben zugezogen hatte. Und seine Nase blutete nach dem Aufprall gegen die Wand.

Dent stemmte den Handballen gegen Jerrys Brustbein und presste ihn mit dem ausgestreckten Arm gegen die Wand. »Warum verfolgst du sie?«

Jerry riss verängstigt die Augen auf. Seine Lippen bewegten sich, doch er brachte keinen Ton heraus.

»Lass ihn los.«

Es war dieselbe Stimme wie vorhin. Dent drehte den Kopf in die Richtung, aus der sie gekommen war, und blickte auf Steven.

Er gab Dent ein Zeichen, den Mann loszulassen. »Er folgt Bellamy, weil ich ihn dafür bezahle.«

Dent sah Steven fassungslos an. Dann drehte er sich zu Bellamy um, die neben ihrer Stiefmutter stand, beide starr und stumm, die entsetzten Gesichter auf ihn gerichtet.

Er ließ die Hand sinken, und Jerry sackte zu Boden. Dent machte eine angewiderte Geste, die alle Anwesenden einschloss. »Ihr seid total krank.«

Dann stieg er über Jerry hinweg und stakste davon, mitten durch die knirschenden Glasscherben.

Während der zehnminütigen Fahrt in der Limousine wurde kein einziges Wort gesprochen.

Bellamy war als Erste im Haus. Helena kam auf sie zu, zog sich aber taktvoll zurück, als Bellamy den Kopf schüttelte. Bellamy eilte ins Wohnzimmer, warf ihre Handtasche auf eine Ottomane und drehte sich anklagend zu den drei anderen um, die ihr nacheinander gefolgt waren.

»Er heißt Simon Dowd«, sagte Steven, bevor sie auch nur eine Erklärung verlangen konnte. »Und er ist Privatdetektiv.«

»O mein Gott«, stöhnte Olivia. »Steven, was in aller Welt...«

Bellamy schnitt mit einer Hand durch die Luft und ihrer Stiefmutter damit das Wort ab. Sie wollte nur hören, was Steven zu seiner Verteidigung vorzubringen hatte. »Warum um Himmels willen lässt du mich von einem Privatdetektiv beschatten? Ich dachte, ich würde von einem Perversen verfolgt!«

»Die ganze Angelegenheit war höchst widerwärtig, kann ich dir versichern«, sagte er. »Er hat sein Büro im dritten Stock, ohne Fahrstuhl. Als Schreibtisch hat er einen Kartentisch. Bei meinem ersten Besuch lag ein angebissener Bagel...«

»Das interessiert mich alles nicht! Warum hast du ihn beauftragt, mich zu beschatten?«

»Zu deinem Schutz.« Er klang genauso verärgert wie sie. »Du hast ein Buch über ein wahres Verbrechen geschrieben, dessen Schluss auf verschiedenste Weise interpretiert werden konnte. Dann hast du für dieses Buch geworben und dich damit zur Zielscheibe für jeden gemacht, dem das nicht gepasst hat.«

»Wie wen?«

»Wie Dent Carter. Der vor nicht einmal einer Stunde bewiesen hat, dass er ein Schläger ist. Nicht dass das irgendwen überrascht hätte.«

»Ein skandalöses Benehmen«, bestätigte Olivia vorwurfsvoll. »Was wird man jetzt im Club von mir denken?«

»Er dachte, er müsste mich beschützen!«, fuhr Bellamy sie an.

»Natürlich verteidigst du ihn«, sagte Steven. »Als ihr beide in Atlanta wart, hatte er noch keine Schnitte und blauen Flecken im Gesicht. Wer hat ihn so vermöbelt?«

»Versuch nicht, vom Thema abzulenken. Sag mir, warum du mir diesen... diesen Simon Dowd auf den Hals gehetzt hast.«

»In deinem Buch hast du ziemlich deutlich durchblicken lassen, dass du Dale Moody für bestechlich hältst. Oder zumindest für inkompetent. Vielleicht hätte er sich dafür an dir rächen wollen. Genau wie Rupe Collier. Jedenfalls hatte ich Angst, dass dir etwas zustoßen könnte. William wird dir das bestätigen.«

Sie sah ihn an. Er nickte. »Er hat wirklich aus besten Motiven gehandelt. Er war schrecklich besorgt um dich.«

»Darum habe ich Dowd engagiert«, lenkte Steven ihre Aufmerksamkeit wieder auf sich. »Eigentlich gilt seine Liebe dem Theater. Genauer gesagt der Schauspielerei. Er hat mir versichert, dass er perfekt deinen glühenden Fan spielen könne. Auf diese Weise würde er in deiner Nähe bleiben können, wenn du in der Öffentlichkeit auftrittst. Und ehe du zu einer Tirade ansetzt, lass mich nur eines anmerken: Nach allem, was du mir über diese Ratte, über die Verwüstungen in deinem Haus und den Schaden an Dents Flugzeug erzählt hast, war es wohl durchaus angebracht, ihn zu beauftragen.«

Olivia sah verständnislos vom einen zur anderen. »Worüber redet ihr da, um Himmels willen?«

»Das tut nichts mehr zur Sache.« Erschöpft ließ sich Bellamy auf die Armlehne eines Stuhles sinken und massierte ihre Stirn. Sie ließ sich die letzten Tage noch einmal durch den Kopf gehen und begriff, warum Steven so wenig überrascht gewesen war, sie und Dent im Maxey's zu sehen. Jerry – Dowd oder wie auch immer – war ihnen von dem Park in Georgetown zum Flughafen von Austin gefolgt. Und hatte Steven vorab über ihre Reise nach Atlanta unterrichtet.

»Was uns zum heutigen Tag bringt«, sagte Steven gerade. »Ich wusste, wie viele Menschen zur Trauerfeier kommen würden, und darum hatte ich Angst um dich. Um uns alle. Also habe ich Dowd gebeten, ebenfalls zu kommen und ein Auge auf uns zu haben, und zwar zu Recht. Die Trauerfeier hat alle aus ihren Löchern gelockt. Moody. Rupe Collier.«

»Er war auch da?« Bellamy hob den Kopf. »Ich habe ihn gar nicht gesehen.«

»Er saß in der Kirche zwei Reihen hinter uns.«

»Und später hielt er Hof im Speisesaal des Country Clubs«, sagte Olivia. »Als wäre er ein enger Freund der Familie.«

»Und wir wollen Dent nicht vergessen«, ergänzte Steven. »Ihr beide seit zurzeit praktisch unzertrennlich. Es überrascht mich, dass du ihm nicht nachgerannt bist, als wärst du wieder zwölf und zum ersten Mal richtig verknallt.«

Bellamys Wangen brannten, als hätte er sie geohrfeigt. Sie erhob sich von der Stuhllehne und baute sich vor ihm auf. »Warum bist du so?«

»Wie denn?«

»Verletzend. Hasserfüllt.«

»Bellamy«, seufzte Olivia, »bitte streitet euch nicht. Nicht heute.«

Doch sie fixierte Steven, ohne die Bitte ihrer Stiefmutter zu erhören. »Was ist mit dir passiert? Früher warst du so einfühlsam.«

»Ich bin erwachsen geworden.«

»Nein, du bist *kalt* geworden. Hochnäsig und herablassend und engherzig wie die Menschen, die du früher verabscheut hast.« Sie schüttelte fassungslos den Kopf. »Ich verstehe dich nicht. Wirklich nicht.«

»Ich habe dich auch nie darum gebeten.«

»Aber ich *würde* es gern.« Sie fasste nach seiner Hand. »Steven«, sagte sie beschwörend. »Du warst für mich immer wie ein leiblicher Bruder. Ich liebe dich. Und ich möchte so gern, dass du mich liebst.«

»Wir sind keine Kinder mehr.« Er zog seine Hand aus ihrer. »Du solltest allmählich erwachsen werden und einsehen, dass das Leben selten so läuft, wie wir es uns wünschen.«

Seine Augen verrieten ihr, wie sehr sein Herz sich verhärtet hatte, und in diesem Augenblick tat er ihr nur noch leid. In seinem wunderschönen Körper steckte eine verkrüppelte Persönlichkeit. Susans Demütigungen hatten damals tiefe Wunden gerissen.

Doch weil er nie mit der Vergangenheit abgeschlossen hatte, hatten diese Wunden nie heilen können. Er hatte seinen Hass und seine Wut schwären lassen, bis sie ihn mäkelig, zynisch und nachtragend gemacht hatten. Er hatte eine Mutter, die ihn von ganzem Herzen liebte, und einen geduldigen und treuen Partner, der ihn vergötterte und der seine Liebe in jeder noch so kleinen Geste zeigte. Aber selbst vor ihnen schottete Steven sich insgeheim ab. Er weigerte sich, ihre Liebe vorbehaltlos anzunehmen und sie zu erwidern.

Und das, erkannte Bellamy, war die eigentliche Tragödie.

27

Die Sonne war untergegangen, und die Dämmerung hatte sich über die Stadt gesenkt. Die Scheinwerfer der Corvette schwenkten über die Fassade, als Dent auf den Parkplatz bog, aber trotzdem bemerkte er Bellamy nicht, bis er am Fuß der Eisentreppe angekommen war. Als er sie auf dem oberen Treppenabsatz sitzen sah, blieb er sekundenlang stehen und setzte dann seinen Weg mit schweren Schritten fort.

Er hatte das Anzugjackett über den Zeigefinger gehakt und trug es über der Schulter. Die Krawatte hing lose auf seiner Brust.

Sie stand auf, klopfte sich den Hosenboden ab und griff nach ihren High Heels, die so gedrückt hatten, dass Bellamy sie ausgezogen hatte. Wortlos ging er an ihr vorbei und über die Galerie zu seiner Apartmenttür.

Sie ging ihm hinterher. »Ich hoffe, es stört dich nicht, dass ich hier auf dich gewartet habe. Ich wusste nicht, wann du auftauchen würdest. Oder ob du heute Nacht überhaupt nach Hause kommen würdest.«

Er schloss die Tür auf und trat ein. Sie blieb an der Schwelle stehen. »Darf ich reinkommen?«

»Die Tür ist offen.« Er warf den Schlüsselbund auf den Couchtisch, hängte das Jackett über eine Stuhllehne und dann die Krawatte darüber.

Sie trat ein und schloss die Tür. »Ich nehme nicht an, dass du ausschweifende Erklärungen hören willst, darum werde ich mich kurz fassen. Es tut mir leid.«

Er ging in die Küche und holte eine Flasche Wasser aus dem Kühlschrank. »Was denn?«

»Dass ich dich nicht angerufen und dir das von Daddy erzählt habe. Ehrlich, ich wusste nicht, wie du reagieren würdest, wenn ich dich wegen irgendwas angerufen hätte. Ich war nicht gerade nett zu dir.« Er ließ das unkommentiert, und so kämpfte sie sich weiter vor. »Und es tut mir leid, dass ich mich im Club nicht für dich eingesetzt habe. Ich war... Ich kann mich nur damit entschuldigen, dass ich wohl unter Schock stand.«

»Zerbrich dir darüber nicht den Kopf. Ich tue es auch nicht.« Er drehte den Verschluss der Wasserflasche auf und nahm einen Schluck. »War das alles?«

»Ist irgendwas mit dir?«

»Was sollte denn sein?«

»Du warst schrecklich wütend, als du vom Country Club weggefahren bist.«

»Nicht lange. Ich hab Dampf abgelassen.«

»Und wie?«

»Ich war fliegen.«

»Ich verstehe.«

»Das glaube ich kaum.«

Es war eine knappe Abfuhr, und sie saß. Sie senkte den Kopf und schaute auf die Designerpumps, die sie in der Hand hielt. Sie studierte das schwarze, grob gerippte Seidenband über der großen Zehe. Die Schuhe waren wunderschön, aber sie drückten. Warum fühlte sie sich immer zu den Dingen hingezogen, die ihr schadeten oder wehtaten?

»Moody war auch da«, sagte sie. »Ich habe mit ihm gesprochen, kurz bevor ich dich gesehen habe. Er sagte...«

Er ließ sie nicht ausreden. »Ich will nicht wissen, was er gesagt hat. Es interessiert mich nicht. Ich will nicht mehr über ihn reden, ich will über gar nichts reden, was mit diesem

Thema zu tun hat.« Er nahm sie vom Scheitel bis zu den nackten Füßen in Augenschein. »Wenn du dich nackig machen und einen Lapdance für mich aufführen willst, kannst du bleiben. Ansonsten verzieh dich an den Busen deiner verkommenen Familie und lass mich in Frieden.« Er ließ ihr etwa eine halbe Sekunde Zeit, sich zu entscheiden, und schniefte verächtlich, als sie sich nicht vom Fleck rührte. »Dachte ich mir. Pass auf, dass dir die Tür nicht ins Kreuz schlägt, wenn du rausgehst.«

Er kam in den Wohnbereich zurück und griff nach der Fernbedienung des Fernsehers. »Vielleicht kann ich noch die letzten Minuten des Spiels sehen, das ich verpasst habe, bloß weil ich deinem alten Herrn die letzte Ehre erweisen wollte.«

Dass nicht nur Steven, sondern jetzt auch noch Dent sie zurückwies, war mehr, als sie ertragen konnte. Hilflos schluchzend drehte sie sich um und ging zur Tür.

Doch ehe Bellamy sie aufziehen konnte, hatte Dent sie eingeholt und drehte sie wieder herum. Er hatte die flache Hand gegen den Türrahmen gestemmt und hielt sie zwischen seiner Brust und dem Türblatt gefangen. Reumütig ließ er die Stirn gegen ihre sinken. »Das war wirklich fies von mir.«

»Ich glaube, ich habe es verdient.«

»Nein, das war ein Schlag unter die Gürtellinie. Das war gemein. Weil ich genau weiß, wie sehr du ihn geliebt hast und wie sehr du ihn vermisst.«

»Wenn wir wütend sind, sagen wir manchmal Dinge, die wir nicht so meinen. Und du bist wütend.«

»Rasend.« Er atmete tief aus und rollte die Stirn langsam über ihre. »Ich weiß nicht, wie du das anstellst, Bellamy Lyston Price.«

»Was denn?«

»Mich so unglaublich wütend zu machen.« Er schob sich dichter an sie heran. »Und gleichzeitig so scharf.«

»Tue ich das?«

»Und wie.«

Er löste sich wieder von ihr. Sie sah zu ihm auf. Ihm konnte unmöglich entgehen, wie begehrlich sie seinen Mund ansah. Aber nachdem sie ihn immer wieder zurückgewiesen hatte, würde er jetzt keinesfalls die Initiative ergreifen. Es lag allein an ihr, was geschehen würde.

»Ich habe Angst«, flüsterte sie.

»Mich zu enttäuschen?«

Sie nickte.

»Unmöglich.«

Genau deshalb war sie hergekommen. Ja, sie hatte sich entschuldigen wollen, aber vor allem wollte sie mit Dent zusammen sein. Sie hatte Steven bemitleidet, weil er die Liebe zurückwies, die ihm so offen und selbstlos entgegengebracht wurde, doch dann war ihr der Gedanke gekommen, dass sie darin nicht anders war als er. Sie hatte genau wie er davor zurückgeschreckt, zu lieben oder geliebt zu werden.

Ein *sicheres* Leben war immer schrecklich einsam.

Sie ließ die Schuhe fallen und legte zaghaft die Hände auf seine Brust. Lange blieben sie so stehen, ohne dass sich einer von beiden bewegt hätte. Dann öffnete sie einen Knopf an seinem Hemd. Nach dem ersten machten ihr die übrigen weit weniger Angst.

Sie schob sein Hemd beiseite, und im selben Moment wurde die Begierde stärker als die Angst. Sie schmiegte sich an ihn. Weich strich sein Brusthaar über ihr Gesicht. Es kitzelte in ihrer Nase. Sie setzte einen trockenen Kuss auf seine Brust und öffnete dann ihre Lippen. Seine warme Haut schmeckte leicht salzig.

Er gab ein leises Brummen von sich, schmiegte eine Hand unter ihr Kinn und hob ihr Gesicht an. Sein hungriger Mund senkte sich besitzergreifend auf ihren, und je länger sie sich küssten, desto drängender wurden seine Küsse. Seine Arme umschlossen sie, um sie an seinen Körper zu ziehen. Als sie auf den Druck seiner Hüften mit sanft kreisenden Bewegungen reagierte, unterbrach er den Kuss und drehte sie mit dem Rücken zu sich.

Er fasste mit einer Hand ihr Haar, legte es über ihre Schulter und löste den Verschluss oben an ihrem Kleid, um dann langsam den Reißverschluss bis über ihre Taille nach unten zu ziehen. Seine Hände glitten unter den Stoff und kamen auf ihren Hüften zu liegen, zogen sie an seinen Unterleib und drückten ihren Hintern kraftvoll gegen seine Erektion.

Mit einem schwachen Seufzen sank sie nach vorn gegen die Tür.

Er setzte einen zärtlichen Kuss in ihren Nacken und zog im nächsten Moment ein Stück Haut zwischen die Zähne. Langsam wanderten seine Hände an ihren Rippen aufwärts zu ihrem BH-Verschluss. Er löste ihn und verharrte dann mehrere quälende Sekunden vollkommen reglos über ihr.

Später sollte sie sich fragen, ob er ihr damit vielleicht Gelegenheit geben wollte, ihn zu stoppen. Falls ja, dann hatte er nur ein paar kostbare Sekunden vergeudet, denn sie wollte ihn, und sie wollte das hier mehr, als sie je etwas gewollt hatte.

Seine Hände wanderten wieder nach vorn, unter die Körbchen ihres BHs und dann über ihre Brüste. Er zog sie von der Tür weg gegen seinen Brustkorb. Sie seufzte leise auf, ließ sich von ihm halten und genoss es, wie er ihre Brüste liebkoste, erst ganz vorsichtig und dann immer fordernder, bis sie sich hitzig nach mehr verzehrte. Was er genau wusste.

»Komm her.«

Er drehte sie um, schob das Kleid über ihre Schultern und ließ es unbeachtet zu Boden fallen. Ihr BH folgte. Er wand sich aus seinem Hemd, griff dann nach ihrer Hand und zog sie mit sich, während er sich rückwärts auf das Bett zubewegte. Bis sie dort angekommen waren, hatte er schon seinen Gürtel und seine Hose geöffnet. Ein paar Sekunden später war er nackt. Bellamy sah ihn an und betrachtete dabei sein Geschlecht so ausgiebig, dass er verlegen fragte: »Okay?«

Sie lachte leise, wie um zu sagen *Du hast keine Ahnung, wie okay*, und er lächelte. »Sieh dich an«, murmelte er. Seine großen Hände formten ihre Brüste nach. Seine Fingerspitzen spielten leicht mit ihren Brustwarzen. Er zog sie abwechselnd zwischen seine Lippen, richtete sich dann wieder auf und lächelte sie noch einmal an.

Dann wurde sein Blick verhangen. Weil sie ihn berührt hatte. Erst nur ein paarmal mit dem Finger, um ihn zu streicheln, um ihre Neugier zu stillen und um zu erkunden, wie er sich an verschiedenen Stellen anfühlte, aber dann nahm sie ihn, ermutigt durch seinen stockenden Atem und den vor Lust getrübten Blick, in die Hand. Geleitet von seinem rauen Flüstern und von ihrem Instinkt, pumpte sie mit der Hand auf und ab, bis er unglaublich fest wurde. Sie spürte seine heißen Atemzüge über ihrem Haar, weil er seinen Kopf über ihren gesenkt hatte und ihren Namen keuchte.

Ein kleiner Tropfen kam aus der Spitze. Sie nahm ihn mit der Daumenkuppe auf, leckte ihn ab und presste den Daumen dann gegen ihre Unterlippe, was er so sexy fand. Er keuchte: »Enttäuscht, von wegen«, und dann nahm er ihren Mund mit einem leidenschaftlichen Kuss in Besitz, der ihr den Verstand raubte. Ehe sie wusste, wie sie dorthin gelangt war, lag sie rücklings auf dem Bett. Er beugte sich über sie und küsste ihren Bauch, während er ihr gleichzeitig den Slip von ihren Schenkeln schälte.

Erst später begriff sie richtig, was mit ihrem Höschen passiert war. Es hatte sich einfach in Luft aufgelöst, während sie sich in den Küssen verloren hatte, die seinen Mund immer näher ans pulsierende Zentrum ihrer Lust führten, in dem Kratzen seiner stoppeligen Wangen, die über ihre empfindlichen Schenkel schabten, in den Bewegungen seiner Lippen, seiner Zunge, seiner tastenden Finger, in seinen gemurmelten Worten der Bewunderung und jenen heiseren vulgären Beschwörungen, die sie noch nie erotisch gefunden hatte – bis zu diesem Augenblick.

Während sie sich in Denton Carter verloren hatte.

»Bist du wieder da?«, flüsterte er.

Schläfrig hoben sich ihre Lider. »Hm.«

»Wirklich?« Es erforderte seine ganze Willenskraft, sich nur an sie zu schmiegen, ohne gleich einzudringen. Es war so unglaublich schwer, sich zu beherrschen.

Ihre Augen öffneten sich ganz. »Ja. Ich bin wieder da.«

Er grinste herausfordernd. »Genießt du es?«

Sie wurde rot.

»Genießt du es?« Wieder schmiegte er sich an sie, aber diesmal so fest, dass die Spitze seines Geschlechts in sie eindrang.

»Ja«, keuchte sie.

»Freut mich.« Er strich mit den Lippen über die Sommersprossen auf ihren Wangen.

»Danke«, flüsterte sie.

»Das Vergnügen war ganz meinerseits.«

»Wirklich?«

Er wurde ernst, legte den Kopf in den Nacken und schaute in ihre wunderschönen Augen, die immer leicht melancholisch wirkten. Er fragte sich, ob sie diesen gehetzten Ausdruck je ganz verlieren würden. »Wirklich.« Einen Moment sahen sie sich beinahe andächtig an.

Er versenkte sich ein bisschen tiefer, und ihr Hals streckte sich ihm entgegen. »Das fühlt sich so gut an.«

»Für mich auch.«

»Aber du bist gar nicht ...«

»Noch nicht.«

»Warum?«

»Weil du vor Lust wie berauscht warst. Und weil ich will, dass du dich an das hier erinnerst. Klar und deutlich.«

Sie legte die Hand an seine raue Wange. »Das könnte ich nie vergessen.«

»Ich genauso wenig.«

»Nur weil du so lange darauf hinarbeiten musstest.«

»Von wegen. Weil du so unglaublich schön bist.« Er drang wieder ein Stück weiter vor und verzog vor Lust das Gesicht. »Und weil du dich so gut anfühlst. Jetzt, wo ich endlich mit dir zusammen bin und weiß, wie süß du dich anfühlst, will ich das so lange wie möglich genießen. Bloß halte ich es nicht mehr lange aus.«

Eine Sekunde später hatte er sich ganz in ihr versenkt, seine Finger waren mit ihrem Haar verwoben, und sein Atem strich ungestüm und abgehackt über ihren Hals. Er schob die Hände unter ihren Hintern, hob ihn an und drang so tief wie überhaupt möglich in sie ein.

»Jesus, Bellamy.« Er hoffte, dass ihr dieses kehlige Stöhnen begreiflich machte, wie eng und heiß und unglaublich gut sie sich anfühlte.

Denn sobald er sich zu bewegen begann, war er verloren.

»Hey, du? T. J. David? Schläfst du?«

Bellamy kuschelte sich an ihn und seufzte zufrieden. »Nein. Ich hab nur nachgedacht.«

Er hielt eine Strähne ihres Haares zwischen den Fingern und strich mit den Haarspitzen über ihre Brustwarze. »Wenn deine Haare so darüberstreichen? Ich hab noch nie was gesehen, was so sexy war. Das macht mich immer ganz irre. Aber ich glaube, das hab ich dir schon mal gesagt.«

»Jedenfalls macht es mich irre«, sagte sie, als er sie immer weiterkitzelte.

»Gut irre?«

»Wundervoll irre.«

Er zog ihren Kopf nach hinten, und sie küssten sich. Als der Kuss irgendwann endete, fragte er: »Worüber hast du nachgedacht?«

»Ich hatte mich immer vor diesem Augenblick gefürchtet, weil ich nicht mit meiner Schwester verglichen werden wollte. Aber ich glaube, du hast überhaupt nicht an sie gedacht.«

Sekundenlang blieb er stumm. Dann fragte er: »Welche Schwester?«

Sie drückte lachend das Gesicht an seine Brust. Ihre Hand wanderte abwärts zu seinem Nabel. »Du hast deinen Verband abgenommen.«

»Mein Rücken ist wieder okay. Manchmal brennt es noch ein bisschen.«

»Und was ist mit denen?« Sie streckte sich und küsste die Wunden in seinem Gesicht.

»Die brauchen noch jede Menge Küsse.«

»Und wo ist deine Pistole?«

»Ich fand es nicht passend, damit zu einer Beerdigung zu gehen.«

»Gut, dass du sie nicht dabeihattest. Sonst hättest du Jerry am Ende noch erschossen. Obwohl er eigentlich anders heißt.«

»Darüber reden wir später. Jetzt...« Er zog sie auf seinen Rumpf, bis sie Bauch auf Bauch lagen, und sie fragte ihn, wohin er geflogen sei, nachdem er aus dem Country Club gestürmt war. »Hast du die Maschine des Senators genommen?«

Er schüttelte den Kopf. »Als ich zum Flugplatz kam, war zufällig ein Kumpel von Gall da. Er hat eine Stearman. Weißt du, was das ist?« Als sie verneinte, beschrieb er ihr einen altmodischen Doppeldecker, der früher von der Air Force als Ausbildungsmaschine eingesetzt worden war, aber jetzt hauptsächlich für Kunstflugvorführungen bei Flugshows verwendet wurde.

»Seit Gall mir damals von diesem Typen und seiner Maschine erzählt hatte, wollte ich unbedingt damit fliegen. Er hat mit mir eine Runde gedreht, dann ist er gelandet, und wir haben Plätze getauscht.«

»Er hat dich fliegen lassen?«

»Junge, und wie ich die Kleine geflogen habe. Das Ding ist flott und beweglich wie nur was.«

»Ist das nicht gefährlich?«

»An so was verschwende ich keinen Gedanken. Nur daran, wie viel Spaß es macht.« Er zwinkerte vielsagend. »Zwei Sachen könnte ich ewig machen. Beide machen höllisch Spaß, und beide beginnen mit dem Buchstaben F.«

Sie verstand und lächelte. »Aber nur eine davon ist gefährlich.«

»Kommt immer drauf an, mit wem man es macht.«

»Warum liebst du es so?«

»Wie könnte man das nicht lieben? Neben einer nackten Frau zu liegen ist ein absolut himmlisches Gefühl. Der Anblick ist unschlagbar, und die Spielsachen sind fantastisch.« Er tippte an ihre Brustwarze und lächelte, als sie sich unter seiner Fingerspitze zusammenzog. »Vor allem deine Spielsachen.« Er legte die Hände flach auf ihren Hintern und drückte Bellamy fester an sich. »Aber nichts ist so gut wie das Gefühl, wenn du kommst.«

Ihre Wangen glühten. »Ich meinte das Fliegen.«

»Ach so, warum ich das *Fliegen* liebe.«

Sie lachten, dann schloss er sie fest in die Arme. »Ich habe mich unmöglich aufgeführt, als ich heimkam, aber insgeheim war ich froh, dich zu sehen.«

»Ich war nervös.«

»Weil du Angst hattest, dass ich dir einen Korb geben und dich rausschmeißen könnte?«

»Ich hielt das für möglich.«

»Keine Chance.«

Er ließ seine Hände über ihren Hintern bis an ihre Schenkel wandern. Dann zog er ihre Beine auseinander, bis Bellamy rittlings auf ihm saß, und hob ihre Hüften an, damit er in sie eindringen konnte.

Er war prall und hart, aber vor allem war er Dent, und darum senkte sie sich mit einem zufriedenen Seufzen auf ihn. Sie beugte sich vor, küsste ihn lange und genüsslich auf den Mund und zog dann den Bauch ein, bis sie mit ihrer Zungenspitze seine Brustwarze berühren konnte. Er stieß ein tiefes, raues Stöhnen aus und flehte sie an, das noch mal zu machen.

Seine Erregung erregte sie ebenfalls, aber als sie sich langsam vor- und zurückzuschieben begann, hob er die Hände an ihre Schultern und setzte sie aufrecht hin. »Ich will dir zusehen.«

»Was?«

Er breitete seine Hand über ihren Bauch. »Lehn dich zurück. Weiter. Stütz dich auf meinen Schenkeln ab.«

Sie zögerte kurz, doch dann kam sie seinem Befehl nach und lieferte sich damit seinem heißen Blick und seinem Daumen aus, den er im selben Moment zwischen ihre Schenkel schob. Er beobachtete, wie sich die Lippen ihres Geschlechts darum schlossen, und sah ihr gleich darauf in die Augen, während er sie gleichzeitig mit kreisenden Bewegungen zu streicheln begann, unter denen sich ihr Unterleib zusammenzog, bis sie sich ganz von selbst an seinem Daumen zu reiben begann. Das Gesicht der Zimmerdecke zugewandt, schloss sie die Augen und gab sich ausschließlich ihren Empfindungen hin.

Hemmungslos überließ sie sich ihrer Lust, bewegte sich, wie ihr Körper es ihr diktierte, und ließ sich allein von ihren

Sinnen führen. Sie hörte, wie Dent vor Lust zischte, spürte, wie seine Lippen wild und feucht an ihren Brustwarzen zogen und wie seine Zunge im Takt zu dem Kreisen seines Daumens darüberstrich.

Dann streckte sie den Rücken durch und schrie seinen Namen.

Irgendwann in den frühen Morgenstunden waren sie erschöpft genug, um sich nur noch aneinanderzukuscheln. »Du hast mir das nie erzählt«, sagte sie schläfrig.

»Was denn?«

»Warum du so gern fliegst. Du hast mir erzählt, dass du dich sofort ins Fliegen verliebt hast, als Gall dich das erste Mal mitgenommen hat. Er hat mir erzählt, dass du richtig selig warst.«

»Gall hat das so ausgedrückt?«

Sie lachte leise und drehte ihm das Gesicht zu. »Das Wort stammt von mir, aber so hat er dich beschrieben.« Sie schob den Arm um seine Taille und legte die Wange an seine haarige Brust. »Erzähl mir, was du an dem Tag empfunden hast.«

Er strich mit den Fingerspitzen durch ihr Haar und versuchte seine Gedanken zu ordnen. »Seit ich denken konnte, habe ich immer zu begreifen versucht, warum mein Dad mich nicht leiden konnte und was ich tun könnte, damit er sich für mich interessiert. Als Gall mich damals mitnahm, war das so... als hätte ich all meine Sorgen auf dem Erdboden zurückgelassen. Während dieser fünf Minuten in der Luft war es plötzlich nicht mehr wichtig, ob mein Dad mich mochte oder nicht. Da oben konnte mir seine Gefühllosigkeit nichts anhaben. Ich wusste, dass ich etwas gefunden hatte, was in meinem Leben eine größere Bedeutung haben würde, als er je einnehmen konnte, weil ich das Fliegen noch mehr liebte als ihn. Es war, als wäre ich heimgekehrt.«

Er lachte kurz. »Natürlich waren die Gedanken, die damals nach der Landung durch meinen pubertären Kopf gingen, längst nicht so poetisch. Ich hatte Jahre Zeit, mir über diesen ersten, so ungeheuer bedeutsamen Flug Gedanken zu machen. Zwar war mir schon damals klar, dass er mein Leben verändert hatte, aber natürlich änderte sich erst einmal überhaupt nichts. Wir landeten, und ich kehrte in mein kaltes Zuhause und zu meinem gefühllosen Vater zurück. Ich war immer noch genauso wütend und verbittert und genauso aufbrausend wie zuvor. Aber anders als zuvor hatte ich jetzt etwas, worauf ich mich freuen konnte. Mein Vater konnte mich nicht mehr aus seinem Leben aussperren, weil ich nicht mehr daran teilhaben wollte.«

Er verstummte, als müsste er erst überlegen, ob er weiterreden sollte. »Das klingt jetzt bestimmt höllisch kitschig. Aber...«, wieder zögerte er, »...während dieses Fluges gab es einen kurzen Moment, vielleicht eine knappe Minute, während der die Sonne durch einen Wolkenspalt strahlte. Durch einen schmalen Schlitz. So wie manchmal kurz vor Sonnenuntergang, wenn Wolken am Horizont stehen? Jedenfalls flogen wir genau auf derselben Höhe. Dieser Sonnenstrahl zielte genau auf mich. Ich schaute direkt hinein, und es war, als würde er mir *gehören*. Es war wie ein Zeichen oder so. Für einen Jungen ohne Mutter, der für seinen Vater nur Luft war, war das... jedenfalls war es eine Menge. Und ich dachte bei mir: ›Das ist es. Schöner kann es nicht werden. Das ist der schönste Augenblick in meinem ganzen Leben. An diesen Tag werde ich mich bis an mein Lebensende erinnern, selbst wenn ich hundert Jahre alt werde.«

Bellamy blieb lange liegen, ohne sich zu rühren. Schließlich brummelte Dent: »Ich hab dir doch gesagt, dass es kitschig ist.«

»Nein, es ist wunderschön.«

»Hast du jemals so etwas erlebt? Weißt du, wovon ich rede?«

Sie hob den Kopf, und eine Träne glitt über ihr Lid, während sie ihn lächelnd ansah und leise antwortete: »Von jetzt an schon.«

Sie schliefen ein paar Stunden und liebten sich nach dem Aufstehen unter der Dusche. Er war gerade damit beschäftigt, die Kaffeemaschine anzuwerfen, als sie aus dem Bad trat, sich mit dem Handtuch die Haare trocknend und in nichts als das Anzughemd gekleidet, das er gestern abgelegt hatte.

Als er sich umdrehte und sie sah, verzog sich sein Gesicht zu einer eigenartigen Miene. »Was ist?«, fragte sie.

Er schüttelte leise den Kopf und schenkte ihr ein Wolfslächeln. »Ich habe nur gerade gedacht, dass dir das hervorragend steht.«

»Dein Hemd?«

»Das Laster.«

Sie errötete bis unter die Haarwurzeln.

»Verflucht, das macht mich jedes Mal fertig.«

»Was?«

»Wenn du so rot wirst.«

»Ich werde nicht rot.«

»Und wie du gleich rot wirst.«

»*Gleich?*«

Er setzte sich auf einen der Küchenstühle, packte ihre Hand und zog sie auf seinen Schoß. Es dauerte länger, bis sie dazu kamen, ihren Kaffee zu trinken.

Über den dampfenden Tassen erzählte sie ihm, was sie über den Mann erfahren hatte, den sie bis dahin als Jerry gekannt hatten. Dent kommentierte den Bericht mit ein paar deftigen Flüchen. »Eigentlich hätte ich stattdessen Steven in die Mangel nehmen sollen.«

»Er hat den Mann beauftragt, weil er mich beschützen wollte. Er wollte nur mein Bestes.«

Er sah sie an, als wüsste er dazu einiges zu sagen, ließ es aber unausgesprochen. »Und was wollte Moody von dir?«

Sie gab ihre Unterhaltung wieder und schloss: »Gib's zu, Dent. Du bist insgeheim erleichtert.«

»Weil ich jetzt weiß, dass du sie nicht umgebracht hast?« Als sie ernst nickte, sagte er: »Ich bin um deinetwillen erleichtert. Ganz pragmatisch gesehen habe ich das nie geglaubt.«

»Aber du hast die Möglichkeit in Betracht gezogen.«

»Sagen wir einfach, ich habe gehofft, dass du nicht eines Tages deine Erinnerung wiederfinden würdest und dich ausgerechnet daran erinnern müsstest, wie du Susan erwürgt hast. Ich bin froh, dass dich dieser Gedanke nicht länger verfolgen kann.«

»Schon. Aber wenn ich es nicht war und Strickland auch nicht, wer war es dann? Moody behauptet, er wüsste nur, wer es nicht war. Nicht, wer es war. Wir müssen...«

»Zu Haymaker«, sagte er.

Der pensionierte Detective sah so koboldhaft aus wie immer. »Das mit Ihrem Dad tut mir leid«, sagte er zu Bellamy.

Sie bedankte sich für sein Beileid, ging aber nicht weiter darauf ein. »Moody meinte, Sie würden uns erwarten.«

Er trat beiseite und winkte sie ins Haus. Sie nahmen dieselben Plätze ein wie bei ihrem ersten Besuch, er in seinem Fernsehsessel, sie dicht nebeneinander auf der Couch, auf der auch diesmal der Hund schlief. Haymaker deutete auf den Couchtisch, auf dem die kopierte Akte lag. »Erkennen Sie die wieder?«

Sie nickte.

»Ehrlich, ich kann nicht glauben, dass Dale sie freiwillig hergibt.« Er hob die Hände und zuckte vielsagend mit den

Achseln. »Aber wer weiß schon, wie das menschliche Gewissen funktioniert?«

»Er hat mir erzählt, dass er Ihnen auch eine Art Geständnis übergeben hätte.«

Der ehemalige Polizist zog mehrere zusammengefaltete Blätter aus seiner Hemdtasche und faltete sie auf. »Unterschrieben.«

»Und mit Daumenabdruck versehen«, sagte sie nach einem Blick auf die letzte Seite, die mit Moodys Unterschrift sowie einem blauen Fingerabdruck signiert war.

»Und was genau gesteht er darin?«, wollte Dent wissen.

Haymaker machte es sich in seinem Sessel bequem. »Haben Sie schon mal den Ausdruck ›Brady-Cop‹ gehört?«

Bellamy und Dent schüttelten die Köpfe.

»Es gab da einen Fall vor dem Obersten Gerichtshof, Mitte der Sechzigerjahre, wenn ich mich recht entsinne. Es ging um einen Mordprozess, *Brady gegen Maryland*. Das Gericht entschied zu Bradys Gunsten. Quintessenz des Urteils war, dass Polizisten und Staatsanwälte dienstlich und moralisch verpflichtet sind, den Verteidiger eines Angeklagten über sämtliche entlastenden Informationen oder Beweisstücke zu informieren, auch wenn sie selbst diese Informationen für belanglos halten. Selbst wenn sie überzeugt sind, dass ein Zeuge zugunsten des Beklagten lügt, müssen sie der Gegenseite mitteilen, was der Zeuge ausgesagt hat. Auch wenn ein Ermittler von selbst auf etwas stößt, das den Verdächtigen entlastet, darf er das nicht für sich behalten.«

»Womit immer noch reichlich Spielraum bleibt«, sagte Dent.

»Den wir – wir Polizisten – auch oft nutzen. Aber wenn jemand direkt die Unwahrheit sagt oder absichtlich etwas zurückhält, hintergeht er damit die Justiz und verstößt gegen das Gesetz. Und so jemanden nennt man Brady-Cop.«

Bellamy fragte: »Und Moody hat das getan?«

»Bei Jim Postlewhite. Moody vernahm ihn gleich zu Anfang, so wie alle Männer, die an dem Barbecue teilgenommen hatten.« Haymaker beugte sich vor, griff in die Akte und zog das Blatt heraus, auf dem Postlewhites Name rot unterstrichen war.

Er setzte eine Lesebrille auf. »Mr Postlewhite erzählte Moody, wo er unmittelbar vor und nach dem Tornado im Park gewesen war und was er dort getan hatte. Er war dabei ziemlich gewissenhaft. Er erzählte Moody, dass er ein paar Kinder in einem Kanalrohr in Sicherheit gebracht und dann selbst Schutz gesucht hatte. Sie können das alles hier nachlesen, falls Sie Moodys Gekrakel entziffern können.« Er setzte die Brille wieder ab und sah sie an. »Postlewhites Aussage entlastete Allen Strickland.«

»Und warum?«

»Weil Allen ihm geholfen hatte, die Kinder in das Kanalrohr zu scheuchen.«

»Und wo war dieses Rohr?«, fragte Bellamy.

»Ein gutes Stück von der Stelle entfernt, an der man den Leichnam Ihrer Schwester gefunden hat. Außerdem hatte Postlewhite ausgesagt, dass Allen vom Parkplatz angelaufen kam, um ihm mit den Kindern zu helfen, und dass er dort nach seinem Bruder gesucht hatte.«

»Und er kann schlecht an zwei Orten gleichzeitig gewesen sein«, stellte Dent fest.

Haymaker nickte. »An Ihrem Alibi konnten Dale und Rupe damals nicht rütteln, darum war Rupe der Meinung, dass sie stattdessen Allen Strickland festnageln sollten. Dale wies Rupe darauf hin, dass Strickland zur Tatzeit woanders gewesen sei und dass Postlewhite das bezeugen konnte. Daraufhin befahl Rupe ihm, alles zu tun, damit Postlewhite das vergaß.«

»O nein«, sagte Bellamy entsetzt.

Haymaker tätschelte beschwichtigend die Luft. »Er brauchte gar nichts zu tun. Drei Tage nach dem Tornado starb Postlewhite an einem Herzanfall.«

»Wie praktisch«, kommentierte Dent sarkastisch.

»Rupe war eindeutig dieser Meinung. Dale war klar, dass der Junge mit dieser Aussage zumindest eine Chance hatte, freigesprochen zu werden.«

»Aber er verriet niemandem, was Postlewhite ihm erzählt hatte.«

Haymaker verstummte und kratzte sich nachdenklich die Wange. »Dale war ein guter Bulle. Ein bisschen zu hart vielleicht«, sagte er mit einem Blick auf Dent. »Doch bis dahin wäre es ihm nie in den Sinn gekommen, entlastende Fakten vorzuenthalten. Außerdem war da noch der sogenannte Unfall, der Stricklands Bruder davon abhielt, als Zeuge auszusagen. Aber bis dahin war Dale schon so in Rupes Machenschaften verstrickt, dass er keinen Ausweg mehr sah.«

»Was passiert mit einem Brady-Cop, wenn er entlarvt wird?«

»Er fällt in Ungnade und ist seinen guten Ruf los. Normalerweise auch seinen Job. Manche kommen auch auf die Brady-Liste, eine schwarze Liste, auf die auch andere Polizeiorganisationen Zugriff haben.«

»Solche Konsequenzen bereiten Moody bestimmt keine schlaflosen Nächte mehr«, urteilte Dent.

»Stimmt«, sagte Haymaker. »Der arme alte Dale hat nicht mehr viel zu verlieren. Aber wenn rauskommt, dass Rupe damals als Staatsanwalt gegen das Strafprozessrecht verstoßen und wissentlich einen Unschuldigen ins Gefängnis geschickt hat, dann könnte er bald selbst vor Gericht stehen. Vor allem nachdem Strickland im Gefängnis starb. Zumindest ist damit sein Ruf im Eimer. Er würde kein gebrauchtes Dreirad mehr verkaufen.«

Bellamy sagte: »Erwartet Moody, dass wir Collier verpfeifen?«

Haymaker faltete das unterschriebene Geständnis zusammen und reichte es ihr. »Ich hab mir eine Kopie gemacht, aber die würde ich niemals gegen meinen Freund verwenden. Was Sie mit dem Original anfangen, überlässt Dale Ihnen. Sie können es dem Austin PD übergeben. Oder der Staatsanwaltschaft. Dem Generalstaatsanwalt. Oder den Medien.«

»Warum hat er es mir nicht schon gestern gegeben?«

Ohne den Hauch eines schlechten Gewissens sagte Haymaker: »Weil er Zeit brauchte, um sich abzusetzen. Er wird auch nicht in sein Versteck zurückkehren. Ich nehme nicht an, dass wir ihn noch mal zu sehen bekommen.«

»Dieser verdammte Feigling«, sagte Dent.

»Er hat mir erzählt, dass Sie ihn so genannt haben. Und er meinte, Sie lägen damit nicht ganz falsch.«

Bellamy zog nachdenklich die Stirn in Falten. »Selbst wenn ich das den Behörden übergebe, wird Rupe behaupten, dass alles erlogen ist.«

»Garantiert. Dales Wort steht gegen seines. Aber Dales Notizen bestätigen seine Version, was Postlewhite angeht. Jeder Polizist weiß, wie wichtig solche Notizen werden können. Und warum ist die Akte damals auf mysteriöse Weise aus dem PD verschwunden, wenn sie niemandem gefährlich werden konnte? Alles in allem sieht es nicht allzu gut aus für Rupe. Der Autokönig wird wohl entthront werden.« Dann beugte er sich zu ihr hin und ergänzte ganz ernst: »Eines noch. Ich soll Ihnen von Dale versichern, dass weder er noch irgendwer sonst irgendwas gefunden hat, was Sie mit dem Verbrechen in Verbindung gebracht hätte.«

»Das hat er mir auch gesagt. Und er wusste, dass Allen Strickland Susan nicht getötet hatte. Wir wissen allerdings immer noch nicht, wer es getan hat.«

Im selben Moment summte Bellamys Handy in den Untiefen ihrer Schultertasche. Sie holte es heraus. »Ich hab eine SMS bekommen.« Sie öffnete das Programm und murmelte: »Es ist ein Foto.« Dann tippte sie auf den kleinen Pfeil auf dem Bildschirm und presste im nächsten Moment entsetzt die Hand auf den Mund.

Auf dem vergrößerten Foto war Dale Moody zu sehen. Mit aufgeschlitzter Kehle.

28

Ray lächelte glückselig bei der Vorstellung, wie Bellamy seine SMS bekam. Ihre Nummer war in dem Handy gespeichert, das Ray in der Tasche von Galls Overall gefunden hatte. War es nicht ein unglaubliches Glück, dass er den »Dummy« mitgenommen hatte, als er aus dem Hangar gerannt war?

Na? Es gab immer einen Grund, warum alles so geschah, wie es geschah. Das hatte Allen auch immer gesagt. Er hätte auf ihn hören und ihm glauben sollen.

Sobald Bellamy und Dent das Bild von Moody sahen, würden sie kapieren, was sie erwartete. Er lachte leise, als er sich vorstellte, wie entsetzt sie bestimmt waren. Jetzt musste er nur noch einen Plan schmieden, wie er sie in die Finger kriegte. Rupe würde ihm dabei helfen. Der war gut in so was.

Rays erstes Problem war allerdings, den Leichnam verschwinden zu lassen und die Sauerei zu beseitigen. Er hätte nicht gedacht, dass in einem Menschen so viel Blut war. Dale Moody hatte geblutet wie ein abgeschlachtetes Schwein und eine Riesensauerei in Rays Haushälfte hinterlassen.

Dass ihm der Detective hier auflauern könnte, hatte er wirklich nicht erwartet, als er im Morgengrauen heimgekommen war. Ray hatte die ganze Nacht versucht, den Mistkerl aus seinem Loch zu treiben, dabei war Moody die ganze Zeit hier gewesen und hatte nur auf ihn gewartet, um ihn anzuspringen, sobald er durch die Tür ins Haus kam.

Wie vereinbart hatte Rupe noch während der Trauerfeier

vom Country Club aus angerufen. Ray wäre gern hingegangen, aber Rupe hatte ihm erklärt, dass er unter all den reichen Leuten auffallen würde und dass das fatale Folgen hätte. Rupe hatte es für möglich gehalten, dass Moody bei den Feierlichkeiten für den alten Lyston auftauchen würde, und er hatte recht behalten. Rupe war echt schlau.

Rupe hatte gesehen, wie Moody durch den Club geschlichen war. »Er hat kurz mit Bellamy geplaudert. Deine Feinde stecken alle unter einer Decke, Ray.«

Rupe hatte ihm Moodys Wagen beschrieben und ihm das Kennzeichen durchgegeben, und er hatte außerdem gesagt, dass Ray in Sichtweite des Tors zum Country Club parken sollte, damit er Moody verfolgen konnte, wenn er wegfuhr. Ray war Moody in dem Wagen gefolgt, den Rupe ihm von der Glaserei geliehen hatte, wo er arbeitete.

Rupe hatte gesagt, er sollte Moody hinterherfahren und rausfinden, wohin er fuhr und mit wem er redete und was er machte. Aber irgendwann hatte anscheinend Moodys Bulleninstinkt eingesetzt, denn sie waren noch keine zwei Meilen gefahren, da hatte Ray ihn schon wieder verloren.

Rupe hatte ihn den ganzen Abend über immer wieder angerufen, aber Ray war nicht ans Telefon gegangen. Er wusste, dass Rupe auf neue Nachrichten wartete, aber der konnte ihn mal. Ray war auf seiner eigenen Mission. Er wollte den Mann finden, der seinen Bruder ins Gefängnis geschickt hatte, und er wollte ihn dafür bezahlen lassen.

Die ganze Nacht über hatte er all die Verstecke abgeklappert, die Rupe als »Moodys frühere Rattenlöcher« bezeichnet hatte, aber ohne Erfolg. Moody war und blieb verschwunden. Deshalb hatte er sich so höllisch erschreckt, als er die Haustür aufgeschlossen und ihn der Kerl im selben Moment in den Schwitzkasten genommen hatte. Mit der anderen Hand hatte er den Lauf einer Pistole gegen Rays Schläfe gepresst.

»Warum bist du mir gefolgt, Ray? Hm? Wie ich höre, machst du in letzter Zeit Ärger. Versuchst Dent Carter aufzuschlitzen und gehst einem alten Mann an die Kehle. Hätte ich der Nächste sein sollen? Hm? Was ist in dich gefahren?«

Ray rammte den Ellbogen in Moodys weichen Bauch und befreite sich aus der Umklammerung. Dann fuhr er herum und riss im gleichen Moment das Messer aus der Scheide, um sich auf Moody zu stürzen. Moody sah ihn kommen, aber er blieb zusammengekrümmt stehen, presste die Hand mit der Waffe auf den Bauch und – Ray konnte sich nicht vorstellen, dass er sich das nur eingebildet hatte – lächelte.

Rays Messer beschrieb einen sauberen Bogen. Die Klinge schnitt durch Moodys Hals wie durch warme Butter. Das Blut spritzte in alle Richtungen, auf die Wände, die Möbel und auf Ray, der zwar zurücksprang, aber nicht so schnell, dass er dem Strahl entgangen wäre.

Moody ließ die Pistole fallen, rührte sich aber nicht. Er blieb einfach stehen und sah Ray mit diesem merkwürdigen Lächeln an. Dann verdrehte er endlich die Augen nach oben, seine Knie knickten ein, und er kippte um wie ein Sack Zement.

Fluchend, weil seine Lieblingslederjacke mit Blut bespritzt war, stieg Ray über Moodys Leiche, ging in die Küche, spülte das Blut von seinem Messer, trocknete es mit einem Geschirrtuch ab und steckte es wieder in die Scheide. Dann wusch er sich die Hände und beugte sich über das Waschbecken, um mehrere Hände kaltes Wasser in seinen Mund zu schöpfen.

Jemanden umzubringen war nicht so einfach, wie es im Film immer aussah.

Er schätzte, dass er Rupe anrufen und ihm Bescheid sagen sollte, damit ihn der Kerl endlich in Ruhe ließ. Aber Rupe ging nicht ans Handy. Wahrscheinlich gönnte der sich seinen Schönheitsschlaf, während Ray die ganze Arbeit machen durfte.

Ray sprach eine knappe Nachricht auf die Mailbox. »Moody ist tot. Und ich muss vielleicht umziehen, weil er mir das ganze Haus vollgeblutet hat.«

Er legte auf, machte sich ein Brot mit Schmalzfleisch und spülte es mit einem Glas Milch runter.

Als er ins Wohnzimmer zurückging und sah, wie komisch Moody mit halb abgeschnittenem Kopf aussah, kam er auf die Idee, dass er mit dem Handy des alten Knackers ein Foto schießen und es Bellamy schicken könnte. Rupe hatte ihn gewarnt, dass niemand Rays Telefonnummer kennen durfte, aber die bekam Bellamy auf diese Weise nicht.

Jetzt, wo er damit fertig war, merkte er, wie erledigt er war. Er hatte eine lange Nacht und einen anstrengenden Vormittag hinter sich. Darum wollte er sich erst ein bisschen ausruhen, bevor er überlegte, wie er Moody wegschaffen würde.

Er ging ins Schlafzimmer, öffnete den Schrank und ging auf ein Knie. Auf den ersten Blick sah die Ecke des PVC-Belags aus wie der Rest, so als wäre sie auf dem Beton festgeklebt. Nur Ray wusste, dass man sie zurückschlagen konnte, weil er sie einen Tag nach seinem Einzug Stück für Stück gelöst hatte.

Dann hatte er den Beton darunter ausgehöhlt, bis er eine flache Mulde ausgekerbt hatte. Sie brauchte nicht tief zu sein, nur so tief, dass ein kleines Höschen reinpasste, und an dem war kaum was dran. Es war leichter als Luft. Man konnte praktisch durchsehen.

Er zog es aus dem Versteck und betrachtete es bewundernd, genau wie damals, als Allen es in seine Faust gedrückt hatte. Ray erinnerte sich noch daran, als wäre es gestern gewesen. Allen war nervös gewesen. Nein, mehr als nervös. Ängstlich. Moody und ein anderer Detective hatten am Straßenrand geparkt und waren den Weg zum Haus heraufgekommen.

Allen hatte geschwitzt. Und ihm eilig erklärt: »Du musst das hier verstecken, Ray. Okay?«

»Das Höschen von dem Mädchen?«
»Beeil dich. Nimm es mit. Und versteck es.«

Ray hatte es in seine Hose und seine Unterhose gestopft und dann sein T-Shirt wieder glatt gezogen. Allen hatte ihm zugesehen und zustimmend genickt. »Du musst es so schnell wie möglich loswerden. Am besten verbrennst du es. Versprich es mir.«

»Versprochen.«

Fast im selben Moment hatten die Bullen an die Tür geklopft. Allen hatte sich über die feuchte Oberlippe gewischt, Ray auf die Schulter geklopft und war zur Tür gegangen. Moody hatte ihm seine Rechte vorgelesen, während ihm der andere Detective Handschellen angelegt hatte. Dann hatten sie ihn mitgenommen.

Während Allen eingesperrt war, hatten sie nie wieder über das Höschen gesprochen. Allen hatte ihn nie gefragt, ob er es wirklich verbrannt hatte, und er hatte nie zugegeben, dass er sein Versprechen gebrochen hatte. Er brachte es nicht über sich, das Höschen loszuwerden. Es war sein größter Schatz. Es war das Letzte, was ihm sein Bruder je gegeben hatte.

Er holte es nicht oft aus seinem Versteck. Nicht so oft, wie er es gern getan hätte. Aber wenn Moodys Tod keine besondere Gelegenheit war, was dann?

Er legte sich aufs Bett, streckte sich auf dem Rücken aus und schob eine Hand in das Höschen, hielt es dann gegen das Fenster und betrachtete seine gespreizten Finger durch den durchscheinenden Stoff. Mit einem zufriedenen Seufzen wälzte er sich auf die Seite und nickte ein.

Im beengten Cockpit eines Kampfjets hatte Dent nie klaustrophobische Beklemmungen bekommen, aber das Verhörzimmer im Austin Police Department erinnerte ihn beunruhigend an seinen letzten Aufenthalt hier, bei dem Dale Moody ihm gnadenlos zugesetzt hatte. Es half wenig, dass Moody tot war. Er wäre trotzdem fast die Wände hochgegangen.

Bellamy saß bleich und zutiefst erschüttert an seiner Seite, und oft musste man sie zweimal ansprechen, ehe sie reagierte. Er konnte verstehen, dass sie verstört war. Das Bild von Moody mit aufgeschlitzter Kehle war ein echter Schock gewesen.

Weil jeder im Department sie als Prominente und als überlebende Tochter des jüngst verstorbenen Howard Lyston erkannte, verhielten sich die Detectives ausgesprochen höflich.

Nichtsdestoweniger waren die ersten Schweißperlen über Dents Rippen gerollt, sobald man sie in den Vernehmungsraum geführt hatte, wo sie ihre Aussage machen sollten. Er hielt Bellamys Hand fest in seiner, zu ihrem Trost, aber auch zu seinem.

Haymaker hatte sofort das Police Department angerufen. Er hatte sich mit einem Detective aus dem Morddezernat verbinden lassen, ihm von dem grausigen Foto erzählt, das Opfer darauf als den ehemaligen Police Officer Dale Moody identifiziert und dem Detective die Nummer von Galls Handy gegeben.

»Es ist anzunehmen, dass ein Mann namens Ray Strickland das Handy an sich genommen hat und dass er die Nachricht abgeschickt hat. Er wird wegen Körperverletzung gesucht, es muss also schon ein Bericht über ihn vorliegen. Wir drei fahren jetzt los und sind gleich da.«

Bei ihrer Ankunft in der Polizeizentrale wurden sie sofort von dem Detective in Empfang genommen, mit dem Haymaker gesprochen hatte, einem gewissen Nagle, der von einem Kollegen namens Abbott begleitet wurde. Für Dent sahen sich beide zum Verwechseln ähnlich. Das gleiche Alter. Die gleiche Größe und Statur. Ähnliche Sportsakkos.

Sie hatten Bellamys Handy an sich genommen, das zugeschickte Foto betrachtet und dann zugegeben, dass sie Ray Stricklands gegenwärtige Adresse nicht kannten, aber dass sie versuchen würden, das Signal von Galls Handy zu orten.

»Außerdem haben wir die Fahndung nach ihm eingeleitet.«

»Was für ein Motiv hätte dieser Strickland, Moody umzubringen?«, hatte Nagle gefragt.

Haymaker hatte ihm die kopierte Akte zum Fall Susan Lyston übergeben. »Letzten Endes geht alles hierauf zurück.«

Jetzt, mehr als eine Stunde später, saßen sie immer noch im Vernehmungsraum, beantworteten Fragen und schilderten akribisch die ganze Geschichte. Zwischendrin hatte ein uniformierter Polizist den Kopf durch die Tür gestreckt und Abbott in den Gang gerufen. Nagle drängte Bellamy weiterzuerzählen.

Sie berichtete ihm gerade von ihrer Unterhaltung mit Moody auf der Trauerfeier, als Abbott hereinplatzte und verkündete: »Moodys Leichnam wurde in Stricklands letzter Wohnung gefunden.«

»Wie haben sie ihn gefunden?«, wollte Nagle wissen. »Über das Handy?«

»Nein, wir haben einen Tipp bekommen, wo er lebt.«

»Von wem?«, fragte Nagle.

»Rupe Collier.«

»Was?«, riefen Bellamy und Dent im Chor.

»Ja, es sieht so aus, als hätte Mr Collier Mitleid mit Strickland bekommen, nachdem dessen Bruder im Gefängnis umgebracht worden war. Strickland hatte damals von der Wohlfahrt gelebt. Collier gab ihm Arbeit und quartierte ihn in einer Doppelhaushälfte ein, in der Strickland immer noch wohnt. Er sagt, Strickland hätte nie jemandem was getan. Er sei ein Einzelgänger, aber er würde keinen Ärger machen. Und dass er ein ganz ordentlicher Mechaniker und Glaser wäre. Tauscht Windschutzscheiben für ihn aus.«

Der Detective sah Bellamy unbehaglich an. »Allerdings hat Ray, seit Ihr Buch herauskam und so populär wurde, öfter in der Arbeit gefehlt. Außerdem wurde er ausfallend seinem Boss und seinen Kollegen gegenüber. Mr Collier sagt, er hätte ihn mehrmals angerufen und ihn beschworen, die Vergangenheit endlich ruhen zu lassen. Trotzdem hätte sich Strickland immer mehr in die Sache hineingesteigert und in jüngster Zeit mehrmals Drohungen gegen Sie beide und Dale Moody ausgestoßen. Gestern verschwand er dann mit einem Wagen, der Mr Collier gehört. Mr Collier hat mehrmals versucht, ihn telefonisch zu erreichen, weil er ihn überreden wollte, den Wagen zurückzubringen, ehe er ihn als gestohlen melden muss. Aber Strickland ging nicht ans Telefon und rief auch nicht zurück.

Doch gerade eben bemerkte Mr Collier eine Nachricht auf seiner Mailbox, die Strickland heute früh aufgesprochen haben muss. Darin erklärte ihm Strickland, dass Moody tot sei und dass er wegen der Sauerei in seinem Haus vielleicht umziehen müsse. Daraufhin rief Mr Collier sofort in der Notrufzentrale an und gab Mr Stricklands Adresse durch.«

»Unglaublich«, murmelte Dent. Doch die Detectives hörten ihn nicht, weil Nagle in diesem Moment fragte, in welcher Verfassung Strickland sich befunden hätte, als er in Gewahrsam genommen wurde.

»Das wurde er nicht«, antwortete Abbott.

»Er ist immer noch auf freiem Fuß?«

»Leider ja. Allerdings haben wir das Kennzeichen seines Wagens. Wir sollten ihn bald geschnappt haben. Es wurde eine Großfahndung ausgelöst.«

»Wie konnte er entkommen?«, fragte Bellamy.

»Die Streifenpolizisten, die als Erste bei ihm eintrafen, entdeckten ihn im Schlafzimmer, wo er schlafend auf dem Bett lag. Die beiden Polizisten umstellten ihn. Er schreckte hoch und attackierte sie sofort mit einem Messer, offenbar der Mordwaffe. Sie meinten, er hätte sich aufgeführt wie ein Berserker. Scherte sich nicht um ihre Aufforderung, die Waffe fallen zu lassen. Einer der Polizisten wurde verletzt. Er bekam die Klinge in die Schulter. Die Wunde ist tief und schmutzig, aber es sieht so aus, als würde er keinen bleibenden Schaden davontragen. Das ist die gute Nachricht. Die schlechte Nachricht ist, dass Strickland dadurch entkommen konnte. Und da ist noch was«, sagte Abbott und sah Bellamy an. »Strickland hat das hier auf dem Bett liegen lassen.« Er zog einen durchsichtigen Beweissicherungsbeutel aus der Jackentasche und streckte ihn ihr hin. »Könnte das Ihrer Schwester gehört haben?«

Bellamy hätte den Beutel am liebsten nicht einmal berührt, doch sie nahm ihn dem Detective aus der Hand und betrachtete das Stoffstück darin. Schlagartig schnürte es ihr die Kehle zu. Sie nickte benommen und bestätigte: »Solche hat sie immer getragen.«

Abbott nahm den Beutel wieder an sich. »Ich schicke das ins Labor. Vielleicht kann die Spurensicherung nachweisen, dass es ihr gehört hat.«

Haymaker sagte: »Dale hat immer betont, dass der Kerl, der ihr Höschen hat, auch ihr Mörder sein muss. Wenn ich mich recht erinnere, war Allen zeitlebens Rays Beschützer. Vielleicht hat er sich für seinen Bruder in die Bresche geworfen.«

Bellamy brachte eine weitere Möglichkeit ins Spiel. »Vielleicht hat Allen es Ray gegeben, damit man es nicht bei ihm findet.«

»Wir werden uns noch mal diese Akte vornehmen«, sagte Nagle. Und er schien es kaum erwarten zu können.

»Vielleicht möchten Sie dabei auch einen Blick hierauf werfen.« Bellamy reichte ihm Moodys Geständnis. »Sie werden die Lektüre bestimmt erhellend finden. Vor allem, was Rupe Collier angeht und warum Ray ihn angerufen hat, gleich nachdem er Dale Moody umgebracht hatte.«

Steven legte auf und drehte sich zu seiner Mutter um. »Sie sagte, sie würde vorbeikommen und uns die Einzelheiten erzählen. Sie klang müde und ein bisschen heiser, schließlich hat sie stundenlang mit der Polizei gesprochen, aber sie behauptet, eigentlich gehe es ihr gut.« Trocken ergänzte er: »Und sie meinte, sie wird in nächster Zeit bestimmt keine SMS mehr öffnen.«

»Das muss so schrecklich für sie gewesen sein«, sagte Olivia.

»›Grausig‹ war das Wort, das sie verwendet hat.«

»Ich mache mir Sorgen um sie. In den letzten Tagen hat sie furchtbar viel durchgemacht.«

»Und zum Teil bin ich dafür verantwortlich. Wolltest du das damit andeuten?«

»Ganz und gar nicht.«

»Es stimmt aber.« Er ließ sich seufzend in einen Sessel sinken. »Ich werde mir nie verzeihen, dass ich Dowd engagiert und Bellamy damit zusätzlich verängstigt habe.«

»Du hast einen Fehler gemacht«, sagte William. »Aber mit den besten Absichten. Du konntest nicht wissen, wie das auf sie wirken und wie sich alles entwickeln würde. Du hast sie um Verzeihung gebeten. Jetzt vergib dir selbst.«

Steven lächelte seinen Partner an. »Danke.«

William erwiderte sein Lächeln und entschuldigte sich dann. »Ich werde mal in den Restaurants anrufen und nachfragen, ob es irgendwelche Krisen gab.«

Steven wusste, dass das nur vorgeschoben war. William spürte genau, dass Steven und seine Mutter ein paar private Dinge besprechen mussten, und wollte dabei nicht stören.

Sobald er durch die Tür war, fiel Olivias Fassade in sich zusammen. Ihre Schultern sackten erschöpft herab, eine verspätete Reaktion auf die zahllosen Stunden, während der sie an Howards Totenbett Wache gehalten hatte, wie Steven begriff. Außerdem setzten ihr Trauer und Angst zu.

»Sobald dieser Strickland gefasst ist, ist alles vorbei, Mutter. Und zwar endgültig.«

»O Gott, wie ich das hoffe.«

Er lachte freudlos. »Es wird merkwürdig sein, sich nicht schon beim Aufwachen davor zu fürchten, was der Tag bringen und was für hässliche Überraschungen er bereithalten mag. Seit dem Tag, an dem Bellamys Buch in die Buchhandlungen kam, bin ich nicht ein einziges Mal unbeschwert aufgewacht.«

»Ich weiß genau, was du meinst. Mir ging es genauso. Ich wünschte nur... Ach, ich wünsche mir so vieles, was sich nie erfüllen wird.«

»Wie zum Beispiel?«

»Dass Bellamy dieses grässliche Bild nicht bekommen hätte.«

»Sie hat Dents breite Schulter, an die sie sich lehnen kann.«

»Da hätten wir schon meinen nächsten Wunsch. Ich wünschte, er wäre nicht Teil ihres Lebens.«

»Offiziell sind sie nicht zusammen.«

Olivia sah ihn mit hochgezogener Braue an.

»Noch nicht«, korrigierte er kleinlaut.

»Hältst du es für unvermeidlich?«

»Ich habe gesehen, wie sich die beiden ansehen.«

»Und wie?«

»So wie du Howard angesehen hast und er dich, nachdem ihr euch kennengelernt hattet.«

Sie lächelte traurig. »So schlimm ist es also? Nun, wie auch immer, ich werde nichts daran ändern können. So wenig wie ich dich davon abhalten kann, morgen nach Atlanta zurückzufliegen. Ich wünschte, du müsstest nicht schon wieder weg.«

Zum Glück wusste sie nicht, *wie* eilig er es hatte, diesem Haus zu entkommen, das so viele grauenvolle Erinnerungen beherbergte. Er war nur so lange geblieben, weil er sie in ihrer Trauer nicht allein lassen wollte. Aber er würde erst wieder frei atmen können, wenn er tausend Meilen weit weg war.

»Und am meisten«, seufzte sie, »wünschte ich mir, dass Howard lange genug gelebt hätte, um zu erleben, wie dieser Schrecken ein Ende nimmt.«

»Das wünschte ich auch. Aber Gott sei Dank ist es für uns andere bald vorbei. Jetzt, wo Susans Unterhose in Ray Stricklands Haus gefunden wurde, ist Bellamys Gralssuche, wenn man es denn so nennen will, wohl zu Ende. Fall abgeschlossen.«

Olivia stützte den Ellbogen auf die Armlehne ihres Sessels, ließ den Kopf in die Hand sinken und massierte ihre Stirn. »Bestimmt bringen sie es in den Nachrichten, dass das Höschen gefunden wurde. Man wird darüber schreiben, darüber reden, darüber spekulieren. Tagelang.«

»Aber nicht bis in alle Ewigkeit. Schon bald wird ein neuer Skandal daherkommen.«

»Ihre kleine Marotte ist uns alle so unendlich teuer zu stehen gekommen.«

Steven erstarrte bis ins Mark. Sein Atem stockte, und er hätte schwören können, dass auch sein Herz zu schlagen aufgehört hatte, wenn da nicht diese unglaubliche Hitzewelle gewesen wäre, die durch seinen ganzen Körper rollte. Wie gebannt und ohne zu blinzeln, sah er seine Mutter an.

Schließlich senkte sie die Hand, hob den Kopf und schenkte ihm ein leeres Lächeln. »Uns bleibt nichts anderes übrig, als dem Mediensturm zu trotzen, der uns erwartet. Ich wünschte weiß Gott...« Sie verstummte und sah ihn befremdet an. »Steven? Was ist denn?«

Er schluckte: »Du hast gesagt, dass Susans kleine Marotte uns alle so unendlich teuer zu stehen gekommen ist.«

Olivias Lippen teilten sich, aber sie schwieg.

»Welche kleine Marotte meinst du, Mutter?«

Sie blieb weiterhin stumm.

»Mutter, ich habe dich etwas gefragt. Welche kleine Marotte? Ihre kleine Marotte, ihr Höschen auszuziehen und es irgendwelchen Männern in die Hand zu drücken?«

»Ich...«

Er schoss aus seinem Sessel. »Du hast davon *gewusst*?«

»Nein, ich...«

»Du hast es gewusst, nicht wahr? Du hast gewusst, dass sie genau das mit mir gemacht hat. Und zwar unzählige Male. Hast du auch alles andere gewusst?«

Endlich stand sie ebenfalls auf, allerdings so unsicher, dass sie sich an der Rückenlehne ihres Sessels einhalten musste. »Steven, hör mir zu. Bitte.«

»Du hast Bescheid gewusst? Über alles? Und hast nichts dagegen unternommen?«

»Steven...«

»Du hast das nicht unterbunden? Warum nicht?«

»Ich konnte es nicht«, wimmerte sie.

Er bebte vor Zorn. »Du hast mich damit fürs Leben gezeichnet!«

Sie presste die Hand auf den Mund, um ihr Weinen zu ersticken. Ihr ganzer Körper bebte, aber er kannte keine Gnade. »Warum hast du das damals nicht unterbunden?«

»Ich...«

»Warum nicht? *Warum nicht*?«

»Wegen Howard!«, schrie sie auf. »Das Wissen hätte ihn zerstört.«

Lange Augenblicke stand Steven reglos da und starrte in ihr gepeinigtes Gesicht. »Howard hätte das Wissen zerstört, und das konntest du nicht zulassen. Aber dass du damit mein Leben zerstört hast, war in Ordnung.«

»Nein!«, heulte sie auf und streckte die Hand nach ihm aus. Er schlug sie weg.

»Steven! *Steven*!«

Er hörte sie immer noch rufen, während er die Treppe hinunterstürmte.

29

Dent brachte den Wagen auf der geschwungenen Auffahrt zur Villa der Lystons zum Stehen. »Galls Timing ist katastrophal, aber nachdem ich selbst um das Treffen gebeten habe, sollte ich auch hingehen, finde ich.«

»Unbedingt«, bestätigte Bellamy.

»Ich mach es so kurz wie möglich.«

»Es ist wichtig für dich, also kürz es nicht meinetwegen ab. Außerdem habe ich hier genug Versöhnungsarbeit zu tun. Als ich gestern von hier wegfuhr, waren alle verstört und verärgert.«

»Außerdem bist du anschließend direkt zu mir gefahren und hast dort die Nacht verbracht. Allein deswegen haben sie dich wahrscheinlich aus dem Testament gestrichen.«

»Das war es wert«, bekannte sie leise.

»Ach ja?«

Sie wechselten einen liebevollen Blick, dann fiel ihr wieder ein, warum sie hier waren, und sie sagte: »Sie werden wissen wollen, was heute alles passiert ist, und es gibt viel zu erzählen.«

»Was ein weiterer Grund dafür ist, dass ich dich nur ungern allein lasse. Eigentlich möchte ich dich überhaupt nicht aus den Augen lassen, solange Strickland noch auf freiem Fuß ist.«

»Vor dem Tor steht ein Streifenwagen.«

»Darüber bin ich auch froh. Wenn die Detectives das nicht von sich aus vorgeschlagen hätten, hätte ich genau das verlangt.« Er sah durch die Windschutzscheibe zum Himmel auf. »Außerdem sieht es nach Regen aus. Vielleicht sollte ich hier warten, bis du im Haus bist ...«

»Jetzt hör schon auf. Du hast es meinetwegen schon den ganzen Tag auf dem Polizeirevier ausgehalten. Ich bin dir wirklich dankbar dafür, vor allem weil ich weiß, wie unwohl du dich dort bestimmt gefühlt hast. Da kann ich mindestens einen Regenschauer aushalten.«

Ihr Abschiedskuss weckte bei beiden den Wunsch, die jeweiligen Verpflichtungen so schnell wie möglich hinter sich zu bringen, damit sie möglichst bald wieder zusammen sein konnten. Sie winkte ihm zum Abschied nach, eilte die Stufen hinauf und trat ins Haus. Im Erdgeschoss war niemand, was sie überraschte, da sie Steven angekündigt hatte, dass sie unterwegs sei.

Sie rief nach ihm und nach Olivia, aber stattdessen trat Helena, die Haushälterin, aus dem Gang zur Küche. »Verzeihung, Miss Price. Ich wollte gerade gehen und habe Sie nicht kommen hören.«

»Wo sind denn alle?«

»Mrs Lyston ist oben in ihrem Zimmer. Sie wollte eine Weile ungestört sein.«

»Und mein Bruder?«

»Der ist nicht mehr da.«

»Er ist ausgegangen?«

»Nein, er und Mr Stroud sind auf dem Rückweg nach Atlanta.«

»Ich dachte, sie wollten erst morgen abreisen.«

»Er hat mir erklärt, es hätte eine kurzfristige Planänderung gegeben.«

Kurzfristig war untertrieben. Steven musste gleich nach ihrem Telefonat losgefahren sein.

Die Haushälterin sah, wie enttäuscht Bellamy war, und

sagte: »Er hat Ihnen in Mr Lystons Arbeitszimmer eine Nachricht hinterlassen.«

Eine Nachricht. Mehr war sie ihm nicht wert? Er hatte mit seiner Abreise nicht einmal ein paar Minuten warten können, um sich persönlich von ihr zu verabschieden?

»Brauchen Sie noch etwas, bevor ich gehe?«

»Nein danke, ich komme schon zurecht, Helena.«

»Dann wünsche ich Ihnen noch einen guten Abend.«

Bellamy ging direkt ins Arbeitszimmer. In den eingebauten Bücherschränken reihten sich Erinnerungsstücke aus dem Leben ihres Vaters zu einer Chronik seines Lebens, angefangen von einem Schwarz-Weiß-Foto, das ihn und seine Eltern bei seiner Taufe zeigte, bis zu einem im vergangenen Jahr aufgenommenen Bild, auf dem er in Pebble Beach mit dem Präsidenten der Vereinigten Staaten Golf spielte.

Doch trotz der vertrauten Unordnung fühlte sich das Arbeitszimmer ohne ihn leer an. Wie oft hatte sie hier lange Gespräche mit ihrem Vater geführt. Schon beim Betreten des Zimmers spürte sie einen Kloß in der Kehle. Bis jetzt hatte der Raum Wärme und Sicherheit ausgestrahlt. Heute wirkte er unheilvoll und bedrückend und trotz der offenen Vorhänge düster. Draußen hatte sich der Himmel zugezogen.

Sie schaltete die Schreibtischlampe an und setzte sich auf den Stuhl ihres Vaters. Als sie das vertraute Knarren des Leders hörte, brach die Trauer wieder in einer Flutwelle über sie herein. Noch trauriger machte sie der Umschlag auf dem Schreibtisch, der mit ihrem Namen beschriftet war.

Sie öffnete ihn und las Stevens kurze Nachricht:

Liebe Bellamy,
wäre unser Leben anders verlaufen, hätte ich vielleicht der Bruder sein können, den du dir gewünscht hast und der ich so gern gewesen wäre. So aber bin ich dazu ver-

dammt, dich zu enttäuschen und zu verletzen. Bitte verzeih mir die Sache mit Dowd. Ehrbare Absichten, trotzdem eine schlechte Idee. Ich wollte dich beschützen, weil ich dich wirklich liebe. Aber falls du überhaupt noch etwas für mich empfindest, dann tu uns beiden etwas Gutes und lass diesen Abschied endgültig sein.

Steven

Die Nachricht brach ihr das Herz; sie trauerte um ihn ebenso wie um sich. Das Blatt an die Lippen gepresst, kämpfte sie gegen die Tränen an. Sie kamen aus tiefstem Herzen, aber es nutzte nichts, wenn sie jetzt weinte. Sie konnte die Vergangenheit, die so tiefe Narben in der Seele ihres Stiefbruders hinterlassen hatte, nicht ungeschehen machen.

Ihr Blick fiel auf das gerahmte Foto auf der Schreibtischecke. Sie fragte sich, ob es Steven aufgefallen war, als er den Zettel hier abgelegt hatte. Falls ja, hatte er es wahrscheinlich genauso verstörend gefunden wie sie.

Sie hatte ihren Vater einmal gefragt, warum er dieses Foto genau dort aufgestellt hatte, wo er es jeden Tag sehen musste. Er hatte ihr geantwortet, dass es das letzte Bild war, das von Susan gemacht worden war, und dass er sie so im Gedächtnis behalten wollte, wie sie darauf aussah: lächelnd und glücklich, lebendig und lebensfroh.

Es war an jenem Memorial Day aufgenommen worden, kurz bevor sie in den Park aufgebrochen waren. Die ganze Familie war in Rot, Weiß und Blau gekleidet, wie es Olivia aus Anlass des Tages vorgegeben hatte. Dann hatten sie sich vor dem Haus versammelt, und als alle ihre Plätze auf den Stufen eingenommen hatten, hatte ihre damalige Haushälterin das Foto geschossen.

Es ähnelte dem weihnachtlichen Familienporträt nur insofern, als dass es genauso bezeichnend für die verschiedenen Persönlichkeiten war. Steven schaute mürrisch drein, Susan strahlte. Bellamy wirkte verunsichert. Olivia und Howard standen lächelnd Arm in Arm und sahen aus wie der personifizierte amerikanische Traum, so als wären sie immun gegen alle Tragödien.

Bellamy hörte ein tiefes Donnergrollen, drehte sich um und blickte nervös aus dem Fenster. Regen klatschte gegen die Scheiben. Sie massierte die Gänsehaut auf ihren Oberarmen und stand auf, um die Vorhänge zuzuziehen. Ein masochistischer Impuls ließ sie zum Himmel aufsehen.

Die Wolken hingen bösartig und beinahe grünlich am Himmel.

Sie schloss sekundenlang die Augen und stellte, als sie die Lider wieder aufschlug, fest, dass die Wolken keineswegs grün waren. Sie waren grau. Und schnell. Es waren fette Regenwolken. Mehr nicht.

Nicht mit dem apokalyptischen Himmel an jenem Nachmittag vor achtzehn Jahren zu vergleichen.

Sie drehte sich wieder zum Schreibtisch um, griff nach dem gerahmten Familienfoto und hielt es direkt unter die Schreibtischlampe, wo sie es im Licht mal hierhin, mal dorthin kippte, um es aus verschiedenen Winkeln zu betrachten.

Wonach *suchte* sie eigentlich?

Sie wusste es nicht. Sie wusste nur, dass sich irgendwas ihrem Blick entzog. Etwas Wichtiges, etwas Beunruhigendes. Was nur? Was entging ihr? Und warum erschien es ihr so wichtig, dass sie es fand?

Ganz in der Nähe schlug ein Blitz ein, gefolgt von einem scharfen Donnerknall.

Bellamy ließ den Rahmen fallen. Das Schutzglas zersplitterte.

Dent betrat den Starbucks in der Nähe des Kapitols, wo sich der Senator mit ihm verabredet hatte. Fast alle Gäste im Café hackten auf einen Laptop ein oder sprachen in ein Handy, nur die beiden Männer nicht, die auf Dent warteten. Gall hatte sich für den Anlass in Schale geworfen und seinen ölverschmierten Overall gegen einen sauberen getauscht. Er nagte nervös an einer Zigarre.

Der Mann, der sich gemeinsam mit ihm erhob, um Dent an ihrem Tisch zu begrüßen, war um die sechzig und hatte lichtes Haar. Er trug ein Cowboyhemd mit Perlmutt-Druckknöpfen. Es steckte in einer Wrangler mit Bügelfalten, die von einem dicken, gepunzten Gürtel mit einer untertassengroßen Silberschnalle gehalten wurde. Sein breites, sonnengegerbtes Gesicht war offen und freundlich, und die Hand, die Dent während Galls beiderseitiger Vorstellung schüttelte, fühlte sich zäh wie Stiefelleder an.

Der Senator pumpte Dents Hand mehrmals auf und ab. »Danke, dass Sie gekommen sind, Dent. Ich war schon sehr gespannt auf dieses Treffen. Setzen Sie sich doch.« Er deutete auf den freien Platz an ihrem kleinen Tisch.

In diesem Moment ließ ein Donnerschlag die Fenster klirren. Dent sah nach draußen und stellte fest, dass es leicht zu regnen begonnen hatte. Er wandte sich wieder den beiden Männern zu und erklärte: »Ich kann nicht lange bleiben.«

Gall tadelte ihn mit einem finsteren Blick für seine unhöfliche Gesprächseröffnung, aber der Senator lächelte leutselig. »Dann lassen Sie uns gleich zur Sache kommen. Gall hat mir bereits Ihre Konditionen genannt, und ich halte sie ehrlich gesagt für unangemessen.« Er wartete eine Sekunde ab und lachte dann: »Da geht doch noch mehr!«

Dent hörte stumm zu, während der Senator ihm ein Angebot unterbreitete, das nur ein absoluter Idiot ausgeschlagen hätte. Trotzdem wurde er immer wieder von dem Gewitter draußen abgelenkt. Der Wind peitschte die Platanen, die in regelmäßigem Abstand den Gehweg säumten. Das Nieseln hatte sich zu einem ausgewachsenen Wolkenbruch gesteigert. Immer häufiger und heftiger blitzte und donnerte es.

Bestimmt hatte Bellamy jetzt Angst.

»Dent?«

Er merkte, dass der Senator zu reden aufgehört hatte und dass seine letzte Bemerkung irgendeine Reaktion erforderte, denn sowohl der Senator als auch Gall sahen ihn erwartungsvoll an.

»Ähm, ja«, sagte er in der Hoffnung, dass die Antwort passte.

Gall nahm die Zigarre aus dem Mund. »Mehr hast du nicht dazu zu sagen?«

Dent stand auf und wandte sich an den Senator: »Ihr Flugzeug ist der feuchte Traum jedes Piloten. Und ich kann besser fliegen als jeder andere. Aber im Moment muss ich los.«

Während er sich zwischen den Tischen durchschlängelte, hörte er den Senator lachen. »Hat er es immer so eilig?«

»In letzter Zeit schon«, antwortete Gall. »Er ist verliebt.«

Dent schob sich durch die Tür, die ihm der Wind sofort aus der Hand riss. Er blieb nicht stehen, um sie wieder zuzudrücken, sondern rannte los, den Kopf gegen den peitschenden Regen gesenkt.

Mit zitternden Händen schüttelte Bellamy die Glasscherben aus dem Rahmen und fuhr dann mit den Fingerspitzen über das Foto. Ausgiebig betrachtete sie jedes Familienmitglied einzeln und versuchte dahinterzukommen, was sie an dem Bild so beunruhigte.

Wieder blitzte es. Sie zuckte zusammen. Und kauerte in diesem Augenblick wieder als Zwölfjährige, versteinert vor Angst, unter einem Busch in dem kleinen Wald im Park. Sie musste Schutz vor dem Unwetter suchen, aber sie war zu verängstigt, um sich noch zu rühren.

Die Rückblende war so intensiv, dass ihr Atem in abgehackten Stößen ging. Das Foto in der Hand, stolperte sie um den Schreibtisch herum zum nächsten Bücherschrank, wo sie vor den Schranktüren unterhalb der Regalbretter auf die Knie ging. Hier hatte sie all die Dokumente verstaut, die sie bei ihren Recherchen zu *Kalter Kuss* gesammelt hatte. Sie hatte sich von Dexter alles nachschicken lassen, was sie bei ihrer Flucht aus New York zurückgelassen hatte. Nach ihrer Ankunft hatte sie ihren Dad gefragt, ob sie die Papiere hier in einem freien Schrankfach aufbewahren konnte.

Auf dem Boden kniend, stapelte sie mit fahrigen Bewegungen die dicken Ordner auf und ging sie hastig durch, bis sie auf den mit den Fotos des Tornados und seiner Verwüstungen stieß. Sie hatte sie aus Zeitschriften und Zeitungsartikeln ausgeschnitten oder aus dem Internet ausgedruckt, bis sie Dutzende von Bildern angesammelt hatte, die alle an jenem schicksalhaften Memorial Day in Austin aufgenommen worden waren.

Aber jetzt war sie auf der Suche nach einem ganz bestimmten Bild, und sie suchte dabei so hektisch, dass sie alle Fotos zweimal durchgehen musste, bevor sie es schließlich fand. Die Unterschrift lautete: *Prominente Familie sucht in den Trümmern nach ihren Angehörigen.*

Ein Angestellter von Lyston Electronics hatte seine Kamera zum Barbecue mitgenommen und das Bild nur Minuten nach dem Tornado gemacht. Die Zerstörungen im Hintergrund wirkten geradezu surreal. Der Schnappschuss hatte Menschen in Tränen, in Fetzen, in Panik eingefangen.

Und im Vordergrund sah man Howard, Olivia und Steven stehen.

Howard hielt Olivias Hand umklammert, und sein Gesicht

war tränenüberströmt. Steven hatte einen Arm erhoben und verbarg das Gesicht in der Ellenbeuge. Olivias Miene war wie erstarrt, nichts erinnerte an das Lächeln, das auf ihrem Gesicht gestrahlt hatte, als sie am Morgen auf den Stufen vor ihrem Haus fotografiert worden war.

Bellamy hielt die Fotos nebeneinander.

Ja, der Unterschied in Olivias Miene war kaum zu übersehen.

Eher übersah man da schon die Unterschiede bei der Bluse. Auf dem am Morgen aufgenommenen Bild trug sie eine Schleife um den Hals. Auf dem zweiten Foto ...

Bellamy ließ die Fotos fallen und schlug die Hände vors Gesicht, als die Erinnerung sie durchzuckte. Als wäre sie mit Überlichtgeschwindigkeit durch ein Zeitloch geschleudert worden, war sie plötzlich wieder im Park und schlug sich durchs Unterholz, um Susan zu suchen, die zusammen mit Allen Strickland aus dem Pavillon verschwunden war.

Bellamy wollte die beiden aufscheuchen, damit sie Susan genauso in Verlegenheit bringen konnte, wie Susan sie mit ihrer Bemerkung zu Dent in Verlegenheit gebracht hatte.

Aber als sie ihre Schwester fand, lag Susan bäuchlings auf dem Boden, und der Rock ihres Sommerkleides war nach oben geschlagen, sodass ihr nackter Hintern zu sehen war. Ihre Hand umklammerte ihre kleine Handtasche. Und sie rührte sich nicht. Bellamy begriff augenblicklich, dass sie tot war.

Mindestens so schockierend war, dass Olivia über ihr stand und auf Susan herabsah. In ihrer Hand hielt sie das Band der Schleife, die eigentlich an ihre Bluse gehörte. Das andere Ende schleifte am Boden.

Bellamy wollte aufschreien, aber sie war vor Angst und Schreck wie gelähmt. Sie verharrte reglos und mit angehaltenem Atem. Außerdem hätte sie sowieso nicht schreien können, weil die Luft plötzlich unerträglich stickig war. Im Wald war es unnatürlich ruhig und still geworden. Nichts rührte sich. Kein Vogel, kein Insekt, kein Eichhörnchen, nicht einmal ein Blatt. Es war, als hätte die Natur selbst innegehalten, um zuzusehen, wie Olivia ihre Stieftochter erdrosselte.

Dann brach auf einmal eine kräftige Windbö durch den reglosen Wald, und die Stille wurde von einem Brüllen zerrissen, das Bellamy zu Boden schleuderte. Der Wetterumsturz riss Olivia aus ihrer Trance, sie drehte sich auf dem Absatz um und rannte um sich schlagend durch die Bäume und das Unterholz auf den Pavillon zu.

Bellamy rappelte sich wieder auf und taumelte blindlings durch den Wald, gebeutelt von Windstößen, die ihr den Atem verschlugen, während ihre Haare senkrecht vom Kopf wegstanden, so elektrisch aufgeladen war die Luft. Noch nie hatte sie einen derartigen Lärm gehört. Es war, als würde ein brüllender Drache auf sie herabstoßen.

Aber nicht der wütende Sturm hatte sie in die Flucht geschlagen. Sie war vor dem geflohen, was sie gerade beobachtet hatte. Blind suchte sie Schutz, doch nicht vor dem Wind und den Trümmern, die um sie herum durch die Luft schossen – sie suchte Zuflucht vor dem Undenkbaren.

Schließlich erreichte sie mit berstender Lunge und rasendem Herzen das Bootshaus, stolperte durch den Eingang und suchte instinktiv nach einer Ecke, in der sie sich verkriechen konnte, gerade als ein Teil des Metalldachs abgerissen wurde, während ein weiteres Dachstück durch das höhlenartige Gebäude schnitt wie die Klinge einer Guillotine und ein Boot zweiteilte. Sie versuchte, sich so klein und unsichtbar wie nur möglich zu machen, indem sie die Arme über den Kopf zog, und begann unkontrolliert zu heulen.

Regenschauer peitschten gegen die Fenster des Arbeitszimmers. Ein gezackter Blitz fuhr ganz in der Nähe vom Himmel.

Nach einem lauten Knall begann die Lampe auf dem Schreibtisch zu flackern und erlosch.

Am liebsten hätte sie sich irgendwo verkrochen wie an dem Tag im Bootshaus, aber sie war kein Kind mehr, und wenn sie jetzt ihrer Angst nachgab, würde sie vielleicht nie erfahren, was ihr nicht einmal ihre wieder erwachte Erinnerung verraten konnte.

Sie streckte eine Hand nach oben, bekam die Ecke des Schreibtisches zu fassen und zog sich daran in die Höhe. Kurz schloss sie die Augen, um die ungestüme Wut des Gewitters draußen auszublenden, und atmete ein paar Mal tief durch, bevor sie die Schreibtischecke losließ und aus dem Zimmer ging.

Im Haus waren alle Lichter ausgegangen, doch den Weg zur Haupttreppe fand sie auch im Dunkeln. Als sich ihre Hand um den untersten Geländerpfosten schloss, hielt sie wieder inne. Die lange geschwungene Treppe wirkte bedrohlich. Es war so dunkel, dass sie das obere Ende nicht mehr sehen konnte, aber sie zwang sich, den Fuß auf die unterste Stufe zu stellen und den Weg nach oben anzutreten.

Immer wieder wurde sie von Blitzen geblendet, die so hell waren, dass sie sich am Geländer einhalten und kurz abwarten musste, bis sie wieder etwas sah. Als sie oben angekommen war, schaute sie den langen Korridor hinunter. Alles war dunkel. Nur unter der Tür zu Olivias und Howards Schlafzimmer drang ein schmaler Lichtstreifen in den Flur. Bellamy ging darauf zu, drehte, ohne anzuklopfen, den Türknauf und trat ein.

Auf dem Nachttisch brannte eine Votivkerze. Olivia lag auf dem Bett, die Decke bis zum Hals hochgezogen. »Olivia?«

Sie hob ihren Kopf vom Kissen. »Bellamy.« Und dann, schwächer: »Steven ist abgereist.«

Bellamy ging auf sie zu und blieb am Fußende des Bettes

stehen. Olivia schaute auf die Hand, in der Bellamy die beiden verräterischen Fotos hielt. Nach einer Weile hob sich ihr Blick wieder auf Bellamys Gesicht, und sie sah ihr mehrere bleierne Sekunden in die Augen. Schließlich sagte sie: »Du weißt Bescheid.«

Bellamy nickte und ließ sich langsam auf die Bettkante sinken. Eine Weile schauten sie sich nur wortlos an. Olivia brach das angespannte Schweigen. »Wie hast du dir alles zusammengereimt?«

»Gar nicht. Als ich die beiden Fotos sah, kehrte die Erinnerung zurück.«

Olivia sah sie fragend an.

Bellamy erzählte ihr von ihrem Gedächtnisverlust. »Selbst als ich das Buch schrieb und mich dabei über Wochen immer nur auf diesen einen Tag konzentrierte, konnte ich mich an manche Abschnitte einfach nicht mehr erinnern. Erst gerade eben ist alles wieder zurückgekehrt.«

»Du hast mich dabei gesehen?«, fragte Olivia leise.

»Ich habe dich über ihrer Leiche stehen sehen, und du hattest die Schleife deiner Bluse in der Hand.«

»Man konnte sie abnehmen. Nach dem Tornado ist niemandem aufgefallen, dass sie nicht mehr da war. Manchen Menschen wurden sämtliche Kleider vom Leib geblasen. Ein Kind wurde splitternackt aufgefunden. Der Tornado hatte ihm im wahrsten Sinn des Wortes die Kleider vom Leib gesaugt.«

»Du hast das Band einfach zwischen den Trümmern fallen lassen. Und damit verschwand die Mordwaffe, sobald die Sturmschäden beseitigt wurden.«

»All die Jahre ging man davon aus, dass sie mit ihrer Unterhose erwürgt worden sei.«

»Also ist das Höschen, das man heute in Stricklands Haus gefunden hat ...«

»Oh, das ist ganz bestimmt ihres. Vielleicht hat Allen es seinem Bruder zugesteckt, bevor er verhaftet wurde, damit man es nicht bei ihm findet.«

»Du wusstest, dass er es hatte?«

»O ja. Nur konnte ich das niemandem verraten, denn sonst hätte ich erklären müssen, woher ich es wusste. Ich war überzeugt, dass die Polizei es finden und ihn damit weiter belasten würde. Aber es wurde nicht gefunden. Ich weiß beim besten Willen nicht, warum Ray es all die Jahre aufgehoben hat.«

Bellamy konnte nicht glauben, wie ruhig und distanziert Olivia ihr all das erzählte. »Olivia, was ist damals im Wald passiert?«

Ihre Brust hob und senkte sich in einem tiefen Seufzer. »Ich sah, wie sie den Pavillon verließ und wie ihr dieser Bursche nachlief, als wäre sie läufig. Was sie auch war, irgendwie. Und zwar ständig. Sie verströmte einen geradezu animalischen... Duft. Irgendwas. Ich weiß es nicht. Aber die Männer witterten es, und zwar alle. Jedenfalls folgte ich den beiden. Ich wollte verhindern, dass sie uns unseren großen Tag verdirbt.« Sie schien in ihre Erinnerung einzutauchen. »Ich hörte die beiden, noch bevor ich sie sah. Es waren widerwärtige Laute. Wie von zwei kopulierenden Tieren. Er keuchte, sie stöhnte. Susan lehnte mit dem Rücken an einem Baum. Sie hatte das Oberteil ihres Sommerkleides nach unten gezogen. Er war an ihren Brüsten. Mit seinen Pranken. Dem Mund. Er war wie im Rausch, während Susan fast gelangweilt aussah. Sie starrte nach oben. Sie meinte, dass der Himmel irgendwie komisch aussehe, als würde es gleich ein Gewitter geben. Aber entweder hörte er sie nicht, oder es war ihm egal. Sie sprach ihn an und schubste ihn leicht von sich weg. ›Ich hab keine Lust, in den Regen zu kommen‹, sagte sie. Er lachte und meinte: ›Dann sollten wir uns lieber beeilen.‹ Er öffnete seine Hose und zerrte sie über seine Hüften. Sie sah an ihm herab und lachte. ›Steck das Ding weg.‹ Worauf er sagte: ›*Wegstecken* trifft es genau.‹«

Olivia schauderte. »Ich war so angewidert, dass ich um ein Haar umgekehrt und weggelaufen wäre. Ich wollte ihnen nicht zusehen. Aber dann schlug Susan seine grabschende Pfote weg. ›Ich meine es ernst. Ich bleib bestimmt nicht hier draußen und lass mir mein Kleid ruinieren.‹ Er bedrängte sie, anfangs spielerisch, dann immer massiver. Schließlich beschimpfte er sie aufs Übelste, zerrte seine Hose wieder hoch und wollte abziehen. Lachend rief sie ihm nach, dass er nicht wütend sein sollte. Dann sah ich, wie sie ihr Höschen auszog und in seine Richtung schoss, als wäre es ein Gummiband. Sie rief ihm zu, das könnte er nehmen, wenn er sich selbst befriedigte, aber er sollte dabei an sie denken.« Olivia schloss die Augen. »Natürlich drückte sie das wesentlich drastischer aus.«

Sie holte tief Luft, als müsste sie Kraft sammeln. »Dann richtete sie ihr Kleid und zupfte ihre Haare zurecht. Sie war wunderschön, trotzdem wurde mir bei ihrem Anblick übel. Offenbar war mir das anzusehen, denn als sie mich bemerkte, fragte sie: ›Was willst *du* denn hier?‹ Du kannst dich bestimmt an diesen Tonfall erinnern. Sie war kein bisschen verlegen, sie wollte nicht einmal wissen, wie lange ich schon dort gestanden und was ich alles gesehen hatte. Sie giftete mich einfach nur an. Ich sagte ihr genau, was ich von ihr hielt, dass sie eine Schande für die ganze Familie sei und unaussprechlich verdorben und unmoralisch. Sie seufzte theatralisch, löste sich von dem Baumstamm und meinte nur: ›Schenk's dir.‹ Als sie an mir vorbeistolzierte, zog sie extra den Rock zur Seite, damit er mich nicht berührte. Das war der Tropfen, der das Fass zum Überlaufen brachte.« Ihr Blick wurde leer. »Ehe ich michs versah, schoss meine Hand vor, und ich hielt ihren Arm umklammert. Sie schnauzte mich an, dass ich sie loslassen sollte, aber ich schob mich noch näher an sie heran. Und da ... da ... da sagte ich ihr, dass sie Steven endlich in Ruhe lassen sollte.«

Bellamy stockte der Atem. »Du wusstest das mit ihr und Steven?«

»Du offenbar auch.«

»Ich weiß es erst seit dieser Woche. Er hat es mir erzählt, als ich ihn in Atlanta besuchte. Du wusstest es schon damals, als es passiert ist?«

Sie drehte den Kopf zur Seite und ließ die Wange ins Kissen sinken. »Möge Gott mir gnädig sein.«

Dieses Bekenntnis erstaunte Bellamy noch mehr als Olivias Geständnis, dass sie Susan getötet hatte. »Warum hast du nichts dagegen unternommen?«

»Susan wusste nur zu gut, warum«, hauchte sie kraftlos. »Ich habe sie gewarnt, dass ich es Howard erzählen würde, wenn sie Steven noch einmal zu nahekäme. Sie lachte mir ins Gesicht. ›Wem willst du was vormachen, Olivia?‹ Sie wusste genau, dass ich ihm nichts erzählen würde, weil das ihn und unsere Familie zutiefst erschüttert hätte. Sie war Howards Tochter. Er hätte sich verpflichtet gefühlt, ihr zur Seite zu stehen. Ich hätte Steven gegenüber loyal bleiben müssen. Das hätte uns zerrissen. Unsere Ehe. Alles. Ich konnte nicht zulassen, dass dieses kleine Flittchen alles zerstört.«

»Aber ...«

»Ich weiß, Bellamy. Ich weiß. Sie hat die Familie trotzdem zerstört. Aber an jenem Tag versuchte ich meiner Drohung Nachdruck zu verleihen. Ich warnte sie noch einmal, Steven endlich in Ruhe zu lassen. Daraufhin sagte sie mir ins Gesicht: ›Nicht solange die trübselige kleine Schwuchtel noch einen hochkriegt.‹«

Olivia starrte lange mit leerem Blick auf die Wand gegenüber ihrem Bett, dann drehte sie langsam den Kopf wieder zurück und sah Bellamy an. »Im nächsten Moment spazierte – tänzelte – sie davon und schwang dabei fröhlich den Rock ihres Sommerkleides hin und her.« Ihre Stimme brach. »Ich hatte es nicht geplant. Es war ein reiner Zornesimpuls. Ich bückte mich, hob einen abgebrochenen Ast vom Boden auf und schlug ihn ihr mit aller Kraft auf den Hinterkopf. Sie kippte vornüber. Ich löste die Schleife an meiner Bluse und zog sie ab.« Sie hob ihre Schultern zu einem halben Achselzucken. »Es war, als würde ich jemand anders zusehen. Es war bemerkenswert einfach. Als ich begriff, dass sie tot war, demütigte ich sie zusätzlich, indem ich ihren Rock hochschlug.«

Eine Weile sagte keine von beiden ein Wort. Bellamy starrte in Olivias gefasstes Gesicht. Olivia starrte an die Decke.

Schließlich konnte Bellamy nicht mehr. »Ich muss dich das fragen. Wusste Daddy Bescheid? Hatte er auch nur die leiseste Ahnung?«

Olivias Gesicht fiel in sich zusammen. »Nein, nein.« Dann ergänzte sie gequält: »Manchmal ertappte ich ihn dabei, wie er mich ansah. Nachdenklich. Ernst. Und dann fragte ich mich jedes Mal ...«

»Aber er hat dich nie gefragt?«

»Nein.«

Bellamy rätselte, ob er Olivia womöglich nicht gefragt hatte, weil er die Antwort nicht hören wollte. Vielleicht hatte er nicht Allen Strickland, sondern sie von jeder Schuld reinwaschen wollen, als er Bellamy beauftragt hatte, die Wahrheit herauszufinden. Vielleicht hatte er vor seinem Tod den letzten Schatten eines Zweifels ausräumen wollen, dass seine geliebte Frau seine Tochter umgebracht hatte.

Sie würden nie erfahren, was in ihm vorgegangen war, und insgeheim war Bellamy froh darüber.

»Weiß Steven Bescheid?«, fragte sie leise. »Er hat mir erzählt, er sei froh gewesen, dass Susan gestorben war.«

»Nein. Aber mir ist heute herausgerutscht, dass ich wusste, was sie ihm angetan hatte. Darum ist er so überstürzt abgereist.«

Zunehmend deprimiert hörte Bellamy zu, wie Olivia ihren Wortwechsel wiedergab. »Ich bettelte ihn an, mir zu verzeihen, aber er wollte nicht hören. Er schloss mich aus ihrem Zimmer aus, und als er die Tür wieder aufzog, hatten die beiden ihre Koffer gepackt, und unten wartete schon das Taxi, das sie zum Flughafen bringen sollte. Ich flehte ihn an, bei mir zu bleiben und über alles zu reden, aber er sah mich nicht einmal an. Was die schlimmste nur mögliche Bestrafung für meine Taten ist.«

Wieder verstummte sie ein paar Sekunden, wie um ihre Gedanken zu sammeln, dann sagte sie: »Ich habe mir immer eingeredet, Allen Stricklands Verurteilung sei ein Zeichen Gottes, dass er mir eine zweite Chance geben würde. Immerhin waren Howard und mir fast zwei glückliche Jahrzehnte vergönnt, auch wenn Steven und in gewissem Maß auch du leiden musstet. Ich machte mir vor, dass ich nach Susans Tod nur deshalb ungeschoren davongekommen wäre, weil meine Tat irgendwie gerechtfertigt gewesen wäre.« Sie seufzte. »Aber so läuft das Leben nicht, nicht wahr?«

»Nein, so läuft das nicht«, sagte Bellamy. »Weil du dich der Polizei stellen musst, Olivia. Allen Strickland hat es verdient, von jedem Verdacht reingewaschen zu werden. Genau wie Dent und Steven und jeder andere, der zwischendurch unter Verdacht stand. Du musst das aufklären.«

Olivia nickte. »Ich habe keine Angst mehr. Erst habe ich Howard verloren. Jetzt Steven. Noch schlimmer kann es nicht kommen.«

Auf einmal begriff Bellamy, dass Olivia die ganze Zeit ausschließlich ihren Kopf bewegt hatte. Obwohl ihr Gesicht tränennass war, hatte sie kein Taschentuch aus dem Spender auf ihrem Nachttisch gezogen.

»Olivia?«

Sie hatte die Augen geschlossen und reagierte nicht.

»Olivia!«

Bellamy riss die Decke zurück und begann, obwohl sie sonst nie schrie, laut zu schreien. Olivia war blutgetränkt. Sie hatte sich beide Handgelenke aufgeschlitzt.

Bellamy schlug ihr hektisch auf die Wangen, aber Olivia protestierte nur mit einem schwachen Murmeln.

Sofort griff Bellamy nach dem Telefon auf dem Nachttisch, wählte die Notrufnummer und sprudelte los, sobald sich jemand am anderen Ende meldete. Sie schrie die Adresse in den Hörer. »Sie verblutet! Wir brauchen einen Krankenwagen! Schnell, schnell!«

Die Frau in der Zentrale bombardierte sie mit Fragen, aber in diesem Moment sah Bellamy Scheinwerfer über die Decke schwenken, ließ den Hörer fallen und rannte zum Fenster, wo sie die Vorhänge zur Seite zerrte.

Trotz des heftigen Regens erkannte sie die flache Silhouette der Corvette, die in diesem Augenblick durch das offene Tor gefahren kam. Vor Erleichterung schrie sie auf.

Sie kehrte ans Bett zurück, legte die Hand an Olivias Wange und zuckte erschrocken zurück, als sie spürte, wie kühl sie war. »Stirb nicht«, beschwor sie ihre Stiefmutter und rannte dann aus dem Zimmer.

Im Flur war es noch dunkler als zuvor, aber sie wurde nicht einmal langsamer, als sie die Treppe erreicht hatte. Sie flog so schnell über die Stufen, dass sie auf der letzten ins Straucheln kam und sich am Pfosten einhalten musste, um nicht hinzufallen.

Noch während die Corvette vor dem Eingang ausrollte, zog sie die Haustür auf. »Dent! Hilf mir!«

Ohne auf den strömenden Regen und die Blitze zu achten, die den Himmel mit bläulich weißem Gleißen erfüllten, rannte sie die Eingangstreppe hinunter. Gerade als sie die Motorhaube umrundete, stieg er aus.

Sie warf sich in seine Arme. »Dent! Gott sei Dank! Es geht um Olivia! Sie ist...«

Starke Arme umfassten sie, aber es waren nicht Dents Arme.

»Endlich lernen wir uns kennen.«

Durch den Regen blickte sie auf in Ray Stricklands feixendes Gesicht.

30

Als Dent zu dem Fleck kam, auf dem er seine Corvette abgestellt hatte, und dort kein Auto stand, drehte er sich einmal im Kreis, weil er hoffte, dass er im Wolkenbruch kurzfristig die Orientierung verloren hatte und ans falsche Ende des Parkplatzes gegangen war. Und dann blieb er sekundenlang reglos und fassungslos stehen und ließ sich nass regnen.

Schon bei dem Gedanken, dass jemand seinen Wagen vom Parkplatz gestohlen haben könnte, begann er unwillkürlich mit den Zähnen zu knirschen. Aber dann kam ihm der Gedanke, wer der Dieb sein könnte, und sein Herzschlag kam ins Stolpern. War es Zufall, dass sein Wagen gestohlen worden war, während Ray Strickland noch auf freiem Fuß war? Strickland war Mechaniker. Er wusste bestimmt, wie man ein Auto knackt, kurzschließt und die Lenkradsperre löst.

All diese Gedanken rasten in einer Millisekunde durch Dents Kopf und ließen ihn auf der Stelle reagieren. Er presste sich unter den schmalen Dachvorsprung des Gebäudes und zerrte das Handy aus der Tasche, um Bellamy anzurufen und zu warnen. Er hatte gerade ihre Nummer gewählt, da fiel ihm ein, dass Nagle und Abbott ihr Handy als Beweisstück im Mordfall Moody konfisziert hatten. Niemand ging dran.

Wie ein Geisteskranker platzte Dent in den Starbucks, wo ihn die Kunden und Angestellten erschrocken ansahen. Ohne sich darum zu scheren, dass er klatschnass war, dass ihm die Haare am Kopf klebten und ein irrer Blick in seinen Augen stand, rief er: »Gall, dein Wagen! Wo steht er?«

Gall saß immer noch mit dem Senator beisammen und sah Dent fassungslos an. »Wo ist denn deiner?«

»Jedenfalls nicht mehr dort, wo ich ihn abgestellt habe. Gib mir deine Autoschlüssel. Und dann ruf die Polizei an und sag ihnen, sie sollen noch einen Wagen zum Haus der Lystons schicken. Die Polizisten am Tor müssen erfahren, dass Ray Strickland möglicherweise meinen Wagen gestohlen hat und damit auf das Gelände zu gelangen versucht. Bellamy hat ihr Handy nicht mehr, darum kann ich sie nicht direkt anrufen, und die Festnetznummer der Villa kenne ich nicht. Und jetzt gib mir endlich die Schlüssel!«

Gall warf sie ihm zu, und Dent fing sie im Flug auf. »Auf der Westseite!«, rief Gall, doch Dent hatte ihm schon den Rücken zugedreht und sich wieder in den Regen gestürzt.

Noch während er über den Parkplatz rannte, entdeckte er Galls schrottreifen Pick-up. Er sprang in die Kabine, ließ den Motor an, drückte dann aufs Gaspedal und schanzte über einen Bordstein auf die Straße.

Mit einer Hand lenkend, wählte er mit der anderen die Notrufnummer. Inzwischen hatte Gall bestimmt schon in der Notrufzentrale angerufen, aber ein zweiter Anruf konnte keinesfalls schaden.

Er nannte der Frau am anderen Ende seinen Namen und die Adresse der Lystons. »Bellamy Lyston Price schwebt in Lebensgefahr.«

»Um welche Art von Problem handelt es sich, Sir?«

»Das würde zu lange dauern. Aber vor dem Tor steht ein Streifenwagen. Die Polizisten müssen unbedingt nach einer roten Corvette Ausschau halten. Sie dürfen das Tor keinesfalls öffnen, weil möglicherweise Ray Strickland am Steuer sitzt. Und rufen Sie Nagle und Abbott an. Die beiden arbeiten im Morddezernat. Die werden wissen, was zu tun ist.« Inzwischen war er außer Atem.

»Wie war noch mal Ihr Name, Sir?«
»Was ist?«
»Ihr Name?«
»Wollen Sie mich verarschen?«

Mit einer Ruhe, die ihn zum Wahnsinn trieb, fragte sie ihn erneut nach seinem Namen. Fluchend ließ er das Handy auf den Beifahrersitz des Pick-ups fallen, damit er mit beiden Händen an einem schleichenden Minivan vorbeiziehen konnte. Eine Hand auf die Hupe gestemmt, schoss er unter einer roten Ampel durch.

Rays Blatt hatte sich gewendet, und zwar weil er Moody umgebracht hatte.

Bestimmt gab es da einen Zusammenhang, denn seither lief es viel besser für ihn.

Erst war er den beiden Bullen entwischt, die plötzlich bei ihm zu Hause aufgetaucht waren. Das Blut des einen hing noch in seinen Kleidern, zwischen den Spritzern, mit denen Moody ihn besprüht hatte. Er glaubte nicht, dass er den Bullen umgebracht hatte, aber er war auch nicht geblieben, um nachzusehen.

Die Kugel des zweiten Bullen hatte ihn verfehlt – noch ein Glücksfall –, und so hatte er durch die Hintertür und über den Hof abhauen können, während vorn schon mit quietschenden Reifen die nächsten Streifenwagen gebremst hatten.

Er hatte lange im Viertel gelebt und kannte alle kleinen Straßen, wusste, welche als Sackgasse endeten und welche am schnellsten aus dem Labyrinth führten, selbst wenn man zu Fuß unterwegs war.

O ja. Das Glück war eindeutig auf seiner Seite. Zwischen den Nachbarhäusern hindurch und über mehrere Zäune hinweg hatte er schließlich die Rückfront einer schäbigen Ladenreihe erreicht, in der es auch eine Notfall-Arztpraxis gab.

Weil er wusste, dass die Angestellten in diesen kleinen Kliniken immer lange arbeiten mussten, und weil er hoffte, dass sie so früh am Morgen gerade mit ihrer Schicht angefangen hatten, rechnete er sich aus, dass ein gestohlener Wagen erst Stunden später auffallen würde. Er hatte sich hinter einem Abfallcontainer auf die Lauer gelegt, bis eine junge Frau im Arztkittel ihren Wagen auf dem Angestelltenparkplatz abgestellt hatte und durch eine Hintertür im Gebäude verschwunden war. Den Wagen zu knacken war ein Kinderspiel gewesen.

War er ein verfluchtes Glückskind, oder was? Nur wenige Minuten nachdem er aus seinem Haus geflüchtet war, war er schon über alle Berge. Wie unter Strom. Beflügelt. Durstig nach noch mehr Blut. Dem Blut von Bellamy Price.

Seit dem Tod ihres alten Herrn hatte sie sich zu ihrer Stiefmutter in die Familienvilla zurückgezogen. Ray beschloss, dorthin zu fahren, denn da würde sie irgendwann garantiert auftauchen. Und wenn er tagsüber daran vorbeifuhr, konnte er sich überlegen, wie er durch das Tor und auf das Gelände kommen könnte.

Einfach würde es nicht werden, nachdem inzwischen ein Streifenwagen vor dem Tor parkte.

Aber schon wieder lachte ihm das Glück.

Als er auf einer seiner Kundschaftertouren an der Villa vorbeifuhr, sah er Dents rote Corvette aus dem Tor fahren. Dent war allein, was bedeutete, dass Bellamy noch im Haus und vorerst unerreichbar war.

Ray beschloss, Dent zu folgen. Und als der seinen Wagen parkte und in einem Starbucks verschwand, begriff Ray, dass er nicht nur Glück hatte, sondern auch ein brillanter Geist war, weil er sofort erkannte, wie er das Problem mit dem Tor lösen konnte.

Er ließ den gestohlenen Wagen auf einem benachbarten

Parkplatz stehen und knackte stattdessen Dent Carters Kiste. Und als würde es das Schicksal nicht schon gut mit ihm meinen, begann es auch noch wie aus Kübeln zu gießen, sodass die Polizisten am Tor kaum erkennen konnten, wer am Steuer der Corvette saß. Um ihnen den Blick ins Wageninnere zusätzlich zu erschweren, schaltete Ray das Fernlicht ein.

Es war so einfach, dass er fast laut gelacht hätte. Die zwei Bullen, die Dent beim Rausfahren zugewinkt hatten, winkten jetzt Ray zu, als er ans Tor fuhr, das schon aufschwang, bevor der Wagen auch nur zum Stehen gekommen war. Abrakadabra. Er nahm an, dass die Bullen eine Fernbedienung bekommen hatten, damit sie kontrollieren konnten, wer durch das Tor rein- und rausfuhr.

Ins Haus zu kommen war überhaupt kein Problem. Bellamy kam sogar angelaufen, um ihn zu begrüßen. Er hielt sie schon in seinen Armen gefangen, bevor sie begriffen hatte, dass er nicht Dent war.

Sie war so entsetzt, dass sie nicht einmal schrie, was nur gut für sie war. So musste er sie nicht ohnmächtig schlagen. Sie sollte nicht bewusstlos sein. Er wollte, dass sie alles hellwach und in Todesangst mitbekam.

Aber sobald er sie vom Boden hochhob und sie die Stufen zum Haus hochschleifte, begann sie sich zu wehren. »Nein, bitte, meine Stiefmutter ist oben.«

»Zu der komme ich später. Zwei zum Preis von einer. Aber erst bist du dran.«

Sie kämpfte wie eine Wildkatze, um sich aus seinem Griff zu befreien, und trat ihm mit aller Kraft gegen das Schienbein. Unter Schmerzen schleppte er sie über die Schwelle und knallte die Tür hinter sich zu, dann schleuderte er sie so brutal zur Seite, dass sie hinfiel und auf den Steinfliesen landete.

Ein gleißender Schmerz schoss durch Bellamys Schulter und Hüfte, mit denen sie auf dem Boden aufgekommen war. Aber ihr blieb keine Zeit, ihren Schmerzen nachzuspüren, denn im selben Moment zerrte Ray ein Messer aus der Scheide an seinem Gürtel.

Er streckte es ihr entgegen, und sie sah, dass die Klinge schon mit getrocknetem Blut verklebt war. Moodys Blut? Ätzende Magensäure schoss ihr in den Schlund, als ihr das Bild seiner aufgeschlitzten Kehle in den Sinn kam. Das Gleiche würde Ray auch mit ihr anstellen, wenn sie es nicht verhinderte.

Er sah grinsend auf sie herab und machte zwei Schritte auf sie zu.

Sie hob die Hand. »Hör doch, Ray, du willst das nicht wirklich.«

»Und wie ich das will. Du hast Susan umgebracht, und dann hast du ...«

»Nein. Nein, habe ich nicht.«

»Ich hab dich doch gehört. Ich hab mich in deinem Schrank versteckt, als du es zugegeben hast. Ich hätte dich gleich da umbringen sollen.«

In ihrem Schrank versteckt? Sie hatte keine Zeit, sich Gedanken darüber zu machen, was das bedeutete. Stammelnd sagte sie: »Ich habe meine Schwester nicht umgebracht, aber ich weiß jetzt, dass dein Bruder sie auch nicht umgebracht hat. Er war unschuldig. Ich werde allen erzählen, dass er unschuldig war.«

»Dafür ist es zu spät.«

»Ich weiß.« Sie fuhr sich nervös mit der Zunge über die Lippen. »Ich kann nicht ändern, was mit ihm passiert ist. Aber wenn du mich fragst, sollten die Menschen wissen, dass er zu Unrecht ins Gefängnis gesteckt wurde. Dich hat man ebenfalls betrogen. Ich kann dir erklären, wie. Aber nicht, wenn du mich umbringst.«

»Ich werde dich aber umbringen.« Er beugte sich vor, packte sie am Schopf und zog sie an den Haaren hoch. Sie schrie vor Schmerz auf und wehrte sich auf die einzige Weise, die ihr einfiel. Indem sie ihn mit aller Macht ins Gemächt trat. Sie landete keinen Volltreffer, aber sein Griff lockerte sich trotzdem so weit, dass sie ihre Haare aus seiner Faust ziehen konnte.

Sie rannte zur Treppe. Wenn sie sich nur so lange in Olivias Zimmer einschließen konnte, bis die Sanitäter eintrafen, gab es immerhin eine kleine Chance, dass sie beide mit dem Leben davonkamen.

Aber sie war noch nicht mal im Obergeschoss angekommen, als Rays Arm sich um ihre Taille schloss. Er warf sie mit dem Gesicht voran auf die Stufen und ließ sich dabei so schwer auf sie fallen, dass es ihr den Atem verschlug. Eine Hand auf ihre Stirn gepresst, zog er ihren Kopf in den Nacken und damit an seine Schulter. Sie spürte die Messerklinge auf der weichen Haut unter ihrem Kiefer.

»Ich hab dir doch gesagt, dass du das büßen wirst.«

Als Dent Galls Pick-up mit schwänzelndem Heck in die Straße lenkte, in der die Lystons wohnten, erkannte er zwei menschliche Silhouetten im Streifenwagen. Wieso hockten die immer noch da?

Er machte eine Vollbremsung, sprang aus dem Pick-up, rannte zum Streifenwagen und klatschte mit beiden Händen gegen die Seitenscheibe, dass die beiden Polizisten erschrocken zusammenzuckten. »Haben Sie meine Corvette gesehen?«, brüllte er.

Der Polizist ließ das Fenster herunter. »Klar doch. Als Sie vor ein paar Minuten reingefahren sind. Aber wie sind Sie...«

»Das war ich nicht. Das war Strickland.«

»Strickland? In Ihrem Auto?«

»Wo ist die Fernbedienung, die Bellamy Ihnen gegeben hat?«

»Die ist hier, aber ...«

»Machen Sie das Tor auf.« Er rannte los und rief ihnen über die Schulter zu: »Und fordern Sie Verstärkung an!«

Der zweite Polizist stieß die Beifahrertür auf und rief durch den Regen: »Die Zentrale hat eben einen Notfall aus dem Haus gemeldet. Da drin soll eine Frau am Verbluten sein.«

In eisiger Angst krallte sich Dent am Torgitter fest und rüttelte daran. »Machen Sie endlich das Tor auf!«

Der Polizist nahm die Fernbedienung aus dem Wagen, aber noch während er damit hantierte, brüllte er Dent zu: »Sie bleiben hier! Überlassen Sie das der Polizei!«

Dent hatte sich den Code fürs Tor eingeprägt, doch der Streifenwagen stand zwischen ihm und der Säule mit dem Tastenfeld. Er drehte dem Polizisten den Rücken zu, hielt sich an den nassen Ranken ein und begann an der Außenmauer hochzuklettern.

»Hey! Stopp!«

»Da müssen Sie mich schon erschießen.«

Er schwang ein Knie auf die Mauerkrone und wälzte sich, ohne auch nur nachzusehen, was ihn auf der anderen Seite erwartete, darüber. Er landete in einer immergrünen Hecke, schlug sich wie wild durch das Geäst und rannte dann über den Rasen auf das Haus zu, das meilenweit entfernt und in absoluter Dunkelheit zu liegen schien.

Seine Brust brannte vor Anstrengung und Angst um Bellamy, als er endlich die Stufen hochlief, über die regenglatte Veranda schlitterte und sich mit der Schulter gegen die angelehnte Haustür warf.

Im ersten Moment sah er gar nichts, dann blitzte es draußen, und schlagartig hatte er die Szene erfasst. Strickland drückte Bellamy auf halber Höhe mit dem Bauch auf die Treppe. Er hatte das Knie in ihren Rücken gestemmt, und ihr Hals war zurückgebogen und entblößt.

»Nein!« Dent stürmte die Stufen hoch.

Ray drehte sich um, ließ, sobald er Dent sah, Bellamy los und breitete die Arme aus wie Flügel, um sich auf Dent zu werfen, den er auf der vierten Treppenstufe abfing.

Gemeinsam rumpelten sie in einem verkeilten Knäuel aus Armen und Beinen die Stufen hinunter und auf den gefliesten Boden. Dent konnte sich als Erster befreien und sprang sofort auf, aber Ray stürzte sich noch aus der Hocke auf ihn und versuchte, das Messer in Dents Unterleib zu jagen. Dent konnte den Bauch gerade noch rechtzeitig einziehen, um einem tödlichen Stich zu entgehen.

Inzwischen hatten sich seine Augen an die Dunkelheit gewöhnt. Als sich Strickland erneut auf ihn hechtete, warf sich Dent auf die Hand mit dem Messer, wobei er seine eigenen Hände riskierte, um die Waffe unter Kontrolle zu bekommen. Eisenhart schlossen sich seine Finger um Stricklands Handgelenk und rammten ihn mit der ganzen Kraft seines Zornes rückwärts gegen die Wand. Stricklands Hand krachte geradewegs in die Vertäfelung.

Doch Strickland hatte noch genug Bewegungsspielraum im Handgelenk, um das Messer auf Dents Gesicht zu richten. Die Spitze der Klinge war auf einer Höhe mit Dents linkem Auge. Ein einziger Stich, und es wäre verloren.

»Ich massakrier dich, du eingebildeter Affe. Und danach schneid ich ihr den Kopf ab.«

Dent bleckte die Zähne. »Vorher bring ich dich um.«

»Fallen lassen!«

Der Befehl kam von einem der Polizisten. Dent wagte nicht, den Kopf zu drehen, doch Strickland sah an ihm vorbei, und Dent nutzte den winzigen Moment der Ablenkung, um das Messer zur Seite zu drücken und mit der freien Hand einen

Karateschlag gegen den Kehlkopf seines Gegners zu landen. »Der ist für mein Flugzeug, du Mistkerl.«

Benommen und plötzlich atemlos schnappte Strickland nach Luft. Dent presste Stricklands Handgelenk so fest zusammen, dass er das Messer fallen ließ, das klappernd auf dem Boden aufkam. Dann waren sie von vier Polizisten umringt.

Doch auch wenn Strickland um Luft rang, gab er keineswegs auf. Dent rempelte sich durch die Polizisten, die Strickland zu überwältigen versuchten, und rannte die Treppe hoch, wo Bellamy mit letzter Kraft die Stufen hochkrabbelte.

In panischer Angst beugte er sich über sie. »Bist du verletzt? Hat er dir was getan?«

»Nein. Olivia.« Sie krallte sich an seiner nassen Kleidung fest und zog sich an ihm hoch, bis sie wieder stand. »Oben. Hilf mir.«

Den Arm um ihre Taille gelegt, trug er sie praktisch die letzten Stufen hinauf und durch den dunklen Flur zu einer Schlafzimmertür.

Sobald er Olivia Lyston gespenstisch bleich und in einem Meer von Blut auf ihrem Bett liegen sah, wusste er, dass sie tot war.

Ein paar Minuten später bestätigte der Notarzt seine Einschätzung.

Ray Stricklands heisere Schimpftiraden gegen Bellamy und Dent hallten durch das leere Haus. Er musste von mehreren Polizisten festgehalten werden, und die ganze Zeit beschwerte er sich brüllend, dass er ungerecht behandelt würde. Aber als ihm die Hände auf den Rücken gefesselt wurden und er aus dem Haus zu dem wartenden Streifenwagen geführt wurde, heulte er wie ein Baby.

»Ich muss sie töten, schließlich musste Allen nur wegen

ihnen sterben«, blubberte es aus ihm heraus. Bellamy hörte, wie er einen der Polizisten fragte, ob er Susans Höschen wiederbekommen könnte. »Mein Bruder hat gesagt, ich soll darauf aufpassen.«

Sie und Dent wurden getrennt vernommen, und die ermittelnden Beamten, darunter Nagle und Abbott, begannen die bizarre Ereigniskette Glied um Glied zu verbinden. Dents Corvette wurde als Beweisstück abgeschleppt.

»Tut mir leid«, sagte sie, während sie zuschauten, wie die Heckleuchten des Abschleppwagens durch das Gartentor verschwanden. »Erst dein Flugzeug, jetzt dein Auto.«

Er zuckte mit den Achseln. »Sie können nicht bluten.«

Sie sah zu ihm auf.

»Als ich hier ankam, erzählten mir die Polizisten, dass im Haus eine Frau verbluten würde.«

»Ich hatte einen Krankenwagen für Olivia gerufen.«

»Das wusste ich nicht.« Er legte eine Hand an ihren Hinterkopf, drückte ihr Gesicht gegen seine Brust und küsste sie auf den Scheitel.

»Ich kann nicht glauben, dass sie Susan umgebracht hat«, flüsterte sie. »All die Jahre...«

»Ja.« Er atmete tief aus. Dann ergänzte er noch leiser: »Steven ist da.«

Die Polizei hatte ihn und William auf dem Flughafen gefunden, wo sie auf ihren Flug gewartet hatten, der aufgrund des Gewitters verschoben worden war. Einer der Polizisten hatte Nagle angerufen, der sein Handy an Bellamy weitergereicht und damit ihr die unangenehme Aufgabe überlassen hatte, Steven über den Suizid seiner Mutter aufzuklären.

Lange hatte er gar nichts gesagt, und dann: »Wir kommen so schnell wie möglich.«

Jetzt trat er gefolgt von William ins Haus, und sie warf sich in seine Arme. Es war nicht zu übersehen, dass er geweint hatte. Bellamy war klar, dass er sich nach dem ungestümen Abschied von Olivia zeitlebens die Schuld an ihrem Selbstmord geben würde.

Ein paar Atemzüge ließ er sich von ihr umarmen, dann löste er sich wieder. »Wir haben das mit Strickland gehört, von den Polizisten, die uns hergefahren haben. Ist dir was passiert?«

»Ich habe nur ein paar blaue Flecken abbekommen. Dent kam gerade noch rechtzeitig.«

Er sah Dent an. »Danke. Ehrlich.«

Dent nahm den Dank mit einem Nicken an.

Dann wandte sich Steven wieder Bellamy zu. »Wo ist sie?«

»Sie ist noch in ihrem Schlafzimmer, aber geh da nicht rein. Es ist gerade der Gerichtsmediziner drin. Sie würde bestimmt nicht wollen, dass du sie so siehst.«

»Du verstehst das nicht. Ich muss zu ihr. Als ich von hier losgefahren bin...«

»Sie hat mir alles erzählt. Gib dir nicht die Schuld. Ich glaube, sie hat ein Leben ohne Daddy vor sich gesehen, und diesen Gedanken konnte sie nicht ertragen.«

»Howard war ihr Leben.«

»Ja. Sie hätte alles für ihn getan.« Sie zögerte kurz. »Sie hat alles für ihn getan. Sie hat sogar für ihn getötet.«

Steven hatte gedankenversunken die Treppe hinaufgeblickt, aber jetzt sah er sie wieder an. Dann stellte er leise fest: »Susan.«

Sie warf einen Blick auf William, der bei dieser Enthüllung nicht einmal zusammengezuckt war. Dann sah sie wieder Steven an und stellte fest: »Du hast es gewusst?«

»Nein. Ehrenwort. Aber ich hatte so einen Verdacht.«

»Seit wann?«

»Schon immer, glaube ich. Wann hast du es herausgefunden?«

»Heute Abend ist meine Erinnerung zurückgekehrt.« Sie

erzählte, was alles geschehen war, seit Dent sie hier abgesetzt hatte. »Sie lag schon im Sterben. Ich glaube, es war unglaublich erleichternd für sie, es jemandem erzählen zu können.« Sie stutzte und begriff: »Jetzt verstehe ich auch, warum du so gegen mein Buch warst. Du wolltest nicht, dass jemand das herausfindet – schon gar nicht ich selbst.«

»Damit wollte ich dich genauso schützen wie Howard oder Mutter. Wenigstens ist sie gestorben, ohne ihm das beichten zu müssen. Das hätte sie garantiert umgebracht. Ich weiß vielleicht besser als jeder andere, wie sehr sie ihn geliebt hat. Mehr als alles andere. Mehr als jeden anderen.« Ihm versagte die Stimme. William legte ihm tröstend den Arm über die Schulter, und Steven lächelte ihn dankbar an.

»Steven?« Bellamy sprach ihn leise an und sagte, als er sie wieder ansah: »Ich habe es der Polizei erzählt.« Sie sah seine gepeinigte Miene und erklärte: »Man hat den Fall neu aufgerollt. Ich musste es ihnen erzählen. Ich konnte nicht anders. Das musste aufgeklärt werden.«

Er widersprach nicht, sah aber dennoch äußerst bedrückt aus.

Sie legte die Hand auf seinen Arm. »Wenn das erst bekannt wird, wird es auch für mich weder leicht noch angenehm werden, aber wir waren achtzehn Jahre lang an diese Lüge gefesselt. Ich will nicht bis an mein Lebensende daran gekettet bleiben.«

Wenig später wurde Olivias Leichnam nach draußen gebracht und in einen Leichenwagen geschoben, der zur Pathologie fahren würde. Während sie ihm nachsahen, sagte Steven zu Bellamy: »William und ich bleiben im Four Seasons. Es wird keine große Trauerfeier geben wie bei Howards Beerdigung. Wir werden sie an seiner Seite beisetzen. In aller Stille.«

»Ich verstehe das und bin einverstanden.«

»Was das andere angeht...« Er senkte kurz den Blick, bevor er sie wieder ansehen konnte. »Du hast getan, was du für richtig hieltest. Irgendwie ist es beinahe eine Erlösung, nicht wahr?«

Sie schloss ihn in die Arme und flüsterte: »Für dich auch, hoffe ich.«

Mit Tränen in den Augen sah sie ihm nach, während er die Stufen hinabging und mit William in das wartende Taxi stieg. Ihre Beziehung zu Steven würde nie wieder so werden wie früher. Das zu glauben wäre naiv gewesen. Ihr Leben und ihre Schicksale waren durch die Ereignisse an jenem Memorial Day für alle Zeiten geprägt.

Aber sie würde weiter darauf hoffen, dass er ein Teil ihres Lebens blieb.

Detective Abbott bat sie, sich für weitere Fragen, die unvermeidlich aufkommen würden, zur Verfügung zu halten. »Man wird Ray Strickland wegen einer ganzen Reihe von Verbrechen vor Gericht stellen. Und man wird Sie als Zeugin hören wollen.«

Sie hatte damit gerechnet, aber das hieß nicht, dass sie sich darauf freute.

Als sich die beiden Detectives verabschiedeten, drückte Nagle ihr noch eine Visitenkarte in die Hand und sagte: »Ein Reinigungsdienst für besonders schwere Fälle.«

Zum Glück war Dent bei ihr, half ihr, das Haus abzuschließen, und begleitete sie dann zum Tor, sonst hätte sie diese unangenehme Aufgabe und alle anderen Verpflichtungen unmöglich bewältigen können. Es hatte aufgehört zu regnen, das Gewitter war nach Osten abgezogen.

Immer noch standen mehrere Streifenwagen auf der Straße. Die Polizisten forderten die von den Einsatzwagen angelockten Schaulustigen zum Weitergehen auf. Sobald sie die Engstelle passiert hatten, sagte Dent: »Dieser dreckige Aasgeier.«

Auf der Motorhaube von Galls Pick-up saß Rocky Van Durbin.

»Nein, warte«, sagte Bellamy und hielt Dent am Arm zurück. Sie ging weiter auf Van Durbin zu, blieb direkt vor ihm stehen und erklärte ihm energisch: »Runter vom Wagen.«

Mit einem süffisanten breiten Grinsen rutschte Van Durbin von der Motorhaube. »Nicht böse werden.«

»Natürlich nicht«, sagte Bellamy, meinte aber das Gegenteil.

»Ganz im Ernst«, sagte er. »Ich hab nur hier draußen gewartet, weil ich nach Mrs Lystons Selbstmord ein paar Fragen an Sie hätte. Hat die Trauer über den Tod Ihres Vaters sie in den Tod getrieben?«

Sie holte tief Luft. »Van Durbin, Sie sind ein hinterhältiges, verlogenes Arschloch, das sich am Unglück anderer Menschen weidet. Sie sind ein Widerling, die niedrigste Lebensform, die man sich nur vorstellen kann. Aber...« Sie machte eine Kunstpause, um ihren Worten Nachdruck zu verleihen. »Trotzdem freue ich mich, Sie zu sehen.«

Sie merkte, wie Dent stutzte.

Selbst Van Durbins frettchenhaftes Grinsen kam kurz ins Wanken, so als sei er nicht sicher, ob er richtig gehört hatte. »Wo ist Ihr Fotograf?«, fragte sie.

Der Journalist zögerte und deutete dann auf die Hecke zwischen dem Grundstück der Lystons und dem Nachbargrundstück. »Sobald er auch nur ein einziges Bild von uns macht, ist dieses Gespräch beendet«, erklärte Bellamy. »Sagen Sie ihm das.«

Van Durbin betrachtete sie nachdenklich, dann drehte er sich zur Hecke um und zog den Zeigefinger quer über die Kehle, eine Geste, bei der Bellamy sofort eine Gänsehaut bekam. Sie hatte noch keine Zeit und keine Gelegenheit gehabt, über Stricklands beinahe tödliche Attacke nachzudenken, und ihr war klar, dass sie ziemlich sicher einen Nervenzusammenbruch bekommen würde, sobald sie es tat. Sie versuchte das hinauszuzögern, bis sie wieder allein war.

Sie wies Van Durbin an, sein Notizbuch herauszuholen.

Er zog es aus der Brusttasche und dazu einen Bleistift mit abgenagtem Radiergummi.

Sie sagte: »Ich möchte Ihnen einen Vorschlag unterbreiten, und zwar unter folgenden Bedingungen. Sie werden sie Wort für Wort mitschreiben, ohne Abkürzungen oder stenografische Kürzel, und sie dann unterschreiben. Einverstanden?«

»Nein, bin ich nicht. Was sind das für Bedingungen, und was bekomme ich dafür?«

Sie starrte ihn wortlos an. Nach zwei Sekunden grummelte er: »Wie lauten die Bedingungen?«

»Sie werden mich für das, was ich Ihnen jetzt erzähle, unter keinen Umständen als Quelle benennen.«

»Das versteht sich von selbst.«

»Schreiben Sie es auf.« Sie sprach erst weiter, als er es notiert hatte. »Sie werden kein Wort, und damit meine ich nicht einmal eine Andeutung oder auch nur eine einzige Silbe, über den Tod meiner Stiefmutter schreiben.«

Er riss die Augen auf. »Sie machen doch Witze, oder?«

»Soll ich lieber den *National Enquirer* anrufen?«

Er schob den Radiergummi zwischen die Zähne und kaute nachdenklich darauf herum, dann schrieb er eine weitere Zeile in sein Notizbuch.

Bellamy fuhr fort: »Meinen Bruder Steven werden Sie ebenfalls aus der Sache heraushalten. Sein Name wird in keinem Artikel genannt, den Sie über das hier verfassen.«

»*Worüber* eigentlich? Bis jetzt haben Sie mir rein gar nichts erzählt.«

»An Ihrer Stelle würde ich die Klappe halten und tun, was die Lady sagt«, mischte sich Dent ein.

Van Durbin nickte zu ihm hin, ohne ihn anzusehen. »Ich schätze, er ist ebenfalls off limits, wie?«

»Ganz und gar nicht«, erwiderte Bellamy zuckersüß. »Schließlich hat er mir das Leben gerettet und wird deshalb als der Held dargestellt, der er tatsächlich ist. Er wird absolut rehabilitiert, was den Tod meiner Schwester angeht. Aber Sie werden kein Wort über unser Privatleben schreiben. Weder über seines noch über meines. Gemeinsam oder einzeln. Jemals. Und es gibt keine weiteren Fotos von uns beiden.«

Van Durbin stand kurz vor der Explosion. »Ich hoffe für Sie, dass Sie was Gutes für mich haben.«

»Allerdings.« Sie nahm ihm das Notizbuch ab, las durch, was er geschrieben hatte, und reichte es ihm zurück. »Unterschreiben.« Sobald sie das unterschriebene Blatt in der Hand hielt, deutete sie auf den Stummel in seinen Fingern. »Sie werden einen zweiten Stift brauchen.«

»Sie können sich vorstellen, wie schockiert ich war, als ich gestern erfahren musste, dass ein Mann aus meiner Belegschaft, ein Mensch, dem ich helfend die Hand gereicht hatte, einem anderen Menschen auf so grausame Weise das Leben genommen hat.«

Rupe hatte beschlossen, die Pressekonferenz im Ausstellungsraum seines Autohauses zu geben. Sein Verkaufsteam stellte das gespannt lauschende Publikum. Die Kunden, die heute Morgen auf der Suche nach einem Auto vorbeischauten, wurden unerwartet Zeugen einer einmaligen Show.

Er hatte ein kleines Podium mit eingebautem Mikro aufstellen lassen. Schließlich sollte niemandem auch nur eines seiner tief empfundenen Worte entgehen. Sämtliche Lokalsender waren gekommen. Nachdem sich *Kalter Kuss* so gut verkauft hatte, würde die Nachricht von Ray Stricklands Mord an Dale Moody – das elektrisierende letzte Kapitel einer achtzehnjährigen Saga – zweifellos landesweit Schlagzeilen machen. Es war gut möglich, dass der Autokönig heute Abend in den Nachrichtensendungen der großen Networks auftauchen würde.

Nicht einmal sein entstelltes Gesicht störte ihn. Es verlieh seiner Presseerklärung zusätzliche Dramatik. Er war so beschwingt, dass er nur mühsam die tiefernste Miene wahren konnte, die der Situation angemessen war.

Es hätte nicht besser für ihn ausgehen können. Strickland hatte Moody entsorgt, und die Polizei hatte Strickland entsorgt. Ray saß jetzt hinter Schloss und Riegel, wo er wie ein Irrer tobte und zeterte. Die Forderungen, die man in der Zeitung abgedruckt hatte – wie zum Beispiel die nach Susan Lystons Höschen – hatten ihn wie einen Totalverrückten klingen lassen.

Außerdem stieß er ständig Rachedrohungen gegen Bellamy Price, Denton Carter und so ziemlich jeden anderen auf diesem Planeten aus. Niemand würde auch nur einen feuchten Dreck darauf geben, was dieser Wahnsinnige dem ehemaligen Staatsanwalt, einem Vertreter von Recht und Gesetz, unterstellte.

Durch einen geschickten Schachzug hatte Rupe schon vorab alle Fragen ausgeräumt, die sich ergeben konnten, falls die Telefonate zwischen seinem und Ray Stricklands Handy zur Sprache kommen sollten. Er hatte von sich aus zugegeben, dass er Ray nach Kräften unterstützt hatte, wodurch das wie ein Akt christlicher Nächstenliebe wirkte und nicht so, als hätte er eine potenzielle Bedrohung in Schach halten wollen.

Und dieser Mist mit der kopierten Akte? Moody hatte sie nicht dabeigehabt, als er gestorben war, und in seinem Auto hatte man sie auch nicht gefunden. Rupe schätzte, dass Bellamy Price nur geblufft hatte.

Kurz gesagt, es hätte nicht besser laufen können. Moody

war beseitigt. Ray so gut wie. Und Bellamy Price und ihr Buch waren durch Olivia Lystons schockierende Beichte auf dem Sterbebett unglaubwürdig geworden.

Um aus der heißen Story Kapital zu schlagen, hatte er eine eigene Pressekonferenz einberufen, um alle Fragen bezüglich seiner Beziehung zu Ray Strickland zu klären, sein Bedauern über den grausamen Tod Dale Moodys auszudrücken – an den er nur die besten Erinnerungen hatte und den er voller Hochachtung im Gedächtnis behalten würde – und um erneut den Lystons sein Mitleid auszusprechen, denen das Schicksal so erbarmungslos mitgespielt hatte.

Er trug dick auf, und die Reporter fraßen ihm aus der Hand.

Er wollte gerade zum Schluss kommen, als Van Durbin und sein Fotograf in den Ausstellungsraum traten.

Landesweite Berichterstattung!, schoss es ihm durch den Kopf.

Der Journalist winkte ihm kurz fröhlich zu. Während Rupe noch eine Frage beantwortete, rempelten sich die beiden durch das Gedränge nach vorn, bis sie genau vor Rupe standen. Sobald Rupe verstummte, hob Van Durbin die Hand.

»Aha, wie ich sehe, ist unser Freund vom *EyeSpy* zu uns gestoßen. Sie haben eine Frage an mich, Mr Van Durbin?« Er strahlte den Fotografen an, der ununterbrochen Bilder von ihm schoss.

»Keine Frage. Ich habe schon alle Antworten. In einem unterschriebenen Geständnis, das Dale Moody Bellamy Price überlassen hat.«

In Rupes Gedärmen begann es zu grollen. Aber er kämpfte mit einem strahlenden Lächeln dagegen an. »Moody war ein Trinker im Delirium. Was er auch erzählt haben mag ...«

»Er hat erzählt, dass Sie und er Allen Strickland für den Mord an Susan Lyston vor Gericht gebracht haben, obwohl Sie genau wussten, dass er die Tat nicht begangen hatte. Sie sind für Allen Stricklands Tod genauso verantwortlich wie für den von Moody. Blöd gelaufen, Rupe.«

»Wenn Sie das drucken, dann schwöre ich Ihnen...«

Aber Van Durbin sah wortlos an ihm vorbei.

Rupe drehte sich um und sah sich zwei grimmig blickenden Männern gegenüber. »Wer sind Sie?«, wollte er wissen.

»Ich bin Detective Abbott. Ich habe gestern mit Ihnen telefoniert, als Sie gemeldet haben, dass Dale Moody ermordet wurde. Das ist mein Partner, Detective Nagle. Sehr erfreut, Mr. Collier.« Dann, nach einer winzigen Sekunde: »Sie haben das Recht zu schweigen.«

Nagle trat hinter Rupe und legte ihm Plastik-Handfesseln an.

Van Durbins Fotograf bekam eine ganze Serie fantastischer Bilder.

Epilog

Eine Woche später:
»Ich brauche einen Piloten.«
»Ach ja? Zufällig bin ich Pilot.«
»Sogar ein ziemlich guter, wie ich gehört habe.«
»Da hast du richtig gehört. Wohin soll's denn gehen?«
»Irgendwohin.«
»Das schränkt es natürlich ein.«
»Können wir darüber reden?«
»Klar doch. Was schwebt dir so vor?«
»Können wir unter vier Augen darüber reden?«
»Schätze schon. Ich meine, klar.«
»Ich bin immer noch im Four Seasons. Würde es dir etwas ausmachen herzukommen?«
»Kein Problem. Und wann?«
»Wie schnell kannst du hier sein?«
Eine Stunde später klopfte Dent an die Tür ihrer Suite. Sie warf einen Blick durch den Türspion. Selbst in der Froschaugen-Verzerrung sah er fantastisch aus. Er war genauso gekleidet wie an dem Morgen, als sie sein Flugzeug erstmals gechartert hatte. In Jeans und Stiefeln, die schwarze Krawatte locker um den offenen Kragen geknotet.

Offenbar betrachtete er das hier als Geschäftstreffen.

Sie holte tief Luft und zog die Tür auf. »Hi.«
»Hi.«
Er kam in die Suite, blieb im Salon stehen, schob die Hände hinten in die Taschen seiner Jeans und sah sich um. Schließ-

lich sah er sie wieder an. Sie sagte: »Danke, dass du so schnell gekommen bist.«

»Ich brauche jeden Auftrag.«

»Du hast dich nicht von diesem Senator anstellen lassen?«

»Doch.«

»Und wie läuft es?«

»Ganz gut. Ich habe ihn auf seine Ranch und zurückgeflogen. Ein Spaziergang. Mit Rückenwind nicht mal eine Stunde. Am Samstag habe ich ihn mit seiner Frau nach Galveston zu einem Abendessen mit ein paar Freunden gebracht. Um ein Uhr morgens waren wir zurück.«

»Es läuft also gut.«

»Ich arbeite erst eine Woche für ihn, aber bislang schon.«

»Das freut mich. Und wie gehen die Reparaturen an deinem Flugzeug voran?«

»Genau darum brauche ich jeden Auftrag. Die Eigenbeteiligung ist enorm hoch. Gall repariert es zwar selbst, aber die Ersatzteile sind teuer.«

Sie schlugen die Zeit tot, um nicht das ansprechen zu müssen, was ihnen eigentlich auf der Seele lag, und beide wussten das nur zu genau. Das Herz sprang ihr fast aus der Brust. Sie deutete auf einen Sessel. »Setz dich. Möchtest du was aus der Minibar?«

»Nein danke, ich brauche nichts.«

Er ließ sich in den Sessel fallen. Sie setzte sich aufs Sofa. Er sah sich um und bemerkte, wie bewohnt das Zimmer aussah.

»Du bist die ganze Woche hiergeblieben?«

»Ja, seit du mich hier abgesetzt hast.«

Während ihres langen Gesprächs mit Van Durbin waren sie in ein rund um die Uhr geöffnetes Restaurant weitergezogen. Als in den frühen Morgenstunden endlich alles besprochen war, hatte sie Dent gebeten, sie ins Hotel zu bringen. Er war ihrer Bitte widerspruchs- und kommentarlos nachgekommen.

Vor dem Eingang hatte er sie zum Abschied umarmt, aber weder angeboten noch darum gebeten, bei ihr bleiben zu dürfen.

Seither hatte sie nichts mehr von ihm gehört, bis sie vor einer Stunde ihren ganzen Mut zusammengenommen und ihn angerufen hatte.

»Nach Olivias Tod... wollte ich nicht im Haus meiner Eltern bleiben.«

»Kann ich verstehen.«

»Es ist Steven und mir schwer genug gefallen, alle Räume abzugehen und zu entscheiden, was wir behalten wollen. Er hat ein paar Sachen von Olivia mitgenommen. Ich ein paar Sachen von Daddy, die für mich mit besonderen Erinnerungen verbunden sind. Alles andere haben wir einem Nachlassverwerter übergeben. Sogar Olivias Schmuck. Steven und ich haben beschlossen, das Geld aus dem Verkauf einem Obdachlosenasyl zu spenden. Das Haus werden wir verkaufen.«

»Bist du sicher, dass du das willst? Es ist schon ewig im Besitz deiner Familie.«

»Inzwischen hängen daran mindestens so viele schmerzliche wie schöne Erinnerungen.«

»Was ist mit dem Haus in Georgetown?«

Sie schloss die Hände um die Ellbogen. »Jetzt, wo ich weiß, dass Ray Strickland in meinem Zimmer war, sich in meinem Schrank versteckt und meine Sachen befingert hat, könnte ich dort keine einzige Nacht mehr verbringen, deshalb habe ich den Mietvertrag vorzeitig gekündigt. Ich hatte das Haus möbliert gemietet. Gut, dass ich nicht dazu gekommen bin, meine Sachen auszupacken.«

»Damit bleibt noch New York. Wann fliegst du zurück?«

Dass er das so leidenschaftslos fragen konnte, brach ihr das Herz, trotzdem antwortete sie möglichst gelassen: »Ehrlich gesagt weiß ich noch nicht genau, wo ich mich niederlassen will. Mein New Yorker Apartment ist nicht wirklich ein

Heim. Es ist eine gute Investition. Ich behalte es als Pied-à-terre, aber ...«

»Pita-wie?«

Sie lächelte. »Als Zweitwohnung, wenn ich geschäftlich nach New York muss.«

»Du willst weiter schreiben?«

»Nächstes Mal garantiert ohne jeden Bezug zur Realität«, beteuerte sie reumütig. »Aber schreiben kann ich überall.«

»Hast du mich deswegen angerufen? Weil ich dich durch die Gegend fliegen soll, bis du irgendeinen Fleck entdeckst, an dem es dir gefällt?«

»Nein«, sagte sie langsam. »Ich habe dich angerufen, weil mir allmählich der Verdacht kam, dass du mich nie anrufen würdest. Also dachte ich mir, dass ich mir einen Grund einfallen lassen muss, wenn ich dich je wiedersehen wollte.«

Er rutschte in seinem Sessel herum. Erst legte er den einen Fuß auf das andere Knie, dann stellte er ihn wieder auf den Boden. Und dann strich er mit der Hand über seine Krawatte, als wollte er sie glatt streichen, obwohl das absolut unnötig war.

Ihr entging nicht, wie unwohl er sich fühlte. »Kommt jetzt der Punkt, an dem du all die Sachen sagst, die Männer sagen, ohne sie zu meinen?«

»Nein.«

»Bis wir miteinander im Bett waren, warst du nicht zu bremsen, Dent. Du hast Mauern eingerannt, an denen alle Männer vor dir gescheitert sind. Ging es dir einzig und allein darum? War mein Orgasmus für dich nur eine Trophäe?«

»Jesus«, sagte er kopfschüttelnd. »Nein.«

Sie sah ihn weiter an und hob die Schultern zu der stummen Frage: *Was ist es dann?*

Er nestelte weiter an sich herum und gestand schließlich: »Ich habe keine Ahnung, wie so was geht.«

»Wie was geht?«

»Die... die Hälfte von irgendwas zu sein. Ein Partner, ein Freund, ein Lebensgefährte, wie du es auch nennen willst. Und vielleicht ist schon diese Bemerkung anmaßend, weil dir so was gar nicht vorschwebt. Mit mir.« Er sah sie an. »Aber falls doch, dann lass dir gesagt sein, dass ich in dieser Rolle wahrscheinlich total versagen werde. Und das möchte ich auf keinen Fall. Weil ich keinesfalls das Arschloch sein möchte, das dich verletzt. Noch mal. Noch tiefer, als du ohnehin schon verletzt wurdest. Du hast es verdient, glücklich zu sein.«

»Wärst du denn glücklich?«

»Wenn was?«

»Wenn du die Hälfte von irgendwas wärst, ein Partner, Freund, Lebensgefährte oder was weiß ich.«

»An deiner Seite?«

Sie nickte.

»Das kann ich dir ehrlich nicht beantworten, weil ich noch nie so was gewesen bin. Ich weiß nur eins: Als ich dich letzte Woche hier abgesetzt habe und es so aussah, als wäre das Schlimmste überstanden, da hielt ich es für das Klügste, mich zurückzuziehen, damit du dein Leben in Frieden weiterleben kannst. Es war kein leichtes Opfer, das schwöre ich bei Gott, denn am liebsten wäre ich sofort wieder über dich hergefallen. Und du hättest es zugelassen. Das war mir sonnenklar. Aber ich wusste nicht, ob das wirklich gut für dich wäre. Also bin ich abgezogen und habe dabei gedacht: ›Du kannst stolz auf dich sein, Sankt Dent. Du hast eine gute Tat vollbracht.‹ Ich hatte mich noch nie so gut gefühlt. Und so mies.«

Er stand aus dem Sessel auf und trat an das Fenster, von dem man auf den gepflegten Hotelgarten und den Fluss dahinter sah. »Jede einzelne Minute habe ich an dich gedacht. Meine Wohnung war schon davor nur ein Loch, aber inzwischen halte ich es keine Minute mehr darin aus, weil ich überall nur dich sehe, ganz gleich, wohin ich schaue. Es ist so schlimm geworden, dass ich die letzten zwei Nächte im Hangar geschlafen habe. Gall spricht nicht mehr mit mir.«

»Weil du im Hangar geschlafen hast?«

»Weil ich der blödeste Blödmann der Welt bin.«

»Das hat er gesagt?«

»Hat er. Er, ähm...« Er brauchte ein paar Sekunden, bevor er sich langsam zu ihr umdrehte. »Er hat gesagt, wenn man sich verliebt, würde jeder irgendwie verblöden. Aber ich hätte die Blödheit natürlich auf eine neue Ebene heben müssen, indem ich dich gehen lasse.«

Ihre Augen wurden feucht. »Du willst doch bestimmt nicht, dass Gall böse auf dich ist.«

Hinterher hätten sie nicht mehr sagen können, wer sich zuerst bewegt hatte, aber die Hauptsache war, dass sie sich in einer Umarmung trafen, in der ihre Körper und Münder verschmolzen. Gierige Finger hantierten an Knöpfen, aber als er sie gegen das Fenster presste, appellierte sie an seine Vernunft und warnte ihn, dass sie dort jeder vom Garten aus sehen konnte, woraufhin er fragte: »Wen kümmert das«, und als sie antwortete, dass sie das durchaus kümmerte, zog er sie auf den Teppichboden, wo sie nicht nur die letzten Kleidungsstücke, sondern auch alle Hemmungen ablegten.

Irgendwann schafften sie es bis ins Schlafzimmer, wo sie das Kingsize-Bett nach Kräften ausnutzten und dann vorübergehend entkräftet nebeneinanderruhten und sich gegenseitig streichelten.

»An dem einen Morgen«, sagte er, »als du aus dem Bad kamst, frisch geduscht und nur in meinem Hemd.«

»Hm. Da hast du mich so komisch angesehen.«

»Weil in mir was Komisches vorging.«

»Inwiefern?«

Er strich mit den Lippen über ihre Schläfe, wollte schon

sprechen und stockte dann noch mal, bevor er sagte: »Eigentlich wollte ich sagen, dass ich da zum ersten Mal in meinem Leben froh war, eine Frau am Morgen danach wiederzusehen. Aber es war mehr als das. In dem Augenblick wurde mir auch bewusst, wie sehr ich dich vermisst hätte, wenn du nicht mehr da gewesen wärst.«

Sie schloss die Augen, weil die Gefühle sie zu Tränen rührten. »Ich weiß nicht, wohin das führen oder was alles passieren wird, Dent«, flüsterte sie gegen seinen Hals. »Ich weiß nur, dass ich so oft wie möglich und so lange wie möglich so neben dir liegen will.«

»Damit kann ich leben. Nein, damit *will* ich leben.« Er zog den Kopf zurück, um ihr ins Gesicht zu sehen. »Und es stört dich nicht, dass ich arm bin und du reich bist?«

»Stört es dich denn?«

»Nein. Ich bin doch nicht blöd, auch wenn Gall das Gegenteil behauptet.«

Sie zog an seinen Brusthaaren. »Bist du etwa auf mein Geld aus?«

»Unbedingt. Aber eins nach dem anderen.«

Er berührte sie so, dass ihr der Atem stockte, und gleich darauf war er wieder über ihr und bewegte sich in ihr, diesmal jedoch nicht so ekstatisch wie zuvor, sondern langsam und mit Gefühl. Ohne jede Ironie nahm er ihr Gesicht in beide Hände, küsste ihre geschlossenen Lider und sagte, als sie die Augen aufschlug: »Sie sehen gar nicht mehr traurig aus.«

»Weil ich überglücklich bin.«

»Dann sind wir schon zu zweit.«

»Es war dir also nicht egal, ob ich anrufe oder nicht?«

Er sah ihr tief in die Augen, griff nach ihren Händen, hob sie auf Kopfhöhe und verschränkte seine Finger mit ihren, sodass ihre Handflächen aufeinanderlagen. Dann ließ er die Stirn auf ihre sinken, legte sich mit seinem ganzen Gewicht auf sie und gestand rau: »Ganz und gar nicht. Es war mir kein bisschen egal. Gott sei Dank hast du nur eine Woche gebraucht.«

Sie küsste ihn zärtlich auf den Mund. »Eine Woche und achtzehn Jahre.«

Dank

Die Flugszenen in diesem Buch, sowohl die in einer zweimotorigen Privatmaschine als auch jene in einer großen Linienmaschine, hätte ich ohne fremde Hilfe unmöglich verfassen können. Mein Dank gilt daher Ron Koonsman, meinem Freund und Gewährsmann, der mir unzählige wertvolle Informationen lieferte und mich mit Jerry Lunsford bekannt machte. Jerry beantwortete geduldig und akribisch jede meiner vielen Fragen und machte mich mit der mir völlig fremden Umgebung eines Cockpits vertraut. Jerry Hughes beriet mich in technischen Fragen und bei der Terminologie. Andere, die lieber ungenannt bleiben wollten, wissen genau, wie dankbar ich ihnen bin, dass sie ihre persönlichen Erfahrungen und ihr großes Wissen mit mir geteilt haben.

Ich will mich für alle Irrtümer entschuldigen, die allein mir und nicht den oben genannten Piloten zuzurechnen sind.

Sandra Brown
Juni 2012

Nichts ist tödlicher als die Liebe!

544 Seiten. ISBN 978-3-442-38361-0

Oren Starks verfolgt Berry Malone seit Monaten und hat sich jetzt Zugang zu ihrem Haus verschafft, einen Mann niedergeschossen und gedroht, auch Berry zu töten. Doch die Polizei zweifelt an ihrer Glaubwürdigkeit. Berrys Mutter sieht keine andere Möglichkeit, ihre Tochter zu schützen, als Berrys Vater um Hilfe zu bitten – den Privatdetektiv Dodge Hanley, den sie seit dreißig Jahren nicht mehr gesehen hat ... Dodge fliegt nach Houston, um seiner Tochter zu helfen, und eine mörderische Jagd beginnt.

Lesen Sie mehr unter: **www.blanvalet.de**

Wenn aus tiefer Abneigung ein Feuer der Leidenschaft erwacht ....

512 Seiten. ISBN 978-3-442-37806-7

Die Journalistin Britt Shelley wacht im Bett neben dem Polizisten Jay Burgess auf, der durch seinen Einsatz bei einem Feuer vor sieben Jahren zum Helden wurde. Aber sie weiß nicht, wie sie dort gelandet ist und warum Jay tot neben ihr liegt ... Britt gerät schnell ins Visier der Polizei, doch gefährlicher sind ihre anderen Verfolger. Allen voran der Ex-Feuerwehrmann Raley Gannon. Er war es, der bei dem Feuer damals Verdächtiges fand – und dann alles verlor. Seitdem sinnt er auf Rache und kidnappt Britt, um sie zu verhören. Doch sie werden gemeinsam zum Ziel von sehr mächtigen Feinden ...

Lesen Sie mehr unter: **www.blanvalet.de**

Vertraue deinem Feind!

512 Seiten. ISBN 978-3-7341-0158-8

Vor zwei Jahren verlor Honor ihren geliebten Ehemann Eddie bei einem tragischen Unfall – das glaubt sie zumindest. Doch dann taucht plötzlich ein fremder Mann blutüberströmt in ihrem Vorgarten auf und behauptet, Eddies Tod sei kein Unfall gewesen und Honor selbst sei in großer Gefahr. Sie ahnt nicht, dass es sich um Lee Coburn handelt, der wegen Mordes an sieben Menschen gesucht wird – bis er sie und ihre kleine Tochter als Geiseln nimmt. Honor hat keine andere Wahl: Sie muss Coburn vertrauen und tun, was er verlangt …

Lesen Sie mehr unter: **www.blanvalet.de**